Für meine Eltern,
die mich immer lieben und unterstützen.

Für meine Freunde und Lektoren,
die mir bei der Erfüllung meiner Träume helfen.

Für meine Leser – und für die Welt.
Möget ihr einen kleinen Funken Wahrheit über
Konflikte und Vorurteile in meinen Zeilen entdecken.

Inhaltsverzeichnis

Prolog

Niemals hatte Jamil damit gerechnet, dass seine Verlobung mit Lezana ein Inferno solchen Ausmaßes auslösen würde.

Jetzt zerrte er seine Mutter aus dem beißenden Rauch und stolperte hustend mit ihr die Treppe hinunter. Sie verließen ihr brennendes Haus durch den Seiteneingang und stießen dort auf Jamils Bruder, den eine wild zusammengewürfelte Gruppe verängstigter Menschen umringte.

Als Balor einige der Männer anwies, wie sie ihre Armbrüste einsetzen sollten, wurde Jamil mit Schrecken klar, dass nicht einer von ihnen der Stadtwache angehörte. Balor war von der Mauer zurückgekehrt, ohne ernsthafte Verstärkung mitzubringen.

Schmerzensschreie und verzweifelte Rufe schallten über die Gebäude, hinter denen schwarze Rauchsäulen in den sternenklaren Nachthimmel aufstiegen.

Das Brüllen des angreifenden Heeres erfüllte die Luft und wurde mit dessen Nahen immer lauter. Weinende Frauen umklammerten ihre Kinder, flohen aus den Häusern, ohne zu wissen, wo sie vor der Verheerung Schutz finden sollten.

Die ganze Stadt versank vor ihren Augen in Chaos und Feuer.

Navenne strauchelte, vom Anblick der Zerstörung völlig übermannt, doch Jamil fing ihren Blick und holte sie ins Hier und Jetzt zurück.

Der funkenstiebende Himmel spiegelte sich in ihren glänzenden Augen, als sie ihm endlich wieder zuhörte.

»Mutter, du musst diesen Leuten helfen! Flieht zum Hafen und versteckt euch dort am Wasser! Notfalls klettert unter die Piers und seid ganz still. Wir versuchen, sie aufzuhalten!«

Navenne nickte zitternd, als er ihr ein Messer in die Hand drückte. Jamil wusste, dass sie als Schreiberin bisher noch nie eine Waffe eingesetzt hatte. »Ich werde Vater suchen. Du bist die Frau des Rätors, also führe diese Leute! Wir treffen uns am Hafen, hast du verstanden?«

Als sie nicht sofort reagierte, schloss er ihre Finger um den Messergriff. »Alles wird gut. Jetzt geht!«

Seine Mutter versteifte sich, dann rannte sie mit den anderen Frauen und Kindern die dunkle Allee entlang und verschwand über den Hügel, hinter dem der Hafen lag. Jamil wandte sich an seinen Bruder, der den zurückgebliebenen Männern weitere Anweisungen gab.

Ein Junge kam durch die rauchverhangene Straße auf sie zugestolpert, das Gesicht rußverschmiert und voller Schrammen. Er blieb keuchend vor ihnen stehen und deutete die Straße hinab. »Die Verteidigung ist gefallen. Die Grauen stürmen die Stadt und erschießen jeden mit ihren Gewehren!«

Tränen traten dem Jungen in die Augen. »Ich muss meine Eltern finden!«, flehte er und rannte Hals über Kopf in Richtung des Lärms.

»Warte!«, brüllte Jamil ihm hinterher, doch da verschwand der Junge schon um die Straßenecke – und Schüsse krachten durch die dunklen Gassen.

Jamil widerstand mühsam dem Impuls, dem Unglücklichen nachzueilen und half stattdessen seinem Bruder. Balor scharte die wenigen Bewaffneten um sich. »Wir brauchen Barrikaden! Die Karren da! Werft sie um!«

Im Augenwinkel sahen sie, dass am unteren Ende der Straße die ersten Feinde auftauchten. In ihren grauen

Uniformen und mit den dunklen Metallplatten und Helmen glichen sie eher Geschöpfen aus Schreckensgeschichten als Menschen, denen man etwas entgegensetzen könnte.

Zum ersten Mal bereute Jamil es, dass ihre Handelsstadt sich nie auf die Weiterentwicklung von Schusswaffen spezialisiert hatte. Bisher hatten sie nur Armbrüste für die Jagd oder auf der Stadtmauer zur Abschreckung eingesetzt.

Er packte mit an und in ihrer Verzweiflung fanden sie gemeinsam die Kraft, die Wagen umzustürzen. Darauf geladene Fässer polterten die abschüssige Pflasterstraße hinab und prallten splitternd gegen die Soldaten, die gerade ihre Gewehre angelegt hatten.

Tausend Gedanken schossen Jamil durch den Kopf, während sie sich hinter den dicken Bohlen und Streben des Karrenbodens in Sicherheit brachten.

»Wo sind Lezana und ihre Familie?«, fragte er seinen Bruder, doch der bittere Ausdruck auf dessen Gesicht sprach Bände. Balor biss sich auf die Lippe und wirkte einen Moment so, als leide er mehr, als Jamil es jemals könnte.

»Sie … sie haben es nicht geschafft«, stammelte Balor und wurde dabei ganz blass. »Es tut mir leid! Die Soldaten waren auf einmal überall auf dem Handelsplatz beim Stadttor und überfielen die Wachen und …«

Jamil spürte eine eisige Kälte in seiner Brust, die rasch zu einem schmerzhaften Knoten wurde. Er hatte seine Verlobte zwar nicht geliebt, aber einer ausgehandelten Heirat so zu entgehen, hätte er sich niemals gewünscht. Er wollte immer alles tun, um seiner Familie und ihrem Stadtstaat zu dienen. Die Verlobung mit der Königstochter war eine Abmachung gewesen, die ihre Handelsbeziehung stärken sollte … und von ihren jetzigen Angreifern als folgenschwerer Bündnisbruch aufgefasst wurde.

Es wollte nicht zu ihm durchdringen, dass Lezana jetzt tot sein sollte. Einfach so? Ihr unschuldiges, sanftes Gesicht tauchte vor seinem inneren Auge auf, ihr Anblick, als sie mit ihren Eltern aus dem zerschlagenen Königreich zu ihnen floh und um Schutz bat. Die Grauen Soldaten hätten sie damals ohne zu zögern getötet. Die Flucht zu ihnen nach Kas'Tiel war ihr letzter Ausweg gewesen … und besiegelte ihr Schicksal ebenso wie das der Handelsstadt.

Als er sich endlich von den Erinnerungen losreißen konnte, war Balor schon nicht mehr neben ihm, sondern kommandierte die Verteidigung.

»Schießt!«, brüllte er über den Lärm des Schlachtengetümmels hinweg und schickte damit einen kleinen Schauer aus Bolzen auf die Angreifer. Rufe bellten durch die Straßen, die Grauen Soldaten hoben wie ein Mann ihre Schilde. Dennoch fielen einige getroffen zu Boden.

Balor wollte etwas befehlen, duckte sich dann aber rasch hinter den umgestürzten Karren neben Jamil, als ihr Beschuss erwidert wurde. Das Krachen der Gewehre und der einschlagenden Kugeln erfüllte die Häuserschlucht und fällte einen nach dem anderen in ihrer kleinen Verteidigungslinie, bevor die restlichen die Flucht ergriffen.

Holzstücke flogen durch die Luft, als die Geschosse durch den Wagenboden schlugen und die Brüder hinter den Streben nur um Haaresbreite verfehlten. Innerhalb weniger Augenblicke waren sie allein, umgeben von sterbenden jungen Männern und fallengelassenen Armbrüsten.

Balors Verteidigung war vernichtet, das wurde Jamil schneller bewusst als seinem jüngeren Bruder, der gerade aufsprang und einen Bolzen nachlud.

»Wir können sie nicht mehr aufhalten! Selbst wenn du im Alleingang zehn erschießt, kommen hundert neue von der

Stadtmauer. Sie werden unsere lächerliche Verteidigung einfach überrennen!«, brüllte er über die Schüsse hinweg – da riss eine Explosion allen Lärm mit sich und schleuderte die beiden mit einer Druckwelle gegen den Karren. Brennendes Stroh, Holz und Ziegelsteine regneten auf die Straße, als auf der anderen Seite mehrere Häuser in einem Feuersturm auseinandergerissen wurden. Ein Balken krachte direkt neben ihnen zu Boden, Staub und Rauch verhüllten einen Moment lang die Umgebung.

Jamils Ohren klingelten und er klopfte sich hustend brennendes Stroh von den Schultern, bevor er die Trümmer eines Balkens von Balor hob. Sein Bruder war benommen, schien aber unverletzt, als Jamil ihn auf die Beine zog und einen kurzen Blick durch eines der Löcher im Karren wagte.

Die grauen Soldaten hatten sich schneller aus ihrer Starre befreit, eilten formiert die Straße entlang auf sie zu.

Eine weitere Explosion erschütterte den Grund und ließ die restlichen Fensterscheiben der sie umgebenden Häuser bersten. Balor schreckte auf und kam wieder zu sich, spannte seine Armbrust und schoss den letzten Bolzen. Die Spitze schlug in die Brust des ersten Soldaten, der gerade über den umgestürzten Wagen auf sie zusprang.

Der Angreifer brach zusammen und Rufe hallten zu ihnen, die den anderen befahlen, sich Deckung zu suchen. Scheinbar hatten sie geglaubt, dass auf ihrer Seite niemand mehr am Leben war.

»Wir müssen hier weg!«, zischte Jamil und packte Balor am Arm, doch sein Bruder riss sich los und zog dem toten Soldaten das Gewehr aus den Händen.

Er gab brüllend einen Schuss ab, der ihm die Waffe gegen die Schulter presste, und tastete dann fluchend den Toten nach Schießpulver und weiteren Kugeln ab.

»Lass das, Idiot!« Jamil zerrte ihn auf die Beine und hinter sich her. Die Straße vor ihnen war von Schutt und Balken versperrt, also trat er eine Tür auf ihrer Seite ein und stieß seinen Bruder in den dämmerigen Eingang. Er schlug die Tür hinter sich zu und verbarrikadierte sie mit einem Stuhl, auch wenn das kaum helfen würde.

Balor war mittlerweile wieder bei Sinnen und suchte mit ihm nach einem zweiten Ausgang. Gemeinsam eilten sie in den fremden Innenhof, in dem ein kleiner Gemüsegarten unter Schutt begraben lag.

»Diese verfluchten Bomben!«, murmelte Balor und ballte die Fäuste.

»Weiter!«, befahl Jamil und deutete auf eine gegenüberliegende Tür, die hoffentlich auf die Nachbarstraße führen würde. »Wir müssen zum Hafen, das ist unsere einzige Chance!«

»Wir können die Stadt nicht aufgeben! Was ist mit Vater? Wie sollen wir ihn finden?«, fragte Balor, während Jamil sich gegen die Tür warf und den Schmerz in seiner Schulter ignorierte, als sie aus dem Schloss brach.

»Ich lasse nicht zu, dass du ihn auf eigene Faust suchst. Wir helfen den Überlebenden im Hafen!«

Sein Bruder folgte ihm fluchend und sie stolperten durch das fremde Haus auf die nächste Straße, die zu ihrer Erleichterung verwaist war.

Obwohl der Lärm der Zerstörung die ganze Stadt erfüllte, war ihre Umgebung gespenstisch leer. Einen Moment lang hatte Jamil die Hoffnung, dass hier alle hatten fliehen können – dann fiel sein Blick auf die reglosen Gestalten von Männern, Frauen und Kindern, die allesamt vor ihren Häusern niedergestreckt worden waren.

Beim Anblick der Toten, so sinnlos aus dem Leben gerissen, wurde Jamil übel.

Zu seiner Überraschung war es jetzt sein kleiner Bruder, der ihn am Arm weiterzog. Schlagartig fühlte er sich hilflos und verloren. Die Grauen Soldaten fielen eiskalt über Kas'Tiel her und zeigten kein Erbarmen.

Er folgte Balor durch ein Gewirr aus Gassen und mehr als einmal sahen sie die Uniformierten, wie sie mit ihren Gewehren Menschen vor sich hertrieben.

Als sie das Hafenviertel erreichten, waren sich beide Brüder sicher, dass die Soldaten jeden auf ihrem Vernichtungszug erschießen oder versklaven würden.

Jamil stach der Anblick des Hafens so sehr in der Brust, dass er keuchen musste. Er hatte die Fliehenden und seine Mutter in den sicheren Tod geschickt.

Die Soldaten hatte ganze Arbeit geleistet: Auf den ersten Blick konnte er kein einziges Schiff erspähen, das nicht in Flammen stand. Funken stoben wie Myriaden von Glühwürmchen gen Himmel. Die Hitze erzeugte einen Sog, der an ihren Kleidern zerrte. Dazu kam der ohrenbetäubende Lärm von knackenden Balken und lodernden Flammen.

»Navenne! Wo seid ihr?«, brüllte Jamil atemlos über den tosenden Brand hinweg.

Balor wankte neben ihm. Sie spürten beide, wie sich Entsetzen in ihren Knochen breitmachte. Es war vorbei. Die Soldaten hatten die Stadt überrannt und nur die Götter wussten, wie viele schon gestorben waren.

Sie würden dazu gehören.

Gerade als Jamil Gebrüll in den Hafenstraßen hörte und Balor ins Wasser stoßen wollte, damit sie sich unter dem Pier verbergen konnten, fiel sein Blick auf den Rand der großen Bucht. Zwischen den Rauchschwaden schimmerten dort für einen Augenblick die Umrisse eines Handelsschiffes durch, das dem Funkensturm und den Soldaten noch nicht zum Opfer gefallen war.

Dort waren Menschen, die nicht in schimmernden Uniformen steckten!

Jamil packte seinen Bruder am Ärmel und deutete in die Richtung, bevor sie den Pier entlangrannten und dabei die glühende Luft einatmeten. Als sie durch den Rauch drangen, erblickten sie Flüchtlinge, die hastig zusammengeraffte Sachen auf das Schiff wuchteten, während andere es zum Auslaufen fertigmachten.

Männer hievten die letzten Kisten an Bord und lösten gerade die Taue, als die Brüder es erreichten und als Letzte an Deck sprangen.

Jamil konnte es kaum fassen, als er seine Eltern in der Menge erspähte, beide unversehrt.

Aldo rief Befehle über das Deck, auf dem sich ein bunter Haufen von Bürgern drängte, von denen die wenigsten jemals zur See gefahren waren. Zwei Matrosen, die von einem der anderen Schiffe entkommen sein mussten, halfen dem Stadtvorsteher und zeigten hektisch, was es zu tun gab, damit endlich die Segel gesetzt werden konnten.

Frauen und Kinder liefen hastig an Deck hin und her und klopften alles aus, das durch den Funkenflug zu schwelen begann.

Endlich nahm das Schiff Fahrt auf. Sie hielten es mit Stangen von den brennenden Wracks im Hafen fern und wandten die Gesichter ab, als die Hitze schier unerträglich wurde. Dann ließen sie das Hafenbecken hinter sich.

Auf dem offenen Meer meinte Jamil für einen kurzen Augenblick noch ein zweites Schiff zu erspähen, dann verhüllte dichter Rauch wieder die Sicht.

Jamil dachte schmerzerfüllt an die Freunde und die Heimat, die sie alle so plötzlich verloren hatten. Seit er denken konnte, war Kas'Tiel eine friedliche Handelsstadt, jetzt war sie von den Grauen Soldaten zerstört.

Das Gesicht seiner Mutter war von Tränen und Ruß verschmiert. Sie herzte ihre Söhne und drückte sie so fest, als wolle sie die beiden nie wieder loslassen.

Der Wind frischte auf, trieb den Rauch fort und trug das Schiff in die Schwärze der Nacht, während Jamil und sein Bruder auf die brennende Stadt starrten, deren Flammensäule sich noch lange im Meer spiegelte.

Der Sturm

Ein heftiger Ruck riss Jamil aus unruhigen Träumen. Klamme Dunkelheit und der Geruch von modrigem Holz umgaben ihn. Erst nach und nach gewöhnten seine Augen sich an die Verhältnisse, während sein Magen gegen das Schwanken im Schiffsbauch rebellierte.

Er setzte sich in der miefigen Hängematte auf und ignorierte das Grollen seines Magens, denn der war ohnehin leer.

Irgendwo in der Dunkelheit hörte er die Seherin und ihre beiden Töchter beten, die es als Einzige ihrer Zunft aus den brennenden Tempeln auf das Schiff geschafft hatten.

Es war den Menschen erst allmählich bewusst geworden, dass sie alles verloren hatten und heimatlos waren. Vertriebene, Flüchtlinge, die ihre geliebte Stadt und deren Bewohner nie wiedersehen würden. Sie alle fragten sich verzweifelt, wie die Götter das hatten zulassen können … warum die Seherinnen der vielen Tempel so eine Katastrophe nicht vorhergesehen hatten.

Jamil dachte an Lezana und ihre Familie. Sein Vater hätte es völlig unabhängig von den Göttern ahnen müssen. Er selbst hätte wissen müssen, dass diese Verlobung ein verzweifelter Versuch von Lezanas Familie gewesen war, ihre einzige Tochter nicht an den Grauen König zu verlieren, der sie als seine Braut eingefordert hatte. Kas'Tiels Geschicke hingen schon immer davon ab, mit allen Nachbarn gute Handelsbeziehungen zu führen. Sie stellten besondere Waren her und hatten den größten, sichersten Hafen an der Küste. Nun war die Stadt dem Hass des Grauen Königs zum Opfer gefallen.

Jamil presste die Lippen zusammen, als er sich an gestern Nacht erinnerte. Balor hatte in der Hängematte neben ihm geschlafen und in seinen Träumen gemurmelt, dass alles die Schuld seines großen Bruders sei.

Ein weiterer Ruck lenkte ihn von seinen düsteren Gedanken ab. Das Schiff knarzte und ein hohes Pfeifen drang durch die verschlossene Luke.

Er stand auf und machte sich schwankend auf den Weg zur Treppe. Auf halbem Weg kam ihm seine Mutter entgegen, ihr Gesicht blass und mager. Im schummrigen Licht der Öllampen wirkte sie wie ein Geist.

»Navenne, was ist los?«

Sie klammerte sich an die vertäute Ladung neben der Treppe. »Wir sind in einen Sturm geraten! Aldo braucht dich an Deck.«

Jamil nickte langsam, während seine Gedanken rasten. Sie hätten schon bei den schroffen Felsinseln beinahe den Kampf gegen das Meer verloren – Jamil hoffte inständig, dass sie diese toten Inseln endgültig hinter sich hatten und der Sturm sie nicht zurücktreiben würde.

»Gut … beruhige die Frauen und Kinder, damit sie sich festhalten können. Bleibt hier unten, bis wir Entwarnung geben.«

Als er den Blick durch den dunklen Raum schweifen ließ, wurde ihm bewusst, dass er wohl gerade der einzige Mann unter Deck war. Stirnrunzelnd erklomm er die steile Treppe. Hatte sein Bruder ihn nicht wecken sollen? Was sollte das?

Mit Mühe drückte er die Luke auf.

Kalter Regen peitschte über das Schiffsdeck, auf dem die Männer bereits verbissen gegen den Sturm kämpften.

Jede der großen Wogen spülte salzige Gischt um ihre Füße und schlug donnernd über die Reling. Jamil klammerte sich in das Tauwerk, als eine neue Welle ihm die Füße von den Planken riss.

Seit fünf Wochen waren sie auf hoher See, hatten alle auf härteste Weise das Überleben an Bord erlernen und die traumatische Flucht vorerst verdrängen müssen. Zuerst waren die Furcht vor Verfolgung und die schrecklichen Träume ihr Feind gewesen, danach der Durst – jetzt lieferte der Sturm ihnen mehr als genug Trinkwasser, ohne dass sie es nutzen konnten.

Jamil hielt nach seinem Vater und Bruder Ausschau, doch Gischt und Regen verwischten jede Gestalt an Deck zu undeutlichen dunklen Schemen. Gemeinsam mit dem alten Moleno verknotete er einige lose Taue, war jedoch wie die anderen die meiste Zeit damit beschäftigt, sich irgendwo festzuklammern.

Nach einer Weile ließ der Regen endlich etwas nach und ein heller Streifen zeigte sich am Horizont. Ein Riss in der Wolkendecke, der auf besseres Wetter hoffen ließ.

Der Streifen blieb jedoch seltsam starr und an der gleichen Stelle ... Jamil kniff die Augen zusammen, bevor er ächzte.

Eine Küste! Sie tauchte vor ihnen im wogenden Meer auf und verschwand wieder. Als er sie das nächste Mal durch den Regen sehen konnte, war sie schon beängstigend nah.

Die Männer brüllten gegen den Sturm an, der das Schiff und seine Besatzung unerbittlich mit sich riss. Unter Deck konnte Jamil die Frauen und Kinder weinen hören, während die Männer versuchten, das Schiff unter Kontrolle zu bringen.

»Holt die Segel ein! Wir müssen an Fahrt verlieren!«, schrie Jamil und hörte, wie sein Bruder fast zeitgleich den Befehl weitergab. Auch er hatte den Küstenstreifen entdeckt. Jeder an Deck kämpfte gegen den Wind und Seegang, doch es war unmöglich, die Segel zu reffen.

»Kappt die Seile!«, brüllte ihr Vater und Jamil zückte sein Messer. Nach einer viel zu langen Zeit fielen die Segel krachend auf die Planken. Der Sturm heulte und drückte sie dennoch unerbittlich mit den Wellen weiter.

Ein losgerissenes, dickes Tau peitschte knapp an Jamils Kopf vorbei, riss seinen Nebenmann von den Füßen. Er hangelte sich zu dem alten Mann, zog ihn ächzend wieder auf die Beine und hielt ihn fest, als das Deck sich senkte und im nächsten Wellental verschwand.

In der Strömung vor der Küste wurde das Schiff plötzlich gedreht und seitwärts von den Wellen weitergeschoben … Aldo schrie seinen Söhnen etwas zu, aber sie konnten durch das laute Tosen des Sturms kein Wort verstehen.

Eine Klippe tauchte hinter einigen Wellenkämmen auf und ragte wie eine gigantische Tempelmauer vor ihnen in die Höhe. Jamil packte den Alten fester.

Im nächsten Moment erzitterte das Schiff, als es krachend gegen die Felsen vor der Klippe schlug. Die Gestalten an Deck wurden allesamt zu Boden gerissen, Jamil bekam einen Hieb in den Rücken, als er gegen die Reling geschleudert wurde. Der Mast über ihnen schwankte bedrohlich, während sich der Rumpf mit dem donnernden Knirschen von splitternden Balken festsetzte.

Der Wind heulte weiter, als wäre nichts passiert … und einen kurzen Augenblick war nur der Sturm zu hören, bevor andere Geräusche an Jamils Ohr drangen.

Schreie wurden im Schiffsbauch laut. Er überließ den alten Tirin sich selbst und schlitterte über das nasse Deck zur Luke. Balor eilte ihm von Steuerbord entgegen und gemeinsam wuchteten sie die schweren Türen auf.

Unten breitete sich Panik aus, da Wasser in der Dunkelheit eindrang. Jamil sah im Schein der wenigen Öllampen, wie es schwarzem Pech gleich zwischen ihren Füßen anstieg.

»Beruhigt euch!«, rief Jamil über den Sturm und das Weinen der Kinder hinweg. »Wir holen euch raus!«

Er wollte noch mehr sagen, aber sein Bruder stürzte von der Luke weg.

»Wir müssen an Land!«, brüllte Balor gegen den Wind und schwang sich schon über die Reling. Jamil packte ihn bei den Schultern und starrte fest in die panischen Augen seines Bruders. Es kostete ihn all seine Kraft, Balor davon abzuhalten, sich über Bord zu stürzen.

»Sei kein Narr! Die Wellen sind viel zu hoch, sie werden dich gegen die Felsen schlagen und du ertrinkst!«

Balor wehrte sich noch kurz gegen seinen Griff, wurde jedoch bereits von Jamils erzwungener Ruhe angesteckt.

»Wir müssen durchhalten. Das Schiff sitzt fest, aber das bedeutet auch, dass wir nicht sinken können! Komm schon, wir haben die letzten Wochen auf dem Meer überlebt, da schaffen wir das auch! Geh zu Vater und zählt alle durch! Wir müssen wissen, ob jemand über Bord gegangen ist.«

Sein jüngerer Bruder nickte kantig und eilte davon. Jamil atmete tief durch, dann entdeckte er die beiden Schmiedelehrlinge Farnir und Felik, die sich noch immer an ein Seil klammerten.

Sie sahen ihn an wie einen Geist. Jamil hatte einen Moment lang das Gefühl, er sei bisher der einzige, der erkannt hatte, dass sie nicht ertrinken würden.

»Reißt euch zusammen! Wir sind alle keine Seeleute, aber es ist bald vorbei!«, sagte er etwas barscher als nötig, löste Farnirs schwielige Finger vom Seil und zog ihn auf die Beine. Dann endlich folgten die beiden ihm zurück zur Luke. Einige andere hatten sich mittlerweile ebenfalls beruhigt und schlossen sich an.

Jamil rutschte die steile, nasse Treppe hinab und spürte den Griff seiner Mutter, die ihre dünnen Hände um seinen Arm klammerte. Auch andere Frauen packten ihn angsterfüllt.

»Bringt alle Kinder nach oben!«, rief er seiner Mutter zu, schnappte sich eine der Öllampen und watete durch das steigende, schwarze Wasser zur geborstenen Schiffswand, aus der das salzige Nass unerbittlich ins Schiff sprudelte.

»Wir müssen alles ins Zwischendeck oder nach oben unter das Segel bringen, was nicht völlig durchnässen soll!«, rief er in die Runde und ergriff einen Eimer, der im Wasser trieb. Jamils Mutter wirkte zwar noch immer verängstigt, doch sie folgte seinem Beispiel und beorderte die anderen Frauen, den restlichen Proviant und andere Dinge vor dem Wasser in Sicherheit zu bringen.

Sie zerrten alles aus den Ladungsnetzen und reichten es zur Luke, durch die gerade die Kinder hinaufgezogen wurden. Bei mehreren konnte er dunkelrote Flecken erahnen, auch einige Frauen wirkten stark mitgenommen, da der Sturm sie gegen die Ladung geworfen hatte.

Oben polterten Schritte laut über das Deck und Jamil hörte seinen Vater, der befahl, das heruntergeschnittene Segel zur Seite zu räumen.

Obwohl sie den Sturm überlebt hatten, wurde es eine der längsten Nächte ihres Lebens. Das Wasser drang an etlichen Stellen in den Bauch des Schiffes, das ihre einzigen Habseligkeiten beherbergte. Die Kinder wurden in dem schmalen Zwischendeck in die wenigen noch trockenen Stoffdecken gewickelt, doch unter ihnen war der Kampf gegen das Wasser aussichtslos. Vieles musste in der Dunkelheit bleiben, da sie es bei all dem Regen und nassen Holz nicht hinauf bekamen oder es ohnehin nur von Bord gespült worden wäre.

In einem kleinen Moment der Ruhe spähte Jamil durch die Regenschwaden auf das Land. Rechts und links ragten schroffe, schwarze Klippen in die Höhe, die im schwachen Dämmerlicht gar kein Ende zu nehmen schienen. Doch vor ihnen öffnete sich diese Wand zu einer Bucht. Jamil konnte durch den grauen Regen einen aufgewühlten kleinen Strand erkennen, auf den die Wellen mit weiß leuchtendem Schaum einschlugen.

Erst am Morgen flaute der Wind ab und die Wogen beruhigten sich. Die dunkle Wolkendecke riss auf und dichte Nebelschwaden trieben über die bewaldeten Hügel, die jetzt hinter der Bucht zum Vorschein kamen.

Balor und Jamil kletterten unter dem Blick der Versammelten an einer Strickleiter auf die Felsen hinab, die ihr Schiff aufgeschlitzt hatten. Ihr Beiboot hatte sich schon zu Beginn des Sturmes losgerissen und war verschwunden, also mussten sie eine andere Lösung finden.

Während die Leute oben an Deck angespannt warteten, suchten Jamil und sein Bruder gemeinsam einen Weg durch das Wasser. Glücklicherweise wurde es direkt hinter den großen Felsen, gegen die das Schiff getrieben war, so flach, dass sie dort stehen konnten. Andere folgten ihrem Beispiel.

Sie reichten die Kinder von Arm zu Arm, halfen den Frauen und Alten und waren alle durchgefroren und erschöpft, als sie endlich den Strand erreichten.

Die alte Yesima hielt sich resolut auf den Beinen, als sie, gefolgt von ihren Töchtern, die Bucht hinauf in die sanfte, große Senke zwischen zwei Hügeln schritten. Sie kostete von dem Wasser des Baches, der an einer Seite der Senke zur Bucht hinunter plätscherte und nickte dann wohlwollend.

Jamils Blick wurde bereits von der Tiefe des nahen Waldes angezogen. Nach der langen Zeit auf dem Schiff trug ihm der Wind jetzt den Geruch von nasser Erde und grünen Bäumen entgegen. Es lockte ihn, zwischen die Baumriesen zu treten und die fremde Natur zu erkunden.

Doch zunächst verhinderten das seine Pflichten als erster Sohn des Rätors. Die Seherin zog unter dem Blick der Versammelten siebzig Seelen einige Knochen aus einem nassen Beutel und befragte die Götter, während die Schiffbrüchigen angespannt vor dem friedlich wirkenden Wald in der Senke warteten.

Yesima warf die Tierknochen auf ihr Tuch, murmelte heilige Formeln und kniete sich auf die Erde. Im nächsten Moment sackte ihr der Kopf auf die Brust und sie zitterte, schwankte und flüsterte.

Jamil stand schräg hinter ihr und konnte sehen, dass ihre Augen nur noch das Weiße zeigten. Alle hielten den Atem an, als sie sich endlich wieder aufrichtete und an ihre Schützlinge wandte.

»Dieses Land ist den Göttern genehm! Sie geben uns ihren Segen und werden uns schützen, wenn wir hier siedeln. Doch wir müssen möglichst bald einen Schrein für sie errichten, denn sie verlangen ein großes Opfer für ihren Schutz auf dem Meer. Nur dank ihrer Hilfe konnten wir die toten Felsinseln und den Sturm überstehen.«

Ein allgemeines Aufseufzen ging durch die Menge, während Jamil still die Augen verdrehte.

Als ob man das Schutz nennen könnte, dachte er für sich, erwiderte aber das erleichterte Lächeln seiner Mutter.

Sie überließen die beiden Töchter der Seherin ihren Gebeten und Jamil wartete neben seinem Vater, um sich mit ihm, Balor und der alten Yesima zu beraten. Aldo starrte mit gerunzelter Stirn auf die bewaldeten Hügel.

»Wir sollten nach Dörfern suchen, vielleicht kann man uns aufnehmen und helfen«, schlug Jamil vor, da sein Vater keine Anstalten machte, selbst zu sprechen.

Der Blick der Seherin wurde sofort missbilligend. »Wir brauchen jetzt allen Zuspruch und Schutz der Götter, junger Rätorsohn. Wir dürfen sie nach diesem Sturm nicht erzürnen.«

»Die Götter würden sicher nicht wollen, dass wir hier verhungern!«, wandte er ein und deutete auf die unterkühlte Gruppe. Siebzig Augenpaare waren auf sie und ihre geheime Unterredung gerichtet.

Auch Aldo schüttelte den Kopf. »Nein, die Seherin hat recht. Wir bleiben hier und kümmern uns um uns selbst. Hier gibt es Trinkwasser, im Wald sicherlich Wild und in der Bucht Fisch. Ich habe von diesem Land schon von manchen Reisenden gehört. Nichts als Wildnis. Wir sind auf uns allein gestellt.«

Jamil hielt das für engstirnig. Soweit er von ebendiesen Händlern gehört hatte, reiste niemand hierher, weil das Meer eine sichere Überfahrt eigentlich nie zuließ. Doch alle waren erschöpft und die Schrecken des Überfalls auf Kas'Tiel saßen ihnen auch nach der langen Fahrt noch immer in den Knochen.

Vielleicht sollten wir uns wirklich erst hier erholen. Ich kann den Vorschlag einer Weiterreise in ein, zwei Wochen erneut einbringen, wenn sie sich nach Zivilisation sehnen.

»Du kümmerst dich um unsere Versorgung mit Feuerholz und dein Bruder um die Jagd.« Aldo zog eine Augenbraue hoch, doch sein Blick wurde hart, als sein Sohn den Mund öffnete. »Und ich will keine Diskussionen. Ihr macht, was ich euch sage! Und was die Götter wünschen!«

Jamil spürte den kritischen Blick der Seherin, als er sich widerwillig abwandte und einige Frauen an den Waldrand begleitete. Balor scharte die Männer um sich, die er während der Überfahrt auf den vorausschauenden Befehl ihres Vaters hin schon in Jagdstrategien unterwiesen hatte.

Nach einem kurzen Zögern betrat Jamil den kühlen Schatten des Waldes. Auch hier hatte der Sturm anscheinend gewütet, denn der Boden war übersät von abgerissenen Ästen. Er ließ seinen Blick wandern, genoss den lebendigen, erdigen Geruch der Natur und fühlte sich augenblicklich wohl. Solche Wälder hatten sie um Kas'Tiel schon lange nicht mehr ihr Eigen nennen können. Das wenige Land außerhalb der Stadtmauern war bewirtschaftet worden – dies hier aber war Wildnis, die sich scheinbar endlos über die Hügel und entlang der Küste zog.

Jamil riss sich schließlich von der Anziehungskraft des Waldes los und beruhigte die Frauen, die jedes Mal nervös zwischen die Bäume spähten, wenn es irgendwo knackte oder ein Vogel aufflatterte.

Sie sammelten Feuerholz in dem Waldstück, das an die Senke angrenzte, und kehrten in das Lager zurück.

Schon bald nach der ersten Mahlzeit an Land erwachten die Lebensgeister der Gruppe. Die Kinder klaubten Steine und Muscheln zum Spielen auf und ihr Lachen erfüllte alle mit einem ersten Hoffnungsschimmer.

Obwohl der Sturm ihnen schwer zugesetzt hatte, räumten Jamil und seine Freunde noch am Nachmittag alles, was sie bei Ebbe erreichen konnten, aus dem Bauch des Schiffes.

Zuletzt musste er tauchen, fand noch einiges an Werkzeug und gab dann den Rest vorläufig auf. Farnir zog ihn aus der

Luke hoch und einen Moment lang saß er nass an Deck und atmete schwer. Anschließend hielt er stolz die Säge hoch, die er unten im Wasser ertastet hatte und lachte erleichtert.

Farnir und Felik stimmten mit ein und machten sich daran, aus Brettern eine provisorische Plattform zu zimmern, auf der sie ihre Habseligkeiten treibend an Land bringen würden.

»Es liegt noch einiges unten, aber dafür müssen wir auf eine besonders niedrige Ebbe hoffen«, meinte Jamil in die Runde, als weitere Männer an Bord kamen, um Sachen aus dem Zwischendeck zu bergen.

Währenddessen konnte er vom Schiff aus sehen, dass die ersten Zelte zwischen den Hügeln aus Segeltuch improvisiert worden waren.

Jamil watete mit einem Sack voll feuchter Kleidung auf dem Kopf zurück ans Ufer und holte noch ein paar helfende Hände hinzu, da die Ebbe wohl nicht mehr lange anhalten würde.

»He! Jamil!«, brüllte Farnir ihm vom Schiff aus zu. Einige Möwen flogen kreischend davon und kreisten aufgebracht über der Bucht. »Bleib ruhig an Land, hörst du! Mach mal Pause!«

Feliks raues Lachen schallte über die Bucht und Jamil winkte den beiden dankbar zu, bevor er das Bündel zum Lager trug. Er spürte den Blick von Yesimas Tochter auf sich ruhen, als er den Stoff auseinanderschlug und sich trockene Kleidung überstreifte, ignorierte ihre neugierigen Augen aber.

Jamils Bruder und seine Jäger erlegten in der Abenddämmerung einen Hirsch, was die Seherin als gutes Omen deutete. Balor brüstete sich damit wie ein junger Gockel. Die alte Frau opferte das Herz des Tieres und bat die Götter um ihren Beistand und Schutz vor der Wildnis und bösen Dämonen, die vielleicht auch in diesen Wäldern lauerten.

Wie die Seherin waren auch die anderen Überlebenden sehr verhaftet in ihren Glauben und fürchteten, dass ihr Auftauchen in diesem fremden Land das Böse anziehen könnte.

Dennoch entging Jamil nicht, dass die meisten der Flüchtigen von tiefem Elend erfüllt waren. In der ersten Nacht fand kaum jemand Ruhe, während die dunkle Stille immer wieder vom Weinen und Schluchzen der Schiffbrüchigen unterbrochen wurde.

Es war eine überraschend laue Nacht nach dem Sturm und so lag Jamil draußen neben dem Zelt seiner Eltern und starrte hinauf in die Sterne. So viele hatte man in Kas'Tiel nie sehen können.

Er wollte seinen Bruder darauf aufmerksam machen, doch der hatte ihm abweisend den Rücken zugekehrt und schien zu schlafen.

Ein Kind weinte in der Dunkelheit, während Jamil den Nachthimmel beobachtete. Er wusste nicht, was er fühlen sollte.

War er erschüttert, weil das Erreichen dieses fremden Landstrichs besiegelte, dass sie ihre Heimat nie wieder sehen würden? Erstaunlicherweise verspürte er nur Erleichterung, bevor er endlich wegdämmerte.

Auf einem Steinplateau nahe der Bucht errichteten die Trauernden am frühen Morgen unter Anweisung der Seherin eine Gedenkstätte für ihre verlorenen Freunde und Familienmitglieder.

Danach waren sie damit beschäftigt, ihre Ausrüstung zu trocknen und weitere Zelte aus den Segeln zu errichten.

Navenne und ihre älteren Helferinnen pflegten zusammen mit der Seherin die Kranken und Verletzten, nachdem Jamil einige Frauen auf der Suche nach heilenden Kräutern begleitet hatte.

Sein Blick ruhte auf seiner Mutter, der sanften, aber auch gebieterischen Frau, die in Kas'Tiel als Schreiberin für ihren Mann ehrenvolle Arbeit geleistet hatte. In diesem Moment beschloss er, dass er alles dafür tun würde, um wieder etwas Freude und Sicherheit in ihr Leben zu bringen. Bald würden sie alle die Zeit der Entbehrung auf dem Schiff vergessen können und auch der Schmerz ihrer Verluste würde irgendwann verblassen. Hoffentlich.

Jamil schreckte aus seinen Gedanken, als sich Schritte näherten.

Balor kam mit ernster Miene auf ihn zu und hatte in typischer Manier eine Hand auf dem Jagdmesser an seinem Gürtel liegen.

»Du scheinst dich ja schon wie daheim zu fühlen«, meinte Jamil schmunzelnd und nickte zu der Waffe hin.

»Ich werde mich nie mehr irgendwo heimisch fühlen und das weißt du«, schnappte Balor zurück. »Kas'Tiel war unsere Heimat und wurde von den Grauen vernichtet.«

Jamil spürte, dass sein Bruder streiten wollte – und hier hatten sie das erste Mal seit Wochen die Möglichkeit, allein zu sein. Seufzend deutete er den Hügel hinauf. Er wollte Balor eine Gelegenheit geben, sich nach all den Strapazen etwas abzureagieren, wenn das nötig war, um seinem Bruder wieder näher zu kommen … und bei dem Anlass auch einen Blick auf die Landschaft dahinter werfen.

»Was hältst du von einem kleinen Ausflug?«

Balor brummte etwas und folgte ihm mit finsterer Miene den Hang hinauf. Kaum waren sie ein Stück vom Lager entfernt, hielt er Jamil an der Schulter zurück.

»Nur um das gleich zu klären: Vater hat mir die Verantwortung für die Jäger und Wachen übergeben. Du sollst mit ihm zusammen den Aufbau des Lagers organisieren und ich werde uns beschützen, nachdem ich die Umgebung gesichert habe. Vater will, dass ich die Wälder erkunde und nach Gefahren Ausschau halte.«

Jamil verdrehte die Augen, bevor er nickte. Es schien fast, als glaube sein Bruder, dass sie gleich von der nächsten Meute Soldaten überfallen würden, dabei war dieses Land völlig verlassen. »Du hast mein vollstes Vertrauen dabei.«

»Wirklich?«, fragte Balor bissig. »In Kas'Tiel hast du jede meiner Ideen verworfen und auf dem Schiff hast du mich herumkommandiert wie einen Lakaien!«

Jamil hob beschwichtigend die Hände. »Balor, du weißt, dass das so nicht stimmt. Ich war im Gegensatz zu dir schon auf mehreren Handelsfahrten für Vater unterwegs und kannte mich deshalb etwas besser aus. Aber das ändert nichts daran, dass wir das ohne dich nie geschafft hätten.«

Sein kleiner Bruder ballte die Fäuste. »Das hätte alles ganz anders kommen müssen bei dem Angriff.«

Jamil unterdrückte ein Seufzen. »Wir haben das schon unzählige Male durchgekaut, Balor.«

»Gut, dann weißt du ja auch, dass ich nicht von meiner Sicht abweichen werde. Vater hat fatale Entscheidungen getroffen und du auch! Du …«

Gerade als er sich in Rage reden wollte, unterbrach er sich selbst. »Riechst du das?«, fragte er mit gerunzelter Stirn.

Jamil schnupperte in den Wind. »Nein, was?«

»Das ist Rauch.«

Zuerst wollte Jamil etwas Schnippisches über ihre Lagerfeuer in der Senke erwidern, bis ihm auffiel, dass der Wind aus der anderen Richtung kam, vom Wald her, der völlig unberührt wirkte.

Sein Bruder zog das Messer und eilte den Hügel hinauf, wo ein großer, mächtiger Baum stand.

Statt einer Horde Angreifer fanden sie dort aber lediglich einen dürftigen Pfad, der zu den knorrigen Wurzeln des Baumes führte. In den tiefen Furchen der Rinde lagen kleine geschnitzte Figuren und welker Blumenschmuck.

Balor steckte langsam das Messer weg und hob eine der Götzen auf, drehte sie zwischen den Fingern und streckte sie dann Jamil hin.

»Hier in der Nähe leben Menschen. Und dem hier nach zu urteilen sind es irgendwelche Wilden, die diesen Baum verehren!«

Jamil nahm ihm die Schnitzerei ab, die eine kleine Frauengestalt mit langem Zopf darstellte. »Ich würde nicht so schnell urteilen. Wir könnten Glück haben und auf Leute treffen, die uns helfen. Wir haben viel durchgemacht und könnten Unterstützung gebrauchen.«

»Das sind Fremde! Wir dürfen niemandem trauen!«

Auf einmal hatte Jamil das Gefühl, dass sein Bruder stur das wiederholte, was ihr Vater schon gesagt hatte. »Balor, ich bitte dich, mach jetzt keinen Fehler. Wir sind hier die Fremden.«

Balor schnaubte. »Keine Sorge, Bruder. Ich mache keine Fehler mehr, das habe ich zur Genüge in Kas'Tiel getan, als ich dich Entscheidungen fällen ließ, die uns alle angingen!«

Jamil spürte, dass sich die Wut seines Bruders nicht nur gegen ihn, sondern gegen die ganze Welt richtete.

Lezanas Vater und Aldo hatten die Heirat mit der Königstochter geplant – nicht er. Doch in Balors Augen schien das nicht relevant zu sein.

Er wollte ihn trösten, ihm beistehen, aber sein jüngerer Bruder war schon auf der ganzen Schiffsfahrt unnahbar gewesen.

Jetzt wandte er sich ab und murmelte, dass die anderen Jäger auf ihn warteten und er erst in ein paar Tagen zurück sein würde.

Natürlich waren die Wochen auf dem Schiff nicht ohne Spuren an ihnen vorbeigegangen. Alle Mitglieder ihrer kleinen Gemeinschaft waren vor ihrer Flucht das ruhige, friedliche Leben in der sicheren Handelsstadt gewohnt gewesen … nur durch Glück konnten sie jetzt tüchtige Handwerker und ein paar Jäger zu ihrer Gruppe zählen.

Der Zufall – oder laut der Seherin wohl eher der Wille der Götter – hatte bestimmt, wer auf das Schiff gelangt war und daher überlebte.

Doch diese Ereignisse rechtfertigten nach Jamils Meinung nicht das Verhalten seines Bruders.

Seufzend betrachtete er die vertrockneten Blumenketten zwischen den Wurzeln, setzte sich hin und lehnte den Kopf an den Stamm.

»Nur einen Moment Ruhe, bevor es weiter geht und unser neues Leben beginnt«, murmelte er und sah hinauf in die prächtige Krone des Baums, bevor er die Augen schloss und matt lächelte. »Immerhin den Baum kann nichts erschüttern. Ich werde dafür sorgen, dass er den Äxten nicht zum Opfer fällt.«

Seine Gedanken kreisten noch um die Pläne seines Vaters, als er hinabsank, in die Tiefe von Erschöpfung.

Wasser. Es sprudelte aus allen Ritzen im Schiffsbauch, in dem er eingeschlossen war. Innerhalb eines kurzen Atemzugs hatte es das halbe Schiff gefüllt, riss ihn von den Füßen und trieb ihn nach oben.

Jamil sah nur noch Spiralen aus tanzenden Luftblasen. Sein Kopf prallte gegen das Zwischendeck. Er schlug mit den geballten Fäusten gegen die geschlossene Luke über sich und brüllte, doch das Wasser zog ihn bereits in die Tiefe. Es zerrte an seiner Kleidung, während die Luft aus seinen Lungen wich … Alles wurde schwarz … und plötzlich waren da Flammen! Das Wasser selbst schien sich zu wandeln, wurde zu einem Feuerball, der alles um ihn verschlang.

Gesichter, voller Asche und schwarz angesengt, tauchten zwischen den Flammen auf, starrten ihn aus toten Augen vorwurfsvoll an … Er sah Freunde aus Kas'Tiel, den Vater von Felik und Farnir … die alte Mutter von Marifa … so viele bekannte Gesichter. Er musste ihnen helfen, sie aus dem Feuer holen! Doch wenn er die Hände nach ihnen ausstreckte, zerfielen sie zu Ruß und Kohle und verschwanden. Sein Grauen wuchs und wuchs – bis Lezana in den Flammen erschien.

Lezana. Tochter ihres Königreiches Loranien …

Tränen hatten lange Striche in ihr rußverschmiertes Gesicht gezogen. Sie streckte die aschebedeckte Hand nach ihm aus und ihr Blick war schrecklich, verzehrend und anklagend.

»Du hast mich nicht beschützt, Jamil! Warum warst du nicht bei uns und hast dieses Unglück verhindert? Ich leide! Ich brenne!«

Ihre Finger berührten ihn … ihre langen blonden Haare wallten im heißen Wind um ihr Gesicht … und ihre Augen entflammten in einem feurigen Rot und sprühten Funken.

»Ich brenne!«

Jamil schreckte ruckartig aus dem Traum auf. Glitzerndes Sonnenlicht drang durch das Blätterdach über ihm.

Schwer atmend setzte er sich auf und fuhr sich mit den Händen durchs Gesicht, um die Haare wegzustreichen.

Langsam beruhigte er sich wieder. Er war nicht mehr auf dem Schiff … und auch nicht mehr in Kas'Tiel.

Bei der Erinnerung an Lezanas Blick wurde ihm schwer ums Herz. Auch wenn er nicht an die Götter und ihre Dämonen glaubte, die sie als Strafe manchmal auf die Menschen losließen, so erschien ihm dieser Traum doch als seltsames Omen. Er hatte nie einen dieser Todesengel zu Gesicht bekommen, doch es waren immer wieder Boten in Kas'Tiel eingetroffen, die von ihren schrecklichen Taten berichteten. In den letzten Jahrzehnten waren sie besonders häufig in dem Gebiet des grauen Königreiches aufgetaucht … und angezogen von Tod und Hass sollten sie laut der Erzählung so aussehen, wie in seinem Traum – mit glutroten Feueraugen und umgeben von Flammen.

Jamil seufzte, erhob sich und betrachtete den großen, mächtigen Baum, an dessen Stamm gelehnt er eingenickt war. Zuvor war er so auf seinen Bruder fixiert gewesen, dass er diesen Ort kaum hatte wertschätzen können, jetzt wollte er nicht mehr über den Traum nachdenken und sich bewusst ablenken. Seltsamerweise schien er der einzige zu sein, dem bisher die Schönheit dieser Natur aufgefallen war.

Die Wurzeln des Baumes klammerten sich wie lange, knorrige Finger in den Boden, während sich der gewundene Stamm in den Himmel streckte.

Von der Kuppe dieses Hügels aus konnte Jamil einen sanften Rauchschleier über dem Wald erkennen. Das fremde Dorf musste hinter dem nächsten oder übernächsten Hügel liegen, vermutlich auch in der Nähe einer Bucht.

Die Landschaft wellte sich fast regelmäßig an der Küste entlang, die Senken zwischen den Hügeln mündeten jedes Mal in kleine Buchten.

Jamil atmete langsam durch, verließ den alten Baum und lief über die sanft abfallende Hügelkuppe in Richtung der Abbruchkante, um hinunter zu spähen.

Die Klippe war tief und voller spitzer Vorsprünge, die unten in die raue See übergingen. Wenn er links an ihr entlang sah, war die Bucht mit dem Kiesstrand zu erkennen. Er konnte auch das Lager sehen, das sich zwischen die weiten, offenen Hügel schmiegte. Ein guter Platz für ihre neue Heimat.

Doch dieses Land gehörte schon jemandem. Er musste mit Aldo darüber sprechen und ein Treffen erwirken, bevor sein Bruder etwas Dummes anstellte.

In dem Moment, als er die Klippe verlassen und zum Lager unten zurückkehren wollte, entdeckte er die junge Frau. Sie folgte dem Rand der Klippe die Wiese hinauf, direkt auf ihn zu, war jedoch auf einen Korb mit Blüten und Früchten in ihren Armen konzentriert.

Jamil war sofort von dieser Fremden fasziniert. Ihre offenen welligen Haare wogten in der Meeresbrise wie schwarze Seide und verbargen immer wieder die hohen Wangenknochen und geschwungenen Lippen. Ihr schlanker Körper war in schmiegsames Leder gekleidet, das ihre Figur betonte und den sicheren, eleganten Gang hervorhob.

Angespannt blieb er stehen und wartete. Als sie zum Baum streben wollte, bemerkte sie ihn und erstarrte. Obwohl ihre

Miene sofort misstrauisch wurde, zeigte sie keine Angst und hielt seinem Blick stand. Vertieft in ihre Erscheinung, nahm er eine weitere Bewegung nur im Augenwinkel wahr.

Ein kurzes Surren drang an sein Ohr, ein Ruck ging durch seinen Körper – und stechender Schmerz breitete sich in seiner rechten Seite aus.

Plötzlich wurde alles seltsam langsam, während er den Kopf senkte, an sich herabstarrte. Ein Pfeil steckte rechts in seiner Brust, zwei Handbreit unter der Achsel.

Ein schriller, langgezogener Aufschrei erreichte sein Ohr. Nach einem Moment ordnete er ihn als den der Frau ein. Ihre Stimme klang verzerrt, drang wie durch Watte zu ihm.

Von Schmerz und Schwindel erfüllt, blickte er von der Wunde auf, an deren Rand sich sein Hemd bereits mit Blut vollsog. Die Fremde hatte sich in die Wiese gekauert und starrte ängstlich zu ihm herüber.

Der Schmerz betäubte ihn, die Welt um ihn herum verlor an Farbe und das Rauschen des Meeres dröhnte in seinen Ohren – oder war es sein Blut?

Er machte einen wankenden Schritt auf die junge Frau zu und hob die Hand … dann spürte Jamil, wie ein zweiter und dritter Pfeil in seine Seite einschlugen und explosionsartige Schmerzen in seinem Körper entfachten.

Sein Aufschrei wandelte sich in ein Röcheln. Er schmeckte Blut, als sein Blick trüb und verschwommen wurde und er das Gleichgewicht verlor.

Tiefe Schwärze breitete sich um ihn aus.

Jamil sackte weg und hatte das Gefühl, dass sich alles verschob. Er sah die schreckgeweiteten Augen der Fremden und dann fühlte er, wie sein erschlaffender Körper von der Klippe stürzte.

Den Aufprall auf die Felsen in der aufgewühlten See spürte er schon nicht mehr.

Das Urteil

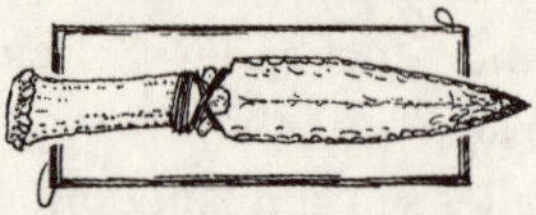

Ashanee war noch immer völlig benommen, als die Fremden angelockt durch ihren Schrei auf dem Hügel auftauchten. Von einem Moment auf den anderen fand sie sich umringt von Männern, die in einer unbekannten Sprache durcheinanderriefen, sie ergriffen und auf die Füße zerrten.

Erst da packte sie die Angst und sie vergaß die Opfergaben für den heiligen Baum, die sie auf der Wiese hatte fallen lassen.

Nachdem eine grobe Hand sie abgetastet und das Messer von ihrem Gürtel gezogen hatte, ließ man sie los und machte ihr etwas Platz.

Sie zitterte noch immer am ganzen Leib, doch die vielen fragenden Blicke, die sie durchbohrten, zwangen sie dazu, sich zusammenzureißen.

Nach einem Moment hatte sie sich genug beruhigt, um die Gesichter der Umstehenden betrachten zu können. Ein paar Frauen hielten sich im Hintergrund, doch auch sie sahen genauso wild und ungezähmt aus wie die Männer. Ihre Haare waren teilweise lockig oder hell, ihre Gesichter wettergegerbt und … Asha konnte nicht genau sagen, warum sie dieses Gefühl hatte … aber es lag eine tiefe Erschöpfung und Trauer hinter den fremden Worten, mit denen sie jetzt überschüttet wurde.

Eines klang immer wieder heraus und sie vermutete, dass es der Name des jungen Mannes sein musste. Jameel.

Sie wollten wissen, was ihm zugestoßen war! Aber wie sollte sie das erklären? Sie verstand es doch selbst noch nicht. Bei der Erinnerung begann sie wieder zu zittern. Noch nie hatte sie einen Menschen sterben sehen … den Schmerz und die Hilflosigkeit in seinem Blick würde sie nie mehr vergessen.

Langsam und vorsichtig drückte sie sich etwas von den drängenden Händen weg, während die Angst sie weiter durchwogte, und man machte ihr tatsächlich Platz.

Unauffällig warf sie einen kurzen Blick in die Richtung, aus der die Schüsse gekommen waren – vom heiligen Baum aus – doch natürlich war dort niemand mehr zu sehen. Der Schütze war verschwunden.

»Jameel?«, fragte sie zaghaft und versuchte die Aussprache mit dem langen i nachzuahmen. Sofort nickten alle Männer und gestikulierten.

Mit einem Zögern deutete sie an den Rand der Klippe, dann in die Tiefe, aufs Meer.

Bestürzung und Fassungslosigkeit tauchten auf den Gesichtern um sie auf, dann wurde sie grob gepackt und den Hügel hinuntergeschleift, auf das Lager zu, das ihre Späher erst gestern zum ersten Mal bemerkt hatten.

»Nein!«, schrie sie verzweifelt. »Nein, ich war das nicht! Bitte!«

Aber man verstand ihr Flehen nicht. Die Leute umringten sie wie eine Mauer, aus der es kein Entkommen gab. Sie erreichten die Senke hinter dem Hügel und die Stoffzelte, die zwischen einem Durcheinander von Kisten und anderen Dingen aufgeschlagen waren.

Einige eilten rufend vor, dann kamen ihnen eine alte Frau und ein erhaben wirkendes Paar entgegen. Die Erscheinung der Alten erinnerte Ashanee sofort an ihre Schamanen.

Sie musterte Ashanee lange, während die anderen still verharrten und darauf zu warten schienen, was sie zu sagen hatte. Die Frau legte ihr die Hand an die Stirn, was sie erschaudern ließ, und schüttelte dann den Kopf. Sie murmelte etwas und die Griffe um ihre Arme wurden lockerer, ließen schließlich los. Einen Augenblick später traten die Fremden beiseite, die ihr den Weg in Richtung des Hügels versperrten.

Als sie Ashanee so unerwartet laufen ließen, schlug ihr das Herz noch immer bis zum Hals. Sie hetzte los, klaubte oben auf der Klippe den zertretenen Korb auf und rannte zu ihrem Dorf, obwohl ihr ab dem halben Weg die Lunge in der Brust stach.

Schwer atmend kam sie auf dem Platz zwischen den Hütten an und wurde sofort von Haluschk und den Jägern in Empfang genommen.

»Was ist geschehen? Warum warst du so lange fort?«

Ihr Anführer erblickte den zertretenen Korb, den Asha noch immer an sich gedrückt hielt, und bemerkte dann auch ihren gehetzten, verstörten Blick. »Was hat das zu bedeuten?«

»Es … ich wollte die Opfergaben zum Hara–Baum bringen, aber …«

Haluschk wurde sofort zornig. »Haben diese Fremden den Baum entehrt?«

»Nein! Ich … da war …« Sie stockte kurz und musste neu ansetzen. »Einer ihrer Leute ist gestorben. Er wurde von jemandem mit Pfeilen erschossen und stürzte von der Klippe.«

Unruhe machte sich breit, doch der Anführer beugte sich näher zu ihr, um in Ruhe mit ihr sprechen zu können.

»Was ist passiert? Erzähl es mir ganz genau.«

»Ich wollte zum Hara–Baum, wie die Schamanen es gesagt haben, und den Geist bitten, dass er die Fremden friedlich sein lässt. Auf dem Hügel stand dann auf einmal dieser junge

Mann. Ich glaube, er wollte zu uns, so nachdenklich, wie er wirkte. Er hat mich gesehen, dann schossen plötzlich Pfeile aus dem Wald und durchbohrten ihn. Haluschk … könnte es einer von unseren Jägern gewesen sein?«

Empörung machte sich auf seinem Gesicht breit, aber er blieb ernst und räumte schließlich ein, dass man sie alle würde fragen müssen, wenn sie zurückkehrten.

»Sie sind … ich glaube, sie werden uns für den Tod ihres Mannes verantwortlich machen. Und sie sind gefährlich. Sie sehen alle wild und wütend aus.«

Die Schamanen traten vor und wirkten dabei so ernst und erhaben wie eh und je, offensichtlich hatten sie ihnen zugehört.

»Ashanee, wir danken dir für deinen Mut und deinen Bericht. Wir halten es für das Beste, wenn sich ab jetzt alle den Fremden gegenüber mit äußerster Vorsicht verhalten«, erwiderte der älteste der vier Schamanen, bevor er sich an die Versammelten wandte. »Kommt ihnen nicht zu nahe, bis wir herausgefunden haben, was dort an der Klippe geschehen ist. Ashanee, denkst du, dass du deine Pflichten als Jägerin heute Nacht trotzdem erfüllen kannst?«

Asha nickte langsam, während sie in Gedanken noch immer bei dem schmerzverzerrten Gesicht des jungen Mannes verweilte.

»Wir werden die Geister befragen und sie um Gnade für diese arme, fremde Seele bitten. Du hast ihn als letzte gesehen, deshalb ist es richtig, wenn du Opfergaben an den heiligen Baum bringst, nachdem wir sie gesegnet haben.«

Bei den Worten der jüngeren Schamanin verzerrte Asha das Gesicht. »Ich weiß nicht, ob die Fremden darüber glücklich sein werden, wenn ich direkt wieder dort auftauche. Sie sind so nah an unserem Hara–Baum … und sie haben mir mein Messer abgenommen.«

Die Schamanin zögerte einen Moment und wirkte ungehalten, dann nickte sie jedoch. »Gut, dann bring die Gaben heute Nacht dort hin, bevor du jagen gehst. Damit sie dich nicht sehen. Und Haluschks Krieger werden dir sicherlich ein neues Messer geben, damit du nicht schutzlos bist.«

Navennes Schluchzen riss Aldo aus seinem unruhigen Schlaf. In ihrem Zelt war es noch dämmrig und klamm, er konnte kaum mehr als zwei, drei Stunden geschlafen haben und fühlte sich kein bisschen erholt.

Wie auch, nachdem er den gestrigen Abend und die halbe Nacht damit verbracht hatte, die Gemeinschaft und anschließend seine Frau zu beruhigen? Sie hatten auf Geheiß der Seherin die Bucht und auch den Wald nach Jamil abgesucht … ohne Erfolg.

Sein ganzer Körper fühlte sich steif und ausgelaugt an. Dieser Gedanke war ihm seit ihrer Flucht wieder und wieder durch den Kopf gewandert. Er war alt und müde geworden.

Die Erschöpfung lag auf seinem Herzen wie ein Stück Blei und er hatte nicht mehr die Kraft, sie zu bekämpfen. Er wusste, dass seine Frau schlimmer litt als jeder andere, doch Aldo konnte ihr kaum Trost spenden.

Als er seine Hand auf ihre Schulter legte, zuckte sie zurück und starrte ihn mit verquollenen Augen so vorwurfsvoll an, als hätte er selbst Jamil von der Klippe gestoßen.

Es wollte einfach nicht zu ihm durchdringen. Sein Sohn sollte tot sein? Vor wenigen Wochen hatten sie noch darüber gesprochen, wie er sich auf seine zukünftige Position als Rätor und Ehemann von Lezana vorbereiten sollte. Sie hatten die Soldaten und Feuer überlebt, quälenden Hunger und den Sturm … und jetzt war er fort? Von der Klippe gestürzt, bei einem dummen Unfall?

Aber das hatte die Seherin ja nicht genau sagen können. Vielleicht hatte er sich einfach nur im Wald verlaufen und dieses Mädchen hatte geschrien, weil sie sich über ihr Lager erschrocken hatte? Oder diese Wilden hatten ihn ermordet.

Im selben Moment beschloss er, dass sie sich für einen Angriff rüsten mussten. Balor war noch nicht von seinen Erkundungen zurück, doch auch die anderen hatten bisher keine bessere Stelle für eine Siedlung gefunden. Hier gab es Wasser und Nahrung, das war jetzt am wichtigsten.

Sie mussten zusammenhalten und sich verteidigen.

Er würde den Befehl geben, zwei solide Langhäuser aus Stämmen zu errichten und nur seiner Familie und der Seherin eigene Häuser bauen, um ihren Stand in dieser neuen Welt zu stärken.

Einer Welt, in der er nur noch einen Sohn hatte.

Während Navenne ihr Gesicht in den Händen verbarg und wieder zu schluchzen begann, wurde Aldo klar, dass er Jamils Tod niemals würde verkraften können.

Der gellende Schrei eines Kindes riss ihn und seine Frau aus ihren Gedanken.

»Mamaaaa!«

Das Kreischen drang durch die dünne Zeltwand und Aldo sprang auf, um hinauszueilen.

»Mamaaaa! Ein Ungeheuer!«

Aldo wandte sich zur nebelverhangenen Bucht und eilte los, dicht gefolgt von anderen aus dem Lager.

Ein kleines Mädchen kletterte weinend die Böschung des Strandes hinauf und umklammerte eine Muschel, als hinge ihr

Leben davon ab. Ihre Mutter überholte Aldo und schloss die Kleine in ihre Arme, die endlich stotternd erzählte, was passiert war, nachdem die Mutter ihr besorgt das Haar aus dem verweinten Gesicht gestrichen hatte.

»I–ich wollte Muscheln sa–sammeln fü–für die Götter. Aber d–da ist ein U–Ungeheuer!«

»Was tust du denn da allein? Ich habe dir doch gesagt, du darfst nicht zu weit von den Zelten weg!«, rief die Mutter tadelnd, doch Aldo hielt sie auf und fragte die Kleine, wo sie das Ungeheuer gesehen hatte.

Sie deutete mit der Muschel zur rechten Seite der Bucht, wo der kleine Strand in die Felsen der Klippe überging, von der Jamil angeblich gestürzt war.

In diesem Moment wurde Aldo bewusst, wie sehr er und seine Frau sich an die Hoffnung geklammert hatten, dass diese fremde junge Frau sich geirrt oder man sie falsch verstanden hatte. Die ganze Nacht über hatten sie insgeheim zu den Göttern gefleht, dass Jamil aus dem Wald auftauchen würde und alles ein Irrtum war.

Der Gedanke, ihn dort unten am Strand zu finden, war unerträglich … doch er musste jetzt der Rätor sein, kein Vater. Langsam wandte er sich um und erkannte, dass sich fast alle aus der neuen Siedlung versammelt hatten.

»Ihr bleibt hier, während ich mir das ansehe. Moleno, Farnir, ihr kommt mit.«

Der alte Mann und der Sohn ihres Schmieds nickten hastig und traten vor, während Navenne sich durch die Menge drängte. »Ich komme auch mit.«

»Nein!«

»Du kannst mir das nicht verbieten, Aldo! Ich muss …« Sie brach ab, doch er konnte an ihrem verzweifelten Blick sehen, dass sie sich durch nichts würde aufhalten lassen.

»Ihr anderen sucht nach der Seherin! Wir brauchen ihren Beistand«, befahl er nach einem Blick auf die Versammelten, wartete die Antwort jedoch nicht ab, da seine Frau bereits die Böschung hinabstieg und über den Kiesstrand eilte.

Die Steine knirschten unter ihren Füßen. Er folgte Navenne, hörte hinter sich die beiden Männer – und ächzte auf, als er neben seiner Frau am Ende des Strands stehen blieb und auf die Gestalt starrte.

»Neeein!«

Navennes Schrei ließ Aldos Herz bersten. Er sah aus dem Augenwinkel, wie seine Frau kraftlos zu Boden sank, konnte aber den Blick nicht abwenden.

Jamils Oberkörper ragte auf den Kiesstrand, der Rest lag im Wasser, von Wellen und Seetang umspült. Eine Möwe hüpfte im morgendlichen Nebel vorsichtig näher, legte den Kopf schräg und flog dann kreischend davon.

Natürlich hatte die Kleine ihn für ein Monstrum gehalten, so geschunden, wie er war. Sein Körper glänzte rot von Blut und grün von Seegras und Tang, die sich um ihn gewickelt hatten.

Aldo war nicht mehr in der Lage, sich zu bewegen. Die Gewissheit lähmte und entmachtete ihn. Bis vor wenigen Augenblicken hatte er sich an diese winzige, idiotische Hoffnung klammern können. Jetzt kroch Navenne weinend und klagend auf die Leiche ihres Sohnes zu.

Was ist das nur für ein Schicksal?, dachte Aldo. *Ertrunken, nachdem wir gerade dieses riesige Meer überwunden und den Krieg überstanden haben …*

Navenne klagte weiter, rief die Götter um Beistand an und streckte zitternd ihre Hand aus, wagte es aber nicht, ihren Sohn zu berühren – und ihr entfuhr ein Schrei, als Jamils rechter Arm sich für einen Moment bewegte und ein schwaches, kehliges Stöhnen seinem Mund entwich.

Gerade als Aldo die Lähmung überwunden hatte, näherten sich Schritte über den Kies.

»Halt!«, rief die Seherin und erreichte dann Aldo. »Fasst ihn nicht an! Ich muss ihn untersuchen.«

Da Navenne keine Anstalten machte, ihrem Sohn von der Seite zu weichen, traten ihre beiden Begleiter vor und zogen sie auf die Beine. Moleno und Farnir hielten sie zurück, als sie auf einmal zu neuem Leben erwachte und sich gegen ihre Hände sträubte.

»Er lebt noch! Er lebt!«

»Bringt sie ein Stück weg, ich brauche Platz.«

Die beiden Männer folgten dem strikten Ton der Seherin und führten Navenne zurück zu ihrem Mann.

Yesima beugte sich ganz langsam zu Jamil hinunter, um nach seinem Puls zu tasten, schreckte aber sofort wieder zurück.

Nachdem sie einen seltsam nervösen Blick zu Aldo und seiner Frau gewagt hatte, befühlte sie Jamils Stirn, öffnete eines seiner Lider und schob schließlich sogar seine Lippen zurück, um die Zähne zu betrachten.

Als ihm ein leises Stöhnen entwich, sprang sie auf und trat rückwärts von ihm weg. Eilig murmelte sie mehrere Beschwörungen und machte Schutzzeichen gegen das Böse.

»Was hat er?«, rief Navenne und versuchte erneut, sich aus dem Griff ihrer Bewacher zu winden. Aldo wurde langsam wütend über ihre Unbeherrschtheit. So verhielt sich keine Schreiberin und erst recht nicht die Frau des Rätors!

»Was ist mit ihm? Wir müssen ihm helfen!«

Die Seherin fasste seine Frau ins Auge und seufzte. »Es tut mir leid. Das ist nicht euer Sohn. Jamil existiert nicht mehr.«

Navenne lachte hysterisch, doch bevor sie widersprechen konnte, wandte Yesima sich an den Rätor.

»Euer Sohn ist bei dem Sturz von der Klippe gestorben … dieser geschundene Körper hier ist besessen. Von einem Dämon, einem Todesgeist, wie sie auch in unserem Land existieren.«

Die Seherin hatte glasige Augen, als sie flüsternd fortfuhr: »Es ist Jamils eigener Geist, der zu einem Dämon geworden ist. Er ist verflucht, ein ruheloses Ungetüm aus der Anderwelt, das sich seines früheren Körpers bemächtigt hat.«

Navenne erschlaffte in den Händen ihrer Begleiter und ein Raunen wurde laut. Aldo wurde bewusst, dass alle ihnen zum Strand gefolgt waren.

Er drehte sich langsam um und sah, wie mehrere Frauen zu Navenne eilten. »Sie ist ohnmächtig«, stellte ihre Freundin Marifa fest und das Murmeln wurde lauter. »Bringt sie zu den Zelten, sie braucht Ruhe und kühles Wasser. Macht schon!«

Sie scheuchte die anderen aus dem Weg, als man Navenne forttrug, und eine Traube Frauen und Kinder folgte ihnen. Die Männer blieben am Strand und warteten auf Aldos Befehle … doch der fühlte sich nur hilflos und leer.

Yesima sprang für ihn ein. »Wir müssen Wachen aufstellen und ich werde Schutzrituale durchführen, um unsere Siedlung vor seinem bösen Geist zu bewahren.«

Aldo wollte es nicht glauben und ging unwillkürlich auf Jamil zu. Die Seherin versperrte ihm den Weg und fixierte ihn mit ihren trüben, alten Augen. Die Gewissheit in ihrem Blick ließ ihn innerlich erzittern und entfachte eine unglaubliche Wut über seine Ohnmacht.

»Das ist mein Sohn! Das ist Jamil!«, widersprach er und wusste dabei selbst, wie hilflos er klang.

Die alte Frau sah ihn mitleidig an und umfasste seine Hand. »Es tut mir aufrichtig leid, mein Rätor. Die Zeichen sind eindeutig. Sein Blick ist gebrochen und kein Mensch könnte solche Verletzungen überleben. Er hat sich bei dem Sturz alle Knochen gebrochen. Er ist bereits über die Schwelle des Todes getreten.«

»Das kann nicht sein! Du sagtest, unsere Ankunft hier stünde unter einem guten Stern!«

»Ich habe so etwas befürchtet. Die Götter wollten ein Opfer für ihren Schutz und Segen. Wir dürfen ihre Wahl nicht in Frage stellen.«

»Aber das …«

Aldo wollte ihr nicht glauben. Dieses Schicksal war schlimmer als der Tod selbst – und es würde ihnen allen verbieten, um ihn zu trauern. Er kannte die Regeln der Seherinnen, die ihre Stadt früher vor den bösen Todesgeistern beschützt hatten.

Wie konnten die Götter ihn und seine Familie so strafen? Sie hatten alles versucht, um die Stadt vor ihren Angreifern zu verteidigen … und das war der Dank für die Rettung all dieser Menschen? Aldo hatte doch nicht ahnen können, dass die Verlobung von Jamil und Lezana solche Folgen haben würde! Das war nicht gerecht!

Die Seherin lächelte milde und riss ihn aus seinen verzweifelten Gedanken. »Wir müssen die Entscheidung der Götter akzeptieren … doch ich muss sie weiter befragen. Ich glaube nicht, dass sie uns einen Dämon schicken wollten. Jamil muss etwas verbrochen haben, das ihm dieses Schicksal bescherte und ihn in einen Todesgeist verwandelte. So etwas trifft einen nicht grundlos.«

»Was … was sollen wir tun?«, fragte Aldo leise, sodass die anderen hinter ihm seine Unsicherheit nicht hören konnten.

Seine Gedanken zogen ihn unaufhaltsam zu der Erinnerung an die Gespräche … die Vereinbarung. Wie viele wussten davon, dass diese Verlobung vollzogen worden war? Natürlich hatten die hohen Seherinnen die Götter deswegen befragt … aber hatten alle Templerinnen davon gewusst?

Er spürte Yesimas bohrenden Blick auf sich, doch statt Sorge empfand er eine immer stärker werdende Müdigkeit. Was spielte es noch für eine Rolle? Die Stadt war verbrannt und die Zerstörer würden ihnen kaum über das Meer folgen … und die Götter hatten seinen Sohn gefordert.

Yesima räusperte sich und sprach dann etwas lauter weiter. »Den Dämon können wir nicht töten, aber solange wir ihn nicht erzürnen, kann er uns nichts tun. Vermutlich wird er es nicht schaffen, an diesem Körper festzuhalten und bald wieder verschwinden. Dann können wir Jamils Leichnam doch noch so bestatten, wie es die Götter verlangen und damit ihren Zorn besänftigen.«

Aldo nickte träge und nahm kaum wahr, wie seine Füße ihn zurück zum Lager und seiner Frau trugen. Die Seherin würde ihre Botschaft an alle verbreiten, damit niemand einen Fehler beging.

So wurde Jamil am Strand liegengelassen, als sei er ein angeschwemmtes, totes Stück Holz.

Der Schrei des kleinen Mädchens schreckte ihn am Morgen aus der Bewusstlosigkeit, doch der Schmerz, der seinen Körper erfüllte, war so groß, dass er immer wieder in wirre Träume versank.

Er sah rauschendes, dunkles Wasser, in dem immer wieder Feuer aufflackerten. Die Flammen leckten über seine Haut und starrten ihn an wie leuchtende Augen.

Die Brandung hatte seinen Körper die halbe Nacht hin und her gewälzt und gegen die scharfen Felsen geworfen, bis er schließlich von der Strömung ergriffen wurde. An den Strand gespült, blieb er zwischen den rund geschliffenen Steinen liegen.

Jamil wollte sich aufrichten und rufen, doch kein Ton kam über seine Lippen und nicht ein einziger seiner Muskeln wollte ihm gehorchen.

Alles verschwamm, bis er seine Mutter weinen und flehen hörte. Stimmen rauschten in Jamils Ohren wie Wasser, vermischten sich mit dem kreischenden Lachen der Möwen und dem knirschenden Kies.

Einmal spürte er kalte Finger auf seiner Haut, sah verschwommen den kritischen Blick der alten Seherin und ihre runzeligen, zusammengekniffenen Augen.

Seine Mutter weinte … und die Seherin murmelte etwas von einem Dämon! In dem Meer aus Schmerz wurde Jamil klar: Das war gar kein Traum. Sie waren wirklich bei ihm am Strand, doch sie halfen ihm nicht, sondern verdammten ihn.

Ihre Worte entsetzten Jamil – und besiegelten sein Schicksal. In Gedanken verfluchte er die Alte, während die Schritte sich entfernten.

Sie ließen ihn allein! Er knirschte mit den Zähnen, konnte sich aber nicht rühren. Die Pfeile steckten noch in seiner Seite und brannten wie Säure.

Die Sonne ertrank und die Mondsichel erhob sich, warf ihr mattes Licht auf die Bucht. Mit der Dunkelheit kehrte nach und nach eine angespannte Ruhe in der neuen Siedlung ein. Jamil lag noch immer unten in der Bucht im seichten Wasser, das jetzt nur noch seine Waden und Füße umspielte.

Nach einer Weile veränderte sich der Schmerz, wurde an manchen Stellen klarer.

Brüche. Der Sturz auf die hervorstehenden Felsen im Wasser musste ihm die Beine und einen Arm gebrochen haben. Auch einige Rippen brannten wie Feuer, sie fühlten sich an, als seien sie zu kleinen Splittern zerbröselt und würden sich Stück für Stück durch seine Lungen fressen.

Die Seherin glaubte also, dass ein Fluch auf ihm lag? Das hörte sich völlig wahnwitzig an … Er war doch er selbst! Er spürte jede Faser seines Körpers so real und intensiv wie nie zuvor.

Aber der Gedanke ließ ihn nicht los. Ein Fluch? Ein Dämon?

Warum war er noch am Leben? Sein Körper fühlte sich so geschunden und zerstört an, dass er sich tatsächlich fragte, wie er eigentlich noch atmen konnte.

Allerdings war für ihn klar, dass er sich eben NICHT wie ein Dämon fühlte.

Sie ließen ihn im Stich, ließen ihn leiden. Er musste sie davon überzeugen, dass er noch er selbst war!

Kalter Wind fegte über den dunklen Kiesstrand. Jamil zitterte, schließlich schaffte er es, seinen rechten Arm zu heben und sich eine Handlänge über die Steine zu ziehen. Als sich die Brüche verschoben, schoss derart heftiger Schmerz seine Seite hinab, dass er laut aufbrüllte.

Niemand kam ihm zu Hilfe, obwohl er sicherlich das ganze Lager aus dem Schlaf geschreckt hatte.

Jamil fasste all seinen Mut zusammen und zog sich noch ein Stück aus der Brandung.

Ein weiterer markerschütternder Schrei hallte über die Bucht, als die Pfeile, noch immer zwischen den Steinen verkeilt, sich verdrehten und die Wunden weiter öffneten.

Mit Mühe schaffte er es, den obersten Pfeilschaft zu ertasten, der anscheinend mit Seetang umwickelt war.

Warmes, dickes Blut quoll über seine Finger und erneut packte ihn eine Welle aus Schmerz, bevor er das Bewusstsein verlor.

Es waren leise, zaghafte Schritte auf dem Kies, die ihn aus seinen ersten Fieberträumen aufschrecken ließen.

Ein Zucken durchlief Jamil, als er sich der Schmerzen wieder bewusst wurde. Für einen Moment wünschte er sich zurück in den wirren, sinnlosen Traum aus Flammen und Wasser.

Aber da schlich jemand langsam über den Strand und näherte sich ihm – genau in dem Moment, als etwas an seinem Bein zerrte. Schmerz durchbrannte ihn vom Fuß bis zur Hüfte, er stöhnte auf, drehte seinen Kopf – und starrte in die glühenden Augen eines riesigen Kojoten.

Jamil schrie wütend auf und wollte einen Stein packen, um ihn nach dem Kopf des Tieres zu schleudern, doch er konnte ihn nicht anheben. Seine Finger glitten einfach kraftlos an ihm entlang, ohne ihn fassen zu können.

Der Kojote ließ sich durch das Erwachen seiner Beute nicht im Mindesten stören. Im Gegenteil, er schnupperte an Jamils Kleidung, besonders die Pfeilwunden schienen ihn zu interessieren.

Jamil ächzte, als er den schillernden Blick auf sich spürte. Nein! Er würde sich nicht lebendig fressen lassen! Wut kochte in ihm hoch und er schlug kraftlos nach dem Tier, auch wenn das eine Welle aus brennendem Schmerz durch seinen Leib jagte.

Der Kojote sprang lautlos über ihn hinweg und verschwand aus seinem Blickfeld.

Einen Moment lang wagte er zu hoffen, doch dann hörte er wieder das Schnuppern des Tieres, ehe es ein lautes, helles Heulen ausstieß, das Jamils Schrei nicht unähnlich war.

Es dauerte nicht lange, da tauchte ein zweiter Kojote aus den weiten Schatten der Bucht auf. Er verschwamm immer wieder in Jamils Blickfeld, bevor dieser erschöpft die Augen schloss.

Als er die Lider mit Mühe wieder aufschlug, kauerte der zweite Kojote vor ihm, bedrohlich an den Boden geduckt und knurrte. Plötzlich jaulte das Tier hinter ihm auf und rannte zu seinem knurrenden Gefährten, dicht gefolgt von einem größeren Schatten.

Sein Helfer jagte hinter den fliehenden Kojoten her, warf Stöcke und Steine nach ihnen; erst als weit entfernt das klagende Heulen erneut ertönte, drehte er sich um.

Hoffnung entbrannte in Jamil. Sein Bruder war von den Erkundungen zurück! Er würde ihn nicht hier liegen lassen. Er würde sich über das Gebot der Seherin hinwegsetzen und – da kam die breite Mondsichel hinter den Wolken hervor und tauchte die Person in mattes Licht.

Erstaunen und Enttäuschung kämpften in ihm, als sich das fremde Mädchen vor ihm in die Hocke sinken ließ. Ihre Augen glitzerten, während ihr Gesichtsausdruck völlig neutral blieb. Zuerst sahen sie sich nur schweigend an … dann berührte sie zaghaft seine Hand und deutete hoch auf die Klippe. Sie machte eine Bewegung, die *laufen* bedeuten könnte, und deutete die Wiese hinauf, die an der Klippe entlang nach oben führte.

Ihre Schönheit ließ ihn seine Schmerzen einen Augenblick vergessen. Das Licht des Mondes wurde ein wenig stärker, sie beugte sich zu ihm – und Jamil sah sich selbst in ihren Augen widergespiegelt. Er sah seinen eigenen Schmerz und ihm stockte der Atem.

Dann drehte sie seine Hand um und drückte sie flach. Er wusste nicht, was größer war: die Faszination, die er verspürte, weil sie hier bei ihm war, oder der Schmerz, der seinen Arm durchflutete, weil er bewegt wurde.

Sie nahm ein Stück Schwemmholz und hielt es vor sein Gesicht, deutete hoch auf die Klippe und dann auf seine Hand … und eine Erinnerung streifte seinen Geist. Sie wollte, dass er hinauf zu dem Baum ging. Aber warum?

Neue Hoffnung machte sich in ihm breit. Sie könnte auch zu ihrem Dorf deuten, das hinter der Klippe lag … Würde sie ihm helfen? Würde sie ihn dorthin bringen, damit man ihn rettete? Er bewegte angestrengt den Arm, schloss seine Finger um ihre Hand, doch sie riss sie rasch weg und schüttelte den Kopf.

Ich kann nichts für dich tun!, sagte ihr Blick und sie stand auf.

Nein!, dachte Jamil und Zorn brannte in ihm. *Nein, so hilf mir doch!*

Er wollte sie zurückhalten, verstand nicht, warum sie ihn zurückließ, doch ehe er sich erneut regen konnte, tauchte eine Wolke die Bucht in Dunkelheit und sie war fort.

Jamil wartete, hoffte.

Sie kommt wieder. Sie holt ihre Leute … Sie lässt mich hier nicht sterben!, sagte er sich immer und immer wieder, um nicht wahnsinnig zu werden.

Als die nächsten Wolken die Mondsichel mehrmals enthüllt und verdeckt hatten, kehrte sie noch immer nicht zurück – und er verfluchte sie im Stillen.

Aber ich will leben!, dachte er zornig. *Ich werde leben!*

Trotz beherrschte seine Gedanken, als er mit der rechten Hand anfing, den Tang langsam von den Pfeilen in seiner Seite zu lösen und sie so zu befreien. Er betastete vorsichtig die Eintrittsstellen, schloss seine Hand um den ersten Schaft in seiner Seite, doch er konnte ihn nicht herausreißen. Ein Schrei entwich seiner Kehle, als er kurz an dem Holz zog und es dann rasch wieder losließ.

Er brauchte Hilfe! Wenn dieses Mädchen sie ihm nicht gewährte, dann würde er sie sich selbst holen! Er schrie! Er brüllte nach seinem Vater, seiner Mutter, aber keiner kam. Das flache Tal über ihm blieb totenstill.

Sie haben mich alle verraten!, dachte Jamil verbittert, doch dann durchzuckte es ihn. *Aber was, wenn ich es hinauf schaffe? Was, wenn ich bis vor ihr Zelt krieche, dann müssen sie erkennen, dass ich lebe und noch ich selbst bin!*

Sein Vater musste ihm doch helfen, wenn er erkannte, dass sein Sohn kein Dämon war, oder? Verzweiflung breitete sich in ihm aus, ließ seinen Magen verkrampfen. So leicht konnte Aldo seinen Sohn doch nicht aufgeben!

Er streckte den gesunden Arm nach vorn, packte die Steine, grub seine Finger in den Kies und zog sich weiter. Höllenqual durchbohrte ihn, doch er bewegte die Beine, stemmte sich etwas vom Boden weg – und arbeitete sich vor. Eine Handbreit nur, aber er packte den nächsten Stein und zog sich erneut weiter.

Nach endlos langer Zeit fühlte Jamil das erste Mal Gras zwischen seinen Fingern. Seine Kehle war wund, seine Stimme versiegt, aber in seiner Qual hatte er sich immer an dem Funken festgehalten, der in seinem Willen glühte. Er wollte leben! Er wollte nicht in die Schatten, die ihn umringten und belauerten … das Gras unter seinen Fingern war so weich nach all dem Fels und Kies.

Erschöpfung machte sich in ihm breit, als er die grünen Halme berührte.

Wollte er denn wirklich noch weiter? Noch mehr Schmerz? Er lebte ja … konnte er da nicht einen Moment ruhen, das lebendige Gras genießen? Ja … schlafen, das wollte er …

Aber da fühlte er auch das Fieber, wie es ihn umhüllte. Er durfte nicht müde werden! Seine Finger krallten sich um die dunklen Halme, seine Muskeln zitterten, verkrampften sich – da berührte ihn die Wärme von weicher Haut.

Wie ein Engel stand sie über ihm. Leuchtend im Licht des Mondes … das Mädchen! Ein Lächeln zuckte über sein müdes Gesicht. Sie war zurück! Sie würde ihn in die Siedlung bringen …

Ihre Hände strichen über seine zerkratzte Haut. Ihre Finger umfassten seinen Arm, als sie ihn leicht anhob. Schmerz packte ihn, schüttelte ihn wie eine hilflose Beute, als sich sein Brustkorb bewegte. Er spürte noch, dass sie ihm unter die Schultern griff und ihn auf den Rücken drehte. Seine Sicht, seine Sinne, alles verschwamm eine Weile in Schmerz und Dunkelheit.

Als nächstes erkannte er die dünne Mondsichel, wie sie über dem finsteren Meer stand, die Bucht, die unter ihm lag, während jemand ihn mit festem Griff durch das Gras zog.

Wer zog ihn da? Jamils Geist war heiß und kalt zugleich, als Erinnerungen sich wild mit seinen Halbträumen mischten.

Ein hübsches Gesicht tauchte in der Dunkelheit auf. Ja, die schöne Fremde zog ihn … aber wohin? Das Lager erreichte sie so einfach von der Bucht aus, warum zog sie ihn dann die steile Wiese hinauf?

Das Licht des Mondes schien Jamil ins Gesicht, als sein Blick erneut verschwamm.

Als nächstes lag er wieder auf dem Bauch, mit dem Gesicht im Gras. Seine Seite und Beine schmerzten, aber als er den Kopf etwas anhob, sah er nicht das Lager, sondern den Baum.

Das Mädchen lief durch sein Blickfeld, von ihm fort und stellte sich zu den dicken Wurzeln des Baums, die wie Schlangen über die Erde zu kriechen schienen. Sie berührte den dicken Stamm, suchte Jamils Blick – dann wandte sie sich ab und lief in die Dunkelheit.

Nein! Wo willst du hin? Lass mich nicht zurück!, dachte Jamil, wollte es brüllen, aber aus seiner Kehle kam nur ein Krächzen.

Sein glasiger Blick streifte gehetzt über die Wiese – und blieb dann an dem Baum hängen. Seine Krone schien im Wind zu wogen … dann spürte er die Kraft, die ihn zu diesem mächtigen Baum zog.

Er streckte den gesunden Arm aus, krallte seine Finger ins Gras und zog sich langsam vorwärts.

Es erschien Jamil seltsam – je näher er dem großen Baum kam, desto besser schien er sich zu fühlen. Er nahm nicht mehr wahr, dass das Wundfieber ihn nun vollends übermannte, als er zu den Wurzeln des Baums kroch und in heißer, dicker Schwärze versank.

Scharfe Klingen

Gähnend kroch Marifa aus dem Zelt und streckte sich. Die Luft war morgendlich kühl und leichter Dunst waberte über der Bucht unterhalb ihres Lagers.

Beim Gedanken an den gestrigen Tag fröstelte es die Frau und sie presste die Lippen zusammen. Die schreckliche Überfahrt und die Flucht steckten ihr noch immer in den Knochen, doch das Schicksal des jungen Jamil belastete sie weit mehr. Zwar hatte die Seherin entschieden, dass niemand um ihn trauern durfte, doch Marifa tat er dennoch leid. Sie selbst hatte keine Tränen vergossen, aber sie wusste ganz genau, wie sehr Navenne unter dem Tod ihres Sohnes leiden musste.

Im Lager war es noch ganz still und Marifa entschloss sich, für ihre Freundin einige Kräuter zu sammeln, um ihr einen beruhigenden Tee zuzubereiten.

Vermutlich hatten die anderen im Lager genauso schlecht geschlafen wie sie, also wunderte es Marifa nicht, dass es noch so still war. Die Schreie des Dämons hatten sie die halbe Nacht wachgehalten und einen Moment zögerte sie, ob sie wirklich allein auf die Wiese sollte, um nach Kräutern zu suchen.

Dann entsann sie sich der Worte der Seherin. Die hatte verkündet, dass der Dämon bald Jamils toten Körper verlassen würde.

Es wäre gut, wenn das jetzt schon geschehen ist. Dann können wir Jamil anständig begraben und um ihn trauern, dachte sie und stapfte dann den Hügel hinauf, Hauptsache weg von der Bucht. Das Dämmerlicht schwand und sie erkannte eine zusammengesunkene Gestalt neben den Zelten und schmunzelte.

Der alte Moleno hätte Wache halten sollen, war aber ebenso erschöpft wie die anderen in tiefen Schlaf gesunken. Kopfschüttelnd ließ sie ihn schnarchen und schweifte auf ihrem langsamen Weg mit dem Blick über die Pflanzen der Wiese.

Schließlich fand sie tatsächlich etwas Minze und die pfeilförmigen Blättchen und Blüten eines Krauts, welches das Herz beruhigte. Sie hatte jetzt den Hügelkamm erreicht und hob den Blick, um nach weiteren brauchbaren Kräutern Ausschau zu halten. Vor ihr in der Wiese war eine blutige Spur, die zum Fuß des großen Baumes führte.

Zwischen den Wurzeln lag der Dämon.

Ein Schrei entwich ihrer Kehle, doch ihre Füße gehorchten ihr nicht mehr. Sie konnte sich nicht bewegen und war heilfroh, als Rufe hinter ihr laut wurden und einige Männer den Hügel hinaufrannten. Sie sammelten sich in einem weiten Halbkreis bei Marifa, die vor dem Baum erstarrt war. Sie wagte einen kurzen Blick auf die Männer und war erleichtert, dass weder Aldo noch Navenne unter ihnen waren. Diesen Anblick hätte sie den beiden lieber erspart.

»Ist er tot?«, fragte sie leise, über den Rücken ihres Ehemannes spähend, der sich schützend vor sie gestellt hatte.

»Man darf keinem Dämon trauen! Er könnte sich nur tot stellen, bevor er uns plötzlich angreift!«, warnte ein anderer und Marifa erschauderte bei der Vorstellung. Auch sie kannte die Berichte, die früher gelegentlich Kas'Tiel erreicht hatten und von flammenden Todesengeln erzählten.

Dämonen wurden als Rachegeister der Götter gesandt, wenn sie die Menschen bestrafen wollten.

Die Männer traten noch einen Schritt näher.

Der Körper des Dämons lag erschlafft da und war blutüberströmt. Der Kopf lehnte seitlich auf seiner Schulter, die Augen waren geschlossen.

Einer der Männer trat vor und stieß mit dem Ende seines Speers gegen das ausgestreckte, verdrehte Bein des Dämons.

Die gesamte Gruppe wich sofort zurück, als dem Monstrum vor ihnen ein leises, aber hörbares Stöhnen entwich.

»Verflucht! Der Dämon in ihm lebt immer noch!«

»Wie hat er es nur hier herauf geschafft?«

»Ein Fluch liegt auf ihm und diesem Ort! Lasst uns verschwinden und die Seherin fragen!«

»Der arme Jamil«, flüsterte Marifa. »Dass ihm so etwas Schreckliches widerfahren muss, ausgerechnet Aldos und Navennes Sohn. Und Balor weiß nicht einmal davon, da er die Wälder erkundet. Armer Jamil …«

»Was redest du da, Weib? Das ist nicht mehr Jamil – und dass ihn dieses Schicksal ereilt hat, ist mit Sicherheit allein seine Schuld! Die Götter wollten ein Opfer, bestimmt keinen Dämon.«

»Aber dieses wilde Mädchen, das wir auf dem Hügel gefunden hatten, hat uns ja nichts sagen können. Ganz offensichtlich war sie es nicht, so erschrocken, wie sie war … ist Hals über Kopf in den Wald gerannt …«

»Wenn ihr mich fragt, ist er von der Klippe gesprungen! Er war schon immer etwas seltsam und nach der Flucht noch stiller … dieser Fluch hat ihn ereilt, da er sein Leben fortwarf! Die Götter strafen solche Feiglinge!«

Marifa beäugte den Körper. Er sah elend aus, die Kleider waren zerfetzt und von Blut getränkt – doch dann riss sie die Augen auf.

»Nein! Seht nur an seiner rechten Seite! Sind das nicht Pfeile, die da aus seinem Brustkorb ragen?«

Jetzt sahen die Männer es auch und redeten so wild durcheinander, dass Marifa gar nicht mehr zu Wort kam.

»Du hast Recht! Es müssen die Leute von diesem Mädchen gewesen sein. Sie haben ihn erschossen!«

»Ihr habt doch auch gesehen, wie ängstlich und verstört das Kind wirkte … was, wenn Jamil sich an ihr vergehen wollte? Dann wäre es allzu verständlich, dass man sie verteidigt hat!«

»Wir müssen die Seherin befragen. Nur sie und Aldo können entscheiden, ob es ein Verbrechen war und wer Schuld trägt – und ob uns diese Eingeborenen feindlich gesinnt sind.«

Die anderen Männer nickten auf die Worte des Metzgers hin und entspannten sich ein klein wenig.

»Egal was passiert ist, Jamil kann nicht unschuldig gewesen sein. So oder so, er ist jetzt ein Dämon und nur einen schlechten Menschen würde so ein Fluch treffen! Lasst uns gehen. Er sieht schwach aus, vielleicht verlässt der Dämon seinen Körper ja doch bald …«

»Hoffentlich, dann wäre das Land hier nicht mehr durch seine Schande befleckt!«, murmelte ein anderer und die Leute zogen sich von der Wiese zurück.

Sie eilten rasch den Hügel hinab, auf dessen Höhe man noch die Krone des verfluchten Baumes erkennen konnte, selbst wenn man unten bei den ersten Zelten ankam.

Marifa erzählte Aldo und der Seherin von ihrem Erlebnis, und die Seherin wirkte zutiefst beunruhigt. Sie zog sich in ihr

Zelt zurück, befragte die Götter und kam erst am Mittag wieder heraus.

»Ich hatte bereits eine seltsame Kraft gespürt, die von diesem Baum ausgeht. Dass es den Dämon zu ihm gezogen hat, heißt nichts Gutes. Er könnte dadurch neue Kräfte erlangen und gesunden. Der Baum schützt ihn. Wir können ihm nichts anhaben und müssen abwarten. Doch eines ist gewiss: Jamils Tod war nicht grundlos, er hatte dieses Schicksal verdient, das konnten mir die Götter sicher sagen.«

Jamils Vater entschied, dass sie warten sollten, bis die Sicht der Seherin sich klären würde. Die Seherin bekräftige das mit einem Nicken.

»Wegen dieser Pfeile müssen wir davon ausgehen, dass Jamil uns alle entehrt hat, indem er wahrscheinlich Hand an diese Fremde legte. Wenn diese Vermutung sich bewahrheitet, dann hatte er den Tod auf jeden Fall verdient und es ist kein Wunder, dass ihn dieses Schicksal ereilt hat!«, stellte Yesima mit düsterer Miene fest. »Er muss etwas verbrochen haben, wodurch er die Götter so sehr erzürnt hat«, fügte sie hinzu und die anderen pflichteten ihr bei.

Aldo schüttelte missbilligend den Kopf. »Ich erwarte, dass ihr ab jetzt alle wachsam seid. Wir müssen unsere Siedlung baldmöglichst schützen. Es muss ein Wachdienst eingeteilt werden. Ich überwache jetzt weiter den Aufbau der Langhäuser. Wir haben den Angriff der Soldaten in Kas'Tiel überlebt, dann schaffen wir das auch bei ein paar Eingeborenen und einem … Dämon.«

Navenne hatte Tränen in den Augen, wischte sie jedoch rasch heimlich weg, bevor sie ihrem Mann beipflichtete und sich davonstahl. Marifa sah ihr wehmütig hinterher und wusste nicht, was sie tun sollte, um ihrer Freundin diese schreckliche Last zu erleichtern.

Der Fiebernde nahm die verschwommenen Worte der Leute wie durch Wasser wahr. Sie beschimpften ihn, erzählten Lügen und verschwanden dann wieder zu den Zelten.

Es hatte ihn all seine Kraft gekostet, sich bis zu den Wurzeln des Baums zu schleppen. Von dem Mädchen gezogen zu werden war kaum besser gewesen, sie hatte seinen gebrochenen Arm bewegt und auch seine Beine brannten wie Feuer.

Die Stunden der Nacht zerflossen in einem Schleier aus Schmerz und Erschöpfung, teilweise erinnerte er sich gar nicht mehr, was geschehen war.

Er wusste nur, dass er zum Schreien keine Kraft mehr besaß und den Baum wohl erreicht hatte, als es zu dämmern begann. Dazwischen sah er immer wieder das fremde Mädchen, wie sie über ihm stand.

Aber weshalb tat sie ihm das an? Warum hatte sie ihn nicht in seine Siedlung gebracht? Warum hierher, zu diesem schrecklichen Baum, der sein Grabmal werden würde?

Schmerz brannte sich durch seine Brust und Glieder, stechender als Feuer und Eis vereint.

Er erinnerte sich verschwommen an die zusammengedrängten Gesichter seiner Freunde und Begleiter, wie sie ihn beschimpft und liegengelassen hatten. Jamils Kopf pochte und dröhnte, er war nicht in der Lage, wirklich zu verstehen, was sie besprochen hatten. In wacheren Momenten war er wütend. Wenn der Schmerz es zuließ, sank er in unruhigen Schlaf. Fieberträume peinigten ihn, in denen er immer wieder von der Klippe stürzte oder blutüberströmt seinen unbekannten Angreifer durch die dichten Wälder verfolgte, ihn jedoch nie einholte.

Er wachte nicht auf, als dunkle Wolken über dem Meer aufstiegen und den Rest des Tages in schweren Sturm und peitschenden Regen hüllten, der ihn vollkommen durchnässte und Schmutz und Blut von ihm wusch.

Es war dunkel, als er die Augen das nächste Mal aufschlug. Sein Körper war noch feucht vom Unwetter und die Wiese vor ihm lag in Schwärze. Er konnte kaum den Rand der Klippe von dem dahinter liegenden Meer unterscheiden, aber er hörte das laute Rauschen der Brandung, die gegen die Felsen schlug und sich mit dem Pfeifen des starken Windes vermischte.

Es fröstelte ihn, er hatte gerade genug Kraft, kurz den Arm zu heben, konnte aber mit dieser Bewegung nichts bewirken außer Schmerz.

Nach einer Weile schien es heller zu werden und der Schemen der dünnen Mondsichel zeichnete sich hinter den schnell dahinfegenden Wolken am Himmel ab.

Als plötzlich das Mädchen vor ihm stand, entwich ihm ein überraschtes Ächzen. Er hatte sie nicht kommen hören. Sie tauchte einfach vor ihm auf, eine grobe Silhouette, die sich gegen den düsteren Himmel abzeichnete. Ihr Gesicht konnte er nicht sehen, aber ihren Blick spürte er deutlich. Jamil konnte erkennen, wie ihr Haar wild im Wind tanzte, während der Mond weiter wanderte.

Zuerst hielt er sie für ein Trugbild seiner Fantasie, da sie unbewegt wie eine Statue dastand. Dann kam Leben in ihre Gestalt, sie trat näher und beugte sich zu ihm herunter.

Sie hielt ein Messer in der Hand und schien ihn zu beobachten, wich aber rasch zurück, als er zitternd seinen rechten Arm hob und nach ihr ausstreckte.

Das Mädchen sagte etwas in einer fremden Sprache, es klang wie eine Frage, doch er verstand nicht, was sie von ihm wollte. Er starrte nur weiter auf das Messer und überlegte.

Sie würde ihm nicht helfen, ihn nicht zu seiner Familie bringen oder zu ihren eigenen Heilern. Was dann? Er musste selbst handeln! Die Hitze in seinem dröhnenden Kopf befahl es ihm.

»Bitte … hilf mir«, flüsterte er und fing ihren Blick. Eine seltsame Kraft erfasste ihn und er spürte, wie sein ganzer Körper warm wurde, als wäre er von Flammen umgeben.

»Gib mir deine Waffe, Mädchen!«, zischte er mit dunkler Stimme.

Die Augen der jungen Frau wurden seltsam trübe, er hob die Hand und streckte sie fordernd aus. Seine Fingerspitzen waberten wie die Glut eines herabgebrannten Lagerfeuers.

Sie beugte sich näher, wie in Trance und in ihren Augen spiegelte sich ein seltsames Bild. Es schien, als starre ihm ein Fremder mit glühend roten Augen entgegen.

Im nächsten Moment schlossen sich seine Finger um den Messergriff, den sie ihm anbot. Kaum berührte er ihre Haut, fuhr sie zusammen und kam wieder zu sich.

Bleich vor Schreck wich sie zurück, stolperte und landete auf ihrem Hinterteil. Ihre Augen weiteten sich, als er das Messer unter Anstrengung hob – und in seinen Körper stieß.

Ihr spitzer Aufschrei mischte sich mit seinem tiefen schmerzerfüllten Brüllen, während er sich die Klinge in die Seite rammte. Das Mädchen ergriff die Flucht und verschwand in der Dunkelheit der Wiese.

Das Messer drang direkt neben einem der drei Pfeile in seiner Seite ein und schnitt ihn frei. Ein weiterer Schrei zerriss die Stille, der die Rennende aufheulen ließ, da Jamil den Pfeil packte und aus seinen Rippen riss.

Der Schmerz machte ihn schier wahnsinnig. Er spürte, wie das Metall der Pfeilspitze am Knochen einer Rippe schabte, dann warf er das verfluchte Geschoss mit einem verbissenen Ausdruck fort, ergriff das Messer und zog es sich aus dem Fleisch, um sich den nächsten Pfeil aus dem Leib zu schneiden.

Blut drang aus den Wunden und mit letzter Kraft ließ Jamil das Messer fallen. Ein gequältes Ächzen entwich ihm, er riss nasses Gras aus dem Boden und presste die Halme auf die drei dicht beieinander liegenden Schnitte.

Dunkles Blut sickerte hervor, besonders aus der Wunde, die er zuletzt geöffnet hatte. Er hatte sich den schlimmsten Pfeil als letzten aufgespart.

Jamil war sich selbst in seinem jetzigen Zustand sicher: die Pfeile hätten sein Todesurteil sein müssen! Die beiden oberen waren tief eingedrungen, zwischen zwei Rippen hindurchgefahren bis in die Lunge … der unterste musste mit Sicherheit die Leber erwischt haben.

Rote Flecken zeigten sich jetzt immer wieder in Jamils Sicht, auch weiße Blitze zuckten hindurch, während er schwer atmend auf den Wurzeln des Baumes lag und versuchte, mit dem Gras das hervorquellende Blut aufzuhalten.

Sein ganzer Körper fühlte sich kochend heiß an und doch war ihm schrecklich kalt und er zitterte immer wieder, als habe er Schüttelfrost.

Zu müde und schwach, um erneut die Augen zu öffnen, lag er weiter unbewegt da und fragte sich, warum ihm die Götter das antaten, dass er noch miterleben musste, wie sein Körper dem Sterben so nah war und es doch nicht konnte.

Aber wollte er das wirklich? Wollte er erlöst werden und sich wie ein Schwächling den Tod wünschen?

Nein, im Gegenteil. Er hasste seinen Körper dafür, dass er ihm nicht mehr gehorchte und er nicht aufstehen konnte, um endlich herauszufinden, wer ihm das angetan hatte!

Doch dann versiegte sein Gedankenstrom, als er ein Flüstern im Wind hörte. Es war kaum lauter als das Rascheln der Blätter des Baumes und Jamil dachte zuerst, er würde es sich im Fieber einbilden. Aber das Flüstern blieb beständig und nach einer Weile begann er, erste Worte zu verstehen und erkannte, dass er dem Raunen des Baumes lauschte.

Ja, der Baum redete auf ihn ein, sanft und beständig, wie der Wind. Er erzählte von Erde, fest und sicher, die ihm Halt gab in dieser unsicheren Welt … von Wasser, das ihm zum Leben verhalf und seine Blätter gedeihen ließ … von der Sonne, die ihm Kraft schenkte und dem Mond, der mit seiner sanften Ruhe Erholung und Heilung brachte.

Dann flüsterte er vom Feuer, das Zerstörung … aber auch Erneuerung bedeuten konnte.

Ein wirres Lächeln zuckte über Jamils spröde Lippen.

Vielleicht hatte er das Mädchen ja doch richtig verstanden. Dem Baum schien eine sonderbare Kraft innezuwohnen – andererseits fühlte Jamil die Hitze seines Körpers nur zu gut. Halb wach, halb träumend und im Fieber hörte er das Rauschen des Windes auch von fernen Städten sprechen, die es zu erkunden galt, von der Seherin und seinem Bruder und seiner Mutter … und dann von dem Volk, das in der nächsten Bucht lebte und das er gar nicht kannte.

In seinem Fieber hatte er das Gefühl, der Baum durchstrahle ihn mit blauem Licht, das so unendlich viel Wissen und eine fremde Sprache in sich trug.

Eine Weile lauschte er der Stimme und nahm alles in sich auf, dann überkamen ihn Schwindel und Schmerz und er sackte in die Schwärze zurück.

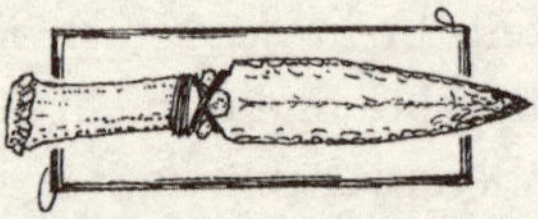

Die Jägerin hastete über die Wiese und stolperte mehrmals über Grasbüschel und Äste.

Ihr Kopf schwirrte und bei der Erinnerung an dieses schreckliche Gefühl der Hilflosigkeit wurde ihr schwindlig. Sein feurig glühender Blick hatte sie dazu gezwungen, ihm das Messer auszuhändigen!

Dieser Dämon hatte sie irgendwie dazu gebracht, ihm die Klinge zu geben – und seine Schmerzensschreie verfolgten sie über den Hügel.

Ashanee kauerte sich am Waldrand hinter einen Baum und lauschte, während ihr ganzer Körper zitterte und Tränen des Schreckens über ihre Wangen rollten.

Wie konnte er sich nur umbringen? Er war doch bereits zu dem Baum gelangt!

Einen Moment wollte sie nur noch die Flucht ergreifen und in den Wäldern nach Drissa und den anderen Jägern suchen. Doch was würde ihre Freundin von ihr denken, wenn sie einfach ihre Aufgabe hier von sich warf? Sie hatte eine Verantwortung …

Das Stöhnen des Sterbenden wurde leiser und schwächer. Sie sah schemenhafte Bewegungen bei der Silhouette des Baumes, die sich schwarz gegen den sternenglänzenden Nachthimmel abhob.

Es dauerte eine kleine Ewigkeit, bis Asha aus ihrer Starre erwachte und sich ihre Gedanken endlich ordneten. Sie musste ihr neues Messer zurückbekommen. Wie sollte sie Haluschk oder ihrem Vater erklären, dass sie es nach kaum einem Tag schon wieder verloren hatte?

Der Dämon hatte schon eine Weile keinen Ton mehr von sich gegeben – und oben am Baum kam rauschender Wind auf!

Sie wollte ihren Augen nicht trauen, als sie einen sanften, bläulichen Schimmer auf der Hügelkuppe wabern sah.

Mit offenem Mund beobachtete Asha, wie eisblaue Schatten über den Stamm des Hara–Baumes wanderten.

Erstarrt vor Faszination wurde ihr klar, dass sie in diesem Moment zum ersten Mal die Wunder des Geistes erblicken durfte, der in diesem Baum lebte.

Sie blinzelte mehrmals … und schon war das blaue Leuchten verschwunden, als wäre es nie da gewesen. Ihr Herz schlug heftig und ihre Finger zitterten. Nach einigen tiefen Atemzügen hatte sie sich wieder unter Kontrolle. Diese Reaktion des Hara–Baumes konnte eigentlich nur bedeuten, dass der Geist die Seele des Sterbenden befreit hatte.

Sie musste ihr Messer holen und sichergehen, dass er wirklich tot war. Das war ihre Pflicht als Späherin.

Angst ließ ihr Herz wieder wild pochen. Wie sollte sie den Schamanen erklären, dass er ihr Messer genutzt hatte, um sich aus dieser Welt zu bringen? Das war sicherlich ein schreckliches Omen. Sie würde das Messer vermutlich tief im Wald vergraben und die Stelle segnen müssen.

Asha huschte im schwachen Schein der Mondsichel zum Baum, näherte sich dem Mann zögerlich, ehe sie sich neben ihm in die Hocke sinken ließ und ihr blutiges Messer aufhob.

Mit Gänsehaut auf dem ganzen Körper betrachtete sie sein Gesicht, das von Schrammen und blauen Flecken übersät war. Es wirkte noch so lebendig ... aber gehörte doch einem Toten.

Sie senkte den Blick und murmelte einen kurzen Segen, um seinen Tod zu ehren.

Der Fiebernde schrak aus seinem wirren Traum und spürte, dass er nur wenige Augenblicke weggedämmert gewesen war. Er hatte keine Kraft mehr, um nach den Wunden zu tasten. Ein kühles Flüstern erfüllte seinen Kopf und sagte ihm, dass der Blutfluss versiegt war und er nicht sterben würde.

Das Mädchen kniete wieder vor ihm und ein flammender, wütender Teil von ihm wollte sie anbrüllen, weil sie ihm nicht half.

Sie sprach von Geistern und einem Segen, doch er dämmerte immer wieder kurz weg und sah dann Spiralen aus eisigem Nebel und glühenden Flammen, die sich umkreisten. Sie bezeichnete den Baum über ihm als heilig, nannte ihn *Hara* … was in ihrer seltsamen Sprache wohl *mächtiger Schutz* bedeutete.

»Es tut mir leid«, flüsterte sie am Ende ihrer kleinen Ansprache – nicht wissend, dass er noch lebte … und sie verstehen konnte.

Seine Augen waren halb geschlossen, sodass er kaum mehr als ihre weichen Lederschuhe sah, auf die das Mondlicht wilde Schatten warf. Sein Verstand sagte ihm, dass er eigentlich mit dieser dünnen Mondsichel niemals so gut hätte sehen dürfen … aber es erschien ihm seltsam unwichtig. Er dachte nur an sie.

Sein Arm lag ebenfalls in seinem Blickfeld, ganz nah an ihrem Fuß. Er sah, wie seine Finger zuckten, ohne ein richtiges Gefühl für den Arm zu haben.

»Es tut mir leid«, sagte sie erneut, diesmal etwas fester. »Ich bin mit schuld an deinem Tod, verzeih mir!«

Jetzt runzelte er die Stirn. Seine Lippen fühlten sich trocken und leblos an, aber er öffnete sie trotzdem. »Ich … ich bin nicht tot«, schaffte er zu sagen; es war kaum mehr als ein Hauchen des Windes, der das Gras um ihn sanft hin und her bewegte.

Sie schreckte zurück, doch plötzlich hielt seine Hand ihren Knöchel umfasst. Sie zog daran, fluchte und versuchte wegzukommen, dann hatte sich sein Griff gelockert und gab ihren Fuß frei.

Hastig machte sie einen Sprung von ihm weg und beobachtete argwöhnisch seinen schlaffen Körper, das Messer erhoben.

»Bitte … ich bin nicht tot!«, murmelte er flehend, jetzt ein wenig lauter. Er wollte energisch klingen, noch mehr sagen, aber es kam nur ein Röcheln aus seiner Kehle.

»Ich dachte, du wolltest dir das Leben nehmen, dein Leid beenden …«, murmelte sie. »Ich dachte, du seist verblutet, die Wunden sehen schlimm aus.« Sie duckte sich näher zu ihm und ließ sich auf ihre Knie nieder, ehe sie zu ihm kroch. Seine Hand fiel wieder zurück in das hohe Gras. Im Dunkeln konnte das Mädchen sein Gesicht sicher nicht richtig sehen, auch den Schmerz darauf nicht.

»Warum kannst du meine Sprache sprechen? Warum verstehst du mich? Ist das ein Trick? Dämonen können mit jedem sprechen, habe ich gehört«, meinte sie und rutschte etwas näher.

Sein Atem ging schwer und rasselnd. »Ich … ich habe dem Baum gelauscht. Er hat von … deinem Volk erzählt. Den Sukrani. Ich glaube, ein Gott lebt in ihm.«

Er hatte keine Kraft, um zu lachen, aber ein merkwürdiges Glucksen entwich seiner Kehle. Das war einfach zu unglaublich. Vermutlich träumte er noch immer, aber er würde das

Spiel mitmachen, das sein Fieber mit ihm spielte. War das Mädchen überhaupt echt? Ein Teil von ihm bezweifelte es und tat sie als Hirngespinst ab.

»Für mein Volk ist der Hara–Baum heilig. Er kann Leben geben und heilen. Deshalb hatte ich dir bedeutet, zu ihm zu gehen. Ich dachte, er würde dich retten.«

Zorn wallte in ihm auf. »Aber ich bin weder tot noch lebendig … ich atme … ich leide … der Baum nimmt die Qualen nicht von mir!«, zischte er und konnte den Schmerz in seinen Worten nicht verbergen.

»Du sagst die Wahrheit, Fremder. Du bist nicht tot, aber ich glaube, du wirst es sein … bald. Sieh nur, was der Baum bewirkt«, hörte er sie sagen, als sie noch näher gekommen war und auf seinen Arm deutete. »Du wirst vielleicht nicht sterben … aber ins Reich der Toten führt er dich dennoch.«

Damit hob sie nach einem Zögern seine rechte Hand. Er drehte seinen Kopf schwach und sie hielt seinen Arm vor sein Gesicht, sodass das Mondlicht auf seinen Unterarm fiel – und hindurch.

Jamil riss die Augen auf. Dort wo das Licht seine Haut traf, war diese fast transparent, alles glitzerte grünlich und bläulich und Jamil konnte am Himmel verschwommen die Mondsichel *durch* seinen Arm sehen.

Sogar seine Knochen waren sichtbar und die Adern, die an den Muskeln entlang liefen.

Auf einmal war neue, verzweifelte Kraft in ihm. Jamil riss seinen Arm aus ihren Fingern und stieß sie weg.

»Nein!«, rief er krächzend. »Nein, ich werde nicht aufgeben! Ich werde kein Dämon!«

Von Angst und Wut erfüllt sammelte er all seine Kraft und stützte sich mit seinem gesunden Arm vom Boden ab. Doch er hielt sich keine zwei Atemzüge aufrecht, da knirschten die

Knochenbrüche und voller Schmerz sackte er zurück zwischen die Wurzeln.

Er spürte neues Blut aus seinem Körper rinnen und mit ihm die letzte Hoffnung.

»Nein! Neeeein!«, rief er verzweifelt.

Ashanee kniete vor ihm und musterte ihn fasziniert. Noch nie hatte sie einen Verfluchten wie ihn gesehen, doch hatte sie sich diese Wesen der Nacht dank der Erzählungen ganz anders vorgestellt. Er schien so traurig und wütend über sein Dasein und sich seines alten Lebens vollkommen bewusst … War er nun ein Dämon? Oder wurde er zu einem Gehilfen des Hara–Baumes, da seine Augen so seltsam blau leuchteten?

Es war erst einmal ein Dämon in die Nähe ihres Dorfes gekommen, das war schon viele Jahre her. Sie konnte sich nur an die schaurigen Berichte der Alten erinnern. Er hatte rot glühende Augen gehabt und seine Haut war schwarz wie die Nacht gewesen, als er durch ihr Dorf hetzte und schrie, wie es kein menschliches Wesen vermochte. Da war kein Verstand mehr in ihm gewesen, keine Vernunft. Nur der Durst nach Tod und Feuer … so beschrieben es die Schamanen.

Und jetzt, nachdem der junge Mann auf seinen Arm gestarrt hatte, drehte er den Kopf zu ihr. Seine Augen schimmerten, als seien sie ein Tor zu einer anderen Welt. Sie waren türkis und glitzerten, als strahlten Sterne in ihnen.

Es war nichts mehr zu sehen von diesem feurigen, dämonischen Blick. Stattdessen schien der Geist selbst durch seine Augen zu blicken und jagte ihr damit eine Gänsehaut ein.

Wieder streckte er die Hand nach ihr aus.

»Bitte«, flüsterte er eindringlich. »Bitte, hilf mir! Bring mich fort von dem Baum und diesem grässlichen Ort! Sag meinen Leuten, dass ich lebe, sag ihnen, sie sollen mir helfen!«

»Das kann ich nicht! Du gehörst jetzt zum Geist des Hara–Baumes, er entscheidet über dich. Es tut mir leid, ich wollte nicht, dass du stirbst. Ich dachte wirklich, er würde dich heilen.«

»Nein! Dann töte mich! Ich will kein Dämon werden, der im Schatten des Todes existiert!«, meinte er flehend, aber die Stimme versagte ihm. Er hustete und verzog das Gesicht beim Geschmack des Blutes.

»Du bist schon ein Verfluchter. Ich habe es in deinem Blick gesehen, als du mir das Messer weggenommen hast. Der Geist des Baumes geleitet dich hinüber in die andere Welt, wahrscheinlich, um dich von diesem Dämon zu befreien.«

Er presste die Lippen aufeinander und echtes, menschliches Leid zeigte sich auf seinem Gesicht.

Als er wieder zu sprechen begann, war seine Stimme leblos. »Ich wusste nicht, dass man verflucht und ein Dämon … sein kann, ohne es zu spüren. Also, warum findest du … es nicht heraus, ob man mich noch töten kann? Nimm das Messer und … stich zu!« Seine Stimme wurde plötzlich energischer. »Schneid mir die Kehle durch und befreie mich von meinen Qualen, denn … ich dachte immer, Dämonen seien starke, mächtige Wesen – und nicht gebrochen, von Fieber und Schmerz halb von Sinnen, so wie ich. Wenn ich jetzt ein Dämon bin, dann will ich keiner sein, denn ich bin schwach und hilflos.«

Asha zögerte, dann machte sie einen Schritt auf ihn zu, das Messer hoch erhoben.

Es war erschreckend, wie zusammengesunken er da lag, aber sie sah auch das Glimmen in seinen Augen …

»Das ist eine Falle! Du willst, dass ich dir wieder näher komme!«

Sie meinte fast, so etwas wie ein verzweifeltes Lächeln auf seinen Zügen zu erkennen. Er versuchte zu lachen, doch es kam nur ein schwaches Gurgeln aus seiner Kehle. Sein Kopf lag noch immer seitlich an die Wurzeln gelehnt. Blut lief aus seinem Mundwinkel und auch die Wunden an seiner Seite hatten sich wieder geöffnet.

Sie verspürte den beängstigenden Drang, ihm zu helfen, ihm die Wunden zu verbinden und sein Leid zu lindern, doch ihre Vorsicht hielt sie zurück. Obwohl er unglaublich schwach wirkte, schien er nicht an dem Blutverlust zu sterben, wie es ein Mensch getan hätte.

»Ich kann mich nicht mal aufrichten, aber du hast Angst, ich könnte dir etwas antun«, murmelte er und lachte auf.

War er verrückt geworden? Sein Blick wirkte fiebrig, aber konnte ein Dämon krank sein? Sie hatte noch nie davon gehört, dass man sich ihnen so nähern, geschweige denn ein Gespräch mit ihnen führen konnte.

»Das Leben rinnt aus mir, aber ich sterbe nicht. Du glaubst, ich werde mich auf dich stürzen – dabei gibt es nur eine Person, die ich wirklich zerreißen möchte: Derjenige, von dessen Bogen die Pfeile schnellten, die mein Fleisch zerfetzt haben. Meine Familie denkt, ich sei verflucht, aber soll ich dir etwas verraten? Ich weiß nicht, was mit mir geschehen ist. Als ich von der Klippe stürzte und meine Knochen auf den Felsen zerschmetterten – da habe ich keinen Pakt mit einem Gott der Anderwelt geschlossen oder mich einem Geist als Hülle gegeben.«

Er hielt inne und zog rasselnd Luft ein. »Ich habe einfach überlebt. Aber für meine Leute bin ich ein furchtbares Monstrum in einem toten Körper, ein Albtraum. Unsere

Seherin hat mich verbannt … und jetzt lassen mein Vater und meine Mutter mich leiden und hoffen, dass ich verschwinde … und sie sind zu feige, mich anzusprechen oder zu töten! Sie glauben, dass ich ein listiger Teufel bin, der so tut, als sei er noch ein Mensch, um ihnen nahe zu kommen. Und du … dummes Mädchen denkst … dasselbe wie sie …«

Dem Dämon versagte die Stimme. Er hatte all seine Kräfte in dieser energischen Rede aufgezehrt. Helles Blut lief aus seinem Mundwinkel, als er röchelte und anfing krampfhaft zu husten, dann erschlaffte sein Körper vollends.

»Ich habe so Durst …«, wisperte er mit rauer Stimme.

Ein Schaudern lief durch ihren Körper, das sie sich selbst nicht richtig erklären konnte. »Wirst … wirst du mich töten, wenn ich dir helfe?«, fragte sie leise.

Er öffnete zitternd die Augen und bei ihrem Gesichtsausdruck lachte er erneut röchelnd. Ashas Angst und Faszination wandelten sich in Ekel, als ihr sein Blut entgegen sprühte.

Einen Moment war sie erstarrt, dann wischte sie die feuchten Tropfen auf ihrem Gesicht mit dem Handrücken weg.

»Wann begreifst … du es endlich?«, fragte er mit zitternder, kaum hörbarer Stimme. »Egal, ob ich … nun ein Dämon bin oder nur ein … sehr armseliger Mensch. Ich denke wie du und werde vermutlich nur durch den Geist … dieses verdammten Baumes in dieser Welt gehalten … Selbst wenn ich bald sterben sollte, wünsche ich mir doch, dass du mich nicht noch beleidigst … Wer wäre denn so dumm, seinen einzigen Helfer zu töten?«

Asha presste die Lippen aufeinander und deutete ein Nicken an, bevor sie sich langsam aufrichtete und einen Schritt zurück trat.

Als sie weit genug entfernt war, wagte sie es, sich nicht mehr rückwärts von ihm zu entfernen. Sie warf einen letzten, forschenden Blick auf das Wesen, das noch immer nicht starb.

Dann fragte sie sich, was der Geist des Hara–Baumes wohl mit diesen Taten bezweckte. Sie sah, dass das Gras um den dunklen Körper in den letzten drei Tagen so hoch gewachsen war, das man ihn von weiter weg kaum noch sehen konnte. Nur seine Hand ragte zwischen den starken Halmen hervor und der Oberkörper lag erhöht an den Wurzeln des Baumes, wo sein Kopf auf einem dicken Knoten ruhte.

Seine Haut leuchtete schwach im Mondlicht, dann schoben sich große Wolken vor den Mond und sie hörte nur noch sein leises, flüsterndes Bitten nach Wasser.

Schwäche

Jamils Mutter hatte die Nähe der anderen nicht mehr ausgehalten. Eigentlich war sie es als wichtige Persönlichkeit von Kas'Tiel gewohnt, permanent von allen beobachtet zu werden … doch hier machte es sie nervös. Als Aldos Frau schauten alle erwartungsvoll zu ihr hin, vor allem die Frauen vertrauten darauf, dass sie ihnen Hoffnung und Trost spendete. Aber in Wahrheit zerriss es Navenne jedes Mal das Herz, wenn ihr Blick in die Nähe des Hügels glitt oder man über ihren Sohn als Ungetüm und Dämon sprach.

Es war dunkel geworden, während die anderen Frauen Essen für die hungrigen Mäuler zubereiteten. Der Mond und einige Kochfeuer erhellten die Senke – da hatte sie sich davongestohlen und verbarg sich in der Dunkelheit hinter der Baustelle ihres Hauses, das jetzt auf Aldos Befehl hin entstand. Die ersten Wände standen bereits, waren aus gefällten Stämmen geschichtet, die sie für den nahenden Winter noch irgendwie würden dämmen müssen. Die Frauen hatten Moos und Gras dafür vorgeschlagen, während die Männer einfach verbissen und stur weiterarbeiteten, als würden sie von den Göttern angetrieben.

Mit steifen Bewegungen ließ Navenne sich im Schutz des halbfertigen Hauses auf einige Stämme sinken, die darauf warteten, ebenfalls verarbeitet zu werden.

Einen Moment hielt sie die Luft an, dann fiel die ständige Kontrolle von ihr ab.

Tränen traten ihr in die Augen und ihre Kehle schmerzte, so zugeschnürt fühlte sie sich an.

»Mein armer Junge«, flüsterte sie atemlos und schlang sich die Arme um die schmerzende Brust.

Als Aldo plötzlich neben der Baustelle auftauchte, fühlte sie sich schlagartig ertappt. Sie wischte sich die Tränen von den Wangen und stand von den Stämmen auf.

»Was tust du da? Die Seherin hat doch gesagt, wir sollen dem Dämon keine Aufmerksamkeit schenken. Um ihn zu trauern, macht ihn nur stärker!«, begann Aldo erbost.

»Das ist mir egal! Ich zeige es nicht vor den anderen. Aber was ich tief in mir empfinde, ist allein meine Angelegenheit.«

Sie wusste, wie schrecklich sie in ihrer Verzweiflung und Verletzlichkeit aussehen musste, aber das war ihr gleich.

»Bitte, Aldo! Tu etwas! Ich ertrage das nicht ... gib mir meinen Sohn zurück!«, flehte sie.

»Jamil ist tot! Er existiert nicht mehr!«

»Die Seherin muss sich irren!«

Aldo hob die Hand und einen Moment lang dachte sie wirklich, er würde sie schlagen. Entsetzt starrte sie ihren Mann an, der ihr auf einmal so fremd vorkam.

»Das erzürnt die Götter, Navenne!«, presste er schließlich zwischen schmalen Lippen hervor und ließ die Hand wieder sinken. »Wir haben hier keine Tempel und nur eine einzige Seherin. Ihr Wort gilt! Sie hat mit den Göttern gesprochen und von ihnen die eindeutige Warnung erhalten, dass Jamil gefährlich ist. Er ist kein Mensch mehr.«

»Dann besänftige du die Götter!«

»Wie denn, Weib? Wir. Haben. Nichts. Mehr!«

»Du bist unser Rätor! Du musst doch etwas tun können.«

Aldo schnaubte, doch in seinem Trotz spürte sie eine tiefe Verbitterung. »Diesen Titel gibt es nicht mehr. Er ist mit den

Feuern in Kas'Tiel verbrannt. Wir sind Flüchtlinge und ich bin nur noch der Anführer einer Gruppe Überlebender.«

Navenne starrte ihn an und wusste nicht, was sie erwidern sollte. Ihre Trauer hüllte sie ein wie eine große Glocke aus Taubheit, die sie von ihrem Mann entfernte.

»Ich bin müde«, murmelte Aldo und wischte sich mit der Hand über das Gesicht. »Ich bin müde und alt und möchte einfach nur eine kleine Siedlung errichten. Balor und die Jäger werden uns vor den Wilden schützen und die Seherin soll den Dämon vertreiben.«

Dunkelheit hatte sich über die Wiese gelegt und die Gestalt des Mädchens verschluckt. Seine Stirn fühlte sich an, als wollte sie zu brennen anfangen, auch sein restlicher Körper glühte und er sah in seinem Sichtfeld graue Flecken anstelle des Grases.

Der Durst brannte in ihm wie ein gleißendes Feuer, das auf seine Haut strahlte und ihn noch mehr schwitzen ließ.

Das plötzlich wiederkehrende Flüstern des Baumes ließ ihn zusammenzucken.

»Bitte …«, flehte er, »Bitte, gib mich frei! Warum willst du mich zu einem Dasein als Dämon zwingen? Kannst du mich nicht retten … weil ich schon verflucht und verloren bin? Das ist es, nicht wahr? Du tust das, was du auch für *ihr* Volk immer tust, und versuchst mich so nah am Leben zu halten, wie es geht … ein Geisterdasein. Das ist kein Leben! Selbst wenn ich noch aus Fleisch und Blut … bestehen sollte, werde ich zu einem willenlosen Monstrum …«

Jamil schwieg, doch niemand antwortete ihm. Er schloss die Augen, als ihn neue Schwäche überkam und er wieder

Blut auf den Lippen schmeckte. Für eine lange Zeit lauschte er dem Wind und dem Rauschen des Meeres, die ihm ebenfalls Geschichten erzählen wollten. Er konnte es durch die Hitze seines Fiebers spüren. Das Meer ... groß und tief und dunkel ... es wollte ihn in die kühle Tiefe seiner Erfahrungen ziehen, doch er wehrte sich dagegen. Bilder suchten ihn heim, wie er wieder über die Klippe stürzte und die schäumenden Wellen auf ihn zurasten. Er würde in ihnen versinken und von den Algen verschlungen werden.

Gerade als er das Gefühl hatte, zu ertrinken, zuckte der Schmerz der Wunden durch seinen Körper und riss ihn wieder aus dem Fieber.

Was geschieht mit mir? Ich habe Wunden, die für drei Tode reichen – und bald habe ich auch kein Blut mehr, nur noch Feuer und flüssige Asche, die durch meine Adern strömen ...

Er öffnete zitternd wieder seine Augen, als Schritte über die Wiese auf ihn zukamen. Zeit schien vergangen zu sein.

Mutter? Vater? Kommt ihr mich endlich holen?

Das Mädchen tauchte in seinem Blickfeld auf, blieb stehen und kniete sich nach einem kurzen Zögern neben ihn ins Gras. Sie hob eine Schale vor sein Gesicht.

»Ich habe Wasser für dich.«

Er wollte ihr antworten, doch seine Stimme versagte, noch bevor er seinen Mund zu öffnen versuchte. Sie stellte die Schale neben ihm ins Gras, doch als er sich nicht rührte, verstand sie.

Zögerlich fasste sie in seinen Nacken und hob seinen Kopf etwas an. Sie legte den Rand der Schale an seine Lippen, doch das Wasser lief aus seinem Mundwinkel und sein Kinn herab, ohne dass er auch nur einen Schluck trinken konnte.

Sie befeuchtete ihre Finger mit dem Wasser und strich ihm über die Lippen, um das eingetrocknete Blut zu lösen, das sie verklebt hatte.

»Ich wusste nicht, dass man zu schwach sein kann, um seine Lippen zu öffnen«, murmelte sie und setzte wieder die Schale an. Sie flößte ihm das Wasser in kleinen, fürsorglichen Schlucken ein, es rann mehr seine Kehle hinunter, als dass er trank.

Das kühle Nass linderte seine Schmerzen und ließ die Flammen kleiner werden, die in ihm brannten. Er fühlte, wie mit jedem Schluck ein Hauch seiner Kraft zurückkehrte.

Als sie die Schale von seinen Lippen nahm, war sein Durst nicht im Mindesten gestillt. Am liebsten hätte er ihr Handgelenk gepackt und sie zu sich gezogen, doch sein Arm zuckte nur kurz, als er versuchte ihn anzuheben.

»Willst du noch mehr?«

Anstatt zu antworten, deutete er ein Nicken an und sie setzte die Schale wieder an. Sie gab ihm Wasser, bis das Gefäß leer war, und stellte es dann neben sich ins Gras.

»Du hättest dich vorhin nicht so überanstrengen sollen. Kannst du sprechen oder willst du erst noch mehr trinken?«

Er schüttelte leicht den Kopf. »Danke …«, krächzte er und musste sich bemühen, nicht vor seiner eigenen Stimme zu erzittern. »… dass du zurück … gekommen bist. Ich hatte nicht … damit gerechnet …«

Er musste alle paar Worte eine lange Pause einlegen, in der sein röchelnder Atem ging. »Ich kann mich nicht … erinnern, wann ich das letzte Mal … etwas getrunken habe …«

Sie beugte sich etwas näher und zog die Brauen hoch. In der Dunkelheit reflektierten sich erneut seltsam fremde Lichtpunkte in ihren Augen. Ihm wurde nur langsam klar, dass es seine eigenen sein mussten, die so blau schimmerten.

Sie strich ihm ein paar Haare aus dem Gesicht und ließ dann seinen Kopf zurück auf die Wurzel sinken. »Warum seid ihr hierhergekommen?«

Er sah ihr nicht länger in die Augen, sondern richtete seinen Blick auf die dunkle See. »Unsere Heimat … wurde von Feinden zerstört. Die Flucht aufs offene Meer war unsere einzige Chance. Unser Schiff wurde von heftigen Stürmen gepackt und wir verloren die Orientierung. Meine Leute … wollen ein neues Leben aufbauen und den Schrecken hinter sich lassen. Zumindest dachte ich das, bis ich erschossen wurde.«

Sie presste die Lippen zusammen. Er hatte den Eindruck, dass sie wirklich versuchte, sich seine Situation vorzustellen. Dass sie dabei so unzufrieden wirkte, bekräftigte ihn, weiter zu erzählen.

»Mein Vater wollte euch kein Land … streitig machen, wir hatten euer Dorf nicht gesehen und die Seherin segnete den Ort … Aldo ist kein kriegerischer Anführer, aber jetzt, da ich von Pfeilen … durchbohrt wurde und mein Bruder meinen Platz einnimmt …«

»Du hast einen Bruder? Warum ist er nicht hier, um dir zu helfen oder um zu trauern, wenn sie dich doch für tot halten?«

»So eine Art Mensch … ist mein Bruder nicht. Er ist jünger als ich, aufbrausend und … meinte immer, ich sei zu besonnen, um ein guter Rätor zu werden … aber jetzt, wo sein älterer Bruder getötet und zum Dämon geworden ist … bin ich schon gespannt, wie er auf meinen *Tod* reagieren wird …«, murmelte er und bemerkte ihren fragenden Blick. »Er erkundet die Wälder zusammen mit einigen Jägern … müsste bald zurück sein …«

»Könnte er sich gegen mein Volk richten? Würde er einen Kampf gegen uns wagen?«

»Er könnte versuchen, so etwas anzuzetteln … wenn er glaubt, dass ihr die Pfeile … auf mich geschossen habt.«

Das Mädchen schwieg und Wut kochte in ihm hoch.

»War es einer von deinen Leuten, Mädchen? Wart ihr es, die diese Pfeile abgefeuert und mich zu dem hier gemacht haben?« Er nickte abfällig zu seinem Körper hinunter.

Sie schüttelte wild den Kopf. »Nein! Die Sukrani lieben den Frieden! Außerdem habe ich mir einen der Pfeile angesehen«, sagte sie und deutete ins Gras. »Sie sind nicht so gemacht wie unsere.«

Mit einem Stirnrunzeln streckte er fordernd die Hand danach. »Zeig mir einen.«

Als sie sich nicht regte, versuchte er beschwichtigend zu lächeln. »Bitte.«

Doch beim Anblick des Pfeiles fiel jegliches Lächeln von ihm ab und Eiseskälte rann seinen Rücken hinab. Er starrte auf die blutverkrustete Metallspitze.

»Es war jemand von meinen Leuten«, murmelte er kaum hörbar. Eine Hitze flammte in seiner Brust auf und vermischte sich mit tiefer Verzweiflung.

Seine Finger umkrallten den verdammten Pfeil und er knirschte mit den Zähnen, wollte diese schreckliche Erkenntnis nicht wahrhaben. Doch es blieb ihm keine Wahl.

»Ihr solltet euch wappnen. Ich kann nicht für die anderen übersetzen oder vermitteln … Sie würden nur denken, ich lüge.«

Das Mädchen nickte nachdenklich. »Danke, dass du so ehrlich zu mir warst.« Sie stand auf und lief in den Wald, von wo sie wenig später mit der Schale voll kaltem, klarem Quellwasser zurückkehrte, das sie ihm einflößte.

Er atmete erleichtert auf, als er den letzten Schluck getrunken hatte und sich erfrischter und wacher fühlte.

»Wird es nicht bemerkt werden, dass du die Nacht über fort bist?«, fragte er diesmal ohne Pausen der Erschöpfung und sie schüttelte den Kopf.

»Ich bin die Tochter eines Jägers, ich kann kommen und gehen, wann ich will, da ich oft in der Dämmerung jage und in der Dunkelheit zu den guten Plätzen wandere.«

»Hast du keine Angst alleine nachts im Wald?«

Sie lachte, bemerkte dann aber, dass seine Frage ernst gemeint gewesen war. »Wieso sollte ich davor Angst haben? Die Wölfe und Bären meiden uns, solange wir ihren Höhlen nicht zu nah kommen. Wir Jäger sind schon von klein auf Tag und Nacht draußen, das macht für uns keinen Unterschied.«

»Was ist mit den anderen deines Volkes? Könnten sie auch herkommen?«

Sie zögerte. »Nein, ich denke nicht. Ich bin beauftragt worden, dich zu beobachten. Ich habe die schärfsten Augen und soll berichten. Die anderen dürfen nicht herkommen.«

»Dann bist du auch nur hier, um darauf zu warten, dass ich sterbe? Ich dachte, du wolltest, dass ich geheilt werde?«

»Unsere Schamanen haben die Geister befragt, nachdem ich ihnen von deinem *Unfall* berichtet hatte. Sie sagten, dass du von einem Fluch befallen wurdest und nun kein Mensch mehr bist.«

»Hast du ihnen auch gesagt, dass du mich zum Baum gebracht hast?«

Nachdenklich betrachtete sie seine Gestalt. »Ich … ein anderer Jäger hat entdeckt, dass du hier bist, bevor ich die Chance dazu hatte. Sie sind sich jetzt sicher, dass du ein Dämon bist, der von den Fremden erschaffen wurde, um unseren Hara–Baum zu besetzen.«

Er lachte trocken. »Das ist doch die pure Ironie, oder nicht? Unsere Leute haben noch kein Wort miteinander gewechselt und sind sich schon über mich einig.«

»Es erscheint mir nicht gerecht, was dir zugestoßen ist. Irgendjemand sollte sich deine Version der Geschichte anhören, oder nicht?«

»Du solltest trotzdem vorsichtig sein.«

»Du meinst, es wäre nicht ratsam, entdeckt zu werden, wie ich einem Dämon helfe?«, meinte sie und schmunzelte leicht.

»Ich …«

»Keine Sorge, mein schwacher Dämon, ich kann stiller sein als der Mond.«

Ehe er etwas erwidern konnte, war sie im Schatten des Baumes verschwunden und er blieb allein zurück.

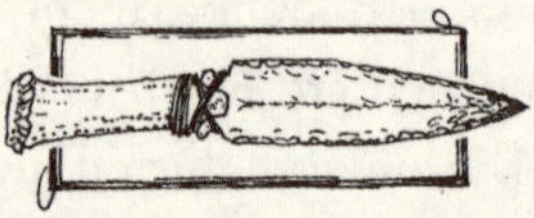

Ashanee erreichte den Waldrand und die Felsen, zwischen denen sie ihren Bogen und die Pfeile versteckt hatte.

Sobald sie das starke, biegsame Holz mit den Fingern umschlossen hielt, fühlte sie sich wieder vollständig.

Zuerst hatte sich alles in ihr gegen diesen Impuls gesträubt, ohne ihren Bogen zu dem Dämon zu gehen … aber er war so schwer verletzt und seine Augen waren jetzt leuchtend blau statt rot. Seltsamerweise wollte sie ihn nicht erschrecken oder bedrohlich wirken.

Sie wollte ihn schützen, was völlig verrückt war, denn er war ein Dämon, vermutlich unsterblich, mordlüstern und gefährlich … und dennoch so sonderbar verletzlich.

Ashanee tastete nach der Lederschnur um ihren Nacken und holte das Amulett hervor, das die Schamanen ihr gegeben hatten. Das Holz mit dem eingelassenen grünen Stein wirkte in seiner Einfachheit und Unscheinbarkeit doch erhaben und machtvoll. Es sollte sie als Beobachterin davor schützen, von dem Dämon bemerkt oder attackiert zu werden. Die Schamanen hatten allen im Dorf eingeschärft, den Dämon nicht anzusehen, weder mit ihm zu sprechen, noch zur Wiese oder zum Baum zu blicken.

Nur sie konnte und durfte das jetzt … aber funktionierte dieser Schutz überhaupt noch, wenn sie ihn freiwillig aufgegeben hatte? Immerhin war sie zu dem Mann gegangen und hatte mit ihm gesprochen.

Seufzend zog sie sich den gespannten Bogen über die Schulter und massierte sich dann kurz die Schläfen, um einen klaren Kopf zu bekommen.

Sie hatte Pflichten zu erfüllen und nach dem Dämon zu sehen, kostete sie Nerven und Kraft, die sie eigentlich für die Jagd in der frühen Dämmerung brauchte.

Ihre Füße wählten ganz von selbst den besten Schleichweg durch den Wald. Sie kannte ihn im Schlaf, lief einmal die kleinen Fallen ab und warf seufzend einen Blick auf das Gebiet, das die Fremden bereits verwüstet hatten.

Der Wald war gerodet und ein Großteil der Tiere war geflohen, der Mangel an gefüllten Fallen war das beste Zeugnis davon.

Eigentlich hätte Asha wie die meisten anderen Jäger jetzt auch viel weitere Strecken auf sich nehmen müssen, doch da sie die Aufgabe hatte, den Dämon zu beobachten, waren ihr die naheliegenden Fallen zugeteilt worden. Die Jäger machten mittlerweile längere Jagdausflüge in Richtung der Berge, denn sie fanden kaum noch Großwild in der Nähe.

Wie schnell sich alles ändern kann …, dachte Asha und schüttelte den Kopf. *Da kommt ein seltsames, riesiges Boot über das Meer und spuckt mehr Menschen aus, als bei uns im Dorf leben … und dann schickt Haluschk ausgerechnet mich als erste zum Hara–Baum, in ihre Nähe. Wie aufgeregt ich war … ich wollte nichts mehr, als ihm und Chaled zu zeigen, dass ich dieser Aufgabe gewachsen war. Wollte sehen, was die Fremden da machten, was sie für Hütten bauen würden, wie sie lebten … und jetzt haben wir einen Dämon zwischen uns und ihnen.*

Asha kontrollierte die letzte Falle und spannte dann seufzend die Sehne von ihrem Bogen ab. Heute Nacht würde sie nichts nach Hause bringen außer ein paar neuen Lügen und Ausflüchten.

Ob Haluschk mich wohl darum gebeten hatte, die Gaben zum Hara–Baum zu bringen, um mich zu prüfen? Ob ich als Partie für seinen Sohn geeignet bin? Aber das wäre … nein, das würde nicht funktionieren, er ist wie ein Bruder für mich.

Asha erreichte den Pfad, der sie zu ihrem Dorf führte, durchquerte die Reihe der Felder und erspähte die Lehmhütten im Dunkeln. Sie lief auf das Haus ihrer Eltern zu, schlüpfte an dem dicken Leder am Eingang vorbei und schlich zu ihrem Bett.

Ihr Vater schlief leise schnarchend auf seinem Lager, ihre Mutter war noch nicht von ihrem nächtlichen Streifzug zurück.

Ashanee lehnte ihren Bogen an die Wand, zog sich leise aus und rollte sich auf ihrem gemütlichen Fell zusammen. Sie seufzte und genoss den Geruch der teuren Webdecke, die sie um sich geschlungen hatte. Das kostbare Geschenk, das sie zu ihrem fünfzehnten Jahrestag bekommen hatte, roch nach wohliger Geborgenheit. Sie schloss die Augen, dämmerte in dunkle, ruhige Träume weg und wachte erholt wieder auf, als ihre Mutter einige Holzstücke in das kleine Feuer nachlegte. Die Luft war frisch und klamm, das erste Licht des schattenlosen Morgens drang zur Tür herein. Kalla hatte das Leder zurückgeschlagen, um den Tag hereinzulassen. Akando war wohl bereits auf und draußen.

Gähnend streckte Asha sich, schälte sich aus ihrer Decke und stellte sich neben ihre Mutter an das kleine Feuer. Kalla band mehrere Zweige eines Krauts zusammen und hängte sie an einer Schnur über den Rauch, um sie zu trocknen.

»Heute Morgen wird es eine Versammlung geben. Die Schamanen wollen über den Dämon beraten, deine Anwesenheit wird gefordert.«

Asha nickte und trank mit ihrer Mutter zusammen etwas Tee, bevor sie hinausgingen.

Der Geruch von ersten Kochfeuern lag in der Luft und feiner Rauch hing in einer dünnen Schicht über dem Dorf. Es war noch so früh, dass kein Lüftchen wehte, doch bald würde das Meer wieder seine morgendlichen Böen schicken und den Rauch vertreiben, der im Tal festhing.

Die Versammlung fand diesmal nicht in der großen Gemeinschaftshütte statt, sondern draußen auf dem Dorfplatz. Die Schamanen standen wie unbewegte Statuen zu viert nebeneinander, eine Reihe voller Macht und Einfluss. Asha fragte sich nicht zum ersten Mal, wer eigentlich über ihr Dorf bestimmte, Haluschk als Anführer oder die Weisen? Vielleicht war es auch einfach schon immer so gewesen, dass dieses Gefüge so bestand.

Asha nannte die Vier genau wie alle anderen nie bei ihren echten Namen, diese waren durch ihre Ernennung zu heiligen Worten geworden. Für die Sukrani waren sie nur *die Ältesten* oder *die Schamanen*, aber insgeheim hatte Asha jeden von ihnen nach einer auffälligen Eigenschaft benannt.

Die Frau mit dem strengen Blick und den glatten roten Haaren, deren stechende Augen jeden zu durchbohren und erforschen schienen, nannte Asha *die Nadel*.

Ihre Meisterin war sehr alt, hatte ihr weißes Haar zu einem langen Zopf geflochten und würde vermutlich wieder nichts sagen, was ihr auch den Namen *die Stille* eingebracht hatte.

Neben ihr stand der riesige Mann, den Asha *den Bären* nannte. Er brummte meist zur Zustimmung, und wenn er doch etwas sagte, war seine Stimme so tief wie das Grollen eines Bären. Asha wusste, dass die Kinder im Dorf vor ihm am meisten Angst hatten, doch für sie war er eher ein alter, stoppliger Bär, der seinen Winterschlaf hielt und an den man sich anlehnen konnte.

Für sie wirkten der scharfe Blick der Nadel und die milchigen Augen ihres älteren Bruders, des wichtigsten Schamanen, viel bedrohlicher.

Dieser kleine Mann, der schon in Ashas jüngsten Erinnerungen immer runzlig und alt gewesen war, hieß für sie *der Blinde*. Seine Augen waren von einem milchigen Schleier verhüllt. Er konnte kaum mehr sehen als ein paar Bewegungen und Schatten, dafür war sein Blick in die Welt der Geister von allen am klarsten. Oft verfiel er in tiefe Traumzustände und bisweilen sprachen die Geister sogar direkt durch seinen Mund, wenn er bestimmte Kräuter und Pilze zu sich nahm.

Obwohl die Nadel nur die Nachfolgerin der Stillen war, hatte sie bereits so viel Ansehen wie alle anderen Schamanen.

Was der Blinde und sie sagten, das galt, auch wenn Haluschk ihr Anführer war.

Die rothaarige Frau trat jetzt vor und wandte sich an ebendiesen, der sich bisher im Hintergrund gehalten hatte und jetzt ihr gegenüber seine Position einnahm.

»Ihr alle wartet schon seit Tagen auf unsere Verkündung. Wie ihr wisst, haben die Fremden sich offenbar dazu entschieden, hier bei uns zu siedeln. Die anderen Dörfer sind weit weg, wir sind abgelegen und müssen daher mit diesem Problem allein zurechtkommen. Wir haben gleich am ersten Tag einen Späher zu den Fremden ausgesandt, doch die Geister haben geschwiegen.«

Asha warf einen Blick auf die Versammelten, während Haluschk schließlich schwieg und der älteste Schamane verheißungsvoll die Hände hob.

»Die Geister haben jetzt wieder zu uns gesprochen. Sie erzählen, dass die Fremden aus einem weit entfernten Land gekommen sind. Sie konnten über die Weite des Meeres reisen und das muss bedeuten, dass sie den Schutz mächtiger Geister genießen. Der Sturm, der sie unversehrt hierher gebracht hat, ist ein deutliches Zeichen dafür«, berichtete der Blinde.

Haluschk nickte, während alle Versammelten weiter schwiegen. Er bedeutete seinem Sohn, näher zu kommen.

Chaled trat vor und strich sich die dunkelbraunen Haare aus der Stirn. Asha kannte diese Bewegung gut, das tat er immer, wenn er gelassen wirken wollte, in Wahrheit aber angespannt war. Sie war sich außerdem ziemlich sicher, dass die Nadel das mit Leichtigkeit durchschaute.

»Chaled, während Ashanee damit beauftragt wurde, den Dämon zu beobachten, wurdest du ausgesandt, um die

Neuankömmlinge nicht aus den Augen zu lassen. Was hast du uns zu berichten?«

»Mehrere von ihnen sind in die Wälder aufgebrochen und seitdem verschwunden. Die anderen haben mittlerweile eine Schneise in den Wald geschlagen und das meiste Wild durch ihren Lärm vertrieben. Sie bauen ihre Häuser wohl vollständig aus Holz, statt den Lehm zu nutzen. Ihr riesiges Boot liegt zwischen den Felsen im Meer festgeklemmt. Ich glaube nicht, dass sie vorhaben, es noch einmal zu nutzen. Sie können es vielleicht auch nicht.«

Er hielt kurz inne, bevor er weitersprach.

»Ich bin mir sicher, dass die Fremden die Wiese vor dem heiligen Baum zu einem Feld machen wollen. Damit haben sie auch auf der anderen Seite ihrer Siedlung begonnen, denn sie fällen ja den Wald«, berichtete Chaled und erntete ein zustimmendes Nicken seines Vaters, während die Umstehenden bei der Vorstellung unruhig wurden.

Haluschk wandte sich an die Schamanen.

»Das ist etwas, was wir bedenken sollten. Der Dämon ist ein schrecklicher Fluch, aber er hat uns möglicherweise vor einem Kampf bewahrt. Wir müssen damit rechnen, dass die Fremden die Wiese in Besitz nehmen wollen, sobald der Dämon fort ist. Wir müssen uns dafür rüsten, den heiligen Hara–Baum zu verteidigen! Sein Geist ist unser Heiler und mächtigster Schutz, das werden die Fremden notfalls im Kampf erfahren müssen.«

Asha zitterte jetzt. Der Gedanke, dass es zu einer Schlacht kommen könnte, erschreckte sie und erschien so absurd. Noch hatten sie sich ja nicht einmal miteinander verständigt!

Wenn doch bloß der Dämon wieder laufen könnte …, fing sie an, verwarf den Gedanken aber vorerst wieder.

Die Nadel trat neben den Blinden und richtete ihren stechenden Blick auf Asha, als hätte sie etwas bemerkt.

»Ashanee, Tochter von Akando, hast du noch etwas zu berichten?«

Sie straffte sich und trat vor, direkt neben Chaled. Sie berührte beinahe seine Schulter und er bewegte sich unauffällig etwas näher, um sie wie durch Zufall am Ärmel zu streifen. Sie ignorierte es mit trockenem Hals.

»Der Dämon wirkt leblos; er scheint schwach zu sein und kein einziger aus seinem Lager ist zu ihm gegangen. Sie scheinen ihn vollkommen verstoßen zu haben.«

Die Nadel wirkte zufrieden. »Das ist auch die einzig vernünftige Reaktion. Wir sollten darüber beratschlagen, wie wir uns ihnen gegenüber verhalten. Offensichtlich verstehen sie etwas von Geistern und Dämonen, vielleicht haben auch sie Schamanen. Chaled, versuch bitte, etwas darüber zu erfahren, aber sprich noch nicht mit ihnen. Beobachte sie vom Hang auf der anderen Seite aus und schau, ob du jemanden entdeckst, der ein Ältester sein könnte. So können wir am ehesten mit ihnen in Kontakt treten.«

Als die rothaarige Älteste schwieg, nickten die anderen drei zustimmend. Asha konnte deutlich fühlen, dass sich hinter dieser Geste der Zuversicht in Wahrheit Sorge verbarg.

»Ashanee, du wirst weiterhin von einem Teil deiner Pflichten als Jägerin entbunden und beobachtest den Dämon. Tu nichts, was ihn provozieren könnte, halte deine Gedanken und Gefühle weiter ruhig und besonnen, wie es deine Art als Jägerin ist, dann wird er nicht auf dich aufmerksam werden«, gebot der Blinde mit seiner alles durchdringenden Stimme.

Asha nickte rasch und verbeugte sich dann schwach.

»Ich danke den Schamanen für diese Ehre und ihr Vertrauen.«

Die Versammlung wurde von Haluschk beendet und Asha ging sofort zurück zu ihrer Mutter. Sie spürte, dass Chaled mit ihr sprechen wollte, tat aber so, als bemerke sie nichts und suchte ihre Großmutter, um sie nach Aufgaben für den Tag zu fragen.

Sie wollte jetzt nicht mit ihrem alten Freund reden, sich nicht von ihm in irgendwelche Fragen und Andeutungen verwickeln lassen.

Sie wollte in Ruhe nachdenken und sich dabei möglichst mit etwas beschäftigen, das nicht mit dem armen, besessenen Mann zu tun hatte, der ihr nicht mehr aus dem Kopf ging.

Doch im Inneren wusste sie, dass sie bald eine Entscheidung treffen musste.

Im Fiebertraum

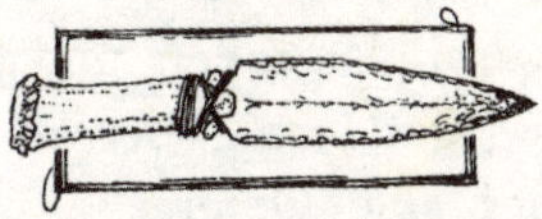

Als Ashanee in der Nacht mit dem Wasserschlauch zu ihm kam, öffnete der Dämonenmann kaum die Augen. Sein Körper war bedeckt von kaltem Schweiß, aber innerlich glühte er vor Fieber.

Sie wollte ihm zu trinken geben, doch er verschluckte sich daran und hustete kraftlos. Sie warf einen Blick auf seine Seite und rümpfte die Nase, als sie den Geruch der entzündeten Wunde wahrnahm.

»Wir müssen etwas unternehmen. Das Fieber zerfrisst deinen Körper!«

»Lezana? Lach nicht … ich sterbe und du lachst mich aus …«, murmelte er und Zorn zeigte sich schwach auf seinem glänzenden Gesicht. »Es ist kalt … und doch verbrenne ich …«

Sie schüttelte den Kopf. Er war nicht mehr bei Sinnen.

Warum hielt der Dämon noch an diesem Körper fest? Konnte er nicht erkennen, dass er verloren war? Oder vielleicht konnte er sich einfach nicht mehr von ihm lösen! Sie hatte doch gesehen, wie der Hara–Baum seine Kräfte wirkte. Hatte er versucht, den Mann zu retten und es nicht geschafft?

Ashas Gedanken rasten. Es war sicherlich der Wunsch des Hara–Baums, dass sie ihm half. Und wenn er heilte und zu Kräften kam, konnte er auch ihr helfen! Vielleicht war es von Vorteil, einen Dämon zu kennen, der einem etwas schuldete …

Einen Moment war sie überrascht über diese Gedanken und erschrak fast dabei. Das erschien ihr nicht richtig … und dennoch entschied sie sich in diesem Augenblick dazu, dem Mann zu helfen. Ihr wurde klar, dass sie ihm schon viel früher die Wunden hätte verbinden sollen, und warf einen Blick auf den kleinen Tonkrug mit Honig, der an ihrem Gürtel hing. Eigentlich hätte dies eine Opfergabe für die Geister sein sollen … doch jetzt konnte sie damit etwas wesentlich Besseres bewirken.

Vielleicht kann er sich ja auch von dem Fluch befreien, wenn er gesund wird! Dann hätten unsere Völker keinen Grund mehr, sich zu bekämpfen! Ich muss ihn retten, damit es überhaupt eine Chance für Frieden gibt!

Bei diesen Gedanken versuchte sie, seinen fiebrigen Blick einzufangen, der immer wieder wild über die Wiese huschte. »Ich werde deine Wunden säubern und versorgen, wenn du versprichst, mich trotz der Schmerzen nicht anzugreifen!«, sagte sie eindringlich.

»Nichts … nichts kann jetzt noch schlimmer kommen …«

Asha nahm das als seine Zustimmung auf. Sein Körper war ohnehin zu schwach und vom Fieber gelähmt, so dass er sich kaum rühren konnte.

Rasch eilte sie in den Wald und hackte mit ihrem Messer einige dicke Haselruten ab, schnitt sie in passende Stücke und kehrte zum Baum zurück.

Sie legte ihre Tasche auf den Boden neben ihm und zog einige Beutel und Tücher heraus, dann hob sie ihr Messer und zerschnitt das Hemd direkt über seiner blau und grün verfärbten Brust. Trotz der Prellungen konnte sie sehen, dass er zuvor ein gut gebauter Mann gewesen sein musste. Schlank und hochgewachsen, von harter Arbeit gestählt … und jetzt von dämonischen Kräften erfasst.

Sie erschauerte und schnitt auf seiner rechten Seite, dort wo die Pfeile ihn getroffen hatten, alle Stofffetzen von seinem Körper, die sie neben ihm auf einen kleinen Haufen warf. Sie ließ den Stoff an seinen Armen noch bestehen, er war zwar teilweise zerrissen, hielt aber doch die nächtliche Kälte etwas von dem Körper fern.

Sie schüttelte entsetzt den Kopf, als sie einen ersten, genaueren Blick auf seine Seite warf.

Wie hatte er bloß den rechten Arm heben können? Diese Seite seines Brustkorbs war völlig zerfetzt. Schuldgefühle brodelten in ihr. Sie hätte nicht zulassen dürfen, dass er sich die Pfeile selbst herausriss. Er hatte anscheinend ohne klare Sicht geschnitten und dann die Pfeile aus seinem Fleisch gezerrt.

Alle drei Eintrittsstellen, verbunden zu einer großen, offenen Wunde, waren tief, heiß und entzündet. Sie hatten nicht im Mindesten angefangen, zu verheilen. Wie denn auch? Mit all dem Dreck darin …

Mit gerümpfter Nase zog sie das blutverschmierte Gras aus der Wunde und spülte sie dann mit Wasser aus. Mit dem Zipfel eines Tuchs tupfte sie die Wunde sanft trocken.

Seiner Kehle entwich ein lautes Stöhnen, dennoch regte er sich kaum. Misstrauisch betrachtete sie sein schmerzverzerrtes Gesicht, aber er schien nicht die Kraft zu haben, sich zu bewegen. Schließlich öffnete sie den Pfropf des Tongefäßes und ließ dunklen Honig auf die große Wunde tropfen. Mit einem sauberen Teil des Tuchs verteilte sie den Honig und strich dann noch mehr darauf.

Als die ganzen offenen Stellen in seiner Brust mit dem duftenden Kleber bedeckt waren, zerkrümelte sie trockene Kräuter in ihrer Hand und streute sie in die Wunde, wo sie mit dem Honig verklebten und einen intensiven Geruch entwickelten.

Zuletzt legte sie ein zweites sauberes Tuch über die Verletzung und befühlte anschließend vorsichtig den Rest seines Körpers. Sie würde ihm erst einen festen Verband anlegen können, wenn seine Glieder richtig versorgt waren.

Sein linker Arm war zweimal gebrochen, ebenso das linke Bein. Das rechte schien nur an einer Stelle im Schienbein zertrümmert, dafür war der Knochen aber gesplittert und das Bein dick geschwollen und heiß.

Der Jägerin war völlig unklar, wie er es überhaupt über den Strand geschafft hatte. Mit drei Pfeilen in der Seite, drei gebrochenen Gliedern und dem Körper überzogen mit Prellungen und tiefen Schnittwunden, die ihm die Felsen in der Brandung zugefügt hatten.

Sie hatte noch nie erlebt, dass jemand solche Qualen still hinnahm und nicht wahnsinnig wurde, denn er zuckte nur kurz unter ihren Berührungen zusammen, ohne einen Laut von sich zu geben. Er musste doch ein Verfluchter sein, sonst hätte er derartiges niemals so lange überlebt. Sie wusste nicht, ob sie ihn bemitleiden oder bewundern sollte.

Erst bei dem grässlichen Knirschen der Knochen schrie er laut auf, als sie seinen Arm langzog und mit einem Ruck den ersten Bruch richtete.

Es war ein qualvoller Laut, ein Schrei, der noch tieferen Schmerz widerspiegelte als den der Splitter in seinem Fleisch. Die gebrochenen Stücke rutschten an ihre ursprüngliche Stelle, als sie den Arm dehnte.

»Bitte, du musst leise sein!«, zischte sie flüsternd, während sein Körper erneut unter ihrem Griff knackte, als sie die Knochen in seinem Unterarm in die richtige Position brachte. Er ächzte auf, unterdrückte aber einen weiteren Schrei mit lautem Zähneknirschen, und sie schnitt mit ihrem Messer jetzt doch den Stoff von seinem Arm.

»Keine Sorge«, presste er unter zusammengebissenen Zähnen hervor. »Sie werden nicht kommen, nur weil ich schreie.« Sie nahm einen anderen kleinen Lederbeutel zur Hand und strich etwas dunkelgelbe Salbe heraus, die sie so sanft wie möglich auf seinem Arm verteilte. Ein weiteres Stöhnen entwich ihm und er verzerrte das Gesicht.

»Woher weißt du das?«, fragte Asha und starrte in seine jetzt weit aufgerissenen, glasigen Augen. Der plötzliche, heftige Schmerz schien ihn zurück in die reale Welt geholt zu haben.

»Ich gehöre nicht mehr zu ihnen ... sie werden denken, dass ein Monstrum schreit, nicht ein ... Mensch.«

Sie fühlte seine glühende Stirn und zog dann einige frische Kräuter aus ihrer Tasche.

»Kau diese Blätter, sie werden dir helfen, gegen die Entzündung anzukämpfen«, erklärte sie, zerriss die Kräuter in kleinere Stücke und wollte sie ihm in den Mund stecken. Doch er konnte die Kiefer nicht kräftig genug zusammenbeißen.

»Ich kann ... nicht kauen. Ich kann kaum sprechen oder schlucken ...«, murmelte er und Asha sah seinen Blick wegdriften. Das Fieber und der Geruch der Salbe hüllten ihn ein wie Nebel.

Nickend sah sie ein, dass er Recht hatte, und steckte sich die Kräuter selbst in den Mund, um sie zu einem weichen Brei zu zerkauen. Sie mischte den Brei mit dem restlichen Wasser und flößte ihm so die heilenden Kräuter ein. Er schluckte mühsam und blinzelte sie aus glasigen Augen an.

»Warum ... hilfst du mir?«, fragte er, nachdem sie seinen Kopf zurück auf die Wurzel gebettet hatte.

»Irgendjemand muss doch dafür sorgen, dass du nicht für immer zähneknirschend unter unserem heiligen Baum liegst, oder?«

»Aber warum du?«

»Ich finde dich interessant, Geister–Dämon«, erwiderte sie mit einem Zwinkern und richtete dann die Brüche in seinen Beinen.

Diesmal hallten seine Schreie noch weiter über die Bucht. Asha betrachtete den jungen, vor Schmerz und Kälte zitternden Mann vor sich.

Vollkommen benommen, bemerkte er scheinbar gar nicht, welche anderen Dinge sie mitgebracht hatte. Er schreckte erst auf, als sie die geraden Haselruten an seinen gebrochenen Arm hielt, die sie von einem kleinen Haufen auswählte.

»Was … tust du da?«, fragte er, die Augen halb geschlossen.

»Ich werde deine Glieder schienen, sonst heilen die Brüche nie oder du wirst verkrüppelt – da du ja offensichtlich ein zu schwacher Dämon bist, um dich selbst zu versorgen.«

Er nahm ihre Stichelei hin, doch sie konnte an seinem Blick sehen, wie dankbar er war. Ein seltsames Verhalten für einen verfluchten Untoten. Um ihn zu beschäftigen, brach sie ein kleines Brotstück von ihrem eigenen Proviant ab und schob es ihm nach einem Zögern zwischen die Zähne.

»Mädchen … warum ist das Brot so süß?«, murmelte er und sie musste kichern.

»Die Fladen werden mit süßen Kartoffeln gemacht. Kennst du keine Batate?«

Er deutete ein Kopfschütteln an.

»Du kommst wirklich von weit her, oder? Es ist eigentlich schade, dass unsere Leute sich nicht verstehen, wir könnten sicherlich viel voneinander lernen.«

»Aldo weiß alles … sagt er.«

Sie sah ihn zweifelnd an. Schweiß lief seine Schläfe hinunter und sie befeuchtete ein Tuch, das sie ihm auf die Stirn legte.

»Der Baum flüstert … er erzählt mir von den Fremden … Aldo, du hast ja keine Ahnung«, fing er an und weitete dann ein wenig die Augen. »Sie leben so anders als wir! So anders …«

Er stöhnte auf, als sie Salbe auf seiner Haut verteilte. Der Schmerz ließ ihn realisieren, dass er sie mit seinem Gerede nur verwirren musste. Er hatte im Traum immer wieder seinen Vater gesehen … aber als Lezana neben ihn trat, wusste er, dass er fantasierte. Seine Verlobte, die Königstochter, lag irgendwo zwischen den verkohlten Ruinen Kas'Tiels.

Schweigend beobachtete er die Handgriffe seiner Helferin. Mit müdem Blick sah er nun zum ersten Mal bewusst seinen Arm, seine Haut, die durch Blutergüsse und Schrammen rot und blau gefärbt war. Obwohl es Nacht war, konnte er die Farben erkennen.

Das Pochen in seinem Gesicht ließ ihn vermuten, dass es ebenso entstellt sein musste.

»Ich sehe bestimmt furchtbar aus«, stellte er fest und versuchte sie anzulächeln – bevor sich sein Gesicht vor Schmerz verzerrte, als sie zwei Stöcke an seinen Oberarm legte und mit einem langen Lederstreifen umwickelte. Ein kurzer Aufschrei entwich ihm, als sie das Leder festzog und verknotete.

Er musste sich irgendwie ablenken und sprach deswegen einfach weiter. »Aaah … sag, Mädchen … du hast mir noch immer nicht … deinen Namen verraten.«

Sie zögerte und legte schließlich zwei Hölzer an seinen Unterarm, die sie ebenfalls umwickelte und festzurrte. Sie schien nachdenklich ins Leere zu starren.

»Sollte ich ihn dir sagen? Das alles hier könnte ein Spiel für dich sein, ein Weg mein Vertrauen zu gewinnen – und dann, wenn du meinen Namen kennst, ergreifst du Besitz von mir, versklavst mich!«

Jamil lächelte müde über ihre Antwort, er hatte so etwas schon erwartet. Das Mädchen traute ihm noch immer nicht. Trauer überkam ihn, dass sogar seine einzige Helferin davon ausging, dass er ein grässlicher Dämon war. Seine Familie hatte ihn verstoßen und sie half ihm vielleicht nur, weil ihre Leute es ihr befohlen hatten. Damit er bald verschwinden würde. Warum brachte niemand den Mut auf, sein Leiden zu beenden?

Als sie schwieg, erkannte er, dass sie eine Erwiderung erwartete. Er versuchte, sie mit seinen Augen zu fokussieren, aber es fiel ihm schwerer, als er erwartet hatte.

»Aber bist du … nicht schon meine Gehilfin? Du rettest mir … vielleicht gerade das Leben.«

»Ich würde das hier nicht als *retten* bezeichnen.«

»Also wäre ich besser dran gewesen, von den Kojoten bei lebendem Leib gefressen zu werden?«, fragte er und ein Anflug von Wut klang in seiner Stimme mit, der ihm sofort wieder Energie verlieh.

»Nein, so habe ich das nicht gemeint. Ich will nur sagen, dass du auch ohne mich schon erstaunlich viel geleistet hast. Du bist stärker als jeder Mensch, den ich kenne. Ich hatte nicht gedacht, dass du es überhaupt bis zum Baum schaffst oder die Nacht überlebst … Ich weiß, der Baum hat dir geholfen, aber was du in dieser Nacht geleistet hast, war allein dein Werk.«

»Ich erinnere mich kaum … Da waren die Kojoten … und du … und dann die Wurzeln des Baums in meinem Rücken … und sein Leuchten …«

Das Mädchen erwiderte nichts darauf und sie musterten sich einen Moment lang schweigend.

»Ha–hast … hattest … wie war dein Name, Dämon?«

Erneut lachte er trocken. »Ich heiße Jamil.«

Sie nahm es mit einem Nicken hin. Der Name klang genau so, wie seine Leute ihn durcheinander gerufen hatten. Er erinnerte sich also tatsächlich an etwas aus seinem alten Leben.

»Wie alt bist du?«, erwiderte er.

»Achtzehn Sommer.«

»Ich … glaube, ich bin dreiundzwanzig.« Er runzelte die Stirn und schien verlegen. »Ich bin mir nicht mal sicher …«

»Das liegt am Fieber. Ruh dich aus, deine Knochen werden schneller heilen, wenn du keine Entzündung mehr im Körper hast.«

Er nickte schwach und schloss die Augen. Asha nahm wieder ihr Messer zur Hand und schlitzte seine Hosenbeine auf, um die Haut freizulegen. Sie schlug den Stoff zurück, rieb seine Haut mit der Salbe ein und band stabile Hölzer zu beiden Seiten seiner Beine. Erneut ächzte er schmerzerfüllt auf, dann entspannte sich sein Körper ein wenig.

»Zum Glück ist das Gras um dich so hoch gewachsen, so wird hoffentlich niemand die Verbände entdecken«, meinte sie und warf einen Blick über die Wiese. Die Wolken am Himmel rissen wieder einmal auf und ließen etwas dünnes Mondlicht auf die Umgebung sickern.

»Ich fühle meine Zehen nicht …«, murmelte er schlaftrunken. Die Schmerzen und Gerüche der Kräuter hüllten ihn ein und machten seine Zunge schwer.

Hatte sie etwas falsch gemacht, als sie seine Beine streckte? Stirnrunzelnd rutschte sie wieder neben seine Füße und versuchte ihm die ledernen Schuhe auszuziehen. Aber das Leder war durch das Meerwasser so verhärtet und steif geworden, dass sie seine Füße freischneiden musste.

Als sie seine Zehen sah, dachte Asha zuerst, sie wären abgestorben. Dann erkannte sie, dass sie nicht nur bläulich waren, sondern auch schwach leuchteten. Sie rieb seine Füße, bis sie nicht mehr kühl waren und etwas normale Farbe in sie zurückkehrte.

Dennoch lief ihr ein Schauer den Rücken hinab. Was war das für eine seltsame Verwandlung?

Als Ashas Blick über seinen Körper wanderte, blieb er an seinen Händen hängen. Sie erinnerte sich an den Moment, als er ihr das Messer abgenommen hatte. Da schienen seine Hände von innen wie erlöschende Glut zu flackern … jetzt schimmerten sie ebenfalls so blau wie seine Füße.

Er ächzte und ballte kurz die Hand zur Faust, murmelte dann aber nur unverständliches Zeug. Sie öffnete eines seiner Lider, aber seine Augen starrten ins Nichts.

Das Fieber wird ihn töten!, dachte sie und war überrascht, wie sehr dieser Gedanke sie mit Trauer erfüllte. Hatte er sie schon so in seinen Bann gezogen? Oder war es natürliches Mitleid, das sie für ihn empfand? Sie hatte als Kind oft Ärger bekommen, weil sie verletzte Tiere nicht töten wollte. Undenkbar für eine Tochter der Nacht.

Ohne es bewusst zu wollen, strich sie ihm über die schmutzige, eingefallene Wange. Wie unglaublich schnell er so mager geworden war, kaum noch zu vergleichen mit dem gutaussehenden jungen Mann, den sie auf der Klippe gesehen hatte, bevor die Pfeile ihn in die Tiefe schickten.

Warum hat man ihn so töten wollen? Waren die Pfeile vielleicht verflucht und deshalb wurde er zum Dämon?

Sie kannte die Antworten nicht, nahm sich aber vor, im Wald nach Spuren zu suchen. Schließlich öffnete sie das große Bündel, das neben ihr im Schatten lag, und breitete die frisch geflochtene Decke aus langen Grashalmen über seinem Körper aus.

»Wenn er diese Nacht überlebt, ist das ein Wunder, selbst unter unserem Baum«, meinte Asha murmelnd und ließ sich neben ihm ins Gras sinken. Sie formte Zeichen mit den Händen, wie sie es bei den Schamanen beobachtet hatte, um den Segen des Hara–Baumes auf Jamil zu lenken.

So hielt sie Wache, legte immer wieder ein kühles, feuchtes Tuch auf seine Stirn und lauschte dem undeutlichen Gemurmel seiner Fieberträume, bis sie in der Morgendämmerung davonschlich, um im Wald zu jagen.

Sie verharrte gegen den Wind in einem Dickicht, doch ihr Warten blieb erfolglos und kein Hirsch zeigte sich auf der Lichtung.

Wenig später brach sie auf und betrat ihr Dorf, als die Sonne gerade am Horizont ihre ersten Strahlen ausschickte. Asha bereitete sich darauf vor, ihren Eltern und den Schamanen wieder einmal nur die halbe Wahrheit über den verfluchten Mann zu berichten.

Auf einmal war sie froh, dass ihr Verhalten so vollkommen absurd und undenkbar war. Niemandem würde im Traum einfallen, einem dämonischen Untoten zu helfen. Warum also war es ihr plötzlich so wichtig, dass der Fremde überleben sollte?

Diese Frage ließ sie nicht los, bescherte ihr Bauchschmerzen und machte sie für den Rest des Vormittags schweigsam, bis ihre Mutter ihr vorschlug, sich auszuruhen. Also legte sie sich eine Weile schlafen und träumte von seinen Augen, die so türkis waren wie das Meer an einem strahlenden Sommertag.

In der darauffolgenden Nacht kehrte Ashanee ohne große Hoffnung zu dem armen Dämon zurück. Sie hatte sich den halben Tag den Kopf darüber zerbrochen, ob sie nicht gerade etwas schrecklich Falsches tat. Aber so sehr sie sich auch bemühte, sie konnte nichts Böses in den Worten des Fremden erkennen. Und auch wenn sie sich einredete, er könnte sie täuschen, blieb die ständige Sorge um seinen Zustand.

Sie hatte versucht, nicht mehr an ihn zu denken, nicht zurückzukehren, nachdem in ihrem Dorf heftig über ihn diskutiert wurde, aber sie war so neugierig, was die Fremden anging – und wenn er lebte, konnte er ihr so vieles erzählen. Außerdem ging sie aus freien Stücken zu ihm. Er war zu schwach, um irgendetwas zu bewirken … wie gefährlich konnte er da schon sein?

Sie musste ihm einfach helfen, es war ihre Pflicht, wenn sie ihr Dorf vor einem Kampf mit den fremden Siedlern bewahren wollte!

Sie fand ihn in derselben Stellung, wie sie ihn in der vorigen Nacht zurückgelassen hatte, er schien gar nicht aufgewacht zu sein – aber er lebte!

Schmerzen weckten Jamil. Das Mädchen war über ihn gebeugt und er fühlte, dass sie etwas auf seine Seite strich. Es roch nach Kräutern und Honig.

»Aah … es brennt …«, krächzte er, doch er konnte den Kopf nicht heben, um zu sehen, was sie tat.

Sein Nacken schmerzte und war vom langen Liegen ganz versteift. Im Traum hatte er wieder Lezana gesehen. Ihre langen blonden Haare hatten in Flammen gestanden, ohne zu verbrennen.

»Entspann dich, es wird gleich besser. Ich musste etwas herausschneiden.«

»Wie sieht … es aus?«

Sie schüttelte den Kopf. »Jeder normale Mensch wäre daran zu Grunde gegangen, die Pfeile haben deine Rippen zerschmettert und du hast viel Blut verloren … aber die Schnitte sind nicht mehr so heiß und es nässt weniger.«

Er nickte nur und hob unter größter Anstrengung seine Hand. »Sieh nur, meine Haut … sie leuchtet jetzt auch ohne Mondlicht ganz matt. Es ist zu spät, nicht wahr? Ich werde ein Dämon, ein Geist der Nacht … und kann es nicht aufhalten.«

»Du hast doch selbst gesagt, dass du nicht aufgeben wirst!«

»Ich habe viel gesagt … aber wie soll ich gegen diesen Fluch ankämpfen?«

»So wie ich das sehe, bist du noch nicht ganz verwandelt. Also ich schätze, wenn du nicht stirbst, dann kann es dich auch nicht ganz überwältigen. Also bleib am Leben, denn solange du lebst, kannst du nicht ganz zum Dämon werden!«

»Ich dachte, du hältst mich für tot? Meine Familie und Freunde sagen, ich bin eine Leiche und der Dämon hält meinen Leichnam nur am Leben, um sie anzulocken.«

»Dämonen bluten nicht.« Sie zögerte, bevor sie weitersprach. »Ich glaube, du lebst tatsächlich noch. Hier, diese Kräuter werden dir helfen, du musst wieder welche essen.«

Jamils Blick verschwamm kurz und er wollte erwidern, dass er zu schwach war, doch zu seiner Überraschung zerkaute sie die festen Blätter selbst und so nahm er an, dass sie sie ihm wieder mit Wasser verdünnt geben würde.

Stattdessen näherte sie sich seinem Gesicht.

Sie drückte ihre Lippen auf seinen offenen Mund und er erstarrte, doch dann schluckte er die Kräuter herunter. Sie entfernte sich von ihm und wischte sich über die Lippen.

»So wirken sie besser, als wenn ich sie verdünne.«

Er nickte nur rasch, dann schloss er die Augen. Neues Feuer war in ihm entbrannt, das auch nicht dadurch getrübt wurde, dass sie ihm einen strengen Blick zuwarf und ihren Mund ausspülte.

In dieser Nacht blieb das Mädchen nicht lange und in der nächsten rieb sie wieder Salbe auf seine Beine und den Arm. Er verzog das Gesicht, als sie die Schienen für kurze Zeit löste, um ihn zu behandeln, doch die meiste Zeit lag er nur benommen da und spürte, wie das Fieber ihn in die Tiefe zog.

Er verlor zusehends die Kontrolle.

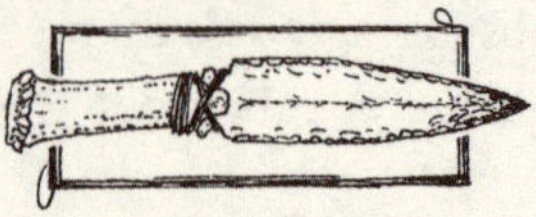

In der darauffolgenden Nacht wachte er nicht mehr auf, als Asha ihn behandelte. Schmerz zuckte beinahe regelmäßig über sein ansonsten lebloses Gesicht und er murmelte nur noch unverständliches Zeug. Sie gab ihm in winzigen Schlucken etwas aus ihrem Schlauch zu trinken, hatte das Wasser mit Wein versetzt und hoffte, so seine Schmerzen zumindest etwas zu lindern.

Eine Weile schien dies sogar zu wirken, denn er wurde ruhiger und murmelte weniger. Erst als bereits das erste Licht über dem Meer auftauchte und den Himmel in ein dunkles Blau tauchte, warf er seinen Kopf hin und her und begann, laut zu rufen.

Sie erschauderte, als er das erste Mal wütend aufbrüllte, und sprang von ihm fort. Seine Hand ballte sich zur Faust und kaum hatte er die Finger wieder gestreckt, sprangen Funken daraus hervor und ließen das Gras schwelen. Rauch stieg auf, doch die Halme waren zu grün, um Feuer zu fangen. Seine Finger leuchteten orange wie die letzte Glut eines sterbenden Lagerfeuers.

Asha kniete bebend vor ihm, völlig starr vor Angst und dennoch unwiderstehlich fasziniert.

Da er heftig zu zittern und murmeln begann, erkannte sie, dass er nicht bei Bewusstsein war. Kalter Schweiß stand auf seiner Stirn und seiner Brust. Er atmete heftig und wimmerte immer wieder, ehe er plötzlich wieder laut schrie.

Dunkler Rauch stieg von seinen Fingerspitzen auf und einem seltsamen Instinkt folgend, goss Asha hastig Wasser in die Trinkschale und tauchte seine Hand hinein. Das Wasser zischte und sie wich schnell wieder zurück, doch er beruhigte sich tatsächlich ein wenig.

Was muss ein Mensch erlebt haben, dass ihn solche furchtbaren Albträume plagen?, dachte sie und betrachtete ihn mit einer Mischung aus Angst und Mitleid.

Die Fieberträume hielten an und er zitterte, doch als es heller wurde, hörte er auf zu schreien und murmelte nur noch unverständliche Worte in seiner Sprache. Jedoch meinte sie, besonders häufig das Wort oder den Namen *Aldo* zu hören. Er spie es mit mehr Leid und Hass aus, als sie jemals zuvor in seiner Stimme gehört hatte.

Ashanee verließ ihn im ersten Morgengrauen und rieb sich die müden Augen, ehe ein weiterer Tag kommen würde, an dem sie ununterbrochen an den geheimnisvollen Dämon denken würde, der in seinem Fieberwahn solche Qualen litt.

Feuer und Wasser

Jamil träumte.

Er vergaß sich selbst dabei, vergaß sein Leben und sein Schicksal … und er tauchte vollkommen in die Gefühle und Eindrücke ein, die sich ihm im Fieber offenbarten.

Er träumte von einem Mann, einem Fremden, den er noch nie gesehen hatte … und dieser erzählte ihm seine Geschichte, indem er ihm seine Gefühle und Erinnerungen zeigte.

Zuerst spürte er nur die lodernde Hitze des Fiebers … dann die Flammen eines Brandes, ein ganzes Meer aus Feuer. Die lodernde Hitze züngelte über seine glühende Haut und machte ihn rasend und freudig zugleich.

Er war Azrael, ein glühender Dämon. Ein loderndes, körperloses Wesen ohne Furcht, geboren aus Hass und Schmerz. Nur das Leid anderer konnte ihm noch Freude bereiten und neben den Feuern Kraft schenken.

Der Dämon manifestierte sich gern in einen Körper aus Flammen – und er hätte sicher niemals Jamils Bekanntschaft gemacht, wenn er nicht viele Jahre zuvor dem Baum zu nahe gekommen wäre, nachdem er in einem Dorf in der Nähe Angst und Schrecken verbreitet hatte.

Neugierig folgte er einigen ruhelosen Seelen, die durch die Wälder wanderten und zielstrebig auf das Meer zuhielten … zu einem Hügel, der an einer Klippe endete.

Dort stand ein alter Baum, der die Seelen zu sich zog und aus dieser Welt erlöste!

Man konnte sehen, wie sie sich in strahlendes Licht auflösten, sobald sie unter die ausladende Krone getreten waren.

Der Dämon wollte herausfinden, was sie anzog, ob er daraus Kraft schöpfen, es sich zu Nutze mache könnte … und geriet dabei selbst in den Bann des Geistes, der den Baum belebte.

Das friedvolle Wesen streckte seine heilenden Finger wie seine Wurzeln nach ihm aus, lockte ihn zu sich – und hielt ihn damit fest umschlungen!

Er wand sich, wehrte sich, ließ seine Flammen auflodern, die jedoch keine Wirkung zeigten.

LASS MICH GEHEN!, brüllte er wütend, doch der Baum blieb unbeeindruckt und band ihn fest an sich.

Du verdammter Narr! Du kannst mich nicht retten! Ich bin keine kleine Seele, der man helfen kann! Ich bin ein Dämon! Ich bin Feuer!

Der heilende Geist hielt ihn weiter gefangen. Seine blau leuchtende Energie lag wie Fesseln um seine Flammen und schwächte ihn. Er konnte kaum noch seine wahre Gestalt annehmen und war dazu verdammt, unbemerkt von der Welt auszuharren.

Jahre … Jahrzehnte vergingen. Die Blätter des Baumes wuchsen, zitterten im Wind, verwelkten, fielen ab und erblühten erneut. Die dünneren Äste streckten sich immer weiter zum Himmel, zum verfluchten Mond und wurden stärker … und der Dämon wurde müde. Er konnte nichts gegen den stillen Geist im Baum tun. Er war wie ein heilender Engel … Nein, eher ein verfluchter Teufel, der ihn nicht mehr gehen lassen wollte. Der ihn unbedingt *retten* wollte.

Aber er musste nicht gerettet werden!

Er wollte nur in Ruhe gelassen werden von diesem verdammten Heiler, der in dem Baum steckte. Er wollte wieder Flammen schmecken!

Zu elendiger Tatenlosigkeit verdammt, sah er zu, wie immer wieder Alte und Kranke zu dem Baum pilgerten, beteten und sich Linderung durch den Geist verschafften.

Erbärmliche Würmer! Sie sollten sich selbst um sich kümmern! Ihre Probleme ertragen und nicht um Hilfe flehen.

Sie langweilten den Dämon, widerten ihn an und so verschloss er sich von der Außenwelt.

Er erwachte erst aus seinem Dämmerzustand, als sich zwei junge Männer dem Baum näherten. Die waren neu, keine aus dem kleinen Dorf in der Nähe.

Interessant … Was taten sie hier?

Der Dämon reckte sich, streckte die müden Glieder und richtete das erste Mal seit Jahren seine Aufmerksamkeit auf die Außenwelt.

Ah … da wurde ein neues Lager gebaut! Sehr interessant! Diese Jungen mussten die ersten von ihnen sein, die sich dem Baum näherte, denn bisher hatte er nichts von den Bauarbeiten bemerkt.

Im nächsten Moment brach eine hitzige Diskussion zwischen ihnen aus und der eine wandte sich in Richtung Wald ab. Sein feuriges Gemüt lockte den Dämon an und stärkte sein Verlangen danach, endlich wieder eine Seele zu besitzen … doch stattdessen blieb der ruhigere Geselle beim Baum. Er schritt zu dem Heiler und legte eine Hand auf die alte Rinde, murmelte etwas davon, dass so ein prächtiger Baum nicht ihren Äxten zum Opfer fallen sollte.

Doch! Doch, tu es! Fäll den Baum, dann hat der Geist endlich nicht mehr die Kraft, mich festzuhalten! So lange sitze ich schon hier und warte! Ich will frei sein! Fäll den Baum!

Aber natürlich hörte der Junge ihn nicht. Der Dämon war schon seit vielen Jahren zu schwach, um sich den Menschen zu zeigen. Selbst die Ältesten aus dem Eingeborenendorf hatten schon fast vergessen, dass er sie geängstigt und heimgesucht hatte.

Tatsächlich besaß der Junge die Frechheit, sich zwischen die Wurzeln des Baumes zu setzen und einzuschlafen! Der Dämon kochte vor Wut, aber die schützende Aura des Baumes hüllte den Jungen ein und ließ nicht zu, dass Azrael ihm zu nahe kam.

Alles, was der Dämon tun konnte, war, sich in die Erinnerungen des jungen Mannes zu schleichen und ihm einen Albtraum zu bescheren. Schließlich schreckte der auf, erhob sich und lief die Wiese hinab zur Klippe, wo er über das weite, blaue, furchtbar langweilige Meer blickte, das der Dämon schon so lange vor der Nase hatte.

Umso überraschter war Azrael, als wieder eine zweite Person den Schauplatz betrat. Ein junger Mann … der vom Wald her geduckt auf den Hara–Baum zulief und den Sichtschutz des dicken Stammes suchte.

Er hatte einen Bogen in den Händen, einen Pfeil schon auf der Sehne. Die Wut in seiner Brust war wie eine kleine Sonne für den Dämon, gab ihm Kraft und einen Teil seiner ursprünglichen Form zurück. Mit einem Grinsen auf den Lippen trat er neben den Schützen, um zu beobachten, was dieser nun tun würde.

Der Pfeil surrte über die Wiese und schlug seitlich in die Brust des Fremden ein.

Fasziniert beobachtete der Dämon, wie sich entsetzlicher Schmerz auf dem unschuldigen Gesicht breitmachte – dann legte er dem Schützen die Hand auf die Schulter.

Ein leichtes Zucken ging durch den jungen Mann, dann streckten seine Finger sich automatisch zum Köcher und zogen zwei weitere Pfeile heraus.

Azrael beobachtete den Verletzten, während der flammende Zorn des Schützen ihm weitere Kraft gab. Der zweite und dritte Pfeil flogen von der Sehne und der Dämon konnte sehen, wie der Hass des Schützen sich in rauchenden Bändern auf den Todgeweihten übertrug, sie miteinander verband.

Innerhalb eines lachhaft kurzen Augenblicks hatte sich das Schicksal für diese arme Seele gewandelt. Sein Leben war vorbei.

So köstlich! Diese Pein, dieses Leid! Es war sogar noch anziehender als die Wut des Schützen.

Gleich würde er seinen letzten Atemzug tun, sein Herz würde stehen bleiben und alles, was ihn ausmachte, würde zerfallen …

Fasziniert beobachtete er, wie der Junge begriff.

Er hatte schon so lange niemanden mehr sterben sehen … eigentlich gar nicht mehr, seit er hier an den Geist des Heilers gefesselt war.

Vielleicht war das sein Weg nach draußen? Sein Weg in die Freiheit! Er würde dem Jungen über die Pforte folgen und sich damit aus den Fesseln des heilenden Geistes befreien!

Er ließ den Schützen los, denn an ihn konnte er sich nicht binden, solange der Hara–Baum ihn mit seiner Energie bewachte. Er spürte, wie der Schütze zurückwich, den Sterbenden einen Moment anstarrte und dann zurück zum Wald eilte. Auf seiner Schulter, an der Azrael ihn berührt hatte, blieb eine unsichtbare Markierung des Dämons zurück.

Dieser riss sich mit einem plötzlichen Ruck von den schimmernden Fäden des Baumes los, die ihn schon so lang hielten. Er würde ihm nicht so leicht entkommen, aber für einen Moment konnte er sich bewegen. Er musste nur den armen pfeildurchbohrten Jungen erreichen.

Er stürzte los, flog selbst wie ein Pfeil über die Wiese und auf den Sterbenden zu. Die leuchtenden Finger des Geistes folgten ihm.

Der Junge taumelte, dann kippte er über den Rand der Klippe und fiel. Der Dämon zögerte keine Sekunde, stürzte sich selbst hinab und folgte dem Jungen in die tosenden Wellen.

Gerade als dieser auf die Felsen schlug, berührten die unsichtbaren, ausgestreckten Finger des Dämons sein Gesicht und er wurde mit in die Dunkelheit gerissen.

Einen Moment herrschte nur Stille. Der Dämon schüttelte sich frei von dem tauben Gefühl, das sich in ihm breitgemacht hatte. Es war schon lange her, seit er das letzte Mal zum Inneren eines Sterbenden Zugang gehabt hatte.

Schwärze umgab die arme, erbärmliche Seele des jungen Mannes. Sein Bewusstsein, sein *Ich*, saß zusammengekrümmt und nackt in der Dunkelheit. Wasser entstand aus dem Nichts um ihn herum, schwappte um seine Füße und den blassen Rücken.

Interessant … seine Seele wehrte sich gegen den Tod, der so unausweichlich war. Der Dämon hatte ihn für einen Schwächling gehalten, aber der Junge besaß eine Willenskraft, wie er sie schon Jahrzehnte nicht mehr erlebt hatte.

Ich will nicht sterben …, flüsterte er kaum hörbar, jedoch sehr bestimmt.

Er hatte die Knie angezogen und die Arme darum geschlungen, in seiner Seite klafften drei rot glühende Löcher.

Doch es breitete sich bereits ein helles, bläuliches Schimmern um die Wunden aus. Der heilende Geist im Baum begann sein Werk … Bald würde er den Jungen hier herausholen, ihn retten!

Wollte der Geist ihn wirklich am Leben erhalten? Dann musste er jetzt schnell handeln!

Der Dämon gab sich selbst mühsam eine Gestalt – eine Flamme leuchtete auf und verdrängte die Dunkelheit um den jungen Mann und auch das blaue Glühen der Heilung.

Jamil schlug die Augen auf und sie reflektierten die kleine Flamme.

Hallo, Jamil.

Was? Wer bist du?

Ich bin hier, um dir zu helfen. Ich bin Azrael.

Wie … wo bin ich?

Du bist von der Klippe gestürzt, erinnerst du dich?

Jamils Augen weiteten sich. *Wer war es? Wer hat mir das angetan?*

Das könnten wir herausfinden, wenn du mich dir helfen lässt.

Der junge Mann löste zaghaft seine Finger voneinander, zögerte dann aber. *Was bist du? Ich … ich kenne dich nicht!*

Möchtest du sterben, Jamil? Denn ich bin mir ziemlich sicher, dass du gerade stirbst …

Nein!

Dann möchtest du leben? Ich könnte dir helfen … aber du musst dich entscheiden, denn du wirst ertrinken, bevor du an den Pfeilen zu Grunde gehst.

Jamil zitterte in der kalten Dunkelheit. Das schwarze Wasser stieg immer höher, umgab jetzt schon seine Brust und schwappte über seine Knie, doch er vermochte nicht aufzustehen.

Was … was muss ich tun?, fragte er leise.

Die Flamme rückte näher und ein glühendes Augenpaar bildete sich in dem schwebenden Feuer.

Lass mich hinein! Lass mich tief in deine Seele!

Jamil zögerte wieder und der Dämon bemerkte nervös, dass nicht nur die Pfeilwunden wieder blau zu leuchten begannen, sondern auch die Dunkelheit des Wassers von diesem Schein verdrängt wurde. Wenn der Geist im Baum seine Wirkung tat und diese Seele erlöste, war es zu spät! Er würde wieder Jahrzehnte warten müssen!

Wenn du leben willst, entscheide dich jetzt!, rief Azrael eindringlicher und ließ Jamil damit zusammenzucken. Das Wasser stand ihm jetzt schon bis zum Hals, doch er schien das blaue Leuchten nicht zu bemerken.

Jamil seufzte, dann nickte er knapp und schloss die Augen. Langsam und unter großer Anstrengung hob er seine Arme, befreite seine Hände aus dem Wasser und streckte sie dem Dämon entgegen.

Die Flammen wurden stärker, verdampften das leuchtende Wasser um die Seele herum und ließen eine dunstverhangene Blase entstehen, während die kalten Fluten um ihn weiter anstiegen. Das Feuer berührte seine Finger, züngelte über seine Haut und wanderte über seine Arme bis zur Brust.

Dort fand er Jamils innersten Kern, die Essenz seines Lebens, seine Persönlichkeit, seine Gefühle und Erinnerungen. Zuerst fragte sich der Dämon, ob er einen Fehler beging. Dieser Mann war so feinfühlig … und doch spürte er unter der Verletztheit und Angst eine brennende Wut und einen unbeschreiblichen Lebenswillen. Diese Seele würde kämpfen! Sie würde ihm ein gutes Zuhause bieten, anstatt sofort zu verglühen wie manch anderer.

Der junge Mann ächzte, als die Flammen sich um sein Herz schlossen und es in Brand steckten. Blaues Licht leuchtete dagegen und der ruhige Geist versuchte, die junge Seele vor dem düsteren Einfluss zu schützen.

Komm schon, Heiler …, wandte sich der Dämon an den stillen Geist im Hara–Baum. *Gemeinsam können wir ihn doch viel leichter retten. Wer weiß, ob du es allein geschafft hättest, immerhin ist er ziemlich schlimm zugerichtet …*

Jamil krümmte sich und riss die Augen auf. Um ihn herum brannten lodernde Flammen, die seine Haut rot glühen ließen. Doch bevor er an ihnen zugrunde ging, wogte das kühle blaue Wasser um ihn stärker auf.

Zuerst dachte er, es würde ihn doch noch ertränken und in die Ewigkeit des Todes ziehen … dann bemerkte er aber, wie lindernd und wohltuend das blaue Leuchten war.

Er ließ es zu, zog es in sich hinein wie die Flammen zuvor.

Was tust du da, Junge?! Nur ich bin dein Dämon! Nur ich besitze deine Seele!

Azrael verstärkte sein Brennen, doch er konnte es nicht verhindern. Der heilende Geist des Baumes band sich ebenso an den jungen Mann.

Jamil zuckte unkontrolliert, seine Seele war in Aufruhr und wehrte sich – aber schlussendlich verbanden sich die lodernden Flammen und das stille, kühle Wasser in seinem Inneren und kamen gemeinsam zur Ruhe.

Der Dämon spürte das erste Mal seit so vielen Jahren wirklichen Schmerz, das Ziehen in der Brust, von den Pfeilen durchbohrt. Er spürte Jamils Erinnerungen, sein Leid und seine Schuldgefühle … die nagende Ungewissheit, ob seine Fehltritte den Untergang seiner Heimat herbeigeführt hatten.

Die tosenden Wellen spülten den Körper Stück für Stück von der Klippe in Richtung Strand und warfen ihn dort auf die Steine.

Der heilende Geist des Baumes streckte seine Finger nach Jamil aus und der Junge hustete, spuckte blutiges Wasser aus seiner Lunge und atmete rasselnd ein.

Aaahhh …, seufzte der Dämon voller Erleichterung. *Ein echter Körper … Schmerzen … Atem … Herzschlag … und eine so interessante Seele! Voller Leid und doch mit eisernem Willen, das gefällt mir!*

Was … was wirst du jetzt tun?, fragte Jamil leise. Er schien noch gar nicht richtig bemerkt zu haben, was mit seinem Körper geschah.

Genießen! Atmen! Leben! Aber dein Körper ist schwach, beinahe tot. Ich werde warten, bis der Heiler seine Arbeit tut und dein Herz wider aller Erwartungen immer weiter schlagen lassen. Ich hatte so viele Jahrzehnte Geduld, was sind da schon ein paar Wochen, bis du wieder frei bist?

Frei?

Der Dämon lächelte in sich hinein. *Du wirst schon sehen … aber jetzt musst du ruhen. Ruh dich aus, junger Mann, damit du bald wieder stark bist. Ich brauche jetzt all meine Kraft, um dich am Leben zu halten.*

Seine Stimme wurde immer leiser, wie ein Feuer, dem langsam die Hitze ausging, dessen Glut erlosch.

Warte! Azrael!, rief Jamil in die Stille, erhielt aber keine Antwort mehr. Dunkelheit herrschte wieder über ihn, in der nach und nach blaue Lichter auftauchten und ihn zu sich zogen.

Die Sonne brennt … der Mond heilt …, flüsterte das blaue Licht kaum hörbar. Es war wie ein Säuseln im Wind, ein Rauschen von Blättern.

Sei wie der Mond, Jamil … sei wie der Mond …

Jamil zitterte. Dieser Geist war ganz anders als der Dämon … Er war ruhiger und voller Empathie für die Menschen … und doch spürte Jamil noch immer die glühende Flamme in seiner Brust, in der der Dämon ruhte.

So lag er am Strand … So lag er auch am Baum …

Als Jamil sich aus diesem langen Traum gekämpft hatte, packte das Fieber ihn erneut mit voller Kraft und zerfraß die Erinnerungen mit seiner Hitze.

Er erwachte kurz … und alle Bilder, die der Dämon ihm hinterlassen hatte, wurden fortgetragen und verblassten zu zusammenhanglosen Schemen aus Feuer und Wasser.

Aldo ließ noch mehr Leute als Wachen einteilen, sobald er bemerkte, dass der Dämon nicht starb. Fünf Nächte waren bereits vergangen. Als es zu dämmern begann, wurde ein letzter Späher den Hügel hinauf geschickt.

Der Mann kehrte nach Einbruch der Dunkelheit zurück, er zitterte und sagte, er habe die Augen des Monstrums glühen sehen. »Aber er bewegt sich nicht. Ich glaube, er kann es gar nicht!«, berichtete er, stolz auf seinen eigenen Mut.

Gemurmel und Unruhe breiteten sich unter den Leuten aus.

»Warum töten wir ihn nicht einfach?«, rief jemand laut und andere begannen zuzustimmen.

»Nein!«, erwiderte die Seherin bestimmt. »Wir können ihn nicht töten, und wenn wir uns ihm nähern, wird er Kräfte sammeln und uns dann angreifen!« Die Siedler verstummten und sahen sich verunsichert an.

»Besser ein verfluchter Baum als ein ganzes verfluchtes Lager.«

Protest wurde laut.

»Sollten wir nicht von hier fortziehen? Wir könnten weiter die Küste entlang wandern und eine neue Stelle zum Siedeln finden!«

Die Seherin schüttelte den Kopf, bevor Aldo etwas sagen konnte.

»Wir würden zu viel Zeit verlieren. Herbst und Winter eilen herbei. Wenn sich niemand dem Dämon nähert, wird er seine Kraft verlieren und vergehen wie eine Pflanze, die von einer Krankheit befallen wurde. Die Götter haben diesen Platz bereits akzeptiert und ihr Opfer gefordert. Es wäre eine Beleidigung für sie, wenn wir ihren Willen nicht anerkennen.«

Neues Gemurmel kam auf, dann nickten viele. Yesimas Worte fanden wie immer schnell Zustimmung.

Aldo baute sich neben ihr auf. »Ihr habt gehört, was die Götter dazu sagen. Und ich sage: Wir bleiben, wir errichten eine Palisade, um uns vor dem Dämon und den Wilden zu schützen und entscheiden dann, wie wir uns diesen Einwohnern gegenüber verhalten. Zuerst ist unser Schutz das Wichtigste. Wir bauen die Langhäuser weiter und lassen uns nicht auf die Eingeborenen ein!«

Navenne wandte den Blick von der Seherin und ihrem Mann ab und ließ die Versammlung hinter sich. Sie schien die einzige im Lager zu sein, die um Jamil trauerte. Die um ihren Sohn trauerte.

Sie lief durch die neue Siedlung, die bisher nur aus Baustellen und Zelten bestand. Das einzige stabile Haus, dessen Wände und Dach in den letzten Tagen hastig fertig gestellt worden war, war das von ihrem Mann, ihrem Anführer.

Navenne betrachtete die fremden vier Wände mit einer Mischung aus Erleichterung und Verbitterung. Sie vermisste ihr altes Leben, ihre alte Heimat. Dieses Land war ihnen allen fremd, es war rauer und wilder als die sanften Wiesen, auf denen Kas'Tiel gestanden hatte, hoch aufragend mit seinen Häusern und Tempeln.

Seufzend warf sie einen Blick zu dem Hügel hinauf. Selbst aus dem gerodeten Tal konnte sie die höchsten Äste des mächtigen Baumes erspähen. Dort lag ihr Sohn – tot und verflucht.

Rasch wischte sie sich die Tränen aus den Augen, bevor sie die düstere Holzhütte betrat. Aldo würde es nicht gerne sehen, wenn sie trauerte. Seit ihrem letzten Streit gab er sich mit dem Bau der neuen Siedlung beschäftigt, doch sie konnte in seinen Augen sehen, dass ihn der Tod seines Sohnes nicht so kalt ließ, wie er vorgab.

Dennoch mussten sich alle an die Weisung der Seherin halten. Jamil war jetzt ein Dämon, und um solche durfte man nicht trauern, da es sie nur anlocken würde.

Sie atmete einmal tief durch, dann ging sie zur Feuerstelle, um Essen für sich und ihren Mann zuzubereiten.

Eine Bewegung im Augenwinkel ließ sie aufschrecken. Als sie sich umwandte, sah sie eine Gestalt in der Ecke der düsteren Stube.

Als der Schatten aufstand und näher kam, erkannte sie ihren jüngeren Sohn.

»Balor!«, rief sie überrascht und erleichtert. »Du bist zurück!«

»Das bin ich, Mutter. Wir haben mehrere Rehe erlegt und die Wälder erkundet.«

Sie schritt auf ihn zu und berührte ihren Sohn zaghaft am Arm. Er sah verändert aus, erwachsener. Seine kastanienbraunen Haare hatte er wie üblich zusammengebunden und seine Augen waren dunkel und tiefgründig. Gerade jetzt sah er seinem Vater auffallend ähnlich und wirkte genauso verbissen, als ahne er etwas. Was er wohl auf seinen Erkundungen in den letzten Tagen erlebt hatte? Aber das war jetzt nicht wichtig. Schmerz stach durch ihr Herz, als ihr klar wurde, dass sie ihrem Sohn die schreckliche Nachricht würde überbringen müssen.

Er schien es ihr ansehen zu können, dass etwas nicht stimmte, denn sein Ausdruck wurde noch ernster.

»Was ist los?«

»Balor … dein Bruder … Er ist verunglückt. Er ist tot.«

Einen Moment starrte ihr Sohn sie einfach nur verständnislos an, dann wich jegliche Farbe aus seinem Gesicht. Er begann zu zittern und wankte dann auf die Bank neben dem Tisch, wo er zusammensank.

»Tot? Aber … wie?«

Navenne schluckte schwer, bevor sie weitersprechen konnte. »Er … ist nicht *richtig* tot. Er wurde zu einem Dämon.«

»Was?« Ein düsterer Ausdruck schlich sich in sein Gesicht und sie konnte sehen, wie seine Gedanken rasten. »Ein Dämon? Bist du sicher?«

»Die Seherin hat es aus den Knochen gelesen. Er bewegte sich noch, als er in der Bucht angespült wurde, und hat es allein hinauf zu dem großen Baum auf dem Hügel geschafft. Er hat sich in der ersten Nacht hinaufgeschleppt und seitdem liegt er dort. Es sieht aus, als lebe er noch, aber in Wahrheit besitzt ein Dämon seinen Körper.«

Wie sie ihm so berichtete, jagte es ihr einen Schauer den Rücken hinunter. Sie hörte sich schon so sachlich an wie die Seherin, obwohl ihr Herz von eisiger Trauer umfangen blieb.

Balor schwieg eine Weile und starrte in die Leere, bevor er wieder sprach. »Wie konnte das passieren?«

»Er ist von Fremden erschossen worden und stürzte von der Klippe hinunter. Wir haben die Wälder nach Spuren durchsucht, aber nichts gefunden.«

»Dann müssen wir sie jagen! Sie zur Rechenschaft ziehen!«

»Das wird kaum möglich sein.«

»Aber ... aber was, wenn sie wieder angreifen? Wer sagt uns, dass es einmalig bleibt?«

»Es ist schon fünf Tage her. Seitdem haben wir die Wälder überwacht und niemand Fremden in der Nähe der Siedlung gesehen.«

»Wer tut so etwas?«, fragte er entrüstet und ballte seine Hände zu Fäusten, um ihr Zittern zu verbergen. »Wer hätte ihn verfluchen wollen?«

»Wir wissen es nicht. Aber Balor ... vielleicht kennst du die Antwort.«

Ihr Sohn sah sie entsetzt an. »Ich? Warum? Du glaubst doch nicht etwa, dass ich etwas dami–«

»Nein!«, rief sie rasch und hob die Hände. »Nein, das meinte ich nicht, um Himmels willen. Nein, ich wollte dich nur fragen, ob du bei den Fremden warst ... die in der nächsten Bucht leben. Ein Mädchen von ihnen kam oben auf den Hügel und begegnete Jamil. Danach wurde er erschossen, aber wir konnten nicht mit ihr reden. Sie hat kein Wort verstanden und war völlig verstört. Wir ließen sie laufen.«

»Dann waren es ihre Leute?!«

Balor sprang auf und war plötzlich voller Energie.

»Aldo weiß es nicht und die Sicht der Seherin ist getrübt, die Götter konnten ihr nicht sagen, wer es getan hat.« Sie legte ihm eine Hand auf die Schulter. »Warst du bei den Fremden?«

Balor runzelte die Stirn und seufzte schwer. »Nein, ich war nicht dort. Wir sind nach Norden gegangen und haben die Umgebung bei den Bergen erkundet. Es gibt keine anderen Siedlungen in der Nähe, nicht einmal richtige Straßen. Eine alte haben wir gefunden, völlig überwuchert. Und einige Ruinen. Ich wollte erst mit Vater sprechen, bevor ich zu diesen Wilden gehe, aber das ist jetzt wohl hinfällig.«

»Warum? Wir müssen herausfinden, ob sie es waren!«, meinte Navenne und konnte den verzweifelten Ton in ihrer Stimme nur schwer verbergen.

Balor presste die Lippen aufeinander, bevor er seufzte. »Mutter, außer ihnen scheint niemand diese Gegend zu bewohnen. Sie müssen es gewesen sein.«

Navenne zitterte. Wie sollten sie hier je ihren Frieden finden, wenn die Mörder ihres Sohnes in einer nahen Bucht weiter lebten? Einen Steinwurf entfernt?

Jamil erwachte spät in der Nacht. Schweiß stand ihm auf der Stirn, sein ganzer Körper war davon getränkt und ihm war elend. Er hatte das Gefühl, als hätte er tagelang geschlafen und nichts getrunken. Verschwommene Bilder und Erinnerungen klammerten sich krampfhaft an sein Gedächtnis und wollten ihn kaum loslassen. Seine Finger fühlten sich taub und verbrannt zugleich an; beim Versuch zu sprechen, brachte er nur ein heiseres Krächzen zustande.

Der zunehmende Mond stand tief über dem Meer und spiegelte sich in den Wellen, während er in ihnen versank. Erstaunt bemerkte Jamil, dass eine Decke aus Gras über ihm lag. Als er sie mühsam von seinem Brustkorb zog, waren seine Wunden unter einem großen Verband verborgen. Er hatte den Eindruck, dass viel passiert und wieder aus seiner Erinnerung gebrannt worden war.

Es war anstrengend, den Arm zu heben, doch er fühlte sich die Stirn. War das Fieber gesunken?

Die Sterne verblassten bereits und er sah sich um. Die Wiese lag in dunklen Dunst gehüllt, doch er konnte etwas neben sich im Gras erkennen. Mit der rechten Hand drückte er die Halme aus dem Weg und da lag sie. Das Mädchen war ins Gras gesunken, hatte die Beine an den Körper gezogen und schlief.

Ohne den Mond konnte er nur wenige Details ausmachen, aber ihre exotische Schönheit fiel ihm trotzdem auf. Ihre dunklen Haare waren in einem Zopf um ihren Kopf geschlungen, wilde Strähnen hatten sich daraus gelöst und bewegten sich sanft im Rhythmus ihres Atems.

Ihre Augenbrauen waren markant geschwungen, die Nase klein und irgendwie niedlich. Ihre schmalen Lippen waren sinnlich geformt und als er sie betrachtete, tauchte eine verschwommene Erinnerung in seinem Geist auf, wie sie sich über ihn gebeugt hatte.

Sachte berührte er sie an der Schulter und sie schlug die Augen auf.

Panik zeigte sich auf ihren Zügen, als sie sich im Gras wiederfand, doch sie begriff rasch, wo sie war und die kontrollierte, gespannte Aufmerksamkeit verwandelte sie von dem sanften, schlafenden Mädchen wieder zur Jägerin.

»Warum bist du noch hier?«, fragte Jamil mit rauer Stimme und fing ihren Blick.

»Ich … ich bin eingeschlafen … ich wollte warten, bis du schläfst und nicht mehr von Fieberträumen geplagt wirst. Ich wollte erst dann deine Wunden untersuchen.«

»Warum hast du es getan? Mir die Heilkräuter so eingeflößt?«, fragte er und spürte, wie das Fieber ihn wieder packte und seine Sinne vernebelte.

Das Mädchen schwieg. Als sie verstand, wollte sie kurz von ihm wegrücken – doch dann hob er plötzlich den Arm und fasste sie im Nacken.

Sie schrie auf und versuchte ihn wegzudrücken, doch da war auf einmal eine Stärke in ihm. Er zog sie hoch zu sich, kam ihrem Gesicht immer näher – dann fuhr plötzlich ein stechender Schmerz durch seine Schulter und eine Steinklinge steckte bis zum Griff in seiner Haut.

Jamil brüllte auf und sie drückte ihn mit Wucht von sich. Er fiel zurück und schlug hart mit dem Kopf gegen eine der Wurzeln.

Ein Ächzen entfuhr ihm, dann erschlaffte sein Körper, als er das Bewusstsein verlor.

Das Licht der Nacht

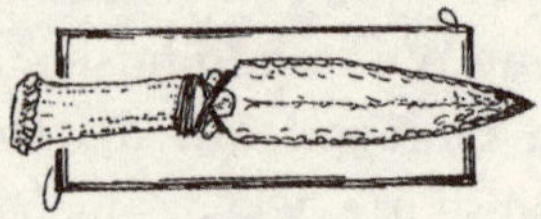

Als sich Ashanee drei Nächte später wieder zum Hara–Baum wagte, war der Dämon fort.

Sie hatte die letzten Nächte damit verbracht, für ihr Dorf jagen zu gehen und sich nicht getraut, den Schamanen von dem Zwischenfall zu erzählen. Eine Mischung aus Furcht und Schuldgefühlen tobte seitdem in ihr. Sie hatte Jamil sicherlich schwer verletzt, aber ein Teil von ihr fürchtete, dass auch dieser Stich ihn nicht getötet hatte und das machte ihr mehr Angst als alles andere.

Sie entdeckte ihre blutverklebte Steinklinge zwischen den Wurzeln des Baumes und folgte der Spur aus niedergedrücktem Gras, die von seinem Lager wegführte.

Keine zehn Manneslängen von seiner Lagerstelle entfernt fand sie ihn, halb verdurstet, im hohen Gras. Er lag da wie tot, der Verband um seine Brust hatte sich gelöst und hing blutgetränkt unter ihm. Anscheinend hatte er versucht, sich alleine mit seinem rechten Arm über den Boden zu ziehen, da der andere unbeweglich geschient war.

Dass er noch blutete, deutete sie als Zeichen, dass sein Herz noch schlug … dass also ein Teil von ihm noch menschlich sein musste.

Sie wälzte ihn ächzend auf den Rücken und zerrte den Bewusstlosen zurück unter den Baum zu der Grasdecke. Sie öffnete seinen Mund und flößte ihm etwas Wasser aus ihrem Schlauch ein.

»Warum hast du das gemacht?«, fragte sie wütend, ohne eine Antwort zu erwarten, und betastete die Stichwunde in seiner Schulter, aus der durch die Bewegungen jetzt wieder etwas Blut sickerte. Die Haut darum war dunkel von einem Bluterguss, aber sie hatte ihn nicht schwer verletzt.

»Ich dachte … du würdest nicht zurückkommen«, murmelte er auf einmal mit geschlossenen Augen.

»Ich meinte nicht deinen kläglichen Versuch, zur Quelle zu gelangen!«, rief sie zornig und nahm die Hand von seiner Schulter, nun da er wach war.

Er schwieg und schien nicht zu wissen, was er sagen sollte. Ein Hauch von Wehmut huschte über sein Gesicht, verschwand aber in der Erschöpfung wieder. »Bitte verzeih mir. Ich war nicht bei Sinnen.«

»Was wolltest du bezwecken? Mich zu Tode erschrecken?«

Sie legte so viel Eiseskälte in ihre Stimme, wie es ihr möglich war; wollte ihn dafür strafen, dass er sie so erschreckt hatte.

»Nein …«, sagte er und presste die Lippen zusammen. Es klang, als hätte er noch mehr sagen wollen.

»Was war es dann?«, rief sie, noch immer wütend, und zerrte ein sauberes Tuch aus ihrer Tasche, das sie ihm gegen seine Schulter presste. Der plötzliche Schmerz ließ ihn zurückzucken und die Lider aufreißen.

Seine blauen Augen glitzerten wie das Mondlicht auf dem Meer. Er fing ihren Blick mit Leichtigkeit.

»Du bist wunderschön, weißt du das?«, murmelte er, und sie riss sich von dem blauen Leuchten los.

Erneut drückte sie mit dem Tuch gegen die Stichwunde, um das Blut aufzufangen. Einen Moment presste sie die Lippen aufeinander, um ihre Irritation zu verbergen.

»Was hat das denn damit zu tun?«

»Bist du … noch nie von einem Mann begehrt worden?«

Jetzt wich sie doch von ihm zurück. Ihr Blick wanderte seinen Körper entlang. »Nicht so … und nicht von so einem … wie dir!«, meinte sie nach einer Weile und spuckte die Worte wie einen Fluch aus.

Er wandte den Blick ab und schien schwer schlucken zu müssen, sagte aber nichts dazu.

Sie musterte ihn lange, bevor sie doch die Verletzung reinigte. »Du wolltest mich also küssen?«, fragte sie leise und starrte dabei auf seinen Arm.

»Bitte verzeih mir. Ich habe nicht nachgedacht … das Fieber machte alles verschwommen.«

Sie nickte und nahm seine Entschuldigung somit an.

»Meine Beine … sie fühlen sich etwas besser an. Ich kann schon die Muskeln anspannen …«

Sie schüttelte den Kopf. »Nein, lass das lieber. Es dauert sehr lange, bis gebrochene Knochen heilen.«

Von dieser Unterhaltung an blieb sie wieder länger, da er nicht mehr die ganze Zeit schlief und sie sich ausgesprochen hatten. Eine Weile hatte er den Eindruck, dass sie sich schuldig fühlte wegen seiner neuen Verletzung, aber die war ihm herzlich egal. Er war auch nicht wütend, sondern einfach nur erleichtert, dass sie überhaupt zurückgekehrt war und ihm seine fiebrige Dummheit verziehen hatte.

Ein paar Nächte später lehnte sie sich sogar neben ihm an den breiten Baumstamm und nickte ein, nachdem sie ihn versorgt hatte.

Jamil lag derweil wach und sah auf die Wiese und das Meer hinter der Klippe. Die meiste Zeit jedoch blickte er in das entspannte Gesicht der jungen Frau, die über ihm an die Rinde des Baums gelehnt war. Obwohl sie schlief und ihm damit den größtmöglichen Vertrauensbeweis erteilte, erschien sie ihm nach wie vor wie eine Wächterin.

Wie gerne hätte er sich weiter aufgesetzt, um ihr näher zu sein, doch seine Beine ließen es nicht zu.

Um sich abzulenken, versuchte Jamil, die Tage zu zählen. Es könnten jetzt schon fast zwei Wochen sein, die er an dem Baum lag.

Wie um es zu bestätigen, ging der Vollmond über dem Wald auf und warf seine Strahlen auf die Haut des Mannes – und er fühlte neue Kraft in sich aufsteigen.

Das Mädchen lag neben ihm im Gras, von ihrem Sitz heruntergesunken, und schlief.

Er starrte jedoch gebannt auf den großen, hellen Mond und fühlte sich stärker denn je. So schaffte er es, seinen linken, gebrochenen Arm anzuheben.

Schmerz zuckte durch seine Schulter und seinen Arm, als er ihn aus dem Schatten der Zweige in die Lücke hob, durch die das Mondlicht ihn traf.

Ein Schrei entfuhr ihm, der seine Helferin aufschrecken ließ.

Gemeinsam starrten sie gebannt auf seinen Arm – wo sich im Mondlicht das Leder und die Stöcke auflösten und sein blau glühender Arm zum Vorschein kam! Das Licht schien seinen Verband und die Schienen einfach zu Asche zerfallen zu lassen und seine Haut in ein seltsames Licht zu tauchen.

Jamil zuckte zusammen, als sein Oberarmknochen knackte. Die Schmerzen verflogen und er fühlte mit einer Gänsehaut, wie die Knochenbrüche in seinem Arm ein Stück zusammenwuchsen.

»Was passiert da?«, flüsterte das Mädchen und starrte auf seinen leuchtenden Körper.

»Ich … ich weiß es nicht, aber ich fühle mich besser!«

»Lass mich mal sehen«, forderte sie und zog seinen Arm etwas zu sich. Seine Haut war angenehm kühl, sie fühlte sich fast wie Wasser an. »Unglaublich … du kannst den Arm heben, obwohl er noch gebrochen ist! Aber er wirkt viel gesünder!«

Er nickte und starrte hoch zum Mond, während sie schwieg und sanft über die Haut an seinem Arm strich. Sie glänzte noch immer blau und grün. Dort, wo ihre Finger ihn berührten, hinterließ es ein eisiges Leuchten und jagte ihm Strom durch den Körper.

»Weißt du, das ist eigentlich ein Beweis, dass du kein Dämon bist. Kein Dämon kann so rein und schön wirken … Jamil.«

Er blinzelte verblüfft und wusste nicht, was er darauf erwidern sollte. Da erhob sie sich und zog ihm die Grasdecke vom Körper. Geschickt wickelte sie das Leder von seinen Oberschenkeln und Schienbeinen und legte die Stäbe beiseite, bevor sie zurückwich, um keinen Schatten mehr zu werfen.

Schmerz breitete sich in seinen Knochen aus wie Eis – doch dann knirschten auch sie, als das Mondlicht seine Haut zum Leuchten brachte. Es fühlte sich an, als würde kristallklares Wasser durch jede Ader seines Körpers sprudeln und ihm Kraft geben.

»Ah …«, stöhnte er erleichtert, als die Schmerzen wieder nachließen. »Es ist unglaublich, ich glaube, das Mondlicht heilt mich wirklich.«

»Du meinst deine Verwandlung. Nur weil der Baum dich schützt, hat das Mondlicht diese Wirkung auf dich. Es stärkt den Geist des Baumes und somit auch dich.«

Jamil zuckte zusammen und sah sie flehend an. »Bin ich noch ein Mensch, Mädchen? Oder bin ich schon ein Geist?«

Wut spiegelte sich in ihrem Gesicht. »Nenn mich nicht immer Mädchen! Ich habe einen Namen!«

Er hob fragend eine Augenbraue und wartete. Sie zögerte und sah dann auf seinen glitzernden, etwas durchsichtig wirkenden Körper.

»Ashanee. Mein Name ist Ashanee.«

»Ein sehr schöner Name.«

»Meine Freunde ... nennen mich Asha, aber ich weiß nicht, ob ich mich damit bei dir wohl fühlen würde.«

Er wollte etwas erwidern, aber in diesem Moment schoben sich Wolken vor den Mond – Jamil ächzte und unterdrückte einen Schrei, als der Schmerz in seinen Körper zurückfuhr. Das Leuchten auf seinem Körper verschwand mit dem Schatten auf der Wiese, blieb nur schwach in seinen Fingern und Zehen zurück.

»Was ist los?«, fragte Ashanee, die sein schmerzverzerrtes Gesicht sah.

»Ah ... es ist fast wieder wie vorher«, sagte er mit knirschenden Zähnen und hielt seinen linken Arm an den Körper gedrückt.

»Anscheinend ist der Baum doch nicht so stark, um dich ganz zu heilen«, murmelte sie und rümpfte die Nase.

Zuerst hielt er es für ein Zeichen von Enttäuschung, doch dann kam ihm ein näherliegender Gedanke, der ihm die Hitze ins Gesicht schießen ließ. Er vergaß sogar für einen Moment die zurückgekehrten Schmerzen.

»Es tut mir leid, ich muss furchtbar riechen. Ich liege schon sehr lange hier ...«, fing er an und senkte den Blick. Er konnte spüren, dass sie nickte.

Doch ihre Antwort hatte er nicht erwartet.

»Ich werde es tun. Ich kann dir Arme, Beine und die Brust waschen und auch den Rücken, wenn ich dir helfe dich aufzurichten.«

Sie zog ein sauberes Tuch aus ihrer Tasche, in der sie wundersamerweise immer etwas Brauchbares hatte. Vorsichtig wusch sie seine Haut und verteilte frische Salbe auf den Wunden, bevor sie die Verbände und Schienen wieder anlegte und zwischen den Wurzeln des Baumes sogar neue Stöcke für seinen Arm hervorzog. Jamil beobachtete ihre Bewegungen und versuchte, seine aufwallenden Gefühle unter Kontrolle zu bringen, während ihre Finger auf seiner Haut ein erneutes Kribbeln hinterließen.

Anschließend strich sie sein schulterlanges schwarzes Haar zurück und wickelte hinter seinem Kopf einen Lederstreifen darum, um es zurückzuhalten. Dabei kam sie ihm so nahe, dass ihm wieder ganz heiß wurde. Während sein Atem schneller ging, schien sie völlig auf ihre Handgriffe konzentriert.

»So … jetzt siehst du gleich viel besser aus – und riechst auch besser.«

»Danke. Ich wünschte, ich könnte etwas für dich tun.« Im Stillen war Jamil zum ersten Mal froh, dass er kein normaler Mensch mehr zu sein schien, sondern eine Art Geist. Denn er hatte zwar getrunken und auch ein wenig gegessen, seit er unter dem Baum lag, aber er hatte keinen Harndrang oder anderes mehr verspürt. Er konnte es sich zwar nicht erklären, war aber erleichtert, dass ihm diese Peinlichkeiten erspart blieben.

»Du kannst dich weiter heilen lassen und wieder an Kraft gewinnen, wie es der Hara-Baum wünscht, Geister-Dämon«, erwiderte sie zwinkernd.

»Warum seid ihr eigentlich so überzeugt davon, dass der Baum einen eigenen Willen hat?«

Ashanee zögerte wieder. »Unsere Ältesten können sein Flüstern hören. Jeder, der einmal von ihm geheilt wurde, kann es manchmal wahrnehmen. Sie waren es auch, die gespürt haben, dass der Baum wieder ein neues Ziel hat. Bei uns im Dorf war niemand krank oder verletzt, deshalb habe ich mich auf die Suche gemacht und dich daraufhin in der Bucht entdeckt.«

»Wissen deine Leute mittlerweile, dass du mir hilfst?«

»Nein. Sie sollten es auch nicht erfahren. Nicht bis ich mir absolut sicher bin, dass du … nun ja, *gut* bist.«

Er brummte missmutig. »Alle denken, ich sei ein schrecklicher Dämon, der nur darauf wartet, dass dieser gebrochene Körper ihn wieder trägt. Damit ich über sie herfallen kann … da traut mir doch nie jemand.«

Ashanee zögerte kurz. »Ich traue dir … fast.«

Jamil rang sich ein Lächeln ab, das sich sogar beinahe echt anfühlte, dann erstarrte er und legte den Kopf schräg.

»Hörst du das?«

Auch sie horchte jetzt. Ein leiser Pfiff hallte über den Wald. Man hätte es fast für den Ruf eines Nachtvogels halten können, aber Ashanee spannte sich sofort an.

»Das sind unsere Jäger. Ich muss gehen.«

Im nächsten Moment huschte sie auch schon davon.

Jamil konnte ihre leisen Schritte im Gras jetzt besser und länger verfolgen. Überhaupt vernahm er mehr Geräusche. Das Rauschen des Meeres unten an der Klippe hatte erst alles überdeckt, doch jetzt hörte er das Gras, wie es sich im Wind wiegte und die vielen Blätter, die über ihm raschelten. Und auch im Wald hinter sich hörte er Geräusche. Leise, zaghafte Schritte und das schnaufende Atmen von Tieren … sogar das knirschende Kauen, wie sie Gras und Blätter zwischen den Zähnen zermalmten. Dann das Plätschern der Quelle, die den kleinen Bach speiste, der im Wald den Hügel hinabfloss und sich dann bis zur Bucht schlängelte. Die Jäger hörte er nicht noch einmal.

Er hob seinen gesunden Arm und betrachtete das schwache Glühen seiner Finger. Seitdem seine Haut angefangen hatte sich zu verändern, waren auch seine Sinne geschärft. Jetzt sah er das Gras selbst dann deutlich, wenn der Mond nicht am Himmel stand. Und ihm fielen die blauen Flecken auf, die seinen Arm bedeckten …

Grillen zirpten gelegentlich auf der Wiese und das Rauschen des Windes trug ihn trotz aller Schmerzen in einen entspannten Schlaf.

Erst im Morgengrauen schreckte er wieder auf, als Geräusche aus dem Wald drangen. Ein Tier rannte, er konnte seine Angst spüren, wie Vibrationen in der Luft. Dann erkannte er die schnellen Schritte seiner Verfolger als die von Menschen.

Ein Reh preschte aus dem Wald oberhalb von Jamils Baum, hetzte über die Wiese und an Jamil vorbei in Richtung der Klippe – bevor ein surrender Pfeil es niederstreckte.

Es wurde totenstill auf dem Hügel, kaum war das Tier zusammengebrochen. Jamil erzitterte, als er das Herz des Rehs versagen spürte.

Zwei Jäger huschten hinaus auf die Wiese. Jamil konnte sie so klar erkennen, als sei es schon hell. Ihr federnder Gang erinnerte ihn stark an den von Ashanee, sie mussten aus ihrem Dorf sein.

Einer der Männer beugte sich zu dem Tier, zog den Pfeil heraus und schulterte es dann ächzend, während der andere nervös seinen Bogen umklammerte.

Jamil lag nur vierzig Schritte von ihnen entfernt, doch als sie über den Hügel an ihm vorbei und in Richtung ihres Dorfes schritten, wirkten sie äußerst angespannt, als dürften sie nicht hier sein. Obwohl sie ihn scheinbar ignorierten und nicht einmal ansahen, spürte er ihre Aufmerksamkeit auf sich wie klebriges Pech.

Sie wanderten eilig den Hügel hinunter. Selbst als sie schon fast im Wald verschwunden waren, konnte Jamil noch das rote Blut des toten Tieres sehen, wie es auf den Rücken des Jägers tropfte.

Jamil öffnete und schloss mehrmals fest die Augen, doch seine Sicht blieb so erstaunlich klar. Täuschte er sich, oder funkelten jetzt schon seine Handrücken von selbst?

Über dem Meer zeigten sich die ersten Gelbtöne am Himmel, die das Morgenrot ankündigten. Gerade als Jamil einen Schluck Wasser trinken wollte, erstarrte er und blickte über die Wiese.

Schatten waberten an der Kante der Klippe.

Zuerst waren sie verschwommen, doch dann formten sich Konturen, bildeten Körper und leere Augenhöhlen. Jamil erzitterte bei ihrem Anblick – und die Gestalten setzten sich in Bewegung. Sie kamen auf ihn zu und eine Wut kochte in ihm hoch, wie er sie gar nicht erklären konnte.

Tief in seinem Inneren brodelte ein fremdes Gefühl von Machtlosigkeit und Zorn auf, das so intensiv war, dass es alles andere verdrängte.

»Verschwindet! Ich kann euch nicht helfen!«, rief er laut und erkannte seine eigene Stimme kaum wieder, so tief und drohend war sie, kaum menschlich.

Aber die Schatten kamen trotzdem näher, träge und monoton liefen sie mit schleifenden Schritten über den Hügel … und blieben stehen, sobald sie den Umkreis des Blätterdachs erreichten. Er hätte jetzt eigentlich ihre Gesichter erkennen müssen, aber da waren nur leere, helle Augen, keine Nasen und Münder. Die Augen blieben einen Moment auf ihn gerichtet, dann wandten sie sich nach oben – und lösten sich auf.

Zuerst wurden die hellen Augen trüb, dann blies kräftiger Wind über die Klippe auf den Baum zu und ließ die Schattengestalten zerfallen.

Als letztes formte sich eine dünnere, niedrige Gestalt auf der Wiese, die sich aus schimmernden Funken bildete. Das leuchtende Wesen stand einen Moment unsicher auf seinen vier Beinen, bevor es zaghaft und scheu auf den Baum zulief.

Es war ein Reh.

Die Wut in seinem Inneren verblasste, als der Geist des kürzlich getöteten Tieres direkt vor ihm stehen blieb und sich auflöste. Ein Schwall von Energie fuhr durch den Baum und verschwand.

Fasziniert und verwirrt blieb Jamil allein zurück.

Er ahnte, dass sich gerade etwas in ihm geregt hatte, das nicht zu seinem Selbst gehörte, sondern eine viel dunklere Natur besaß und wütend war … Aber zuzusehen, wie der Baum ruhelose Seelen anzog und erlöste, war zu aufregend, um weiter auf diesen Zorn zu achten.

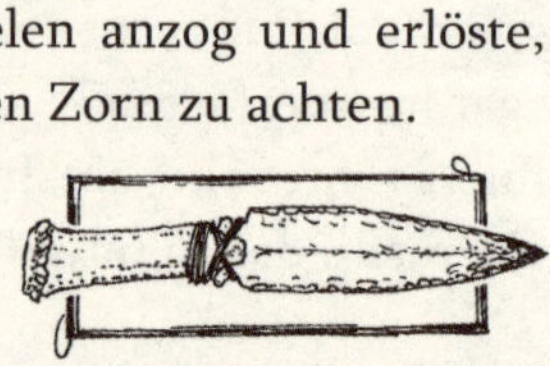

Ashanee huschte durch den Wald, ohne dass jemand sie bemerkte. Sie hatte bis zur Morgendämmerung an ihrem Beobachtungsposten ausgeharrt, doch die Jäger kamen sie nicht besuchen. Sie wusste, dass Chaled und Drissa sie beide gerne gesehen hätten, doch scheinbar wagten sie es nicht, den neuen Liebling der Schamanen bei seiner ehrenvollen Aufgabe zu stören.

Als die Waldvögel ihr morgendliches Konzert beendet hatten, wandte Asha sich widerwillig vom Hügel ab und marschierte zu der sumpfigen Stelle, an der sie für ihre Großmutter Weidenzweige sammeln sollte.

Auch wenn ihre Gedanken ständig um ihren Schützling am Hara–Baum kreisten, durfte sie ihre anderen Aufgaben nicht vernachlässigen.

Sie unterdrückte ein Gähnen, als sie Stunden später den äußeren Bereich ihres Dorfes betrat. Einige Frauen und Kinder arbeiteten auf einem der Felder und pflegten die Kartoffelpflanzen, andere knieten in einem Kräuterbeet.

Seit die Fremden in der nahegelegenen Bucht gelandet waren – und vor allem, seit sie Jamil getroffen hatte – fing Asha an, ihr Volk und dessen Kultur mit einem distanzierteren Blick zu betrachten.

Vieles, was sie früher als selbstverständlich betrachtet oder gar nicht beachtet hatte, fiel ihr jetzt ins Auge und erfreute sie umso mehr. War es vielleicht gar nicht alltäglich, dass die Gemeinschaft eines Dorfes zusammen ihr Essen anbaute und das gejagte Fleisch teilte?

Bei anderen Dingen, die ihr jetzt in ihrem Dorf auffielen, musste sie hingegen die Stirn runzeln. Sie hatte immer fest an die Weissagungen der Schamanen geglaubt, aber die Fremden glaubten anscheinend an eine andere Macht. Es wäre Asha vor ihrer Begegnung mit Jamil nicht in den Sinn gekommen, die Einzigartigkeit ihrer Geisterwelt in Frage zu stellen.

Seufzend schulterte sie das Bündel aus Weidenzweigen neu, damit es ihr nicht so sehr auf die Knochen drückte, dann trug sie es zu den Hütten.

Die Weidenruten waren für die Körbe ihrer Großmutter – und Ashanee hatte sich wieder einmal von ihr dazu überreden lassen, zu helfen. Sie musste eigentlich noch mit ihrer Mutter sprechen, aber zuerst würde sie ihre Arbeit hier erledigen. Ihre Großmutter war eine gute, sanfte Frau und außerdem mit den Schamanen gutgestellt … vielleicht würde sie ihr berichten können, was sie Neues erfahren hatten.

»Hast du den Dämon heute Nacht gesehen, Asha?«, begrüßte die alte Frau sie und jagte Ashanee damit einen Schrecken ein. Sie erstarrte, ehe sie sich räusperte und bemerkte, dass ihre Großmutter damit ihren Posten als Beobachterin meinte und nicht ihre … was auch immer es war, was sie und Jamil betraf. Aber der lächelnde, wissende Unterton in der Frage der alten Frau irritierte sie einen Moment zutiefst.

»Ja. Er liegt noch immer unter unserem Baum und regt sich kein Stück. Manchmal denke ich vom Waldrand aus, dass er tot ist, aber dann sehe ich seine Augen wieder in der Dunkelheit leuchten.«

»Schau niemals in die Dämonenaugen, Kind. Sie verschlingen Seelen.«

»Ja, Großmutter. Aber keine Angst, zurzeit sind die Jäger oft in der Nähe, da kann mir nichts passieren«, meinte sie beschwichtigend, während sie sich in Wahrheit sonderbar darüber ärgerte, dass die Jäger sie davon abhielten, mit Jamil zu sprechen.

Sie legte das schwere Bündel mit den Weidenzweigen neben dem Schemel ab, auf dem die alte Frau saß. Anschließend zog sie ihr Messer und schlitzte die weiche Rinde entlang der Äste auf, um sie dann abzustreifen.

Ihre Großmutter formte einen Ring aus den dicksten Zweigen und eine Basis mit Stützästen, bevor sie die anderen so geschwind einflocht, dass Ashanee kaum mit dem Entrinden hinterherkam.

»Darf ich mich zu euch setzen, ihr beiden?«

Die Stimme hinter Ashas Rücken war ihr mehr als vertraut. Sie wandte sich um und bemerkte die beiden Hasen, die an der Hüfte ihrer Mutter hingen, und nickte. »Sind die aus unseren Fallen?«

»Richtig. Die neue Stelle, die du vorgeschlagen hast, war gut. Aber wir sollten noch abwarten, wie es sich entwickelt. Es könnte auch nur Glück gewesen sein.«

Bei Kallas Worten musste Asha schmunzeln und auch ihre Großmutter schüttelte sanft den Kopf. Das war typisch für ihre Mutter, ganz die kritische Jägerin.

Sie zog ihren Fang von der Gürtelschlinge und begann, die Hasen zu häuten, während Ashanee sich wieder den Weidenzweigen zuwandte.

»Habt ihr mitbekommen, was die Späher berichtet haben? Die Fremden haben einen hohen Wall aus dicken Ästen und Gestrüpp um ihr Lager errichtet und Wachen aufgestellt. So viel Holz verschwendet«, fing Kalla im Plauderton an, ohne von ihrer Arbeit aufzusehen.

»Einer der ihren ist angegriffen worden, wie würden wir denn da reagieren?«, warf Asha ein und biss sich auf die Lippe.

Kalla schnaubte. »Ihr Mann wurde nicht von unseren Leuten von der Klippe geschossen und wer weiß, ob die Pfeile nicht für dich gedacht waren!«

Ashanee erinnerte sich mit einem Schaudern an diesen Moment. Sie hatte nur aufrichtiges Interesse und Anspannung in dem Gesicht des Mannes gesehen, der jetzt ein Dämon war. An seine stahlgrauen Augen konnte sie sich noch erinnern, wie sie sich in Überraschung und Schmerz verändert hatten, der Rest war überlagert von ihrer Angst und den neuen Eindrücken, die sie jetzt von ihm hatte.

»Wir sollten trotzdem versuchen, mit ihnen zu reden.«

»Mit so einem kriegerischen Volk und ihrem Dämon kann man nicht reden. Sie kamen her und besetzen unser Land! Sie sollen froh sein, dass Haluschk den Jägern noch nicht aufgetragen hat, sie alle zu verjagen und den Dämon zu töten!«

»Vielleicht müsste man ihm einmal zuhören«, murmelte Asha und hätte sich am liebsten schon im selben Moment dafür geohrfeigt. Sie war müde und unvorsichtig. Solche Kommentare konnten ihre Mutter rasch misstrauisch machen.

»Du schlägst also vor, mit ihm zu reden?« Kalla zog eine Augenbraue hoch und beugte sich leicht vor – ein eindeutiges Zeichen dafür, dass sie bereits aufmerksam war. Wenn Ashanee jetzt zu schnell zurückruderte, wäre das nur noch auffälliger. Also entschied sie sich spontan für ein jüngeres, aufbrausenderes Verhalten.

»Mutter, vielleicht könnten wir durch ihn die Fremden besser verstehen! Er gehört doch zu ihnen und …«

»Hör auf damit, Asha!«, rief ihre Mutter streng. »Das ist Unsinn. Dieser Dämon ist ein schlechtes Omen. Er beweist, dass die Fremden nichts Gutes im Sinn haben. Er hat unseren heiligen Baum entweiht. Wir können nur froh sein, dass er nicht mehr gehen kann, so wie du es berichtest. Du weißt doch, was der letzte Dämon bei uns angerichtet hat! Er brannte wie Feuer, brachte Tod und Zerstörung und wir konnten ihn nicht töten! Wir haben es nur dem Schutz der Geister zu verdanken, dass er schnell wieder verschwand.«

Sie machte eine wegwischende Handbewegung, wurde dann aber wieder sanfter. »Du bist eine Tochter der Nacht. Ich weiß, du hast keine Angst davor, allein in der Dunkelheit zu sein, aber ich sage dir: Fürchte diesen Dämon! Komm ihm nicht zu nah, auch wenn die Schamanen dich gebeten haben, ihn zu beobachten. Diese Aufgabe ist ehrenvoll, sie beweist, dass sie dich für vertrauenswürdig und reif halten – doch sie ist auch gefährlich. Wenn der Dämon dich bemerkt … wenn er mit dir zu sprechen versucht, hole dein Schutzamulett hervor und reagiere niemals auf seine Worte!«

Als Ashanee die Angst in der Stimme ihrer sonst so starken Mutter hörte, kroch ihr eine Gänsehaut über den Körper. Hatte sie sich getäuscht? Hatte sie einen Fehler gemacht, indem sie Jamil half? Aber er wirkte so zerbrechlich, so unschuldig … konnte dies alles Teil seines Plans sein?

Die Tatsache, dass sie ihr Volk und die Schamanen belog und hinterging, bereitete Asha tiefes Unbehagen. Wie würde ihre Mutter erst reagieren, wenn sie erfuhr, dass der Dämon nur durch ihre Hilfe noch lebte und bei Verstand war?

Ihre Mutter schien ihr Schweigen als Einverständnis zu interpretieren und wandte sich wieder ihrer Arbeit zu, während die Fragen in Ashanees Kopf herumschwirrten.

Sie presste die Lippen zusammen und machte mit zitternden Fingern damit weiter, die Weidenäste zu schälen.

Wie sollte sie nur herausfinden, ob Jamil nun ein menschlicher Dämon oder ein dämonischer Mensch war? Und was war der Unterschied?

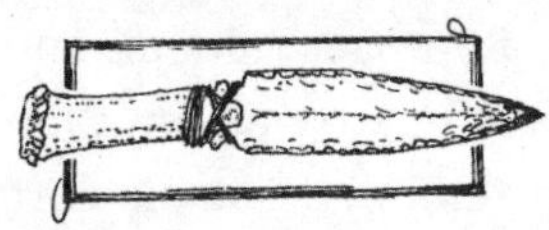

Als sich das Wild nach zwei Tagen wieder tiefer in den Wald zurückzog, folgten ihm auch die Jäger und Asha war einmal mehr allein bei ihrem Beobachtungsposten. Als sie ihren gewohnten Weg zwischen den großen Bäumen wählte, trommelte ihr Herz mit jedem Schritt wilder. Sie konnte nicht genau sagen, woran es lag … aber Angst war es nicht wirklich. Zu faszinierend waren die Begegnungen mit dem Dämon, der doch keiner zu sein schien. Dennoch ließ eine wachsende Portion Furcht ihre Nackenhaare zu Berge stehen, denn die Schamanen warnten immer eindringlicher vor seiner Macht.

Ashanee war zutiefst erleichtert, dass sie so viel als Jägerin gelernt hatte. Sie wäre schon längst aufgeflogen, wenn sie nicht gewusst hätte, wie sie ihre Spuren verwischen konnte.

Die Tatsache, dass die Schamanen ihr Tun noch nicht bemerkt oder angesprochen hatten, deutete sie als Zeichen dafür, dass sie das Richtige tat. Sonst hätten sie es doch gespürt, oder?

Natürlich war ihr der Gedanke gekommen, zu den nächsten Dörfern ihres Volkes zu wandern und diese um Rat zu fragen, aber da noch keiner der Ältesten diesen Vorschlag gemacht hatte, würde es ihr Misstrauen erregen, wenn Asha darauf bestand. Ihrer Mutter war eine besondere Beobachtungsgabe geschenkt, die auch Ashanee ihr Eigen nennen konnte – umso vorsichtiger musste sie sein, sich nicht zu verraten.

Kalla hatte ihre Wandlung sehr wohl bemerkt, aber Asha schob es auf ihre monatliche, weibliche Unbefindlichkeit und wurde bald nicht mehr belästigt.

Während ihrer weiteren Arbeit im Dorf schweiften ihre Gedanken immer wieder ab. Einmal dachte sie an die große Stadt, von der ein Bote aus einem anderen Dorf einmal berichtet hatte. Sie sollte so weit im Nordosten liegen, dass noch niemand von ihrem Volk jemals dort gewesen war, und voller Absonderlichkeiten sein.

Ob man dort wohl schon von Dämonen gehört hatte, die ihre menschliche Seite behielten und darum kämpften, nicht in ein Schattendasein zu verfallen?

Als sie an den Waldrand trat, schob sie diese Gedanken und Fragen beiseite und folgte dem kleinen Wildwechsel durchs Gras. Sie erreichte die Kuppe des Hügels und vor ihr ragte der Baum gegen den sternenübersäten Himmel als schwarzer Schatten auf.

Der Dämonenmann lag noch immer ruhig unter dem Baum, diesmal war er wach und starrte hinaus aufs Meer. Die Sterne zogen sich wie ein Band über den weiten Himmel und brachten seine Augen zum Glänzen.

Schon nach einem kurzen Moment entdeckte er ihre Gestalt in der Dunkelheit und richtete seinen durchdringenden Blick auf sie.

»Ich habe auf dich gewartet.« Seine Stimme klang rau, doch sie konnte kein rotes Leuchten in seinen Augen erspähen.

»Ach so?«

Als sie neben ihm saß, bemerkte sie, dass ein Großteil des Essens unberührt war, nur die Wasserschläuche waren leer. Dennoch schien er erholter, der fiebrige Glanz in seinem Blick war verschwunden und durch ein waches, blaues Blitzen ersetzt.

»Ich wollte dir danken«, sagte er und sein Lächeln ließ ihr Herz wieder schneller schlagen.

Ashanee war von seinen Augen so gefangen, dass sie seine Hand erst wieder bemerkte, als sie ihr Kinn berührte. Ein Kribbeln ging von der Stelle aus und verteilte sich in ihrem ganzen Körper. Seine Finger strichen sanft und langsam ihre Wange entlang, dann über ihren Hals und wanderten in ihren Nacken, ehe er seinen Griff etwas festigte und ihren Kopf sanft zu sich zog.

Kurz durchblitzte sie Panik und sie musste daran denken, dass sie sich einem Mann gegenüber sah, der sich vielleicht in einen Dämon verwandelte – doch dann berührten seine Lippen die ihren und die Zeit stand still.

Asha starrte einen Moment in Jamils strahlende Augen, dann verlor sie sich in dem Kuss, der erst unsicher und zart war, aber im nächsten Augenblick hitzig und leidenschaftlich wurde.

Jamils Herz pochte schneller, als er sie näher an sich drückte. Wie oft hatte er sich diesen Augenblick in den letzten Tagen vorgestellt und sich gefragt, ob er es wagen konnte? Jetzt hatte er gar nicht mehr darüber nachgedacht, sondern einfach gehandelt.

Ihre Lippen waren so zart, so sinnlich, dass ihm der Kopf davon schwirrte.

Er wollte, dass dieser brennende Kuss nie mehr endete, doch auf einmal schien Ashanee sich ihres schnelleren Atems bewusst zu werden und sie wich zögerlich zurück.

»Nein …«, hauchte er flehend und sein Gesicht folgte ihrem.

»Ich … ich kann nicht, Jamil. Das ist nicht richtig.«

Er hielt sie weiter fest. »Es ist mir egal, ob es richtig ist. Ich will dich.«

Sie wand sich aus seinem Griff. »Nein, du willst nur *irgendetwas*, überhaupt etwas fühlen.«

»Ich kann noch fühlen!«, protestierte er verletzt und sie bemerkte seine Empörung.

»Du hast Recht, verzeih mir.«

Nachdem Jamil jetzt schwieg, wandte Ashanee sich nach einem Moment wieder seinen Wunden zu.

Sie wusch ihn, wechselte die Verbände und legte dann eine frische Grasdecke über ihn. Dabei schossen ihm hunderte Gedanken durch den Kopf und er versuchte, seine plötzliche Wut unter Kontrolle zu bekommen. Seine Gefühle verwirrten ihn und noch immer hing ihm der Kuss nach.

Doch scheinbar sah sie in ihm nur einen Pflegebedürftigen, nichts anderes.

Als sie sich aufrichtete, fasste er nach ihrer Hand. »Geh nicht. Bitte, bleib hier. Ich werde dich nicht mehr belästigen.«

Ashanee zögerte, dann nickte sie und ließ sich neben ihm im Schneidersitz ins Gras sinken.

»Worüber möchtest du reden?«

Jamil öffnete und schloss den Mund einige Male. Sie wusste bestimmt, dass er den Kuss ansprechen wollte. Schließlich zuckte er unschlüssig mit den Schultern – und verzerrte das Gesicht. Schweigend tastete er nach der Stichwunde.

»Weißt du, ich glaube, ich habe dich noch nie wirklich gesehen, also bei Tageslicht«, meinte Ashanee und er warf sofort seinen leuchtenden Blick auf sie. »Du siehst jetzt anders aus als an dem Tag auf der Klippe.«

Er runzelte kurz die Stirn. »Aber ich dachte, du kannst recht gut im Dunkeln sehen.«

»Ja, ich kann alles erkennen, weil meine Augen an die Dunkelheit gewöhnt sind, aber es ist nicht dasselbe.«

Jamil nickte. »Es ist auch bei mir nicht gleich. Nachts ist alles irgendwie … unwirklich. So wie die Schatten, die ich sehe.«

»Was meinst du? Was für Schatten?«

»Immer wieder verändert sich alles um mich. Die Welt verliert ihre Farben, alles wird grau, manchmal auch bläulich – und dann wandern helle, neblige Schatten über die Wiese. Manche kommen von der Bucht und laufen die Wiese hoch, aber sie verschwinden immer, bevor ich ihre Gesichter erkennen kann. Sie laufen auch aus dem Wald und auf den Baum zu. Dann lösen sie sich auf.«

Er konnte sehen, wie sie erschauderte. »Meinst du, es sind Seelen?«

»Ich denke schon. Der Baum zieht sie an.«

»Dann hilft der Hara–Baum ihnen sicherlich, Ruhe zu finden.«

Jamil schnaubte. »Mir hat er keine Ruhe gegönnt«, erwiderte er und seine Stimme war kalt.

»Bist du nicht glücklich, dass du noch lebst?«

»Ich weiß es nicht. Ich weiß nicht, ob man das hier noch Leben nennen kann.«

Ashanee schwieg und sah über die Weite des dunklen Meers. »Du wirst heilen. Was wirst du tun, wenn du wieder laufen kannst?«

»Fortgehen. Meine Leute werden mich wohl nie mehr aufnehmen, was hält mich dann noch hier?«

Ashanee presste die Lippen zusammen, schüttelte leicht den Kopf und ließ ihn dann allein.

Sie hatte die Hände zu Fäusten geballt, als sie über die Wiese eilte und im nahen Wald verschwand. Zwischen die dunklen, hohen Bäume einzutauchen, war eine Wohltat. Wann immer sie auf den Hügel schritt, war sie erfüllt von einer inneren Spannung, geladen und wie elektrisiert – im Wald hingegen war sie ganz in ihrem Element.

Im Grunde war sie nicht wirklich auf ihn wütend, sondern auf sich selbst. Die Gefühle, die dieser dämonische Mann in ihr auslöste, irritierten und verunsicherten sie und das machte sie reizbar.

Aber sie spürte noch immer seinen Kuss auf ihren Lippen, wie einen Abdruck. Was hatte das zu bedeuten? Sie hatte ihm helfen wollen, um sich einen Vorteil zu schaffen, um ihr Dorf zu schützen und mehr über die Fremden zu erfahren! Zuerst hatte sie ihn bemitleidet, wie ein hilfloses verletztes Tier … und zugleich die angsteinflößende Faszination gespürt, die von seiner nichtmenschlichen Ausstrahlung ausging. Sie musste die Kontrolle behalten, durfte sich nicht von ihm manipulieren lassen!

Ich bin eine Jägerin! Ich bin ruhig und besonnen, das macht mich stark! Es ist gut, wenn er weggeht, dann ist unser heiliger Baum wieder frei. Die Schamanen werden mich dafür loben … aber zuvor muss ich den Dämon irgendwie dazu bringen, dass er seine Leute davon überzeugt, unseren Hara–Baum in Ruhe zu lassen.

Langsam entspannte sie sich, ließ das Rauschen des Blätterdaches ihr Gemüt beruhigen. Schließlich seufzte sie, rückte ihren Gürtel zurecht und zückte ihr Messer. Wenn sie schon nicht lange bei dem Dämon blieb, konnte sie auch jetzt noch die Fallen im Wald kontrollieren, wie es ohnehin ihre Aufgabe war.

Der Verrat

Als Jamil am nächsten Morgen erwachte, betrachtete er nachdenklich seinen gesunden Arm. Die meisten Flecken und Schrammen waren fast verschwunden, allerdings blieben dafür viele helle Narben auf seiner Haut zurück.

Er verstand noch immer nicht, warum Ashanee so reagiert hatte … eindeutig wollte *sie* ihn nicht, da konnte er doch ehrlich sein! Er schüttelte den Kopf, als er daran dachte, und starrte weiter über die Wiese.

Der Tag wurde grau, kein einziges Mal zeigte sich die Sonne, während die tief hängenden Wolken rasch über den Himmel zogen, angetrieben von einem stetigen Wind.

Das Meer war düster und aufgewühlt, weit draußen hinter der Klippe warf der Wind weiße Schaumkronen auf, die Gischt erreichte ihn sogar oben im Schutz des Baums.

Zum ersten Mal musste Jamil daran denken, dass der Spätsommer sich bald seinem Ende zuneigen würde. Er blickte hinauf in die Krone des Baums, die von Tag zu Tag lichter wurde – doch es waren grüne Blätter, die jetzt vom Wind fortgerissen wurden.

Die Geräusche aus der Senke, in der die Siedlung errichtet wurde, hatten sich verändert. Es wurden nun kaum mehr Bäume gefällt, aber die Sägen und Hämmer schallten den ganzen Tag vom ersten Licht des Morgens an. Wenn Jamil seine Augen schloss und seine Gedanken hinunter zu den

Dorfleuten schweifen ließ, erkannte er jetzt immer besser das Wesen der einzelnen Menschen.

Auch sein Bruder war zurück. Jamil konnte ihn spüren, wie er sich zwischen den anderen bewegte, als wäre ein Band zwischen ihnen geknüpft. Er verstand nicht, was mit ihm geschah, seit die Pfeile ihn getroffen hatten. Seine Sinne schärften und veränderten sich, er nahm Dinge wahr, die kein Mensch fühlen oder sehen sollte.

Am Abend, als der Sturm sich etwas gelegt hatte, näherte sich Balor dem Hügel.

Ein düsterer Schatten eilte seinem Bruder voraus und umgab ihn wie eine dunkle Aura. Er blieb in einigem Abstand zum Baum stehen und ließ seinen Blick auf Jamil ruhen.

»So sieht also ein Dämon aus?«, fragte er und schien keine Antwort zu erwarten.

Jamil richtete sich ein wenig auf, lehnte aber weiter an den Wurzeln. Balor taxierte ihn ungerührt.

»Du scheinst nicht sehr überrascht, mich so zu sehen.«

Sein Bruder schwieg kurz und ein Hauch von Erstaunen lief über sein Gesicht, als er Jamil sprechen hörte.

»Mutter hatte es mir schon gesagt, aber ich wollte es mit eigenen Augen sehen.«

»Und was sagst du dazu? Ich bin schon eine ganze Weile hier und warte darauf, dich zu sehen. Freust du dich gar nicht, mit mir sprechen zu können?«

Balor knirschte so laut mit den Zähnen, dass Jamil es trotz des Windes hören konnte.

»Du solltest gar nicht mehr dazu fähig sein. Du solltest auf dem Grund des Ozeans liegen.«

Zuerst dachte Jamil, dass sein Bruder genau dasselbe meinte wie die anderen Siedler auch. Dass er als Dämon nicht existieren sollte – aber dann bemerkte er ein schwarzes Glitzern in Balors Augen.

Die Worte seines Bruders hatten eine viel tiefere Bedeutung. Er dachte an ihre sonderbare Unterhaltung auf dem Hügel, bevor Balor zur Jagd aufbrach … an die Metallspitzen der Pfeile.

»Du … du warst es!«, rief Jamil mit kraftloser Stimme. Ein schmerzliches Ächzen entwand sich seiner Kehle. Er wollte aufspringen, zuckte vor und verzerrte dann das Gesicht. Er konnte sich nicht aufrichten, konnte sich nicht auf seinen Bruder stürzen. Das Entsetzen lähmte ihn ebenso wie seine Knochenbrüche.

Balor schnaubte mit einem angewiderten Gesichtsausdruck. »Ja. Ich war es. Du solltest sterben, nicht als besessener Leichnam zurückkehren!«

Jamil schrie wütend und versuchte erneut, sich aufzurichten. Er wusste nicht, ob seine Wut größer war oder der Schmerz, den dieser schreckliche Verrat in sein Herz brannte.

Es tat so weh, dass er nicht mehr denken konnte. Sein Gesicht glühte und sein Herz stach. Eine Hitze breitete sich in seiner Brust aus und kroch über seine Arme, bis die Fingerspitzen seiner gesunden Hand zu qualmen begannen. Er spürte das Feuer und die Asche, die in seinem zerrissenen Herzen tobten, konnte die Wut aber nicht kontrollieren.

»Du bist erbärmlich, Dämon. Du warst es schon als Mensch und bist es auch jetzt noch. Tu uns allen einen Gefallen und zerfall bald zu Staub, damit wir dich endlich vergessen können.«

Jamil starrte seinen Bruder entgeistert an. Er konnte nicht mehr sprechen, nicht mehr atmen. Bilder zuckten vor seinem inneren Auge auf und verschwanden wieder. Balor und er als Kinder – wie sie spielten, wie sie die sanften Hügel ihrer

Heimatstadt eroberten, auf Mauern kletterten, Steine in kleinen Kanälen stapelten, um das Wasser aufzustauen. Wie sie lachten, als man sie für ihre dummen Streiche schalt. Wie ihr Vater sie auf gemeinsame Ausflüge mitnahm, sie das Jagen lehrte … Balor hatte schon immer lieber mit dem Bogen geschossen als er.

Der Schmerz in seiner Brust schwoll an und ihm entwich ein gequälter Laut. Als er die Finger krümmte, fiel eine dünne Schicht Asche von seiner glühenden Haut ab.

Es gab nichts mehr zu sagen, nichts mehr zu tun. Dass sein Vater und seine Mutter sich nach seinem vermeintlichen Tod von ihm abgewandt hatten, war noch annähernd nachvollziehbar gewesen … aber der Blick seines Bruders riss ihn aus der Realität.

Plötzlich schien sein ganzes Leben eine einzige Lüge gewesen zu sein. Ihm wurde übel und er schloss die Augen.

Lass mich allein. Lass mich allein in meinem Elend.

»Warum?«

Das leise, schwache Wort stand eine Weile allein zwischen ihnen und Balor schien es sich gut zu überlegen, ob er sich überhaupt zu einer Antwort herablassen sollte.

»Du warst mir im Weg. *Jamil* war mir immer schon im Weg. Du bist nur noch ein Schatten von dem jämmerlichen Schwächling, der einmal mein älterer Bruder war.«

Balor wandte sich von seinem Bruder ab und verließ den Hügel, ohne noch einmal zurückzublicken. Er meinte, so etwas wie ein Schluchzen oder Würgen hinter sich zu hören, ignorierte es aber.

Es ärgerte ihn ungemein, dass sein Herz beim Anblick der glühenden Hände beinahe stehen geblieben wäre.

Dieser Dämon wollte ihm Angst einjagen, ihn manipulieren – aber er würde sich das nicht gefallen lassen! Er musste sofort mit der Seherin sprechen, herausfinden, was sie wusste.

Seine Füße folgten wie von selbst dem kleinen Pfad, der sich zwischen den angefangenen Hütten gebildet hatte, und führten ihn in der Dämmerung zu dem großen Zelt, in dem die Seherin lebte, bis ihre neue Unterkunft bald fertig sein würde.

»Yesima? Seherin, bist du da?«

Er hatte schon eine Hand um den Stoff der Zeltöffnung gelegt, als sie von innen aufgeschlagen wurde.

»Ja? Ach, Balor, du bist es.«

Der Ton, der in ihrer Begrüßung mitschwang, ließ ihn sofort hellhörig werden.

»Du wusstest, dass ich kommen würde?«, fing er an, nachdem er das Zelt hinter sich zugezogen hatte. Im Inneren war es schummrig und warm, eine Kerze stand auf einem kleinen Schemel, der noch nach frischem Holz roch.

»Nun, ich dachte mir, dass du mich vielleicht um Rat fragen würdest, angesichts der Tatsache, dass der Tod deines Bruders und sein Dasein als Dämon unser neues Zuhause so überschattet.«

»Das ist richtig. Ich frage mich, was ich tun kann – ob wir herausfinden können, warum diese Fremden so etwas Schreckliches getan haben.«

Sie lächelte und ihr Blick wurde scharf wie ein Messer. »Ich denke, wir wissen doch beide, von wessen Bogen die Pfeile abgeschossen wurden.«

Einen Moment starrte er sie fassungslos an, überlegte, ob er es abstreiten oder ihre Idee als lächerlich abtun könnte – aber ihr Blick war so klar und sicher.

»Woher weißt du d–«

»Die Knochen lügen nie, junger Schütze.«

Balor starrte sie grimmig an und knirschte ungewollt mit den Zähnen. Ihr spitzes Lächeln wurde widerlich süffisant.

»Was willst du? Es muss einen Grund geben, dass du es meinem Vater nicht gesagt hast.«

»Noch nicht«, korrigierte sie ihn dreist.

Seine Muskeln zuckten kurz, als er den Drang unterdrücken musste, sich auf sie zu stürzen.

»Was. Willst. Du?«, wiederholte er drohend.

Ihr Ausdruck wurde jetzt ernst. »Wenn dein Vater damals auf mich gehört hätte, würden wir jetzt vielleicht noch in unserer alten Heimat leben. Jamil war schwach und sanftmütig und hat ihn dazu bewegt, einen friedlichen Weg zur Lösung des Konflikts zu suchen … aber das war ein großer Fehler, als dein Vater dieser Verlobung zur Stärkung der Verbindungen zugestimmt hat. Jamil wollte alles für sich haben und hat uns ins Verderben gestürzt! Meine heiligen Schwestern sind alle gestorben, ich bin eure letzte Seherin. Mit dir als neuem Nachfolger … mit dir als meine rechte Hand kann ich endlich den Einfluss haben, den ich verdiene! Du wirst mir und meinen Worten Glauben schenken und dich für mich einsetzen!«

Balor schnaubte. »Wir wollten also beide Jamil loswerden. Klingt so, als wären wir auf der gleichen Seite. Nun gut, dann soll es so sein.«

Die Seherin nickte, während sie einen Knochen zwischen ihren Fingern drehte. Sie starrte darauf, nickte wieder und schien mit seiner Antwort zufrieden. Nach einer Weile schaute sie ihn wieder offen an.

»Hast du noch Fragen?«

»Habe ich ihn zu dem Dämon gemacht?«

Yesima verharrte einen Moment nachdenklich. »Hast du ihn verflucht, als du die Pfeile auf ihn losgelassen hast?«

Balor verzog keine Miene, obwohl er sich genau daran erinnerte, wie ihn diese innere Wut plötzlich gepackt und dazu gebracht hatte, einen zweiten und dritten Pfeil zu verschießen. »Nein. Ich war völlig frei von Gedanken.«

»Hm … dann muss es tatsächlich der Baum gewesen sein. Eine seltsame Energie geht von ihm aus, die ich nicht verstehe. Er könnte gut oder böse sein, ich weiß es einfach nicht.«

»Was sollen wir also unternehmen? Kann ich ihn nicht doch irgendwie *beseitigen*?«

Der Blick der Seherin wurde entsetzt. »Nein! Nein, so einfach ist das nicht. Die Energie des Dämons ist jetzt an Jamils Körper gebunden – wenn du den Körper verletzt, könnte der Dämon ungezügelte Kräfte entwickeln, sogar das ganze Lager zerstören.«

Balor schnaubte. »Das kann ich mir kaum vorstellen, er sieht schwächlich aus. Sogar noch schwächer als früher.«

Tadelnd hob Yesima einen Finger. »Du verwechselst geistige Schwäche mit körperlicher. Dein Bruder war mindestens so stark wie du und klug war er auch – nur eben zu sanft für *unsere* Ziele.«

Balor verschränkte die Arme vor der Brust. »So oder so, er ist jetzt aus dem Weg.«

»Das ist er. Ich habe allen verdeutlicht, dass sie ihm keine Aufmerksamkeit schenken dürfen.«

»Vielleicht können wir das zu unserem Vorteil nutzen. Die Leute haben Angst vor ihm, das eint sie und macht es nur leichter, sie zu lenken.«

Ihre Augen blitzten listig. »Was bist du nur für ein böser Junge, Balor?«

»Das solltest du doch am besten wissen, Seherin.«

Jamil hatte den bitteren Geschmack von Galle auf der Zunge und bekam ihn nicht mehr los, egal wie viel Wasser er aus dem Schlauch hinunterstürzte.

Sein Körper zitterte so heftig, dass er den Pfropf kaum mehr auf die Öffnung stecken konnte.

Mein Bruder … mein eigener Bruder …

Die Worte hallten unaufhörlich durch seinen Kopf und wollten nicht mehr verschwinden. Er schaffte es nicht, den Gedanken zu Ende zu bringen, zu groß war die Erschütterung.

Erst als er den halb geleerten Schlauch neben sich ins Gras geworfen hatte, entrang sich ihm ein abfälliges Schnauben, gefolgt von einem weiteren gequälten Laut.

Du hast es doch geahnt, Jamil, flüsterte eine grausame Stimme in seinem Inneren. *Wer sonst hätte sich gegen dich wenden sollen? Wer sonst kann so gut mit dem Bogen umgehen? Er gibt dir die Schuld dafür, dass ihr vertrieben wurdet … dass der Krieg solche Folgen hatte. Er versteht nicht, dass du das Schlimmste verhindern wolltest, um die zu schützen, die du liebst. Und wie dankt er es dir? Er tötet dich.*

»Sei still! Sei still, sei still!«, rief Jamil und packte mit seiner gesunden Hand seine Haare, bis es wehtat.

Ihm wurde schmerzlich bewusst, wie sehr er darauf gehofft hatte, dass sein Bruder nach seiner Rückkehr von der Jagd zu ihm eilen würde … ihm helfen und ihn verteidigen würde. Balor war genauso wenig wie er in den Glauben an ihre Götter verhaftet. Dass er zu einem Mord bereit war und danach seelenruhig tagelang eine Jagdtruppe anführte, war der beste Beweis dafür, dass ihm die Götter gleichgültig waren.

Der Schmerz in seinem Inneren wurde allmählich zu einem monotonen Ziehen, während der bittere Geschmack blieb.

Was habe ich falsch gemacht, dass mein Bruder mich so hasst?

So leicht ließ sich darauf keine Antwort finden, also presste er wieder die Lippen aufeinander und starrte hinaus auf die Weite des Meers.

Je mehr sich seine Gedanken beruhigten und von der Tat seines Bruders entfernten, desto stärker wuchs in ihm die Sehnsucht nach Ashanee.

Er vermisste die junge Frau zutiefst, wollte sie berühren oder zumindest in seiner Nähe wissen. Er fühlte sich unendlich allein und zerbrechlich, als würde die nächste schreckliche Nachricht ihn über die Grenze der Vernunft jagen und endgültig verrückt werden lassen. Jamil wollte eine gute Seele um sich haben, eine Freundin, die ihm Trost spenden würde … gleichzeitig entstand eine entsetzliche Angst in ihm. Sein Bruder war das Monstrum, nicht er! Was würde sie tun, wenn sie davon erfuhr? Und was würde Balor aushecken, sobald er die heimliche Helferin des Dämons entdeckte?

Seine Gedanken kehrten zurück zu Balor und er ballte unwillkürlich die Fäuste. Wut stieg in ihm auf und vermischte sich mit Machtlosigkeit und Trauer.

Die Nacht brach herein und ließ den Wind vom Meer wieder aufleben. Wellen tobten draußen am Horizont und die Gischt wurde bis zu ihm hinauf auf die Wiese getragen.

Selbst als es schon vollkommen dunkel war und die Sterne gelegentlich zwischen den Wolken glänzten, fanden seine Gedanken keine Ruhe. Erinnerungen an seinen Bruder aus ihrer gemeinsamen Kindheit quälten ihn und ließen die Frage nach dem Warum immer und immer wieder aufflackern, bis er endlich erschöpft einnickte.

Spät in der Nacht schreckte er aus dem Schlaf. Ashanee stand vor ihm, als Silhouette gegen den windgepeitschten Himmel, an dem der erste Hauch von Morgenröte aufkam. Ihre Haare waren diesmal offen und schlugen wild um ihren Kopf. Sie sah wahrlich wie eine Kriegerin der Nacht aus – hätte Jamil es nicht besser gewusst, so hätte er sie für eine Dämonin gehalten.

Er wollte ihr sagen, wie froh er war, sie zu sehen, aber etwas an ihrer Haltung hielt ihn davon ab. Sie wirkte distanziert und er konnte spüren, dass eine unterdrückte Wut von ihr ausging.

Er presste die Lippen aufeinander. Sie hatte kein Recht, wütend auf ihn zu sein! Er hatte heute erfahren, dass sein Bruder ihn töten wollte … und ihr Leben war doch perfekt! Sie hatte ihre Familie, ihre Freunde und keinen Mörder als Bruder!

Sie kam einen Schritt näher und streckte ihm einen Wasserschlauch hin. »Ich habe dir etwas zu trinken gebracht.«

Als er den Arm hob, um den Schlauch entgegen zu nehmen, berührten sich ihre Finger für einen Moment. Sie reagierte gar nicht darauf, während Energie durch seinen Körper schoss, die ihn nur noch mehr aufwühlte.

»Danke«, murmelte er und legte das Wasser neben sich ins Gras.

»Ich muss wieder gehen.«

Er wartete darauf, dass eine Erklärung kam, und nickte knapp, als sie schwieg. »In Ordnung.«

Ein kurzes Glänzen lief durch ihre Augen, er konnte es trotz der Dunkelheit sehen. Ihr Gesichtsausdruck wurde härter und sie wischte sich energisch ein paar Strähnen weg, die ihr ins Gesicht fielen.

»Ich weiß nicht, wann ich wiederkommen werde, deshalb habe ich dir mehr Wasser gebracht.«

Er nickte langsam und wollte sich selbst nicht eingestehen, wie sehr ihre Worte ihn trafen. Genau jetzt, wo er sich nichts mehr wünschte als die Gesellschaft einer anderen Seele, wollte sie nicht bei ihm sein.

»Du weißt ja, wo du mich findest«, meinte er schließlich.

Einen Moment lang hielt ihr feuriger Blick dem seinen stand, dann wandte sie sich ab.

Er wollte ihr alles sagen, über Balor und dessen Verrat, aber etwas hielt ihn zurück. Sie würde nur aus Mitleid bleiben, nicht aus freien Stücken.

Am nächsten Morgen war Jamil erschöpft und fühlte sich wie von einem Pferdewagen überrollt.

Nachdem Ashanee gegangen war, hatte er kaum mehr ein Auge zugetan, obwohl sein Bedürfnis nach Schlaf noch nie so groß gewesen war. Er wollte nichts lieber, als in die dunkle Schwärze der Träume abzutauchen, um nicht mehr über seinen Bruder nachdenken zu müssen. Doch vermutlich hätten auch seine Träume ihn damit gequält, denn schon jetzt plagte ihn sein leidender Geist ständig mit kleinen Erinnerungsfetzen aus ihrer friedlichen, idyllischen Jugend … aber er dachte auch an jeden größeren Streit, jeden Zwist, der jemals zwischen ihnen gestanden hatte.

Natürlich hatten sie brüderliche Differenzen gehabt, waren oft unterschiedlicher Meinung gewesen und auch seine Verlobung mit Lezana hatte seinem Bruder nicht gefallen. Zuerst hatte Jamil geglaubt, dass Balor ihm ein Leben mit der hübschen blonden Königstochter nicht gönnen wollte. Jetzt fragte er sich, ob Balor etwas geahnt hatte. Ob er vielleicht davon gewusst hatte, dass Lezana eigentlich vom Grauen König eingefordert worden war wie ein Stück Vieh.

Mit großem Bedauern dachte Jamil an ihren Tod zurück. Balor hatte es mit angesehen, ihm aber auf der langen Überfahrt nie im Detail erzählt, was er erlebt hatte, bevor sie sich bei ihrem Haus getroffen und gemeinsam die Flucht ergriffen hatten.

Sein Bruder hatte ihm nur einmal auf dem Schiff sein Bedauern bekundet, aber da hatte Jamil schon lange das Gefühl beschlichen, dass sie beide sich voneinander entfernten. Balor ging schon in Kas'Tiel auf jede große Jagd, für die er eine Erlaubnis bekam, während sich der Konflikt zwischen den Königreichen immer weiter zuspitzte und Jamil verzweifelt versuchte, einen friedlichen Weg für die drei Fronten zu finden. Der Vorschlag zur Hochzeit war von Aldo und Lezanas Vater gekommen, um die Beziehungen der Staaten angesichts des aggressiven Verhaltens des grauen Königs zu stärken. Ein fataler Fehler.

Die Brüder hatten sich in der Tat in den letzten Jahren viel gestritten, allerdings war Jamil davon ausgegangen, dass das nach ihrer Flucht hinter ihnen lag, dass es keine Rolle mehr spielte! Sie waren auf dem Schiff fast verdurstet und verhungert, hatten alles außer ein paar Waffen und Werkzeugen verloren. Die Steinhäuser, die Windmühlen und Wasserleitungen, die Werkstätten und florierenden Marktplätze … alles Vergangenheit, so wie ihre Differenzen.

Oder doch nicht?

War etwas davon Grund genug gewesen, seinen eigenen Bruder zu ermorden? Gab Balor ihm die Schuld, obwohl die Väter die Vermählung vereinbart hatten?

Seit er die Wahrheit über Balor kannte, war es, als wäre ein dunkles Band zwischen ihnen zum Leben erwacht. Vermutlich war es auch zuvor schon da gewesen, schlummernd, lauernd … und jetzt konnte Jamil nicht mehr wegsehen. Es schien, als wäre eine stete Verbindung zwischen ihnen geknüpft worden und er war sich jetzt ständig darüber bewusst, wo sich sein Bruder gerade befand.

Er versuchte, es zu ignorieren und auszublenden und konzentrierte sich mehr auf die anderen Dinge, die er immer stärker wahrnehmen konnte: Die Tiere im Wald, das Rauschen des Windes im Gras, selbst die Insekten, die zwischen den Halmen lebten.

Doch während der nächsten zwei Tage stach die schwarze Seele seines Bruders immer am stärksten hervor.

Der junge Mann verließ oft die Baustellen, half aber kaum den anderen Männern, sondern streifte durch die Wälder – in denen Jamil ihn mittlerweile recht gut im Geiste verfolgen konnte.

Er schien weiterhin zusammen mit einigen anderen für die Jagd, aber auch für die Verteidigung des Lagers verantwortlich zu sein.

Jamil musste wütend auflachen. Es war ein grässliches Geräusch, mehr ein Schnauben als ein wirkliches Lachen.

Ja, sein Bruder hatte wahrlich die Siedlung beschützt – indem er seinen älteren Bruder in ein Leben als Dämon stürzte.

Aber nein, kam es Jamil in den Sinn. *Das war ja gar nicht seine Absicht. Er wollte mich ja nur beseitigen …*

Er schnaubte, lauschte dann wieder den Geräuschen aus dem Tal und versuchte sich abzulenken.

Als der nächste Tag langsam verging und der Wind schwächer wurde, zeigten sich schließlich doch ein paar letzte Sonnenstrahlen direkt über dem Meer.

Jamil genoss die Wärme und beobachtete erneut das Schimmern seiner Haut. Seine Hände und Unterarme wurden wieder leicht durchscheinend, wenn das Licht auf sie fiel. Nur schimmerten seine Muskeln und Knochen diesmal nicht bläulich wie beim Mondlicht, sondern spiegelten matt die Orangetöne wieder, die der Sonnenuntergang über dem Meer erzeugte.

Er war noch immer gleichzeitig fasziniert und erschüttert darüber, was mit seinem Körper geschah. Seine Gedanken schossen zurück zu Ashanee und er wünschte sich zum unzähligsten Mal in diesen Tagen, sie wäre hier. Er wollte sie gern noch einmal bei Sonnenlicht sehen, ihr richtig in die Augen schauen können und mehr darüber erfahren, was mit ihm geschah.

Aber ob sie ihm Antworten geben konnte?

Er wollte gerade einen Schluck aus dem Wasserschlauch nehmen, als Schritte über die Wiese eilten. Jamils Blick glitt suchend über die Wiese und er entdeckte einige Kinder aus der Siedlung, die spielend und lachend bei der Klippe herumrannten.

Sie schienen ihn gar nicht zu sehen – erst als ein Mädchen in seine Richtung rannte und ihm einen kurzen Blick zuwarf, bemerkte er, dass ihre Aufmerksamkeit heimlich immer auf ihn gerichtet war. Zwei Jungen folgten dem Mädchen und hielten sie zurück. Einer schüttelte den Kopf und deutete den Hügel hinunter zum Lager. Sie nickte, doch bevor sie sich zum Gehen wandten, starrten sie ihn alle noch einen Moment neugierig – und dann hasserfüllt – an.

Jamil erzitterte. Sogar den Kindern war anscheinend beigebracht worden, dass er böse war. Für einen Augenblick packte ihn große Trauer. All seine Freunde, seine Familie, jeder, den er je gekannt hatte, waren sie alle froh, ihn los zu sein? Hatte er sich so sehr getäuscht, so ein falsches Bild von sich selbst und den Menschen gehabt, mit denen er sein Leben verbracht hatte? Vielleicht hassten sie ihn ja schon lange, wollten ihn loswerden. Weshalb hatte er davon nur nie etwas mitbekommen?

Jamil ballte seine Hände zu Fäusten.

Entweder habe ich etwas sehr falsch gemacht oder sie sind dem Geschwafel der Seherin verfallen. Bin ich ein schlechter Mensch und habe das hier verdient?

Er schlug mit der Faust gegen eine dicke Wurzel neben sich und ein Blatt segelte aus der Baumkrone über ihm und wurde vom Wind davongetragen.

Ich werde keine ehrliche Antwort erhalten. Dafür ist es zu spät.

Während die Wolken am Horizont die letzten Sonnenstrahlen wieder verschluckten, blickte Jamil weiter auf seine geisterhafte Haut, die langsam wieder dunkler wurde. Er fragte sich, warum sein Körper eigentlich so seltsam auf Licht reagierte und blickte hinauf in die Äste des Baums, aber es kam keine Antwort.

»Verdammter Geist, warum redest du nicht mit mir? Du kannst es doch, ich habe mir das Flüstern sicherlich nicht nur eingebildet!«, rief Jamil, doch zur Antwort wehte nur ein heftiger Wind über die Wiese und ließ Blätter und kleine Zweige auf ihn herabrieseln.

Der Dämon atmete tief ein und seufzend wieder aus. Es war nicht vernehmbar, schon gar nicht für Jamil, aber es war dennoch eine Wohltat, sich *fast* lebendig zu fühlen.

Azrael öffnete seine Augen, die nicht wirklich existierten, und labte sich an der zitternden Wut in Jamils Seele und an der Pein, die der bittersüße Verrat seines Bruders ihm bereitete.

Jetzt weißt du es. Dabei hatte ich dir doch versprochen, dass wir es gemeinsam herausfinden … oder eher, dass ich es dir verrate. Wie fühlt es sich an? Wie fühlt es sich an, zu erfahren, dass der eigene Bruder einem den Tod wünscht, einen sogar eigenhändig in die Anderwelt schicken wollte?

Natürlich antwortete Jamil ihm nicht direkt, er konnte ihn nicht einmal hören – aber die Gefühle des jungen Mannes konnte der Dämon immerhin aufnehmen und genießen, fast, als wäre er selbst der Leidende.

Was sind wir nur für ein wunderbares Trio, dachte der Dämon bitter schmunzelnd. *Ein zur Untätigkeit gezwungener Junge, ein heilender Geist, der sich langsam von seinem Baum auf diesen Menschen überträgt, und ein alter Dämon, der es kaum mehr erwarten kann, endlich frei von diesem Ort zu sein.*

Der Dämon seufzte.

Aber von dir werde ich wohl eine Weile nicht wegkommen, Heiler, nicht wahr? Wir sind nun beide mit dem Schicksal des Jungen verknüpft.

Er sah sich um, blickte aus Jamils Augen wie durch Milchglas auf die Klippe und dann auf den Baum, hörte, wie der Junge verzweifelt um Hilfe bat.

Na, wenn du ihm nicht antworten willst, vielleicht sollte ich es tun?, wandte der Dämon sich an den Geist, der still und ruhig wie der Mond im Stamm des Baumes verharrte.

Oder sollen wir ihn weiter allein lassen? Ich fürchte, ich bin noch nicht stark genug in seine Seele vorgedrungen, um lange genug mit ihm sprechen zu können. Ein paar leise Worte vernimmt er schon, aber das reicht mir nicht …

Ein Lächeln huschte über das unsichtbare Gesicht des Dämons.

Aber ich kann ihm meine Erinnerungen zeigen …

Eigentlich wollte Azrael den jungen Jamil etwas ganz anderes miterleben lassen, aber er fühlte, wie ihm die Kontrolle entglitt. Der Junge dachte mit solcher Intensität an seine kleine Freundin und deren Dorf, dass der Dämon nicht anders konnte, als sich seiner eigenen Erlebnisse in dem Weiler zu entsinnen …

Er schwebte mehr, als dass er ging, denn seine Beine waren nur noch eine durchsichtige Illusion. Nachdem er sich einige Wochen vom Streit und Unmut der Einwohner genährt hatte, sehnte er sich jetzt nach etwas Stärkerem – und fand endlich eine vielversprechende Spur bei einer der Hütten.

Dort spürte er innige, leidenschaftliche Energie zwischen zwei Menschen … und der Ehemann betrat gerade erst sein Zuhause. Azrael folgte dem Mann mit einem erwartungsvollen Lächeln auf den unsichtbaren Lippen.

In dem Bett lag dessen Frau mit einem Jüngeren.

Azrael trat aus dem Schatten heraus und hinter den bebenden Mann.

Was soll das hier? Was machst du?

Er legte dem Mann die glühenden Hände auf die Schultern. Der Alte schnaubte und sprach fast exakt die Worte des Dämons nach.

Sehr gut, dachte Azrael ... *Sei wütend! Sie will dich nicht! Sie hasst dich! Sag es. Sie hat dich betrogen und liebt den anderen!*

Der Alte sprang vor, ohne ihr noch Zeit für eine Erklärung zu lassen. Angefeuert durch die Energie des Dämons packte er seine nackte Frau und riss sie auf die Beine.

Sie schrie überrascht auf, ihr Geliebter war fast erschrockener als sie ... doch als der Alte seine Frau schüttelte, zuckte Wut über das junge Gesicht.

»Lass sie los!«, rief er, sprang auf und wollte eingreifen. Im nächsten Moment ging alles ganz schnell. Die beiden rangen, die Frau war kreischend zwischen ihnen – die Hand des Alten ruckte zur Seite und seine Frau entglitt ihm.

Sie stolperte und schlug hart mit dem Kopf an die Tischkante, sackte zusammen und blieb liegen.

Der Jüngere wich zurück und starrte entsetzt auf die zusammengesunkene Gestalt am Boden. Er zuckte vor, wollte zu ihr – und erstarrte angesichts der Übermacht seines Gegenübers.

Ja!, flüsterte Azrael eindringlich. *JA! Schrei! Schrei und sei WÜTEND!*

Und der Alte brüllte! Kaum hatte er einen Schritt auf den Geliebten seiner Frau zu gemacht, wich dieser zurück und sprang aus dem Fenster.

Der Dämon und sein Opfer wandten zeitgleich den Kopf und musterten die reglose Frau. Azrael konnte spüren, dass kein Leben mehr in ihr war ... und es erfüllte ihn mit Kraft!

Unsägliche Wut und Trauer durchströmten den Alten, gaben Azrael neue Energie und luden ihn geradezu ein. Er verschmolz mit der Seele des tobenden Mannes, wurde eins mit ihm und besaß endlich wieder einen Leib!

Die Seele wehrte sich nur kurz, denn der Mann war viel zu aufgebracht, um zu verstehen, wie ihm geschah. Er verlor den Verstand und bestand bald nur noch aus Raserei und Hass – auf sich selbst, auf seine tote Frau und die ganze Welt.

Dieser Hass nährte Azrael und machte ihn ungestüm. Er ließ seiner Kraft freien Lauf und entzündete mit ihr beinahe die Luft.

Der Körper brannte. Sein Fleisch, seine Knochen, alles war lodernd heiß, von Flammen und Rauch umgeben.

Die Wand aus Lehm und Stroh neben ihm begann zu schwelen, qualmte und fing Feuer. Flammen leckten über die wenigen Möbel, färbten sie schwarz und verschlangen Stoff und geflochtene Körbe. Der Lehmputz an den Wänden knackte, wurde grau und bröselte in abgeplatzten Stücken auf den Boden.

Die Flammen umgaben Azraels neuen Körper wie eine Aura, die alles in Brand steckte, sobald es in seine Nähe kam. Er drehte sich um, machte die ersten Schritte mit echten Beinen und verließ das Haus, das hinter ihm zusammenfiel.

Der Dämon lachte ungestüm, schrie vor Lust an dem Feuer. Er hob die Hände und sandte weitere Flammen aus, die sich auf die umgebenden Hütten stürzten. Weinen und Schreie erfüllten die Luft, als die Leute flohen – und vor Entsetzen brüllten, als sie den brennenden Mann in ihrer Mitte erblickten.

Er jagte den Fliehenden lachend hinterher, entzündete die Felder vor den Hütten, den Holzzaun und den Wald dahinter, doch die meisten der erbärmlichen Würmer entgingen ihm.

Dann konnte die Seele des Alten es nicht länger aushalten.

Er hatte zu viel Energie verwendet, sie zu sehr aufgezehrt – und der Körper verging. Er verbrannte und starb. Aus der Asche erhob sich Azrael und brüllte seine Wut hinaus.

Verflucht, so schnell sollte es nicht vorbei sein! Warum war er so schwach?! Seine Wut war so groß und mächtig … aber vergänglich. Sie ist zu schnell verbrannt.

Er atmete noch immer schwer, spürte aber schon, wie seine Flammen erkalteten und seine sichtbare Form mehr und mehr verging. Bald würde ihn keiner der Menschen mehr wahrnehmen können.

Ich brauche einen neuen Körper … ein neues Gefäß, das ich kontrollieren kann.

Der Dämon stockte und kam wieder zu sich. Halt, diese Erinnerungen wollte er Jamil gar nicht zeigen!

Er konnte spüren, wie die Bilder und alten Gefühle langsam, Stück für Stück zum Geist des Jungen vordrangen. Er hielt sie auf, verzerrte sie und ließ alles wie einen wirren, verrückten Traum wirken.

So ist es richtig. Du träumst. Du erlebst einen Wachtraum, Jamil. Das alles sind nur unwichtige Details, eine Nebensache quasi. Du träumst einfach. Und vergisst.

Versprechungen

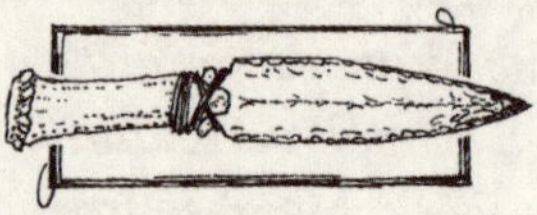

Ashanee achtete kaum darauf, dass ihr viele im Dorf wohlgesonnen zunickten. Sie hatte in der vergangenen Nacht eine große Wildsau erlegt – eine stolze Beute, die an diesem Abend bei der Feier gebraten werden würde.

Das Tier hing schon ausgeblutet an einem Spieß und wartete darauf, mit Gemüse gefüllt über die Glut einer großen Feuerkuhle gelegt zu werden. Auch andere hatten für das Fest gute Beute gemacht, aber eine gesunde Bache galt als besonderes Omen für eine Verbindung.

Ihre beste Freundin Drissa und Haluschks Sohn würden sich heute Abend bei dem Fest das heilige Versprechen geben und danach bis zum nächsten Vollmond jeweils abgeschieden bei ihren Familien leben, um dann in der Nacht des Mondes zu heiraten.

Asha hatte ebenfalls hoch in seiner Gunst gestanden, aber jetzt erschien ihr das irrelevant und lange her. Sie freute sich für ihre Freundin und Chaled. Insgeheim hatte sie seine Blicke in den letzten Wochen allerdings bemerkt. Schon eine Weile hatte sie die Vermutung gehegt, dass er eigentlich lieber mit ihr verbunden werden wollte, aber da sie nicht auf seine Anspielungen eingegangen war, hatte er jetzt Drissa gewählt.

Noch vor kurzem wäre sie vielleicht tatsächlich eifersüchtig geworden … oder sie hätte auf sein Interesse reagiert und wäre jetzt selbst die junge Frau, die sich glücklich schätzen konnte, den ersten Sohn ihres Anführers zu heiraten.

Natürlich kam es ihr nicht in den Sinn, Drissa etwas davon zu erzählen, dass Chaled zuerst sie in Betracht gezogen hatte. Er war im richtigen Alter und sein Vater erwartete, dass er noch in diesem Sommer eine Frau nahm, so war es Tradition.

Jetzt bemerkte sie das Lob ihrer Freunde allerdings kaum. Sie galt ja schon lange als gute Jägerin, die ihrer Familie Ehre machte. Dass sie außerdem die ruhmreiche Aufgabe von den Schamanen erhalten hatte, über das Treiben des Dämons zu wachen, ließ das Gerede kaum mehr aufhören. Immer wieder hörte sie leises Gemurmel darüber, warum nicht sie heute Abend das Versprechen gab … und sie biss sich auf die Lippe.

Möglichst unauffällig huschte sie nach Hause und verbarg sich dort bis zur Dämmerung. Sie wollte nicht, dass Drissas großer Tag unter einem schlechten Stern stand. Wenn sie das Gerede hören würde, wäre das zu viel für ihr sanftes Gemüt. Sie würde toben und vielleicht sogar das Fest absagen! Das konnte Ashanee nicht verantworten. Nur weil sie sich auf einem düsteren Pfad aus Lügen befand, musste sie damit nicht noch ihren Freunden schaden.

Ihre Mutter trat in die Hütte und bemerkte sie in der Dunkelheit.

»Asha? Was tust du hier? Die Feuer werden schon entfacht und dein Wildschwein wird bald seinen köstlichen Duft verbreiten.«

»Es ist nicht *mein* Wildschwein. Es ist für Drissa und Chaled.«

Kalla trat näher und zog eine Augenbraue hoch. »Was ist los mit dir?«

»Nichts. Ich will nur nicht … ich will nicht …«

»Ist es wegen Chaled? Du weißt, er hat dir zuerst schöne Augen gemacht, aber jetzt ist es vielleicht doch ein wenig spät, um deine Meinung zu ändern. Auch wenn ich dich nie verstanden habe.«

Ashanee starrte ihre Mutter entsetzt an. »Sei doch still! Drissa darf das nicht wissen, es würde ihr das Herz brechen! Sie ist so aufgeregt, seit Chaled und sie sich getroffen haben.«

»Also ist es wahr? Du magst ihn doch?«

Asha zögerte. Sie wusste nicht, was sie sagen sollte. Sie wollte nicht mehr lügen, wollte nicht mehr ihre Familie und Freunde hinters Licht führen.

»Nein, das ist es nicht. Ich … ich habe daran kein Interesse.«

»Das ist wirklich schade. Dein Vater ist Haluschks bester Freund und Berater. Es wäre allzu verständlich für alle gewesen, wenn ihr beide euch verbindet.«

Asha seufzte und rieb sich die Schläfen, da sie langsam Kopfschmerzen bekam. »Ich weiß, Mutter.«

»Er ist auch nicht dumm oder grob … und sieht gut aus.«

Der Blick ihrer Mutter wurde durchdringender. »Aber das scheint dich gar nicht zu berühren. Der Grund dafür kann nur ein einziger sein. Du hast einen anderen ins Auge gefasst.«

Ashanee hielt ihrem Blick stand, spürte aber, wie ihr Gesicht erst heiß und dann blass wurde.

»Aha! Ich habe also Recht! Wer ist es? Sein kleiner Bruder Elsed? Der wird auch bald ins richtige Alter kommen.«

»Was? Nein! Nein, das ist es nicht, ich …«

Kalla lachte. »Ist schon gut, Liebes, du musst es mir nicht verraten. Noch nicht. Aber ich weiß nicht, ob dein Vater es lange zulässt, dass du ein Geheimnis daraus machst.«

Liebes? Ihre Mutter hatte ihr schon seit Jahren keinen Kosenamen mehr gegeben.

Irritiert sah sie Kalla hinterher, als diese eine Schale mit Essen für das Fest ergriff und die Hütte verließ.

Konnte das sein? Konnte sie wirklich Interesse an diesem Dämon haben? Niemand würde das verstehen! Ihre Familie, ihre Freunde, alle im Dorf … noch nicht einmal sie selbst verstand das!

Sie raufte sich die Haare, seufzte dann und machte sich daran, einen ordentlichen Zopf zu flechten. Das war Unsinn. Völliger Unsinn, von dem sie sich nicht den Abend verderben lassen würde. Sie wollte Drissa eine gute Freundin sein und allen zeigen, dass Chaled die richtige Entscheidung getroffen hatte. Selbst wenn das bedeutete, dass sie ihre beiden Freunde eine Weile mied.

Es waren erneute Schritte im Gras, die Jamil aus seinem leisen Selbstgespräch aufschrecken ließen. Er hatte seltsame Bilder gesehen, von einem Dämon geträumt. Allein die Vorstellung, so zu werden, brachte ihm pochende Kopfschmerzen ein. Er schüttelte sich und achtete auf die Schritte – und es war nicht Ashanee, das wusste er sofort.

Nein, Balor kam über die Wiese gelaufen. Sein verräterischer Bruder blieb vor ihm stehen und musterte ihn unverhohlen, als sei er nur ein wildes Tier, das verletzt in einer Falle hing. Er musste nur noch in dessen Nähe warten, dass es verendete.

In der Dämmerung wirkten Balors braune Haare beinahe schwarz, aber seine Augen waren es tatsächlich.

Jamils Körper schmerzte. Seine Rippen brannten, dort wo die Pfeile in ihn eingedrungen waren. Hitze und eisige Kälte rannen durch sein Inneres und für einen Moment packte ihn die Sorge, dass das Fieber und die Entzündungen wiederkehren würden. Doch dann bemerkte er den schwarzen, fast schleimigen Schatten, der sich um sein Gegenüber schmiegte wie Pech. War es Balors Abneigung, die er plötzlich so real wahrnehmen konnte?

Jamil fühlte sich schwach – und da wurde ihm klar, dass es genau das war. Balor war amüsiert über die Schwäche des Dämons, der da vor ihm auf dem Boden lag.

Er schien die Gestalt vor sich überhaupt nicht mehr als seinen Bruder anzusehen. Hatte er Jamil schon lange so verabscheut? Ihn gar nicht als Menschen betrachtet, sondern nur als Hindernis, um an die Macht zu kommen?

Oder war der Grund einfach, dass sein Bruder ihm die Schuld an Kas'Tiel Untergang gab? Jamil hatte mit ihm auf dem Schiff darüber sprechen wollen, doch Balor hatte es vorgezogen, distanziert und verschwiegen zu werden.

So viele Gedanken schossen ihm durch den Kopf, doch es kam kein Laut über seine Lippen. Es war überflüssig, ihm all das jetzt vorzuwerfen. Es war zu spät und Balor würde sich nicht dazu herablassen, ihm seine Beweggründe zu erklären.

Als Balor weiter dieses schmierige Lächeln zeigte, wandte Jamil sich schließlich angewidert ab. Balor mochte ihn für schwach halten, aber er sollte sich vor ihm hüten, wenn seine Beine ihn wieder tragen würden …

So schwieg Jamil weiter und starrte auf die stürmische See hinaus – und dann entfernte sich Balor. Einen Moment dachte Jamil, er würde zurück in die Siedlung gehen, aber stattdessen zog er sich seinen Bogen von den Schultern, holte einen Pfeil aus seinem Köcher und ging zum Waldrand, wo er sich auf einen Felsen zwischen mehreren Büschen niederließ und wartete.

Jamil konnte ihn jetzt nicht mehr sehen, da er sich hinter dem Baum und außerhalb seiner Sicht befand, aber er fühlte ihn und die Umgebung um ihn herum so genau, dass es fast schon echtem Sehen glich.

Das war es also, was Balor hier beabsichtigte! Er hatte die Decke gesehen und wusste, dass Jamil von jemandem Hilfe bekam – und jetzt wollte er Ashanee abfangen.

Verdammt sollte er sein! Jamil konnte sich nicht vorstellen, dass er mit seinen Pfeilen sparsam umgehen würde …

Wie konnte er Asha nur warnen?

Er sandte seinen Geist aus, aber diesmal nicht in Richtung der Siedlung, sondern die Wiese hinunter zum Waldrand, wo früher oder später Asha auftauchen würde. Vielleicht hatte er Glück und sie war tatsächlich noch zu wütend, um heute Nacht auf den Hügel zu kommen.

Jamil sah sich auf einmal in der Position eines Lockvogels. Es gab nichts, was er ausrichten konnte – zu versuchen, seinen mörderischen Bruder umzustimmen, war mehr als lachhaft.

Er konnte Balors dunklen Schatten in seinem Nacken spüren, doch auch die Aufmerksamkeit seines Bruders richtete sich bald auf den Waldrand, wo sie hängen blieb, geduldig und grausam bereit.

Ashanee, dachte Jamil jetzt und schickte seinen Geist noch weiter, in den Wald hinein, wo die Quelle schwach plätscherte und er einen schmalen Pfad entdeckte. *Ashanee, du darfst heute Nacht nicht zu mir kommen!*

Es wurde rasch dunkler, Wolken jagten über den Himmel und verdeckten die meiste Zeit das Licht des Mondes. Als der letzte Hauch vom Abendrot im Meer versunken war, spürte Jamil plötzlich eine Regung im Wald. Er horchte auf, wollte sich aufrichten und sehen, doch er zwang sich zur Ruhe und schloss stattdessen die Augen, um sich besser konzentrieren zu können.

Bald spürte er Schritte, die durch den Wald liefen, leichte, sichere Schritte, die einen geschmeidigen Körper zur Wiese trugen.

Nein!, entfuhr es Jamil gedanklich und er verkrampfte sich. *Nein, sie kommt her …*

Noch schien Balor sie nicht bemerkt zu haben, denn er regte sich nicht, starrte nur weiterhin in die Dunkelheit. Man hätte meinen können, er schliefe, aber Jamil wusste es besser. Sein Bruder konnte tödlich präzise und ausdauernd sein, das hatte er schon früher bei der Jagd bewiesen.

Asha!, dachte Jamil und schickte all seine Gedankenkraft zu ihr. *Ashanee, du darfst nicht herkommen! Gefahr! Mein Bruder wird dich töten! DU DARFST HEUTE NICHT HERKOMMEN! Du bist in Gefahr!*

Er hatte kaum Hoffnung, dass sie seine Gedanken spüren würde – doch plötzlich zögerten ihre Schritte. Sie wurden langsamer, hielten an.

Ja! Kehr um! Balor ist hier, er wird dich töten! GEH!

Er konnte spüren, wie sie jetzt erzitterte. Jamil befürchtete, dass sie doch noch weiter schleichen würde … da drehte sie um und verschwand aus seiner Wahrnehmung.

Als der Mond das nächste Mal zwischen den wilden Wolken auftauchte, stand er schon hoch am Himmel. Balor richtete sich auf, zog sich den Bogen über den Rücken und verließ den Waldrand. Er tauchte in ein Dickicht ein und verschwand ebenfalls aus Jamils Geistessicht.

Jamil versuchte, ihn weiter zu belauschen. Würde er Asha suchen und sie jagen, oder war sie schon wieder in die Sicherheit ihres Dorfes zurückgekehrt?

Irgendwann dröhnte sein Kopf von der langen Anstrengung und seine Konzentration ließ nach. Er nickte mehrmals ein, schreckte aber bei jedem kleinen Geräusch wieder hoch.

Er hatte nicht damit gerechnet, doch in der frühen Morgendämmerung tauchte die Jägerin erneut am Waldrand auf und kam zielstrebig und so tief geduckt über die Wiese gehuscht, dass man sie kaum bemerken konnte.

Von einem Moment auf den anderen tauchte sie vor ihm im Gras auf, geduckt wie eine Wildkatze. Ihr bohrender Blick traf ihn völlig unvorbereitet und ließ sein Herz überrascht schneller schlagen.

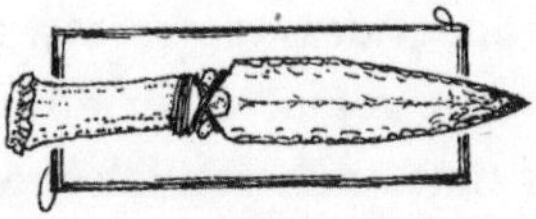

»Du bist doch wieder gekommen«, stellte er vorsichtig lächelnd fest.

Ashanee nickte nur und schwieg dann. Sein Lächeln gefiel ihr und sie verspürte den drängenden Wunsch, ihn zu berühren, hielt sich aber zurück. Sie war noch immer irritiert von der Situation, in der sie sich befand.

Sie half einem Dämon, konnte selbst kaum erklären, was sie dazu bewegte … und war völlig vor den Kopf gestoßen gewesen, dass seine Worte sie so getroffen hatten. Er wollte weggehen und glaubte, für sie würde danach alles wieder seinen gewohnten Gang nehmen?

Sie hatte das auch geglaubt – aber dass ihr Herz sich bei seinen Worten so heftig zusammengezogen hatte, sprach eine ganz andere Sprache.

Eigentlich war sie viel mehr über ihre eigene Reaktion entrüstet gewesen als über seine Worte. Er hatte es nicht böse gemeint … nur hatte es etwas in ihr ausgelöst, dessen Konsequenz ihr Angst machte. Zuvor hatte sie ihn kühl und berechnend betrachtet, doch seine Menschlichkeit und Willensstärke ließen ihn immer weniger wie einen Dämon wirken, den man distanziert behandeln konnte.

Sie dachte an den Abend zurück, an die Feier ihrer Freunde, die sie nur halbherzig beobachtet hatte. Alles Augenmerk lag dabei auf Drissa und Chaled, und nachdem die vier Schamanen der Verbindung der beiden zugestimmt hatten, schienen alle Andeutungen bezüglich Chaled und ihr vergessen.

Wie schön Drissa ausgesehen hatte. So strahlend und glücklich in Aussicht auf die baldige Hochzeit. Tief in ihrem Inneren wusste Ashanee, dass sie so etwas nicht vom Leben erwartete. Sie war nicht gemacht für eine Hochzeit … beziehungsweise ihr Herz hatte sich den falschen ausgesucht.

Sie biss sich auf die Lippe und dachte daran, dass das Fest noch in vollem Gange war und man sie nur gebeten hatte, ein zweites Mal nachzusehen, ob bei ihrem heiligen Baum nichts Schlimmes vonstatten ging. Eigentlich hätte die Feier dort stattfinden sollen, wo Jamil jetzt lag. Dort hätten jetzt Drissa und Chaled stehen sollen. Dort hätte sie stehen können. Stattdessen lag dort ein Dämon, den sie hergebracht hatte. Der verschwinden würde, sobald er wieder laufen konnte, anstatt dafür zu kämpfen, dass ihre Kulturen sich nicht bekriegten. Diese Erkenntnis enttäuschte sie so sehr, dass sie einfach nur noch zurück in ihr altes Leben wollte.

»Ich kann nicht lange bleiben, es wird bald hell und bei uns im Dorf feiern Freunde von mir ihre Verlobung.«

Jamil nickte ebenfalls, dann hob er die Hand und wollte sie am Arm berühren, doch sie wich zurück.

»Bitte, du musst mir zuhören. Balor war hier.«

Sie runzelte die Stirn. »Dein Bruder?«

»Ja, er war hier – und er hat die ganze Nacht am Waldrand gewartet, um dich abzufangen. Ich habe versucht, dich zu warnen, als du im Wald warst, und da bist du umgekehrt.«

Sie schwieg einen Moment, doch er sah ihre Unsicherheit. »Meinst du, er wollte mich verletzen?«

»Ich fürchte ja. Er weiß, dass jemand mir hilft … und ich denke er weiß auch, dass es niemand aus seinem Lager ist.«

Sie erzitterte bei der Erinnerung an die frühere Nacht und entschloss sich, doch ehrlich zu sein. »Weißt du … ich hatte plötzlich ein merkwürdiges Gefühl, als ich zum Waldrand kam. Es war, als liefe mir kaltes Wasser den Rücken herab, so ein tiefes Misstrauen und eine Angst … da konnte ich nicht mehr herkommen. Ich bin zurück ins Dorf und habe keinem davon erzählt.«

Jamil nickte. »Bitte sei in nächster Zeit vorsichtig. Balor ist kein Mensch, der schnell aufgibt. Er könnte auch im Wald warten … ich wüsste nicht, was ich täte, wenn …«

»Wenn was?«, fragte sie in einem etwas gereizten Ton.

»Wenn dir etwas zustieße …«, murmelte er und sah sie nicht länger an.

»Ich kann gut auf mich aufpassen, Dämon«, erwiderte sie knapp, dann schwiegen sie wieder. Seine Worte ließen ihr Herz schon wieder so furchtbar schnell schlagen und nährten die Unsicherheit.

»Sag … Gibt es eine Chance, dass deine Leute mich akzeptieren würden? Dass sie mich aufnehmen würden?«, fragte Jamil dann unvermittelt und Ashanee sah seinen flehenden Blick. Ihre Wut wurde gedämpft, als sie in seine blau schimmernden Augen blickte. Er wirkte auf einmal verzweifelt und völlig verunsichert.

Sie kniete sich neben ihn und dachte eine Weile über ihre Antwort nach. Ihre Gedanken wanderten zu ihren Eltern, die sie immer wieder vor dem Dämon warnten. Ihr Vater hatte die Schamanen sogar schon gebeten, ihre Aufgabe jemand anderem zu übertragen, doch zu ihrer Erleichterung hatten sie darauf bestanden, dass Ashanee die richtige für die Beobachtungen war.

Sie hätte Jamil nicht mehr nachts besuchen können, wenn ein anderer ihren Posten bezogen hätte. Und genau das gab ihr zu denken. Niemand schien auch nur ansatzweise darüber nachzudenken, dass Jamil vielleicht einfach nur das Opfer eines üblen Verbrechens sein könnte.

»Ich … ich weiß es nicht. Ich denke, wenn sie mit dir reden würden, wäre das schon ein Anfang«, sagte sie langsam.

»Aber könntest du sie überzeugen, dass ich kein Ungeheuer bin?«

»Ich glaube nicht, dass sie es verstehen würden. Vermutlich würden sie glauben, ich sei besessen, von dir verwirrt und mein Geist vergiftet.«

»Ich will nicht, dass du meinetwegen in Gefahr gerätst«, sagte er und sein Blick wurde auf einmal ganz weich. Er hob die Hand und strich ihr sanft über die Wange. Sie versteifte sich kurz, aber die Wärme seiner Haut zauberte eine Leichtigkeit in ihr Herz und sie ließ ihn gewähren.

»Habe ich dir schon einmal gedankt? Für alles? Du hast mir das Leben gerettet und mich wahrscheinlich vor einem schrecklichen Schicksal als willenloser wütender Dämon bewahrt. Dank dir bin ich noch bei Bewusstsein, bin ich noch ich selbst. Glaube ich.«

Ashanee lächelte gerührt. »Ich … ich habe es gern getan.«

Jamil strich ihr eine Haarsträhne aus dem Gesicht und legte ihr dann die Hand in den Nacken. »Wärst du zornig, wenn ich dich jetzt küsse?«

»Jamil …«, fing sie an. »Ich halte das für keine gute Idee … ich kann ja noch nicht mal sicher sagen, ob du noch ein Mensch bist …«

»Das wirst du vielleicht niemals sagen können … spielt es denn eine Rolle? Ich bin dir zu tiefster Dankbarkeit verpflichtet, aber ich empfinde nicht nur das … Ich fühle mich sehr … zu dir hingezogen, und das nicht nur, weil du mich gerettet hast.«

Ashanee konnte sehen, dass ihm seine Worte nicht leicht fielen. Es schien einem Mann niemals leicht zu fallen, seine Gefühle in Worte zu fassen. Sie wollte etwas erwidern, aber sie wusste nicht was – und dann zog er ihren Kopf sanft zu sich.

Dieser zweite Kuss war zögerlicher als der erste vor ein paar Tagen. Seine Lippen berührten die ihren nur ganz leicht, dann nahm er die Hand aus ihrem Haar und streichelte ihr über die Schulter.

Er ließ ihr die Wahl.

Und Asha küsste ihn. Seine Lippen schmeckten nach Wasser und Asche, doch sie waren warm und zart, lang nicht so grob und rau, wie sie durch den langen Aufenthalt hier draußen aussahen.

Sein Atem war heiß auf ihrer Haut. Asha spürte eine nie gekannte Wärme in sich aufsteigen und verlor sich in diesem Kuss.

Energie surrte knisternd durch seinen Körper, als er ihre duftende Haut fühlte. Er spürte, wie ihre Nase an seiner entlangstrich, wie sich ihre Lippen leicht öffneten und ihr warmer Atem sanft gegen sein Gesicht blies.

Ashas Hand tauchte an seiner auf und er schloss ihre starken, langen Finger in seine, strich mit dem Daumen über ihren Handrücken. Ashas Stirn berührte kurz seine eigene und er fühlte vollkommene Zufriedenheit.

Die Welt war still geworden, das Rauschen des Meeres in weite Ferne gerückt und er streichelte über ihr dichtes, dunkles Haar und ihren Oberarm.

Ihre Lippen waren noch immer leicht geöffnet – und ein wohliger Schauer durchlief ihn, als er ganz sanft ihre Zungenspitze an seiner Lippe spürte. Erregung wallte in ihm auf, er wollte mehr, wollte sie ganz für sich haben.

Jamil löste seine Hand wieder von ihrer, strich ihr über den Arm, dann wanderten seine Finger sanft ihre Seite entlang und ruhten auf ihrer Hüfte.

Auf einmal mischte sich Verzweiflung zu seinem Glück. Er verwünschte seine zertrümmerten Knochen, wollte die Schienen abschütteln und sie ganz umarmen und zu sich ziehen.

Die Hand seines gebrochenen Arms griff ganz fest nach ihrer, als sie sich berührten, während seine andere sie stärker zu sich zog.

Ashanee seufzte fast unhörbar und verlagerte ihr Gewicht – da ächzte er und zuckte zusammen. Sie hatte sich unbemerkt mit ihrem Arm an seiner Schulter abgestützt, als sie sich weiter über ihn beugte, und dabei auf seine Wunde gedrückt.

Rasch setzte sie sich auf, um ihn zu erlösen.

Jamils Atem ging einen Moment schwerer, doch er konnte nicht sagen, ob des Schmerzes oder des Kusses wegen … aber der Bann war gebrochen, der zeitlose Moment vorbei.

»Es … es tut mir leid«, murmelte Ashanee irritiert und blickte auf seinen Körper.

Er grinste schief. »Das muss es nicht. Ich würde jeden Schmerz auf mich nehmen, damit du mich noch einmal so küsst.«

»Ich … das war … falsch! Ich habe einen Dämon … *geküsst*!« Verwirrung, gemischt mit Angst und Zuneigung flogen über ihr Gesicht. »Ich sollte das nicht tun! Ich darf mich nicht von dir einfangen lassen!«

Ein kurzes, kehliges Lachen entwich seiner Kehle. »Du glaubst, *ich* hätte *dich* gefangen? Du hast immer die Wahl, im Gegensatz zu mir.«

Sie sah ihn mit ihren dunklen Augen an und wusste wohl nicht, was sie sagen sollte. Er konnte ihre Gefühle lesen, als würde sie sie offen aussprechen.

Ihr Herz hatte Angst … und doch sehnte es sich danach, seine Lippen erneut zu berühren. Er hob seinen gesunden Arm nach ihr, doch sie kam ihm zuvor.

»Ich muss – ich muss jetzt gehen, Jamil.«

»Das dachte ich mir.«

Sie richtete sich auf und wandte sich um, nachdem sie ihn noch einen Augenblick betrachtet hatte. Er hasste sich dafür, was er nun sagen würde und wollte alles andere, aber er zwang sich, die Worte auszusprechen.

»Versprich mir, dass du eine Weile nicht wiederkommst. Balor wartet nur auf eine Chance.«

Ashanee sagte nichts, aber bevor sie loslief, meinte er die Andeutung eines kurzen Nickens zu sehen.

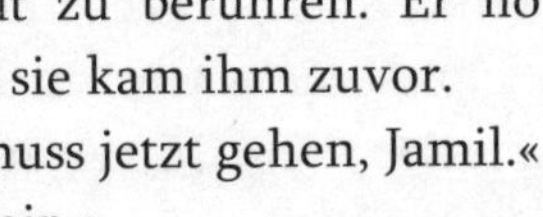

Ein Gefühl hielt Asha davon ab, wie gewohnt zu ihrem Beobachtungsposten zu gehen und den Bogen zu holen. Es war nur eine seltsame Ahnung … doch stattdessen betrat sie den Wald an einer Stelle nahe der Küste.

Gerade als sie einem der Wildwechsel in Richtung ihres Dorfes folgen wollte, ließ ein knackender Zweig sie erstarren.

Ein Pfeil zischte durch den Wald und schlug vibrierend in einen Stamm rechts neben ihr.

Ashanee unterdrückte einen Schrei und machte einen Satz zur Seite, der sie vor dem zweiten Pfeil bewahrte. Sie sprang los, während ihr Herz raste und die plötzliche Panik eine ungeahnte Kraft durch ihren Körper strömen ließ. Im Augenwinkel sah sie eine Gestalt im dämmrigen Wald, nur ein Schemen vor einem Dickicht … der wieder den Bogen hob.

Gehetzt und außer Atem suchte sie hinter einem dicken Baum Schutz und fluchte darüber, ihren eigenen Bogen nicht bei sich zu haben. Aber hier auszuharren, bis ihr Angreifer sie wieder in seiner Schusslinie hatte, war keine gute Idee.

Sie zog ihr Steinmesser vom Gürtel und rannte im Sichtschatten des breiten Stammes los.

Hinter sich hörte sie ein weiteres Knacken, aber es surrten keine neuen Pfeile herbei. Sie spürte, dass der Schütze sie verfolgte, doch nachdem sie sich durch mehrere Dickichte geschlagen und mehrmals die Richtung geändert hatte, verschwand das Gefühl in ihrem Nacken.

Schwer atmend und mit brennenden Beinen suchte sie das beste Versteck auf, das ihr in den Sinn kam. In dem sumpfigen Tal im Norden schlich sie zwischen die dichten, jungen Weiden und erstarrte in der Hocke.

Aufkommender Wind ließ die Weidenzweige wiegen und die unzähligen schmalen Blätter wild tanzen. Das Rauschen beruhigte sie wie die Wogen an der Küste, die jetzt ein Stück entfernt lag. Das Zirpen einer Grille mischte sich dazu, ein gutes Zeichen, da sich das kleine Tier dann nicht bedroht fühlte.

Asha lauschte, wartete ab und versuchte dabei, ihr trommelndes Herz zu ignorieren. Sie war ihm entkommen, es war alles in Ordnung.

Im selben Moment beschloss sie, diesen Zwischenfall niemals zu erwähnen. Jamil würde sich gewiss große Sorgen machen. Und ihre Eltern oder die Schamanen würden es als Kriegsakt sehen. Auf keinen Fall wollte sie eine Konfrontation provozieren.

Mit Entsetzen wurde ihr klar, dass es auch jemand aus ihrem eigenen Dorf sein könnte. Jemand, der gesehen hatte, dass sie Jamil half? Aber würde nicht jeder bei so einer Entdeckung sofort zu den Schamanen eilen und sie verraten?

Von einem Atemzug auf den anderen fühlte sie sich völlig verunsichert. Wem konnte sie noch trauen? Und was, wenn es die Schamanen schon wussten und einem Jäger befohlen hatten, sie auszuschalten?

Nein. Nein, das war Unsinn. Niemals würden die Geister so etwas gutheißen und die Ältesten handelten nur zum Wohle des Dorfes.

Es konnte also nur Jamils Bruder sein.

Sie musste einfach in Zukunft noch viel wachsamer sein … und ihren Bogen nicht mehr im Versteck lassen. Der Schütze durfte nicht wissen, wo sie sich aufhielt und sie musste ab sofort häufiger ihren Standort wechseln, wenn sie Wache halten sollte.

Fluchend versuchte sie, ihren Atem und Herzschlag zu verlangsamen und zwang sich, tief und gleichmäßig Luft zu holen.

Erst als sie sich ganz beruhigt hatte, stand sie wieder auf, zog ihre Kleidung glatt und schlüpfte aus dem rauschenden Meer aus hohen Weidenzweigen hervor.

Zog da ein Sturm auf? Die Luft roch nach feuchtem Laub und schien geladen wie vor einem Gewitter.

Sie wollte nur noch nach Hause … aber da wurde ihr klar, dass sie nicht ohne ihren Bogen zurückkehren durfte!

Zähneknirschend schlich sie los, wählte einen neuen Weg über die Hügel und ließ dabei den Blick durch den Wald huschen. Ihr Instinkt sagte ihr, dass sie allein war, doch sie traute sich selbst in diesem Moment nicht und ließ deshalb besondere Vorsicht walten.

Ihr Herz schlug wieder schneller, als sie endlich das Versteck erreichte und das Bogenholz in den Fingern hielt. Rasch überprüfte sie die Pfeile, spannte die Sehne auf den Bogen und fühlte sich auf dem Heimweg schon wesentlich sicherer. Jamils Bruder konnte ja nicht ständig im Wald lauern … aber es war Asha dennoch ein Rätsel, was ihn dazu bewegte.

Dachte er womöglich, dass sie den Dämon erschaffen hatte, und fühlte sich deshalb durch sie bedroht?

Starker Wind bewegte die Bäume über dem ruhigen Dorf, als es in Sichtweite kam. Sie nickte den beiden Wachen am Eingang zu, schlenderte bewusst langsam weiter und streifte sich auf dem Weg schon den Bogen von der Schulter. Asha rieb sich die müden Augen und unterdrückte nur mit Mühe ein herzhaftes Gähnen. Sie wusste, dass ihr Körper damit versuchte, die Anspannung und Furcht abzubauen, die ihr noch immer in den Knochen steckten.

Als sie die Hütte ihrer Eltern betrat, saß ihr Vater allein am Feuer und starrte in die Flammen. Er strich sich wie so häufig unbewusst über seine alte Narbe, während er grübelte.

»Tut es manchmal noch weh?«, fragte sie zu Begrüßung. Sie machte sich wirklich Sorgen um ihn, wollte aber auch schnell ein Gespräch in Gang bringen, um sich abzulenken.

Er neigte den Kopf in einer vieldeutigen Geste. »Manchmal. Wenn das Wetter sich ändert. Oder wenn meine Tochter von den Schamanen dazu verpflichtet wird, nachts einen Dämon zu beobachten.«

Sie setzte sich neben ihn und versuchte sich in einem beschwichtigenden Lächeln. »Du weißt, ich habe das Schutzamulett von ihnen bekommen.«

Akando seufzte, bevor er ihr eine Hand um die Schulter legte. »Ich finde es trotzdem nicht gut. Deine Mutter erwähnt es mit keinem Ton … aber ich möchte nicht, dass du zu viel mit den Schamanen zu tun hast.«

»Einige würden es wohl als Ehre ansehen, dass ich so viele Aufgaben von ihnen erhalte«, murmelte Asha, doch ihr Vater sah sie dabei schief an.

»Das ist es auch. Doch … du bist unsere einzige Tochter, Asha. Wenn du bei den Schamanen in die Lehre gehst, wirst du keine Familie haben, keine Kinder …«

Ashanee seufzte innerlich. Daher wehte also der Wind? Sie kannte den Grund, warum sie keine Geschwister hatte, auch wenn ihre Eltern das nicht wussten. Sie hatte sie eines Abends bei einem Gespräch darüber belauscht … und gesehen, wie ihre Mutter tatsächlich weinte, weil sie beide keine weiteren Kinder nach Asha bekommen konnten. Es galt als Tradition, mindestens zwei oder drei Kindern das Leben zu schenken … und ihre Mutter konnte es nicht.

»Ich habe nicht vor, eine Geistersprecherin zu werden«, sagte sie daher rasch. »Diesen Dämon zu beobachten genügt mir vollkommen. Ich bin eine Jägerin, so wie Mama.«

Akando lächelte und wuschelte ihr kurz durch die Haare, was sie protestlos ertrug. Sie warf einen kurzen Blick auf sein Bein und fragte sich, ob ihr Leben anders verlaufen wäre, wenn er nicht den Unfall gehabt hätte. Er wäre wohl weiterhin Jäger geblieben und nicht Haluschks Berater geworden … und Kalla müsste nicht so oft lange Jagdausflüge machen. Aber Asha kannte ihre Mutter, die beschwerte sich nie – und liebte ihre Arbeit, liebte den Wald genauso wie Ashanee.

»Vater … ich habe Angst, dass … dass ich etwas falsch machen könnte. Wegen den Aufgaben der Schamanen«, setzte sie schließlich an und beschloss im gleichen Moment, dass sie ihm nicht sagen konnte, was in letzter Zeit mit ihr geschah. Er hielt vielleicht nicht viel von den Ältesten, wahrscheinlich auch, weil sie ihm mit seinem Bein nicht richtig hatten helfen können, aber das hieß noch lange nicht, dass er Ashas Situation verstehen würde.

Akando sah sie lange an, bevor er sie an sich drückte.

»Ich werde dir immer beistehen, Asha, ganz gleich, was passiert.«

Ashanee lächelte gezwungen und lehnte sich an die Schulter ihres Vaters. Gemeinsam starrten sie eine Weile schweigend in die Glut, dann legte sich Asha hin und ihr Vater ging seinen Pflichten nach.

Das Ende des Sommers

Balor kochte noch immer vor Wut, dass er die Wilde nicht erwischt hatte. Nie zuvor hatte er so eine schnelle, wendige Frau erlebt, und dass ihn der Anblick sonderbar erregt hatte, ärgerte ihn nur noch mehr! Er wollte endlich wissen, wer sie war, denn bisher hatte er ihr Gesicht nicht sehen können. Verdammter dunkler Wald.

Er atmete durch, nahm die beiden Knochen in die Hände, die am Zelt der Seherin hingen, und schlug sie im vereinbarten Rhythmus aneinander, um sein Kommen anzukündigen. Einen Moment später betrat er das abgelegene Zelt, tauchte in die dämmrige, nach Kräutern riechende Welt der Seherin ein und ließ den stürmischen Wind draußen.

Sie saß auf ihrem Schemel und rupfte gerade sorgsam den kleinen bunten Singvogel, den er ihr gestern gebracht hatte.

Obwohl sie nicht zu ihm aufsah, war sie sich seiner Anwesenheit bewusst, denn sie winkte ihn heran.

»Schon wieder du? Mach lieber schnell, meine Töchter könnten bald zurück sein. Sie holen Kräuter bei Marifa ab.«

Balor verzog seine Miene beim Gedanken an die beiden Mädchen, die natürlich bei ihrer alten, verschrumpelten Mutter in die Lehre gingen. Sie waren dreizehn und sechzehn und sehr seltsam, tuschelten oft leise bei Versammlungen und ihre Haare standen wild und ungekämmt in alle Richtungen. Beide waren nicht gerade Augenweiden. Er fragte sich, wie eine so alte Frau noch Kinder haben konnte und welcher Mann wohl …

Er schüttelte sich und vertrieb rasch die Gedanken.

Yesima hatte den Vogel jetzt von allen Federn befreit, die sie in verschiedenfarbige Häufchen unterteilte, und machte sich daran, das kleine Tierchen aufzuschneiden. Anscheinend war sie vor allem am Schädel interessiert.

Balor sah ihr eine Weile ungerührt zu, bevor er endlich mit der Sprache herausrückte.

»Wie lange kann es dauern, bis er endlich verrottet?«

Die Seherin seufzte. »Die Knochen schweigen noch immer über das Schicksal des Dämons.«

»Dann befrag die Götter noch mal! Ich will, dass er verschwindet!«

»Balor! Ich verstehe deinen Unmut, aber niemand wird von deinem Anteil an seinem Schicksal erfahren! Bleib beherrscht. Nicht einmal deine Mutter hat einen Verdacht.«

»Aber er kann sprechen!«

Yesimas Augen verschmälerten sich zu Schlitzen. »Das beunruhigt dich … weil … er es weiß?«

Balors Schweigen schien Antwort genug zu sein. Die Seherin schüttelte tadelnd den Kopf. »Ach, junger Schütze, ist dein Temperament mit dir durchgegangen und du hast es ihm erzählt?«

»Er ist nur ein schwacher Untoter! Er hat es verdient, zu leiden!«

»Aber der Wunsch nach Rache könnte ihn stärken. Oder ihn vernichten … das müssen wir jetzt beobachten.«

Balor presste die Lippen zusammen.

»Selbst wenn der Dämon versuchen sollte, zu anderen zu sprechen und behauptet, du hättest ihn getötet … dann werde ich das entkräften. Niemand glaubt einem Todesgeist«, meinte sie beschwichtigend.

»Ich wollte wissen, wie er reagieren würde. Es schien ihn wirklich zu überraschen.«

»Er spiegelt nur die wenigen Erinnerungen, die er als Dämon von Jamil behalten konnte. Dämonen können sehr trickreich sein, wenn es um ihre Macht geht. Viele Besessene werden einfach verrückt, schlagen um sich und töten alles in Reichweite, aber dieser hier hat erstaunlich viel Kontrolle. Er kann täuschen und manipulieren … fast wie du.« Sie zwinkerte ihm frech zu. »Gedulde dich und beobachte ihn weiter, wir müssen wissen, wie er sich entwickelt.«

Balor rieb sich die Stirn und seufzte. »Ich bin müde.«

Sie ließ das kleine blutige Tierchen in eine Schale fallen, stand auf und kramte in einer Tasche neben sich. Leise murmelnd holte sie einen Beutel mit Pulver hervor, rührte etwas von dem dunkelbraunen Zeug in einen Holzbecher mit Wasser und reichte es an Balor.

Er schnupperte an der rostroten Brühe. »Was ist das?«

»Ein Trunk, der dir hilft, dich zu konzentrieren und zu beruhigen. Damit kannst du den Dämon besser beobachten.«

Balor nickte nachdenklich und würgte das bittere Zeug rasch herunter.

»Danke.«

Yesima lächelte milde. »Geh jetzt, junger Schütze, und berichte mir regelmäßig, was der Dämon tut. So kann ich vielleicht bald mehr von den Göttern erfahren.«

Nach einigen stürmischen Regentagen kehrte der Spätsommer noch einmal zurück und schien sich gegen den Herbst aufbäumen zu wollen, der unweigerlich kommen würde.

Ashanee blieb tatsächlich fern und Jamil war mehr als froh darüber, denn in jeder Abenddämmerung kam Balor auf die Wiese, starrte ihn eine Weile ausdruckslos an und verbarg sich anschließend mit seinem Bogen am Waldrand, selbst als es regnete und stürmte.

Jamil dachte sich jede erdenkliche Verwünschung für seinen grausamen Bruder aus, doch es nützte ihm nichts. Er war an seinen Baum gefesselt und besaß keine Kräfte wie die Seherin, auch wenn er sich zusehends mehr wünschte, tatsächlich wirksame Flüche aussprechen zu können.

Tagsüber gingen die Bauarbeiten nach dem Regen zügiger voran. Die Leute schienen genau wie Jamil zu spüren, dass der Herbst sich hinter dem warmen Wetter verbarg und so richteten sie die Langhäuser auf und schickten verstärkt Jagdtrupps aus.

Die Frauen sammelten Früchte und Pilze im Wald oder gruben wilde Möhren am Wiesenrand aus, wagten sich jedoch nie näher an seinen Baum.

Jamil beobachtete all dies mit einer kindlichen Faszination – er konnte zwar nicht direkt in die Siedlung sehen, doch er hörte so gut und fühlte die Bewegungen der Leute so genau, dass es beinahe schien, als stünde er selbst zwischen den Häusern.

Wie sehr sich ihr Alltag doch von ihrem früheren Leben unterschied! Jamil dachte zurück an die Zeit in ihrer Stadt, an den Komfort der beheizten Häuser, den gewinnbringenden Handel und die Erfindungen, an denen so mancher Handwerker getüftelt hatte. In Gedanken ließ er die Baustellen der neuen Jäger und Sammler hinter sich und wanderte noch einmal durch seine alte Heimat und sein altes Leben, das nach all dem Schmerz wie ein unwirklicher Traum erschien. Selbst an Lezanas Gesicht konnte er sich schon nicht mehr im Detail erinnern.

Dabei beobachteten ihn die Kinder immer öfter und reckten die Hälse, wenn sie sahen, dass er sich bewegte. Manchmal riefen sie ihm Verwünschungen zu und lachten dann, ehe sie sich gegenseitig dazu aufforderten, noch ein Stück näher an ihn heranzurücken.

Die meiste Zeit versuchte er sie zu ignorieren, tat, als würde er schlafen, und lauschte dafür den Geräuschen der Welt, die er immer deutlicher wahrnahm.

Er bemerkte rasch, dass sich sein Körper verändert hatte, denn er hatte nur noch Durst, aber keinen Hunger mehr. Mehrmals knabberte er lustlos an einem Stück Brot oder Dörrfleisch, fühlte sich dadurch aber nicht gestärkt – was ihm wirklich Kraft gab, war das Licht der Sonne und des Mondes.

Mit jedem warmen Tag und jeder kühlen Nacht sehnte er sich mehr nach der heimlichen Zweisamkeit mit der jungen Frau. Obwohl die Sukrani und ihre Kultur ihm noch ein Rätsel waren, fühlte er sich ihr gar nicht mehr fremd.

Während die Kinder tagsüber nach und nach immer näher an sein Lager rückten und Balor jeden Abend auf der Lauer lag, träumte er jede Nacht von Ashanee und der Berührung ihrer Lippen.

Erst nach mehreren Tagen ließ sein Bruder locker, kam nur noch einmal kurz und verbrachte dann die nächsten Nächte mit der Jagd nach Rehen. Jamil musste schmunzeln. Vermutlich hatte Aldo ihn zurechtgewiesen, dass er aufhören solle, den Dämon zu reizen und seine Fähigkeiten stattdessen zum Wohle der Gemeinschaft zu nutzen. Balor hatte zwar seinen älteren Bruder aus dem Weg geräumt, aber der Zwanzigjährige war deswegen noch lange nicht der neue Anführer ihrer kleinen Siedlung.

Der Jäger war außer Atem, als er zwischen den Felsen hindurchstieg. Die Verfolgung des Rehs hatte ihn weiter von der Siedlung weggeführt als jemals zuvor. So weit im Osten wurde das Land karger und felsiger.

Verflucht soll dieses Vieh sein, hier in dieser felsigen Landschaft finde ich es wohl kaum wieder.

Balor überlegte mit einem Seufzen, ob er nicht besser umkehren sollte. Vielleicht fand er auf dem Rückweg eine neue Fährte. Außerdem wollte er eine Stelle suchen, die seiner Meinung nach besonders gut für eine Fallgrube geeignet wäre … ob jetzt ein Tier oder ein Wilder seinen Weg hineinfand, war ihm einerlei.

Mit einem Fluch auf den Lippen kletterte er den rutschigen steilen Hang wieder hinunter, trat versehentlich mehrere Felsstücke los – und erstarrte.

Das Gestein glitzerte, war kantig und … er hob einen kleinen Brocken an und nahm ihn genauer unter die Lupe.

Das ist Erz! Diese rostroten Adern darin, das muss Eisenerz sein!

Aufgeregt stieg er weiter hinab, sammelte so viele glänzende Stücke ein, wie er tragen konnte, und steckte sie in seinen Beutel, bevor er sich zurück zur Siedlung aufmachte.

Er prägte sich die Route ein, verlief sich jedoch mehrmals und fluchte dabei laut. Wäre es doch nur kein so wolkenverhangener Tag … so würde er vermutlich bald mit seinen Freunden wieder nach der Stelle suchen müssen, was lästige Verzögerungen bedeutete. Ändern ließ es sich jedoch nicht mehr und er war froh, als er endlich ein Waldstück betrat, das er schon besser kannte und das ihn direkt zur Siedlung finden ließ.

Auf dem Weg zur Siedlungsmitte kam ihm eine kleine Schar lachender, schreiender Kinder entgegen, die sich um ein Fell stritten und damit spielten. Balor wich ihnen schnaubend aus, doch sie umringten ihn bereits, riefen Fragen über seine Erkundung durcheinander und wollten sehen, was er in der Hand hielt.

Sofort funkelten Kinderaugen auf und schnappten gierige Finger nach dem rötlich glitzernden Brocken.

Balor brummte und hielt ihn außer Reichweite.

»Ihr wollt ein Stück? Dann müsst ihr etwas für mich tun.«

Die Jungen schmollten, aber ihre Neugierde siegte nach einem Moment.

»Und was?«

»Habt ihr den Mut, den Dämon zu ärgern?«

Sie wechselten Blicke untereinander, reckten dann aber kühn die Nasen. Keiner von ihnen wollte in den Augen des Sohnes ihres Rätors ein Feigling sein.

»Was sollen wir tun?«

»Ich will wissen, wie er reagiert. Geht nicht zu nah ran, aber ärgert ihn irgendwie und berichtet mir dann, was er getan hat.«

»Und was, wenn er Feuer speit? Oder uns verflucht?«

Balor rückte ein Stück näher an sie heran, sodass sie sich sofort verstohlen um ihn scharten. »Soll ich euch ein Geheimnis verraten? Die Seherin glaubt, dass er dazu vielleicht gar nicht in der Lage ist. Er hat bisher keine Magie genutzt, also droht euch kaum eine Gefahr. Aber das bleibt unser kleines Geheimnis, einverstanden?«

Die Jungen willigten schließlich ein und huschten dann zwischen den Baustellen davon in Richtung der Palisade.

Balor lächelte zufrieden und ging dann seinen Vater suchen, um ihn von seiner Entdeckung zu berichten. Im Kopf plante er bereits die kleine Erzschmelze, die er auf jeden Fall bauen würde.

Er wollte Metall. Es barg so viele Möglichkeiten, die kein Wilder hatte. Sägen und Beile, Äxte und Schwerter. Vor allem Schwerter.

Morgens schreckte Jamil auf, weil ihn etwas am Bein berührte. Er riss die Augen auf und dachte schon, seine Gehilfin sei zurück – da bemerkte er den Stock, der neben seinem Fuß im platten Gras landete.

Die Kinder standen in der Mitte der Wiese, zwischen seinem Baum und der Klippe, und jeder der Burschen hatte mehrere Äste in der Hand. Gerade als er sie entdeckte, schleuderte der größte Junge den nächsten Stock in seine Richtung.

Der Ast flog rotierend durch die Luft und knallte gegen sein Bein. Schmerz schoss durch seine Muskeln und Knochen und er knirschte wütend mit den Zähnen. »HE!«, brüllte er. »Verschwindet!«

Die Mädchen zuckten zusammen, aber die Jungen tuschelten und lachten dann – und das nächste Geschoss sauste in seine Richtung.

Der Ast war gut gezielt und flog direkt auf das Gesicht des Dämons zu.

Jamil riss seinen ungeschienten Arm in die Luft und seine Finger schlossen sich wie von selbst um den Stock, als er in Reichweite kam. Er pflückte ihn aus der Luft und hielt ihn einen Moment an genau dem Punkt, bevor er die Hand ballte und das Holz in der Mitte zerbrach.

Die Kinder waren jetzt erstarrt. Das Knacken des Astes musste auch für sie deutlich zu hören gewesen sein. Sie machten keinen Laut mehr, dafür wechselten sie kurze Blicke und rannten dann schnell von der Wiese.

Jamil sah ihnen hinterher, dann starrte er überrascht auf den zerbrochenen Ast in seiner Hand. Er hatte gehandelt, ohne darüber nachzudenken und nicht damit gerechnet, dass noch solche Kraft in seinen Fingern steckte.

Akando und Haluschk saßen nebeneinander in der großen Versammlungshalle, fast alle aus dem Dorf waren anwesend und lauschten der Diskussion. Der Platz neben dem Anführer war leer, Chaled musste noch immer fernbleiben, genauso wie Drissa, die Ashanee mehr und mehr vermisste.

Die Tatsache, dass sie jetzt weder Jamil noch ihre Freundin sehen konnte, drückte schwer auf Ashas Laune. Sie machte ihre Arbeit nur noch halbherzig und gab oft nur ein Murren als Antwort, wenn ihre Mutter etwas von ihr wollte. Dazu kam noch, dass ihr Vater von Kallas Vermutungen erfahren hatte und darauf bestand, dass Ashanee ihm verriet, welcher Mann ihr den Kopf verdrehte, damit sie über entsprechende Vorkehrungen sprechen konnten.

Immerhin war sie schon achtzehn – andere Frauen hatten da schon ihr erstes Kind.

Diese Forderung ihrer Eltern artete jedes Mal in Streit aus und die Unterstellungen machten Asha nur noch wütender. Sie hatte keinen heimlichen Verehrer! Sie hatte einen gebrechlichen Dämon am Hals, der ihr Leben so gründlich auf den Kopf gestellt hatte, dass sie kaum noch klar denken konnte.

Es ärgerte sie, dass ihre Eltern solche törichten Vermutungen immer wieder zum Gespräch machten und ihre aufbrausende Reaktion so deuteten, dass es sich bei dem Mann doch um Chaled handeln musste.

Es war die logische Schlussfolgerung, natürlich. Jeder hätte so gedacht. Ihre beste Freundin heiratete den Sohn des Anführers und sie war seitdem schlecht gelaunt. Doch obwohl diese Vermutungen sie wütend machten und sie Drissas Glück nicht im Weg stehen wollte, wäre es doch am einfachsten gewesen, diese falsche Fährte zu bekräftigen.

Besser sollten ihre Eltern denken, dass sie unglücklich in einen vergebenen Mann verliebt war als in einen Dämon!

Ashanee richtete sich stocksteif auf und vergaß einen Moment lang, dass sie sich auf der Versammlung befand.

Hatte sie das gerade wirklich gedacht? Das konnte nicht stimmen! Sie kümmerte sich nur um Jamil … das konnte keine Liebe sein. Das durfte es nicht sein!

Es war lächerlich, gefährlich und hatte keine Zukunft!

Gerade als sie dabei war, weiter in düstere Gedanken abzudriften, riss die Stimme ihres Anführers sie heraus.

»Wie ihr alle wisst, ist es seit langem unsere Tradition, dass Verbindungen unter der Krone des Hara–Baumes gefeiert werden. Wir hatten alle gehofft, dass der Dämon verschwinden würde, dass er sich wieder ins Meer stürzt oder zu Erde vergeht, doch er scheint sehr hartnäckig zu sein. Ich möchte die Hochzeit meines Sohnes nur ungern mit einem schlechten Omen beginnen lassen. Er und seine Zukünftige sollten im Schatten des Hara–Baumes gesegnet werden. Deshalb … schlage ich vor, dass die Schamanen die Geister befragen, um zu erfahren, wie wir den Dämon endlich beseitigen können.«

Asha drehte sich bei dieser Ansprache beinahe der Magen um. Sie würden jetzt doch gegen Jamil vorgehen? Das musste sie verhindern!

»Ashanee, würdest du uns bitte berichten, was du in den letzten Wochen für Beobachtungen machen konntest?«

Sie zuckte zusammen, als ihr Name erklang, und stand dann langsam und steif auf. Ihr Mund war auf einmal ganz trocken. »Der Dämon liegt weiterhin zwischen den Wurzeln des Baumes und beobachtet die Wiese und das Meer. Aber er ist sehr ruhig … ich … ich glaube wirklich nicht, dass er böse ist«, sagte sie langsam und wusste, dass sie damit viel wagte. Aber sie war es Jamil schuldig, es zumindest zu versuchen.

Doch bei ihren Worten wurde sofort Gemurmel laut, besonders die Älteren raunten untereinander und warfen ihr vorwurfsvolle Blicke zu. Ihr Vater starrte sie entrüstet an und öffnete den Mund, doch Haluschk kam ihm zuvor.

»Warum sagst du das, Ashanee? Hat er versucht, mit dir zu sprechen? Hast du dich ihm etwa genähert?«

»N–Nein! Ich glaube nur, dass wir nicht überstürzt handeln sollten. Vielleicht … vielleicht sollten die Schamanen mit ihm sprechen, bevor sie ihn verurteilen!«

Das Raunen wurde lauter und Haluschk schnaubte. »Das ist töricht. Du bist eine Jägerin und solltest es besser wissen. Ein Dämon nährt sich von der Energie seiner Umgebung, die Schamanen würden ihm nur Kraft verleihen. Aber wir werden sie selbst dazu befragen, wenn du es wünschst.«

Asha schluckte, aber jetzt gab es kein Zurück mehr. Schon im nächsten Moment öffnete sich der Stoff und die vier Schamanen traten aus dem hinteren Teil des Versammlungsraums, wo sie offenbar schon gewartet hatten.

Akando machte Platz und trat hinter seine Tochter, die auf einmal völlig im Mittelpunkt stand. Die Stille und die Nadel stellten sich rechts von Haluschk, der Bär und der Blinde links.

»Jägerin, es hat den Anschein, als wäre dein Herz in Aufruhr«, fing die älteste Schamanin an und brachte Ashanee damit sofort aus dem Gleichgewicht.

Sie musste sich etwas einfallen lassen und ließ den Blick kurz durch den dämmrigen, warmen Raum schweifen, bevor sie sprach.

»Ich wünsche mir natürlich auch, dass Chaled und Drissa unter dem Hara–Baum ihren Segen erhalten können, aber ich … ich weiß dennoch nicht, ob es eine gute Idee ist, dass wir dafür einen Dämon töten wollen! Es würde ein schreckliches Licht auf ihre Verbindung werfen. Und … wer sagt uns, dass er den Tod verdient hat?«

Die klugen, ruhigen Blicke der Schamanen legten sich auf sie, selbst der Blinde schien sie zu fixieren. Die Luft war auf einmal zum Zerreißen gespannt.

Die Nadel seufzte und fuhr sich durch das rote Haar. »Dieser Mann, den du so gut wie jede Nacht beobachtest, hat keine Seele mehr. Er hat sie verloren und ist ein Dämon. Nur die Geister können darüber bestimmen, ob es gerecht ist, ihn dorthin zurückzuschicken, wo er hergekommen ist. Und es ist unsere, nicht deine Sache, darüber nachzusinnen.«

»Ich kann die Aufgabe, ihn zu beobachten, auch abgeben, wenn ihr das für besser haltet«, wandte Ashanee trotzig ein, während ihr Herz raste. Sie setzte jetzt alles auf eine Karte.

Die Schamanen musterten sie einen Moment durchdringend, doch dann schüttelten sie wie eine Person die Köpfe. Der Blinde lächelte milde. »Nein, du bist damit vertraut und der Dämon scheint deine Anwesenheit kaum wahrzunehmen. Änderungen in seiner Umgebung könnten ihn gegen uns aufbringen. Das müssen wir vermeiden, bis wir eine endgültige Lösung gefunden haben.«

Ashanee neigte den Kopf und versuchte, ihre Emotionen besser unter Kontrolle zu bringen. Was stellte dieser Jamil nur mit ihr an? Sie belog offen ihre Leute und war völlig aufgewühlt! Sie musste einen kühlen Kopf und genügend Distanz bewahren!

»In Ordnung. Dann werde ich ihn weiter beobachten, damit er uns kein Unheil antun wird«, sagte sie und spürte die Verbitterung, die ihr auf der Zunge lag. Die Schamanen würden ihn niemals für einen Menschen halten, der es wert war, nach seiner eigenen Meinung gefragt zu werden.

Sie selbst dachte ja noch immer als Dämon von ihm, kaum als Mann … Wie sollte es da jemand anderes tun, der niemals mit ihm gesprochen hatte?

Mit zusammengepressten Lippen lauschte sie dem Urteil der Schamanen, die beschlossen, beim nächsten Vollmond die Geister zu befragen und endlich über das Schicksal des Dämons zu richten. Der Blinde würde dafür besondere Kräuter und Pilze einnehmen, nach denen die Jäger Ausschau halten sollten, denn frisch wirkten sie am besten.

Wenn die Geister es für richtig hielten, würden ihre Männer die Kraft finden, um den Dämon zu töten, auch wenn das eigentlich als unmöglich galt.

Sie beschlossen außerdem, bei der Verbindung von Chaled und Drissa eine noch nie dagewesene Ausnahme zu machen. Die beiden würden warten müssen und weiter bei ihren Familien isoliert bleiben, bis über den Dämon entschieden war. Es galt als weniger schlimm, zu warten, als im Angesicht eines Ungetüms vermählt zu werden.

»Wenn er seine verfluchten Augen auf das Paar werfen kann, wird das großes Unheil bringen«, stellte die Nadel fest.

»Drissa könnte mit Fehlgeburten oder Schlimmerem gestraft werden. Wir müssen das um jeden Preis vermeiden«, erklärte die Stille leise weiter.

Die Bewohner des Dorfes wurden unruhig bei dem Gedanken, dass der älteste Sohn ihres Anführers wegen dieses verfluchten Dämons nicht in ihre Mitte zurückkehren konnte. Doch angesichts der Vorhersagen der Stillen wurde es natürlich akzeptiert. Auch Haluschk presste die Lippen zusammen, unterstützte aber die Entscheidung der Schamanen, denn er wollte auf keinen Fall, dass die Hochzeit seines Sohnes irgendwie noch weiter durch den Dämon beeinflusst wurde.

Ashanee kehrte zu ihren Aufgaben zurück und versuchte, ihre zitternden Finger zu verbergen. Der nächste Vollmond war in wenigen Tagen. Wie sollte sie Jamil erklären, was ihre Leute vorhatten? Wie sollte sie sicher sein, dass er nicht tatsächlich Fähigkeiten in sich trug, die sie gefährden konnten?

Auf den Zwischenfall mit den Stöcken folgte ein bewölkter, kühler Tag, dessen Wind die Gischt des Meeres zu Jamil trug. Zwischen den Wolkenbändern konnte er immer wieder die breite Mondsichel erspähen, die am hellblauen Himmel nur als heller Schemen zu sehen war.

Die Kinder halfen beim Fischen in der Bucht, wurden aber am späten Nachmittag nicht mehr gebraucht und schlichen sich Stück für Stück wieder die Wiese hoch, um ihn zu beobachten.

Er hörte sie über glitzernde Steine und Mutproben flüstern, achtete aber nicht weiter darauf, was es bedeuten könnte.

Auch wenn die Flucht und Zeit auf hoher See sie wilder und ungestümer hatte werden lassen, waren sie doch nur Kinder.

Sie taten ihm leid, von einigen wusste er, dass sie keine Familie mehr hatten und bei anderen untergekommen waren.

Als die Sonne am Abend doch noch herauskam und ihre Strahlen zusätzlich zur matten, fast vollen Mondscheibe auf Jamil warf, spürte er plötzlich eine Welle von Kraft durch seinen Körper fließen.

Er konnte fühlen, wie die Energie der beiden Himmelskörper sich vereinte und dem Baum und damit auch ihm neue Stärke verlieh.

Nachdenklich hob er seinen geschienten Arm und befühlte ihn vorsichtig. Der Arm war dünn, die Muskeln geschwunden – aber der Schmerz war fast fort. Der Bruch in seinem Oberarm schien geheilt, denn er konnte den Arm gut heben und bewegen!

Langsam und zögerlich löste Jamil das alte Leder von seinem Unterarm und wickelte es ab. Die beiden Stöcke, die seinen Arm gestützt und seinen Bruch geschient hatten, fielen ab und er war frei. Seine Finger, der Handrücken und ein Teil seines Unterarms leuchteten matt und die Farbe war seltsam grünlich, als hätten sich das Blau und Gelb von Tag und Nacht vermischt.

Vorsichtig beugte er den Arm, bewegte das Handgelenk und ließ dann die Schulter kreisen.

Er zuckte zusammen, als ein stechender Schmerz in seine Schulter fuhr, aber das lag nicht an seinem Arm, sondern an der Stichwunde, die ihm Ashanee zugefügt hatte. Er zögerte kurz, dann löste er auch den Knoten des Leders, das die Schienen an seinem Oberarm hielt. Auch dort waren seine Muskeln dünn und die Haut rau von einigen Narben, aber als er den Arm entlangtastete, war er gerade und verheilt.

Plötzlich erfasste ihn eine Welle der Euphorie und warf die Grasdecke zurück. Er packte die Lederstreifen an seinen Beinen und zerrte sie herunter, ehe er die Stöcke wegzog und seine Beine betastete. Die Haut war schmutzig und vernarbt, aber seine Oberschenkel und Schienbeine waren gerade und fühlten sich ganz an. Nur einige größere Narben und Dellen waren übrig, besonders dort, wo sein Schienbein zertrümmert gewesen war.

Er betrachtete seine blassen, blanken Beine und den Rest seiner zerschnittenen Hose.

Ein kurzes, leises Lachen kam über seine Lippen, als er über die Wiese blickte. Die Kinder hatten nicht bemerkt, was er tat, und er zog die Knie an.

Seine Beine fühlten sich steifer als Holz an, seine Knie knirschten und er erschrak, als er sah, wie dünn und schwach seine Muskeln geworden waren. Aber das spielte jetzt keine Rolle. Jamil sah hinauf in den Baum und dann in die strahlende Sonne, die fast das Meer berührte … da stemmte er sich vorsichtig hoch. Er griff in die alte, furchige Rinde und belastete seine Beine – ein schriller Schrei hallte über die Wiese.

Erschrocken blickte Jamil auf und erkannte die Kinder, die ihn panisch anstarrten, während er sich schließlich ganz aufrichtete. Er konnte ihre Angst als grauen Schatten auf der Wiese sehen – und fühlte Genugtuung. Endlich war er nicht mehr so schwach und ihrem Spott ausgesetzt.

Jamil musste sich zwar noch an den Baum stützen, aber das schien die Kinder nicht zu interessieren, sie starrten den stehenden Dämon noch einen Moment an, dann ergriffen sie laut schreiend die Flucht hinunter ins Lager.

Auf die Reaktion der Siedler wartete Jamil nicht. Schwankend machte er seinen ersten Schritt und strahlte dabei. Es war schwer und schmerzhaft, aber er schaffte es tatsächlich zu laufen.

Was für ein herrliches Gefühl! Er war frei und wieder beweglich. Naja, zumindest einigermaßen. Seine Knie fühlten sich noch immer steif an und seine Muskeln wollten ihn kaum tragen, trotzdem lachte er laut auf.

Und es war ihm völlig einerlei – im Gegenteil er beobachtete es mit Genugtuung – als die Siedler sich bei der provisorischen Palisade versammelten und ihn vom Rand der Wiese aus anstarrten. Sie hatten panische Angst, das fühlte er.

Sie wichen bis zum Eingang der Palisade zurück, als Jamil langsam die Wiese hinab auf sie zu ging und zum ersten Mal seit langem das Lager wirklich sehen konnte.

Es war genau so, wie er es mit seinem Bewusstsein erfühlt hatte, aber im Moment interessierte es ihn kaum. Nein, er ließ den Blick über die Männer und Frauen schweifen, die dicht gedrängt bei dem Schutzwall aus Dornengestrüpp und angespitzten Ästen standen und ihn ebenfalls anstarrten.

Als die Leute jedoch bemerkten, dass er nur als drohender Schatten auf der Wiese stehen blieb, liefen die meisten wieder in die Sicherheit der Siedlung und ließen nur die Wachen an der Öffnung im Wall zurück, die misstrauisch beobachteten, wie er dastand und es einfach nur genoss, wieder stehen zu können.

Eisenerz

Balor deutete auf die Erzbrocken, die er demonstrativ auf den Tisch gelegt hatte. Im Schein des Kochfeuers glänzten manche Stellen des Gesteins wie Glut.

»Was gibt es da noch zu überlegen, Vater? Der Dämon ist aufgestanden! Er läuft da draußen frei herum und es ist nur eine Frage der Zeit, bis er uns angreift! Wir brauchen Waffen! Ich übernehme die Verantwortung. Erlaube mir einfach, dass ich mit Farnir und ein, zwei anderen erneut zu der Stelle gehe. Wir tragen eine größere Menge Erz zusammen und bauen den Schmelzofen. Ich habe im Wald eine Abbruchkante gefunden, an einem Hügel. Die Erde dort enthält recht viel Ton. Wir könnten auch diesen brennen. Wir bauen den Ofen und bald haben wir wieder Geschirr, Becher, Schüsseln … und Waffen.«

Aldo hatte noch immer nachdenklich die Stirn gerunzelt. »Du machst einen guten Vorschlag, aber ich kann nicht so viele Männer dafür entbehren. Der Herbst naht mit großen Schritten und die Seherin kann nicht vorhersagen, wie kalt die Winter hier werden. Wir brauchen Felle, Balor, Felle und Fett und gepökeltes Fleisch.«

»Bist du blind für diese Gefahr?«, rief Balor und lief dabei in der Stube auf und ab. Sein Vater schien gar nicht darauf reagieren zu wollen, dass sein verfluchter Bruder aufgestanden war! Seufzend blieb er wieder am Tisch stehen und schlug eine andere Taktik ein. »Wir könnten viel besser jagen, wenn wir mehr Waffen hätten. Mir gehen wohl oder übel langsam die Pfeilspitzen aus, Vater. Und ich weigere mich, auf Knochen oder Stein umzusteigen. Hätten wir Speerspitzen, könnten wir auch Bären oder diese großen Kojoten jagen und ihre Felle werden bald dicker! Hätten wir bessere Äxte, könnten wir die Bäume schneller fällen. Und wir könnten weiteres Werkzeug herstellen. Alles würde schneller ablaufen – da wären die paar Tage, die wir brauchen, schnell wieder aufgeholt.«

Sein Vater nahm einen der Erzbrocken in die Hand, kratzte ein wenig an einer glitzernden Stelle herum und legte ihn dann schwungvoll auf die grobe Tischplatte. Wie alles in ihrem neuen, schäbigen Haus bestand der Tisch aus dicken Planken vom Schiffswrack und frisch gespaltenen Brettern. Aber sie hatten im Gegensatz zu den meisten anderen immerhin schon einen Tisch.

»Na schön, Balor. Bau deinen Brennofen – aber vergiss deine anderen Pflichten nicht. Wir brauchen mehr Nahrung, wenn die Männer so viel arbeiten sollen. Also geh heute in der Morgendämmerung noch jagen.«

Balor lächelte zufrieden. »Danke, Vater. Du kennst mich doch, ich vernachlässige meine Pflichten nie. Das Wohl der Siedlung liegt mir dafür zu sehr am Herzen.«

Er verabschiedete sich von Aldo, verließ die Hütte und entdeckte seine Mutter, die in der Nähe einige Frauen anwies, wo sie als nächstes ein Trockengestell aufbauen sollten. Da die Jäger in letzter Zeit seltener ein großes Tier erlegt hatten, flochten die Frauen jetzt Netze und versuchten sich im Fischfang. Außerdem war ihre Freundin bei ihr, die für das Sammeln von Kräutern und Pflanzen zuständig war und auch gelegentlich die Seherin versorgte.

Als Navenne ihn erspähte, winkte sie ihn zu sich. »Balor!«

Er verdrehte die Augen, trat aber dennoch zu den Frauen. »Hallo, Mutter. Hallo, Marifa.«

»Einige Männer sind unten an der Bucht und zerlegen weiter das Schiff. Wir wollen Taue nutzen und aus ihnen Netze knüpfen, damit das Fischen leichter wird«, fing seine Mutter an und wurde sofort durch ein Nicken ihrer Freundin bekräftigt.

»Das ist eine gute Idee. Ich muss jetzt Farnir suchen.«

»Oh, der ist bei ihnen. Du könntest ihnen doch helfen.«

Balor konnte kaum fassen, wie ignorant sie sich alle verhielten. Sie alle wussten doch genau, dass der Dämon zunehmend zur Gefahr wurde, doch taten blind, als wäre er gar nicht da. Er schnaubte nur. »Ich kann nicht. Vater hat zugestimmt, dass wir den Ofen bauen, ich muss mich darum kümmern, und eine geeignete Stelle zum Aufbau finden. Schickst du Farnir nachher zu mir?«

Navenne verschränkte die Arme vor der Brust. »Bitte, tu mir den Gefallen und sieh nach ihnen. Du bist einer der besten Schwimmer.«

Seufzend stimmte Balor zu, ließ die tratschenden Frauen stehen und lief an den halbfertigen Langhäusern vorbei in Richtung Meer. Wie sehr er sich nach ihrer alten Heimat sehnte! Geräumige, komfortable Steinhäuser, warm und sicher. Balor knirschte mit den Zähnen, als er an die Scharen von Soldaten dachte. Nein, nicht sicher.

Aber wo waren sie schon sicher? Auch hier gab es Wilde – und die grauen Soldaten waren in seinem Kopf zu ebendiesen verschwommen. Unmenschen konnte man nur mit Unmenschlichkeit begegnen. Das war die einzige Sprache, die sie verstanden.

Die Waffen würden ihm gegen ebendiese genauso helfen wie gegen den Dämon. Die Seherin behauptete weiter stur, er würde ihnen nichts tun, wenn sie ihn außer Acht ließen. Nur dieses Risiko wollte Balor nicht eingehen, vor allem, nachdem sich die Siedler so heuchlerisch verhielten. Als die Kinder schreiend ins Lager rannten, hatten sie sich ja doch alle zum Gaffen versammelt.

Kopfschüttelnd ging Balor weiter.

Kaum hatte er die provisorische Palisade aus Ästen hinter sich gelassen, schallten Rufe und lautes Hämmern über die Bucht.

Die Männer hatten bereits etliche Planken vom Deck des Wracks gelöst, andere trugen sie in der Ebbe an Land und warfen sie auf den Kiesstrand, an dem schon ein kleiner Haufen zwischen den Felsen lag.

Balor drückte sich an ihnen vorbei und zog sich an der kleinen Strickleiter zu dem Loch hoch, das sie in die Brüstung gehackt hatten, und betrat das Schiff. Er war zum ersten Mal seit ihrer Landung wieder hier, seit sie alles an Vorräten und Werkzeug von Bord geschafft hatten, was nach der Fahrt noch übrig gewesen war.

Auf Deck herrschte reger Betrieb. Die Luke zum Frachtraum war entfernt und auseinandergenommen worden, die meisten Seile fehlten bereits und oben machten sich zwei Personen an dem Mast zu schaffen, von dem sie Taue und jegliches Metall lösten.

Der junge Mann, nach dem er suchte, zerrte gerade fluchend mit einem ihrer wenigen Hämmer lange krumme Nägel aus dem Schiff, hielt aber inne, als er Balor bemerkte.

»Farnir, ich habe gute Neuigkeiten. Ich habe Erz gefunden! Ich brauche deine Hilfe, denn ich bin kein Schmied und habe nur eine vage Vorstellung davon, wie der Ofen aufgebaut sein muss. Aber du …«

Die Augen des jungen Mannes leuchteten freudig. »Klar, ich weiß, wie man ihn baut. Mein Bruder und ich haben unserem Vater geholfen, unseren damals zu vergrößern.«

Das Schiff knarzte laut, als die Wellen es leicht bewegten und zwischen den Felsen verschoben.

Balor konnte sehen, dass er den Sohn des toten Schmiedes schon für sein Projekt gewonnen hatte. »Heute ist es schon zu spät, um die Stelle mit dem Erz noch zu erreichen. Aber ich habe auch noch andere Pläne, Farnir. Bring nachher deinen Bruder mit, wenn ihr hier fertig seid.«

Farnir nickte nachdenklich. »In Ordnung. Vielleicht wäre ein guter Standort am Hang abseits der Hütten. Dahinter geht der Hügel hoch, dort ist der Wind ideal.«

»Gute Idee. Brauchst du noch lange hier?«

»Die Frauen beklagen sich, dass wir nicht genug Essen bunkern, aber ich wette, wir müssen ihnen doch mit den Netzen helfen.«

»Was ist mit deinem Bruder?«

Farnir sah sich um, zuckte dann mit den Schultern. »Der ist hier auch irgendwo, vielleicht unter Deck. Er meinte, ihm mache das kalte Wasser nichts aus, da haben wir ihm mit Freude die Arbeit überlassen, im gefluteten Bereich Sachen zu bergen. Wir kommen heute am Nachmittag zu dir, Balor. Bis dahin kannst du schon mal Steine zusammensuchen und Pflanzen über dem neuen Loch für den Ofen entfernen. Es muss mindestens drei Ellen tief sein und fünf weit.«

Balor verkniff sich eine bissige Antwort und machte sich auf den Weg, um die Stelle vorzubereiten. Es gab einiges zu tun, bevor er zur Jagd ging. Hätte er nicht so sehr für die Idee mit dem Ofen gebrannt, hätte er sich sicherlich nicht gefallen lassen, so von dem Schmiedssohn herumkommandiert zu werden.

Als Ashanee in dieser Nacht zum ersten Mal wieder auf die Wiese kam, war Jamil verschwunden. Sie erschrak zuerst und dachte, die Fremden könnten ihn jetzt doch getötet haben, aber dann fand sie die Lederstreifen und Stöcke und blickte sich erstaunt um. Die Wiese lag in einem sanften Dunst da, der von der Bucht hinaufstieg und das Mondlicht ließ alles unwirklich erscheinen. Dann sah sie eine Bewegung, starrte hinaus zu der Klippe – und dort saß er, in ihre Grasdecke gehüllt.

Sein Körper war eine Silhouette gegen das dunkle, glitzernde Meer, in dem sich der aufgehende Mond spiegelte.

Erleichterung machte sich in ihr breit, doch sie blieb einige Schritte hinter ihm stehen.

»Du … du kannst wieder gehen?«, fragte sie unsicher und musterte seine Beine, die vom Rand der Klippe hingen.

Er nickte nur und blickte stumm hinaus aufs Meer.

»Wie geht es dir?«, hakte sie nach und trat ruhig neben ihn.

»Der Mond ist wunderschön, findest du nicht?«, erwiderte er und sah schließlich zu ihr auf. Sie nickte und starrte dabei in seine leuchtenden Augen.

Seufzend stemmte er sich hoch. Sie konnte sehen, dass er kurz zitterte und zu schwanken schien, doch dann richtete er sich gerade auf – und blickte auf sie herab.

Jamil überragte sie fast um einen Kopf.

Er lächelte und seine Augen leuchteten im Mondlicht wieder intensiv türkis.

Einen Moment betrachteten sie sich stumm, dann fasste er sie an den Armen und zog sie langsam an seine blanke Brust.

Sie spürte seine Wärme und auch seine innere Stärke, obwohl seine Muskeln geschwunden waren.

Es war das erste Mal, dass sie ihn so erlebte. Groß, hoch aufragend und stolz. Doch dann sah sie auch den Schmerz, als sie wieder zu seinem Gesicht aufblickte.

Er verbarg es so gut wie möglich und strich ihr mit dem Arm, der kurz zuvor noch in den Schienen gesteckt hatte, vorsichtig eine Strähne aus dem Gesicht.

»Warum bist du ausgerechnet heute Nacht wieder hier?«

Sie lächelte. »Ich habe deinen Bruder beobachtet, er ist kein so guter Nachtjäger, wie er gerne glauben würde.«

Erschüttert drückte er sie ein Stück von sich weg. »Was hast du getan?«

»Ihn beobachtet. Ich wollte doch wissen, wann er aufhört, nach mir Ausschau zu halten.«

»Das … das … war dumm! Mach so etwas nicht! Er ist gnadenlos, er würde dich töten!«

Sie schnaubte. »Du scheinst zu vergessen, dass auch ich eine Jägerin bin. Ich bin kein schutzloses kleines Ding.«

»Darum geht es ni–«

»Worum denn dann?«, unterbrach sie ihn. Als er schwieg, rutschte ihr Blick von seinem Gesicht zu den Armen, die sie wegdrückten. Sie leuchteten matt blau, die Finger türkis. Sie schüttelte sich von seinem Griff frei und starrte ihn einen Moment an, während die Luft zwischen ihnen vor Ladung zu knistern schien.

Er hielt ihrem feurigen Blick nicht lange stand und sah wieder hinaus aufs dunkle Meer, auf das einzelne Wolken im Mondlicht Schatten warfen. Kurz zuckte ein düsterer, wütender Ausdruck über sein Gesicht, der ihn fremdartig und wild wirken ließ.

Es jagte ihr einen Schauer den Rücken hinab und rief ihr wieder einmal ins Gedächtnis, dass er ein Dämon war – aber der düstere Schatten verschwand sofort wieder. Wind kam auf und erst, als die Böe ihn ins Wanken brachte, wurde ihr klar, wie fehl am Platz dieses ganze Streitgespräch doch war. Er konnte gerade wieder gehen, hatte sich enorm erholt … und sie fühlte sich angegriffen, weil er sie schützen wollte.

Dabei war er es doch, dem bald Gefahr drohte. Nicht nur von seinen eigenen Leuten, sondern von ihren, denen die Geduld ausging.

Sie berührte kurz seinen Oberarm und deutete dann hinunter in die kleine Bucht, die zwischen der Siedlung und ihrem Dorf lag.

»Möchtest du dich waschen? Es täte dir sicher gut.«

Jamil nickte distanziert. »Du musst mir helfen, meine Beine tragen mich noch nicht gut.«

»Es ist unglaublich, dass du überhaupt schon wieder laufen kannst! Normalerweise braucht es viel mehr Zeit, bis solche Verletzungen wieder geheilt sind – wenn es überhaupt jemanden normales gäbe, der sie alle überlebt.«

»Es ist vieles noch nicht geheilt, aber ich bin das Liegen leid.«

Ashanee musterte ihn fasziniert, dann nickte sie und wollte ihn zur Quelle führen.

»Nein, ich will runter ans Meer. Lass uns in die kleine Bucht gehen, weg vom Wald und dem Lager.«

Jamil konnte nicht schnell laufen, es war eher ein zittriges ein–Bein–vor–das–andere–setzen und Ashanee bemerkte, dass er den linken Arm wieder an seinen Körper gepresst hielt.

»Du hättest die Leute aus dem Lager sehen sollen, Asha! Es waren einige Kinder auf der Wiese, als ich aufgestanden bin – und sie haben alle von der Palisade aus gestarrt. Ich konnte ihre Angst fast schmecken. Wahrscheinlich glauben sie, dass ich heute Nacht in ihre Häuser komme und sie fresse.«

Er lachte leise, klang gleichzeitig belustigt und verbittert, und schwankte wieder. Rasch nahm Ashanee ihn bei der Schulter und stützte ihn, während sie weiterhin rechts neben ihm blieb.

Langsam wanderten sie die Wiese hinab und wählten einen kleinen Pfad, der in die Bucht auf der anderen Seite des Hügels führte.

Sie erreichten die Böschung, die die Wiese und den Wald von dem wilden Kiesstrand trennte. Der Nebel, der von der Bucht aus heraufgekrochen war, wurde dichter und schützte sie vor fremden Blicken.

Am Strand knirschte der Kies leise unter ihren Füßen, während sie zur Brandung schritten. Einige Felsen ragten aus dem Kiesmeer und aus dem Wasser heraus, aber die Wellen waren nachts niedrig und ruhig. Zwischen den Nebelwogen konnten sie schwach das Licht des Mondes erkennen, der irgendwo dahinter über dem Meer schwebte.

Ashanee führte Jamil bis zu einem schrägen, glatten Felsen und er lehnte sich dagegen.

»Du siehst erschöpft aus«, meinte sie besorgt, doch er schüttelte lächelnd den Kopf.

»Dasselbe könnte ich von dir sagen … aber keine Sorge, meine gute Laune kann heute nichts mehr zerstören.« Er strich ihr kurz über den Arm. »Ich bin froh, dich wieder zu sehen. Ich … ich habe mich nach dir gesehnt.«

Als er sich näher zu ihr beugte und seine Finger in ihren Nacken legte, schoss ein Stromschlag durch ihren Körper und sie zuckte weg. Ein Teil von ihr wollte sich ihm hingeben und in seinen Armen liegen, ein anderer ermahnte sie. Asha erinnerte sich noch immer daran, wie seine Augen im Fieber wie ein Flammenmeer gebrannt und seine Hände Funken versprüht hatten.

Er ist kein Mensch. Er kann keiner mehr sein, niemand hätte diese Wunden überlebt.

Aber die Verletztheit, die bei ihrer Reaktion auf seinem Gesicht auftauchte, erschien ihr zutiefst menschlich. So rasch, wie sie aufgetaucht war, verbarg er die Trauer wieder und seufzte.

»Entschuldige«, murmelte er und räusperte sich, um seiner Stimme wieder mehr Kraft zu verleihen. »Nun, ich sehne mich nach dem kalten Wasser.«

Damit ließ er die Decke von den Schultern gleiten, streifte sich etwas ungelenk die zerschnittene Hose ab und ließ sich in seinem Lendenschutz vor dem Felsen ins niedrige Wasser sinken.

Ashanee starrte ihn einen Moment sprachlos an, dann fasste sie sich wieder und biss sich kurz auf die Lippe. Auf einmal bereute sie es, die Stimmung durch ihre Reaktion verdorben zu haben, denn ihr letzter Kuss brannte ebenso in ihren Erinnerungen wie seine glühenden Hände.

Eine leichte Brise vom Wasser trieb den Nebel den Hügel hinauf und entblößte die Weite Dunkelheit der See.

Asha setzte sich neben seine Badestelle auf einen Felsen, der aus dem Wasser ragte, und beobachtete das Mondlicht, wie es sich auf dem Meer spiegelte und Jamils Gestalt umspielte.

Seine Hände leuchteten türkis und waren leicht durchsichtig, doch er schien es nicht zu bemerken, hatte die Augen geschlossen. Sie konnte sehen, wie er sich entspannte, und ließ ihren Blick im dämmrigen Licht über seinen Körper gleiten. Von den meisten Wunden waren jetzt nur noch frisch verheilte Narben übrig.

Ihr Herz pochte auf einmal in ihrer Brust. Das blaue Leuchten schien seine Adern im Takt seines Herzens hinaufzuwandern, pulsierte über seine Haut. Es war beängstigend und schön zugleich.

Egal ob Dämon oder Geist oder irgendetwas dazwischen … ich will nicht, dass ihm Leid geschieht.

Genau in dem Moment öffnete er die Augen und lächelte mild.

»Das Wasser ist herrlich, ich möchte nie wieder hinaus. Ich habe mich schon lange nicht mehr so leicht und unbeschwert gefühlt.«

»Das freut mich«, erwiderte sie lachend. »Und dir werden jetzt keine Kiemen wachsen? Du siehst aus wie ein Wassermann.«

Jamil drehte sich in den leise schwappenden Wellen auf die Seite, um sie besser betrachten zu können. »Wassermänner? So etwas gibt es?«

»Frag mich nicht. Es sind Geschichten und Träume der Schamanen. Es heißt, wenn man zu weit hinaus aufs offene Meer fährt, klettern sie auf die Boote und ziehen einen in die Tiefe. Deshalb benutzen wir nur kleine flache Boote nah an der Küste.«

»Wir sind mit unserem Schiff über das Meer gefahren, zwischen vielen trockenen, öden Inseln hindurch, die dort hinterm Horizont liegen. Und zwischen diesen und hier war nichts als blaue Weite und schon gar keine Seeungeheuer. An so etwas glaube ich nicht.«

Asha schmunzelte. »Und das sagt mir ein Dämon?«

Jamil schaute verdutzt, bevor er nachdenklich wurde. »Hm … ich scheine manchmal zu vergessen, dass ich jetzt wohl kein Mensch mehr bin. Ich schätze, ich schenke den

Behauptungen der Schamanen und Seher nicht genug Beachtung.«

Er lächelte sie schief an, konnte aber die Traurigkeit in seiner Haltung nicht ganz verbergen. Nach einem Moment wandte er sich wieder ab und starrte aufs Meer hinaus, bevor er vorsichtig seinen einst gebrochenen Arm im Wasser abrieb.

Der Pfeil kratzte an einem Knochen entlang, als Balor ihn aus dem toten Fasan zog. Er wischte die blutige Pfeilspitze an etwas Moos ab, steckte den Hals des Vogels unter seinen Gürtel und ging lautlos weiter durch den Buchenwald.

Er beendete seine eigene Jagd, machte aber noch einen Kontrollgang an den Wildwechseln entlang.

Balor hatte die Fallen der Wilden schon vor einer Weile entdeckt und es sich zur Gewohnheit gemacht, sie gelegentlich zu überprüfen und zu plündern.

In dieser Nacht hatte er ein weiteres Mal Glück: In einer der Schlingen hing ein Hase. Das Tierchen sah ihn aus schreckgeweiteten Augen an, zitterte am ganzen Leib und strampelte gegen die zugezogene Schlinge an seinem Lauf an. Der Hase quietschte, doch Balor packte ihn und brach ihm mit einem Ruck und leisen Knacken das Genick. Mit seinem Messer schnitt er die festgezogene Schlinge auf und freute sich über den angerichteten Schaden.

Wie gern würde ich dieses Messer ganz anderes Blut schmecken lassen … damit diese quälende Warterei endlich ein Ende hat. Die Seherin geht mir gehörig auf die Nerven mit ihren ganzen Wünschen und Anspielungen und Vater ist ein Dummkopf. Wir müssen die Wilden verjagen und dieses Land ganz für uns beanspruchen, sonst kann es zu keinem Fortschritt kommen.

Ein paar ihrer Frauen dürften vielleicht bleiben … aber spätestens nächstes Frühjahr sollte dieses ganze Gebiet uns gehören! Warum warten und auf Verhandlungen pochen? Jamil hat damals nichts damit erreicht und nur bewirkt, dass wir alles verloren haben! Damit ist Schluss! Spätestens, wenn das erste Metall aus dem Ofen zu Waffen geschmiedet wurde.

Er packte den Hasen, steckte ihn an seinen Gürtel zu dem hübschen Fasan und machte sich in Richtung der Siedlung auf.

Am Waldrand zur Wiese blieb er kurz stehen und spähte hinaus zu dem abscheulich knorrigen, verdrehten Baum. Das Mondlicht warf lange Schatten über die Wiese …

Der Baum war verlassen, die plattgedrückte Stelle im hohen Gras verwaist.

Eine Mischung aus Euphorie und Überraschung schoss durch Balors Adern wie Eiswasser.

Wo war der verdammte Dämon hin? Im Wald? Im Lager? Oder hatte er sich am Ende in die Fluten gestürzt?

Endlich! Endlich bin ich ihn los!

Er sah kurz hinunter in die kleine Siedlung, die wohl oder übel sein Zuhause war. Die schäbigen Langhäuser lagen ruhig da, was wohl bedeuten musste, dass sein ehemaliger Bruder nicht diesen Weg gewählt hatte.

Vielleicht hatten ihn auch die Kojoten geholt?

Nein, die würden wohl kaum einen Untoten fressen.

Seufzend ging er die sanft abfallende Wiese hinunter zur Klippe und starrte hinab. Dunkle Wellen rauschten gegen die Felsen in der Tiefe und warfen helle Schaumkronen hin und her.

Balor ließ den Blick schweifen und riss überrascht die Augen auf. In der kleinen Bucht rechts von der langen Steilwand der Klippe bewegte sich etwas!

Rasch ließ er sich am Rand der Wiese auf die Knie sinken, um ja nicht gegen den azurblauen Nachthimmel und im Mondlicht sichtbar zu sein.

Ohne Zweifel … da unten am felsigen Strand waren zwei Gestalten … und eine davon war der Dämon.

Eigentlich waren sie zu weit weg, als dass Balor Details hätte erkennen können. Doch der bloße Oberkörper der einen Gestalt leuchtete matt bläulich, so wie er es schon bei Jamil gesehen hatte.

Was tut er da unten? Hat er jemanden gefangen? Nein … nein, das ist eine Frau! Hat er sie verzaubert und will sie fressen?

Fasziniert beobachtete Balor, wie die beiden sich bewegten – und ein leises, kaum hörbares Lachen wurde vom Wind zu ihm getragen.

Verflucht, was passiert da? Diese kleine Hure da muss seine Gehilfin sein! Sie hat ihm die Knochen geschient und das Wasser gebracht und jetzt lacht sie mit ihm?!

Er beobachtete, wie sie den Dämon auf die Beine zog, aber auf diese Distanz konnte er wieder einmal ihr Gesicht nicht erkennen. Auch im Wald war sie zu schnell verschwunden – er wollte ihr endlich in die Augen sehen und darin Angst erwecken!

Sie stützte den Dämon und entlockte Balor damit ein zufriedenes Schnaufen. Er war also noch immer geschwächt?

Einen Moment überlegte er, ob er am Baum auf sie warten sollte. Doch er konnte nicht einschätzen, welche Kräfte der Dämon jetzt hatte … jetzt, da er sich wieder bewegen konnte.

Sie könnten ihn gemeinsam angreifen. Nein, er musste die Frau getrennt von ihm erwischen.

Eine Weile kniete er noch an der Klippe und beobachtete die kleinen Gestalten in der fernen Bucht. Er prägte sich ein, wie die Fremde sich bewegte, wie groß sie ihm Vergleich zu Jamil war, denn er wollte sie auf jeden Fall wiedererkennen.

Immerhin wusste er jetzt sicher, dass der Dämon regelmäßig Hilfe erhielt. Nun musste er ihr nur noch eine Falle stellen.

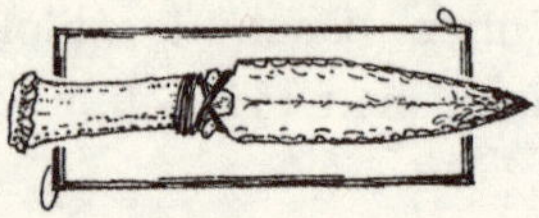

Für den Rückweg brauchten sie länger. Jamils Beine zitterten bei jedem Schritt stärker und er verzog das Gesicht vor Anstrengung und wohl auch Schmerz, gab aber keinen Ton von sich.

Heimlich bewunderte Asha sein Durchhaltevermögen, bekam aber auch Bauchschmerzen wegen der Sorgen, die sich in ihr ausbreiteten. Er konnte wieder laufen … was würde er jetzt tun? Würde er sein wahres Gesicht zeigen und die Leute, die ihn so schmerzlich im Stich gelassen hatten, für ihre Taten bestrafen?

Gerade als sie den Mund öffnete, um danach zu fragen, zog sich ein mächtiger Schatten über die Wiese und verbarg das spärliche Mondlicht hinter einer dichten Wolkendecke.

Ein Stöhnen entwich Jamil, im nächsten Moment gaben seine Knie nach und er kippte gegen sie.

Sein Gewicht traf sie unvorbereitet und beinahe wäre sie mit ihm zu Boden gegangen. Ächzend stemmte sie die Beine ins Gras und hielt den zitternden Mann fest.

Alle Kraft schien ihn verlassen zu haben, sie rief nach ihm, aber er antwortete nicht einmal, war völlig weggetreten. Asha konnte ihn nur einen Moment weiter aufrecht halten, dann musste sie ihn wohl oder übel auf die Wiese sinken lassen.

»Jamil? Jamil! Komm zu dir!«

Er stöhnte, aber seine Stimme klang viel dunkler als üblich. Es jagte ihr einen Schauer den Rücken hinab, wie sein rasselnder Atem plötzlich klang.

Seine Hände ballten sich zu Fäusten, und als seine Augenlider zitterten, war ein rötliches Glühen hinter ihnen zu sehen. Einen Moment hatte sie den Geruch von Rauch in der Nase, doch bevor sie sich darüber Gedanken machen konnte, stemmte er sich wieder auf seine Hände und richtete sich mühsam auf. Sie streifte seinen Blick und er war schmerzerfüllt, aber menschlich.

Warum habe ich immer wieder das Gefühl, das etwas mit ihm nicht stimmt? Einmal wirkt er so verletzlich und normal … und dann habe ich wieder den Eindruck, dass da etwas Glühendes in ihm wohnt …

Sie kam nicht dazu, es weiter zu denken, da Jamil sich an den Kopf fasste und laut ächzte. Danach sah er sie an und sein Blick wandelte sich, wurde weicher und ergreifend.

Er konnte nicht sprechen, aber sie wusste, dass er wieder aufstehen wollte. Also legte sie sich einen seiner Arme über ihre Schulter und stützte ihn.

Gemeinsam schafften sie es Schritt für Schritt den Rest der Wiese hinauf und zurück zum Baum, wo sie ihm half, sich gegen die Wurzeln zu lehnen. An seinen altbekannten Platz.

»Was war denn los, Jamil? Eben hast du noch mit mir geredet und im nächsten Moment verdrehst du die Augen und brichst zusammen! Was ist passiert?«

Jamil wischte sich mit dem Handrücken den Schweiß von der Stirn. »Ich weiß es nicht … aber ich fühlte mich auf einmal schwach … Sobald der Mond hinter den Wolken war, wurde um mich alles schwarz …«

»Und ich dachte, du seist wieder bei Kräften«, murmelte Ashanee und sah dann, wie verunsichert er plötzlich wirkte.

»Ja, das dachte … ich auch.« Er schwieg eine Weile, atmete schwer und raufte sich dann die Haare. »Aber ich habe mich wohl getäuscht. Ich verstehe nicht, wie die Kräfte des Baumes mit denen des Mondes zusammenhängen … Ich dachte wirklich, ich könnte das bald alles hinter mir lassen.«

Sie biss sich auf die Unterlippe, verbarg ihre Sorgen jedoch, als er sie ansah.

»Asha, vielleicht wäre es besser, wenn du die nächsten Nächte wieder bei dir im Dorf bleibst.«

»Was? Warum das denn? Dir geht es nicht gut und wir haben uns gerade das erste Mal wieder gesehen!«

»Doch, es geht mir schon wieder besser – und genau das ist der Punkt, verstehst du? Die Leute unten im Lager werden jetzt womöglich gegen mich vorgehen … oder sie werden nachts kommen und mich beobachten … und sie dürfen dich nicht entdecken! Balor weiß doch schon, dass mir geholfen wurde, aber wenn sie dich sehen …«

Ashanee sah ihn bekümmert an, doch dann nickte sie knapp. »Du hast Recht, aber was, wenn sie dir etwas antun?«

»Ich glaube nicht, dass sie sich das trauen … hätten sie es gewollt, hätten sie mich schon heute bei Tag angegriffen, als ich das erste Mal aufgestanden bin. Sie wissen nicht wie stark ich momentan bin … und die Seherin behauptet wohl noch immer, dass man mich nicht töten kann, dass ich von selbst sterben muss … Aber sie werden wütend und ängstlich sein und deshalb solltest du erst einmal fortbleiben. Ruh dich aus, hol etwas Schlaf nach … und denk noch mal darüber nach, ob ich vielleicht doch irgendwann mit deinen Leuten reden kann …«

Ashanee schluckte und nickte dann erneut hastig. »Ist gut. Ich werde sehen, was ich tun kann.«

Sie verabschiedete sich von ihm, indem sie ihn kurz an der Schulter berührte, dann eilte sie in den Wald davon. Jamil schloss die Augen und lauschte dem Rauschen der Brandung gegen die Klippe. Als er sie das nächste Mal öffnete, war es schon früher Morgen. Der Nebel begann sich zu lichten und einige Seevögel flogen kreischend über der Wiese durch den heller werdenden Himmel. Neben ihm in der Wiese lagen erneut Maisbrot, Obst und ein prall gefüllter Wasserschlauch.

Der Tag kam schnell und leise. Eine leichte Brise wehte über das hohe Gras und trug Gerüche vom Meer zu ihm – die Kinder kamen nicht mehr auf den Hügel, um Äste nach ihm zu werfen.

Auch unten im Tal blieb es fast den ganzen Tag totenstill. Gelegentlich vernahm er eine leise Stimme oder das Weinen eines Kleinkindes, doch es schien, als warteten die Dorfleute ab, was er nun tun würde.

Obwohl seine Beine und der verwundete Arm wieder schmerzten, brauchte er keine Schienen mehr. Allein der Gedanke an die Hölzer, die ihn so lang gefesselt hatten, ließ seine Beharrlichkeit anwachsen.

Mit zusammengepressten Lippen winkelte er seine Beine an, stemmte sie in die Luft und bewegte möglichst viele der Muskeln, bis er außer Atem war – seiner Meinung nach viel zu früh.

Während er das Ziehen in seinen Beinen und das Pochen in den fast verheilten Knochen ignorierte, machte er mit seinem Arm weiter. Er dehnte ihn vorsichtig in alle Richtungen und musste sich dabei leider eingestehen, dass seine erste Euphorie vom Vorabend übertrieben gewesen war. Seine Schulter war steif und verhärtet, jedes Gelenk knirschte bei den Bewegungen und schmerzte. Wenn der Geist des Baumes kein Wunder vollbrachte, würde er lange brauchen, um wieder bei voller Kraft zu sein, wenn das überhaupt je möglich war.

Er wollte sich aber von solchen Gedanken nicht seinen neu gewonnenen Freiraum verdüstern lassen. Also bewegte er bald wieder seine Beine und machte danach stur Übungen mit seinem dünnen Arm, indem er den Wasserschlauch immer wieder anhob, bis sein Herz wild in seiner Brust hämmerte und er erschöpft aufhören musste.

Kühler Wind blies über die Hügel und zerrte Blätter aus der Baumkrone über ihm. Die Wolken peitschten über den Himmel und ließen einzelne Sonnenstrahlen über das dunkle Meer tanzen – und irgendwann erreichte auch ihn solch ein Sonnenloch. Es schien fast, als würde sich das Licht an den Baum krallen und ihn besonders lang beleuchten wollen. Jamil durchflutete eine angenehme Wärme, die bis in seine Knochen drang und das Ziehen in ihnen linderte … und seine Haut an den Armen leicht orange glimmen ließ.

Schweigend beobachtete er diesen Effekt, bis der Wind schließlich siegte und die Wolken wieder vor die Scheibe am Himmel schob, die danach wohl irgendwann hinterm Horizont versank und der Dämmerung Platz machte.

Es war noch nicht ganz dunkel, als Jamil seine Beine anzog und sich vorsichtig aufrichtete. Er musste sich wieder an der groben Rinde des Baumes hochziehen und ließ eine Weile seinen Blick über die knorrigen Knoten des Wurzelgeflechts wandern.

Wie lange war dieser Baum jetzt schon seine Heimat ... sein Gefängnis? Er wusste, dass der Geist in dem Baum ihn gerettet haben musste ... dennoch verspürte er keine Dankbarkeit. Eine bittere Resignation drohte ihn zu erfüllen, während sein Blick von den Wurzeln zu seiner Hand zuckte, die sich an die Borke lehnte. Seine Finger schimmerten jetzt nicht mehr orange, sondern wieder bläulich.

Warum reagierte sein Körper so sonderbar auf Tag und Nacht?

»Erklär mir endlich, was du von mir willst!«, rief er an das Blätterdach gewandt. »Warum hast du mich gerettet? Es muss ein Sinn dahinter stecken! Ich werde mehr und mehr zu einem seltsamen Wesen ... und du schwächer? Ist das nur der nahende Herbst oder geht deine Kraft auf mich über? Rede mit mir, verdammt!«

Er wurde immer lauter, krallte die Finger in die schweigsame Rinde und wandte sich dann ruckartig ab.

Achtsam setzte er einen Fuß vor den anderen, umrundete den Baum und ging das erste Mal fort von der Klippe und zum Waldrand, der dunkel vor ihm aufragte. Dabei vermied er es, einen Blick hinunter ins Tal zu werfen, er wollte die Menschen dort nicht sehen. Wollte nicht wissen, wo sein Bruder gerade steckte, was seine alten Freunde taten, was seine Mutter dachte ... ob sie ihn vermisste oder jemals an ihn dachte.

Mit zusammengedrückten Lippen starrte er stur auf den Wald und konzentrierte sich auf seine Beine und Muskeln. Die Wiese stieg langsam an und das Gras knisterte unter seinen Zehen.

Mit jedem Schritt wurden ihm die Beine schwerer. Seine Füße schienen gleichzeitig taub und mit immer schwereren Metallplatten belegt. Wenige Schritte vom Waldrand entfernt musste er innehalten und rang nach Luft.

Das war nicht normal! Da stimmte etwas nicht, diese Erschöpfung wuchs so unnatürlich schnell in ihm an … Unwillkürlich drehte er sich zurück zur Wiese.

Wenn er die Augen zusammenkniff, meinte er, eine Art leuchtendes Band zwischen sich und dem Baum zu erkennen. Es schien tatsächlich eine Verbindung zwischen ihnen zu bestehen!

Hielt der Geist ihn davon ab, sich zu weit zu entfernen?

Fasziniert und wütend zugleich streckte er die Hand danach aus und horchte in sein Inneres.

Ein sonderbares Gefühl breitete sich in ihm aus, ein Zittern, als wäre ihm gleichzeitig kalt und heiß. Er fühlte eine lodernde Flamme in seiner Brust … und zugleich die ruhige Kühle von plätscherndem Wasser.

Er schüttelte sich und Gänsehaut kroch über seine Arme. Offenbar nahm er auch die Elemente in seiner Umgebung immer besser wahr, nicht mehr nur noch Geräusche und Lebewesen.

Wie kann man sich so sonderbar tot und isoliert fühlen … und doch gleichzeitig so verbunden mit der Welt, so lebendig wie nie zuvor?

Er wandte den Kopf zum Wald und spürte eine tiefe Sehnsucht danach, die ausladenden Bäume um sich herum zu wissen, in ihren Schutz einzutauchen und für immer den stechenden Blicken seiner einstigen Freunde zu entfliehen.

Auf eine verrückte Art und Weise waren der alte Baum und die Wiese fast sein neues Zuhause geworden, bevor das kleine Lager dazu überhaupt eine Chance hatte.

Ich habe hier keine Zukunft mehr. Hier gibt es nur Leid und Einsamkeit für mich. Und Asha …

Schmerz zuckte durch seine Brust und ließ ihn überrascht innehalten.

Er wollte Ashanee nicht verlassen, nicht von ihr getrennt sein … aber wie sollte er hier leben? Das war völlig unmöglich. Außerdem verspürte er den zunehmend starken Drang, sich irgendwo Rat zu suchen. Er musste herausfinden, was mit ihm geschehen war, was für Auswirkungen das haben könnte.

WAS er war …

Das Schicksal der Sterne

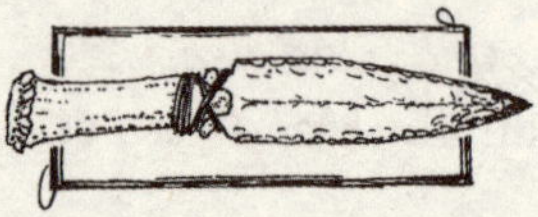

Ashanee schlich sich in der Abenddämmerung zur Hütte, in der Drissa mit ihren Eltern und Geschwistern wohnte. Sie wusste, dass es riskant war, aber sie konnte sich nicht länger zurückhalten. Außerdem hatte sie genau gesehen, dass sowohl Drissas Eltern als auch ihre Geschwister fort waren. Es war ihre einzige Gelegenheit.

Sie lief an der inneren Palisade entlang, verbarg sich hinter einem Gestell, auf dem mehrere Leder zum Trocknen aufgespannt waren, und erreichte die Rückseite der Hütte.

Leise kratzte sie an dem Holzrahmen des dunklen Fensters, dann etwas deutlicher, bis von drinnen Geräusche hörbar wurden und eine Gestalt die halbtransparente Hirschhaut öffnete.

»Asha?!«, rief Drissa spitz und schlug sich rasch die Hand vor den Mund. Als sie sie wieder sinken ließ, strahlte ihr Gesicht eine Mischung aus Freude und Entsetzen aus. »Asha, was tust du denn bloß hier? Du darfst nicht hier sein!«

»Das ist mir egal! Ich wollte dich sehen, dich fragen, wie es dir geht.«

Asha zog sich an dem Holzrahmen hoch und schwang sich behände in den schummrigen Raum. Drissa schob sie zur Seite und zog das Pergament wieder vor die Öffnung.

Es roch nach Rauch und süßen Blüten, sicherlich ein Kräuterextrakt, den Drissa von den Schamanen erhalten hatte, um sich für die Ehe zu reinigen.

Ihre Freundin schien zu merken, dass Asha in die Luft schnupperte und lächelte peinlich berührt.

»Das … das hat die Stille mir gegeben. Was denn? Sieh mich nicht so an, ich finde den Namen sehr passend, den du ihr gegeben hast, einige andere nennen sie heimlich auch schon so.«

»Aha«, meinte Asha knapp und versuchte, ihre Überraschung besser zu verbergen.

»Die Kräuter sollen mich reinigen und auf das Zusammenleben mit Chaled vorbereiten und … fruchtbar machen.« Drissa kicherte albern und ließ Asha schnauben.

»Das ist doch irgendwie komisch, oder? Chaled und ich haben darüber gesprochen … wir finden beide, dass es noch viel zu früh ist, über so etwas nachzudenken. Aber die Schamanen haben da eben ganz andere Ansichten. Jedenfalls kann uns nach der Verbindung ja niemand zwingen, dass wir sofort … Na, du weißt schon.«

Ashanee zog eine Augenbraue hoch. »Du willst also noch gar nicht …?«

»Das habe ich nicht gesagt«, murmelte Drissa und wurde selbst im Dämmerlicht deutlich rot. »Ich meine nur, dass wir ja nicht sofort versuchen müssen, ein Kind zu bekommen.«

»Das ist wahr. Die Schamanen haben oft eher *althergebrachte* Ansichten.«

»Was meinst du?«

»Nun, sie wollen bestimmen, wen wir zu mögen und zu heiraten haben … wen wir zu fürchten und zu töten haben.«

Drissa seufzte. »Du willst über diesen dämonischen Mann oben am Baum reden, nicht wahr?«

Asha schwieg und wusste auf einmal gar nicht mehr, was sie sagen sollte. Sie wollte ihre Freundin nicht verlieren, aber sie *musste* einfach mit jemandem darüber sprechen.

»Er ist schrecklich! Ich wünschte, er wäre nicht wieder aus dem Wasser aufgetaucht, nachdem er von der Klippe gestürzt war«, meinte Drissa in dem Moment, als Asha sich die unmögliche Situation vorstellte, sie würde ihrer Freundin davon erzählen, wie faszinierend sie Jamil fand.

Unwillkürlich runzelte sie die Stirn. »Du würdest ihm wirklich den Tod wünschen? Ich habe ihn gesehen, da oben an der Klippe, bevor er erschossen wurde. Er wollte sicher niemandem etwas Böses. Er hatte diesen nachdenklichen Blick …«

»Und dann wurde er erschossen und zu einem Dämon! Vergiss das nicht, auch wenn der Fremde dir kurz schöne Augen gemacht hat. Asha, du machst mir Angst, wenn du so redest!«

»Hm.«

»Ashanee, sag mir bitte, dass du ihn auch fürchtest. Jetzt, da er kein Mensch mehr ist.«

Sie sah Drissa in die großen, fordernden Augen und nickte langsam, während ihre Brust vor Kummer schmerzte. »Ja … ja, ich habe auch Angst vor ihm. Jede Nacht, wenn ich ihn beobachten muss.«

Drissa war sichtlich erleichtert. Sie wäre nie auf die Idee gekommen, dass ihre beste Freundin sie anlügen könnte. Bisher war das auch nie der Fall gewesen.

»Das ist gut. Aber lass ihn deine Furcht nicht spüren, wenn du ihn beobachtest. Ich habe gehört, dass das Dämonen stärkt. Also sei bloß vorsichtig.« Im nächsten Moment packte Drissa sie schon und drückte sie in einer stürmischen Umarmung an sich. »Ich danke dir! Ich danke dir, dass du so mutig bist. Wenn du ihn nicht bewachen und uns schützen würdest, hätte Chaleds Vater bestimmt nicht seine Zustimmung zu unserer Verbindung gegeben.«

Asha drückte sich kurz an ihre Freundin, dann lächelte sie ihr zu und forderte sie mit ihrem Blick auf, weiterzuerzählen.

»Hast du gewusst, dass Chaled und sein kleiner Bruder schon Pläne machen, für unsere eigene Hütte? Ich bin so aufgeregt deswegen«, flüsterte Drissa heiter. »Du solltest bald auch darüber nachdenken, Asha. Es gibt einige Männer, die sicherlich zur mutigen Dämonenwächterin nicht nein sagen würden. Jedenfalls sagt Chaled das und der muss es ja wissen.«

Ashanee nickte kantig, hörte zu und versuchte wirklich, ihrer verliebten Freundin alle Aufmerksamkeit zu schenken, aber es wollte ihr nicht ganz gelingen.

Nachts huschte sie zu ihrem Aussichtsposten, hielt sich dort aber nur kurz damit auf, ihren Trinkschlauch am Bach zu füllen. Mit trommelndem Herzen huschte sie den Hügel hinauf. Der Baum ragte als schwarze Silhouette in den dunkelblauen Himmel und neben dem großen, ausladenden Stamm stand eine aufrechte Gestalt. Kaum hatte sie ihn erreicht, fand sie sich in Jamils Armen wieder. Er ächzte überrascht, zog sie dann aber an seine Brust und hielt sie fest.

Erst als sie sich seiner Hände auf ihrem Rücken bewusst wurde, war sie peinlich berührt und löste sich von ihm.

In ihrem Inneren breitete sich das starke Verlangen aus, sich an ihn zu schmiegen und ihn zu küssen, seine brennenden Lippen auf ihren zu spüren … und Angst kochte in ihr hoch, gepaart mit Verwunderung.

Kann ein Dämon wirklich so etwas in mir auslösen? Würde er mich nicht überwältigen, wenn er es wollte? Aber er tut es nicht, er lässt mir meinen Willen. Vielleicht ist er nur geduldig? Oder vielleicht … bin ich schon …

Sie dachte nicht weiter, da er ihren Arm streichelte und wunderbar lächelte. Sie konnte sein Gesicht nur schwach erkennen, aber das verträumte Schmunzeln war nicht zu übersehen. Es erschien ihr wie das natürlichste und menschlichste Verhalten auf der Welt.

Seine Finger strichen sanft über ihre Haut, den Stoff ihres Hemdes und dann ihr Kinn. Im nächsten Moment zog er sie langsam zu sich und sein Gesicht näherte sich ihrem.

Es schien, als habe er ihre Gedanken gelesen – und der Kuss war wie ein wunderbarer Traum.

»Ich habe dich vermisst«, murmelte er gegen ihre Lippen und hauchte ihr damit seinen warmen Atem auf die Haut.

»Ich war doch erst gestern Nacht hier«, erwiderte sie und war überrascht über den milden Ton in seiner Stimme und die plötzliche Selbstverständlichkeit. Als wären sie ein Liebespaar, was völlig unsinnig und unmöglich schien.

Aber ich verhalte mich ja auch schon so, schoss es ihr durch den Kopf, während sie an ihre stürmische Umarmung dachte.

»Die Tage sind einsam. Ich sehe, wie das Leben in der Siedlung ohne mich weitergeht … ich kann nur horchen und beobachten. Aber mit dir fühle ich mich so lebendig.«

Er lehnte seine Stirn gegen ihre und schwieg, während seine Arme sie fest an sich zogen.

»Ich hatte dich doch gebeten, eine Weile nicht herzukommen«, meinte er, doch in seinem besorgten Ton klang auch Freude mit.

Asha zuckte leicht mit den Schultern. »Ich muss nicht alles tun oder lassen, was du sagst, Geister–Dämon. Ich habe mit einer Freundin gesprochen, die bald … die dem Sohn unseres Dorfführers versprochen ist. Sie ist meine beste Freundin und hat mir geraten, zu dem Mann zu gehen, zu dem ich mich hingezogen fühle …«

Ein zauberhaftes Lächeln blitzte über seinen Mund und seine Augen glänzten.

»Und hast du ihr auch gesagt, wer dieser Mann ist? Das ist doch von entscheidender Bedeutung, oder nicht?«

Asha zögerte und seufzte dann. »Nein, ich habe es noch nicht erzählt. Ich muss erst wissen, wie sie reagieren würde … muss mich da herantasten.«

»Das macht nichts. Es ist ein Anfang … Hauptsache, ich bin nicht so viel allein«, meinte er dankbar und hauchte einen Kuss auf ihre Lippen, der die Welt zum Drehen brachte.

So standen sie eine ganze Weile unbewegt da. Der Wind strich durch das Gras der Wiese und trieb die Wolken über den Himmel. Jamil hatte die Augen geschlossen, doch Asha konnte sehen, wie erschöpft er war. Seine Haut war kühl und blass … und hellblaue kleine Flecken begannen über seine Schulter zu wabern wie Lichtspiegelungen in flachem Wasser.

Sie löste ihre Stirn von seiner und wandte den Kopf zur Klippe. Am Rand der Küste oberhalb ihres Dorfes ging gerade der Mond auf und warf sein mattes, magisches Licht auf die Wiese. Er wirkte noch leicht golden, wie er sich gerade über die Hügel schob – und Ashanees Hals schnürte sich bei seinem Anblick zu.

Gerade als sie den Blick von der fast vollen Scheibe abwandte, seufzte Jamil sonderbar befreit und streckte sich.

Lächelnd ergriff er ihre Hände und fing ihren Blick mit Leichtigkeit. Seine Augen strahlten jetzt wieder so unendlich blau.

»Komm, lass uns die Zeit nutzen, in der der Mond so hell leuchtet. So lange bin ich wieder bei Kräften und heile.«

Sie erwiderte sein Lächeln und schob ihre Gedanken über den drohenden Vollmond davon. »Und wonach steht dir der Sinn?«

Er beugte sich über sie, legte seine Hände in ihren Nacken und gab ihr einen hitzigen Kuss, der wie Strom durch ihre Adern schoss. Als er spürte, wie sie sich versteifte, löste er sich wieder von ihr und lachte.

Es war ein so fröhliches, wildes Lachen, wie sie es noch von keinem Menschen gehört hatte.

»Lass uns laufen! Ich will mich bewegen! Tagsüber konnte ich nur sitzen, kaum aufstehen. Vielleicht, weil die Sonne verdeckt war? Ich weiß es nicht, aber das ist jetzt nicht wichtig.«

Sie zögerte noch einen Moment, dann steckte seine plötzliche Fröhlichkeit sie an und sie ließ sich von ihm über die Wiese in Richtung der Klippe ziehen.

»Sollen wir wieder schwimmen gehen?«, rief Jamil mit einem schelmischen Blitzen in den Augen und strich ihr dabei sanft über den Arm.

»Du bist doch verrückt, Jamil«, meinte sie schmunzelnd. »Du kannst gerade erst laufen oder eher hinken und willst schon wieder runter ans Meer? Ich glaube nicht, dass das eine gute Idee ist. Wer weiß, ob ich es wieder schaffe, dich hinaufzuschleifen.«

Jamil presste die Lippen aufeinander, nickte dann allerdings. Er ging vorsichtig weiter zum Rand der Wiese, ließ sich an der Klippe in die Hocke. Schließlich setzte er sich an eine felsige Stelle, ließ die Beine hinunterbaumeln und zog Ashanee nah an seine Seite.

»Erzähl mir etwas Schönes, Asha. Eine Geschichte aus deiner Kindheit oder eine Sage deines Volkes. Ich will alles wissen.«

Asha lächelte.

Sie deutete hinauf in den dunklen Nachthimmel und begann zu erzählen.

»Vor vielen hundert Wintern war der Himmel auch nachts strahlend hell, dank der unzähligen Sterne. Selbst bei Vollmond waren sie alle zu sehen, denn ihre Mutter Lunara stahl ihnen kein Licht. Sie liebte all ihre leuchtenden Kinder zusammen mit Soler, ihrem mächtigen, strahlenden Mann.

Doch die Sterne langweilten sich oben am Himmel, sie durften sich nicht so schnell und lebendig bewegen wie ihre Eltern, durften sich nicht wandeln wie ihre Mutter oder Wärme spenden wie ihr Vater.

Sie konnten nur stumm mit ansehen, wie sich das Leben auf der Erde entwickelte, wie Soler und Lunara gemeinsam den Menschen halfen – und sie sehnten sich danach, ebenfalls etwas zu bewirken.

Einige Sterne beschlossen daher, sich heimlich auf den Weg zu machen, während ihre Eltern nicht hinsahen. Sie lösten sich vom Himmel, um zu uns hinabzustürzen.

Auf dem Weg zur Erde waren manche der Sterne zu ungeduldig, eilten zu schnell herbei und wurden wütend, dass sie noch nicht so frei waren, wie sie es sich wünschten. Sie wollten so viel Einfluss haben wie ihr strahlender Vater und hassten es, so lange zu brauchen. Als sie die Erde endlich erreichten, waren sie so voller Wut, dass sie sich selbst vergaßen. Sie schlugen als glühender Feuerhagel auf die Landschaft ein, verbrannten und wurden so zu Dämonen.

Die geduldigeren, ruhigeren Sterne ließen sich Zeit und mussten voller Trauer mit ansehen, wie ihre Brüder und Schwestern in Wut verglühten, da sie mit der feurigen Kraft ihres Vaters Soler nicht umzugehen verstanden.

Die Dämonen erhoben sich aus den Flammen, erfüllt von Schmerz und Hass. Sie verbrannten die Wälder, griffen die Menschen an und verführten sie zu den ersten großen Kriegen. Die anderen Sterne, die noch auf dem Weg waren, sahen es voller Sorge, doch dann kamen sie zur Ruhe und hüllten sich bei ihrer Ankunft in kühles Wasser und Nebel. Sie verglühten nicht, kühlten ab und behielten ihren Glanz und ihre ruhige Kraft, so wie ihre Mutter Lunara. So wurden sie zu Geistern des Mondes.

Die Geister waren noch immer von dem Wunsch erfüllt, das Leben der Menschen zu verändern und fühlten eine umso größere Verantwortung, nachdem ihre verdorbenen Brüder und Schwestern so viel Unheil gebracht hatten.

Doch die Geister mussten bald lernen, dass zu viel Hilfe und Einmischung den Menschen ebenso wenig gut tat wie die Gewalt der Dämonen. Sie konnten mit der strahlenden Kraft der Geister nicht umgehen und verloren sich genauso in ihrem blauen, eiskalten Licht wie die Menschen, die von den Dämonen verführt worden waren und verbrannten.

So beschlossen die Geister, nur noch die dafür empfänglichen, willensstarken Menschen zu leiten und ihnen mit Weisheit und Heilung zur Seite zu stehen. Die Dämonen scherten sich jedoch nicht um den Schaden, den sie anrichteten, und verteilten sich über die Welt. Die Geister fingen manche von ihnen und verstrickten sich in ewigen Kämpfen, andere Dämonen verbanden sich mit dem Inneren von Bergen und wurden zu Vulkanen.

Natürlich blieb all dies Soler und Lunara nicht verborgen. Sie waren traurig und wütend, dass ihre Kinder dem Umgang mit der Macht von brennendem Feuer und kühlem Wasser nicht gewachsen waren und sich eigenmächtig in das Leben auf der Erde eingemischt hatten.

Zur Strafe für ihre Rebellion dürfen diese Sterne nie mehr hinauf in den Himmel, obwohl sie sich innerlich doch danach sehnen. Sie leben weiter als Geister in unserer Welt, bevölkern Berge, Tiere und heilige Plätze … oder suchen uns als Dämonen heim.«

Jamil schwieg lange und sah hinaus aufs Meer. Das Licht des Vollmondes spiegelte sich glitzernd auf den Wellen. Er spürte die Energie des Mondes auf seiner Haut prickeln, doch in seinem Inneren brodelte zugleich ein wütendes Feuer.

»Eine sehr schöne Legende«, sagte er schließlich, um die erwartungsvolle Stille zu brechen.

»Ich glaube, es steckt sehr viel Wahrheit darin.«

Jamil nickte langsam und sah Asha schief an. »Glaubst du … meinst du, dass einer von diesen Geistern, diesen Sternen, in eurem Hara–Baum sitzt?«

»Ja, genau das glauben wir.«

»Hat der Geist einen Namen? So wie Soler und Lunara?«

»Die Schamanen sagen, sein Name ist Ituho, der Heiler. Aber die Schamanen sagen auch, dass die Geister, die sich an weltliche Dinge gebunden haben, nicht gerne bei ihren alten Sternnamen genannt werden wollen. Es erinnert sie zu sehr an die Zeit im Himmel und weckt ihre Sehnsucht und manchmal auch ihre Wut.«

»Ituho«, murmelte Jamil und ließ den Namen über seine Zunge rollen. Dabei kam ihm ein beängstigender Gedanke.

In seinen Träumen hatte er immer neben dem Wasser auch Feuer gesehen … und er erhielt nicht nur Kraft vom Mond, sondern auch von der Sonne. Außerdem hatte er schon einmal die Reflexion seines wilden, roten Blicks in Ashanees aufgerissenen Augen gesehen. Was hatte das alles zu bedeuten?

»Wie ist das bei deinen Leuten?«, fragte Asha plötzlich und riss ihn damit aus seinen Gedanken.

»Oh … Wir haben keine solchen Heil–Geister, obwohl auch wir Dämonen kennen. Sie sind eine Strafe und werden auch Todesengel genannt. Sie werden von den Göttern gesandt.«

»Götter?«

»Naja … also wir glauben, dass es für jeden Bereich im Leben … einen eigenen Gott gibt. Für uns sind Geister nur die Seelen von Verstorbenen, die Götter dagegen herrschen über alles und haben alles erschaffen. Doch diese Götter sind immer unsichtbar und handeln nicht wirklich aktiv. Zumindest habe ich davon noch nie gehört. Jedenfalls nicht so, wie es eure Geister tun.«

»Also helfen sie euch nicht?«

»Die Seher der Tempel deuten vieles als Zeichen, Segen oder Strafe der Götter. Aber, um ehrlich zu sein, habe ich nie sonderlich stark an sie geglaubt. Es gibt zwar die Sagen über Dämonen und in der Zeit vor dem Angriff kamen immer wieder Gerüchte auf … über brennende Flammengestalten, die ferne Dörfer zerstörten. Doch es wusste niemand so recht, was er davon halten sollte.« Er machte eine kurze Pause. »Unsere überlebende Seherin hat behauptet, der Angriff der Grauen Soldaten sei eine Strafe der Götter gewesen, aber ich glaube, wir sind den Göttern einerlei. Wir sind kleine, belanglose Ameisen für sie. Sonst hätten sie diesen Krieg verhindert.«

»Graue Soldaten«, flüsterte Asha leise, bevor sie wieder zu ihm aufsah. »Was ist da passiert? Ich habe dich das schon einmal gefragt, aber da lagst du im Fieber und ich bin mir nicht sicher, ob du das nicht alles fantasiert hast.«

Jamil zögerte lange, doch als er die Erinnerung der Feuer beiseiteschob, kam das wundervolle Bild der Stadt wieder hoch und erfüllte ihn mit Stolz und Ehrfurcht. »Auf der anderen Seite des Meeres, hinter einem breiten Gürtel aus Felsinseln, den normalerweise niemand durchsegelt, liegt ein weiteres, großes Land. Unsere Stadt … Kas'Tiel … war immer eine freie Stadt. Sie lag direkt an der Küste auf einem niedrigen Felsplateau und war eine große, blühende Pracht. Wir hatten so viele Werkstätten, Uhrmacher, Erfinder, die feinsten Schmieden und unseren weltbekannten Hafen. Asha, ich weiß nicht, ob du dir das vorstellen kannst. Es lebten weit über zehntausend Menschen dort.«

Die Jägerin riss die Augen auf. »Das … das sind ja so viele, wie in der Rauchstadt im Norden leben sollen! Oder zumindest sagen das die Legenden, denn von uns war noch niemand dort.«

»Rauchstadt?«

»Ja, aber das ist doch jetzt nicht wichtig! Erzähl mir mehr von deiner großen Felsenstadt.«

»Ganz, wie du wünschst.« Jamil schmunzelte über ihren fordernden Ton. »Kas'Tiel grenzte an zwei große Königreiche. Diese waren nicht gerade befreundet … es gab einen Skandal … und die Grauen Soldaten unterwarfen das andere Königreich in einem kurzen, aber heftigen Krieg. Kas'Tiel hielt sich dabei still zurück, wie Aldo es befohlen hatte.«

»Aldo? Dein Vater hat über all diese Menschen geboten?«

»Geboten würde ich nicht sagen. Er war der Rätor, ihr Stadtherrscher.«

»Er war ihr Meister?«

Jamil musste ein Lachen unterdrücken, hob dann beschwichtigend die Arme. »Nein, du verstehst das falsch. Wir waren eine freie Stadt. Die Leute haben darüber abgestimmt, wer ihr Anführer sein soll. Und das war mein Vater … und ich hätte sein Nachfolger sein sollen. Man war der Meinung, dass ein guter Rätor den nächsten guten heranziehen kann.«

Asha runzelte die Stirn. »Und was geschah dann? Was wollten diese Grauen von euch?«

»Wir erfuhren erst später, dass … meine Verlobung mit Lezana als Verrat aufgefasst wurde«, fing er an, doch Asha runzelte bereits die Stirn.

»Du warst verlobt? Wo ist sie jetzt?«

»Sie ist tot. Sie war eine Adlige, die Königstochter von Loranien … und mein Vater und ihr Vater hielten es für eine gute Idee, die Beziehungen zwischen uns so zu stärken. Kas'Tiel war die reichste Handelsstadt der bekannten Welt … nur wollte der Graue König selbst ein Bündnis durch die Heirat mit ihr erwirken. Die Spannung zwischen den Fronten wuchs und die Grauen überfielen ihre Nachbarn, als diese der Hochzeit nicht zustimmten. Ich habe versucht, eine friedliche Lösung zu finden, doch dann fand der König der Grauen heraus, dass wir der Herrscherfamilie des zerstörten Loranien Unterschlupf geboten hatten … Als Resultat fielen die Soldaten auch bei uns ein und brannten alles nieder. Die meisten Schiffe gingen in Flammen auf und nur sehr wenige Bürger konnten sich retten. Wir … wir mussten mit ansehen, wie Kas'Tiel zerstört wurde. Die Stadt und ihre Felder und Höfe … alles brannte nieder und sehr viele wurden getötet oder verschleppt. Von den meisten weiß ich nicht, wie es ihnen ergangen ist.«

Asha biss sich auf die Unterlippe. »Es muss schwer sein, ein neues Leben anzufangen, wenn man alles verloren hat.«

»Ich war einfach nur dankbar, überlebt zu haben. Es sind so viele umgekommen ... jeder von uns hier hat Freunde und Angehörige verloren. Es ist schwer, das alles hinter sich zu lassen und nach vorne zu blicken. Für mich mag es in meiner jetzigen Situation nicht mehr von Bedeutung sein, aber für die anderen ist es das ganz sicher noch. Balor war schon vor dem Krieg häufig anderer Ansicht als ich ... und mitzuerleben, wie unsere Leute ermordet wurden, hat ihn bitter und hasserfüllt gemacht. Ich habe versucht, ihm auf der Überfahrt zu helfen, aber er ließ es nicht zu und wandte sich von mir ab.«

Zögerlich sah Asha ihm in die Augen. »Gibst ... gibst du dir die Schuld an dem Untergang deiner Stadt?«

Jamils Augen wurden dunkler. »Ja. Und nein. Ich war felsenfest davon überzeugt, dass man es auf friedliche Weise verhindern könnte, während Balor und Aldo davon nicht ausgingen. Ich hätte vielleicht Recht behalten, wenn Lezanas Vater ehrlich gewesen wäre. Doch nachdem der Graue König von der Verlobung erfahren hatte, wuchs die Bedrohung. Wir hatten kaum Soldaten und Krieger, sondern Handwerker, Händler und geschickte Jäger, die normalerweise im Tausch gegen Waren in den Wäldern der beiden Königreiche jagen durften. Aber den Waffen und der Grausamkeit der grauen Soldaten hatten wir nichts entgegenzusetzen. Manchmal frage ich mich, ob ich es nicht hätte verhindern können, ob meine Entscheidungen vielleicht zu all dem geführt haben ... Obwohl die Verlobung nicht meine Idee war, habe ich ihr doch zu Anfang in dem Glauben zugestimmt, sie würde allen helfen. Das war ein schrecklicher Irrtum.«

Asha nickte langsam, bevor sie beide Hände mit den offenen Handflächen nach oben vor sich streckte.

»Götter und Geister … Erfindungen … und Natur. Und dennoch kennt ihr Dämonen. Was es wohl noch alles für Unterschiede gibt? Allein eure Sprache« – sie schmunzelte kurz – »klingt schon so anders und hart.«

Jamil runzelte die Stirn. »Und bei eurer kann man die Worte gar nicht voneinander unterscheiden, es klingt alles wie ein langer Singsang.«

»Könntest du es mir beibringen? Eure Sprache, meine ich.«

»Ich weiß nicht, ob das eine gute Idee ist. Wie würdest du es deinen – oder meinen – Leuten erklären wollen, dass du sie kannst? Es würde nur dazu führen, dass du dich verrätst.«

Mit einem Seufzen nickte Asha. »Du hast ja Recht. Tja, und vermutlich wäre es ohnehin klüger, wenn deine Leute unsere Sprache lernen würden, immerhin sind sie ja neu hier.«

Wenn sie aufgeschlossen wären, dachte Jamil, sagte aber nichts.

»Oh, beinahe hätte ich es vergessen!«, sagte sie da plötzlich und zog etwas aus ihrer Tasche. Lächelnd hielt sie ihm ein altes Hemd aus Leinen vor die Nase, faltete es auf und legte es dann auf seine Knie. »Das hat meinem Vater gehört, aber er hat bei seiner Ernennung zum Berater von Haluschk ein neues bekommen. Ich wollte den Stoff eigentlich für ein Geschenk nutzen, aber ich glaube, es wird keinem auffallen, wenn es fehlt.«

Jamil strich mit den Fingern über die Leinenfasern und lächelte überrascht. »Danke. Das ist wirklich nett von dir, dann muss ich nicht mehr immer mit der Grasdecke herumlaufen.«

Asha klatschte in die Hände und stand auf, Jamil folgte ihr. »Nun, ich fürchte, ich muss wieder gehen. Es war schön, etwas über euch zu erfahren, Fremder«, meinte sie zwinkernd. Er hatte das Gefühl, dass sie ihre Unsicherheit überspielen wollte, sagte aber wieder nichts. Also nickte er nur und drückte sie kräftig an sich, bevor sie sich löste und über die Wiese schritt, zurück in den Wald.

Jamil beobachtete sie, bis sie im Schatten der Bäume verschwunden war, dann ging er langsam zurück zu seinem Lager und legte eine Hand auf die Wurzeln.

»Hallo, Ituho. Du möchtest mir nicht zufällig verraten, was du mit mir vorhast? So von Geist zu Geist?«

Jamil wartete, doch es geschah nichts. Er saß dort die halbe Nacht, dann zog er sich die schmutzigen Stiefel aus und betrachtete seine Füße, die bis über die Knöchel bläulich schimmerten.

Farnir, sein Bruder Felik und Balor kehrten nach stundenlangem Marsch von den Felshängen zurück, die Rücken beladen mit Taschen voller Erzgestein.

Mittlerweile hatte sich in der Siedlung herumgesprochen, was sie vorhatten und die ersten Frauen hatten sich angeboten, ihnen Lehm für den Bau des Ofens zu beschaffen. Natürlich wollten sie dafür später gern als erste ihre Gefäße brennen dürfen, aber dabei würde Balor sich durchsetzen. Jetzt sollten sie ruhig helfen.

Die Frauen schleppten also den schweren, nassen Ton aus einer lehmigen Senke im Wald heran und freuten sich auf die Gefäße, die sie bald würden herstellen können.

Währenddessen hatte Balor in schweißtreibender Arbeit die Grube ausgehoben und schichtete mit den Brüdern zusammen Steine auf, die sie mit dem Lehm nach und nach zu einem hohen Schornstein aufbauten.

Unter Farnirs Anleitung legten sie zwei seitliche Belüftungsschächte an. Ein Freund von Farnir schloss sich ihnen an, half mit Begeisterung und brachte ein paar andere dazu, dass sie gemeinsam Holz aufschichteten, um mit etwas Glück eine erste kleine Menge Holzkohle herzustellen, sobald es trocken genug war.

Das ganze Lager schien dem Ereignis entgegen zu fiebern, ein Mann stellte ihnen sogar bereitwillig seinen wertvollen großen Hammer in Aussicht, wenn das erste Erz verhüttet war.

»Ich fürchte aber, dass wir kein so gutes Ergebnis erreichen werden. In unserer Esse in Kas'Tiel hatten wir große Belüftungssysteme, Blasebalge und der Kamin war viel höher.«

Balor runzelte die Stirn. »Und was ist dann mit dem Eisen?«

Farnir strahlte und fühlte sich offensichtlich ganz in seinem Element. »Die Schlacke fließt größtenteils ab und das Eisen bleibt als sogenannte Luppe zurück, wir müssen es dann wieder erhitzen und mit dem Hammer bearbeiten, bis die restliche Schlacke raus ist. Aber vorher müssen wir das Erz über einem ersten Feuer reinigen, um andere Stoffe auszutreiben und es danach kleinstoßen und mit der Holzkohle vermischen. Nur wenn wir anschließend die passende Hitze im Ofen erreichen, kann richtiges Eisen entstehen.«

»Ich hatte ja keine Vorstellung davon, wie lange das alles dauern würde.«

Scheinbar war sein Unmut allzu deutlich, denn Farnir lachte. »Ja, es ist nicht so leicht, aber du wirst deine Pfeilspitzen schon bald haben, wenn alles wie geplant läuft.«

Felik trat neben sie. »Und dann machen wir Werkzeug! Einen guten Hammer und richtige Nägel! Zangen und Sägen und ...«

Sein Bruder klopfte ihm auf die Schulter. »Langsam, langsam. Noch wissen wir nicht einmal sicher, ob das Erz auch von guter Qualität ist. Falls es zu weich oder spröde ist, müssen wir die Gegend nach neuen Erzquellen absuchen.«

Felik schnaubte. »Das sehen wir dann. Ich habe ein gutes Gefühl bei der Sache. Vater hätte es auch positiv gesehen und ich will so denken und arbeiten wie er.«

Balor nutzte diese Aussage, um ihre Aufmerksamkeit wieder auf den Ofen zu lenken. Er war diese belanglosen Unterhaltungen leid.

»Dann lasst uns noch ein Stück weitermachen«, schlug er lächelnd vor und war tatsächlich froh, wie leicht die beiden sich wieder anspornen ließen.

Endlich geht es hier voran. Ich will ein bisschen Fortschritt in dieses Nest und diese Bucht bringen.

Farnir und Felik brauchten kleine Steine für die Spitze des Kamins und schienen begeistert darüber, dass der Sohn des Rätors sich dazu bereiterklärte, ihnen welche zu bringen. Farnir begleitete ihn und sie stapften zur Bucht an die Felskante, an der sie schon viele geeignete Steine gefunden hatten.

»Weißt du, ich muss sagen, dass mein Bruder und ich dich wohl falsch eingeschätzt haben«, meinte Farnir schnaufend, mit dem Arm voll dünner, kleiner Steinplatten. »Wir dachten irgendwie immer … dass du kein Interesse an Freunden hättest.«

Er brach ab und schaute kurz betreten zu Boden. »Vergiss es. Weißt du, es ist schön, eine richtige, sinnvolle Aufgabe zu haben. Das lässt einen die *unangenehmen* Dinge leichter vergessen. Und davon hatten wir ja wirklich genug.«

Er schielte kurz hinüber zu Balor, der knapp nickte. »Ja, es ist Zeit für eine Veränderung. Wir müssen für unser Wohl kämpfen und nicht mehr weglaufen.«

Farnir strahlte. »Du sagst es.«

Balor beobachtete ihn eine Weile, während sie zurück in die neue Siedlung liefen.

Vielleicht ist er ein guter Kandidat für meinen Ratgeber, wenn ich mich einmal entscheiden muss. Ich werde testen, wie er über all das denkt … ob er auf meiner Seite sein wird, wenn es wichtige Entscheidungen zu fällen gilt.

Sie brachten die Steine zum halbfertigen Ofen, entschieden aber angesichts der untergehenden Sonne, dass sie erst morgen weitermachen würden. Sie würden den Schmelzofen möglichst bald mit einem ersten Feuer einbrennen, um seinen Ton zu härten und dann das Erz vorbereiten. Doch vorher hatten die Brüder noch einige andere Aufgaben, von denen sie eigentlich nicht freigestellt waren … und Balor verfolgte ebenfalls eigene Pläne.

Jamil betrachtete sein kleines Lager, das ihm mehr und mehr wie ein Gefängnis erschien. Er saß schon viel zu lange unter diesem Baum und war zum Nichtstun verdammt, während das Leben um ihn herum weiter seinen Pfaden folgte und ihn zurückgelassen hatte.

Er fühlte sich auf eine grausame Weise allein, nutzlos und ausgeschlossen. Nach dem Schiffbruch hatte er ihrem neuen Leben mit Optimismus und Tatendrang entgegengesehen, hatte angepackt, wo er nur konnte und wäre vollkommen darin aufgegangen, den Aufbau ihrer neuen Heimat zu planen und anzugehen.

Die Flucht, die Überfahrt und ihre Ankunft – all das kam ihm jetzt wie eine Geschichte vor, in der er keinen Platz mehr hatte.

Und jetzt braut sich wieder etwas zusammen. Warum will Balor das wiederholen, was uns vor kurzem erst selbst widerfahren ist? Eine Attacke gegen die Sukrani würde für so viele Tod und Verderben bringen und nichts wieder rückgängig machen, was in Kas'Tiel geschehen ist.

Einerseits konnte und wollte Jamil das nicht wahrhaben … andererseits war da eine kühle, rationale Stimme in seinem Kopf, die immer wieder flüsternd davor warnte, dass sein Bruder zu allem fähig war.

Er dachte an die Zeit zurück, bevor der Krieg ausgebrochen war. Daran, wie sein Vater ihn zu verschiedenen Lehrmeistern geschickt hatte, damit er möglichst viele Berufe in der Stadt kennen und schätzen lernen würde.

»Du musst deine Bürger verstehen, ihre Aufgaben, ihre Ziele und Wünsche, nur so kannst du sie anleiten und zu ihrem Besten handeln«, hatte Aldo gesagt und dabei hatte Navenne ihm lächelnd eine Hand auf die Schulter gelegt.

Kurz darauf traf er sich mit den höchsten Templerinnen und bereitete den Plan vor, Jamil mit der Königstochter Lezana zu vermählen. Da ahnte er nur noch nicht, dass deren Königreich dem Untergang geweiht war.

Ein seltsames Gefühl riss ihn aus seinen Gedanken. Jamil brauchte nicht einmal den Kopf zu drehen – der düstere Schatten eilte seinem Bruder voraus, umgab ihn wie eine Wolke.

»Balor, ich habe gerade darüber nachgedacht, was in Kas'Tiel passiert ist. Was wir alles verloren haben.«

Sein Bruder schnaubte. »Du bist ein Dämon, der nur die Erinnerungen meines toten Bruders gestohlen hat, das ist ohne Bedeutung.«

»Ist das so? Und was ist dann von Bedeutung? Ein Dorf anzugreifen, dessen Kultur du nicht verstehst? Nicht verstehen willst?«

»Niemand hat uns gefragt, als die Soldaten kamen und alle erschossen haben!«, rief Balor wütend, zügelte sich aber wieder und lächelte teuflisch. »Ich habe euch gesehen. Unten in der Bucht.«

»Was meinst du?«, fragte Jamil säuerlich.

»Wer ist sie, hm? Ist sie deine kleine Gehilfin? Deine Geliebte? Ich habe schon nicht verstanden, warum die Frauen dich mochten, als du noch ein Mensch warst. Aber jetzt? Sieh dich an, Dämon. Du bist schwach und erbärmlich!«

Jamil presste die Lippen aufeinander. *Lass dich nicht dazu herab, darauf zu antworten. Es sind seine Probleme, nicht deine. War er etwa schon immer so seltsam eifersüchtig? Warum erkenne ich erst jetzt diese Seite an meinem Bruder?*

»Ob deine kleine Süße dir noch immer helfen würde, wenn dir ein Pfeil im Auge steckt? Würde dich das töten? Oder schwächen? Sicherlich wäre es nicht sehr attraktiv …«

Balor zog gelassen einen Pfeil aus dem Köcher, legte ihn auf seine Finger am Bogen und zielte.

Jamil spannte sich an und wollte gerade hinter den Baum hechten, da hob sein Bruder den Arm und ließ den Pfeil von der Sehne schnellen. Die Spitze bohrte sich krachend in den Stamm, die Federn am Ende zitterten zwei Armlängen über Jamils Kopf.

»Was soll das?«, rief er wütend und rappelte sich auf, blieb jedoch gebeugt stehen, um wegspringen zu können.

Balor schnaubte. »Ich will wissen, wie ein schwacher Dämon reagiert, wenn man ihn ärgert.«

Schon zog er einen zweiten Pfeil und schoss ihn tief in den Stamm.

Jamil wusste, dass er sich das Zittern der Blätter und das tiefe Knarren nicht nur einbildete.

»Hör auf damit!«

»Sonst was?«, fragte Balor und grinste breit. Sein Blick war äußerst angespannt, er wollte Jamil herausfordern. »Wird der kleine Dämon dann böse?«, meinte er zynisch.

»Du benimmst dich kindisch.«

»Immerhin bin ich noch menschlich, im Gegensatz zu dir.«

Jamil schnaubte wütend. »Das bezweifle ich stark.«

Balors Augen blitzten und der nächste Pfeil zischte direkt an Jamils Kopf vorbei und grub sich in den Stamm. Er konnte den Luftzug in den Haaren fühlen.

Diesmal schien auch Balor das laute Rascheln zu bemerken. Er ließ den Bogen sinken und machte einige Schritte zurück.

Blaue Funken schwebten um die Rinde über Jamil, tanzten um die Pfeile und ließen ihr Holz knacken und spröde werden. Im nächsten Moment zerfielen sie, doch die Pfeilspitzen blieben im Stamm stecken.

Jamil sah fasziniert zu, während sein Bruder vibrierende Angst verströmte. Er selbst hatte die Energie des Baumes noch nie so deutlich beobachtet und hätte ihr gern länger zugesehen, doch Balor schimpfte wüst, während das blaue Leuchten wieder verschwand. Er spuckte aus und versuchte wohl, seine plötzliche Furcht mit Zorn zu übertünchen.

»Dieser verdammte Baum wird noch dafür büßen, dass er dich aus dem Reich der Toten zurückgeholt hat, Dämon. Aber vorher … vorher werde ich deine kleine Freundin dafür büßen lassen.«

Jamil ballte die Fäuste. »Lass deine dreckigen Pfoten von ihr oder ich …«

»Oder was? Wie willst du es verhindern?«

Balor grinste schief und wandte sich dann von Jamil ab, lief die Wiese hinauf zum Waldrand. »Wenn ich sie erwische, werde ich sie mir mal ganz genau ansehen. Wer weiß, vielleicht findet sie mich ja auch attraktiv?«, rief er hämisch.

Jamil knirschte mit den Zähnen und folgte ihm, konnte ihn aber nicht mehr einholen. Balor war schon zwischen die Bäume getreten und verschwand in deren Schatten. Als Jamil wenig später den Waldrand erreichte, spürte er wieder die seltsame Schwäche über sich hereinbrechen. Der Geist ließ ihn nicht gehen, ließ ihn nicht seinen verdammten Bruder packen und die Klippe hinunterwerfen.

»Komm zurück!«, brüllte er wütend, musste sich aber an einem dünnen Baum abstützen. Seine Beine zitterten, er konnte keinen Schritt weitergehen.

Balors höhnisches Lachen hallte durch den Wald, dann wurde es still und nur der heftig bebende Jamil blieb zurück.

Jamil und Ashanee

Der Tag verging quälend langsam. Asha ertappte sich dabei, wie sie immer wieder den Blick über den Himmel streifen ließ. Es war recht kühl und ein milchiger Dunst hing über den Wäldern, den die Sonne kaum durchdrang.

Am Nachmittag legte sie sich noch einmal hin und versuchte, zu schlafen. Ihre Mutter wollte, dass sie die Nacht über wach und aufmerksam sein konnte.

Abends brachte sie kaum etwas herunter, aß aber zumindest ein Stück von einem Brotfladen und ein wenig Fleisch. Ihre Eltern bemerkten es, sagten aber nichts. Sie waren selbst angespannt genug angesichts der Versammlung.

Als es zu dämmern begann, schallten Rufe durch das Dorf, und Asha betrat die große Hütte ihres Anführers, wie es von ihr erwartet wurde.

Die Schamanen saßen im schummrigen Licht in der Mitte und berieten sich leise. Als Asha eintrat, richtete die Nadel sich auf und kam zu ihr.

»Ashanee, bevor wir mit dem Ritual beginnen, möchten wir, dass du noch einmal nach dem Dämon siehst.«

Ein schmerzhafter Klumpen bildete sich in ihrem Bauch. Die Vorstellung, Jamil erneut anzulügen, war ihr zutiefst zuwider.

Die Nadel taxierte sie.

»Denk daran, dich ihm auf keinen Fall zu nähern! Er darf nicht erfahren, dass wir über ihn sprechen!«

Sie neigte mit zusammengepressten Lippen den Kopf und hastete dann aus dem Dorf, an den Wachen vorbei und in den nahen Wald.

Ich muss es ihm sagen! Ich muss ihn warnen!

Asha nahm den gewohnten Weg zu ihrem eigentlichen Beobachtungsposten, füllte eilig die beiden Wasserschläuche an der Quelle. Sie sprang über mehrere Steine und schlüpfte durch ein Dickicht, wie immer darauf bedacht, möglichst keine Spuren zu hinterlassen. Die anderen durften nicht wissen, dass sie immer wieder über die Wiese lief, deshalb wählte sie die kleinen Wildpfade im Gras.

Jamil saß an den Baum gelehnt, hatte die Knie angezogen und die Arme lässig darübergelegt, während er aufs Meer hinaus blickte.

Es dämmerte zwar schon stark, aber dennoch konnte sie sehen, in welch schlechtem Zustand seine zerschnittene Hose war. Dagegen sah das alte Hemd ihres Vaters neu und perfekt aus, auch wenn es an einigen Stellen schon etwas dünn war.

Ich sollte ihm bald auch eine Hose besorgen. Aber woher? Das würde sofort auffallen … und vielleicht spielt es ab heute Nacht ohnehin keine Rolle mehr …

Sie ballte die Fäuste bei dieser Vorstellung und trat neben ihn. Er schien aus tiefen Gedanken aufzuschrecken.

»Asha! Was tust du denn so früh hier?! Das ist gefährlich!«

Sie starrte ihn an und war überrascht, wie wütend er auf einmal wirkte. Er stand auf und sah sie äußerst ungehalten an.

»Tut mir leid, dass ich nicht nach deinen Vorstellungen handle. Ich wurde gebeten, so früh herzukommen und i…«, fing sie säuerlich an, bevor er sie unterbrach.

»Du spionierst mich aus! Du … was berichtest du deinen Leuten?«

Auf einmal wurde sie wütend. Sie wollte ihm doch helfen und er machte ihr Vorwürfe?

»Was erwartest du von mir, Jamil? Ich muss mein Volk schützen! Sie haben Angst vor dir und ich … ich habe Angst um sie! Ich weiß nicht, warum dir dieses Schicksal widerfahren ist, aber für sie bist du eine ernste Bedrohung! Ich habe versucht, mit ihnen darüber zu reden, aber dein Los ist für sie vorbestimmt und unumkehrbar. Sie werden dich niemals als Menschen ansehen, es ist einfach in ihren Köpfen nicht möglich! Niemals!«

Ashanee verstummte schwer atmend und bereute ihren Ausbruch im selben Moment. Seine Miene verdunkelte sich, während sie noch selbst darüber entsetzt war, was sie gesagt hatte. Dachte sie wirklich, dass all ihre Freunde nur über so ein eingeschränktes Mitgefühl verfügten? Gab es denn niemanden, der sie verstehen würde?

Gerade als sie den Mund wieder öffnen wollte, hob er die Hand.

»Dann geh. Es hat keinen Sinn.«

»Jamil …«, flüsterte sie leise.

»Nein! Verschwinde!«

Sie zuckte zusammen, als seine Stimme düster und laut wurde. Sein Blick war so kalt und das Blau darin so eisig, dass es ihr fast die Kehle zuschnürte. Wie sollte sie ihm das alles in seinem Zustand erklären?

»Jamil! Sei nicht so stur … bitte versuch, mich zu verstehen. Sie sind meine Familie!«

Er schnaubte bitter. »Dann nimm dir meinen Rat zu Herzen und sei lieber vorsichtig. Sie könnten dir schneller in den Rücken fallen, als du ahnst.«

Ashanee biss sich auf die Lippe und dachte daran, was für eine Nacht heute war.

»Sie sind genauso ignorant und voreingenommen wie meine Leute, dumm und einfältig und glauben alles, was man ihnen einflüstert«, ereiferte sich Jamil weiter.

»Wie kannst du so etwas sagen? Ich bin zufällig einer von ihnen! Ohne meine Hilfe wärst du vielleicht nur noch ein verrottender Haufen Knochen oder ein Monstrum, das nicht mal mehr sprechen kann!«

Der Dämon wandte das Gesicht ab, doch sie konnte hören, wie er mit den Zähnen knirschte. Er bückte sich nach etwas im Gras. Als sie es erkannte, kroch ihr ein Schauer den Rücken hinab.

Er hielt einen der Pfeile in der Hand.

Sie liegen noch immer da? Ich habe sie gar nicht mehr bemerkt … und er weiß noch genau, wo sie liegen. Weiß er etwa, wer sie abgeschossen hat?

»Sie sind ignorant! Und verlogen und falsch!«

Seine Hände bebten jetzt, sein ganzer Körper war angespannt wie eine Bogensehne, die gleich reißen würde. Er ballte eine Faust und der Pfeilschaft brach knackend entzwei.

Sie machte vorsichtig einen Schritt auf ihn zu. »Du … du redest nicht mehr über … mein Dorf, nicht wahr?«

Sein Blick schnellte zu ihr hoch. Sie konnte mit ansehen, wie das Blau darin sich schwarz verfärbte und von einem rötlichen Glimmen erfasst wurde. »Nein.«

Sie musste die Frage stellen, obwohl sie unter diesem Blick von Angst gepackt wurde. »Wer … wer war es, Jamil? Du weißt es.«

»Kannst du es nicht erraten?«

Sie starrte ihn an. Sein Gesicht war so düster, kaum wiederzuerkennen, in der Mischung aus Enttäuschung und unsäglichem Schmerz. In ihrem Kopf formte sich ein Gedanke, eine schreckliche Vermutung, als sie daran dachte, wer Jamil schon viele Male böse beobachtet hatte … wer ihr mit seinem Bogen aufgelauert hatte …

»D–dein Bruder?«

Ashanee wich zurück und wäre beinahe gestolpert. Ihr Blick lag auf Jamils zitternden Händen, auf dem zerbrochenen Pfeil darin. Sein Gesichtsausdruck genügte als Bestätigung.

»Lass mich allein, Ashanee. Du kannst mir nicht helfen.«

Doch sie kam auf ihn zu, hob die Hände, um ihn im nächsten Moment in ihre Arme zu schließen.

»Jamil …« Sie wollte nichts mehr als bei ihm zu sein und ihn zu trösten – doch er riss den zerbrochenen Pfeil hoch und hielt ihn zwischen sie.

»GEH!«, brüllte er mit einem tiefen Donnern in der Stimme. Seine Augen glühten rot auf und schienen Funken zu versprühen wie seine Hände. Auf seinen Wangen bildeten sich wabernde Adern und Asche. »LASS MICH!«

Sie sprang von ihm weg und rannte in den schützenden Wald. Es war das erste Mal, dass ihr die Bäume keine Ruhe spendeten, sie im Gegenteil sogar beunruhigten. Auf einmal erschien ihr die ganze Welt bedrohlich und verrückt.

Sein eigener Bruder?! Wie kann das sein? Was sollte Jamil getan haben, um so etwas zu verdienen? Er ist doch nicht Schuld an allem, was ihrem Volk zugestoßen ist!

Sie behielt eine Hand auf dem Griff ihres Messers und vermutete hinter jedem Stamm einen Schatten, erreichte ihr Dorf aber unversehrt.

Schon bei den ersten Hütten am Dorfrand war die Wärme des Feuers spürbar. Gelbes Licht flackerte und warf lange Schatten. Sie näherte sich dem Treffpunkt, während ihr Herz und ihre Gedanken noch immer rasten.

Alle außer den Kindern waren um das große, prasselnde Feuer auf dem Dorfplatz versammelt und warteten darauf, dass Haluschk und die Schamanen sich zu ihnen gesellen würden.

Das Feuer brannte herunter, die Glut knackte und warf Funken in den Sternenhimmel – da tauchten die vier Ältesten mit ihrem Anführer aus den Schatten auf und traten in ihre Mitte.

Es war still, wenn Asha die Augen geschlossen hätte, wäre nicht einmal das Atmen der Versammelten zu hören gewesen. Alle warteten gespannt, während die Nadel feierlich eine flache Schale vom Bären entgegennahm, etwas hineinstreute und es dann mit Wasser verrührte.

Asha wusste, dass dies die sagenumwobenen Kräuter sein mussten. Sie selbst hatte erst im Frühsommer dabei geholfen, den Vorrat der Schamanen wieder aufzufüllen und war damit in ihrer Gunst gestiegen.

Vielleicht hatten sie deshalb entschieden, dass sie den Dämon bewachen sollte? Weil sie mit ihrem guten Auge den äußerst seltenen Pilz entdeckt hatte, der der wichtigste Bestandteil für die Mischung war, die den Blinden seine besonders intensiven Geistreisen machen ließ?

Schon ein paar Mal hatte Asha den Eindruck gehabt, dass etwas in den Köpfen der Schamanen vor sich ging. Die Adeptin der Ältesten war letztes Jahr an einem schlimmen Fieber gestorben und eigentlich bräuchten sie einen Ersatz … aber sie sprachen es nicht offen an. Aus welchem Grund sollten sie sonst Asha manipulieren, ihr Aufgaben geben, die für eine Jägerin eigentlich recht sonderbar waren?

Haben sie mit meinen Eltern gesprochen? Kalla wäre sicherlich dagegen. Sie will nicht ihre einzige Tochter an die Ältesten verlieren und dazu noch eine gute Jägerin. Aber Vater … haben sie deshalb so oft gestritten? Warum ist mir das vorher nie aufgefallen?

Während Asha über die möglichen Pläne der Schamanen nachgrübelte, hatte die Nadel die Schale an den Blinden weitergereicht und er trank.

Die Wirkung ließ nicht lange auf sich warten.

Der Blinde zuckte, sein Atem ging rasselnd und seine großen, trüben Augen waren weit aufgerissen. Er murmelte, flüsterte, riss die Arme in wilden Gesten in die Höhe und beschwor die Stimmen der Geister.

Der Effekt war der gewünschte … denn alle Versammelten spannten sich an, wichen beinahe zurück. Asha konnte sich nicht des Eindrucks verwehren, dass es alles falscher Schein war. Natürlich halfen die Kräuter dem Ältesten dabei, Kontakt zu den Geistern aufzunehmen, aber dennoch hatte Asha das Gefühl, einem abgesprochenen Schauspiel beizuwohnen.

Nach und nach steigerte der Blinde sich in die Vision hinein, bewegte sich wie Wellen im Wind von Seite zu Seite.

Er riss die Arme hoch, murmelte immer lauter, schrie schon fast – dann erstarrte er und ließ die Hände sinken.

Einen Moment lang waren alle still und die Nadel trat würdevoll an seine Seite, neigte das Ohr an seinen Mund und horchte darauf, was er flüsterte … was die Geister durch seinen Mund mitteilten.

Direkt danach richtete sie sich wieder auf und die Stille trat daneben, um den Blinden zu stützen, der durch die Wirkung der Kräuter schwankte.

»Die Geister haben gesprochen. Sie sind erzürnt darüber, dass der Dämon schon so lange am Hara–Baum verharrt. Der Baum ist ein Gefäß für einen unserer heiligen Geister, der sich an die menschliche Welt gebunden hat, um uns zu helfen und zu schützen. Jetzt müssen wir ihn schützen.«

Gemurmel wurde laut und ein ungutes Gefühl breitete sich in Asha aus, während die Nadel absichtlich eine dramatische Pause einlegte, um ihre nächsten Worte zu unterstreichen.

»Wir werden den Dämon vernichten. Die Geister wünschen es so.«

Ashas Herz begann schlagartig in ihrer Brust zu trommeln. Ohne es bewusst zu wollen, machte sie einen Schritt vor und trat aus den Reihen der Versammelten.

»Nein! Das könnt ihr nicht tun!«

Die Blicke der vier Schamanen richteten sich wie hungrige Wolfsaugen auf sie. Sogar die milchigen, kräutervernebelten Augen des Blinden fixierten sie aus der Geisterwelt.

»Er ist wie ein Parasit, der sich vom Leben des heiligen Baumes ernährt und ihn schwächt. Wir müssen unsere heilige Stätte von ihm befreien und den Fremden klarmachen, dass sie nicht einfach unser Land stehlen können!«, rief der Bär.

»Der Geist im Baum hat ihn errettet! Warum hätte er das tun sollen, wenn er ein böser Dämon ist?«

»Asha, weshalb beschützt du ihn? Dieser fremde Mann muss schreckliche Dinge verbrochen haben und ist ein Monstrum geworden«, erwiderte die Nadel kalt.

»Jamil ist kein Monstrum! Er ist das Opfer!«

Stille breitete sich aus, während sie zitternd dastand und sich alle Blicke auf sie richteten, sie durchbohrten.

»Jamil?«

Ein Raunen ging durch die Versammelten, bevor Haluschk die Hand hob und damit Ruhe gebot.

»Woher kennst du seinen Namen, Ashanee?«

»Ich …«

»WOHER?«, donnerte ihr Anführer und ließ sie damit zusammenzucken. »Du hast mit ihm gesprochen!«

Ashanee ballte ihre Hände. Mit einem Mal wollte sie nicht mehr schweigen, konnte diese Ungerechtigkeit nicht länger ertragen. Selbst wenn sie niemals sicher sein konnte, ob Jamil ein Mensch, ein Dämon oder ein Geist war … sie würde zu ihm stehen!

»Ja! Ja, ich habe mit ihm gesprochen! Ich habe ihn aus der Bucht gezogen und zu unserem heiligen Baum gebracht! Ich habe seine Wunden versorgt und ihn davor bewahrt, zu einem brennenden Ungeheuer zu werden!«

Sie wurde laut, schrie jetzt – da tauchten Gestalten neben ihr auf und zwei von Haluschks Kriegern packten sie an den Armen. Sie sträubte sich, doch die Hände waren zu stark.

»Ich wollte ihm aus freien Stücken helfen, weil es sonst keiner getan hat! Er wurde hinterrücks von seinem eigenen Bruder erschossen und hat niemandem Leid zugefügt! Er ist das Opfer eines Verbrechens!«

Aber sie hörten ihr gar nicht richtig zu, das spürte Asha immer stärker. Sie wollte schreien und um sich schlagen, beherrschte sich jedoch schwer atmend. Es würde nur noch mehr Schaden anrichten.

So engstirnig und blind. Ich muss sie zur Vernunft bringen!

Die Nadel stand plötzlich neben ihrem Anführer und flüsterte mit ihm. Haluschk richtete sich auf und es wurde augenblicklich still.

»Ashanee, Tochter von Akando und Kalla, du bist von dem Dämon besessen und wirst daher von uns isoliert.«

Ihr Vater sprang auf, während ihre Mutter erstarrt blieb. Ihr Gesicht war so entsetzt, dass es Asha beinahe das Herz zerriss.

Haluschk wandte sich an die Schamanen, die die junge Jägerin schon die ganze Zeit ungläubig anstarrten.

»Älteste, was schlagt ihr nun vor?«

Der Blinde trat vor und schüttelte seufzend den Kopf. »Das ist eine unsägliche Wendung … wir … wir sind erschüttert.«

Seine schwache Stimme versagte und die Nadel sprang augenblicklich für ihn ein.

»Die Macht des Dämons muss viel größer sein, als wir dachten, wenn er uns so täuschen konnte. Die Tatsache, dass er eine von uns so verführen konnte, ohne dass wir es bemerkten … Sie muss von der Gemeinschaft getrennt werden und wir werden versuchen, sie aus seinem magischen Griff zu befreien. Was den Dämon angeht … da er solche Macht hat, schlage ich vor, dass wir bis Neumond warten. Sein Einfluss wird dann am schwächsten sein und wir können ihn endgültig vernichten.«

»Nein!« Asha schrie wütend auf und bäumte sich gegen die Hände, die sie an Schultern und Armen hielten. »Nein! Das dürft ihr nicht!«

Sie trat nach einem Fuß, drehte sich und wand sich aus dem klammernden Griff eines Kriegers, war schon frei – da prallte etwas hart von hinten gegen ihren Kopf und alles wurde schwarz.

An diesem Abend traf sich Balor nach den Bauarbeiten an dem Ofen mit Farnir und dessen Bruder. Sie saßen an einem etwas abgelegenen Lagerfeuer, tranken Tee und fluchten freimütig darüber, wie sehr ihnen Bier und Met fehlten.

»Wir hätten ein Fass mitnehmen sollen«, jammerte Farnir und sein Bruder grunzte.

»Genaaau. Weil wir auch so viel Zeit hatten. Du erinnerst dich vielleicht noch an die Soldaten, die in unsere Stadt eingefallen sind? An die Feuer und die Gewehre?«

Farnir blickte düster drein und trank einen Schluck Tee. Balor verdrehte kurz die Augen. Natürlich erinnerte er sich daran. In dieser Nacht war auch Farnirs und Feliks Vater gestorben, der beste Schmied in Kas'Tiel.

»Ich frage mich, wo das andere Schiff gelandet ist … ob sie es überhaupt rechtzeitig weggeschafft haben«, grübelte Felik weiter und wollte damit offensichtlich die schlechten Erinnerungen überspielen.

»War nicht ein Mädchen, das du mochtest, auf das Schiff geflohen?«, wandte Balor ein. Er war heute in ungewöhnlicher Plauderstimmung und wollte die beiden auch bei Laune halten, immerhin hatte er vor, sie für seinen weiteren Plan zu begeistern.

Felik seufzte. »Vermutlich. Ich habe gehört, sie sei früher zum Hafen geflohen und da waren vielleicht Segel am Horizont! Sie war ein paar Mal in der Schmiede, um sich Werkzeug anzusehen … ich glaube, sie hatte gar keinen Bedarf dafür und kam nur vorbei, weil …«

»Weil du da warst?«, sprang Farnir ein und schnaubte. »Quatsch nicht, Felik. Wenn sie wegen jemandem da war, dann wegen mir.« Er knuffte seinen Bruder gegen die Schulter und sie lächelten beide, in irgendwelche schönen Erinnerungen vertieft.

Seufzend nahm Balor einen Schluck von seinem Tee und sehnte sich genauso wie die Brüder nach einem guten Schluck Met.

»Wir sollten die Frauen bitten, nach Hopfen und Weinreben Ausschau zu halten, ich habe bisher leider noch keine gefunden«, meinte er nach einer Weile, in der sie alle in die Flammen gestarrt hatten.

Farnir lachte. »So kennen wir dich gar nicht, Balor.«

Ihr kennt mich im Grunde gar nicht. Ihr wart Jamils Freunde, bevor das alles passiert ist ... aber mir soll es recht sein. Ich kann ein paar willige Gehilfen gebrauchen.

»Tja, wenn die Frauen nichts finden, sollten wir ein neues Schiff bauen und zurückfahren und ein paar Weinreben stehlen«, schlug Felik kühn grinsend vor.

Sein Bruder lachte. »Falls sie welche übrig gelassen haben.«

»Ach, jeder Soldat schätzt guten Wein. Sie werden unsere Erfindungen und Ernten kaum verwerfen, nur weil sie uns als wertlose Verräter angesehen haben, die ihre Feinde versteckten.«

Balor sah den richtigen Moment gekommen.

»Wisst ihr, wie wir unseren Wert beweisen könnten?«

Farnir schnaubte. »Das sagt der richtige. Du bist Aldos Sohn und hattest schon immer eine strahlende Zukunft vor dir, wozu musst du deinen Wert beweisen?«

Balor ignorierte den Einwurf. »Jeder muss seinen Wert beweisen. Und was ist der Sohn des Anführers wert, wenn seine Leute hungern müssen? Ich weiß, was wir tun sollten.«

»Was denn? Wir sind keine Jäger, wie du weißt.«

»Für meine Idee müsst ihr keine Jäger sein. Ich kann die richtige Stelle auswählen.«

»Stelle? Wofür?«

»Für eine Fallgrube.«

Die Brüder zögerten. »Und wie willst du das anstellen? Das ist doch zu viel Aufwand.«

»Der sich lohnen wird. Das Großwild wird rar, vermutlich weil sie uns riechen und sich zurückziehen. Eine Fallgrube wirkt da Wunder. Wir brauchen dafür geeignetes Werkzeug, einen Spaten und einen Karren, um das Erdreich wegzuschaffen. Also im Grunde genommen ist es derselbe Vorgang wie bei dem Ofen, nur größer. Und dann brauchen wir viele gerade, feste Stangen. Junge Stämme von Haseln oder Pappeln.«

Felik nickte, er stellte seinen Becher ab, verschwand im Dämmerlicht und kam wenig später mit einem Arm voll geeigneter Hölzer zurück. Sein Bruder und Balor staunten nicht schlecht.

»Wo hast du die denn jetzt so schnell her?«

»Von der Baustelle, bei der ich helfe. Sie benutzen jetzt die Planken vom Schiff, da sind die hier übrig. Wir können sie für die Grube nehmen, wenn sie passen.«

Balor besah sich die geraden dünnen Stämme und nickte. »Sie sind perfekt.« Er wandte sich an Farnir. »Wir können auch noch Seile vom Schiff nehmen. Damit könnten wir große Schlingen auslegen, das wären gute Fallen, bis die Grube fertig ist.«

»Ich werde sehen, was ich noch vom Schiff kriege, es ist noch einiges von der Takelage da.«

Balor zog sein Messer und spitzte den ersten Stamm an, hielt dann das frisch beschnitzte Ende sorgsam über das Feuer, um es zu härten. Zufrieden legte er den fertigen Spieß auf den Boden und nahm sich ein neues langes Holz von dem kleinen Haufen, den seine Freunde angesammelt hatten.

Es würde noch eine Weile dauern, bis er alles vorbereitet hatte. Farnir und sein Bruder waren noch immer hellauf begeistert von der Idee.

»Die anderen werden staunen, wenn wir erst einen Bär oder Hirsch damit fangen!«

Balor lächelte und sah hinauf zum Hügel.

Weit dahinter lag das fremde Dorf, im dunkler werdenden Himmel war eine hohe Rauchsäule sichtbar, wohl von einem großen Feuer.

Ja, wir fangen Wild. Oder eine Wilde …

Jamil konnte lange Zeit weder schlafen noch sonst etwas tun. Er spürte eine beunruhigende, glühende Wut in seinem Bauch, die fremdartig und gleichzeitig unglaublich befriedigend wirkte.

Er wollte sich ihr hingeben, wollte mit den Flammen verschmelzen und alles verbrennen! Seinen Bruder allen voran!

Ashas entsetzter Blick verfolgte ihn noch immer. Irgendwie hatte er in seiner Wut wohl gehofft, dass es ihm Erleichterung bringen würde, wenn er seinen Bruder endlich verriet und anklagte. Wenn er sein Leid teilte.

Doch es hatte ihn nur frustriert und mehr Leid erschaffen. Asha war vor ihm geflohen … nicht vor dem Wissen um den Brudermord, sondern vor ihm, weil er ihr Angst eingejagt hatte. Wie ein Dämon.

Jamil atmete langsam aus und ein, immer tiefer und ruhiger, bis die Flammen in seiner Brust beinahe erloschen und einer schmerzlichen Stille Platz machten.

Warum habe ich sie fortgejagt? Sie wollte bei mir sein, mich trösten. Und ich habe sie angeschrien und ihr Vorwürfe gemacht. Ein toller Mann bist du, Jamil. Wirklich toll.

Seufzend setzte er sich zwischen die Wurzeln und lehnte den Kopf an die Rinde hinter sich.

Ich werde mich bei ihr entschuldigen, wenn sie morgen wieder kommt.

Er wusste im Stillen, dass das Problem damit nicht gelöst sein würde. Etwas in ihm war wütend und aufbrausend und wollte beachtet werden. Und es fühlte sich nicht menschlich an.

Mit einem Seufzen stand er wieder auf, lief langsam zur Klippe und starrte eine Weile hinaus aufs Meer. Eine kühle Brise trug ihm den Geruch von Seetang und nassem Sand entgegen.

Ein Teil von ihm liebte diese ruhige, idyllische Landschaft, die Klippen, das raue Meer und die wilden Hügel. Ein dunkler Teil war von all dem zutiefst angewidert.

Warum bewegt diese fremde Welt mich so? Ich sollte sie interessant finden, beobachten und entdecken wollen … stattdessen habe ich das Gefühl, schon ewig hier zu sein. Als hätte ich schon ein ganzes Leben hier verbracht und wäre es irgendwie … leid?

Jamil schnaubte. »Dabei habe ich gerade mal eine Bucht und einen Teil des Waldes kennengelernt. Ich weiß so gut wie nichts über dieses Land«, murmelte er nachdenklich und nahm sich dabei unbewusst vor, es so bald wie möglich wirklich zu erkunden.

Gerade als er den Blick die Küste entlang zu den bewaldeten Hügeln schweifen ließ, kroch der Vollmond über die schwarzen Baumsilhouetten.

Jamil atmete tief durch und spürte, wie sein Körper das Mondlicht förmlich aufsog und in Kraft wandelte.

In seinem alten Leben hatte er die Himmelskörper nie so bewusst wahrgenommen. Natürlich hatte er warmen Sonnenschein genossen, auch mal kurz für eine schöne Abenddämmerung bei der Arbeit innegehalten – doch jetzt erfüllte die Sonne ihn mit brennender Wärme und die leuchtende Mondscheibe mit heilender Kraft.

Sein Körper hörte auf zu zittern, sofort konnte er sich gerade aufrichten und sein Geist wurde ruhiger. Der Mond wanderte weiter hinauf, verließ die Baumspitzen.

Ein leises Wispern lag in der Luft. Der Wind drehte, kehrte scheinbar vom Wald zurück und trug einen Schwall Blätter von Jamils Baum mit sich. Eine starke Anziehungskraft ging von dem knorrigen Hara–Baum aus.

Im nächsten Moment stand er am Stamm und hatte die Hand an die Rinde gelegt – und konnte sich nicht erinnern, wie er dorthin gelangt war.

Das Flüstern im Wind jagte seinen Puls in die Höhe, ließ ihn erschaudern und versetzte ihn in eine merkwürdige Alarmbereitschaft. Er konnte die Worte darin nicht ausmachen, keine sinnvollen Sätze aus dem Säuseln heraushören, aber es hatte etwas unheimlich Dringliches und Warnendes.

»Ich verstehe dich nicht! Ich weiß, du willst mir etwas sagen, aber ich kann dich nicht richtig hören.« Jamil lehnte seine Stirn gegen die raue Rinde und schloss die Augen. »Selbst jetzt nicht, wo die Kraft des Mondes doch eigentlich am stärksten sein müsste.«

Das Flüstern umgab ihn mit solcher Intensität, dass es kaum zu ertragen war. Es hallte in seinem Kopf, erzeugte ein Echo nach dem anderen. In einer jähen Bewegung riss er sich von der Rinde los, machte einen Schritt zurück.

»Wenn du nicht mit mir sprechen kannst, lass mich in Ruhe! Ich werde noch verrückt!«

Überraschenderweise ließ der Wind tatsächlich etwas nach und die Stimme wurde leiser. Kopfschüttelnd lief er auf der Hügelkuppe hin und her und wartete vergebens auf Asha.

Er rieb sich die Augen, starrte dann konzentriert auf den fernen Wald unterhalb des Hügels. Seine Sicht waberte, die Dunkelheit schien sich aufzulösen – und Rauch wurde sichtbar.

Jamils Alarmbereitschaft wuchs schlagartig, doch sein Verstand beruhigte ihn. *Das ist nur ein großes Lagerfeuer, die Rauchfahne steigt gleichmäßig auf. Vielleicht feiern sie jetzt die Hochzeit von Ashas Freundin?*

Er sehnte sich danach, an einem Fest teilzunehmen, normale Dinge zu unternehmen, doch die Illusion, dass so etwas für ihn wieder möglich sein würde, sollte er wohl endlich hinter sich lassen.

Ungeduldig starrte er in die Richtung von Ashas Dorf und versuchte, sein Gehör zu schärfen, um etwas von dort aufzuschnappen.

Er wartete und wartete und schließlich drangen tatsächlich ferne Geräusche an sein Ohr – allerdings aus seiner ehemaligen Heimat, dem Lager hinter ihm.

Es waren unangenehm menschliche Geräusche, die Jamil sonderbarerweise sofort zuwider waren. Schnarchen … das leise Wimmern eines Kleinkindes … das Seufzen eines Paares im gemeinsamen Bett …

Jamil hörte auf, sein Gehör so anzustrengen und verschränkte die Arme vor der Brust.

All diese Dinge sind dir für immer verwehrt!, flüsterte eine düstere Stimme in seinem Hinterkopf.

Mit einem Ruck drehte er sich in die Richtung der Siedlung und ging los, setzte einen Fuß vor den anderen, ohne sich bewusst dazu entschieden zu haben.

Er war schon fast da, konnte schon Details in der Palisade erkennen, die hauptsächlich aus Dornengestrüpp, Zweigen und angespitzten Ästen bestand. Natürlich, wann hätten sie denn auch eine richtige aus Stämmen errichten sollen? Sie brauchten das Holz für die Häuser.

Jamil spürte das schwächer werdende Mondlicht in seinem Rücken, wie es den Hügel sanft überflutete … doch es beruhigte ihn nicht mehr.

Ein breites Wolkenband hatte sich über den Himmel geschoben und erreichte genau in diesem Moment die matte Scheibe.

Seine Beine erstarrten und ein leises Flüstern ging durch die Landschaft. Das Gras um ihn herum schien in der Dunkelheit sanft zu erzittern, als eine schreckliche Wut in Jamil erwachte.

Etwas hielt ihn davon ab, dem Lager näher zu kommen!

Er ballte die Fäuste und brüllte seinen jähen Zorn in die Nacht hinaus.

Unten in der Siedlung erklangen Rufe und ein Kind begann zu weinen – doch Jamil spürte deswegen keine Schuld. Im Gegenteil, eine angenehme Genugtuung machte sich in ihm breit und er brüllte noch einmal laut los.

Schwer atmend stand er da und wollte nichts lieber, als ihnen allen die Wahrheit ins Gesicht zu schreien, doch sie würden es nur als dämonische Lügen abtun. Diese Ohnmacht schürte seine Wut ins Unermessliche.

Am nächsten Morgen regnete es in Strömen und kalter Wind vom Meer peitschte die Tropfen in dichten Schwaden über die Wiese. Jamil zog sich auf die seeabgewandte Seite des Baumes zurück, verkroch sich hinter dem Stamm zwischen den dicken Wurzeln und beobachtete, wie der Wind am Waldrand das Laub in einem wilden Tanz wogen ließ.

Zu seiner Sorge um Asha mischte sich langsam eine tiefsitzende Wut auf sie, sich selbst und die Welt.

Dabei machte er immer wieder Übungen, um seine Muskeln aufzubauen, doch in der feuchten Luft schmerzten seine Gelenke.

Erst gegen Nachmittag verzog sich der Regen und Jamil wrang sein durchnässtes Hemd aus, dass Ashas Vater gehört hatte. Es war ein liebgemeintes Geschenk gewesen, trotzdem fühlte Jamil sich damit sonderbar erbärmlich. Er hatte keine Almosen nötig!

Lange mach ich das nicht mehr mit, dachte er grimmig, stand dann mit zittrigen Knien auf und machte sich daran, die Wiese auf und ab zu laufen.

Seine Beine waren noch immer elendig schwach und er musste lange Pausen am Baum einlegen, doch er machte verbissen weiter, bis ihm die Füße und Muskeln schmerzten und er sich doch wieder hinsetzen musste. Immerhin war ihm jetzt wieder warm. Es schien fast, als dampfe seine Haut.

Eine Unruhe breitete sich in seiner Brust aus, die er kaum aushalten konnte. Er setzte sich trotz knirschender Knie in eine Art ungelenken Schneidersitz, schloss die Augen und versuchte sich in gedanklicher Versenkung.

Ich muss mich beruhigen.

Es gelang ihm vielleicht für ein paar lange Atemzüge … bis ein entferntes Lachen vom Lager an sein Ohr drang.

Mit knirschenden Zähnen verfluchte Jamil sein seltsam verbessertes Gehör. Eine Zeitlang war es ihm kaum mehr aufgefallen, genau wie das gute Sehen – doch jetzt ärgerte ihn jedes Geräusch und machte ihn reizbar.

Wieder lachte jemand … und Jamil erkannte es als das triumphierende Lachen von Balor.

Er verhöhnt dich, flüsterte es in ihm. *Er lacht dich aus!*

Genau in diesem Moment spürte er Balors dunkle Energie mit voller Wucht. Überhaupt schien ein dunkler Schatten über der ganzen Siedlung zu hängen, wie der stinkende Qualm eines Scheiterhaufens.

Diese Energie packte ihn und ließ das letzte bisschen Selbstkontrolle dahinschmelzen. Er stand auf, ging zum Waldrand und folgte dort der Linie aus Büschen, bis er die Siedlung beobachten konnte.

Dicker, schwarzer Rauch begann zwischen den Häusern aufzusteigen und Jamil erspähte nach einem Moment dessen Ursprung. Eine Gruppe arbeitete eifrig um einen Kamin herum, aus dem der Rauch trat. Flammen schlugen unten aus der Öffnung am Boden und auf Balors Befehl hin warfen Farnir und Felik scheinbar Holzkohle in den Ofen.

Jamil ballte unwillkürlich die Fäuste. Das waren seine alten Freunde, die da mit Balor zusammen lachten. In Kas'Tiel hatten sie seinen kleinen Bruder kaum wahrgenommen, sogar abfällig über seine impulsive Art gesprochen … und jetzt waren sie seine Lakaien?

Die umstehenden Leute murmelten aufgeregt, doch es fiel Jamil überhaupt nicht schwer, seinen Bruder zwischen ihnen zu verstehen. Sein Gehör schien sich wie von selbst auf das Gespräch zu fokussieren.

»Weiter, weiter!«, rief Balor eifrig. »Wenn wir ihn einbrennen, können wir bald das erste Erz schmelzen, richtig?«

»Nur keine Hektik«, widersprach Farnir ihm lachend. »Erst wenn der Kamin fest ist, können wir ihn richtig einheizen. Und das Erz muss noch zerkleinert werden. Ein bisschen Geduld musst du also noch haben.«

Geduld war noch nie Balors Stärke, dachte Jamil bitter und hörte rasch wieder damit auf, sie zu belauschen. Es schmerzte zu sehr zu sehen, wie die beiden Schmiedssöhne seinem Mörder halfen.

Was würde sein Bruder mit einem Schmelzofen wollen … außer Waffen zu schmieden?

»Was hast du vor?«, murmelte Jamil leise. In ihm kochte Wut und eine furchtbare Gewissheit. Balor würde Jagd auf Asha machen!

»Nein! Nein, das darfst du nicht! Sie gehört zu mir!«

Jamil schüttelte den Kopf und fühlte sich sonderbar.

Was? Ich … ich muss ihn davon abbringen, Asha nachzustellen. Er könnte sie töten! Was soll ich nur tun? Wenn ich gehen würde … nein, er wird sie auch nicht in Ruhe lassen, wenn ich fort bin. Oder vielleicht doch? Aber ich kann nicht gehen! Der Hara–Baum lässt mich nicht fort!

Er stand bebend am Waldrand und beobachtete die Siedlung, während die Dämmerung hereinbrach. Der Kamin qualmte weiter vor sich hin und Balor schlug Farnir kameradschaftlich auf die Schulter.

Es musste einen anderen Weg geben, Balor von seinen Plänen abzubringen.

Ein böses Lächeln breitete sich auf Jamils Gesicht aus.

Wir werden ja noch sehen, wer hier als Letzter lacht, Balor. Du hast schon genug Angst und Schrecken verbreitet. Jetzt bin ich an der Reihe.

Drogenrausch

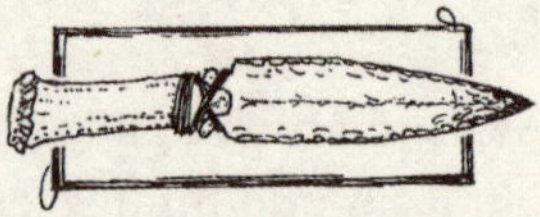

Die Jägerin erwachte mit schrecklich dröhnendem Kopf.

Um sie herum war es dunkel und es roch muffig, geradezu eklig. Mit einem Ächzen setzte sie sich auf, sah sich um und erkannte zuerst gar nichts.

Nach und nach wurden schwache Konturen sichtbar, erste Geräusche drangen an ihre Ohren, fern und dumpf durch eine dicke Wand.

Ich bin in dem Verschlag hinter unserem Versammlungshaus.

Es war eine nüchterne Feststellung und keine große Überraschung. Diese kleine isolierte Kammer mit ihren dicken, holzverstärkten Lehmwänden hatte sie zwar noch nie von innen gesehen, aber jeder wusste, dass sie da war.

Sie war wie eine Drohung, eine Ermahnung – als Kinder waren Asha und ihre Freunde manchmal um das schmale Fenster herumgeschlichen, das mit starken, feuergehärteten Holzstangen gesichert wurde. Sie hatten sich gegenseitig dazu herausgefordert, ihre Hand oder sogar ihren ganzen Arm in das dunkle Loch hinter den Stäben zu stecken und sich vorher Gruselgeschichten davon erzählt, dass in der Kammer ein Skelett liege oder ein hungriges Ungeheuer lebe, das nach ihren Armen schnappen würde.

Tja, wie es aussieht, ist wohl nichts davon hier drin … außer, sie halten mich jetzt schon für ein Monstrum. Ob sie es wohl wagen würden, Jamil hier einzusperren, wenn sie nicht solche Angst vor ihm hätten? Dabei ist ihnen nicht einmal klar, dass der Baum sein Gefängnis ist.

Asha presste die Lippen aufeinander, kroch zu dem vergitterten Fensterchen und spähte hinaus. Es war dunkel und relativ ruhig, sie konnte kaum etwas erkennen außer der Hütte auf der anderen Seite, am Rand des Platzes. Die Lehmwand wurde von einem Feuer angeschienen, dessen Licht auch ein paar schwache Strahlen in ihre Kammer warf.

Sie hatten ein großes Feuer auf der Mitte des Platzes geschürt, obwohl weder ein Fest noch eine Versammlung anstanden. Das hatte nur einen einzigen Grund.

Die Schamanen wollten das Dorf vor bösen Einflüssen schützen. Von außerhalb wie auch in seinem Inneren.

Ist diese Kammer jemals genutzt worden? Ich kann mich gar nicht daran erinnern. Es gab mal einen Streit … aber … nein, ich bin die erste seit vielen Jahren hier drin. Bin ich jetzt das Monstrum? Werden die Kinder kommen und Mutproben machen?

Asha schnaubte und schüttelte den Kopf.

»Das ist doch lächerlich«, murmelte sie. Wie lang wollten sie sie denn hier drin lassen? Sie konnten sie doch nicht einfach für immer wegsperren … oder doch?

Nein, nicht für immer, kam es ihr plötzlich in den Sinn. *Nur, bis sie sich seiner entledigt haben. Bis sie Jamil beseitigt haben.*

Mit einem Mal verspürte sie Lust zu schreien, laut zu brüllen, bis alle im Dorf wach waren.

Sie rüttelte versuchsweise an den Stäben, aber die waren fest verankert. Asha stand auf, tastete sich in der Dunkelheit an der Wand entlang, stieß mit dem Schienbein an etwas Hartes.

Fluchend strich sie mit der Hand darüber, es war eine Art Bank.

Sie tastete weiter, erreichte dann Holz – eine Tür aus massiven Holzplatten. Das hatte nur der Versammlungsraum. Sie ließ ihre Finger vorsichtig daran entlanggleiten, fand aber keinen Hebel oder etwas anderes zum Öffnen.

Natürlich nicht.

Wütend trat sie mit dem Fuß dagegen, erntete dafür aber nur ein Stechen in den Zehen, das sich zu ihrem brummenden Kopf gesellte.

Mein Mund ist so trocken …

Asha fasste sich an den pochenden Schädel und fühlte nach der Beule, die an ihrem Hinterkopf prangte.

Wie lange war ich bewusstlos? Irgendwie habe ich das Gefühl, dass es mehr als ein Tag war …

Frustriert und ratlos ließ sie sich auf die Bank sinken und starrte in die Dunkelheit, bis diese endlich einem fahlen, bläulichen Licht wich, das die Morgendämmerung ankündigte.

Asha rieb sich die Schläfen, ging zum Fenster zurück und beobachtete, wie draußen die ersten Leute über den Platz schritten.

Es wurde heller und nach und nach konnte sie mehr von der schattigen Kammer erkennen. Der Boden war übersät mit altem Unrat, was auch den schwachen Geruch nach Urin erklärte. Dazu kamen einige kleine Knöchelchen, vermutlich war die eine oder andere Maus hier drin verendet.

Alles in allem war die Kammer gerade groß genug, um drei lange Schritte zum Fensterchen und zwei zur gegenüberliegenden Wand zu machen.

Asha packte die Holzbank und zog sie zum Fenster, damit sie sitzend hinausstarren konnte – und ihre Kehle schnürte sich zu.

Draußen ging ihr Vater durch den schmalen Bereich, den sie sehen konnte. Mit bebenden Fingern umklammerte Asha die Gitterstäbe und fühlte sich elend und klein, wollte nichts lieber, als die schützende Hand ihres Vaters auf ihrer Schulter. Er verschwand schon nach einem Augenblick, obwohl sie den Hals verrenkte, um ihn länger sehen zu können.

Wenig später tauchte er wieder auf und schritt in die andere Richtung, zurück zu ihrem Heim.

Akando blieb kurz stehen, blickte in ihre Richtung und musste sie wohl gesehen haben. Sein sonst so sanftes Gesicht wurde hart, seine Lippen schmal, dann machte er ein Zeichen mit der Hand, um Böses abzuwehren und wandte den Blick ab.

Tränen schossen in Ashas Augen.

Sogar er … sogar er glaubt, ich bin verflucht.

Schluchzend presste sie sich die flachen Hände aufs Gesicht und kauerte sich an die Wand.

Es würde ein sehr langer Tag werden.

Der Mond tauchte in der Dunkelheit auf, als sich die Wolken weiterschoben. Sein Schein hüllte die Hügel um Jamil in ein geisterhaftes Halblicht, doch im Gegensatz zu den vorherigen Nächten beruhigte es Jamil dieses Mal überhaupt nicht.

Im Gegenteil, denn ein wütender Schatten nagte schon den ganzen Tag an seinem Inneren und die einlullende Ruhe, die durch den Mond auf ihn überging, war ihm heute Nacht einfach nur zuwider.

Er musste nicht beruhigt werden, sondern gestärkt!

Mit dem blassen Schein des Mondes spürte er sofort, wie die Verbindung zwischen ihm und dem Geist stärker wurde. Er lief die Wiese auf und ab, hielt dabei aber immer einen gewissen Abstand zu Ituho. Wenn er die Augen zusammenkniff, konnte er dennoch sehen, dass ein transparentes Band aus bläulichen Fäden zwischen ihnen bestand. Die geisterhafte Verbindung wogte im Mondlicht wie eine Wasseroberfläche, gekräuselt von kleinen Wellen im Wind.

Der Anblick faszinierte ihn sonst jedes Mal, doch heute frustrierte er ihn nur. Wenn der Baum ihn nicht festhalten würde, könnte er einfach zu Asha gehen und nachsehen, was los war! Doch Ituho blieb wie immer schweigsam und reglos!

Hätte ich mich doch bloß nicht mit diesem Geist verbunden, dann wäre jetzt sicher alles anders. Ich wäre stark und könnte Balor seiner gerechten Strafe zuführen!

Überrascht hielt Jamil inne und starrte auf seine Hände.

»Asha, was denke ich da nur?«

Vielleicht hat sie ja genug von dir, flüsterte eine leise Stimme in seinem Kopf. *Vielleicht ist sie es leid, einen Schwächling zu versorgen, den sie nicht liebt. Du bist ein Monstrum, ein Dämon, für den keine Frau je etwas empfinden könnte.*

»Nein!« Das wollte er nicht glauben … aber warum sonst sollte sie nicht mehr herkommen, obwohl sie es doch versprochen hatte?

Die Sorge um Asha und die Sehnsucht nach ihr machten ihn wütend und verwirrten ihn umso mehr. Er hatte den Eindruck, dass ihre Anwesenheit in den letzten Wochen ihn immer wieder gefestigt und beruhigt hatte.

Doch jetzt machte ihr Fernbleiben ihn nur noch zorniger. Er spürte, wie in seiner Brust ein Glühen aufloderte und ihm fremde, herrliche Kraft gab.

Seine Beine schmerzten weniger, als er sich von der Wiese abwandte und die Siedlung ins Visier nahm.

In der Lücke der Palisade konnte er eine zusammengesunkene Gestalt erblicken.

Die Wache an dem schmalen Eingang war auf ihrem Hocker eingenickt, mit dem Kopf an den Speer gelehnt, der leicht im Erdreich steckte.

Jamil ging einfach an ihm vorbei und betrat zum ersten Mal seit Wochen seine alte Heimat. Die Leute hatten wirklich ganze Arbeit geleistet, denn die beiden Langhäuser waren schon fast fertig und offenbar hatten nun auch alle ein Dach über dem Kopf, denn die Zelte waren verschwunden. Vermutlich würden sie noch eine Werkstatt errichten, hatten aber ansonsten die Bauarbeiten ruhen lassen. Der Herbst lag schon in der erdig riechenden Luft und in der Kälte der Nächte, da würden die zusammengewürfelten Flüchtlinge nichts gegen Nähe und Geborgenheit haben.

Jamil hatte nicht gedacht, dass sie so schnell so weit kommen würden – vielleicht hatte die Anwesenheit eines Dämons sie angespornt.

Er spürte die kleinen, herunterbrennenden Feuer in den Häusern und wusste, dass er sie mit jedem kontrollierten Atemzug anwachsen lassen könnte. Die Flammen würden all seine Probleme und all seine Feinde verschlingen und von dieser Erde tilgen!

Er hatte schon die Hand gehoben, als er sich eines Besseren besann. Sein glühender Blick schweifte über die still daliegenden Häuser und blieb an einer Tür hängen.

Nein, so leicht mache ich es ihnen nicht.

Er ging zur Tür des Blockhauses, in dem er mit seiner Familie hätte wohnen sollen, und klaubte auf dem Weg einen spitzen Steinsplitter auf, dessen scharfe Kante im Mondlicht leuchtete.

Die alten Schiffsplanken, aus denen die Tür gezimmert worden war, rochen noch immer nach Salz und Algen.

Jamil betrachtete den Stein in seiner Hand, bevor er die Kante über seinen Handrücken zog, bis das Blut aus dem Schnitt hervorquoll. Den Stein warf er fort und presste dann seine Hand auf die Wunde – und hinterließ anschließend mit einem Lächeln einen blutigen Handabdruck auf der Tür.

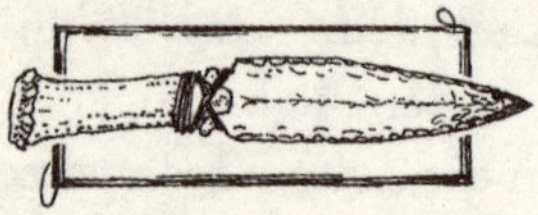

Am nächsten Morgen beobachtete Asha wieder das Treiben auf dem Dorfplatz, oder zumindest den schmalen Ausschnitt davon, den sie durch das Fenster mit den Stäben erkennen konnte.

Ihr Kopf dröhnte noch immer und schrecklicher Durst quälte sie, vor allem, nachdem sie in der Nacht doch die Beherrschung verloren hatte. Ihre Augen waren noch ganz verquollen von den Tränen.

Früh morgens sah sie ihre Mutter, wie sie wohl zu Haluschk ging. Sie rief nach ihr, doch Kalla lief nur schneller davon.

Asha versuchte sich zu beruhigen, ging im Kopf jede Möglichkeit durch, die ihr einfiel. Nichts davon machte ihr Hoffnung auf einen guten Ausgang dieser Situation.

In den Köpfen ihrer Freunde und sogar ihrer Eltern waren die Ängste und Regeln zu stark verankert. Man tat nur das, was man von klein auf erlernt hatte.

Drissa würde mich vielleicht verstehen. Sie liebt Chaled … aber würde sie mir glauben, wenn ich ihr sage, dass ich Jamil aus freien Stücken geholfen habe? Sie … nein, sie wird nicht kommen. Sie hält sich genauso an die Regeln auch wenn wir fast wie Schwestern sind.

Asha seufzte und lehnte ihre Stirn an die Holzstäbe des Fensters.

Sie schrak erst von den Stangen zurück, als ein Schatten sich davor bewegte. Ein Junge tauchte auf, im Gegenlicht konnte sie zuerst nur seine Silhouette sehen und dachte, es sei Chaled.

Dann gewöhnten ihre Augen sich daran und sie erkannte, dass es nicht der Sohn ihres Anführers war ... oder zumindest nicht *der* Sohn.

Elsed sah seinem älteren Bruder manchmal wirklich zum Verwechseln ähnlich, besonders jetzt, wo ein neugieriger, aufsässiger Ausdruck auf seinem Gesicht lag.

Chaleds kleiner Bruder war ebenfalls ein Jäger, allerdings gehörte er einer anderen Gruppe an als Asha, daher sah sie ihn nur selten. Sie wusste eigentlich recht wenig über ihn, außer dass er und Chaled sich gut verstanden und Elsed sich darauf freute, irgendwann einmal seinem Bruder als Berater zur Seite zu stehen, wenn dieser Anführer würde.

Als Kinder hatten sie oft das kleine Anhängsel namens Elsed erdulden müssen, doch während sie langsam erwachsen wurden und er noch ein Kind war ... nun, sie hatten sich einfach entfernt und heute gehörten sie scheinbar verschiedenen Welten an. Asha erkannte überrascht, wie sehr man sich in so einer kleinen Gemeinde doch auseinanderleben konnte. Besonders, wenn man einem Dämon half.

»Ist es wahr?«, flüsterte er gerade dann durch die Stäbe und musterte Asha von Kopf bis Fuß. »Bist du jetzt auch ein Dämon?«

Asha schnaubte. »Red nicht solchen Unsinn.«

»Aber du warst bei ihm, nicht wahr? Du hast mit ihm geredet?«

Seufzend nickte sie. Warum sollte sie es jetzt noch verneinen? Vermutlich konnte nur noch Aufrichtigkeit ihr jetzt helfen. Und die Hoffnung, dass die Geister nicht allzu wütend auf sie waren, weil sie anscheinend einem ihrer Feinde geholfen hatte.

»Und ist er gruselig? Hat er Feuer gespuckt und dein Blut getrunken?«

»Nein, hat er nicht!«, fauchte Asha ihn an. »Er ist nett. Er hat nur mit mir geredet. Und er ist nicht böse!«

Elsed lachte herablassend. »So etwas sagt nur ein Dämonenmädchen.«

»Nenn mich nicht so!«

»Aber das sagen jetzt alle. Du wirst sehen, bald hast du auch keinen echten Namen mehr, verlierst ihn, so wie der Dämon sicher seinen verloren hat.«

Asha schnellte vor und ließ ihren Arm zwischen die Stäbe gleiten. Er sprang geschickt weg und entging so ihrem Griff.

»Er hat seinen Namen noch! Er heißt Jamil.«

Elsed trat gelassen wieder etwas näher. »So nennt er sich? Ein seltsamer Name. Bestimmt ein Dämonenname.«

»Du bist dumm, Elsed.«

»Wenn ich dumm bin, warum haben sie mich dann zum neuen Späher gemacht?«

Asha erstarrte. »Was? Du beobachtest ihn jetzt?« Ein merkwürdiger Schmerz breitete sich in ihrer Brust aus und sie spürte, wie Sehnsucht und Eifersucht in ihr kämpften. Daran hatte sie nicht gedacht, dass jetzt jemand anderes Jamil überwachen würde. Fragte er sich bereits, wo sie steckte? Vermisste er sie?

Elsed riss sie aus ihren Gedanken. »Ja, sie sagen, dass es ein Fehler war, einer Frau diese Aufgabe zu geben.«

Er grinste frech, als sie ungehalten schaute und zu einer bissigen Antwort ansetzte.

»Na, vielleicht will er nicht mit dir reden, sondern dafür deine Knochen aussaugen. So etwas hatte er mal erwähnt, dass er das Knochenmark von männlichen Jungfrauen besonders zu schätzen weiß.«

Elsed wurde erst bleich, dann knallrot.

Bevor Asha reagieren konnte, hatte er ihren Arm gepackt und riss daran. Sie prallte mit der Schulter gegen die Stäbe und er griff ihr in die Haare, zog sie fest an die Holzstangen heran.

»Jetzt wirst du mir etwas sagen!«, zischte er wütend. »Wir haben Fallen im Wald gefunden, Schlaufen und … einer unserer Jäger ist in eine reingelaufen und wurde kopfüber hochgezogen! Das waren die Fremden. Warum machen sie das? Warum, hä?«

Tränen traten ihr in die Augen, als er an ihren Haaren zog. »Elsed, hör auf! Du tust mir weh!«

Erst da schien ihm bewusst zu werden, was er tat. Er ließ sie los und machte einen raschen Schritt weg, starrte betreten zu Boden. »T–tut mir leid, Asha …«

Bevor sie noch etwas sagen konnte, verschwand er aus dem schmalen Bereich vor dem Fenster, den sie sehen konnte.

Langsam zog Asha ihren Arm wieder in den Verschlag zurück, strich sich über die schmerzende Schulter. Fassungslos ordnete sie ihre Haare und band sie zu einem neuen Zopf zusammen.

Sie hatte noch nie erlebt, dass jemand so aufbrausend ihr gegenüber reagierte … schon gar nicht der stille Elsed, der sich sonst immer im Hintergrund hielt.

Im Laufe des Tages zogen dunkle Wolken auf und es regnete immer wieder. Kalte Windböen fuhren in die Kammer und ließen sie frösteln.

Niemand machte sich die Mühe, ihr Essen oder Trinken zu bringen, alle ignorierten sie, selbst als sie nach ihnen rief und um etwas Wasser bat.

Nach einer Weile gab sie es auf und achtete lieber darauf, was draußen geschah. Kaum hatten sich die dichten Regenschwaden verzogen, war reger Betrieb im Dorf. Jäger eilten hin und her, Frauen schleppten Stangen und sie hörte regelmäßiges Klopfen und Steinschaben.

Sie … sie machen neue Waffen?

Wie um ihre Frage zu beantworten, hastete kurz darauf Elsed durch ihr Blickfeld, seinen Arm voller Beile.

So viele? Das … das ist verrückt! Das kann nicht nur wegen Jamil sein …

Asha verrenkte sich fast den Hals, um den Jungen weiter beobachten zu können, aber er verschwand wieder.

Hat Elsed deshalb danach gefragt? Sein großer Bruder ist noch immer wegen der verschobenen Hochzeit von den Versammlungen ausgeschlossen. Jetzt darf der Kleine mitmischen … Ach Drissa, ich bin gerade mal so kurz hier drin und möchte schon alles zerschlagen … wie muss es da für dich sein? Seit Wochen bist du jetzt schon abgeschieden … aber du hast deine Familie um dich herum, die sich um dich kümmert … Und du hast einen guten Grund, etwas Schönes, auf das du dich freuen kannst. Ich habe nur die Gewissheit, dass sie versuchen werden, Jamil zu töten …

Asha musste sich wieder eine Träne wegwischen, diesmal tat sie es energischer. Sie wollte nicht schwach sein. Schwäche bedeutete Angreifbarkeit.

Denk nicht darüber nach. Lass es sein.

Asha wandte den Kopf vom Fenster, als ein Geräusch bei der Tür erklang. Ein Schaben und Kratzen.

Sie stand auf, zog sich die verknitterte, staubige Kleidung zurecht und reckte das Kinn.

Wer auch immer da kam, sie würde keine Schwäche zeigen.

Die Tür schwang auf, sie konnte den warmen Schein des Feuers im Versammlungsraum sehen, dann betraten die Nadel und der Bär den Raum.

Der große Mann musste sich bücken, um in der niedrigen Kammer nicht mit dem Kopf anzustoßen. Beide sahen sie eine Weile still an, dann streckte der Bär ihr die Hand hin. An seiner Faust baumelte ein gluckernder Wasserschlauch.

»Du hast sicher Durst. Du warst zwei Tage weggetreten.«

Asha schnaubte, nahm den Schlauch aber entgegen und trank in hastigen Schlucken. Das Wasser rann ihr kühl und erfrischend die Kehle hinab und ließ sie innerlich aufseufzen.

»Wie nett, dass ihr euch so gut um mich kümmert, nachdem ich hier so herumlag«, erwiderte sie bissig und gab den fast leeren Schlauch zurück.

Die Nadel taxierte sie abschätzig. »Es ist nicht ungewöhnlich für Verfluchte, so lange zu schlafen. Es zehrt den Körper aus, wenn ein Dämon einem die Energie raubt.«

Asha ignorierte diesen Vorwurf, obwohl sie der Frau gerne das widerlich selbstgefällige Lächeln von den Lippen geschlagen hätte. Sie verbiss sich eine Antwort bezüglich des Hiebs, der ja wohl für ihre Bewusstlosigkeit verantwortlich war statt eines nicht vorhandenen Fluches.

»Was ist da draußen eigentlich los? Warum stellen sie neue Waffen her?«, fragte sie schließlich.

Die Nadel verschränkte die Arme vor der Brust. »Wir müssen gewappnet sein. Diese Fremden sind unberechenbar.«

»Bitte, ihr müsst diesen Wahnsinn beenden! Es gibt doch keinen Grund für einen Konflikt!«

»Die Fremden legen Schlingen aus, die uns gefährden. Sie wollen uns unser Land wegnehmen.«

»Dann redet mit ihren Ältesten!«

Die Augen der Schamanen ruhten regungslos auf ihr. »Du selbst hast uns mitgeteilt, dass es sein eigener Bruder war, der ihn zum Dämon machte. Sie sind Unmenschen, die ihr eigenes Blut verraten. Wir werden nicht zulassen, dass dieses Gift auf unser Volk übergreift.«

»Bitte redet mit ihnen! Redet mit Jamil, er kann übersetzen!«

Die Nadel hob ruckartig die Hand und unterbrach sie mit dieser Geste.

»Du warst kurz davor, vom Gift dieses Dämons völlig zerstört zu werden. Wir müssen deinen Geist reinigen und den schädlichen Einfluss von dir nehmen.«

»Das ist Unsinn! Wenn ihr mit ihm reden würdet, könntet ihr vielleicht versteh–«

»Das ist der Dämon, der da aus dir spricht. Er will uns zu sich locken, aber unsere Ahnen und die Geister werden uns schützen. Wir werden erst zum Neumond zum heiligen Baum gehen, keinen Tag früher.«

Asha schwieg und spürte, wie sich ihre Kehle schmerzhaft zuschnürte. Sie fühlte sich so hilflos wie noch nie zuvor.

Du darfst jetzt nicht weinen, das würde gar nichts bringen.

»Ich kann nichts tun, um meine Unschuld zu beweisen, oder? Es gibt nichts, was euch davon überzeugen könnte, dass ich bei freiem Verstand und ich selbst bin.«

Für einen Moment meinte sie Mitleid im Blick des Bären zu sehen, dann übernahm die Nadel wieder die Führung.

Sie seufzte, zog einen Beutel hervor und schüttelte einen Teil des Inhalts auf ihre Hand. Graugrüne Kügelchen rollten in ihre Handfläche.

Asha wich unwillkürlich ein Stück in die Kammer zurück. Sie hatte diese Kräuterkugeln schon gesehen. Sie hatte sogar dabei geholfen, ihre Hauptzutat zu finden, diese verdammten Pilze.

»Da–das …«

Die Nadel gab dem Bären mit einem Kopfnicken zu verstehen, sich Asha zu nähern. Auch dieses Mal zögerte er kurz, schien nicht glücklich darüber – doch dann trat er neben sie und packte die junge Frau an den Schultern.

Asha strampelte, versuchte zu treten und zu beißen, aber der ältere Mann hatte ihr die Arme rasch nach hinten gedreht. Die Nadel hielt ihr Kinn mit eisernem Griff fest und zwang ihr die Kügelchen zwischen die rasch zusammengepressten Lippen.

»Schluck sie runter!«

Asha dachte nicht daran, wollte sie wieder ausspucken. Die Nadel presste ihr eine Hand fest auf den Mund.

»Mmmhhh!«

»Schluck. Sie. Runter.«

»Mmm–Mmmhhh!«

Asha versuchte, das Gesicht wegzudrehen. Ihr Puls raste so sehr, dass es in ihrem Kopf schon rauschte.

Sie würde einen Teufel tun und die Kräuter des Blinden hinunterschlucken! Sie hatte gesehen, was für eine Wirkung es bei dem alten Mann hatte. Doch im Gegensatz zu ihr hatte er gelernt, die Halluzinationen zu kontrollieren.

Die Nadel wartete mit eiserner Geduld, während ihr stechender Blick kein Fünkchen Menschlichkeit enthielt.

Wieder versuchte Asha sich zu befreien, vergebens. Nach und nach sammelte sich Speichel in ihrem Mund, alles schmeckte nur noch bitter und beißend.

»Mmmhhh!«

Schnaufend atmete sie durch die Nase, starrte die Nadel hasserfüllt an – dann konnte sie den Reflex nicht mehr zurückhalten. Sie musste schlucken und die meisten der halb aufgelösten Kräuterkugeln verschwanden in ihrem Rachen.

Sicherheitshalber ließ die Nadel ihre kalte Hand noch einen Moment auf Ashas Mund. Sie wand sich, aber der Griff um ihre Arme und Schultern war bärenstark und nicht zu durchbrechen.

Wieder sammelte sich Speichel in ihrem Mund – das bittere Zeug schien es sogar anzuregen. Ihre Zunge wurde seltsam taub, das Blut in ihren Ohren rauschte immer lauter.

Sie verschluckte sich, musste husten und krümmte sich, da ließ der Bär sie endlich los.

Keuchend ging sie in die Knie, wischte sich über den leeren Mund und zischte eine üble Beleidigung. Die Nadel stand regungslos über ihr, und als Asha aufstehen wollte, schwankte der Boden und sie taumelte geradewegs in die Arme des Bären zurück.

Ihre Beine waren weich, ihre Knie zitterten … Kopfschmerzen breiteten sich von ihren Schläfen aus, pulsierten in ihren Augen und machten ihr das Denken schwer.

Sie fühlte die Körperwärme des alten Mannes, doch auf einmal kam es ihr brennend heiß und unangenehm vor. Sie wollte fort, nur weg von diesen Scheusalen die ihr … die ihr …

Die Kopfschmerzen wurden immer schlimmer, schienen ihren Nacken hinab in ihren Rücken zu strahlen.

Gerade als sie ächzend die Augen schließen wollte, fixierte die Nadel sie mit ihrem stählernen Blick. Funken schienen aus den grünen Augen der Frau zu sprühen, die immer größer wurden, alles einnahmen und sie nicht mehr losließen.

»Der Dämon, Ashanee … der Dämon ist böse! Seine Flammen werden dich verzehren! Reinige dich von deinen Sünden …«

Asha schüttelte den Kopf, um die hallende Stimme loszuwerden. Das stimmte nicht! Das war eine Lüge! Oder etwa nicht?

Böse … böse … böse …

Das Wort hallte immer wieder und wieder, grub sich in ihren schmerzenden Schädel. Ihr wurde schwindelig und sie spürte, wie sie in den starken, alten Armen des Bären langsam zusammensank und zu zucken begann, dann schwappte eine alles verschlingende Dunkelheit über ihre pochenden Augen.

Balor steckte sich sein Messer an den Gürtel und verließ im Morgengrauen das Haus, um die Fallen im Wald zu kontrollieren. Er drückte die Tür hinter sich zu, in Gedanken bei seinen Plänen mit der Falle … und erstarrte, als er im Augenwinkel etwas Dunkles an dem Holz bemerkte.

Langsam wandte er sich um und wich dann überrascht einen Schritt von der Tür weg, als sein müder Kopf den dunklen Handabdruck darauf als getrocknetes Blut einordnete.

Das konnte eigentlich nur eines bedeuten.

Jamil war hier? Nicht zu fassen! Was hatte der Bastard hier zu suchen?, schoss es Balor durch den Kopf.

»Der Dämon! Er hat unsere Siedlung markiert und wird uns alle töten!«, schrie jemand mit hoher Stimme.

Balor wirbelte herum und erblickte voller Überraschung eine der Frauen, die mit seiner Mutter zusammen um seine Hilfe beim Schiff gebeten hatten.

Sie hatte den Korb in ihrer Hand fallen lassen und deutete mit einem zitternden Arm anklagend auf die Tür neben Balor. Weitere Leute drängten herbei und erbleichten beim Anblick des blutigen Handabdrucks.

Innerhalb weniger Augenblicke hatten sich fast alle eingefunden und drängten sich in einem Halbkreis um den Eingang, um einen ängstlichen oder neugierigen Blick auf das Mal zu werfen.

»Ich habe heute Nacht eine Gestalt um die Häuser schleichen sehen! Und geschrien hat er!«, rief der alte Uhrmacher, der sich mit einigen anderen im Wachehalten abwechselte.

»Das war Latkas Kind, du Dummkopf. Die Kleine hat die halbe Nacht geweint und alle bei uns wachgehalten«, erwiderte ein anderer entnervt und erntete dabei von manchen ein Nicken, von anderen zweifelnde Blicke.

»Unsinn! Was ich gehört habe, war ganz klar ein Dämon!«, ereiferte sich der Uhrmacher und sofort brach ein wirres Durcheinander aus.

Balor hatte gar keine Gelegenheit, noch etwas zu sagen – Aldo trat aus dem Haus, warf einen undurchschaubaren Blick auf das Blut an der Tür und gebot dann Ruhe.

»Der Dämon will uns nur ängstigen! Er hat keine Macht und kann uns nichts anhaben. Macht jetzt weiter, ich kümmere mich darum.«

Balor presste die Lippen aufeinander, während sich alle verstreuten und wieder ihrer Arbeit nachgingen. Nicht mehr lange und sie würden ihm genauso viel Respekt zollen wie seinem Vater!

Wild entschlossen stürmte Balor den Hang hinauf und in den Wald.

Eine einzige Schmiererei mit Blut und alle verloren gleich den Kopf. Das konnte auch nur ein schlechter Jungenstreich sein, den Kindern fielen seit der Flucht aus Kas'Tiel immer wieder solche Dummheiten ein.

Im Wald war es nass. Ein Regenschauer ließ dicke Tropfen durch das Blätterdach perlen, das sich allmählich gelb und braun färbte. Fluchend schlug Balor den Kragen seiner Jacke hoch und zückte sein Beil.

Er hackte auf die dicken Haselnussäste vor sich ein, als könnten sie etwas dafür, dass sein Leben so verpfuscht war. Als er eine ganze Reihe gefällt und fluchend von dünnen Seitenzweigen und Blättern befreit hatte, warf er sie auf einen Haufen.

Er hatte jetzt genug. Genug von diesem Dämon und seiner Gehilfin, die sicherlich dafür verantwortlich war, dass er überhaupt wieder zu Kräften gekommen war. Niemals hätte dieser Körper sonst seine drei Pfeile überlebt. Er war sich ganz sicher, dass er gut gezielt hatte.

Balor brachte die Stangen zu den anderen, nachdem sie alle angespitzt waren, und marschierte dann zurück in den Wald, um die Stelle noch einmal zu überprüfen. Die Erde war weich genug, um ein rasches Ausheben der Grube zu ermöglichen. Jetzt musste er nur noch auf besseres Wetter warten, damit der Boden trocken genug war.

Der innere Dämon

Jamil schreckte auf, als ihm kühle Tropfen ins Gesicht fielen. Nieselregen zog in feinen Schleiern über den Hügel und der Wind, der ihn antrieb, zerrte an den Blättern des Baumes über ihm.

Mit einem Seufzen richtete er sich auf und fuhr sich mit den Händen durchs Gesicht, wischte sich die klammen Haare aus den Augen.

Er hatte geträumt, das erste Mal seit langem. Sonderbarerweise konnte er sich nicht mehr richtig daran erinnern, wie er zum Baum zurückgekommen war, nachdem er die Siedlung verlassen hatte.

Dafür blieb der Traum klar in seinem Kopf. Darin war er stundenlang durch die verworrenen Gassen Kas'Tiels gewandert, auf der Suche nach etwas, das unmöglich dort sein konnte. Dabei hatte er immer wieder Ashas fernes, hallendes Lachen vernommen, das ihn immer weiter antrieb, bis er vor Erschöpfung am höchsten Punkt der Stadt stehen bleiben musste.

Einen Moment hatte er einfach nur die Aussicht genossen, die im Traum so bestechend wirklich gewirkt hatte. Der Anblick der Dächerlandschaft und der dahinter liegenden malerischen Felder hatte ihn mit Stolz und Freude erfüllt … bis plötzlich ein krachendes Donnern die Idylle zerriss.

Mehrere Häuser erzitterten und gingen in einer schwarzen Wolke in Flammen auf, bevor das donnernde Feuer sie sprengte und Mauern und Dächer in die Luft warf.

Die Druckwelle schleuderte Jamil von seinem Aussichtspunkt in die darunter liegende Gasse. Schreie und Kampfeslärm erfüllten die Luft, die entsetzlich nach Rauch und Tod stank, während Jamil sich aufrappelte.

Ein Mann trat zwischen den Häusern hervor, ganz in grau gekleidet, mit einem brennenden Dolch in der Hand. Seine Augen glühten rot wie Feuer.

Auf seinem Gesicht breitete sich ein bestialisches Lächeln aus und da erkannte Jamil ihn. Es war der Dämon.

Du wirst nie wieder ein Zuhause haben, Jamil. Nie wieder eine Familie oder Freunde. Du bist ganz allein. Ganz allein mit mir. Azrael.

»Nein!«

Jamil riss sich von der Erinnerung des Traumes los und stand auf. Seine Kehle fühlte sich trocken an und er hastete im Nieselregen über die Wiese zum Waldrand.

Erleichtert stellte er fest, dass er den Wald jetzt schon ohne ein sofortiges Schwächegefühl betreten konnte. Er sank bei der kleinen Quelle auf die Knie und schöpfte mit den hohlen Händen so lange das kalte Nass, bis sein plötzlicher Durst endlich etwas gestillt war.

Doch es schien, als trockne seine Kehle von innen heraus sofort wieder nach, egal wie viel Wasser er trank.

Wütend wandte er sich von der Weite des dahinter liegenden Waldes ab. Er hatte kein Interesse mehr daran, zu gehen. Ihn erwartete nichts in den Wäldern. Unten in der Siedlung lockten ihn die lodernden Feuerstellen und die Schwärze in den Herzen mit ihrer faszinierenden Intensität.

Als er vom Wald zu seinem Baum zurückkehrte, klang von der Siedlung unten ein regelmäßiges, metallenes Hämmern zu ihm hinauf.

Langsam ging er über die flache Kuppe des Hügels, bis die Palisade und das Lager in Sicht kamen.

Es standen jetzt mehr Wachen an der Umzäunung, und als sie ihn erblickten, schallten sofort warnende Rufe durch die weite Senke.

Jamil spürte die nervösen Blicke und die Mischung aus Abneigung, Furcht und Wut wie schmerzhafte Berührungen. Sie starrten zu ihm hinauf, als er sich jedoch nicht weiter regte, nahmen sie nach und nach wieder ihre Arbeit auf.

Die einzigen, die ihn keines Blickes würdigten, waren Balor und seine neuen Gehilfen.

Neben dem Schmelzofen war eine kleine Werkstatt entstanden – und dort hämmerten Farnir und Felik eifrig auf einen Klumpen Eisen ein, während Balor ihr Tun kritisch beobachtete und mit ihnen darüber diskutierte, was für ein Unheil der Dämon und die Wilden bedeuteten. Oder vielmehr redete er auf sie ein, denn die beiden waren von ihrer Arbeit völlig außer Atem und konnten kaum mehr zuhören.

Jamil warf einen kurzen Blick auf seine Hand, wo er sich den Schnitt zugefügt hatte. Er bereute sein Handeln kein bisschen. Er wusste, dass sie nicht nur seinetwegen den Schmelzofen gebaut hatten.

Krieg lag in der Luft.

In den folgenden Nächten betrat Jamil wieder die Siedlung. Auch diese Male zeigte er sich nicht, sondern huschte im Stillen hinein. Er verstand es nach einer Weile fast perfekt, zu wissen, wohin die Wachen ihre Aufmerksamkeit richteten und bewegte sich daher frei zwischen den Schatten der Hütten, von seiner inneren, glühenden Unruhe angetrieben.

Der Schmelzofen zog ihn jede Nacht wie ein Magnet an, war sogar noch warm von der Einschmelzung des Vortages.

Zuerst hatte er das starke Verlangen verspürt, den Ofen kurz und klein zu schlagen, den Kamin einzureißen und die Grube zuzuschütten, aber die Vernunft hielt ihn zurück.

Auf diese Weise würde er seinen Bruder nicht davon abhalten, Waffen herzustellen. Sie würden einen neuen Ofen bauen und ihn bewachen lassen – und entweder zurecht ihn verdächtigen oder zu Unrecht Ashas Leute. Damit hätte er dann Balor und seinen neuen Anhängern geradewegs in die Hände gespielt und ihnen einen weiteren Grund gegeben, Ashas Leute anzugreifen.

Jetzt starrte er wieder auf den Kamin und rang mit sich selbst.

Der Ofen ist nur ein Symbol, ein Zeichen der Krankheit, die dieses Lager ergriffen hat, flüsterte eine dunkle Stimme in seinem Inneren. *Du musst den Kern angreifen und beseitigen, den Baum an den Wurzeln ausreißen.*

Bevor er sich richtig bewusst dazu entschieden hatte, trugen seine Füße ihn schon zu diesem Kern und seine Hand griff nach der Tür, von der man das getrocknete Blut notdürftig abgewischt hatte.

Drinnen war es bis auf ein schwaches Glimmen vom Kochfeuer düster – doch für Jamil wirkte die Glut wie helles Tageslicht.

Es war das erste Mal, dass er das fertige Haus betrat.

Langsam ließ er den Blick durch den Raum schweifen und die fremde Umgebung auf sich wirken. Eine Flut von Trauer brach über ihm herein, direkt gefolgt von Wut.

Er war fremd hier, gehörte nicht dazu. Das hätte sein neues Zuhause sein sollen, genauso wie Balors. Er hätte alles daran gesetzt, die Sukrani zu befreunden, mit ihnen zusammen zu arbeiten, statt einen tiefen Keil zwischen die beiden Gruppen zu treiben, wie es sein Bruder vorgezogen hatte.

Was hat er sich dabei gedacht? Warum hat er erst nach unserer Ankunft entschieden, dass ich sterben soll? Es wäre so viel einfacher gewesen, mich auf dem Schiff während des Sturms über Bord gehen zu lassen …

Jamil wandte sich von der Stube ab und fasste den leeren Türrahmen ins Auge, der in einen schmalen Flur führte. Ein paar Schritte und ein Handgriff überzeugten ihn vollends davon, dass er für seine Familie gestorben war – denn der Raum, der für ihn geplant gewesen war, wurde jetzt als Abstellkammer genutzt, in der sie Material für den weiteren Ausbau lagerten.

Daneben lag ein bewohntes Zimmer – und in dem warmen Bett schlief seelenruhig sein mörderischer Bruder, während von Jamils Existenz kaum etwas übriggeblieben schien.

Sein ganzes Leben war aufgelöst, verschwunden und aufgeteilt.

Jamil biss die Zähne aufeinander. Das war seine Jacke, die da auf Balors Truhe lag. Navenne hatte sie ihm zu seinem achtzehnten Geburtstag geschenkt, sie war das einzig Kostbare, das er außer seinem Bogen auf das Schiff hatte mitnehmen können, und die Waffe war verloren gegangen.

Als Jamil jetzt die wertvolle, schwarze Jacke aus Wolle betrachtete, fragte er sich ernsthaft, ob sein Bogen wirklich von Bord gespült worden war oder ob sein Bruder diesen auch übernommen hatte.

Nachdenklich berührte er die Seite seiner Brust, an der die Pfeile ihn durchbohrt hatten … Sein Bogen hatte mehr Schlagkraft gehabt als der seines Bruders.

Er hat mehrmals gesagt, dass ich seiner Meinung nach die falsche Waffe bekommen habe, da er der bessere Schütze sei … Hat er mich am Ende mit meinem eigenen Bogen erschossen?!

Wut packte Jamil. Er wollte sehen, wie die Flammen über Balors Gesicht züngeln und es endlich vernichten würden!

Nur mit Mühe konnte er sich davon abhalten, einen der Pfeile aus dem Köcher zu ziehen und einzusetzen. Er ballte die Fäuste und ignorierte die Tatsache, dass seine Fingerspitzen rötlich glühten und sogar qualmten.

Mit zusammengebissenen Zähnen packte er seine Jacke, wandte er sich ab und verließ das Zimmer.

Sollten sie doch alle dafür büßen, dafür brennen! Er würde das ganze Haus in Flammen aufgehen lassen und über die Todesschreie seines Bruders lachen!

Langsam schritt er durch den kleinen Flur zurück und erhaschte aus dieser Richtung einen Blick in das Zimmer gegenüber. Dort lagen seine Eltern.

Sein Vater. Und seine Mutter.

Jamil stockte, als er sie so ruhig schlafend sah. Ihr Gesicht wirkte gealtert, tiefe Augenringe zeichneten sich als Schatten darin ab und die Haut um die Augen wirkte gerötet, als hätte sie geweint.

Was tue ich hier?, fragte er sich erschrocken.

Hatte er ernsthaft darüber nachgedacht, seiner eigenen Mutter etwas anzutun?

Entsetzen erwachte in ihm und löschte die Glut, die in seiner Brust gebrannt hatte. Er machte einen Schritt rückwärts in den Flur, huschte dann aus dem Haus.

Schwer atmend zog Jamil sich aus der Siedlung zurück, schlüpfte durch eine Lücke im lächerlichen Schutzwall und eilte den Hügel hinauf.

Doch dem Dämon in seinem Inneren konnte er auf diese Weise nicht entkommen.

Der Schrecken wollte kein Ende nehmen.

Laute Stimmen schrien in der Dunkelheit durcheinander, in der Asha umherwirbelte. Es gab kein oben und unten, nur widerliche, ölig wirkende Schatten, die immer wieder nach ihr greifen wollten.

Sie waren böse und ließen Ashas Herz so schnell rasen, dass es ihr gleich aus der Brust springen müsste. Ihr Kopf dröhnte und ein bitterer Geschmack erfüllte ihren Mund.

Böse … BÖSE!

Es war wie ein Schrei in der Schwärze. Die Dunkelheit selbst schien ihr diese intensiven Worte entgegenzuschleudern. Dann tauchten Bilder auf, glühendes Feuer und Schmerz.

»Der Dämon wollte dich fressen, Asha! Er wollte deine Knochen knacken …«

Die Stimme quoll aus der Dunkelheit zu ihr und ließ sie zusammenzucken. Sie hörte ein furchtbares Knacken und Schmerz schoss durch ihren Körper. Hände tauchten in der Finsternis auf und hielten ihren Arm gepackt, verdrehten ihn und rissen ihn mit sich.

Ein glühendes Augenpaar tauchte in der Dunkelheit auf, umgeben von Flammen. Ein Mund formte sich darunter, zuerst nur ein schmaler, ernster Strich … dann öffneten sich die Lippen in einem bösen Lächeln und gaben spitze Reißzähne preis.

Die Zähne wurden länger und länger und färbten sich blutrot, während ihr Arm immer mehr schmerzte und sie laut aufschrie.

Asha … Ashanee … ASHA!, rief die fremde Stimme hallend und immer verzerrter – bevor sie schlagartig fest und real wurde.

»Wach auf!«

Sie zuckte zusammen, schlug die Augen auf und sprang von ihrem Lager hoch. Ihr Atem ging schwer und hektisch, ihre Kleidung war durchgeschwitzt und klebte ihr am Körper.

»Wo bin ich?«

Sie fasste sich an den Kopf, bemerkte dann, dass die Nadel und die Stille neben ihr saßen und sie besorgt ansahen.

»Du bist in der Hütte der Ältesten, mein Kind«, sagte die Stille sanft.

»Wa–warum?«

»Erinnerst du dich nicht? Der Dämon hat dich angefallen, Kind. Er hat dich angegriffen, hätte dich beinahe getötet.«

Asha erschauderte. Bilder tauchten in ihrem Kopf auf, wie der Mann sie anstarrte, sie an den Armen packte. Seine glühenden Augen wirkten unendlich bedrohlich und gleichzeitig sonderbar traurig.

»Ich … ich bin mir nicht sicher. Es ist alles so merkwürdig verschwommen.«

Feuer und Schmerz … seine Hände, die sie festhielten. Tränen traten Asha in die Augen. Obwohl sie den Grund nicht verstand, jagte eine Welle der Angst und Trauer durch ihren Körper.

»Was hat er getan? Was hat er mit mir getan? Ha–hat er?«

Der Blick der Nadel wurde mitleidig. »Es ist nicht sicher, Kind. Wir fanden dich nackt und bewusstlos.«

Asha würgte und umschlang sich mit ihren Armen. »Ich weiß davon gar nichts mehr.«

Die Stille nickte und legte ihr eine Hand auf die Schulter. »Wir beten zu den Geistern, dass du dich daran nicht mehr erinnern musst. Jetzt komm, nimm dieses Mittel, es wird dir helfen.«

Asha nahm die Kügelchen in die hohle Hand und betrachtete sie einen Moment. Sie fühlte sich taub und seltsam. Etwas stimmte nicht, war nicht richtig so, doch ihr verwirrter Geist kam nicht darauf.

»Danke.«

Als sie zögerte, räusperte die Nadel sich. Asha zuckte zusammen, nickte dann hastig und schluckte die Pillen herunter.

Schon nach wenigen Augenblicken wurden ihr die Augen schwer und kalter Schweiß brach ihr aus.

»Ich fühle … ich fühle mich seltsam«, murmelte Asha und griff nach dem Arm der Stillen. Doch als sie die runzelige Hand umklammerte, war sie schon in neue, wirre Träume versunken.

Flammen erwarteten Asha in der Dunkelheit.

»Helft mir!«, schrie sie, ohne jemals eine Antwort zu erhalten.

Am nächsten Morgen hüllte Jamil sich in seine Jacke und verkroch sich zwischen Ituhos Wurzeln.

Er fühlte sich schäbig und völlig fremd in seinem eigenen Körper. Was hatte ihn dazu getrieben, so zu denken und zu handeln?

Diese düstere Seite bedrückte Jamil und machte ihn wütend. Er war kein Dämon! Das war doch der alles entscheidende Punkt dabei gewesen, dass er überleben wollte … dass er als Mensch lebte und nicht als Dämon! Das war die Bezeichnung, der Fluch, den die anderen ihm auferlegt hatten. Und jetzt verhielt er sich so, wie sie es von einem Ungetüm auch erwarten konnten, und bestätigte damit ihr Verhalten. Wie konnte er wütend auf sie sein und erwarten, dass sie sich schlecht dafür fühlten, ihn als Dämon verstoßen zu haben … wenn er sich genau so aufführte?

An der Stelle, an der er gestern die Jacke umklammert hatte, waren einige Fasern der dunklen Wolle angesengt.

Er stand auf und ging langsam über die Hügelkuppe bis zur Klippe, starrte auf das weite Meer hinaus und spürte die Gischt, die der Wind zu ihm heraufblies. Die Sonne hatte sich schon eine Weile nicht mehr hinter den dicken Wolken gezeigt, dennoch konnte Jamil den Feuerball am Himmel spüren, als wäre er strahlend hell zu sehen.

Soler …, dachte er und starrte in die Wolken hinauf. *Ashas Sonnengott … ob wirklich etwas dran ist an dieser Legende?*

Seufzend raufte Jamil sich die Haare, war sich dabei voll und ganz seines Körpers bewusst. Seine Beine waren wieder stark geworden, die Muskeln hatten sich unglaublich schnell wieder gebildet. Er war noch immer schlank, kein Muskelpaket wie sein Vater oder Bruder … aber er spürte, dass eine Kraft in seinem Körper steckte, die diese beiden noch nie erfahren hatten.

Er musste sich ein für alle Mal damit abfinden, dass er kein wirklicher Mensch mehr war … oder?

Ich könnte einfach springen … aber würde ich dann ertrinken? Kann ich sterben? Irgendwie habe ich das Gefühl, dass Ituho es nicht zulassen würde … doch ist er wirklich so voller flammendem Zorn, wie ich es jetzt bin? Ich fühle dieses Brennen in meiner Brust und meine Haut hat rot geglüht … ich dachte, der Geist des Baumes sei ruhig und kühl.

Er betrachtete seine Hände, die auch jetzt am helllichten Tag ein wenig orange leuchteten.

»Irgendetwas stimmt nicht mit mir. Ich war immer so felsenfest davon überzeugt, dass ich kein Dämon bin, sondern höchstens unter dem Schutz eines seltsamen Mondgeistes stehe … aber das ist selbst für meine Verhältnisse nicht normal.«

Langsam lehnte er sich vorwärts, blickte hinab auf die wogende Grenze zwischen Ozean und Klippe.

Ich wünschte, ich könnte mich einfach zurückziehen und irgendwo allein sein, ohne ständig von Spähern und Wächtern beobachtet zu werden.

Obwohl er sich nicht mehr wirklich an den Moment des Sturzes erinnerte, hatte ihn sein Gefühl nicht getäuscht: Die Klippe führte nicht vollkommen glatt nach unten, einige der Vorsprünge schienen Vertiefungen dahinter zu haben, die man von hier oben nur erahnen konnte.

Einem Impuls folgend kniete er sich hin und beugte sich weiter über den Rand. Direkt nach der von Wurzeln zusammengehaltenen Erdschicht begannen die Felsen. Sie waren so zerklüftet, dass er mit Leichtigkeit einen der größeren Vorsprünge weiter unten erreichen könnte.

Langsam ließ er sich über die Kante gleiten, ertastete mit den Füßen eine Spalte. Schon ein Stückchen weiter unten war ein Grat, auf dem er mit den Zehenspitzen entlang tasten konnte. Einmal rutschte ihm ein Brocken aus der Hand, den er gerade als Stütze nutzen wollte, und stürzte ins Meer. Ansonsten kam er sicher voran und erreichte schließlich die Felskante, zu der er gewollt hatte. Tatsächlich war der Vorsprung unter dem Überhang viel tiefer, als er erwartet hatte. Er konnte bequem darauf sitzen und die Beine hinunterbaumeln lassen.

Als er sich mit dem Rücken an die kühlen Felsen lehnte, musste er kurz lachen. Ein ungeahnter Rausch durchströmte ihn voller Freude. Er war wieder Herr über seinen Körper und sogar stärker als vor der Flucht aus Kas'Tiel. Auch dort hatte er schon als Kind immer wieder Tadel von seinen Eltern erhalten, weil er sich wagemutig an den Ritzen der Sandsteinfassaden von Gebäuden entlang gehangelt hatte.

Balor hatte ihn regelmäßig verpetzt, wenn er seinem wendigeren Bruder nicht so hoch hinauf hatte folgen können.

Unter ihm krachten die Wellen in ihrem eigenen wilden Rhythmus gegen die Felsen und ließen gelegentlich die Gischt zu ihm hinauf sprühen.

Er versank in seinen Gedanken, während er die Bewegungen des Meeres beobachtete.

Und in der Nacht kehrte mit dem abnehmenden Mond erneut die Wut mit voller Wucht in Jamils Bauch zurück.

Seine Hände fanden ganz von selbst die richtigen Kanten und er zog sich hinauf auf die Wiese, huschte den Hügel entlang. Anstatt aber wie die Nächte zuvor den Schutz des Waldrandes zu suchen und an der ungeschützten Stelle durch die Palisade zu schlüpfen, erstarrte er diesmal und nahm den Eingang, der zu seinem Hügel führte, ins Visier.

An der größeren Lücke der Äste und Dornsträucher stand eine einzelne Wache mit einer Fackel.

Der Wachmann war niemand anderes als Moleno oder *der Taugenichts*, wie Balor ihn auf dem Schiff immer wieder vor den anderen bezeichnet hatte. In jeder anderen Situation hätte Jamil ihn verteidigt oder bemitleidet, jetzt richtete sich die Wut in seiner Brust direkt auf den Mann. Der Dämon ging langsam auf ihn zu, Schritt für Schritt, bis er direkt vor ihm stand. Moleno zitterte am ganzen Leib, schien aber nicht imstande, auch nur einen Finger zu rühren.

Jamil konnte schon sein eigenes Antlitz, seinen rot glühenden, stechenden Blick, in den weit aufgerissenen Augen seines Gegenübers sehen, als dieser aus seiner Starre erwachte.

Moleno stieß einen hohen Schrei aus und ließ die Fackel fallen, bevor er rückwärts wegstolperte und schreiend zu den Hütten hastete. Jamil schnaubte, als er die zusammenhanglosen Stammeleien hörte, die wohl kaum einer würde verstehen können.

Die Fackel fiel zischend ins plattgedrückte Gras, rollte über die letzten Halme und kullerte dann über das lose Erdreich an die Äste der Palisade.

Im nächsten Moment ging Jamil, ohne es bewusst entschieden zu haben, auf die Fackel und die ersten knisternden Äste zu. Am rechten Rand der Palisade züngelten mehr und mehr Flammen empor, gekrönt von dünnen, schnell aufsteigenden Rauchfahnen.

Dieses brennende Element war Jamil noch nie so lebendig und anziehend erschienen wie jetzt, als er die Hand ausstreckte.

Das Feuer war nicht einmal richtig heiß. Es leckte über Jamils Finger, liebkoste seine Haut und sandte einen Stoß Energie durch seinen Arm.

Es entfachte eine Welle von Euphorie und Verlangen in ihm – nach mehr! Mehr Hitze und Flammen und Feuer!

Diese Gefühle schossen durch ihn wie ein fremder Geist, ein fremder und böser Wille, der ihn instinktiv ängstigte. Er wich zurück, eilte fort von dem brennenden Stück der Palisade und den Rufen, die lauter wurden, und floh den Hügel hinauf.

Er wollte zum Baum, sich zwischen seinen Wurzeln verbergen und seinen lindernden, heilenden Schutz über sich spüren, doch seine Füße gehorchten ihm nicht mehr. Das Feuer lenkte ihn zur Klippe hin und zwang ihn dazu, sich behände über den Rand und hinunter in sein Versteck zu schwingen.

Oben auf dem Hügel wurden rasch Rufe lauter und das wehklagende Gejammer des erschreckten Wachmanns brachte Jamil zum Schnauben. Seine eigene Stimme klang fremd, kehlig und düster in seinem Kopf. Als oben der leichte Schein von Fackeln und Fußgetrampel laut wurden, musste Jamil sich mit aller Kraft beherrschen, nicht wieder hinaufzuklettern.

Er wollte sie töten! Sie alle in die Tiefe zerren und unten zwischen den Felsen ertrinken sehen, in die er jetzt so erbittert seine Finger krallte, um ruhig zu bleiben.

Nach einer Weile wurde es oben wieder ruhig und er entspannte sich ein wenig … und gleichzeitig entglitt ihm die Kontrolle.

Er spürte, wie das Feuer durch seine Adern raste wie ein Gift, seinen Verstand trübte und einer fremden Seite in ihm Energie gab. Einer dunklen Seite, die er bis jetzt bekämpft und weitestgehend unterdrückt hatte. Aber sie war da. War es schon immer gewesen.

Ein Flüstern schlich sich durch seinen Geist und ließ ihn erschaudern.

Jamil … du wusstest, dass dieser Tag kommen würde … ich habe lange gewartet, war nicht einmal stark genug, um mit dir zu sprechen … und jetzt hast du endlich den letzten Anstoß gegeben. So lange haben sich Wut und Entsetzen in dir gesammelt und mich Stück für Stück genährt!

Jamil zitterte am ganzen Körper, als diese dunkle, rasselnde Stimme in seinem Inneren hallte.

Was … wer bist du?

Oh Jamil, ist das wirklich nötig? Ich bin … du. Ich bin … deine Schattenseite. Ich bin dein Dämon.

Jamil musste schnauben und verschränkte die Arme vor der Brust, um sein Zittern zu unterdrücken.

Soll mir das Angst machen? Ich glaube nicht an Dämonen!

Das Lachen in seinem Kopf ließ ihn erschaudern. *Oh, Jamil … Spar dir die Mühe. Du kannst mir nichts vormachen. Du scheinst zu vergessen, dass ich IN DIR stecke und jeden deiner Gedanken, deine Emotionen und deinen Körper fühlen kann, als wären sie meine.*

Ach ja? Dann fühl das hier!

Jamil ballte die Faust und wollte sie gegen den Fels schlagen, doch sein Arm erstarrte mitten in der Bewegung, als würde er von jemand Unsichtbarem festgehalten.

Ein düsteres Lachen hallte durch seinen Kopf.

Du willst mich verletzen, indem du dir selbst Schmerzen zufügst? Lächerlich. Glaub mir, mein Kleiner, ich habe größere Schmerzen erlebt, als du dir jemals vorstellen könntest – und ich genieße sie in vollen Zügen. Sie machen einen erst lebendig!

Jamil starrte auf seine Hand, die sich von selbst umdrehte. Die Haut seiner Fingerspitzen wurde leicht transparent und pulsierte in Orange- und Rottönen, als würde ein Glutmeer darunter liegen. Die Verfärbung wurde heiß und breitete sich in schillernden Wellen über seinen Arm aus. Die Luft über seiner Haut flimmerte von der plötzlichen Hitze – und ging über seinen Fingern in Flammen auf!

»Was … tust … du«, würgte Jamil zwischen zusammengepressten Zähnen hervor, dann verschwand das Brennen mit einem Schlag. Die Glut zog sich zurück, nur seine Haut qualmte noch schwach und Ascheflocken fielen von ihr ab.

Jamil konnte sich wieder frei bewegen und wischte sich rasch die Asche vom Unterarm. Zu seiner Überraschung war die Haut darunter nur warm, aber völlig unversehrt. Nur die Narben, die er vom Sturz in die Felsen unter der Klippe davongetragen hatte, schienen etwas verblasst, als hätte die Glut sie weggebrannt.

Ein langgezogenes, gespieltes Seufzen schlich sich durch seinen Kopf.

Wie du siehst, kann ich noch nicht lange die Kontrolle übernehmen. Aber es ist nur eine Frage der Zeit. Auch Ituho der Heiler kann es nicht verhindern. Er ist alt und müde, hat schon viel zu lange an einem Ort verweilt und fast vergessen, was es heißt, wahre Macht zu besitzen über die Sterblichen.

»Was willst du von mir?«

Oh, das ist eine einfache Frage.

Jamil schnaubte wieder. »Dann raus damit, ich kann es kaum erwarten.«

Nun, normalerweise kann ich als Dämon nicht sehr lange eine eigene Gestalt annehmen. Ich ernähre mich von der Wut und dem Hass der kleinen Sterblichen, springe von Körper zu Körper, besetze sie und nehme sie in meine Gewalt.

»Und das gleiche schwebt dir auch bei mir vor? Dann muss ich dich enttäuschen, denn ich lasse mich nicht so leicht unterkriegen! Ich werde dich vertreiben, denn du bist nichts weiter als ein Parasit!«

Der Dämon lachte schallend.

Bei dir ist es aber anders, lieber Jamil. Als dein Bruder dich von der Klippe geschossen hat, bot sich mir die einmalige Gelegenheit, direkt mit deiner Seele zu kommunizieren. Und wer hätte das gedacht: Du warst ganz erpicht darauf, dich von mir retten zu lassen.

Das … das ist nicht wahr!, schoss es Jamil entsetzt durch den Kopf.

Ist es. Der Dämon klang äußerst vergnügt, als genieße er diese Unterhaltung zutiefst. *Ich kann mich noch sehr gut an die Verhandlung erinnern. Dein Glück war es, dass du deine Seele auch gleich noch mit Ituho verbunden hast, so etwas kann man nur im Moment des Todes. Mein Pech, sonst hätte ich schon viel früher die Kontrolle übernommen … aber was machen schon ein paar Wochen aus, wenn ich danach endlich frei bin und eine eigene, brennende Seele besitze? Deine Seele!*

»Du willst mir nur Angst machen!«

Sieh es ein, Jamil. Dein Körper gehört schon beinahe mir und deine Seele wird es auch sehr bald.

»Ich werde nicht aufgeben. Ich finde einen Weg, dich zu bändigen! Ich löse mich von diesem Baum und dann können Ashas Leute mir helfen!«

Der Dämon lachte. *Als ob die dich jemals unterstützen würden! Außerdem … hatte dein Bruder nicht damit gedroht, deine kleine Ashanee zu fangen und zu töten? Nun … wer weiß, ob es ihm gelungen ist. Aber falls sie doch wieder hier auftauchen sollte, würde ich mir an deiner Stelle ganz ernsthaft die Frage stellen, ob sie nicht besser dran wäre, wenn er sie in die Finger bekommt … und nicht ich.*

Jamil schaffte es nur mit Mühe, den nächsten Tag unten in den Klippen zu bleiben. Wolken zogen über den Himmel, doch jedes Mal, wenn die Sonne sich kurz zwischen ihnen zeigte, durchzuckten die Flammen sein Inneres und drohten, ihm die Kontrolle zu entreißen.

Der Dämon flüsterte den ganzen Tag in einer fremden Sprache und lachte wild, doch gegen Abend wurde er überraschenderweise ruhiger. Jamil hatte erwartet, dass er nachts stärker gegen ihn ankämpfen müsste, stattdessen wurde ihm schwindlig.

Vorsichtig kletterte er hinauf auf die Wiese, denn im Laufe des Tages war sein Durst immer größer geworden und der Schlauch lag zwischen den Wurzeln des Hara–Baums.

Er trank gierig, lehnte sich mit dem Kopf an den Baum und betrachtete die Sterne durch die großen Lücken zwischen den Blättern. Zum ersten Mal seit Tagen war er wirklich müde und verspürte kein wütendes Feuer in sich, das ihm gebot, in die Siedlung zu schleichen. Er fühlte sich einfach nur leer und einsam und fragte sich immer wieder, ob er in dieser Nacht versuchen sollte, den Baum ganz zu verlassen und zu Ashas Heimat zu wandern. Seit so vielen Nächten hatte er sie nicht mehr gesehen, nicht mehr ihre Lippen geschmeckt.

Doch er konnte sich nicht recht dazu aufraffen und das stimmte ihn traurig. Es war schon so lange her, dass Asha bei ihm gewesen war … vielleicht hatte ihr sonderbarer Streit bei Vollmond tatsächlich das schwache Band zwischen ihnen zerstört und sie wollte ihn nicht mehr sehen.

Umso überraschter war er, als er eine kleine Prozession im Wald hören konnte und kurz darauf eine Reihe von Sukrani die Wiese betrat. Jamil erkannte sofort, dass es Jäger aus Ashas Dorf sein mussten. In ihrer Mitte gingen vier Gestalten, die offensichtlich keine Jäger waren. Eine Frau und ein Mann waren schon sehr alt, ihre Haare waren weiß wie Schnee. Die beiden anderen waren nur etwas jünger, mit grauen Strähnen an den Schläfen. Alle vier gingen bedächtig voran, und als ihn der Blick der jüngeren Rothaarigen traf, erschauderte er unwillkürlich.

Ein ungutes Gefühl breitete sich in ihm aus. Etwas an den Gesichtsausdrücken der Vier ließ ihn daran zweifeln, dass sie ihm freundlich gesonnen waren.

Nein, sie sind sicher nicht hier, um mich willkommen zu heißen.

Die Tatsache, dass die Begleiter der Alten auf dem Weg zu ihm Pfeile auf ihre Bögen legten, bestätigte seine Vermutung. Sie näherten sich vorsichtig und verteilten sich in einem Halbkreis um den Baum, in dessen Mitte sich die Schamanen befanden. Denn dessen war er sich sicher: Es mussten die Seher aus Ashas Dorf sein, die sie ihm gegenüber erwähnt hatte.

»Wo ist Ashanee?«, fragte er, ohne sie zu begrüßen.

Niemand in der Gruppe sagte ein Wort und die Pfeile blieben weiter auf ihn gerichtet. Falls es sie überraschte, dass er ihre Sprache benutzte, ließen sie es sich nicht anmerken.

»Wo ist sie?«

Die ältere Frau mit langen roten Haaren trat vor und sah ihn beinahe etwas mitleidig an.

»Du wirst sie nie wieder sehen, Dämon.«

Eiseskälte rann Jamil den Rücken hinab und das Feuer in ihm erwachte schlagartig zum Leben.

»Sie gehört zu mir! Ihr habt kein Recht, sie mir wegzunehmen!«, brüllte er wütend und seine Stimme war dabei tief und donnernd.

Er stand auf und die Pfeilspitzen folgten ihm in die Höhe.

Lachend betrachtete er die Jäger und schüttelte den Kopf. »Glaubt ihr wirklich, ein paar Pfeile könnten einen Dämon aufhalten?«

Beim selbstsicheren, amüsierten Klang seiner Stimme wichen die Jäger tatsächlich einen Schritt zurück, als er sich streckte und seine Finger krümmte, die jetzt qualmten. Nicht so die Vier, die in ihrer Mitte standen und ihn ruhig beobachteten.

Er konnte sehen, dass diese Alten etwas Besonderes waren. Ihre Augen glänzten auf eine sonderbare Art und eine unheimliche Aura ging von ihnen aus, ähnlich wie die Dunkelheit, die Balor umgab, nur reiner und schneidender.

Einen Moment vergaß er die brodelnde Wut in seiner Brust und starrte die Schamanen aus Ashas Dorf fasziniert an, als sie die Hände in die Höhe hoben und ihre Geister anriefen.

Sie waren tatsächlich in der Lage, Energie herbeizurufen! Sie beschworen sie, sammelten sie aus der Luft und kanalisierten sie zu Jamils Baum.

Sei auf der Hut, flüsterte die düstere Stimme des Dämons. *Sie haben etwas vor. Wehr dich! Lass sie mich verbrennen! Jamil! Lass sie mich verbrennen!*

Dieser bösartige, sehnliche Wunsch wurde immer stärker in ihm. Er hob die Hände und spürte die Hitze, die in seinem Inneren loderte und als Flammen nach draußen drängte.

Er würde sie zu Staub verkohlen, sie vernichten und endlich Rache und Genugtuung erhalten!

Die innere Ruhe

Elsed stand erstarrt hinter seinem Vater und fragte sich entsetzt, warum Haluschk darauf bestanden hatte, dass er mitkam. Er wäre viel lieber im Dorf geblieben und sehnte sich danach, solche Aufgaben wieder an Chaled abgeben zu können. Das Lachen des Dämons jagte ihm eiskalte Schauer den Rücken hinab.

Die Hände und Augen des Unmenschen glühten rot auf, Feuer züngelte zwischen seinen Händen empor und eine rauchende Schicht aus Asche schien von seiner Haut abzublättern.

Die Jäger hinter der Nadel und den anderen dreien wichen gerade zurück, als die Energie der Geister den Dämon traf.

Die blau leuchtende Kraft, die sie beschworen und auf ihn und den Baum lenkten, zeigte sofort ihre Wirkung. Der Dämon wurde zurückgeworfen, prallte mit dem Rücken an den Stamm und verharrte dort.

Das Feuer in seinen Augen und an den Händen verschwand, wandelte sich in intensives Blau, das vom Baum ausging, der durch die Energie der Schamanen scheinbar an Kraft gewann. Die Glut des Dämons schien von innen zu erlöschen, er ächzte und ging dann in die Knie.

Geschwächt und benommen schüttelte er den Kopf … und als er wieder aufstehen und sich am Baum abstützen wollte, glitt seine Hand direkt durch die Rinde!

Die Nadel schürzte die Lippen, als sie die deutliche Angst des Dämons sah.

Er zitterte und starrte auf seine durchscheinenden Hände, die immer stärker leuchteten.

»Schon bald wirst du zergehen, zu einem Geist werden und dich auflösen, wie Rauch im Wind.«

Der Dämon schrie wütend, sprang auf, ging aber sofort wieder in die Knie. Er konnte nicht mehr aufstehen und zischte wüste Flüche in seiner Sprache, während die Schamanen sich abwandten und ihn zurückließen.

Elsed starrte ihn noch einen Moment fasziniert an, dann folgte er hastig den Ältesten und holte zu seinem Vater auf, der gerade mit den Schamanen sprach.

»Ich dachte, er würde gleich sterben«, meinte Haluschk und wirkte dabei äußerst unzufrieden.

»Die Wirkung der Geister war stark, der Baum wird an Kraft gewinnen und den Dämon von sich abstoßen – dann hat er keinen Halt mehr in der Welt und wird zu Asche zerfallen.«

»Könnten ein paar Pfeile dabei nicht helfen?«

Die Nadel rümpfte die Nase. »Du verstehst nicht, wie der Dämon und der heilige Baum zusammenwirken. Wenn wir ihn einfach töten, könnten wir auch gleich eine Axt nehmen und den Baum fällen. Der Dämon würde ihn zerstören. Nein, wir mussten den Baum stärken, damit er den Dämon selbst vernichten kann.«

Haluschk brummte erleichtert. »Sehr gut, dann hat dieser Schrecken endlich ein Ende.«

Elsed hängte sich wie ein Schatten an seinen Vater und war einfach nur froh, dass ihr Anführer nicht von ihm verlangt hatte, sich dem Dämon zu stellen. Er wollte viel lieber wieder mit seinen Freunden jagen gehen.

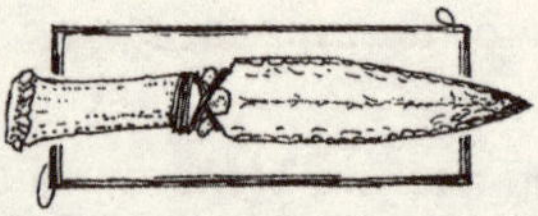

Ashas Träume hielten sie weiter jede Nacht gefangen und sie schienen noch schlimmer zu werden, nachdem die Schamanen ihr keine Pillen mehr gaben, die sie vor dem Dämon schützen sollten.

In dieser Nacht wurde sie von einer schwarzen Gestalt durch den Wald gejagt und konnte ihm nicht entkommen, egal wie schnell sie rannte. Er war immer schneller.

Der Mann ohne Gesicht packte sie und drückte sie fest, während die Welt um sie herum in Flammen aufging.

Gerade als sie aufspringen und fliehen wollte, schlug jemand den Vorhang der Tür zur Seite und trat ein.

»Neeeein!«

Noch während ihr langgezogener Schrei aus ihrer Kehle entwich, erkannte sie die Gestalt. Es war nicht der Dämon, sondern die Schamanin.

Die Nadel trat rasch an ihr Bett, aber Asha zitterte und schluchzte immer weiter.

»Ashanee! Beruhige dich.«

»Nein! Nein, er kommt mich holen! Er kommt und –«

Die Nadel packte sie mit ihren knorrigen Fingern an den Handgelenken und hielt sie fest, als sie wieder aufspringen wollte. »Das wird nicht passieren.«

»Doch! Jedes Mal, wenn ich aufwache, kommt er und zerrt mich hinaus … ich …«

Sie fühlte eine unkontrollierbare, manische Hysterie, die ihr das Atmen erschwerte und den Kopf schwirren ließ. Die Bilder zuckten immer wieder vor ihrem inneren Auge auf und ließen sie nicht in Ruhe.

»Was hat er mit mir gemacht? Ich hasse ihn! Ich HASSE IHN!«

Die Nadel tätschelte ihr den Arm. »Beruhige dich. Du kannst ja nichts dafür, Kind. Es wird alles wieder gut.«

Asha zitterte am ganzen Leib und verbarg sich dann an der knochigen Schulter der alten Frau. »Ich habe so Angst vor ihm. Wie konnte ich das alles nur aushalten? Warum habe ich das alles mit mir machen lassen?«

»Er hatte dich in seiner Gewalt. Aber du bist stark! Du kannst dich davon befreien. Habe Angst vor ihm, aber lass sie dich nicht kontrollieren. Du musst ihn nie wieder sehen.«

Asha versuchte, sich zu beruhigen. Es war ja tatsächlich tagsüber schon in Ordnung. Nur noch nachts plagten sie die Albträume.

»Ja, du hast Recht. Ich werde mich zusammenreißen.«

»Das ist gut.«

Asha lächelte matt. »Hatte ich euch eigentlich schon gedankt? Ihr habt mich gerettet … und der Dämon stirbt bald, nicht wahr?«

Die Nadel nickte. »Ja, er wird bald verschwinden. Wenn es so weit ist, können wir darüber sprechen, was du dir für die Zukunft wünschst, Asha.«

»Hm? Was meinst du?«

»Dass der Dämon dich interessant fand, bedeutet, dass du eine sehr starke Energie in dir trägst. Du hast eine starke Verbindung zu den Geistern … Du könntest bei uns in die Lehre gehen und eine unserer Gehilfinnen werden.«

Asha schaute sie verwundert an. »Oh. Da–darüber müsste ich nachdenken, wenn es für euch in Ordnung ist? Ich würde gerne erst noch einmal jagen gehen. Dabei bekomme ich immer einen klaren Kopf.«

Die Nadel nickte und lächelte milde. »Sobald du wieder stabil genug bist und unsere Medizin nicht mehr benötigst, können wir noch einmal darüber sprechen.«

Der Dämon starrte unverwandt auf Jamils durchscheinende Hände. Die Spitzen seiner Finger waren bereits kaum mehr zu sehen und das glänzende Blau wanderte seine Arme hinauf und verbreitete ein taubes Kribbeln, das auch schon seine Füße und Beine ergriffen hatte.

Seine Gedanken waren erfüllt von Furcht und doch waren sie sonderbar träge. Es fiel ihm schwer, sich zu konzentrieren … die Angst hielt ihn fest gepackt und lähmte ihn fast mehr als die Tatsache, dass seine Beine ihn nicht mehr tragen wollten.

Sein Bewusstsein vermischte sich mit dem von Jamil und er spürte dessen Gedanken und Sorgen.

Seltsamerweise konnte er nicht sagen, was ihm mehr Angst bereitete: seine Situation oder die Gewissheit, dass Asha etwas angetan worden war.

Als Jamil das nächste Mal aufsah, waren die Schamanen und ihre Begleiter allesamt verschwunden.

Die Hitze und Glut, die seit Tagen in seiner Brust stärker und stärker geworden waren, schienen jetzt erloschen. Vermutlich hätte er jetzt das erste Mal wieder Ruhe vor Azrael gehabt, doch das konnte er gerade nicht wirklich wertschätzen.

Mit knirschenden Zähnen versuchte er noch einmal, aufzustehen und versagte kläglich.

Wut und Verzweiflung schürten das Feuer in seinem Inneren erneut und ließen den Dämon wieder erwachen, als

Jamil auf seine Hände starrte, die jetzt schon ganz verschwunden waren.

So hatte er sich das alles nicht vorgestellt! So sollte seine Existenz nicht enden! Er war ein Dämon! Ein mächtiges Feuerwesen, gefangen in einem jungen Körper mit so viel Potential! Und jetzt würden diese Quacksalber ihn vernichten, indem sie dem Geist im Hara–Baum so viel Kraft gaben?

Azrael schnaubte, konzentrierte die Wut in seinem Inneren und schickte seine Flammen aus, um sich an Jamils Seele zu klammern. Doch die Energie des Geistes war zu ruhig und kühl. Sie schmälerte seinen Einfluss, bis er sich kaum noch in Jamils Brust regen und nicht mehr mit ihm sprechen konnte.

Jamil öffnete den Mund, doch es kam nur ein Krächzen heraus. Ein Zittern lief durch seinen Körper und er starrte hinauf in die Krone des Baumes, dessen Blätter von einem leichten Schimmer belegt waren, als wären sie von glänzendem Frost überzogen.

Ist es das, was du willst? Dass ich vergehe und zu einem Teil von dir werde? Ich dachte immer … ich dachte …

Jamil spürte, wie sich seine Kehle zuschnürte. Er wollte nicht sterben, aber wie sollte er gegen einen Geist ankämpfen?

Die Schamanen hatten ihn mit so viel Kraft versorgt, dass es den Dämon und ihn gemeinsam überwältigte.

Jamils Herz trommelte wild, als er unter Mühe näher an den Baum rutschte und die Arme hob. Er lehnte sich vor, überwand seine Angst und nahm sein Schicksal an.

Wenn es so enden soll, dann reinige meine Seele von dem Dämon und lass mich meine Ruhe finden, dachte er und streckte seine unsichtbaren Hände in den Stamm. Er wusste, er würde mit Ituho verschmelzen und verschwinden … und seine letzten Momente wollte er mit friedlichen Gedanken erfüllen.

Er hoffte innig, dass es Asha gut ging und sie in Sicherheit war. Der Gedanke, sie allein zu lassen, ungeschützt und der Willkür ihrer Leute und Balors Hass ausgesetzt … es zerbrach ihm das Herz.

Er schloss die Augen und gab sich seinem Schicksal hin, während ein einziger Satz immer und immer wieder durch seinen Kopf schoss.

Ich liebe diese mutige, faszinierende Frau.

Im nächsten Moment rutschte er noch weiter nach vorn und spürte die Energie des Geistes. Sie war wie ein überwältigender Ozean aus Kraft, Ruhe und Wissen. So hell wie ein gleißender Stern, doch kühl und lindernd.

Jamil wurde bewusst, dass er einen Teil dieser Kraft schon die ganze Zeit in sich getragen hatte, schlummernd und leise … jetzt verstärkte sich das Band zwischen dem Geist und ihm.

Die Energie des Hara–Baumes durchströmte ihn, riss ihn mit sich – und schleuderte ihn fort. Er wurde nach hinten geworfen, glitt aus dem Stamm heraus und landete ächzend auf der Wiese.

Einen Atemzug lang blieb er regungslos liegen, dann fühlte er, dass seine Finger sich um die Grashalme gekrallt hatten. Er schlug die Augen auf, setzte sich hin und betrachtete seine Hände.

Sie leuchteten zwar noch immer leicht bläulich, doch er konnte definitiv wieder alles anfassen und greifen.

Die Blätter des Baumes rauschten und seine Äste wogten wie im Wind, obwohl der Hügel völlig still dalag. Jeder Grashalm auf der Wiese schien erstarrt, während der Baum knarrte und zitterte, als ein Knacken durch den Stamm fuhr und eine lange Spalte in ihm aufbrach.

Blaue, strahlende Fäden aus Licht wanderten aus dem Riss, berührten seine Ränder wie tastende Finger und glitten dann auf Jamil zu.

Ihm blieb gar keine Zeit, sich zu fürchten, denn die Tatsache, dass er noch lebte, überraschte ihn viel zu sehr.

Als die Energie ihn erreichte, hielt alles inne. Sogar das Rauschen des Meeres schien zu verschwinden, da die flüsternde Stimme des Geistes Ituho ihn erfüllte.

Sein Innerstes, seine Seele und sein ganzes Bewusstsein wurden zutiefst mit diesem uralten, heilenden Wesen verbunden. Da wurde Jamil klar, dass die Schamanen ihn ungewollt gerettet hatten.

Er lachte laut und konnte diese neue Wendung kaum fassen. Diese Narren hatten ihn töten wollen und dabei Ituho und seine ruhige Seite so gestärkt, dass er Azrael wieder Einhalt gebieten konnte!

Der Dämon war kurz davor gewesen, seine Seele zu übernehmen und ihn in seiner eigenen Wut zu verbrennen – jetzt fühlte er sich so stark und ausgeglichen wie nie zuvor.

Er legte eine Hand auf den Riss in Ituhos Stamm und fühlte unendliche Dankbarkeit. So verrückt diese ganze Situation mit den beiden Wesen in seinem Inneren auch war, so froh war er, noch am Leben zu sein.

Der Geist begann wieder zu flüstern.

Es ist Zeit … bald Zeit …

»Zeit wofür?«

Bleib ruhig … sei wie das Wasser … sei am Wasser …

Auf einmal hatte Jamil das Bild der Klippe ganz klar vor Augen, als sei er ein Vogel und fliege über das Meer. Er konnte sich selbst sehen, wie er über die Felsen hinunter kletterte.

Willst du, dass ich mich dort verberge? Ich brauche ohnehin etwas Ruhe … bis ich stark genug bin, um Asha zu holen.

Der Wind ließ die Äste laut knarzen und einer brach über ihm ab. Jamil fing ihn auf und legte ihn dann kopfschüttelnd zwischen die Wurzeln.

Die Knospen für das nächste Jahr waren alle vertrocknet. Der Ast war völlig ausgelaugt und verdörrt. Es schien aussichtslos, dass daraus im Frühling noch einmal Leben wachsen könnte. Würde der Baum sterben?

Er legte die Hand an den knorrigen Stamm. Der Wind rauschte, doch dieses Mal lag kein Flüstern darin.

Jamil huschte zum Waldrand und füllte seinen Wasserschlauch an der Quelle auf, dann überquerte er die Wiese und ließ sich über den Rand der Klippe gleiten. Er fand die passenden Kanten, kletterte weiter und setzte sich dann auf den breiteren Vorsprung.

Seufzend lehnte er sich mit dem Rücken an die Felswand und starrte hinaus auf die Weite des Meeres. Seine Gedanken flogen mit ihm davon und er verlor sein Zeitgefühl, während sich sein Herz weiter danach sehnte, endlich Asha wieder in die Arme zu schließen.

»Es ist bald Zeit …«, wiederholte er leise die seltsamen Worte des Geistes. »Wirst du mich bald gehen lassen, Ituho? Dann werde ich endlich herausfinden, warum Asha nicht mehr herkommen will … oder kann.«

Er lauschte dem Rauschen der Wellen und ließ Geduld in sein Herz einziehen. Die Tage verstrichen und er wartete unten zwischen den Felsspalten darauf, dass etwas geschehen würde.

Als Asha die erste Nacht wieder zuhause verbringen durfte, war sie die besorgten Blicke ihrer Eltern bald leid. Natürlich war ihr bewusst, dass die Schamanen ihr nur auf Probe erlaubten, ihre Aufsicht zu verlassen. Außerdem durfte sie nur bestimmte Dinge trinken und essen und schon gar nicht das Dorf verlassen – aber darüber mussten die Ältesten und ihre Eltern sich keine Sorgen machen. Asha dachte nicht im Traum daran, in nächster Zeit einen Fuß in den Wald zu setzen, auch wenn sie gelegentlich die Jagd vermisste.

Doch bald würde alles wieder wie früher sein.

Sie bekam jetzt nur noch stärkenden Tee, aber nicht mehr diese seltsame Medizin, die ihren Kopf schwirren ließ, und die Nadel hatte gesagt, dass sie die Albträume noch eine Weile würde aushalten müssen. Anscheinend war es ein langwieriger Prozess, von der Besessenheit durch einen Dämon befreit zu werden.

Am selben Tag, als Asha wieder nach Hause durfte, wurde Elsed mit mächtigen Amuletten behangen zum Hügel geschickt, um nach dem Rechten zu sehen. Bei seiner Rückkehr machte sich Erleichterung im Dorf breit, denn der etwas bleiche, aber sichtlich stolze Junge berichtete, dass er nirgends eine Spur des Dämons hatte ausmachen können. Allerdings sprach er auch von den Wunden des Baumes, von einer großen schwarzen Spalte in seinem Stamm und den trockenen Blättern.

Haluschk gebot Ruhe und bat die Bewohner um mehr Geduld, denn ein einzelner Kontrollgang war noch kein Beweis dafür, dass der Fluch wirklich beseitigt worden war. Die Schamanen meinten, die Spalte im Baum sei ein Zeichen, dass er schwer gegen den Dämon gekämpft – und gewonnen hatte. Die Nadel betonte, wie wichtig jetzt gehäufte Gebete und Gaben für den heiligen Baum seien, um ihm seine Kraft zurückzugeben und ihm für seinen Schutz zu danken.

Nach drei weiteren Tagen ohne eine Sichtung des Dämons wurde Asha anders als die anderen nicht fröhlich, sondern unruhig. Sie wollte zwar nicht allein sein, aber jeden Tag stundenlang mit ihrer Großmutter Körbe zu flechten, befriedigte sie nicht wirklich. Sie sehnte sich danach, ihre Finger um ihren Bogen zu legen, die Federn des Pfeiles an ihrer Wange zu fühlen und die Geschosse durch den Wald schnellen zu lassen.

Das viele Liegen und Kranksein hatte ihr nicht gutgetan, sie wollte sich bewegen und so ging sie am vierten Tag nach Neumond zum Versammlungshaus, um die Nadel darauf anzusprechen.

Beim Eintreten wäre sie beinahe mit Elsed zusammengestoßen.

»Ah, gut, dass du hier bist, Asha, ich sollte dich gerade holen.«

»Achso?«

»Ja, sie wollen irgendwas mit uns besprechen, aber jetzt müssen wir warten, bis sie uns reinholen.«

Elsed blieb am Eingang stehen und starrte hinaus auf den Platz. Er schien das Gespräch mit ihr nicht fortführen zu wollen und das kam ihr gerade recht, denn so konnte sie die Ohren spitzen und belauschen, was hinter dem dicken Ledervorhang besprochen wurde.

»Wir müssen eine Entscheidung treffen«, drang gerade die Stimme der Nadel zu ihr. »Die Jagd wird zunehmend schwerer mit diesen furchtbaren Fremden, die überall im Wald herumtrampeln und das Wild verscheuchen. Die Fallen sind fast immer leer und die Hirsche sind fort. Und wer weiß, wann Ashanee wieder für die Jagd bereit sein wird, vor allem, da ich sie gerne bei uns einweisen würde. Wir sollten Normalität und Freude in unser Dorf zurückbringen. Ich sage, die Hochzeit soll endlich stattfinden, da der Dämon nun fort ist.«

Eine Weile herrschte Stille und Asha konnte sich denken, dass sie darauf warteten, was der Blinde dazu zu sagen hatte. Auch wenn die Vier eigentlich immer gemeinsam auftraten, wog die Meinung ihres Ältesten doch sehr schwer.

»In Ordnung«, murmelte dieser schließlich. »Die beiden mussten lange genug warten, haben sich mehr als geduldig gezeigt und konnten sich reinigen. Der zunehmende Mond kann ebenso wie der volle ein gutes Omen für eine wachsende und erstarkende Beziehung sein.«

»Ich hole den Bruder und Ashanee«, stimmte ihm die Nadel zu – und Asha machte rasch drei Schritte weg von der Wand und tat, als würde sie den Knoten ihres Gürtels überprüfen.

Die Nadel räusperte sich und erhielt damit auch Elseds Aufmerksamkeit. »Ihr beide dürft Drissa und Chaled die frohe Kunde ausrichten. Sie sollen sich vorbereiten, wie wir es ihnen schon erklärt haben. Morgen Mittag ist es soweit.«

Elsed strahlte und war schon aus dem Versammlungshaus, bevor die Nadel noch etwas sagen konnte. Asha zögerte jedoch und fingerte nervös am Stoff ihres Ärmels herum.

»Stimmt etwas nicht, Asha? Freust du dich nicht?«

»Doch sehr!«, rief sie schnell und atmete einmal langsam durch. Sie schämte sich ein wenig, sprach es dann aber aus. »Es ist nur … Ich fürchte mich davor, wieder vor den heiligen Baum zu treten. Ich habe so viel falsch gemacht … und ich habe Angst vor dem Dämon.«

Die Nadel trat zu ihr und legte ihre Hände auf Ashas Schultern. Ein Schauer lief durch die junge Frau, auch wenn sie sich nicht recht erklären konnte, warum. Früher hatte sie die Schamanin vielleicht für seltsam und arrogant gehalten, doch sie hatte sich in den letzten Wochen äußerst fürsorglich um Asha gekümmert.

Wahrscheinlich würde sie, wenn es soweit war, das Angebot der Schamanin allein aus Dank annehmen. Eigentlich wollte sie eine Jägerin bleiben, aber wie könnte sie nein sagen, wenn man ihr anbot, eine Gehilfin der Schamanen zu werden, nachdem diese sie aus den Klauen des Dämons gerettet hatten?

Die Nadel schien ihre Abwesenheit zu spüren. »Du musst keine Angst mehr haben. Der Dämon ist fort – und wir werden alle dort sein. Du musst dich nicht allein diesem Ort stellen.«

Asha nickte und verabschiedete sich dann, um zu Drissa zu eilen. Chaled wusste es jetzt sicher schon und da wollte sie ihre Freundin nicht länger warten lassen.

Vor der Tür blieb sie wie angewurzelt stehen. Obwohl sie sich seit einiger Zeit wieder frei im Dorf bewegen durfte, hatte sie es bisher vermieden, ihre Freundin zu besuchen … zu groß war ihre Angst gewesen, dass Drissa sie abweisen oder gar beschimpfen könnte.

Sie hatten sich jetzt schon lange nicht mehr gesehen … und Drissa hatte ganz sicher mitbekommen, was mit Asha passiert war. Obwohl die Schamanen nach Neumond verkündet hatten, dass Ashanee jetzt wieder geheilt war, bemerkte sie trotzdem die schiefen Blicke der Leute. In so einer kleinen Gemeinschaft würde es eine ganze Weile dauern, bis ihr wieder alle vertrauten.

Asha atmete einmal tief durch, bevor sie klopfte und in den dämmrigen Hauptraum der Hütte eintrat. Sie musste sich jetzt dazu überwinden, immerhin durfte sie Drissa die frohe Botschaft übermitteln.

Ihre Sorge schien unbegründet gewesen zu sein, denn Drissa stürzte sich freudig quietschend auf ihre Freundin und drückte sie an sich.

»Oh, Asha! Dir geht es gut, oder? Sag, dass es dir wieder gut geht, ja? Mutter hat mir alles erzählt, sie und Kalla haben so viel über dich gesprochen! Ich war so voller Sorge und kurz davor, hier auszubrechen. Jetzt red doch endlich, bitte!«

Asha musste unwillkürlich lachen. »Das würde ich ja, wenn du mal Luft holen würdest.«

Drissa fiel in ihr Lachen mit ein und nickte wild. »Entschuldige. Erzähl.«

Als sie so erwartungsvoll angestarrt wurde, wusste Asha plötzlich nicht mehr, wo sie anfangen sollte. »Ich ... naja, es geht mir besser. Die Schamanen haben mir wirklich geholfen. Ich habe noch oft schlechte Träume, aber das geht wohl irgendwann wieder vorbei. Aber ... deshalb bin ich eigentlich gar nicht hier. Es geht jetzt nicht um mich, sondern ganz um dich.«

Drissa schien erst nicht zu verstehen. Asha drückte sie nochmal an sich und kicherte. »Drissa, du wirst morgen Mittag mit Chaled verbunden! Der Dämon ist ja jetzt fort und sie wollen, dass ihr euch endlich zusammentun könnt.«

Verschiedenste Emotionen huschten über Drissas schmales Gesicht, dann fingen ihre Augen an zu strahlen und sie sah mit einem Schlag aus wie ein schönes, junges Reh.

»Das ist ja wunderbar!«, erschallte eine Stimme hinter ihnen, gerade als Drissa den Mund geöffnet hatte. Ihre Mutter war eingetreten und mit wenigen Schritten bei ihnen, um ihre Tochter zu herzen. »Endlich! Endlich ist es so weit, meine Drissa wird eine Frau und bald Mutter, nicht wahr?«

Drissa lief rot an und duckte sich unter den Händen ihrer Mutter weg, die fröhlich weiter plapperte und begann, das Essen zu richten.

Währenddessen lächelte Drissa leise in sich hinein, bevor sie etwas ernster wurde.

»Du kommst morgen früh und hilfst mir, ja? Meine kleinen Schwestern lasse ich nicht an meine Haare, da brauche ich jemand geschickteren. Oh, Asha! Endlich sehe ich Chaled wieder. Endlich!« Sie lachte auf, dann brach sie plötzlich ab und wurde blass.

»Ohje … ich soll morgen heiraten? Morgen schon? Warum haben die Ältesten das nicht ein wenig früher gesagt? Ich bin noch nicht so weit!«

Asha nahm sie lächelnd in den Arm und streichelte ihr über den Rücken.

»Doch, das bist du. Ich weiß genau, wie sehr du dich darüber freust. Und dann geht dein Leben endlich weiter.«

Drissa nickte langsam. »So wie deins. Du hast einen herben Rückschlag erlitten. Hast du schon mit den Schamanen darüber gesprochen, wie deine Zukunft aussehen soll?«

Lachend winkte Asha ab. »Ich glaube nicht, dass in nächster Zeit jemand Interesse an einer Frau haben wird, die von einem Dämon–« Sie verstummte schlagartig und setzte rasch wieder ein Lächeln auf, als sie spürte, wie ihr die Situation zu entgleiten drohte. Ein Paar glühende Augen blitzte kurz in ihren Gedanken auf, doch sie schob es mit aller Macht beiseite.

»Das ist jetzt ja unwichtig. Erstmal sollen die Ältesten und Haluschk mir wieder erlauben, zu jagen. Du fehlst auch – sie haben mit uns gleich zwei Jägerinnen weniger und das geht nicht lange gut. Der Winter naht und die Fremden stören das Wild.« Als sie Drissas unschuldige Miene wanken sah, lenkte sie rasch wieder um. »Aber morgen wird uns nichts davon abhalten, eine unglaubliche Feier zu veranstalten. Jetzt zeig mir dein Kleid, ich will es noch sehen, bevor ich nach Hause gehe und dein Geschenk vorbereite.«

Drissa zierte sich ein wenig, zog sie dann aber doch an der Hand in einen der hinteren Räume, den sie sich mit ihren beiden kleinen Schwestern teilte, und holte das Kleid hervor.

Asha freute sich wirklich für ihre Freundin, verbrachte noch ein wenig Zeit mit ihr und wurde dann von Drissas Mutter verscheucht.

Draußen an der frischen Luft bemerkte Asha, wie spät es schon geworden war. Es dämmerte bereits und ein sanfter Nebel hing in Fetzen über den bewaldeten Hügeln.

Einen Moment lang verspürte sie den seltsamen und beängstigenden Impuls, in den Wald zu huschen und einem ganz bestimmten Dämon von den Ereignissen zu berichten. Schaudernd krallte sie ihre Finger in die Hose und biss sich auf die Lippe.

So etwas durfte sie nicht denken – und schon gar nicht den Ältesten erzählen, sonst würde sie wieder im Krankenbett landen.

Sie eilte nach Hause, um ihren Eltern davon zu erzählen, dass morgen ein ganz besonderer Tag für ihre Freundin sein würde, doch eigentlich wollte sie nur möglichst bald allein sein.

Den Abend verbrachte sie damit, die Schnitzereien am Griff von Drissas neuem Messer zu vollenden. Sie wusste, dass ihre Freundin sie heimlich für ihr neues beneidet hatte, das sie von den Schamanen erhalten hatte, nachdem die Fremden ihr ihres abgenommen hatten. Asha verharrte kurz in ihrer Arbeit.

Das schien schon so lang her zu sein … und war der Anfang allen Übels gewesen. Sie hatte den Dämon als erste ihres Volkes erblickt und war vermutlich deshalb in seine Fänge geraten.

Sie betrachtete den beschnitzten Hirschgriff in ihrer Hand und wollte das Geschenk auf einmal nur noch möglichst schnell überreichen und damit dieses Kapitel abschließen.

Der nächste Morgen flog dahin, ohne dass Asha es richtig mitbekam. Sie lächelte und dennoch entglitten ihre Gedanken immer wieder ins Leere.

Sie saß dann kurz mit hohlem Blick da und schreckte erst wieder hoch, wenn jemand laut ihren Namen sagte oder sie berührte.

Drissa bemerkte es natürlich und sprach sie darauf an, danach gab Asha sich mehr Mühe und spielte es herunter. Sie hatte kein Recht, ihrer Freundin mit ihrer Sonderlichkeit den Hochzeitstag zu verderben.

Also steckten sie Drissa in ihr Kleid, schmückten ihr Haar mit den hübschesten Blüten, die der frühe Herbst noch zu bieten hatte, und steckten auch ein paar Ähren hinzu, die bei jedem von Drissas Schritten wunderbar wippten.

Ihre Freundin hatte wie schon am Vorabend abwechselnde Gefühlsphasen, die von überquellender Euphorie zu kindlicher Angst und Scheu sprangen und wieder zurück.

Am späten Vormittag war alles vorbereitet.

Drissas Mutter verschwand für eine kurze Zeit, in der Asha vergeblich versuchte, ihre aufgeregte Freundin dazu zu bringen, eine Kleinigkeit zu essen. Dann kehrte ihre Mutter zurück.

»Es geht los. Möchtest du uns begleiten und gemeinsam mit uns auf die anderen warten, Ashanee?«

Asha wurde von diesem Vorschlag völlig überrumpelt. Die Vorstellung, sich ohne die Jäger und ihre Waffe das erste Mal dem Baum zu nähern, ängstigte sie mehr, als sie es sich vorher eingestanden hatte.

»Ich … das ist sehr nett … aber es ist doch Tradition, dass nur die Familie mit der Braut am Baum wartet … und … ich möchte nichts falsch machen.«

Sie konnte die Enttäuschung in Drissas Blick sehen, dann war der Moment auch schon vorbei und ihre Familie führte die Braut hinaus. Ihre beiden kleinen Schwestern lachten und hüpften vergnügt durch das Dorf, dann verschwand die Gruppe zwischen den Hütten.

Asha sah ihr hinterher und verdrängte mühsam die Gewissensbisse. Sie war gerade erst auf den Platz getreten, als ihre eigenen Eltern und alle anderen sich versammelten. Kleine Geschenke und leckere Speisen wurden zusammengetragen und der Platz dekoriert, bevor alle zum Hügel aufbrachen, auf dem Drissa wartete.

Als eine der letzten legte Asha das neue Messer zu den Gaben. Die Schamanen führten die Prozession an, direkt dahinter folgten Chaled und seine Eltern und Elsed, doch Asha konnte davon kaum etwas sehen, da sie sich weiter hinten hielt.

Akando und seine Familie hätten eigentlich direkt hinter Haluschk gehen dürfen, da er sein Berater war, doch bei Ashas blassem Gesicht hatten er und Kalla wohl stillschweigend entschieden, dass sie selbst wählen durfte, wo sie ging.

Inmitten ihrer Freunde, Familie und ihres Volkes fühlte Asha sich zwar geborgen, dennoch plagten sie Schreckensbilder auf dem Weg hinauf zum Baum.

Unter seinem Blätterdach hatten die Mädchen des Dorfes jede Menge Früchte und Blüten angesammelt und die

Wurzeln und Rinde damit dekoriert. Mehrere geflochtene Girlanden aus Gras und Blüten hingen von den unteren dicken Ästen.

Die Versammelten bildeten einen großen Halbkreis um den Baum und Chaled durfte vortreten, um seine Braut das erste Mal in ihrem reich verzierten Lederkleid zu sehen.

Asha konnte das freudige Glitzern in seinen Augen sehen, als Drissas Familie die beiden mit den Ältesten zwischen den Wurzeln des Baumes allein ließ.

Sie nahm die Rituale, die die vier Schamanen durchführten, nur halbherzig wahr und fühlte sich die ganze Zeit unangenehm beobachtet. Ständig hatte sie das Gefühl, dass hinter ihrem Rücken etwas geschah, dort jemand stand und ihr seinen Atem in den Nacken hauchte.

Nachdem sie sich dreimal hastig umgewandt hatte, kam sie sich lächerlich vor, starrte nur noch zum Baum hin und versuchte, sich mehr für ihre Freunde zu freuen.

Drissa strahlte wie der Sonnenschein selbst und auch Chaled sah stolz und erwachsen aus. Es schien Asha gar nicht lange her zu sein, dass sie als Kinder zu dritt durch die Wälder gestreift waren, um auf Bäume zu klettern und erste, einfache Fallen für das Wild zu bauen.

Jetzt verbanden die beiden für immer ihr Leben miteinander und wurden durch die Geister vereint.

Nach der Zeremonie kehrten alle gemeinsam ins Dorf zurück, um den ganzen restlichen Nachmittag und die Nacht hindurch zu feiern, bis das Morgengrauen hereinbrechen würde.

Asha schien die einzige zu sein, die noch einmal von der Hügelkuppe zurückblickte und die Fremden bemerkte, die sich an der Palisade versammelt hatten und den Sukrani nachstarrten.

Die Falle

»Bist du dir sicher, dass du schon wieder bereit bist, zu jagen?«, fragte Kalla besorgt.

Ashanee atmete einmal tief durch, bevor sie nickte. Sie war es nicht gewohnt, dass ihre Mutter sich solche Sorgen machte, aber angesichts der Umstände war es mehr als verständlich. Welche Mutter erlebte schon gerne, wie ihre Tochter von einem Dämon drangsaliert wurde?

Zum Glück lag das jetzt alles hinter ihr.

Gemeinsam standen Asha und ihre Mutter am Rand der Felder und starrten in die Dämmerung hinaus. Die Schatten waren schon verschwunden und Dunkelheit kroch langsam aus dem Wald heraus.

Doch es war nicht die Nacht, vor der Asha Angst hatte. Es waren rot glühende Augen.

Wieder holte sie tief Luft.

»Ja, ich bin bereit. Ich muss meinen Beitrag leisten.«

»Das ist gut. Und du gehst ja auch nicht allein.«

Damit wandte ihre Mutter sich um und winkte Elsed heran. Der Junge hatte sich bisher schüchtern im Hintergrund gehalten. Wieder einmal fand Asha es verblüffend, wie ähnlich er seinem großen Bruder sah. Allerdings wäre sie viel lieber mit Drissa jagen gegangen. Seit ihrer Hochzeit waren zwar erst zwei Tage vergangen, doch ihre Freundin war bereits losgezogen, um ebenfalls wieder zu jagen, denn immer weniger Fallen waren gefüllt oder Jagden von Erfolg gekrönt.

Kalla schob ihre Tochter ein Stück näher an den Jungen. »Elsed, ihr beide gebt aufeinander Acht, verstanden? Du sollst von Asha einiges lernen … aber wenn etwas passiert …«

Sie musste nicht weitersprechen, der Junge warf schon einen kurzen nervösen Blick zu Asha und nickte hastig. Es schien fast, als erwarte er, dass sie grundlos losschreien würde.

Aber nein, damit hatte sie aufgehört. Sie hatte ihre Angst jetzt unter Kontrolle. Sie würde nicht mehr schreien und weinen. Der Dämon hatte keine Macht mehr über sie.

Also erwiderte sie Elseds zaghaftes Lächeln, überprüfte noch einmal kurz ihre Ausrüstung und verabschiedete sich dann von Kalla.

Der Junge folgte ihr schweigend und sie lächelte, diesmal ermutigender. »Keine Sorge, es geht mir wieder gut.«

»Da–das weiß ich. Ich … es tut mir nur einfach noch leid, was ich gemacht habe.«

Er sah sie mit einem Welpenblick an, der sofort bewirkte, dass Asha den Vierzehnjährigen am liebsten in den Arm genommen hätte.

»Was meinst du? Was hast du denn gemacht?«

Als er ihre gerunzelte Stirn im schummrigen Licht sah, veränderte sich seine Miene und er zuckte mit den Schultern.

»Ach, nichts. Ich … ich hoffe nur, dass wir die Fremden bald verjagen können.«

Sie schnaubte und wuschelte ihm durch die Haare. »Jetzt lass uns erst einmal Tiere jagen, bevor du dich auf Menschen stürzt. Dein Vater wird es entscheiden, wenn es soweit ist.«

Er wirkte sichtlich erleichtert, aber auch eingeschnappt. Rasch machte er einen kurzen Sprung von ihr weg und grinste frech. Es erinnerte sie sonderbar an etwas … auf einmal tat ihre Schulter weh und es fühlte sich an, als hätte jemand an ihren Haaren gezupft.

Sie befreite sich von dem Zweig, der in ihrem Zopf hing, und schob den Ast zur Seite. Eine Weile liefen sie schweigend, horchten in den Wald hinein, folgten einem kleinen Wildwechsel und kontrollierten ein paar der Schlingen.

Asha wählte ihre gewöhnliche Strecke, doch Elsed hielt sie zurück.

»Nein … nicht da lang. Da haben die Fremden mehrere Fallen ausgelegt.«

Asha seufzte und starrte in den dunklen Wald. »Wo waren sie denn noch nicht? Vielleicht sollten wir es da versuchen.«

»Sie streifen durch die Wälder, als gehöre ihnen alles. Sie haben den prächtigen Leithirsch erlegt, der bei der Lichtung mit dem Teich lebte. Ein Jammer.«

»Na gut, dann lass uns in Richtung der Berge geh–«

Ein lautes Knacken hallte durch den Wald, als würde Holz bersten. Ashas Kopf ruckte in die Richtung, aus der dem Geräusch ein gellender Schmerzensschrei folgte.

Elsed zuckte merklich zusammen.

»Was war das?«

Asha antwortete nicht, sondern hetzte los, sprang über einen moosbewachsenen Baumstamm, schlüpfte zwischen Ästen und Farnen hindurch. Sie kannte die kleine Senke, dahinter wurde das Gelände wieder trockener und weitläufiger.

»Warte doch! Es könnten die Fremden sein!«

Sie hörte nicht auf ihn, da brauchte jemand Hilfe! Vielleicht war ein Baum umgestürzt oder …

Asha schlug sich durch ein Dickicht und kam auf den rutschigen Blättern einer Buche zum Stehen. Vor ihr lag ein schmaler Weg – oder vielmehr das, was davon übrig war, denn in der Mitte des Pfades, den die Jäger oft wählten, prangte jetzt ein Loch.

Es war eine tiefschwarze Öffnung in der Dunkelheit, doch mit ihren geschulten Augen konnte Asha viele Details erkennen. Am Rand des Lochs hingen Äste in die Tiefe und Laub war aufgeschichtet … das war eine Fallgrube!

Ohne darauf zu achten, ob vielleicht noch andere Fallen da waren, sprang sie an den Rand der Grube. Unten hing ein Körper, eine Frau, mit dem Gesicht nach unten, auf mehreren langen Holzstangen aufgespießt. Die Gestalt kam ihr erschreckend vertraut vor.

Sie schrie schon nicht mehr, zuckte aber noch.

Bei diesem Anblick hätte sich Asha beinahe der Magen umgedreht. Schritte kamen rutschend neben ihr zum Stehen, Elseds keuchender Atem, dann sein Schreckensschrei, als er die Frau erblickte.

»Hilf mir! Wir müssen sie da raus holen!«, rief Asha und warf ihren Bogen und die Pfeile zu Boden.

Der Junge regte sich nicht, war starr vor Schreck.

»Elsed! Sie lebt noch!«

Ohne weiter auf ihn zu warten, kniete sie sich hin. Erde bröckelte unter ihr weg und sie rutschte beinahe aus, griff nach unten, konnte die Verletzte aber nicht erreichen.

Fluchend klammerte sie sich an ein paar Wurzeln, drehte sich und ließ sich vorsichtig hinunterrutschen.

Elsed erwachte wieder zum Leben. »Asha! Sei bloß vorsichtig.«

»Ich schaffe das, warte du oben, du musst mich wieder raufziehen.«

Ashanee tastete mit den Füßen, fand ein Loch in der lehmigen Erdwand und erreichte dann den Boden. Eine der Spitzen kratzte an ihrem Rücken entlang. Sie wurde beinahe zwischen der Stange und dem Rand eingeklemmt, wand sich hervor und stieg fluchend über ein Gewirr aus Ästen und

Zweigen, zwängte sich zwischen Stangen hindurch und erreichte endlich die Verletzte.

In ihren Ohren rauschte es, als die schreckliche Vermutung zur Gewissheit wurde.

»Das ist Drissa«, flüsterte sie kaum hörbar und tastete rasch nach dem Puls ihrer Freundin. Bilder von ihrer Hochzeit tauchten vor ihrem inneren Auge auf, doch sie verscheuchte sie rasch. Sie durfte keine Zeit verlieren, Drissa lebte noch!

Sie zwängte sich zwischen weiteren Stangen hindurch, trat einige wütend aus dem Weg und zog sie aus dem festgestampften Boden der Grube, auf den mehr und mehr Blut tropfte.

Drissa stöhnte, bewegte ihren Arm und röchelte, wollte vermutlich schreien. Asha sah auf einen Blick, dass es sehr schlecht um sie stand. Zwei der Holzstangen hatten sich durch ihre Beine gebohrt, mehrere andere hatten ihr tiefe Risse und Kratzer beigebracht. Ihre Schulter und ein Arm hingen auf den Spitzen, ohne zu tief eingedrungen zu sein …

»Verdammt, verdammt. Verdammt!«

Eine der Stangen hatte sich durch Drissas Bauch gebohrt.

Der Junge oben schien endlich seinen Schock überwunden zu haben. Er kletterte doch zu ihr herunter und sprang an die Stelle, die sie von den Stangen befreit hatte.

»Ich komme wieder hoch, keine Sorge, die Stangen können wir als Rampe nehmen«, meinte er bei ihrem besorgten Blick.

»Gut, hilf mir. Du musst sie festhalten, damit sie nicht tiefer auf diese Spitze rutscht, während ich ihre Beine befreie.«

Elsed nickte, packte Drissa an der Hüfte, wo Asha es ihm zeigte und wartete. Sie besah sich kurz das Unheil, das die Spieße an den Beinen ihrer Freundin angerichtet hatten, und entschied dann, dass sie ihre Füße nicht so weit hochziehen konnte.

Bei den Geistern, sie ist aufgespießt wie ein Braten.

Asha ließ sich auf die Knie fallen, ignorierte das Blut, das den Lehm schon schwarz färbte, und grub ihr Messer neben der Stange in die Erde. Mit wenigen Stichen hatte sie genug weggebrochen, um die beiden Stangen lösen zu können.

»Bereit? Halt sie gut fest!«

Von Elsed kam nur ein Schnaufen als Antwort, das genügte ihr. Sie zog die Holzstangen vorsichtig aus den Löchern und ließ sie herabsinken. Von Drissa kam ein Schrei, dann erschlaffte sie.

»Ich glaube, sie ist tot!«, jammerte Elsed mit hoher Stimme.

»Nein, sie ist nur ohnmächtig. Halte sie weiter!«

Mit knirschenden Zähnen zog Asha die beiden Stangen aus Drissas Beinen. Bei dem schmatzenden Geräusch wurde ihr furchtbar übel, aber dann war ihre Freundin endlich frei.

»Jetzt heben wir sie gemeinsam von dem Spieß in ihrem Bauch. Dann müssen wir sie sehr schnell nach oben schaffen, verstehst du das? Sobald sie runter ist, lehnst du sie gegen mich, springst hoch und ziehst sie zu dir. Erst wenn sie oben ist, kann ich ihr helfen.«

Gesagt, getan. Elsed würgte und schwankte, als sie Drissa von dem Pfahl wuchteten, dann kletterte er hastig hinauf. Die Verletzte lehnte schwer gegen Asha, sie spürte die Wärme von frischem Blut auf ihrer Wange, ihrem Hals und den Händen – dann griff Elsed endlich nach ihr und zog sie hinauf, während Asha von unten mithalf.

Kaum hingen nur noch Drissas blutige Schienbeine in die Grube, machte Asha einen Satz und zog sich an den Wurzeln hoch. Doch die gaben nach, sie rutschte ab und wäre beinahe nach hinten auf die Spieße gefallen, aber Elsed packte ihr Wams und zog sie zu sich.

Keuchend knieten sie einen Moment nebeneinander, dann fühlte Asha wieder nach Drissas Puls.

Sie lebte noch immer!

Ein Schluchzen ließ sie aufschrecken. Elsed starrte auf die bewusstlose Drissa, weinte und flüsterte.

»Blut. Es ist überall …«

»Elsed!«

Chaleds kleiner Bruder zitterte und machte ein krächzendes Geräusch.

»Hol Hilfe!«, schrie Ashanee.

»Abe–«

»Nein, ich verstehe mehr vom Verbinden als du! Renn ins Dorf und hol die Krieger! Hol deinen Vater! Und die Heilerin!«

Elsed wich zurück, war jetzt ganz bleich.

»Beeil dich!«

Er nickte, sprang auf wie ein aufgescheuchtes Reh und verschwand zwischen den Bäumen.

Asha zerrte sich fluchend ihr Wams vom Körper, zog ihr Messer hervor und trennte die Ärmel ab. Dann schnitt sie das Leder längs auseinander und band mit den Streifen die schlimmsten Wunden an Drissas Beinen ab. Sie zerrte das Leder fest, doch es quoll noch immer Blut hervor.

Wer hat das nur getan? Wer baut hier Fallen, die für einen Bären reichen würden?!

Asha biss sich auf die Lippe, während sie ihre Hände mit einem Stück weichem Leder auf die Wunde an Drissas Bauch presste. Die Antwort war zu offensichtlich.

Diese dummen Fremden! Was sollte das? Was wollten sie bezwecken? Sie stahlen schon ihr Land, verjagten das Wild und erschufen einen Dämon! Wozu dann noch solch grässliche Fallen bauen?

Das Blut quoll zwischen ihren Fingern hervor, es ließ sich nicht aufhalten. Es hatte schon Drissas halbe Kleidung getränkt.

Elsed, wo bleibst du bloß? Sie wird verbluten!

Verzweifelt sah sich Asha im Wald um, suchte nach irgendetwas, das hier helfen könnte … nur ein Stück entfernt hinter einem dichten Dickicht begann die Wiese, das wusste sie.

Drissa bewegte sich, stöhnte schmerzerfüllt und riss die Augen auf. Sie schrie! Sie schrie so schrecklich, dann flackerten ihre Lider und fielen wieder zu.

Sie wird sterben! Aber der Hara–Baum … Ich muss da hin, ich muss es versuchen!

Obwohl sie sofort an die schrecklichen Traumbilder denken musste, war da doch ein kleiner Hoffnungskeim in ihr. Der heilende Baum könnte vielleicht helfen!

Der Dämon war doch fort, sie musste es versuchen! Zähneknirschend streifte sie sich den Bogen wieder über die Schulter, schob ihre Arme unter Drissas Achseln hindurch und umklammerte deren eigene, blutige Faust vor der Brust der Verwundeten, um sie sicher bewegen zu können.

Mit einem Ächzen zog sie Drissa ein Stück, drehte sie mit dem Rücken in Richtung der Wiese und zerrte sie rückwärts, Schritt für Schritt.

Das Gelände stieg etwas an, bevor es zu einem Dickicht führte. Schweiß brach auf Ashas Stirn aus, aber sie gab nicht auf, durchdrang die kratzenden Büsche und erreichte das offene Gelände.

Sie hatte gerade erst die Wiese betreten, als sich hastige Schritte im Gras näherten. Ihre Nackenhaare stellten sich auf.

Asha ließ die stöhnende Drissa los und riss sich den Bogen von der Schulter. In einer fließenden Bewegung zog sie einen Pfeil, legte ihn auf die Sehne und straffte sie.

Der Dämon war nicht fort, wie die anderen es gesagt hatten. Er war noch da, ihr Peiniger, dieses Monstrum! Er kam auf sie zu und bemerkte dann den Bogen und den Pfeil, der auf seine Brust gerichtet war.

»Komm nicht näher.«

Der Dämon erstarrte und hob die Hände, sah sie ungläubig an. Sein Gesicht war voll von Sorge, aber die war falsch! Sicherlich hatte er die Schreie gehört und hoffte jetzt auf eine leichte Beute.

»Asha! Asha, was ist denn los?« Sein Blick huschte hinab zu der Verwundeten und sie beobachtete ihn dabei ganz genau. War da Blutlust in seinen Augen? »Bei den Göttern, was ist denn mit ihr geschehen?«

Doch er verhielt sich menschlich, war mindestens so erschüttert, wie sie sich fühlte. Der Dämon kannte ihren Namen. Natürlich, das hatte die Nadel gesagt, er hatte sie verhext. Würde er es jetzt wieder versuchen? Wie hatte sie nur so dumm sein können? Er würde sie töten!

Doch das Leben ihrer Freundin war jetzt wichtiger als ihr eigenes.

Ashanee atmete einmal tief durch, bevor sie dem Dämon in die Augen sah. »Sie ist in eine Fallgrube mit Spießen gestürzt. Bitte, du musst mich zum Baum lassen, Dämon. Nur der Hara–Baum kann sie retten!«

Der junge Mann starrte sie entgeistert an und sie dachte schon, er würde sich auf sie stürzen und sie packen, doch stattdessen kniete er sich neben die Verwundete. In seinem Blick war so viel Schmerz und Mitleid …

Ehe Asha etwas sagen konnte, schob er seine Arme unter Drissas Rücken und hob sie an, eilte mit ihr zum Baum.

Sie folgte ihm mit gespanntem Bogen.

Er legte Drissa direkt zwischen die Wurzeln, an denen noch die welken Blumen von der Hochzeit hingen. Asha zitterten die Arme von der Anstrengung, doch sie wagte es nicht, den Bogen zu senken, also hielt sie die Sehne weiter straff gezogen.

Zwischen den Wurzeln war ein Teil des Hochzeitsschmuckes beiseitegeschoben worden, dort lagen einige Dinge auf einer alten Grasdecke. Waren das ihr Trinkschlauch und ihr Messer? Was hatte sie dem Dämon denn alles gebracht? Wie hatte sie das nur aushalten können, so von ihm kontrolliert zu werden?

Doch wie er jetzt über Drissa kniete und auf seine blutverschmierten Hände starrte, wirkte er zutiefst menschlich.

Seine Finger zittern ja … Warum ist er nicht so schrecklich wie in meinen Träumen?

Als der Dämon zu murmeln anfing, dachte sie schon, er würde sie beide verfluchen, sich die arme Drissa irgendwie zur Sklavin machen … doch dann wandte sich der Dämon an den Baum, starrte verzweifelt in die Blätterkrone … und ein Flüstern schlich durch Ashas Kopf wie eine sanfte, eiskalte Berührung.

»Was soll ich tun? Ituho!«

Wieder dieses säuselnde Flüstern … Asha jagte es einen Schauer den Rücken hinab. Der Dämon konnte mit dem heiligen Baum sprechen und kannte seinen Namen?

Langsam ließ sie den Bogen sinken und beobachtete gebannt, was da vor sich ging.

»Was?! Ich kann das nicht! Du musst ihr helfen!«

Wind kam auf, ließ die Blätter des Baumes rauschen und das Flüstern stärker werden – und im nächsten Moment ging ein Ruck durch den Körper des Dämons. Die Hilflosigkeit wich aus seinem Gesicht und machte vollkommener Ruhe Platz.

»Ja … ja, du hast recht.«

Seine Stimme klang jetzt kühl und klar wie Wasser. Der Dämon legte seine Hände rechts und links neben die blutende Wunde an Drissas Bauch und schloss die Augen, atmete tief ein und aus und mit jedem Atemzug, den er tat, wirbelte der Wind hin und her.

Asha schrak zurück, als helle Funken in den Wurzeln des Baumes aufglommen. Wie strahlende Schnüre breiteten sie sich aus, wurden mehr und mehr und wanderten dann die Wurzeln entlang auf den Stamm zu, als würde der Baum leuchtendes, sichtbares Wasser aus der Erde ziehen.

Das blaue Glühen erfüllte jetzt jede Ritze des furchigen Stammes, strahlte so hell, dass Asha den Blick abwenden musste. Die Erde bebte, pulsierte unter ihren Füßen wie im Takt eines riesigen Herzens.

Als Asha wieder hinsehen konnte, war das meiste Licht aus dem Baum verschwunden und übertrug sich auf den jungen Mann.

Die Augen des Dämons strahlten wie blaue Sonnen. Die Energie umwirbelte ihn in einem Sturm, ließ seine schwarzen Haare schweben und tanzen und seine ganze Haut dunkelblau glimmen. Er riss überrascht den Mund auf und schrie, als sich das Glühen in blauen Flammen auf seiner Haut ausbreitete. Die Energie wanderte durch seinen Körper, die Adern entlang, ließ sie türkis aufleuchten und ging auf Drissa über.

Die Jägerin bäumte sich auf, grub ihre Finger ins blutgetränkte Gras und ächzte. Asha bemerkte, dass sie ihre Augen so sehr verdreht hatte, dass nur noch das Weiße zu sehen war.

Sie wollte zu ihr, wollte ihr helfen, aber die Angst hielt sie an Ort und Stelle.

Der blau strahlende Nebel verdichtete sich und Dampf stieg von den Wunden auf – dann verschlossen sie sich!

Zuerst dampfte und zischte das grässliche Loch in ihrem Bauch, dann folgten die aufgerissenen Stellen an ihren Beinen.

Drissa entspannte sich sichtlich, seufzte leise und blieb reglos liegen. Asha konnte sehen, dass die Wunden verschwunden waren, einfach vergangen wie durch Geisterhand. Nur noch das Blut an der Kleidung zeugte von ihrer einstigen Existenz.

Der Dämon zitterte am ganzen Leib, starrte fasziniert auf seine eigenen Hände, die noch immer leuchteten wie sonnendurchdrungenes Wasser.

»Ha–hast du das gesehen?! Ich ... ich habe das getan! Ich habe geheilt!« Er lachte beinahe und betastete sachte Drissas Bauch und dann die Beine, die offensichtlich wieder heil waren, bevor er zu Asha aufsah. »Ach, jetzt nimm doch den Bogen runter, was soll denn das?«

Er erhob sich mit einem Ächzen, zog sich an der Rinde hoch, die unter seinen Fingern kratzend nachgab und zerbröselte. Der Dämon kam auf sie zu, was nur dazu führte, dass Asha den Bogen wieder hochriss und die Sehne straffte. »Komm nicht näher!«

»Asha ...«

»Nenn mich nicht so! Ich bin dir dankbar für deine Hilfe, aber du hast kein Recht, mich so zu nennen! Ich lasse mich nicht noch einmal von dir in deinen Bann ziehen!«

Sein Blick wurde unsäglich traurig. »Was ... was ist denn passiert? Hör zu, ich wollte dich nicht anschreien.«

Asha wurde immer verwirrter. Dieser Mann sprach mit ihr, als wären sie Freunde! Warum verhielt er sich nicht wie der Dämon aus ihren Träumen?

»Es tut mir leid, ich war nur so furchtbar wütend wegen meines Bruders und …«, fuhr er fort, doch sie unterbrach ihn.

»Bruder?«

»Du erinnerst dich nicht? Asha, ich habe dir davon erzählt, dass er es war … der mich erschossen hat.«

Sie runzelte die Stirn und vergaß einen Moment sogar ihre Angst. Irgendetwas stimmte hier ganz und gar nicht.

»Du warst sichtlich schockiert deswegen … aber ich war so stur und habe dich weggejagt und danach bist du … Asha, das ist drei Wochen her! Wie kannst du dich nicht daran erinnern?«

Er trat auf sie zu und im nächsten Augenblick war er schon direkt vor ihr, drückte den Bogen zu Seite, griff nach ihren Händen. Sie zog sie weg, aber er legte seine Finger schon um ihre Oberarme. Da war etwas Verzweifeltes, Drängendes in seinem Blick, in seinem hektischen Atem.

»Ashanee, wie heiße ich?«

Sie wand sich aus seinem Griff, der ihr sonderbar vertraut vorkam, konnte den Bogen aber nicht wieder anheben. Warum wirkte er so verletzt? Ein Dämon war nicht verletzt, er war grausam und grässlich …

»Was soll die Frage? Du bist ein Dämon, die haben keine Namen mehr!«

»Du kennst meinen Namen! Du bist die einzige, die mir zugehört hat! Du hast mir geholfen!«

»Ich weiß nicht, wovon du sprichst! Du hast mich geschändet und fast getötet!«

»Was?! So etwas würde ich nie –« Er unterbrach sich, runzelte die Stirn und musterte sie mit seinen blauen, alles durchdringenden Augen.

Langsam rückte er wieder näher, studierte ihr Gesicht. »Deine Pupillen sind so geweitet … und du schwitzt und … riechst nach starken Kräutern.«

»Die Schamanen haben mir ein Mittel gegen meine Albträume gegeben. Du hast mich besessen! Lass los! Ich darf gar nicht mit dir sprechen! Du wirst mich nicht wieder einhüllen in deine Flüche, Dämon!«

Ihre Stimme zitterte und versagte ihr beinahe, als schreckliche Angst ihr die Luft abschnürte.

Zaghaft legte er seine Hand an ihre Stirn und atmete langsam durch. Sie fühlte seine warme Haut gegen ihre und ihr Herz schlug so heftig, dass sie fürchtete, es würde zerspringen.

Seine Augen … sie sind wie das Meer … wie der Mond …

Sie konnte sich nicht von diesem leuchtenden, blauen Blick losreißen. Er schien direkt in ihre Seele zu blicken. Asha hatte sich noch nie so verbunden mit jemandem gefühlt … und gleichzeitig so verletzlich und entblößt.

Jäh stieg ein unaufhaltsames Verlangen in ihr auf, sein Gesicht zu berühren und seine Wange zu streicheln.

Doch da schnaufte er entrüstet. »Sie haben dir irgendetwas gegeben, damit du mich vergisst!«

»Ich … ich …«, flüsterte sie und bekam immer stärkere Kopfschmerzen.

»Asha, erinnere dich. Du hast mich vor den Kojoten beschützt, du hast mich zum Baum gebracht und mich gerettet. Das habe ich dir nicht befohlen, ich war viel zu schwach dafür. Ich kann so etwas gar nicht!«

»Du kannst heilen! Wer weiß, wozu du noch alles fähig bist, die Schamanen haben gesagt, ich darf dir nicht trauen, darf dir nicht mehr zuhören!« Sie flüsterte nur noch, drehte den Kopf weg und kniff die Augen zu, als die schrecklichen Albtraumbilder wieder in ihr Bewusstsein vordrangen.

Er würde sie zerreißen, in Stücke zerfetzen und ihre Knochen zerbeißen, um das Mark auszusaugen!

Doch stattdessen strichen seine Finger sanft über ihren Arm. Er hielt sie gar nicht mehr gepackt, sondern berührte sie nur zärtlich.

Sie öffnete wieder die Augen und sah, wie traurig er wirkte. »Ich will nicht glauben, dass ihre Drogen das nicht alles auslöschen konnten! Sieh mich an und erinnere dich.«

»Du irrst dich! Das ist ein Trick! Ich habe in meinen Träumen gesehen, dass … dass …« Ihre Konzentration schwand, während seine blau leuchtenden Augen sie fesselten.

Sein Gesicht näherte sich ihrem, sie spürte schon seinen Atem auf der Haut.

Er wird mich besitzen! Wird mich vergiften und zu seiner Sklavin machen …

Kaum berührten seine Lippen ihre, zuckte Energie wie ein Blitz durch ihren Körper. Sie spürte die kühlen blauen Flammen, die seinen Geist und sein Herz erfüllten, die ihm Kraft gaben und endlich den Bann brachen.

Eine Flut von Bildern kam mit den Flammen. Sie sah, wie sie den beinahe leblosen jungen Mann die Wiese hinaufzerrte, ihm die gebrochenen Glieder schiente, ihm zu trinken einflößte, mit ihm sprach … und ihn küsste.

Seine Lippen drückten sich voller Verzweiflung gegen ihre. Anstatt zurückzuweichen, erwiderte Asha seinen Kuss. Ein Strom aus Gefühlen erfüllte sie und nahm ihr den Atem.

Der Moment schien ewig anzuhalten, auch wenn es in Wahrheit wohl nur ein kurzer Augenblick war. Asha spürte, wie der Dämon sie nah zu sich zog, sie umarmte und an sich drückte.

»Jamil«, hauchte sie leise und schmiegte sich dichter an ihn.

Er drückte ihr einen Kuss auf das Haar und hielt sie fest.

»Es tut mir leid«, flüsterte sie und verbarg ihr Gesicht an seiner Schulter. »Es tut mir so leid. Ich wollte das alles nicht! Sie haben mich festgehalten und eingesperrt und dann … ich kann mich kaum erinnern.«

Von einem Atemzug zum nächsten wurde Asha wütend. Eine mächtige, düstere Wut stieg in ihr hoch und ließ sie schnauben und ihre Finger in Jamils Arm krallen.

»Diese … diese Ungeheuer!«

Jamil schob sie sanft von sich, um sie ansehen zu können.

»Sag so etwas nicht. Sie wollten dich beschützen.«

»Nein! Nein, sie sind zu weit gegangen! Ich glaube, sie haben mir dieselben Kräuter gegeben, die der Blinde für seine Geisterträume verwendet. Ich hätte dabei sterben können, aber ihnen war nur wichtig, dass ich Angst vor dir bekomme. Sie haben mir Lügen erzählt und mich glauben gemacht, dass …«

Sie verbarg ihr Gesicht rasch wieder an seiner Brust, als Tränen in ihre Augen stiegen und ein Schluchzen sich aus ihrer Kehle rang. Sie unterdrückte es, ließ nicht zu, dass diese unglaubliche Enttäuschung sie übermannte.

Selbst meine Eltern haben mich nicht vor den Schamanen beschützt. Niemand glaubte mir … und sie werden mir auch jetzt nicht glauben.

Erschrocken erstarrte sie, wischte sich dann rasch die Tränen aus den Augenwinkeln und sah zum Waldrand. War das gerade ein Pfiff gewesen?

»Sie werden mich … ich glaube, sie werden mich töten, wenn sie erfahren, dass ich mich wieder erinnere. Sie sind felsenfest davon überzeugt, dass du mich zu allem gezwungen hast. Es passt nichts anderes in ihr Weltbild.«

Jamil blickte auf seine blau glimmenden Hände und dann auf die geheilte Jägerin, die leise stöhnend neben ihnen lag.

»Es geht ihr noch nicht wieder gut. Sie hat viel Blut verloren. Du musst sie zu deinen Leuten bringen und sagen, dass der Baum es allein war. Erwähne nicht, dass ich geholfen habe.«

»Aber du hast sie geheilt! Das ist dein Werk!«

Er machte eine wegwischende Handbewegung. »Nein! Wenn ihre Meinung so unumstößlich ist, dann darfst du dich nicht gefährden. Ich werde nicht zulassen, dass du dich für mich opferst. Lass sie weiter glauben, ich sei ein Monstrum. Das … das ist mir egal, solange du nur sicher bist.«

»Jamil …«

Rufe hallten durch den Wald, gepaart mit den Pfiffen der Jäger. Sie suchten nach Asha und Drissa.

»Sie sind gleich hier!«

Jamil verzog kurz das Gesicht, als er die bewusstlose Drissa wieder aufhob und zum Waldrand oberhalb des Baumes trug. Asha ging vor und spähte zwischen die Büsche, doch es war noch niemand aus ihrem Dorf zu sehen.

»Leg sie noch in der Wiese ab, ich ziehe sie in den Wald. Verschwinde jetzt lieber.«

Jamil nickte knapp, presste die Lippen aufeinander. Sie konnte sehen, dass er etwas sagen wollte, doch stattdessen wandte er sich ab und eilte die Wiese hinab zur Klippe.

Ihr Herz machte einen kurzen Aussetzer, als er den Rand erreichte, abbremste und sich in die Tiefe schwang.

Er verschwand aus ihrer Sicht und sie musste einen Schrei unterdrücken.

Ganz ruhig. Er weiß, was er tut. Du kennst diese Klippen, Asha. Da sind Vorsprünge. Er hat sie entdeckt und versteckt sich dort, das ist gut so.

Trotzdem wollte ihr Puls sich nicht beruhigen. Mit bebenden Fingern packte sie Drissas blutverschmierte Kleidung und zerrte sie zwischen die Büsche über den Waldboden.

Die Rufe und Pfiffe kamen näher, dann erschien das flackernde Licht von Fackeln zwischen den Stämmen.

Eine ganze Gruppe Krieger kam auf sie zu, angeführt von Elsed, dem Haluschk, Chaled und Kalla folgten.

Sie umringten sie, warfen zuckendes Fackellicht auf die liegende Jägerin und Asha.

Chaled war kreidebleich und zitterte. Sofort kniete sich die Nadel neben Drissa, überprüfte die blutige Kleidung und zischte dann überrascht.

»Da sind keine Wunden mehr! Sie sind verheilt!«

Asha warf sich an die Brust ihrer Mutter und klammerte sich fest, während sie alle Blicke auf sich spürte.

»Ashanee, was hast du getan?«, flüsterte Kalla entsetzt.

»Ich wusste nicht, was ich sonst tun sollte! Drissa war so schrecklich verletzt und … und …«

»Du bist wieder zu dem Dämon gegangen!«

Sie drückte ihr Gesicht fester gegen den Stoff und biss sich auf die Innenseite ihrer Backe, dass ihr die Tränen in die Augen schossen. Erst dann sah sie wieder zu ihrer Mutter auf, dessen wohl bewusst, dass auch die Krieger sie misstrauisch beobachteten.

»Es war schrecklich! Ich hatte solche Angst!«

»Du hast mit ihm gesprochen?«, fragte Kalla und schien die Frage kaum aussprechen zu wollen.

Mein Gott, wie sehr sie ihn alle fürchten. Würden sie doch nur verstehen … und so fühlen wie ich.

»N–nein«, stammelte sie rasch und legte sich dabei ihre Lügen zurecht. »Ich habe Drissa zum Hara–Baum gezerrt, der Dämon war nicht da. Der große Geist hat sie geheilt und ich bin, so schnell ich konnte, wieder von dort weg gelaufen. Ich glaube, der Dämon war unten am Meer, ich habe ihn brüllen hören.«

Erleichterung machte sich in der Gruppe breit wie eine Droge. Erst als die Anspannung von den Kriegern etwas abfiel, wurde Asha bewusst, wie ungeheuerlich ihre Befürchtungen waren. Als gingen sie alle davon aus, dass Jamil nur dafür atmen würde, um sie zu vernichten.

Elsed drängte sich zwischen den Kriegern vor. »Ja, ich habe ihn auch gehört! Dabei dachte ich, er sei fort.«

»Das dachten wir alle«, bestätigte Haluschk. »Aber wir fürchteten, dass er sich auf die verwundete Drissa stürzen würde … das hast du sehr gut gemacht, Ashanee. Es war sehr mutig von dir, dich trotz deiner Ängste zum Hara–Baum zu wagen. Du hast sie gerettet und bewiesen, dass der heilige Baum noch immer seine Kräfte besitzt, trotz des dämonischen Parasiten.«

Asha seufzte innerlich. *Wenn ihr nur wüsstet.*

Haluschk seufzte tatsächlich. »Wir müssen den anderen Schamanen berichten, dass der Dämon doch nicht verschwunden ist. Wir haben ihn schreien hören. Hast du ihn gesehen?«

»Nein, habe ich nicht. Aber ich habe ihn auch gehört. Er ist nicht tot.«

Haluschk runzelte die Stirn. »Darüber machen wir uns Gedanken, wenn wir daheim sind. Los jetzt.«

Chaled hatte währenddessen die ganze Zeit neben Drissa gekniet und erwachte erst jetzt wieder aus seiner Starre. Er sprang auf und drückte Asha an sich, so fest, dass es wehtat. »Du hast sie gerettet! Danke! Danke!«, flüsterte er und half dann dabei, Drissa ins Dorf zu tragen. Auf dem Weg zurück wichen Kalla und Haluschk nicht von Ashas Seite.

Der Anführer ließ sich etwas zurückfallen und bedeutete Asha, in seiner Nähe zu bleiben.

»Die Falle, in die sie gestürzt ist. Erzähl mir mehr darüber.«

»Ich … sie ist sicherlich von den Fremden gebaut worden.«

»Wirst du mir morgen zeigen, wo es passiert ist? Ich muss es sehen.«

»Natürlich«, erwiderte Asha rasch.

Kalla legte ihr eine Hand auf die Schulter und den Rest des Weges schwiegen sie.

Die Worte der Knochen

Die Sterne verblassten gerade am königsblauen Himmel, da schlüpfte Balor aus der Hütte und schlenderte durch die Siedlung.

Er gab sich bewusst gelassen, winkte sogar kurz der Wache, die oben auf dem Ausguck saß. Gerade als er sich wieder abwenden wollte, fuchtelte der Mann hektisch mit den Armen. Seufzend folgte Balor der Aufforderung und erklomm den Turm.

Oben auf der kleinen Plattform kauerte der alte Moleno, ein Mann, der zu kaum mehr geeignet war, als Ausschau zu halten. Er hatte sich in eine Filzdecke gewickelt, sein Blick huschte nervös über die Langhäuser, über denen eine sanfte Dunstschicht lag.

»Gut, dass du da bist!«, flüsterte Moleno.

»Was ist denn los? Sprich.«

»I–ich war völlig starr vor Schreck, h–habe es nicht gewagt meinen Posten zu verlassen und … und …«

»Was UND?«

»Da war ein b–blaues Licht oben auf der Wiese! Der B–b–baum! Er hat geleuchtet!«

Balor stutzte kurz, hatte sich aber schnell wieder im Griff. Er durfte sich seine Überraschung nicht anmerken lassen.

»Jetzt beruhige dich! Warum hast du nicht Alarm geschlagen?«

»N–nun …«, stammelte der Wächter. »I–ich war mir nicht sicher, was es ist … o–ob es gefährlich ist. Es war eigentlich recht schö–schön …«

Balor seufzte und massierte sich die Nasenwurzel. »Idiot. Alles, was der Dämon tut, kann gefährlich sein! Erzähl schon, was noch passiert ist.«

Moleno erschauderte kurz. »Gut, also ich habe leise Stimmen gehört und dann kam Wind auf und dann fing die Kuppe der Wiese an zu leuchten, der Baum, alles strahlte merkwürdig blau und dann wurde der Wind stärker und dann schrie der Dämon ganz merkwürdig und das Leuchten verschwand und alles wurde wieder ruhig.«

Schnaufend und völlig außer Atem brach der Mann seinen hastigen Bericht ab.

Sind hier denn alle unfähig?

Balor klopfte ihm auf die Schulter, etwas härter als nötig, und kletterte dann wieder von dem Ausguck herunter.

»He! Was soll ich jetzt machen?«, rief Moleno ihm hinterher.

»Weiter Ausschau halten. Immer weiter Ausschau halten.«

Mit einem Kopfschütteln machte Balor sich auf den Weg in den Wald. Es musste einen Grund geben, weshalb der Baum so ein seltsames Licht abgegeben hatte … vielleicht hatte er Jamil endlich erledigt?

Sofort spürte Balor, wie eine erwartungsvolle Vorfreude durch seine Adern schoss.

Ruhig Blut. Es kann auch etwas ganz anderes bedeuten. Ich muss erst die Falle überprüfen. Denn im Gegensatz zu dem Trottel da oben habe ich heute Nacht auch eine Frau schreien hören.

Er trat zwischen die Bäume, folgte einem kleinen Pfad, der im Laub kaum zu erkennen war, und erreichte die Falle.

Es war wirklich etwas hineingelaufen!

Balor ließ seinen Blick über die umliegenden Büsche gleiten, aber sein Gefühl sagte ihm, dass er allein war. Er huschte an den Rand der Fallgrube. Überall waren Spuren, verwischte Abdrücke von Lederschuhen, und die meisten der Stangen in der Grube waren umgeknickt.

Das ist eine Menge Blut …

Balor ließ sich am Rand herunter und überprüfte die aufgewühlte Erde unten. Das Blut war schon dunkel, aber teilweise noch feucht. Sogar in der dämmrigen, nebligen Morgenluft glänzte es noch an einigen der Spieße.

An mehreren der Spitzen hingen kleine Stofffetzen, an einer ein Stückchen Leder. Er klaubte es auf, ließ es durch die Finger gleiten, kratzte daran und beschnupperte es schließlich.

Das ist nicht von uns. Wir haben hier noch nicht gegerbt und all unsere Ledersachen sind vom Salzwasser auf der offenen See steif geworden. Das ist von den Wilden.

Balor räumte Zweige und Blattwerk vom Boden der Grube und wurde tatsächlich fündig! In dem Durcheinander lag eine archaische Steinklinge mit Geweihgriff, die noch ganz neu wirkte. Zufrieden steckte er sie ein, stieg über die eingebrochenen Äste und Stangen an den Rand und zog sich wieder hoch.

Hat der Dämon das Opfer befreit? Da sind Fußspuren von mehreren Personen und wer auch immer in meine Falle gestürzt ist, muss sich ernsthaft verletzt haben.

Balor folgte der Spur durch ein Dickicht. Die Fährte aus Blut und verrutschten Fußabdrücken und weggeschleiften Blättern war unmöglich zu übersehen. Er drückte einige Äste aus dem Weg, kauerte sich am Waldrand unter die Büsche und beobachtete die Wiese.

Von hier hinten konnte er nicht sehen, ob der Dämon auf der anderen Seite des dicken Stammes saß, aber die Spur führte geradewegs auf den Baum zu.

Balor legte eine Hand auf die Axt an seinem Gürtel, trat dann auf die Wiese hinaus und folgte weiter der Spur. Schon nach wenigen Schritten war das Gras nicht mehr von einem Körper zerpflügt worden.

Jemand hat sie aufgehoben, wenn es denn die Frau war. Aber dieser Schrei … das war kein Schreck, sondern echter Schmerz.

Balor schnitt eine Grimasse. Er bereute es, nicht direkt in der Nacht hergeschlichen zu sein, um zu erfahren, wer in seine Falle getappt war. Es musste ja eigentlich die Gehilfin gewesen sein … hatte Jamil sie dann aus der Falle gezogen?

Langsam umrundete er den Baum, wich von der Spur ab, von der er ohnehin wusste, dass sie genau zu den Wurzeln führen musste.

Tatsächlich war der Dämon nicht da. Balor war sonderbar erleichtert, warf jedoch einen raschen Blick in die Krone des Baumes, um sicherzugehen, dass der Unmensch sich nicht dort oben verbarg.

Er ging zum Lagerplatz des Dämons, betrachtete abschätzig die Grasdecken und Trinkschläuche. Auch hier fand er Blut, sogar etwas mehr als auf der Fährte. Doch es war sonderbar verkrustet, zerfiel zu einer Art Staub, als er es an den Grashalmen berührte.

Was ist das? Was hat der Dämon getan?

Balor sah sich genauer um und fand neue Abdrücke, die vom Baum wegführten, wieder zum Wald. Aber diesmal war da kein Blut mehr.

Entweder ist die Person gestorben … oder der Dämon hat etwas mit diesem mysteriösen Licht zu tun. Hat die Seherin nicht gesagt, dass von dem Baum seltsame Kräfte ausgehen, dass er vielleicht von den Wilden als heilig angesehen wird? Sie verehren ihn sicher nicht grundlos.

Nachdenklich verließ er den Baum und schritt die Wiese hinunter zur Siedlung. An der Palisade stand ein einzelner Mann an seinen Speer gelehnt und grüßte ihn mit einem Nicken.

Balor hatte sich nie bemüht, seinen Namen zu behalten, wusste aber, dass er früher ein Uhrmacher gewesen war und sich sicherlich nach einem feineren Handwerk als Wacheschieben sehnte.

»Hast du ihn heute schon gesehen?«, fragte er und deutete den Hügel hinauf, erhielt aber nur ein Kopfschütteln als Antwort.

»Gut, halt weiter die Augen offen … Nachher schicke ich jemanden, um dich abzulösen, dann kannst du etwas frühstücken.«

Der Uhrmacher warf ihm ein müdes Lächeln zu und Balor ließ ihn allein. Im Lager waren mittlerweile wohl alle wach. Das Hämmern und Krachen von Holz deutete darauf hin, dass die meisten sich heute damit beschäftigten, Bretter aus den gefällten Bäumen zu spalten, um Möbel zu bauen. Unten in der Bucht konnte Balor ebenfalls einige Gestalten erkennen, die vermutlich fischten.

Er ignorierte die Arbeitenden und war froh, dass man ihm offensichtlich ansah, dass er nicht gestört werden wollte.

Dieses Mal machte Balor sich nicht die Mühe, an den Knochen zu klopfen. Er betrat ohne Umschweife die neu gebaute Holzhütte, die jetzt das Heim der Seherin war.

Erstaunlich, wie schnell sie es geschafft hatte, alles Mögliche anzusammeln und Geschenke zu erhalten.

Natürlich, jeder will, dass die Seherin und damit auch die Götter ihm wohlgesonnen sind.

Im Gegensatz zu manch anderem hatte Yesima bereits mehrere Möbelstücke, darunter zwei mit Schnitzereien verzierte Holztruhen. Dazu hatte ihr jemand einige Regalbretter an den Wänden angebracht, die mit kräutergefüllten Schalen und anderen Utensilien gefüllt waren.

Zuerst war es still im Haus, dann näherten sich Schritte und Yesimas Töchter tauchten aus dem Schatten des Hinterzimmers auf.

Die beiden tuschelten und starrten ihn mit unheimlich leeren Blicken an. Nach einem Moment rissen sie sich zusammen und lächelten tatsächlich nett.

»Ist eure Mutter da?«

Sie nickten in völligem Einklang und machten ihm Platz, wobei er sich zwischen ihnen hindurchdrängen musste, um in das hintere Zimmer zu gelangen.

Einen Moment spürte er Yassras Atem auf seinem Gesicht, dann war er an ihr vorbei und erspähte Yesima, die mit geschlossenen Augen vor einem Tuch saß, auf dem mehrere Tierknochen verteilt lagen.

»Ich …« Auf einmal wusste Balor nicht mehr, wie er ansetzen sollte. Es überraschte ihn mehr, als er zugeben wollte, dass er sich plötzlich so unsicher war.

»Ja?« Die Seherin zog eine Augenbraue hoch und schmunzelte dabei auf eine Art, die Balor ihr am liebsten ausgetrieben hätte. Warum zögern? Er hatte keinen Grund dazu, denn sie kannte ohnehin sein größtes Geheimnis.

Er warf einen kurzen Blick über die Schulter, doch die Töchter waren verschwunden.

»Ich habe eine Fallgrube im Wald gegraben, um den Wilden eine Falle zu stellen. Jamil erhält Hilfe von ihnen.

Und letzte Nacht ist mir seine Gehilfin in die Falle getappt«, erklärte er rasch und leise.

Falls es Yesima überraschte, ließ sie es sich nicht anmerken. Sie stand auf und ordnete ihre einfache Kleidung.

»Und der Dämon hat darauf reagiert?«

Balor nickte heftig. »Ich glaube, er hat die verletzte Frau geheilt!«

Die Seherin schürzte die Lippen, während ihre Finger mit einem Knochen spielten. Balor erkannte ihn mit einem Schaudern als den Schädel eines kleinen Vogels.

»Ich hatte heute Nacht einen seltsamen Traum über den Dämon und seinen Baum …«, fing sie murmelnd an. »Lass mich allein. Ich muss die Götter befragen.«

Als er den Mund öffnete, hob sie rasch die Hand und unterbrach ihn. »Es wird nicht lange dauern. Setz dich rüber ans Feuer und warte.«

Seufzend ließ er sie in Ruhe. In der Stube saßen Yassra und Yaika auf der Bank am Tisch und zupften getrocknete Blätter von einigen langen Stengeln in eine Schale.

Balor schnaubte. Immerhin waren die beiden fleißig; bisher hatte er öfter den Eindruck gehabt, dass sie durchaus etwas mehr zum Wohl der Gemeinschaft hätten beitragen können.

Mit verschränkten Armen stellte er sich in die Tür. »Eure Mutter braucht euch.«

Wieder tuschelten die beiden, dann huschten sie mit wehenden, wilden Haaren an ihm vorbei und ließen das Tuch in der Tür herunter.

Balor stellte fest, dass es wie so vieles andere aus einem der Segel geschnitten worden war. Seufzend ließ er sich in der Stube auf eines der Betten in der Nähe des Kochfeuers sinken und wartete ab, während aus dem Hinterraum leises Gemurmel zu hören war.

Eine Ewigkeit schien zu verstreichen und Balor trommelte ungeduldig mit den Fingern gegen sein Jagdmesser am Gürtel. Er hing seinen Gedanken nach, entspannte sich aber kaum und schreckte hoch, als Yassra plötzlich vor ihm stand.

»Du kannst jetzt wieder zu ihr«, murmelte sie und wirkte dabei fast etwas schüchtern. Ohne ihre Schwester machte sie schon keinen ganz so sonderbaren Eindruck mehr.

Als er eintrat, erhob Yesima sich gerade von ihrem Hocker und nickte nachdenklich. »Ja. Ja, du hast absolut Recht, Balor. Es wird Zeit, dass wir etwas unternehmen«, sagte sie, als würden sie ihre Unterhaltung von zuvor ohne Unterbrechung fortführen.

»Wir?«

»Ich. Ich werde etwas unternehmen, denn der Dämon hat schon zu lange Angst und Schrecken verbreitet.«

Balor nickte, während Yesima ihn durchdringend betrachtete. »Du siehst erschöpft aus, junger Schütze.«

Ohne auf eine Antwort zu warten, bereitete sie ihm wieder einen seltsam riechenden Trank zu. Der Geschmack kam ihm dieses Mal allerdings weniger abscheulich vor. Seitdem die Seherin ihm die Tränke gab, fühlte er sich tatsächlich stärker, ja beinahe unbesiegbar.

»Geh jetzt, Balor. Und komm der Wiese nicht mehr nahe. Er darf nicht erfahren, was wir vorhaben …«

»Und was haben wir vor?«

Sie lächelte schnippisch. »Das, mein junger Schütze, wirst du morgen Abend selbst erfahren, wenn ich alles vorbereitet habe. Kommt, meine Töchter, wir haben einiges zu tun.«

Yassra und ihre jüngere Schwester Yaika standen gleichzeitig von der Bank auf, bewegten sich wie Zwillinge aus dem Schatten und auf ihre Mutter zu.

Sie erinnerten Balor an zwei junge Wölfinnen, die sich lauernd einer Beute näherten. Die Töchter gingen nah an ihm vorbei zu Yesima, ignorierten ihn dabei aber völlig, als sei er Luft.

Yassra strich sich eine wilde Haarsträhne hinters Ohr und Balor war nicht wenig überrascht, wie angenehm sie duftete.

Der Moment war sofort wieder vorüber und die alte Frau bedeutete ihm, jetzt ihr Heim zu verlassen.

Asha, Chaled und Elsed saßen die ganze Nacht schweigend an Drissas Lagerstätte. Die Schamanen hatten ihr stärkende Tränke eingeflößt und ihre Haut mit heilenden Tinkturen eingerieben, doch sie war noch kein einziges Mal erwacht.

»Was, wenn sie gar nicht mehr aufwacht?«, flüsterte Elsed ängstlich, als von draußen erstes Licht in die düstere Heilkammer drang.

Asha rieb sich die Augen. »Lass ihr Zeit, Elsed. Die Schamanen haben doch gesagt, dass sie viel Ruhe braucht. Sie hat so viel geblutet … es würde mich nicht wundern, wenn sie mehrere Tage schläft.«

Der Junge sah sie mit großen Augen an. »Das war so mutig von dir, Asha! Ich … bin mehrmals gestürzt … ich bin zu schnell gerannt … und dann habe ich Vater nicht gleich gefunden und–«

Sie hielt ihn rasch an den Schultern, als er lauter wurde und zu beben anfing. »Ganz ruhig. Es ist doch alles gut gegangen. Drissa wird wieder gesund.«

Er schüttelte ihre Hände ab und stand auf. »Nein! Ich habe versagt! Das hätte nicht passieren dürfen. Wenn der Baum ihr nicht geholfen hätte, wäre sie jetzt meinetwegen tot.«

Asha machte den Mund auf, um ihm zu sagen, dass daran allein der Erbauer der Falle Schuld gehabt hätte – doch Elsed stürmte schon hinaus.

Chaled schreckte auf, bisher hatte er nur stumm auf die schlafende Drissa gestarrt. Er erhob sich schwankend und stammelte dann etwas davon, dass er nach seinem Bruder sehen würde, bevor er verschwand.

Seufzend massierte Asha sich die Schläfen und dachte daran, was sie am Baum erlebt hatte … Sie war noch immer irritiert und wütend und traurig und – ihr Bauch krampfte sich zusammen.

Gerade als sie ihre Haare raufte, drang erneut Licht herein und jemand betrat den Raum.

»Wie geht es ihr?«, fragte die Nadel.

Asha ließ die Hände sinken und richtete sich auf. Hinter der Rothaarigen stand die Stille mit einer Schale Sud.

»Unverändert.«

Während die Stille Drissa das Gebräu einflößte, bat die Nadel sie hinaus. Sie schritten langsam gemeinsam durch die Morgendämmerung in Richtung der Kräutergärten.

Als sie die Reihen der Gewächse entlanggingen, faltete die Nadel ihre Hände zusammen und musterte sie unverschämt von Kopf bis Fuß. »Schildere mir bitte noch einmal den Ablauf. Was du gesehen hast.«

Asha nickte, obwohl sie viel lieber ausgespuckt hätte. Was wollte die Alte nur von ihr hören?

»Wie gesagt, ich habe Drissa zwischen die Wurzeln gelegt und den Geist angefleht, ihr zu helfen. Licht strahlte von den Wurzeln her, floss durch den Hara–Baum und in Drissas Wunden. Es war so strahlend hell, dass ich kaum hinsehen konnte. Dann brüllte der Dämon von der Bucht aus, ich habe Drissa gepackt und …«

»Und hast sie getragen? Die Jäger sagten mir, da sei keine Schleifspur im Gras gewesen.«

Asha schaute sie irritiert an. Glaubte sie wirklich, dass sie sich so leicht preisgeben würde? Nicht noch einmal. Sie legte ein Staunen auf und weitete die Augen in Faszination.

»Das … es war … unbeschreiblich! Ich glaube, der Baum hat auch mir Kraft gegeben, damit ich wieder weg konnte. Meine Knie haben so gezittert und mir war ganz schlecht vor Angst … aber dann fühlte ich mich besser und ruhiger. Ich konnte Drissa tragen als sei sie nur ein Kind. Erst am Waldrand wurden mir die Beine wieder weich.«

Die Nadel nickte langsam, bevor sie ihren Weg fortsetzte und eine Reihe Blätter von einer Pflanze abzupfte, die einen scharfen Geruch verströmte.

»Das ist erstaunlich. Es ist schon sehr lange her, dass der Geist so aktiv geworden ist. Aber es muss ein gutes Zeichen sein. Doch Asha, ich muss dich ausdrücklich davor warnen, nochmal zur Wiese zu gehen. Der Dämon lebt noch und wird jetzt sehr wütend sein. Du darfst weiter jagen, aber nur in Begleitung anderer Jäger und auch nur auf der anderen Seite des Dorfes. Sicher ist sicher.«

Asha nickte und lächelte matt. »Ich verstehe.«

Die Schamanin schürzte kurz die Lippen. »Du kannst zurück zu Drissa oder nach Hause gehen. Schlaf ein wenig und ruh dich aus, bevor dich der Ansturm deiner Verehrer trifft.«

Ashas verdutzte Miene schien sie zu amüsieren. »Mädchen, du hast einer Jägerin das Leben gerettet und bist eine Heldin. Viele sind dir dankbar und stolz auf dich – und manch ein junger Mann hat sicherlich ein Auge auf dich geworfen.«

Wärme breitete sich in Ashas Wangen aus und die Nadel schien zufrieden damit, denn sie ließ sie ohne ein weiteres Wort stehen.

Was soll denn das?, fragte Asha sich irritiert. *Will sie mich testen?*

Egal was die Nadel bezweckte – Ashanee dachte gar nicht daran, jetzt schlafen zu gehen. Wenn die Schamanin auch nur den Hauch eines Verdachts hegte, musste sie es unbedingt erfahren.

Sie schlug also den Weg nach Hause ein, achtete aber aus dem Augenwinkel darauf, wohin die Nadel ging, bevor sie einen Bogen machte und hinter das Versammlungshaus schlich.

Als sie das offene kleine Fenster erreichte, das zu dem Raum der Schamanen gehörte, und sich darunter kauerte, war drinnen bereits ein Streitgespräch ausgebrochen.

»Drissa war gerade frisch vermählt! Das ist ein schreckliches Omen! Wir hätten bis Vollmond warten müssen, wie es die Tradition verlangt!«, warf der Bär wütend ein. »Habt ihr gesehen, wo sie verletzt war? Wer weiß, ob sie noch Kinder empfangen kann!«

Die anderen schwiegen betreten, selbst die scharfzüngige Nadel schien eine Weile nicht zu wissen, was sie sagen sollte. Asha harrte regungslos in ihrem Versteck aus und befürchtete schon, dass sie gar nichts weiter besprechen würden.

»Warum lebt der Dämon überhaupt noch?«, fragte die Stille schließlich leise.

»Nicht der Dämon hat diese Falle gebaut, sondern die Fremden! Sie sind wilde Barbaren. Es ist jetzt genug, sage ich! Die Fremden haben zu viel Schaden angerichtet, wir müssen sie vertreiben!«, schimpfte der Bär laut.

»Ja, ihr habt Recht. Wir haben zu viel Zeit mit Warten vergeudet. Wir haben uns gerüstet, um uns zu verteidigen. Aber ich sage, jetzt wird es Zeit, anzugreifen«, sprach die Nadel.

Der Blinde seufzte langgezogen. »Wartet. Seid nicht zu übermütig, immerhin ist es Haluschks Entscheidung. Und die Zeit ist noch nicht reif.«

Asha konnte in ihrem Versteck deutlich spüren, wie angespannt die Stimmung der Vier war.

»Dennoch müssen wir die Geister befragen, warum sie uns diese schwere Prüfung auferlegt haben! Dieser Dämon ist … er ist sonderbar. Nicht so wie der, der damals das Dorf angriff«, meinte die Stille.

Die Nadel schnaubte. »Ja, er ist gerissener! Ihr habt doch auch das Brennen in seinen Augen gesehen. Er hat Macht über das Feuer – und er hätte es eingesetzt, wenn wir ihn nicht geschwächt hätten.«

»Zum Glück haben wir den Baum gestärkt, sonst hätte er Drissa kaum retten können«, warf der Bär ein. »Wir müssen etwas unternehmen. Die Frauen im Dorf wollen nicht mehr in den Wald, selbst die Jäger wollen keine Rundgänge mehr alleine wagen. Wer weiß, was sich diese Barbaren noch alles ausgedacht haben!«

»Und wer weiß, was der Dämon jetzt plant«, machte die Nadel weiter. »Er muss viel mächtiger sein als wir dachten, wenn er den Baum bezwingen konnte. Wir sollten ab jetzt alle Ashanee gut im Auge behalten. Mein Gefühl sagt mir, dass er versuchen könnte, sie wieder auf seine Seite zu ziehen. Wir sollten ihr wieder das Mittel geben, um sie gefügig zu machen.«

»Halte ein, Schwester, zieh jetzt keine voreiligen Schlüsse. Das Mädchen wird bleibende Schäden davontragen, wenn wir sie zu oft in die Geisterwelt schicken. Wir müssen die Geister jetzt selbst befragen, was wir wegen des Dämons und den Fremden unternehmen sollen. Also lasst uns beginnen, ich habe bereits eine Mischung für unsere Reise vorbereitet.«

Mit diesen Worten des Blinden schien das Thema erst einmal beendet und drinnen wurde ein Feuer entzündet.

Nach kurzer Zeit erfüllten seltsame Gerüche und das undeutliche Murmeln ihrer Stimmen die Luft. Ashas Herz raste dabei und wollte sich nicht mehr beruhigen.

Würde sie jemals vor der Nadel sicher sein? Wie sollte sie die Schamanen daran hindern, sie wieder in diese fürchterlichen Wahnträume zu schicken, die ihre Erinnerungen beinahe ausgelöscht hätten?

Schritt für Schritt wich Asha aus ihrem Versteck zurück und dachte dabei an Drissa. Hoffentlich würde sie bald wieder aufwachen, sie wäre jetzt ihre einzige Verbündete.

Erst als sie weit genug entfernt war, lief Asha los, um Haluschk zu suchen. Sie hatte versprochen, ihm die Falle zu zeigen und wollte niemandem einen Anlass geben, misstrauisch zu werden. Sie würde alles tun, was sie von ihr wollten. Hauptsache, sie konnte sich in der folgenden Nacht endlich heimlich davonstehlen.

Kein Weg zurück

Die Sorge um Asha trieb Jamil den Rest der Nacht und den folgenden Tag fast in den Wahnsinn.

Wie konnte er hier seelenruhig sitzen, wie das aushalten? Der Gedanke, dass sie aufgeflogen sein könnte … dass sie just in diesem Moment von ihren eigenen Leuten angeklagt werden könnte, zu Unrecht!

Nein, er konnte nicht mehr länger warten.

Seine Hände griffen wie von selbst an die richtigen Vorsprünge und er fühlte sich an die Nacht erinnert, als der Dämon beinahe die Kontrolle übernommen hätte. Doch diesmal hatte er sich selbst im Griff. Der Dämon war wieder stiller und kontrollierbar, seitdem diese Schamanen den Geist gestärkt hatten. Er würde die Kontrolle nicht verlieren, sondern sich die Kraft beider Wesen zu Nutze machen!

Er zog sich über den Rand der Klippe, kam auf die Beine und streckte kurz die Glieder, die nach dem langen Sitzen steif waren.

Jamil brauchte nur einmal tief durchzuatmen, da wurden der salzige Wind vom Meer und die Nacht um ihn herum langsamer und intensiver. Er spürte die Energie, die ihn durchströmte, ein Puls aus Feuer und Wasser in seiner Brust.

Er wandte sich an den Baum.

»Bitte, Ituho, du musst mich gehen lassen. Ich muss zu ihr … ich muss mit ihren Leuten sprechen und sie endlich zur Vernunft bringen. Ich muss sie davor warnen, was Balor vorhat! Wenn es zu einem Kampf kommt, bin allein ich daran schuld.«

Nachdem er einen Moment gewartet und keinerlei Reaktion von Seiten des Geistes spürte, machte er sich auf den Weg. Er hatte keine Zeit mehr! In seiner Unentschlossenheit hatte er bereits einen ganzen Tag vergeudet, er hätte ihnen letzte Nacht gleich folgen sollen, statt sich an den Klippenvorsprüngen zu verbergen.

Bis zum Waldrand kam er gut voran, auch die Quelle und das kleine Bächlein erreichte er ohne Probleme – dann brach die gewohnte Schwäche über ihn herein.

Jamil knirschte mit den Zähnen, packte den Ast einer jungen Eiche und riss ihn bei dem Versuch, sich abzustützen, vom Baum ab.

Noch ein paar Schritte weiter, dann ging er auf ein Knie, rappelte sich aber wieder auf.

Es fühlte sich an, als würden mit jedem Schritt mehr Gewichte an seine Beine gehängt.

»Verflucht!«, brummte er verbissen, doch es half ja nichts. Er kämpfte sich weiter, setzte einen Fuß vor den anderen, musste aber schon bald innehalten.

Der verdammte Baum ließ ihn nicht gehen und er sank langsam zu Boden, als seine Knie weich wurden.

»Ich bin nicht dein Haustier!«, rief Jamil ungehalten. »Ituho! Hörst du mich? Ich habe einen glühenden Flammendämon in meiner Brust, lass mich gehen oder ich schwöre bei den Göttern, ich brenne deinen Baum nieder!«

Er hielt inne, überrascht über diesen Gedanken. Würde er das tun müssen, um sich zu befreien? Aber Ituho schien ja auch in ihm zu stecken wie der Dämon. Er fühlte sie beide in seiner Brust und die Verbindung zum Baum.

Und er konnte die Quelle noch immer hinter sich hören, wie sie gurgelte und gluckerte und ihn dabei fröhlich auslachte.

Wütend stand er wieder auf, machte zwei Schritte, klammerte sich an einen Baum und hörte dann, wie sich jemand näherte.

»Jamil? Jamil, was machst du denn hier?«

Er blickte auf und erkannte Asha durch einen verschwommenen Schleier. Sie sicher und gesund vor sich stehen zu sehen, jagte einen Strom der Erleichterung durch seinen Körper. Wieder einmal wurde ihm bewusst, wie viel diese wundervolle Frau ihm bedeutete.

»Ich … wollte zu … dir.«

Ihr Lächeln erfüllte ihn mit solcher Freude, dass er seine Schwäche glatt vergaß. Sie schmiegte sich an seine Seite, umfasste ihn mit einem Arm und stützte ihn so, während sie zusammen zurück in Richtung Wiese gingen.

Kaum hatten sie die unsichtbare Grenze bei der Quelle überschritten, fühlte er sich so stark wie zuvor, als wäre nichts gewesen.

Sie erreichten schweigend den Baum, doch Asha ließ ihm nicht einmal Zeit, sich zu setzen. Sie küsste ihn ganz von selbst, umschlang ihn mit ihren Armen und hätte ihn dabei fast umgeworfen.

Lachend hielt er sie ein Stückchen von sich fort, während er den letzten Kuss noch auf den Lippen spürte. »Was verschafft mir denn diese überschwängliche Begrüßung?«

Ihr Blick war so voller Dankbarkeit und verführerischer Intensität, dass er ihre Worte erst gar nicht richtig einordnen konnte. »Du hast meiner besten Freundin das Leben gerettet!«

Jamil sah sie etwas verdutzt an. »Ich … das war Drissa? Die, die gerade geheiratet hat?«

Asha nickte heftig. »Ganz genau! Aber woher weißt du das? Habe ich dir davon erzählt?«

Er neigte leicht den Kopf. »Fast … du hast die Verlobung erwähnt. Und bei der Hochzeit war ich quasi zugegen.«

Bei ihrem irritierten Blick musste er lächeln.

»Dann habe ich mir das doch nicht nur eingebildet! Ich fühlte mich die ganze Zeit beobachtet.«

»Ich konnte euch zwar nicht sehen, aber sehr gut hören … und deinen Atem und den Rhythmus deines Herzens würde ich unter Hunderten erkennen.«

Er bemerkte, wie ihr bei seinen Worten ein Schaudern über den Rücken lief. Rasch hob er beschwichtigend die Hände. »Ich meine damit nicht, da–«

»Schon gut«, unterbrach sie ihn. »Du bist kein gewöhnlicher Verehrer, das muss ich einsehen.«

Jamil drückte sie lachend an sich, umfasste dann sanft ihr Gesicht und beugte sich zur ihr, um sie zu küssen. Ihr Atem war angenehm warm und er spürte, dass ihr Herz schneller zu schlagen begann, als seine Lippen über ihre glitten.

»Ich freue mich, dass ich deiner Freundin helfen konnte. Und noch mehr freue ich mich, dass es dir gut geht und dir danach nichts zugestoßen ist«, murmelte er leise und fühlte sich dabei seltsam verletzlich. Als hätte sie Macht über sein Seelenheil.

Asha legte ihre Hand auf seine, was ihm einen Strom aus Energie durch den Körper jagte, und zog ihn dann auf den Boden zwischen den Wurzeln.

»Wir sollten vorsichtig sein. Ich habe mich davongeschlichen, aber ich muss bald zurück, wenn ich nicht auffliegen will. Sie denken noch immer, dass ich *geheilt* bin, aber nachdem sie dich gehört haben … nun werden sie bestimmt Späher postieren.«

Jamil warf einen kurzen Blick über die Schulter zum Wald. »Ich passe auf. Wenn ich darauf achte, kann ich es hoffentlich spüren, bevor sich jemand nähert oder uns beobachtet.«

Asha seufzte. »Das löst unsere Probleme vielleicht für den Moment, aber … wir schweben in Gefahr. Du und ich … das ist undenkbar.«

Als er den Mund öffnete, um zu widersprechen, legte sie ihm einen Finger an die Lippen. »Es ist nun mal die Wahrheit. Wir schweben in Gefahr … und unser Frieden hier. Wenn ich bei dir erwischt werde, weiß ich nicht, was sie mit mir anstellen oder mit dir. Sie haben ja schon einmal versucht, dich zu vernichten.«

Jamil nickte langsam, während sich ihm so viele Fragen aufdrängten. Würde Asha wirklich in ihrem Dorf bleiben wollen? Nach all dem, was ihr angetan worden war? Nach Drissas Heilung und der Erkenntnis, was sie mit ihr gemacht hatten, war er felsenfest überzeugt gewesen, dass sie sich hier nicht mehr heimisch fühlte. Jetzt war er unsicher. Wie könnte er auch von ihr verlangen, Freunde und Familie zu verlassen, trotz der Umstände? Nur weil es für ihn hier keine Zukunft gab, durfte er ihre nicht riskieren.

»Wir brauchen einen Plan, und zwar schnell. Mein Bruder und seine Anhänger schmieden Waffen. Wenn wir nichts unternehmen, wird es übel enden«, sagte er schließlich.

»In meinem Dorf ist es genauso. Unser Anführer ist wütend, alle sind außer sich. Es hat sich lange und durch viele Kleinigkeiten angestaut, aber mit dieser Falle wurde es jetzt zu viel. Ich bin nicht in die Pläne der Krieger eingeweiht, aber als ich Haluschk die Falle zeigte, habe ich seinen Zorn gesehen. Er wäre am liebsten direkt zu deiner Siedlung gestürmt.«

Jamil schwieg eine Weile nachdenklich, bevor er den Kopf schüttelte. »Ich wünschte, ich könnte dir sagen, was meine Leute machen werden, aber ich kenne nur die Absichten von Balor. Mein Vater hat es sich zur Gewohnheit gemacht, sich meistens unten am Strand mit seinen Vertrauten zu besprechen, bei den rauschenden Wellen kann ich sie nur schlecht belauschen. Ich weiß nicht mehr, was mein Vater denkt. Er ist still geworden und zurückgezogen, hat seine Energie verloren und wirkt nicht so, als ob er Interesse an einem Kampf hätte – das übernimmt schon Balor für ihn.«

Asha streichelte langsam über seine Wange und betrachtete sein Gesicht. Er war sich sicher, dass seine Augen wieder einmal intensiv blau leuchteten, doch sie sagte nichts dazu. Stattdessen nickte sie resolut.

»Wir werden eine Lösung finden. Wenn ich ihnen verrate, dass du Drissa geheilt hast, ändert das vielleicht ihre Meinung und sie lassen dich zwischen unseren Dörfern vermitteln. Und sobald Drissa wieder erwacht, werden sie sich bestimmt auch etwas entspannen!«

Jamil hörte ihr die unterdrückte Verzweiflung deutlich an, lächelte aber möglichst aufmunternd. Er spürte, dass er sie womöglich nicht mehr von ihrem Plan abbringen konnte, und lenkte nur behutsam dagegen.

»Dann werde ich versuchen, mit meiner Mutter zu sprechen … aber Asha, bitte sei unbedingt vorsichtig. Ich … glaube, du solltest lieber nicht von mir sprechen oder mich als Argument einsetzen. Rede mit den Spähern, die die Siedlung beobachten, sie können doch deine Einschätzung bestätigen. Sie müssen den Schmelzofen gesehen haben.«

»Was?« Ihre Entschlossenheit wich plötzlicher Irritation. »Schmelz…ofen?«

»Weißt du nichts davon?«

Asha runzelte die Stirn. »Du vergisst, dass ich nicht bei klarem Verstand war. Wenn die Späher diesen *Ofen* gesehen haben, hätten sie es mir nicht gesagt.«

»Naja, zuerst dachte ich, sie wollten damit nur Gefäße brennen, Teller und Behälter … aber dann fingen sie mit den Waffen an. Ich höre schon eine Weile, wie sie hämmern, und der Geruch ist unverkennbar.«

»Sie machen Waffen aus … was?«

Jamil verstand endlich, dass sie keine Ahnung hatte, wovon er sprach. »Aus Metall. Sie schmelzen Erz und formen es zu harten Klingen, viel härter als Stein oder Knochen.«

»Ich glaube nicht, dass meine Leute das begreifen werden. Wir härten Gefäße im Feuer, aber ich habe bisher nur Gerüchte über diese seltsamen Waffen gehört. In der Rauchstadt sollen sie solche haben, die glänzen wie Sterne oder Eis. Und vor einigen Wochen berichtete Chaled von so etwas bei eurem Lager, aber das hat die Leute nur geängstigt und verwirrt. Wenn ich ihnen das erkläre, sehen sie es nur als weiteren Grund für einen Kampf, Jamil!«

Sie verstummte, raufte sich dann das Haar und sah ihn unruhig an, während er erschüttert einsehen musste, dass seine Idee wohl eher nach hinten losgegangen wäre.

»Was machen wir jetzt?«, flüsterte sie.

Er nahm Asha in den Arm und die junge Frau schmiegte sich an ihn, während sie zitterte.

»Ich habe Angst, Jamil. Ich fürchte, Drissas *Unfall* war nur der Anfang.«

Bevor er etwas erwidern konnte, erhob sie sich und wischte sich energisch eine Träne aus dem Augenwinkel. »Ich muss jetzt zurück. Sie dürfen nicht bemerken, dass ich fort war«, murmelte sie bitter, dann eilte sie davon.

Am späten Abend kehrte Balor nach einem weiteren Tag voller Ungeduld zur Seherin zurück. Er hatte den Vormittag damit verbracht, die Pfeilspitzen und Messerschneiden zu begutachten, die Farnir und Felik mittlerweile produziert hatten. Die Arbeit war wirklich nicht mit den Schmieden in Kas'Tiel vergleichbar, aber sie würde ihren Zweck erfüllen.

Die anderen Jäger hatten währenddessen die Fallgrube im Wald entdeckt und mit Aldo darüber gesprochen, doch der zeigte sich glücklicherweise desinteressiert.

Da Balor einer der wenigen war, die schon jahrelange Erfahrung hatten und nicht vorher nur Sattler, Uhrmacher oder Händler gewesen waren, konnte er sie beruhigen und ihnen berichten, dass das Tier aus der Falle geflohen war. Sie waren nicht glücklich, dass er ihnen nichts von der Grube erzählt hatte, das konnte er sehen, doch bei seinem strengen Ton kamen keine Widerworte auf.

Farnir und Felik waren enttäuscht, dass die Falle anscheinend ihre Wirkung verfehlt hatte, doch statt aufzugeben, ereiferten sie sich direkt mit der Idee, neue große Fallen aufzubauen.

Balor schmiedete einige grobe Pläne mit ihnen, verabschiedete sich dann aber, um zur Seherin zu gehen.

Er betrat das ruhige Haus – anscheinend waren Yesimas Töchter nicht da – und rümpfte die Nase bei dem schweren, irgendwie fauligen Geruch, der die Räume des Blockhauses erfüllte.

Die Seherin begrüßte ihn und wirkte sonderbar nervös und aufgewühlt, als sie ihm ohne Umschweife einen Becher hinhielt.

Balor runzelte die Stirn. Das Zeug roch und schmeckte ganz genauso wie die Stärkungsmittel, die sie ihm in den letzten Wochen gegeben hatte. Und das sollte ihm jetzt auf besondere Weise helfen?

Er würgte es herunter und musste dabei seltsamerweise an den lieblichen Duft von Yassras Haaren denken. Nachdem er eine Weile gewartet hatte und sich kein außergewöhnliches Gefühl einstellte, wurde er wütend.

»Dein Zauber funktioniert nicht! Ich fühle mich nicht von den Göttern bemächtigt, nur merkwürdig.«

Die Seherin leckte sich die Lippen. »Du verstehst mich falsch, Balor. Dieser Trunk sollte nicht den Dämon schwächen oder dich stärken. Er sollte dich bei einer wichtigen Entscheidung unterstützen, bevor ich dir den eigentlichen Trank gebe, der dir die Kraft gibt, den Dämon zu töten.«

Balor fühlte sich zusehends unwohl. Ihm war flau im Magen und sein Kopf dröhnte. Gleichzeitig spürte er ein männliches Verlangen, das sich ihm jetzt unangenehm aufdrängte.

»Wovon redest du?«, blaffte er wütend.

»Ich verlange eine Gegenleistung für den Trank. Du wolltest dir nach unserer Ankunft in diesem neuen Leben deinen Platz ganz oben sichern – und das möchte ich auch. Du wirst Yassra zur Frau nehmen, damit unser Stand als Seherinnen in dieser neuen Welt gesichert ist.«

Balor sah sie erst verdutzt an, dann lachte er los. »Du machst Witze. Warum sollte ich diese hässliche kleine Kröte wählen?«

Yesimas Blick wurde ungehalten und sie verschränkte die Arme vor den hängenden Brüsten. »Für so dumm und leichtsinnig hatte ich dich nicht gehalten, Schütze. Nur so erhältst du weiter meine Unterstützung.«

Balor wollte seinen Ohren nicht trauen. »Dann finde ich einen anderen Weg, ihn zu töten. Deine scheußlichen Tränke werden wohl kaum die einzige Lösung sein.«

Die Seherin brummte missmutig, dann klimperte sie seltsam lasziv mit den Wimpern und legte ein süffisantes Lächeln auf. »Bist du dir sicher, dass du nicht eine Nacht darüber schlafen willst? Sie ist doch ein süßes Mädchen, wohlgeformt und klug … und sie wird einmal meine Position einnehmen, was sie zu einer mächtigen Frau macht. So eine könntest du gut an deiner Seite gebrauchen, wenn du hier alles übernehmen und aufbauen willst.«

Balor dachte einen Moment an die kleinen, listigen Augen Yassras, wie sie ihn in den letzten Wochen beobachtet und taxiert hatte, als wäre es nur eine Frage der Zeit, bis er ihre Blicke erwidern würde.

Er presste die Lippen aufeinander, als ihn eine ungewollte Lust durchströmte. Angeekelt schmeckte er noch immer den bitteren Trunk auf seiner Zunge … und dann dämmerte es ihm.

»Du wagst es?«, brüllte er und seine Hand rutschte instinktiv an das Messer, das an seinem Gürtel steckte, als er sich so grauenhaft hilflos fühlte. »Du wagst es, mir seltsame Lustpulver als Stärkung unterzumischen? Was waren das für Gifte, du Hexe? Hast du mir etwas gegeben, damit ich deine widerliche Tochter anziehender finde?«

Der verschlossene Blick der alten Frau genügte ihm als Bestätigung, während er unwillkürlich würgen musste.

»Du wirst sie heiraten!«, erwiderte sie schnippisch.

Balor schnaubte. »Oder was?«

»Du weißt, wie viel mein Wort hier wiegt! Alle sind nach der Flucht aus Kas'Tiel verzweifelt! Dort war ich nur eine von vielen Seherinnen, aber hier bin ich die Einzige, die Letzte!«

Seine Augen verengten sich. »Was willst du damit sagen?«

»Ich werde ihnen ALLES sagen!«, rief sie schwer atmend. »Und du kannst dir sicher sein, dass sie mir glauben werden, wenn ich dich mit Hilfe der Götter als den Mörder deines Bruders enttarne!«

Balor sprang mit einem Ruck vor und packte sie. Das Messer glitt genau in dem Moment in ihren Körper, als sie begriff, dass sie zu weit gegangen war. Ein Ausdruck der Überraschung glitt über ihr Gesicht, bevor es kurz von Schmerz, dann von Ruhe ergriffen wurde. Sie erschlaffte in seinen Armen und er ließ sie langsam zu Boden rutschen, während seine Hand noch immer das Messer in ihrem Bauch umfasst hielt.

Er spürte, wie die Tränke der Seherin durch seine Adern pulsierten. Er war ein Vernichter!

Schnaubend richtete er sich auf und betrachtete die zusammengesunkene alte Frau. Ihre dürren Finger zuckten noch schwach, aber er war sich sicher, dass sie bereits bei den Göttern weilte.

Dort, wo er nach dieser Tat nie mehr hingehen könnte.

Eine Mischung aus Entsetzen und Trotz machte sich in ihm breit. Aber er hatte sich ihrer ja schon vor Wochen entsagt, als er die Pfeile abschoss! Sollten ihm die Götter doch gestohlen bleiben! Er hatte nie wirklich an sie geglaubt und was hatten sie bitteschön jemals für ihn getan? Lezana, die Frau, die er gemocht hatte, war seinem Weichei von Bruder versprochen worden und dann hatte er sie in den Feuern von Kas'Tiel verloren … Immer hatte sein Bruder alles bekommen, allen Ruhm geerntet und war der erste gewesen!

Jetzt war Balor an der Reihe. Er würde den Dämon endgültig vernichten und sich damit seinen Platz sichern. Danach waren sein alter, gebrochener Vater und die Wilden dran. Er würde die Überlebenden seines Volkes in eine ruhmreiche Zukunft führen! Sie würden keine Kämpfe mehr verlieren und sich NIE MEHR von irgendwo vertreiben lassen!

Die Seherin lag jetzt völlig still am Boden, umgeben von einer Blutlache, die sehr langsam in den festgestampften Lehmboden einsickerte.

Er betrachtete die Tote und fragte sich: Was nun? Niemand würde seine Beweggründe verstehen oder ihm zuhören, niemand würde ihm glauben, wenn er von den absurden Machenschaften der Seherin erzählte.

Nein, er musste ihre Wut auf jemand anderen lenken. Er brauchte ein geeignetes Opfer.

Mit einem Ruck zog er sein Messer aus ihrem Leib, steckte es weg und holte dann die Steinklinge der Wilden hervor. Er packte den beschnitzten Griff und stieß die Klinge tief in die Wunde.

Langsam wandte er sich von der Toten ab und machte einen Schritt zur Tür. Draußen war es schon dunkel und still, die meisten hatten sich in einer der großen, fertigen Hütten versammelt, kochten wohl gerade oder verrichteten Handarbeiten.

Balor schlüpfte unbemerkt aus dem Haus der Seherin und versuchte, seine Gedanken zu ordnen und die zitternden Hände unter Kontrolle zu bekommen.

Gerade als er sich etwas beruhigt und seinem Zuhause genähert hatte, ertönte ein spitzer Aufschrei, dicht gefolgt von einem zweiten, kindlicheren.

Balor rüstete sich innerlich, dann packte er seinen Bogen und eilte durch die Dunkelheit zurück zu Yesimas Haus. Yassra und ihre kleine Schwester umklammerten sich gegenseitig, waren in der offenen Tür erstarrt, offensichtlich gerade erst eingetreten. Auf dem Boden lag einer der frisch gebrannten Teller, seine Scherben durchmischt mit Essen, das die Geschwister wohl gerade von einem der beiden Langhäuser geholt hatten.

Sie jammerten leise vor sich hin, starrten mit leerem Blick, trauten sich aber offensichtlich nicht hinein. Also drängte Balor sich an ihnen vorbei und beugte sich zu Yesima hinunter, befühlte ihre Wange und den Hals, obwohl er ganz genau wusste, dass da kein Puls mehr war.

Die Geschwister starrten ihn mit großen Augen wie verlorene, hässliche Eulenjunge an. Er schüttelte den Kopf und die beiden umklammerten sich noch fester.

Als er sah, wie hilflos sie jetzt wirkten, hatte er zwar auch etwas Mitleid, war aber zugleich unendlich erleichtert, dass er diese Yassra niemals mehr nahe an sich heranlassen musste. Wie hätte er so eine schwache kleine Schnepfe an seiner Seite akzeptieren können?

Sie wollte gerade den Mund aufmachen, da wurden von draußen Rufe laut. Die Dörfler eilten herbei und wollten zu ihnen hereindrängen, doch Balor versperrte ihnen die Tür und nahm dabei sogar ungewollt die Geschwister in Schutz.

»Was ist da los?«, rief jemand und sie drängten sich näher.

»Wer hat da geschrien? Was ist passiert?«

Balor hielt sie zurück. »Die Seherin ist tot.«

Zuerst war es einen Moment still, dann breitete sich Fassungslosigkeit aus.

»Was? Hör auf, Balor! Über sowas macht man keine Scherze.«

»Das ist kein Scherz. Sie wurde erstochen.«

Damit brach ein Tumult aus und die Männer schoben ihn zur Seite und füllten den Raum. Mehrere Frauen schielten herein, begannen zu weinen und zu beten.

»Wer war das?«, schrie jemand wütend. »Was ist passiert? Wo ist der Dreckskerl?«

Ein anderer legte der zitternden Yassra eine Hand auf die Schulter. »Du bist jetzt unsere neue Seherin! Sag uns, wer es war!«

Die Situation drohte zu eskalieren und alle waren völlig überfordert. Ehe Balor wieder zu Wort kam, betrat Aldo das Haus, warf einen kurzen Blick auf die Tote und baute sich in ihrer aller Mitte auf. »Seid ruhig!«, brüllte er überraschend energisch und ließ das Durcheinander tatsächlich verstummen.

»Ich erlaube jetzt keine Panik!«

Er kniete sich neben die Tote und besah sich das Messer.

»Das ist ein Steinmesser der Wilden«, fing er an, hob aber gleich wieder die Hand, als die Leute loslegen wollten. »Wir müssen geordnet vorgehen, vielleicht ist der Mörder noch hier. Entzündet alle Fackeln und sucht in Gruppen zu viert oder fünft alle Ecken ab, sichert die Ausgänge und den Weg zur Bucht.«

Balor hatte nicht damit gerechnet, dass sein Vater so eingreifen würde. In den letzten Wochen hatte er kaum eine wichtige Entscheidung getroffen. Jetzt hörten und gehorchten alle.

Rasch zog Balor Farnir und seinen Bruder in den Schatten des Hauses, während alle restlichen Siedler durcheinander rannten und sich an der völlig überflüssigen Suche beteiligten. Balor hatte da eine ganze andere Idee.

»Was ist denn?«, fragte Farnir ihn leise.

»Das war der Dämon! Er hat hier überall sein Unwesen getrieben, hat mit Blut seine Opfer markiert.«

Die beiden zitterten, doch schon nach einem Augenblick in Balors Gegenwart wandelte sich ihre Furcht in Wut. Sie glaubten ihm.

»Was sollen wir tun?«, fragte Felik.

»Wir müssen dem Fluch endlich ein Ende bereiten! Die Seherin hat mir als letztes noch gesagt, dass ich den Dämon töten soll! Dass WIR das Monstrum endlich beseitigen sollen. Er muss es gespürt haben und hat sie deshalb ermordet.«

»Aber wenn er unsere Seherin angreifen konnte … wie sollen wir es dann ohne ihren Schutz schaffen?«

Balor lächelte milde. »Habt keine Angst. Die Seherin war schon eine alte Frau – wir haben Waffen und Mut! Außerdem hat sie mir den Segen der Götter gegeben! Wir MÜSSEN das tun! Um unsere letzten Freunde zu schützen, um die letzten Überlebenden aus Kas'Tiel vor diesem Ungetüm zu retten und unsere heilige Seherin zu rächen!«

Er konnte sehen, wie seine Rede ihre letzten Zweifel auslöschte. Der Mord an der Seherin durfte nicht ungestraft bleiben – und Balor hatte genau den richtigen Sündenbock und die passenden Schachfiguren ausgewählt.

Blut und Asche

Jamil waren die Schreie aus der Siedlung nicht entgangen und er fixierte die Herankommenden misstrauisch.

Balor kam als erster die Wiese hinauf, von einer dunklen, zuckenden Wolke aus Schwärze umgeben. Jamil konnte sich nicht des Eindrucks erwehren, dass die Seele seines Bruders krank und verdörrt war. Er schien nur noch aus Wut und Verzweiflung zu bestehen, die ihn vor sich hertrieben wie ein verletztes Tier.

Farnir und Felik folgten ihm wachsam, als er schweigend ein Stück vor seinem älteren Bruder stehen blieb. Eine Hand hatte er lässig auf dem Griff seiner Axt liegen.

Es waren Jamils ehemalige Freunde, die ihm gefolgt waren – und jetzt ihre Bögen hoben und die Sehnen spannten. Die Pfeile zeigten genau auf seine Brust.

Balor stand noch mehrere Schritte von ihm entfernt, doch er wurde bereits in den Bann von Jamils brennenden Augen gezogen. Der Dämon sah ihn einfach ruhig an, es zeigte sich keine Wut in seinen Zügen.

Im Gegenteil, er sah ihn neutral an und wartete ab. Balors Zorn wuchs sichtlich und er ballte die Fäuste. »Steh auf! Du kannst gehen, ich weiß es! Ich habe dich bei der Bucht stehen sehen und nachts warst du im Lager!«

Als Jamil weiterhin schwieg, packte Balor seine Axt, doch dann lächelte er und lachte sogar kurz. »Oder bist du zu schwach? Was bist du für eine jämmerliche Kreatur. Du hättest dir einen besseren Körper suchen sollen als den meines Bruders!«

Sein Lächeln wurde breiter, als kurz ein Ausdruck von Zorn über das Gesicht vor ihm zuckte.

»Wie kommt es eigentlich, dass das wilde Mädchen dir hilft? Was für ein Schwächling, dass du dich von einer fremden Frau gesundpflegen lässt wie ein Greis! Aber warte nur, ich habe schon einen Plan, was ich mit ihr mache, sobald wir ihr Dorf überfallen!«

Sein schleimiges Lächeln ließ Jamil die Galle hochkommen.

»Wenn du ihr etwas antust, werde ich dich töten!«, zischte er mit zusammengebissenen Zähnen.

»Oh! Der Dämon hat also doch noch eine Stimme … und ich dachte schon, du hättest das bestimmt schon verlernt, so allein, wie du hier bist«, erwiderte Balor – und wandte sich ab, zeigte seinem älteren Bruder den Rücken.

Jamil knirschte vor Wut mit den Zähnen. Wie konnte sein kleiner Bruder es wagen, so respektlos zu sein? Wie konnte er es wagen, ihm so offen zu zeigen, dass er nicht die geringste Angst vor ihm hatte?

Vor Zorn brodelnd knackte Jamil mehrmals seine Halswirbel und stand dann auf. Er war größer als Balor oder die anderen zwei, die auf einmal ein Stück zurückwichen.

Sein Bruder wirbelte herum und schleuderte ohne Vorwarnung seine Axt nach Jamil. Das Metall schlug in den Baumstamm hinter ihm und erzitterte kurz, als er der Schneide gerade noch ausweichen konnte.

»Tut es! Rächt die Seherin!«, brüllte Balor dabei.

Keinen Atemzug später hörte Jamil das Surren einer vibrierenden Sehne – und ein Pfeil schlug in seine Brust ein.

Er brüllte auf, als der Pfeil durch seine Rippen drang und ihn mit seiner Wucht zurückwarf. Er prallte gegen den Baum und ein zweiter und dritter Pfeil bohrten sich durch seine beiden Schultern und nagelten ihn an der Rinde fest. Ein qualvolles Ächzen entwich seinen Lippen, er war starr vor Schreck und Schmerz.

Einen Augenblick herrschte Stille, während Jamil keuchend ausatmete und versuchte, nicht noch einen Schrei loszulassen. Sein Blick hatte sich rot verfärbt, dennoch konnte er sehen, dass Farnir und Felik ihn misstrauisch beobachteten und erneut Pfeile auf ihre Sehnen legten.

Balor lachte schallend und klopfte dem zitternden Felik auf die Schulter. »Gut gemacht! Sehr gut! Habt ihr es gesehen? Er wollte mich angreifen, aber ihr habt es verhindert! Ihr werdet als Helden gefeiert, das garantiere ich euch.«

Die beiden nickten unsicher, während Jamil vergebens versuchte, sich zu befreien. Die Pfeile in seinen Schultern hatten ihn an den Stamm genagelt.

»Dann lasst uns einmal einen Blick auf das Monstrum werfen, meint ihr nicht? Es wäre doch eine Schande, wenn wir den Schmerz in seinem Gesicht nicht sehen könnten, bevor wir es töten«, sagte Balor nun und nickte Farnir zu. Der senkte den Bogen, zog seinen Feuerschläger hervor und löste eine eingeölte Fackel vom Gürtel, die er dann Balor reichte, bevor er rasch noch einen Pfeil zog.

»Ich … ich muss blind gewesen sein, dass ich nicht schon … früher erkannt habe … wer das eigentliche Monstrum hier … ist«, keuchte Jamil – und zwei weitere Pfeile bohrten sich in seinen Körper. Sein zweiter Schrei war nicht so laut, aber mindestens genauso qualvoll. Einer der Pfeile bohrte sich durch seinen Unterarm und pinnte ihn ebenfalls an den Baum, der andere fand den Weg in seinen Bauch.

Blut floss an seinem Körper und der Rinde des Baumes hinab. Hätten die Männer vor Jamil bessere Augen gehabt, hätten sie vermutlich geglaubt, dass der Baum selbst blutete.

»Oh Jamil, du hättest wissen müssen, dass ich dich früher oder später hinrichten würde!«, flüsterte Balor lustvoll und entfachte die Fackel.

Was er sah, erfüllte ihn mit tiefster Zufriedenheit. Sein Bruder, Dämon oder nicht, war tödlich verwundet und außer Gefecht. Er konnte sich alle Zeit der Welt lassen, um diesen Moment des Triumphs zu genießen, bevor er seinen Bruder endlich in die Anderwelt schickte.

Seine beiden Gehilfen wirkten zwar erschüttert – aber die kurze Distanz hatte ihr mangelndes Können am Bogen mehr als wettgemacht.

Jamils flacher Atem ging hektisch und sein Körper verkrampfte sich immer wieder, während er zuckte und Balor hasserfüllt anstarrte. Mit jedem Atemzug bewegten sich die beiden Pfeile in Brust und Bauch.

Balor lachte. Er hob die lodernde Fackel und machte einige rasche Schritte auf den Todgeweihten zu. »Unglaublich, für so einen Schwächling und Feigling, wie du es bist, muss ich dich doch ziemlich oft töten, meinst du nicht?«, murmelte er leise.

»Ich bin nicht *feige* – und noch nicht tot!«, rief Jamil angewidert, aber Balor sah, dass sein Blick bereits neblig wurde. Die Anderwelt rief ihn zu sich. »Immerhin … lasse ich nicht meine Freu…Freunde die Drecksarbeit für mich erled…igen!«, fauchte er und musste einen blutigen Husten unterdrücken. Dennoch lief ihm ein rotes Rinnsal aus dem Mundwinkel.

Balor trat noch ein wenig näher und hob ihm die Fackel vors Gesicht. »Noch bist du nicht tot. Und jetzt, *Bruder*, sag dieser Welt lebwohl.«

Balor grinste und zog das blutige Jagdmesser von seinem Gürtel. Das Metall glänzte im Schein der Fackel und Balor genoss jeden Augenblick, in der er das schmerzverzerrte Gesicht Jamils betrachtete. Er legte die Klinge an den warmen Hals des Dämons und beobachtete den rasenden Puls der Adern an dessen Kehle. Die Seherin hatte sich geirrt. *Er* konnte einen Dämon töten!

»Ich glaube nicht, dass es einen Ort für tote Dämonen gibt, wenn du verstehst, was ich meine.«

Azrael spürte, wie Jamil in seinem Schmerz die Kontrolle entglitt.

»Ja, ich glaube, ich verstehe, Bruder«, murmelte er müde und starrte in die Flamme der Fackel. Die Energie strahlte wie ein Leuchtfeuer in seinem Blick, er konnte sich kaum mehr auf etwas anderes konzentrieren. Die Macht der Flamme war so verführerisch …

Das Metall des Messers sandte einen heißen Blitz durch seinen Körper, während seine Augen sich in dem glühenden Licht verloren – doch es wurde nicht dunkel, so wie Jamil erwartet hatte.

Nein, im Gegenteil. Die Hitze steigerte sich, bis sie zu einem Brennen wurde, das seinen ganzen Körper erfasste – und ihn mit unglaublicher Kraft erfüllte.

Einen Moment dachte Jamil, er fahre in die brennende Anderwelt, solch eine Hitze entstand in ihm. Er gab sich den Flammen hin, die in seinem Geist aufloderten, ließ ihnen freien Lauf. Die Schmerzen, die seinen Körper durchfluteten, nährten das Feuer seines Zorns und machten ihn beinahe wahnsinnig. Azraels Stunde war gekommen.

Lass mich dir helfen, Jamil … flüsterte er in seinem Inneren. *Lass mich hinaus und die Flammen finden ihren Weg …*

Jamil spürte den Dämon, der in seiner Brust lauerte und danach lechzte, freigelassen zu werden. Sein eiserner Wille und die ruhige, sanfte Energie des Geistes waren wie ein Käfig für das Flammenwesen. Doch in dieser Situation würde ihm der heilende Geist nicht helfen können. Jamil spürte, dass Ituho versuchte, ihn zu heilen … aber die Wunden waren zu tief, sie waren tödlich.

Ich kann dir helfen … ich werde dich retten …

Jamil sah den Hass im Antlitz seines Bruders. Balor verachtete ihn und tötete ihn gerade zum zweiten Mal. Er wollte, dass dieser Verräter und Widerling endlich dafür büßte!

Der Dämon regte sich, nahm die Flammen und den Hass in sich auf – und Jamil übergab ihm die Kontrolle.

Azrael riss die Augen auf und das Lachen, das jetzt von seinen Lippen drang, war nicht mehr menschlich. Es war so tief und dunkel, dass es die Wiese erzittern ließ und bis in die Knochen seiner Feinde drang.

»Endlich! Endlich bin ich frei!«

Balors Augen weiteten sich vor Schreck, als ein rotes Glühen Jamils Augen erfasste und seine Haut zu brennen begann. Das Holz der Pfeile, die in Jamils Körper steckten, zerfiel außerhalb seiner Haut zu Asche. Balor brüllte, packte die Axt, die noch immer neben Jamil im Baum steckte, und riss sie heraus.

Jamil erzitterte unter der unsäglichen Energie, die aus der Fackel zu strömen schien und ihn ansteckte wie eine süchtig machende Droge. Azrael drängte das Bewusstsein des jungen Mannes zurück und übernahm vollends die Kontrolle.

Sein nächster Atemzug tat so gut wie schon lange nichts mehr. Azrael sah hinunter auf seinen Körper – seine Haut leuchtete wie die Glut eines herabbrennenden Feuers und warme Flammen leckten über seine Arme – dann richtete er seinen vernichtenden Blick auf Balor.

Auf einmal war sein Atem in der Luft als heißer Dampf sichtbar. Die Muskeln spannten sich und traten deutlich unter der Haut seiner Arme hervor, als er sich aufrichtete und von dem Baum wegschritt. Die Holzschäfte der Pfeile waren außerhalb seines Körpers verbrannt und somit war er frei.

Als Azrael den jüngeren Bruder ins Visier nahm, erbleichte dieser unter dem Eindruck der rot leuchtenden Augen.

Balor umklammerte die Axt und warf einen nervösen Blick zu Farnir und Felik. »Worauf wartet ihr? Tötet ihn! Schießt!«

Ein Pfeil raste auf Azrael zu – doch das Holz fing direkt vor ihm Feuer und verglühte zu schwarzer Asche, dic an Jamil vorbeistob. Die Pfeilspitze kratzte nur an seiner Wange entlang. Die Augen des Dämons richteten sich auf den Schützen, der zurückweichen wollte.

Sie werden brennen.

Azrael hob Jamils Hand und ein Strahl aus purem Feuer schoss auf Farnir zu und brachte ihn augenblicklich aus dieser Welt. Die Haut des Toten verbrannte, noch während er zu Boden fiel – und das Feuer schoss weiter, auf Felik zu.

Innerhalb weniger Sekunden waren Balor und der Dämon allein.

Sein kleiner Bruder war zurückgewichen … doch er lachte manisch. »Du warst das Opfer für die Götter, Jamil! Damit sollte alles besser werden!«

Azrael erwiderte es mit seinem dunklen Gelächter. »Wenn hier jemand geopfert werden sollte, dann du, Balor. Ich habe es in Jamils Gedanken gesehen und in seinem Herz gespürt. Du mochtest diese Lezana, nicht wahr? Hast du dich offen darüber geärgert? Es vielleicht den falschen Leuten erzählt, dass du ihm diese hübsche blonde Königstochter nicht gönnst? Er bekam immer alles und du nichts! Jetzt bist du an der Reihe! Und auf deinen Schultern lastet der Tod von Tausenden!«

Balor wankte und taumelte unter den verdrehten Worten des Dämons einen Schritt zurück. Zuerst wurde er bleich, dann rot vor Wut. Azrael konnte die schwarzen, fast lebendig wirkenden Schatten des Hasses genau sehen, als dieser eine Antwort zischte. »Du weißt gar nichts, Dämon! Die Seherin ist tot und somit muss ich es wohl besser machen!«

Mit einem Brüllen hob er die Axt und sprang auf Azrael zu. Das glühende Feuer der Dämonenaugen spiegelte sich in seinen und ließ ihn beinahe selbst dämonisch wirken.

Einen Moment lang waren sie im Schein der Fackel wieder ganz Gebrüder, bevor Balor die Axt auf den Dämon niederfahren ließ.

Alles ging ganz schnell – und dennoch konnte Jamil jede Sekunde aus der Dunkelheit beobachten als vergingen Monde. Sein Arm schoss vor, gelenkt von Azraels Kraft. Seine Finger schlossen sich um das Handgelenk und verdrehten es. Balor ächzte, als ihm die Axt entglitt, und seine Augen weiteten sich, als sich die andere Hand des Dämons um seinen Hals schloss.

Er schrie auf, als die brennende Haut seines Bruders seine eigene berührte. Der Geruch von verbranntem Fleisch breitete sich aus, Balor sah ächzend in die teuflischen Augen. Die andere Hand ließ von dessen Arm ab und packte seinen Kopf.

Ein schreckliches Knacken ertönte und der Dämon brach seinem Bruder ohne Mühe das Genick.

Genau in dem Moment, als das Leben in Balor erlosch, fing der Baum hinter Jamil Feuer. Der Dämon entließ den leblosen Körper aus seinem Griff und der Tote glitt zu Boden.

Die Hitze der hochschlagenden Flammen fühlte sich kühl auf Jamils Haut an. Auf Azraels Haut! Er stand schwer atmend vor der Leiche seines früheren Bruders, noch immer gefangen von dem berauschenden Gefühl der Macht, das ihn durchströmte.

Asche und Glutstücke regneten auf die Wiese, während ein Sturm aus Funken und Rauch in den Himmel stieg und die Flammen den ganzen Hügel erhellten. Jamils Schatten tanzte auf dem Gras, neben ihm krachten verkohlte Äste zu Boden.

Er brauchte einen langen Augenblick, in dem das Feuer des Baumes immer höher schlug und ihn fraß, bis er sich der Umgebung wieder richtig bewusst wurde. Die Energie der Flammen um ihn war so stark, dass es ihm schwerfiel, sich auf irgendetwas anderes zu konzentrieren, und der Rausch des Tötens erfüllte ihn mit purem Leben.

Azrael lachte triumphierend.

»Ich bin Feuer! Ich kann alles vernichten!«

Sein Kopf ruckte herum. Rufe aus dem Tal hallten zu ihm herauf. Natürlich, die Leute aus der Siedlung waren auf dem Weg.

»Wir töten sie! Verbrennen sie, alle miteinander!«

Jamil spürte selbst in der schwarzen Tiefe, wie der Hara–Baum in Flammen aufging. Ein heftiger Ruck ging durch seine Seele, ein blauer Strom aus Energie strahlte durch sein Innerstes, als Ituho seine brennende Heimstätte freigab. Der Geist löste sich vom Baum und schoss mit voller Wucht in Jamils Seele, mit der er seit Wochen in Verbindung stand.

Die Kälte beruhigte ihn, linderte die Schmerzen und gab ihm die Kraft, gegen Azraels Kontrolle aufzubegehren.

Jamil wehrte sich gegen die Worte, die in dunklem Ton aus seinem Mund drangen. Zähe, dickflüssige Schwärze umgab ihn, hüllte ihn ein … doch er kämpfte sich durch die Flammen an die Oberfläche zurück und spürte nach einem zeitlosen Augenblick endlich wieder seinen schmerzerfüllten Körper.

»Nein!«, presste er drohend hervor, drängte den Dämon aus seinen Gliedern und gewann unter Aufbringung all seiner Willenskraft wieder die Kontrolle über seinen Leib. Azrael schrie donnernd in seinem Kopf und wand sich schmerzhaft in seiner Brust, doch Jamil bewegte sich jetzt wieder selbst.

Er starrte einen Augenblick auf die zusammengesunkene Gestalt seines Bruders und die beiden verbrannten Toten. Das Feuer schien all seine Gefühle verzehrt zu haben, denn er spürte nichts.

Jamil drehte sich um und blickte auf den in Flammen stehenden Hara–Baum, an dem er so viele Tage gelegen hatte und geheilt worden war. Sein Gefängnis war nicht mehr. Das verbrennende Baumskelett knisterte und knackte laut, während die dicken Äste glühten. Die dünnen waren bereits zerfallen, alle Blätter zusammengeschrumpft, verkohlt und als Asche davongetragen. Orange angeschienener Qualm stieg in die Höhe und Jamil kam weiter zu sich.

Sein Atem wurde langsamer und ruhiger und er lauschte auf die lauten Rufe der Männer, hörte ihre Waffen klirren und die eiligen Schritte. Da hob Jamil die Hände und atmete einmal langsam aus, während er sie wieder senkte – und die Flammen gingen zurück.

Als seine Lunge völlig leer war, verschwand auch das Feuer. Zurück blieb der schwelende, qualmende Baumstamm mit ein paar restlichen Ästen, die weiterhin glommen und knackten. Auch sein Körper kühlte ab, leuchtete nicht mehr wie die Glut und wurde wieder normal, soweit das noch möglich war.

Jamil spürte die Erschütterung der vielen Schritte auf der Wiese und wandte sich von dem Baum und den Leichen ab.

Als die Männer des Dorfes an dem verbrannten Baum ankamen, war Jamil im Wald verschwunden.

Ashanee roch den Brand schon von weitem, als sie in der Nacht zur Wiese schlich. Sie lief rasch und geduckt und hielt sich im Schatten der Bäume am Waldrand. Das Licht des Feuers strahlte über das gesamte Tal, doch als der Hara–Baum endlich in Sichtweite kam, stieg nur noch Qualm gegen den dunklen Himmel auf. Schock lähmte ihre Bewegungen.

Der heilige Baum war niedergebrannt!

Niemand bemerkte sie, als sie sich am Waldrand zwischen einige Büsche kauerte und die Leute auf der Wiese beobachtete. Es waren viele, wohl das ganze Lager, aus dem Jamil stammte.

Im Schein der Fackeln schwiegen die Leute der Siedlung beklommen. Asha konnte erkennen, wie einige Männer sich niederknieten und Schatten in der Wiese besahen. Sie hörte die Männer murmeln und einige Frauen wehklagen – dann hoben die Fremden drei dunkle Körper vom Boden auf und trugen sie den Hügel hinunter, wo sie aus Ashas Blick verschwanden.

Einen Moment blieben die anderen Siedler noch um den Baum stehen, doch bevor sie sich ebenfalls zum Lager hin abwandten, taten sie etwas, das Asha nicht erwartet hatte.

Sie spuckten vor dem noch glühenden Baumstamm aus, jeder einzelne von ihnen, und sie flüsterten böse Flüche, die Asha erzittern ließen, obwohl sie die Worte nicht verstand.

Erst als alle Menschen von der Wiese fort waren, wagte Asha sich aus dem Wald.

Angst und Trauer hatten sie gepackt, als die Menschen plötzlich auf die Seite des Baumstamms spuckten, die sie nicht sehen konnte. Ein schrecklicher Schmerz nahm ihr den Atem.

Jamils Leiche würde dort liegen.

Doch als sie den Baum erreichte und auf seine verkohlten, schwarzen Wurzeln starrte, lag dort niemand. Sie fand keinen Toten und schlagartig löste sich der Knoten in ihrer Brust. Tränen der Dankbarkeit stiegen ihr in die Augen, dass ihr dieser Anblick erspart geblieben war.

Sie sah sich rasch um – der Mond schien auf die Wiese und spendete genug Licht, um alles erkennen zu können. Sie fand nach einem Moment einige Waffen. Zwei Messer und eine angekohlte Axt und zwei gesprungene, verbrannte Bogenhölzer.

Schnell ließ Asha sich in das plattgetretene Gras sinken und tastete über den Boden, aber sie fand nur die von ihr geflochtene alte Grasdecke. Das Geflecht war angebrannt und zerfiel zwischen ihren Fingern. Sie warf einen knappen Blick in Richtung des fremden Lagers.

Es war merkwürdig, zum ersten Mal seit langem alleine hier zu sein. Irgendwie hatte sie immer angenommen, dass die Anwesenheit von Jamil sie beschützen würde.

Und jetzt war er fort und Asha wusste nicht, ob er tot war oder lebte. Vielleicht war er einer der Körper gewesen, die sie in ihr Dorf trugen – vielleicht würden sie seine Leiche verbrennen?

Oder sie hatten ihn schon ins Meer geworfen, bevor Ashanee sie beobachtete. Sie erzitterte und blickte auf den glühenden, toten Baum, während sie mit den Tränen kämpfte.

Der heilende Geist war verschwunden, das konnte sie spüren.

Hatte er sein Leben mit Jamils verbunden und war heute Nacht mit ihm verbrannt?

Asha wusste auch das nicht, aber ob sie Jamil von der Klippe geworfen hatten, konnte sie direkt herausfinden. Sie musste es wissen … es begreifen. Tief gebückt schlich sie über die Wiese, um nicht in die Sichtweite des Wachturmes der Fremden zu geraten. Rasch und sicher ließ sie ihre Finger durch die Gräser und Kräuter streichen und suchte nach frischen Abdrücken. Sie fand keine, die zu der Klippe führten. Doch ihr Herz schlug schneller – auch wenn es ohnehin schon raste – denn sie fand andere Spuren.

Schwere Schritte hatten Abdrücke im Gras hinterlassen, es klebte noch Blut an manchen Blättern und Halmen. Sie führten in Richtung Wald.

Ashanee sprang auf und folgte den Stellen von zerdrückten Pflanzen bis zu den Bäumen. Sie streifte Zweige aus dem Weg, nach weiteren Wegweisern suchend. Fieberhaft versuchte sie auf einen Platz im Wald zu kommen, an dem Jamil sich vielleicht versteckt haben könnte. Sie kannte die Wälder wie im Schlaf, vermutlich besser als jeder aus dem fremden Lager – aber Jamil kannte sie ja gar nicht.

Zögernd lief sie weiter, achtete auf jeden Busch und jeden Zweig, dann fand sie einen Abdruck im Boden. Der feuchte Schlamm zeigte eindeutig einen nackten Fußabdruck. Einige Schritte weiter fand sie bltuige Spuren im Moos.

Verdammt, wo konnte er stecken? Was, wenn er schwer verletzt war? Er musste es ja sein, bei all dem Blut, das sie im Gras gesehen hatte …

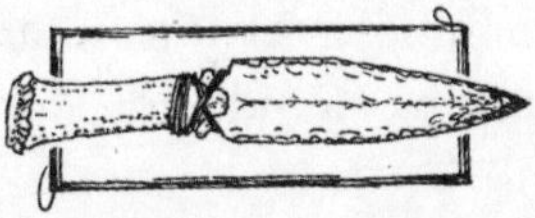

Jamil lag am Eingang einer Höhle tief im Wald. Als Ashanee ihn an dem ausgespülten Hang fand, dachte sie erst, er sei tot. Der schmale Höhleneingang war wie ein gähnend schwarzes Loch in der Nacht, aber sie kannte diesen Ort und wusste, dass ein Bach in der Höhle entsprang und sie geformt hatte. Jamils Füße lagen im gurgelnden Wasser, seine Haut war von Asche bedeckt. Als er ihre Schritte hörte, hob er zu ihrer Erleichterung den Kopf.

Doch Asha schrak zurück und hätte beinahe aufgeschrien, als sie sein Gesicht sah. Sein Blick glühte wie Feuer. Zuerst konnte sie nur seine Augen in der Dunkelheit erkennen, dann spähte sie noch einmal in den Wald und entfachte schließlich nach einem Zögern ihre kleine Fackel.

Jamil sah schrecklich aus. Einen Moment schien er sie gar nicht zu erkennen, bevor sich sein Gesichtsausdruck veränderte und er die Hand nach ihr streckte. Einen Herzschlag lang zögerte Asha noch, doch dann lief sie zu ihm, legte die Fackel außerhalb seiner Reichweite auf den Boden und zog ihn in eine aufrechte Position. Sie lehnte ihn mit dem Rücken an die Felswand und sah dabei das ganze Blut.

»Jamil, was ist geschehen? Der Baum ist abgebrannt und die Leute aus deinem Dorf haben mehrere Gestalten weggetragen …«

»Das … das war mein Bruder … seine Leiche.«

»Er ist tot?«

»Ja … ich habe ihn umgebracht. Und die anderen zwei auch … meine Freunde …«

»Was? Warum hast du das getan?« Asha war schockiert, nahm aber dennoch ihr Messer und schnitt ihm die schwarz angesengten Reste seines Hemds von der Brust, um sich die Wunden zu besehen.

Als Asha die Verletzungen erblickte, war ihr, als zerdrücke eine eisige Hand ihr Herz. Entsetzen jagte durch ihre Seele und sie presste die Lippen aufeinander, um nicht aufzuheulen.

Das kann er nicht überleben.

Der Gedanke wiederholte sich immer wieder und wieder in ihrem Kopf und brachte die Welt zum Stillstand. Sie wollte ihn nicht akzeptieren, während ihr Blick auf dem Pfeil in seiner Brust und seinem Bauch ruhte.

Er würde sterben. Sie sah es an seinem matten Blick und dem flachen Atem. Nicht zuletzt auch an dem seltsam verbrannt wirkenden Blut, das aus den Wunden geströmt war. Auch jetzt sickerte es bei jedem Atemzug weiter aus seinem Körper.

Aber sie würde ihn nicht hier im Wald sterben lassen. Sie musste die Wunden versorgen und ihn irgendwie wach halten. Als er die Augen schloss und sein Kopf wegsackte, schüttelte sie ihn leicht und erschauderte, als sie einen Pfeilschaft an seiner Schulter spürte.

»Jamil, erzähl mir, was passiert ist! Ich will alles wissen, ja?«, bat sie und versuchte dabei, ihre Stimme stark klingen zu lassen.

Er schlug die Augen wieder auf – sie glühten noch immer rot, aber als er sie einen Moment lang liebevoll betrachtete, verging auch das Glühen und seine Augen färbten sich schwarz. Nur einen Moment später war das blaue und grüne

Glänzen zurückgekehrt. Es schien, als würde das kühle Blau seiner Seele die lodernden Flammen löschen.

Sie beobachtete es fasziniert, zog dann ihre Tasche zu sich und bereitete hastig alles vor.

»Du bist hier … Asha, du bist bei mir …«

»Erzähl mir, was passiert ist. Bitte!«

Sein Blick klärte sich bei ihrem drängenden Ton etwas. »Er wollte … wollte mich umbringen. Mich hinrichten. Er hatte zwei Helfer dabei, sie haben auf mich geschossen … mich an den Baum genagelt. Ich … ich glaube, ich wäre gestorben … aber dann war da das Feuer …«

»Das ist passiert? Jamil? Jamil komm zu dir, redest du von dem brennenden Baum?«

»Nein, nicht der Baum. Balor hatte eine Fackel. Es war … ich weiß nicht, was es war. Aber die Energie des Feuers … sie hat mich irgendwie angesteckt. Auf einmal hatte ich diese unbändige Kraft … und habe sie eingesetzt.«

Als Jamil sie diesmal ansah, glühten seine Augen wieder rötlich – und es spiegelte sich Angst in ihnen. Asha warf einen kurzen Blick auf ihre Fackel.

»Ashanee … ich habe meine Freunde und meinen Bruder getötet!«, wisperte er entsetzt. Seine Angst drohte sie anzustecken. Asha hatte ihn noch nie so aufgewühlt gesehen.

»Jamil, er war nicht mehr dein Bruder! Er wollte dich töten und du hast dich gewehrt. Von dem was du mir erzählt hast, war er ein schrecklicher Mensch …«

»Also meinst du, er hat den Tod verdient?«

Sie hielt in ihrer Bewegung inne und sah ihn nachdenklich an. »Darüber werde ich nicht richten. Es ist geschehen und du solltest es akzeptieren. Du bist nicht wie er, Jamil! Du bist nicht in dein altes Dorf gegangen, um ihn zu strafen und zu verraten. Du hast ihn verschont, obwohl er dich von Anfang an töten wollte! Du bist kein schlechter Mensch.«

»Aber bin ich überhaupt noch ein Mensch? Sieh mich an, Asha. Das Feuer hat mich … verwandelt. Bisher dachte ich, ich würde nur zu einem Geist werden, aber die Leute hatten Recht! Ich bin ein Dämon.«

Asha erschrak, als er das Wort voller Abscheu ausspie. »Jamil, du bist nicht schlecht! Du weißt, wer du bist, du hast jetzt nur einige neue … *Fähigkeiten.*«

»Ist es nicht merkwürdig, dass genau du das jetzt sagst?«, flüsterte er nach einem Moment.

Sie lächelte kurz und besah sich besorgt seine roten Augen. Als er schwieg, strich sie vorsichtig über seine Brust, über das verkrustete Blut. Sie hatte jetzt die Tücher und alles neben sich ausgebreitet und war bereit. Sie musste es einfach versuchen.

»Du bist immer noch ein Mensch, Jamil, sonst würdest du nicht bluten. Lässt du mich … die Wunden versorgen?«

Er zögerte einen Moment, dann nickte er matt. Asha nahm ihr Messer, bevor sie einmal tief durchatmete und ihn dann untersuchte.

Sie entdeckte drei Pfeilschäfte, die in seinen Schultern und Armen steckten, doch am meisten sorgten sie die Pfeile in Brust und Bauch. Jeder normale Mensch wäre sofort daran gestorben, aber darüber schwieg sie, denn sie wollte Jamil nicht noch weiter aufwühlen.

Als sie sich an den ersten Pfeil wagte – von seinem Schaft war nicht mehr übrig als ein kleiner verkokelter Stumpf, der aus seinem Bauch ragte – schrie er auf und zuckte weg. Wasser platschte hinter Asha, als er kurz die Füße anzog.

»Ahh … nicht der, bitte …«, murmelte er mit zusammengebissenen Zähnen.

»Aber ich muss dir helfen! Das sind die schlimmsten.«

Er schüttelte matt den Kopf und sie gab nach. Sie nahm also seinen Arm und besah sich die Wunde. Der Pfeil war voll durchgeschlagen und die Spitze ragte auf der anderen Seite ein Stück aus der Haut. Nur noch das Holz steckte in seinem Fleisch.

Sie hatte damit gerechnet, dass sie den Schaft würde freischneiden müssen … stattdessen konnte sie ihn einfach mit Leichtigkeit herausziehen.

Es zischte und qualmte, kaum hatten Holz und Metall seinen Körper verlassen – und die frische, blutende Wunde verschloss sich. Sie schien beinahe zu verbrennen und es bildete sich eine wulstige, rote Narbe auf beiden Seiten seines Arms.

Jamil unterdrückte mühsam einen Schrei und verkrampfte sich. Es roch nach verbranntem Fleisch und Asha rümpfte genauso die Nase wie er. Sie zögerte nur kurz, dann zog sie mit einem leichten Ruck den zweiten Pfeilschaft aus seiner Schulter und den dritten aus seinem anderen Arm. Wo die beiden Pfeilspitzen waren, konnte sie nur mutmaßen, doch eines war sicher: Die Schüsse mussten aus kürzester Distanz gekommen sein, wenn die Spitzen voll durchgedrungen waren. Wieder zischten die Wunden und verschlossen sich, aber diesmal konnte er ein lautes Ächzen nicht zurückhalten.

Asha hätte vor Freude beinahe gelacht. Seine Kräfte heilten ihn! Er würde überleben!

»Es wird alles gut, Jamil. Du musst jetzt durchhalten«, befahl sie ihm sanft. »Ich ziehe jetzt den aus deinem Bauch. Die Wunde sieht auch so aus, als müsste ich nicht schneiden. Mach die Augen zu und dann ist es gleich vorbei.«

Sie wartete einen Moment, bis er genickt hatte und bereit war – dann umschlossen ihre Finger den Holzstumpf in seinem Bauch und sie zog ihn mitsamt der rot glänzenden Metallspitze heraus.

Er krallte seine Hände ins Erdreich und bäumte sich schreiend auf. Asha wollte ihn nicht länger quälen als nötig, packte rasch den letzten verkohlten Pfeilschaft und riss die Spitze aus seiner Brust.

Jamil atmete schwer, hustete und versprühte dabei einen Nebel aus Blutstropfen. Asha ließ die Pfeilspitzen fallen und starrte ihn an … und wartete vergebens auf das nächste Zischen.

Die Wunden blieben offen und im schwachen Licht der Fackel konnte Asha sehen, wie das Blut aus ihnen quoll und über seinen Bauch lief.

»Warum verschließen sie sich nicht?«, rief sie flehend und presste verzweifelt ein Stück Stoff auf die Wunde in seiner Brust, das sich rasch dunkel färbte.

»Ituho, der Heiler … ist schwach … Er ist entwurzelt … und ich bin frei …«, murmelte er, während in seinen Augen abwechselnd rote und blaue Lichter aufflammten.

Asha spürte, dass das Blut zwischen ihren Fingern heiß war und fast dampfte, aber die Wunde blieb weiter offen.

»Komm schon! Gib nicht auf! Du hast Schlimmeres überlebt, als du von der Klippe gestürzt bist!«

»Es ist kalt, Asha … Es ist kalt«, wisperte er heiser und hob schwach seinen Arm, in dem noch vor Kurzem ein Pfeil gesteckt hatte. Er starrte auf die rote Narbe, die fast zu leuchten schien, und ließ den Arm wieder sinken. Sein Kopf stieß an die Höhlenwand.

»Asha …«

Er wollte noch mehr sagen, doch sein Blick brach bereits.

Nein! Ich muss ihn retten! Er darf nicht sterben …

Sie zog das Tuch von seinem Bauch, wischte das Blut weg und überlegte fieberhaft. Ihr Blick fiel auf die Fackel. Gerade als Asha sie holen und auf Jamils Brust drücken wollte, hob sich seine Hand und packte sie am Hemd.

Sie zuckte überrascht zusammen und wandte sich wieder Jamil zu.

Seine Augen waren geöffnet und glühten strahlend rot. Feurige Adern pulsierten über sein Gesicht und Rauch stieg von den blutenden Wunden auf. Er wirkte unfassbar verändert.

Diese Augen sahen direkt in ihr Herz und spürten ihren Wunsch, ihn zu retten.

Jamil lächelte und Asha konnte kaum fassen, wie sehr sein Gesicht sich innerhalb dieses Wimpernschlages gewandelt hatte. Sie sah sich dem Dämon gegenüber.

»Bist du dir sicher, dass du das willst, Mädchen?«, fragte er mit tiefer, fremder Stimme. »Du willst diesen Mann retten?«

»Ja!«, rief sie hastig. »Was muss ich tun?«

Sein Lächeln wurde listiger, doch sie konnte sehen, dass auch der Dämon schwach war und damit kämpfen musste, nicht wie Jamil das Bewusstsein zu verlieren. Seine Hand fuhr am Rand ihrer Hose entlang.

»Gib dich mir hin … Gib mir deine Liebe, deinen Körper und deine Kraft.«

Asha brauchte einen Moment zu lange, um seine Andeutung zu verstehen. Seine Hände schossen vor und schlossen sich um ihre Arme. Brennender Schmerz loderte dort auf, wo seine Haut ihre berührte.

Sie schrie auf und hörte dabei, wie er ächzte und dann lachte. Alles um sie herum wurde dunkel, sie spürte nur noch den Schmerz und sah seine glühend roten Augen, die sich in ihren Blick brannten.

Flammendes Herz

Azrael konnte ihr frisches, warmes Blut unter der Haut pulsieren sehen und fühlte ihre Wärme. Die junge Frau roch nach purer Lebensenergie und Hitze.

Genau, was er jetzt brauchte, um diesen sterbenden Körper zu retten.

Jamils Bewusstsein war geschwächt, schlummerte willenlos in seinem Inneren, während der Dämon sich an die Oberfläche kämpfte.

Bevor Jamil sich dessen bewusst sein konnte, bewegte der Dämon seinen Körper und übernahm vollends die Kontrolle. Er packte Asha an beiden Armen und sein Griff verbrannte ihr sofort die Haut.

Ihr schmerzerfüllter Aufschrei, als sich seine glühenden Finger in ihre Haut gruben, ließ ihn erzittern. Azrael ächzte, voller Erregung und Erleichterung … es war ein gieriges Stöhnen, als er das süße Metall ihres Blutes roch. Es lief in dünnen Streifen an ihren Armen entlang, während sich die Verbrennung unter seinem Griff ausbreitete.

»Ja!«, rief er lachend und genoss dabei den Klang seiner eigenen Stimme. Sie vibrierte tief und brummend in den Stimmbändern dieses jungen Körpers, den er bald ganz besitzen würde.

Je länger er seine frische Beute gepackt hielt, desto lebendiger fühlte er sich in seiner neuen Haut. Die Flammen verbanden sie, einten sie … und der Dämon konnte auf ihre

Lebensenergie zugreifen. Sie strahlte innerlich, ihre Seele war wie eine kleine Sonne … und ihr Licht wurde schwächer und schwächer, während er ihre Kraft stahl.

Die Jägerin sträubte sich unter Schmerzen und schrie erneut, dann verebbte ihr Widerstand und sie wurde nur noch von seinem eisernen Griff gehalten.

Das Blut auf seinem Oberkörper fing Feuer und verbrannte die offenen Wunden. Sie verschlossen sich mit einem Zischen und Jamil war außer Lebensgefahr … doch der Dämon hatte noch lange nicht genug.

Die Verlockung ihrer unschuldigen Lebenskraft war einfach zu groß. Er würde sich alles nehmen, bis zum letzten Herzschlag ihres zierlichen Körpers.

Und wer weiß, dachte er in Jamils Kopf. *Vielleicht habe ich dann genug Kraft gewonnen, um ihre Seele anzustecken und ebenfalls in Brand zu setzen. So wird sie als Dämonin die Augen aufschlagen und ewig meine Sklavin sein!*

Jamil spürte, wie Azrael seine menschlichen Lippen bewegte, sie zu einem Lächeln verzog und Worte aussprach, die nur dumpf an seine Ohren drangen.

Er fühlte sich fremd in seinem eigenen Körper, der erfüllt war von Schmerz und einer eisernen Schwere, die ihn tiefer in die Dunkelheit zog. Obwohl der Dämon die Oberhand hatte, war ihm nicht warm.

Doch Azraels Gedanken drangen viel intensiver zu ihm durch als seine Worte.

… Sklavin …

Ituhos kühle Energie wallte um seinen Geist und flüsterte. *Gib nicht auf … sei wie der Mond …*

Nasse, blau schimmernde Hände berührten ihn.

Jamil kam mit einem Ruck wieder zu sich und kämpfte sich aus der schwarzen Betäubung hervor. In der tiefen Dunkelheit strahlten die Flammen dieses Todesengels viel stärker als das sanfte Blau des Heilgeistes.

Der Dämon hielt seine Seele mit seinem Feuer umfangen und schwächte Asha mehr und mehr.

Er würde sie töten, wenn Jamil nichts unternahm!

Lass sie frei! Lass sie los!

Brüllend widersetzte er sich Azraels Kontrolle, kämpfte sich Schritt für Schritt durch ein schmerzhaftes Meer aus Flammen und errang nach einem endlos langen Moment wieder die Oberhand.

Mit einem Ruck kehrte Jamils Bewusstsein in seinen Körper zurück und schoss wie Strom seine Adern entlang.

Die Flammen an Ashas Armen erloschen und seine Finger knackten wie verglühende Äste, als er seinen Griff mühsam löste und sie zu Boden sinken ließ.

Schwer atmend zog er sich auf allen vieren zu der Quelle hinter ihnen und rollte sich in das eiskalte Wasser. Sein ganzer Körper begann augenblicklich zu dampfen und er tauchte mit dem Gesicht ins Wasser.

Hitze und sprudelnd gurgelnde Kälte strömten durch sein Haar, über seine Wangen und die geschlossenen Augen.

Das Herz schlug wild trommelnd in seiner Brust, in der sich der Dämon fluchend wand. Jamil konnte nicht lange die Luft anhalten, stemmte sich ächzend wieder hoch und zog völlig durchnässt seinen Oberkörper aus dem flachen, steinigen Bachbett.

Das kalte Wasser hatte den Einfluss des Dämons wie erhofft geschwächt und seinen Kopf geklärt. Doch bei Ashas Anblick verkrampfte sich Jamils Herz und ein gequälter Laut entrang sich seiner Kehle.

Kraftlos kroch er zu ihr und wagte kaum, sie zu berühren. Mit zitternder Hand fühlte er nach ihrem Puls und atmete erleichtert auf, als er ihren Herzschlag ertastete. Er ging allerdings furchtbar langsam und ihre Haut war eiskalt. Der Dämon schien ihr alle Wärme und Kraft entzogen zu haben und dazu kamen die schrecklichen Verbrennungen an ihren Armen. Er konnte sogar die Form seiner Handabdrücke in den offenen Wunden erkennen.

Hass erfüllte ihn und ihm wurde schlecht bei dem Gedanken daran, was er getan hatte. Was für ein Monstrum war er geworden? Getrieben von dämonischen Instinkten!

Nein! Er hatte noch einen Willen und ein Bewusstsein, noch war er nicht ganz eine Bestie!

»Ich sollte mich endlich töten und diese Welt von meinem Fluch befreien«, murmelte er bitter.

Ein leises, hämisches Lachen in seinem Hinterkopf war die Antwort.

Komm schon, sie wird wieder aufwachen, also hab dich nicht so. Außerdem würde es mich kaum aufhalten, wie du ja gerade miterleben durftest. Ich werde immer ein Opfer finden, um deinen Körper zu retten – dafür ist mir deine willensstarke Seele zu kostbar. Irgendwann schwindet dein Widerstand und ich werde sie ganz für mich haben.

Jamil zuckte zusammen und sah auf seine Hände. Bei den Göttern, wozu hatte der Dämon ihn gebracht? Und was würde er noch tun?

In diesem Augenblick fasste er den Entschluss, dass er alles daran setzen würde, diesen Dämon von sich zu lösen. Bis das möglich war, durfte er nie mehr die Kontrolle verlieren!

Sein Blick fiel wieder auf Ashas Verletzungen. Er musste ihr helfen, sie versorgen und diese Wunden verbinden. Außerdem war sie völlig unterkühlt, er musste sie wärmen.

Ein Stöhnen kam von ihren Lippen, doch der Blutfluss wurde schon schwächer. Ashanee war noch nicht aus der Ohnmacht aufgewacht, also stand er auf und lief schwankend zum Eingang der Höhle.

Schwindel überkam ihn und Schmerz stach in seiner Brust und seinem Bauch. Er sah an sich hinunter und betastete kurz die roten Narben, hinter denen noch immer Hitze pochte. Er wusch sich in dem sprudelnden Bach das verkrustete Blut und die verschmierte Asche vom Körper und konnte kaum glauben, dass er tatsächlich noch lebte.

Er verabscheute sich und den Dämon für ihre Taten, doch er musste alles tun, damit es Asha bald wieder besser ging. Langsam verließ er die Höhle, erreichte den dunklen Wald und lauschte hinaus in die Nacht.

Keine Schritte, Rufe oder Fackeln … die Siedler schienen ihn noch nicht zu verfolgen oder hatten seine Spuren nicht gefunden. Was er allerdings für unwahrscheinlich hielt.

Soweit er sich erinnern konnte, war er wie ein Betrunkener durch den Wald getorkelt, hatte sich an jeden zweiten Baum gelehnt und war manchmal sogar gekrochen.

Als seine Sicht nicht mehr so verschwommen war, schritt er den großen Abhang entlang, in dem sich die Öffnung befand. Er sammelte altes Holz und schleppte es zurück in ihr Versteck, wo er schwer atmend und mit Schmerzen bei Ashanee ankam. Er trug das Holz tiefer in die Höhle hinein, bis an eine Stelle, an der die Quelle eine größere Nische ausgewaschen und eine flache Stelle hinterlassen hatte. Dort warf er es hin und ging zurück zu Asha. Er nahm ihre Tasche und hob nach einem Zögern, in dem Hitze in ihm aufbrandete, die Fackel hoch und brachte sie zu dem Feuerholz und Reisig. Als er es entzündete, musste er rasch die Augen zukneifen, um das Verlangen zu unterdrücken, den Flammen immer näher zu rücken.

Was für eine immense Wirkung Feuer auf ihn hatte …

Er wich mit aller Willenskraft von den prasselnden, funkenstiebenden Ästen zurück, stapfte durch das beruhigende Wasser und holte dann Asha. Sie war schwerer, als er vermutet hatte, aber er trug sie dennoch in die Tiefe der Höhle und legte sie ab, um ihre Wunden zu versorgen.

Zu seiner Überraschung zog er zuerst Kleidungsstücke aus ihrer Tasche, die eher ihm passen würden als ihr.

Asha hatte diese Sachen dabei? Wollte sie mir das schenken?, dachte er verwundert und betrachtete die Lederkleidung und das Hemd mit einem Stirnrunzeln. *Sie muss sie einem Mann im Dorf gestohlen haben … und jetzt wird sie mich hassen, kaum dass sie zu sich kommt.*

Mit zugeschnürter Kehle machte er sich an die Arbeit.

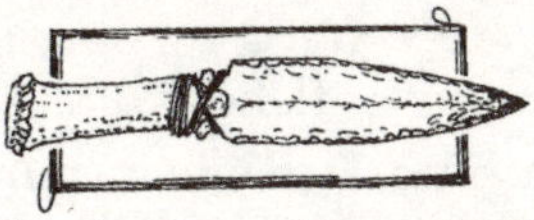

Asha erwachte durch das schmerzhafte Pochen in ihren Armen. Noch bevor sie die Augen öffnete, hob sie langsam die Hand und tastete vorsichtig nach einer der Wunden. Sie fand einen Verband und ihre Finger zuckten zurück.

Erst dann hörte sie das Prasseln eines Feuers.

Nach einem Moment schlug sie die Lider auf. Sie lag tief in der Höhle. Ihr Kopf war auf ihre Tasche gebettet und das Feuer strahlte angenehme Wärme aus – erst da wurde ihr bewusst, dass sie zitterte. Ihre Finger und Zehen waren eiskalt und so steif, als wäre sie stundenlang im Schnee unterwegs gewesen.

Als sie sich leicht aufrichtete, entdeckte sie die zusammengesunkene Gestalt Jamils.

Er saß auf der anderen Seite des Feuers, seitlich an den Felsen gelehnt und hatte ihr und den Flammen den Rücken zugewandt. Seine abgewinkelten Beine hingen in den gluckernden Quellbach hinein und es wirkte, als würde er schlafen.

Schlagartig erinnerte sie sich an seine roten Augen und die fremde Stimme, die zu ihr gesprochen hatte.

Angst kam in ihr auf und sie wollte vor ihm zurückweichen, aber dann dachte sie an die Verbände. Also richtete sie sich auf und sah ihn an. Schwindel regte sich in ihr, aber die Wärme des Feuers tat gut und so überwand sie sich nach einem Moment zu einem Räuspern.

Jamil hob den Arm und schirmte sein Gesicht vor dem Licht des Feuers ab, bevor er sich ihr zuwandte.

Sie sah den Schmerz in seinem Blick und Erleichterung überkam sie, als sie die klare, blaue Färbung seiner Augen bemerkte.

»Oh, Ashanee …«, fing er flehend an. »Es tut mir so unendlich leid. Ich … ich bitte dich nicht, mir zu verzeihen. Das kann ich selbst nicht tun.«

Erneut wanderte Ashas Hand zu ihrem Oberarm, an dem heißer Schmerz pulsierte.

»Hast du mich … hat der Dämon mich …? Ich fühle mich so ausgelaugt …«

Jamil wich entsetzt vor ihr zurück. Das Licht des Feuers fiel auf ihn, aber seine Augen blieben blau, bis auf die Reflexion der Flammen.

»Wie kannst du so etwas fragen?«, wollte er wissen und Ashanee sah seinen Ekel vor sich selbst.

»Ich … er hat das gewollt! Merkwürdigerweise bin ich nicht wütend. Ich bin schockiert, aber ich möchte es verstehen. Ich möchte wissen, was passiert ist.«

»Was passiert ist?! In meinem Inneren steckt ein Dämon! Ich bin ein Unmensch, der seinen widerwärtigen Instinkten verfallen ist und deine Energie aufgesaugt hat, um sich zu stärken!«

»Und hat es geholfen?«

Jamil sah sie fassungslos an und blickte dann zu Boden. »Ich glaube, es hat mich gerettet. Ich konnte den Dämon davon abhalten, zu viel zu nehmen. Der Hass auf mich selbst hat mich wieder zu Verstand gebracht.«

»Aber dann waren es ja nur wenige Augenblicke … Ich glaube, ich bin schnell bewusstlos geworden …«

Jamil nickte und sah sie wieder wehleidig an. »Ashanee …«

»Nein! Bitte lass es gut sein, ich möchte keine Entschuldigung hören … ich hätte mir auch selbst denken können, dass du nicht mehr bei Verstand warst. Und ich wollte dir von ganzem Herzen helfen, der Preis dafür war mir in dem Moment vollkommen egal.«

Er zögerte und erleichterte Überraschung bewegte seine Züge, als sie die Hand hob und ihm bedeutete, zu ihr zu kommen. Langsam stand er auf und schritt um das Feuer zu ihr, ließ sich zaghaft neben ihr nieder, als hätte er Angst, dass jede zu schnelle Bewegung sie davonscheuchen würde.

Es kostete sie ein wenig Überwindung, aber dann berührte sie ihn, ließ ihre Hand auf seinem Arm ruhen.

»Ich habe noch nie eine so starke Frau wie dich erlebt, Asha«, flüsterte er voller Bewunderung.

Als er seine Finger auf ihre legte, zuckte sie zusammen.

»Ist … ist der Dämon jetzt auch aktiv? Kann er uns hören?«

Jamils Blick wurde verschlossen, bevor er kantig nickte. »Er ist immer da, Asha. Ich befürchte, er wird ein Teil von mir sein, solange ich lebe. Außer ich finde einen Weg, ihn zu beherrschen oder aus meiner Seele zu reißen …«

Asha erschauderte, setzte dann aber rasch ein schiefes Lächeln auf. »Dann habe ich wenigstens jemanden, dem ich die Schuld geben kann, wenn wieder so etwas passiert.«

Jamil runzelte die Stirn. »Hältst du das für den passenden Augenblick, um Witze zu machen?«

»Wäre es dir lieber, wenn ich schreiend vor dir weglaufe? Lass mich mit dem Geschehenen umgehen, wie es mir beliebt, in Ordnung?«

Zuerst wirkte er noch erschüttert, dann bemerkte er das Glitzern in ihren Augen. »Alles, was du möchtest.«

Asha nickte zufrieden. »Gut. Ich … ich brauche etwas mehr Wärme und die Salbe aus meiner Tasche. Ich werde diese Verbrennungen irgendwie vor meinen Leuten verbergen müssen und das wird einfacher, wenn sie schnell heilen.«

»Ich habe schon etwas Salbe aufgetragen. Aber … Asha, es tut mir so unendlich leid. Vermutlich wirst du Narben davontragen.«

Er konnte ihr nicht länger in die Augen sehen, doch sie hob ihre Hand zu seinem Kinn und zwang ihn sanft, den Kopf wieder zu heben.

»Ich bin froh, dass ich dir helfen konnte. Ich dachte, du würdest vor meinen Augen sterben … ich habe dem Dämon gesagt, dass ich alles tun würde, um dir zu helfen. Und das meinte ich ernst.«

Sein Blick wurde mit einem Mal noch viel intensiver. Das Blau und Türkis in seiner Iris waberte wie die Energie des Hara–Baums.

»Ich möchte etwas versuchen, wenn du es erlaubst.«

Asha konnte es nicht verhindern, dass sie misstrauisch wurde. »Was?«

»Der Geist … ich glaube, er ist jetzt ganz in mir, so wie der Dämon. Ich kann seine Ruhe in mir spüren. Es scheint, als schlafe er … aber ich erinnere mich an das Gefühl, als ich Drissa geheilt habe.« Er deutete auf ihren Arm, auf die Verbände. »Ich möchte es versuchen.«

Asha nickte und wickelte dann vorsichtig die Tücher von den Verbrennungen. Ihr Magen rebellierte, als sie die nässenden, geröteten Wunden erblickte, die sich über ihre Arme zogen.

Jamil nahm ihr die Tücher ab, bevor er Asha durchdringend betrachtete.

Ganz langsam legte er die Hände auf die Wunden und berührte ihre schmerzende Haut nur zaghaft. Er schloss die Augen, atmete tief durch und schien sich innerlich vorzubereiten.

Bläulich glühende Adern wanderten von seinen Augen über die Wangen, pulsierten wie sein Herz und waren das genaue Gegenteil von der Glut, die ihn als Dämon ergriffen hatte.

Das Wasser des Quellbaches hinter ihm wurde immer langsamer und begann dann, sich in seinem felsigen Bachbett vor- und zurückzubewegen wie die Wellen im Meer.

Jamils Hände fühlten sich so kühl an wie Wasser und ließen eine Gänsehaut über Ashas Arme wandern. Bei seinem nächsten Atemzug breitete sich die Kälte aus, wanderte durch ihre Haut und linderte die Schmerzen.

Asha starrte mit offenem Mund auf ihren rechten Oberarm, wo wabernde Fäden aus blauer Energie über ihre Haut glitten und die Verbrennung heilten. Dasselbe geschah auch auf der anderen Seite – und war schon nach wenigen Herzschlägen wieder vorüber.

Jamil schlug die Augen auf und sah erleichtert, aber zugleich auch enttäuscht aus. Er strich mit den Fingern sanft über ihre Haut, auf der doch schwache Narben zurückgeblieben waren.

»Es tut mir leid«, murmelte er leise und ließ seine Hand langsam an ihrem Arm hinabgleiten.

Ihre Haut war wirklich kühl, aber auch so sanft. Zu seiner Überraschung lächelte sie ihn an.

»Es ist alles in Ordnung, Jamil. Es tut kaum noch weh. Mir ist nur noch ein wenig kalt, aber … aber dafür fällt mir auch noch etwas ein.«

Sie fing seinen Blick und hielt ihn fest, als sie sich zu ihm beugte. Er versteifte sich und war völlig überrumpelt, als sie ihre Lippen auf seine presste.

Der Kuss, erst sanft und zögernd, beinahe angstvoll, wurde rasch intensiver und ließ ihn die Welt vergessen. Ihr kühler Atem strich über seine Wange und sie rückte näher, legte ihre Arme um seine Hüfte und strich ihm sanft über den Rücken.

Jamils Augenlider flackerten für einen Moment, dann löste er den Kuss. Besorgt betrachtete er sie – aber Asha legte wortlos ihre Hand in seinen Nacken und näherte sich ihm.

Da begriff Jamil langsam, dass sie nicht nachtragend war. Ganz im Gegenteil, ihre Zurückhaltung schien von ihr abzufallen und in dem Moment war sie einfach eine Frau, stark und absolut begehrenswert.

Er küsste sie erneut, feucht und warm, und sie erbebte, als er ihre Umarmung erwiderte und ihren Körper nah an sich zog.

Ihr nächster Atemzug war beinahe ein leises Stöhnen und jagte ihm einen Stromschlag durch den Körper. Er vergaß alle Erschöpfung und Schmerzen und strich mit seinen Händen über ihre Hüfte, ihren Bauch, dann wanderten seine Finger höher, zwischen ihren Brüsten entlang bis zu den Bändeln, die ihr weiches, ledernes Hemd zusammenschnürten.

Geschickt und schnell knotete er sie auf und schob das hellbraune Leder etwas auseinander, ehe er weitere Küsse auf ihre Haut setzte und seine Lippen vorsichtig zu ihren Brüsten wanderten. Seine Finger zögerten, dann schlossen sie sich sanft um ihre Brust und liebkosten sie, so dass es Asha wieder ein Stöhnen entlockte.

Jamil warf ihr einen weiteren, zaghaften Blick zu … und Lust wallte in ihm auf, als er die Aufforderung in ihren Augen sah. Er zog die Schnüre ganz auseinander und streifte das Hemd vorsichtig über ihre Arme, um die verheilten Wunden möglichst nicht zu berühren.

Er breitete die Kleidung auf dem Boden aus und sie ließ sich bereitwillig darauf sinken, streckte die Hand nach ihm aus und zog ihn über sich.

Jamils Atem ging jetzt stoßweise, als er auf ihr lag und sie erneut wild küsste. Seine Lippen erforschten ihre, ehe er das Leinentuch über Ashas Brüsten wegzog. Er schlug den Stoff auf und hielt beim Anblick ihres nackten Oberkörpers inne.

Ihm lag die wundervollste Frau der Welt zu Füßen. Er liebkoste sie, streichelte ihren Körper und atmete laut ein, als ihre Hand an den Rand seiner angesengten Hose wanderte. Sie tastete mit ihren Fingern an dem Stoff entlang, während sie ihn mit einem unglaublichen Kuss festhielt, fand die Schlaufe des Stoffstreifens, der die Hose hielt, und zog sie auf.

Sein Atem stockte erneut, als ihre Hand nicht innehielt, sondern ganz langsam an seiner Haut entlangglitt.

Er stöhnte voller Wonne und sah ihr mit einem sanften Blick in die Augen. »Ashanee … bist du dir sich–«

»Ich liebe dich«, unterbrach sie ihn mit einer Stimme, die solche Wärme, Leidenschaft und Bestimmtheit ausstrahlte, dass sich kurz alles drehte. Er küsste sie lange und innig.

»Ich dich auch!«, flüsterte er in ihr Ohr, sodass sein heißer Atem sie berührte.

Ashanee erbebte unter ihm, als er sanft an ihrem Ohrläppchen knabberte. Sein warmer Atem auf ihrer Haut ließ sie erneut erzittern. Sie griff in sein Haar und führte seinen Mund über ihren Hals bis zu ihren Brüsten. Er hauchte Küsse darauf, gleichzeitig ließ er die Hand über ihre zarte Haut wandern, tastete sanft nach der anderen Brust und küsste sie jetzt schneller und direkter.

Asha verdrehte glücklich die Augen und gab sich ganz seinen warmen, starken Händen hin.

»Ich … will dich!«, murmelte er sanft, aber dennoch mit einer wilden Begierde, die er selbst kaum fassen konnte.

Sie sah ihn so intensiv an, dass ihm kurz der Atem stockte, dann wanderten ihre Finger über seinen Rücken und sie zog ihn nah an sich. Er küsste sie auf die Lippen, das Kinn, die Brüste … bis hinunter zu ihrer Hüfte und knüpfte die Lederbänder ihrer Hose auf. Er sah sie noch einmal kurz an, ehe er ihr die Hose von den Beinen streifte.

Für einen Moment glaubte er, zu träumen. Sein Herz wollte stehen bleiben bei dem herrlichen Anblick, der sich ihm bot. Er streichelte ihren ganzen Körper und genoss ihre Reaktionen, bevor sie ihn küsste und dann den Spieß umdrehte.

Asha grinste listig, als sie ihn mit ihren Fingern lenkte, bis er ebenfalls lag und sie sich über ihn beugen konnte. Sie küsste seine Arme, seine Brust und den Bauch … und zog ihm dann die halb verkohlte, nasse Hose vom Leib.

Ein wohliger Schauer durchlief ihn, der zu einem heftigen Prickeln wurde, als Ashas Hand über ihn glitt. Jamil schloss die Augen, völlig mitgerissen, doch dann stöhnte sie erneut – und noch heißeres Verlangen packte ihn, als sie sich auf ihn setzte.

Es war das unglaublichste Gefühl, als sie sie sich liebten. Mit nichts zu vergleichen, was er bisher in Kas'Tiel bei manch anderer Frau erlebt hatte.

Ihr Stöhnen ließ ihn erzittern, für einen Moment hielt er inne, die Augen geschlossen, einfach genießend, dann schlug er sie auf und betrachtete Ashanee voller Leidenschaft. Ihr Atem ging schnell, im gleichen Rhythmus wie seiner, und ihre braunen Augen fanden seine blauen.

Voll Wonne schrie sie leise auf, und sein tiefes, brummendes Stöhnen mischte sich dazu, als sie sich gemeinsam bewegten, eins wurden.

Die Zeit verschwamm und Jamil wurde von einem Meer aus Gefühlen überwältigt, das ihn alles andere vergessen ließ. Für eine wunderbare Ewigkeit gab es nichts mehr außer ihrer gemeinsamen Innigkeit und Hitze, während sie sich auf dem Boden neben dem Lagerfeuer liebten.

Im Schein der Flammen glänzten ihre Haut und ihr schwarzes Haar. Asha hatte die Augen geschlossen, bewegte sich auf ihm und schien die Welt vergessen zu haben. Einer Sonnengöttin gleich saß sie auf seinen Hüften - ihr Anblick stahl ihm das letzte bisschen Selbstbeherrschung.

Sein finales Stöhnen vermischte sich mit ihrem, sie riss die Augen auf und lachte voller Freude, bevor sie sich zu ihm hinunterbeugte und ihn küsste. Ihre Lippen schmeckten salzig und waren tatsächlich wieder wärmer.

Ashas Atem ging noch immer schnell, als er sein Gesicht in ihr Haar drückte und ihr einen Kuss darauf hauchte. Sie schmiegte sich seitlich an ihn und legte den Kopf an seine Schulter, während sein Herz noch immer raste.

Er spürte erneute Lust in sich hochwallen, als er auf diese wunderschöne nackte Frau blickte – doch dann wurde er sich auch wieder seines eigenen Körpers bewusst. Seine Schultern, seine Brust und sein Bauch schmerzten, dort wo die Pfeile ihn getroffen hatten.

Einen Moment überlegte er, ob es unklug gewesen war, sich so zu verausgaben … aber er bereute keine Sekunde dieser Zweisamkeit mit Ashanee.

Im Gegenteil, er liebte sie nur umso mehr, jetzt, da sie sich endlich einander hatten hingeben können.

Wie oft hatte er von diesem Moment geträumt? Sich danach verzehrt, diese Frau zu erobern. Versucht, es sich vorzustellen … und nichts davon war mit dem Erlebten vergleichbar.

Träumte er nicht doch?

Oder war er vielleicht an dem Baum gestorben, durch Balors Axt erschlagen?

Nein, etwas so Gutes kann nur echt sein, dachte er und hielt sie mit seinem Arm fest. *Mein Herz gehört ihr … ganz gleich, was der Dämon oder Ituho davon halten.*

Er blickte auf ihren nackten Körper, der im Schein des Feuers orange glänzte, da leichter Schweiß auf ihm stand. Mit einem Schmunzeln wurde ihm klar, dass er sich jedoch nie vorgestellt hatte, dass am Ende sie ihn verführen würde.

Asha bemerkte sein Schmunzeln und gab ihm einen weiteren sanften Kuss, bevor sie mit ihren Fingern durch sein Haar strich.

»Worüber grinst du so?«, fragte sie.

»Bedeutet dein Verhalten, dass du mir verziehen hast?«

Sie lachte zur Antwort befreit auf. »Ja, du dummer Dämon! Natürlich …« Asha stockte und spürte, wie ihre Wangen unter seinem listigen Blick warm wurden. »Es … es war unbeschreiblich schön, Jamil.«

Er lächelte und zog ihren Körper auf seinen, was sie wieder zum Lachen brachte.

»Hast du denn noch immer nicht genug von mir, Geister–Dämon? Ich dachte nicht, dass du mich so lange begehren würdest …« Grinsend verschränkte sie die Arme auf seiner Brust und bettete ihr Kinn auf dem Oberarm.

Jamils Blick wurde sanft. »Ich werde dich immer begehren, Asha. Das tue ich schon lange.«

»Das hört sich wundervoll an«, meinte sie seufzend, doch schon zog ein Schatten durch ihre Gedanken. »Aber wird es jemals möglich sein? Du hast keine Heimat.«

»Würdest du mit mir gehen? Würdest du mit mir vereint bleiben, wenn ich von hier fortgehe? Niemand versteht mich so wie du, Asha … und ich glaube, es kann nur Frieden zwischen unseren Kulturen geben, wenn ich alle Schuld auf mich nehme und von hier verschwinde. Sollen sie mich hassen, dann haben sie einen gemeinsamen Feind.«

Asha schnaubte. »Es ist so ungerecht, was sie dir antun, Jamil! Niemand hat es verdient, so von seinen eigenen Leuten verraten zu werden … egal ob Dämon oder nicht.«

Als sein Blick düster wurde, bereute sie ihre Worte. Doch schon im nächsten Moment verschwand der Ausdruck wieder und wurde durch ein halbherziges Lächeln ersetzt. »So oder so ist es geschehen. Für mich zählt nur, dass wir zusammen sein können.«

Damit zog er sie sanft näher, streichelte mit den Händen über ihren Rücken und küsste sie leidenschaftlich.

Sie wurde sich seines warmen Körpers umso mehr bewusst und spürte seine Regung an ihrem Oberschenkel. Niemals hatte sie gedacht, dass sie einmal so eine Wirkung auf einen Mann haben würde, erst recht nicht auf einen Dämon oder Geist.

Sie wollte am liebsten nie wieder von hier fort, nie wieder an ihre Sorgen denken müssen. Aber die Realität würde sie bald einholen. Sie musste sich ihren Problemen stellen und konnte nicht einfach die Flucht ergreifen.

»Gib mir noch etwas Zeit, Jamil. Ich möchte auch mit dir zusammen sein, aber ich habe ein Dorf, eine Familie … Ich weiß nicht, ob ich sie so einfach verlassen kann, selbst nach dem, was sie getan haben. Ich muss … ich muss mich verabschieden.«

»Dann werde ich warten, bis du es kannst … Ich habe wochenlang an dem Baum ausharren müssen und den Dämon ertragen, während du fort warst. Zeit spielt für mich keine Rolle mehr.«

Sie lächelte berührt, sah aber auch, dass er nicht die ganze Wahrheit sprach. Sein Leben lag in Trümmern … doch sie wollte nicht, dass etwas zwischen ihnen stand. Sie wollte verstehen, was in ihm vorging.

Die Frage kam über ihre Lippen, bevor sie sich dessen bewusst wurde. »War es schlimm? Von dem Dämon besessen zu sein?«

Jamil wandte den Blick ab, starrte kurz neben ihnen in die Flammen. Als er sie wieder ansah, glühten seine Augen leicht rötlich. »Es war das Beste und Schrecklichste zugleich. Ich habe noch nie so viel Macht gespürt … aber ich hatte keine Kontrolle mehr über mich … Du hast ja am eigenen Leib erfahren, was das bedeutet.«

Sie nickte kurz und küsste sein Kinn, während er seufzte und dann fortfuhr.

»Ich kann es kaum erklären. Ich habe das Gefühl, das der Dämon zwar ein Teil von mir ist … aber er ist nicht *ich*, verstehst du? Genau wie der Geist des Baumes.«

»Ja, ich denke schon. Ich habe gesehen, wie unmenschlich er ist – aber kein Dämon könnte so lieben wie du.«

Bei diesen Worten musste er lächeln. Er streichelte wieder sanft über ihren Rücken, doch sie konnte sehen, dass ihn noch immer viele Gedanken beschäftigten. Als er den Mund öffnete, hatte sie die Bestätigung.

»Balor wusste, dass er noch mich vor sich sieht und nicht nur einen Dämon im Körper seines toten Bruders. Ich glaube, er wollte wirklich mich töten und nicht nur ein Monstrum. Er hat das einfach als Grund genutzt … Ich wünschte nur, ich hätte ihn irgendwie besänftigen können. Aber ich war nicht dazu fähig. Jetzt klebt sein Blut an meinen Händen. Genau wie das meiner Freunde, die von ihm manipuliert wurden.«

Sein Blick glitt kurz über ihren Körper, dann blieb er an der roten Narbe auf seinem Arm hängen, wo einer der Pfeile ihn getroffen hatte.

»Die Tatsache, dass der Dämon mich tagelang unbemerkt kontrolliert hat, war sicherlich nicht hilfreich. Ich habe mich von seinem Hass verführen lassen und damit die Ängste meiner Leute nur noch mehr geschürt. Ich habe ihnen Furcht eingejagt und dabei genau das gemacht, was der Dämon bezweckt hatte.«

»Jamil, du hast doch die Kontrolle zurückerobert! Gib nicht auf … aber wir sollten uns morgen unseren Ängsten stellen. Ich muss mit meinen Leuten reden und mich zu einem Lebewohl durchringen … und du? Wirst du dich ihnen stellen und eine letzte Konfrontation suchen?«

Er verzog das Gesicht, nickte aber. Asha musste unwillkürlich schmunzeln, als ihr ein Gedanke kam. Sie begann ihn zu küssen und zu streicheln, ließ ihre Finger über seine Brust und dann auch etwas tiefer wandern.

»Was tust du da?«, fragte er lachend, obwohl er wohl eigentlich ernst klingen wollte.

»Naja … noch ist nicht morgen. Und ich möchte gern verhindern, dass du die ganze restliche Nacht hier wachliegst und grübelst. Ich habe da eine Idee, wie ich dich ablenken könnte.«

Sie küsste ihn innig, und als sie mit ihrer Zungenspitze über seine Lippen fuhr, war sein begehrendes Stöhnen die Antwort, die sie erhofft hatte.

Lachend umschlang er sie mit seinen Armen und erwiderte ihren glücklichen Blick.

Diese Nacht würde ihnen allein gehören. Sollten die Zukunft und ihre Probleme doch bis morgen warten.

Feuerteufel

Asha näherte sich ihrer Heimat mit einem mulmigen Gefühl, als sich gerade der Morgendunst lichtete. Die anderen hatten sicherlich bemerkt, was mit dem Hara–Baum geschehen war und würden jetzt völlig aufgebracht sein.

Auch sie war aufgewühlt, aber das aus einem völlig anderen Grund. Die Erlebnisse der Nacht hielten sie noch immer gefangen. Nur mit Mühe schaffte sie es, die Erinnerungen beiseitezuschieben und sich zu konzentrieren. Das verträumte Lächeln ließ sich allerdings nicht so einfach von ihren Lippen verbannen.

Sie überprüfte noch einmal den Sitz ihres Bogens und fuhr sich vorsichtig über die Ärmel. Man konnte die verheilten Wunden nicht sehen.

Sie trat aus dem Wald, huschte zwischen den verlassenen Feldern entlang und sprang über den Holzzaun, um an einer möglichst geschützten Stelle das Dorf zu betreten. Die Hütte von Drissas Familie war am nächsten gelegen.

Gerade als sie an den Fenstern vorbei war und um die Ecke in Richtung ihres Zuhauses spähte, wurden Schritte hinter ihr laut.

»Ashanee!«, zischte Drissa und kam zu ihr gehuscht. »Wo warst du?«

Aber Asha hörte ihre Frage kaum. Sie war einfach nur erleichtert und erstaunt, ihre Freundin munter und auf den

Beinen zu sehen. Sie war noch etwas blass, wirkte ansonsten aber fast wie früher.

»Drissa! Du bist aufgewacht! Wie geht es dir? Hast du Schmerzen?«

Die Jägerin zögerte und legte instinktiv ihre Hand auf den Bauch. »Es … es ist alles verschwommen. Ich erinnere mich nur noch daran, dass ich mich auf die Lauer legen wollte, als der Boden plötzlich unter mir nachgab! Dann ist alles dunkel. Als nächstes wache ich auf und die Nadel sitzt an meinem Bett und hinter ihr ist Chaled, völlig bleich und aufgeregt. Die Nadel hat mir viele Fragen gestellt, Asha! Ob ich mich an die Heilung erinnere und ob gar der Dämon in der Nähe gewesen sei! Asha, der Dämon! Er … hat in seiner Wut den Hara–Baum vernichtet!«

»Aber es geht dir gut? Du hast keine Schmerzen?«

Drissa schüttelte den Kopf und beobachtete Asha weiter. »Wir haben uns solche Sorgen um dich gemacht! Du warst fort und dann brannte der Baum! Chaled und sein Vater wollten gerade mit den Männern los und bei den Fremden nach dir suchen, weil sie dich im Wald nirgendwo finden konnten!«

Asha verzog das Gesicht. »Es tut mir leid …«, fing sie an, doch Drissa unterbrach sie mit einer Umarmung.

»Ich bin nur froh, dass es dir gut geht! Jetzt los, du musst zu den anderen und ihnen sagen, wo du warst!«

Bevor Asha sich wehren konnte, hatte Drissa ihre Hand ergriffen und zog sie hastig um die Hütte. Auf dem Dorfplatz waren anscheinend alle Bewohner versammelt. Die Männer hatten ihre Waffen gezückt und lauschten gerade einer Ansprache der Schamanen.

Jemand entdeckte die beiden Frauen und deutete zu ihnen.

»Ich habe sie gefunden!«, rief ihre Freundin freudig und sichtlich erleichtert. »Es geht ihr gut!«

Doch sobald ihnen die Versammelten entgegenströmten, sie umringten und durcheinander riefen, wurde Drissa noch blasser.

»Ashanee!«, schallte der vorwurfsvolle Ton der Nadel durch die Menge. »Wo bist du gewesen?«

Innerhalb kurzer Zeit war sie umringt und Drissa blieb irgendwo zwischen den ernsten Gesichtern zurück.

»Der Hara–Baum ist tot! Er ist verbrannt und du warst die ganze Nacht verschwunden!«, rief ihre Großmutter anklagend.

»Wo warst du, Ashanee?«, forderte jemand anderes aus der Menge.

»Ich war jagen!«, erwiderte sie und wusste dabei schon, dass ihr diese Aussage nichts mehr helfen würde. Drissa hatte es nur gut gemeint … und sie direkt vor ein hungriges Wolfsrudel geführt.

Als die Nadel sie am Arm packte, durchfuhr sie stechender Schmerz und sie zuckte zusammen. Die scharfäugige Schamanin bemerkte es sofort, zückte ein kleines Messer und trennte blitzschnell die Naht an ihrem Ärmel auf.

Ein Ächzen ging durch die versammelte Menge, als sie die Brandnarben erblickten.

»Der Dämon hat dich berührt!«

Bevor sie sich erklären oder etwas einwenden konnte, traf sie eine schallende Ohrfeige seitlich an die Schläfe. Ihr Kopf ruckte zur Seite, ihr Ohr klingelte und rauschte und sie verlor einen Moment die Orientierung.

Hände zerrten sie weiter, schleiften sie über den Dorfplatz bis zu dem großen Pfahl, an dem die Schamanen regelmäßig

Gaben für die Geister festbanden. Irgendjemand förderte ein Seil zu Tage, ein anderer riss ihre Arme nach oben.

Als sich Ashas Blick wieder klärte, hatte man ihre Hände über ihr an den Pfahl gefesselt. Es rauschte noch immer in ihrem Ohr, doch angesichts der feindlichen Blicke vergaß sie diese Nichtigkeit rasch.

»Was soll das? Ich habe dem Hara–Baum nichts getan!«

Die Nadel starrte sie nur verächtlich an und gebot dann, dass niemand mit ihr sprechen sollte.

»Das wollte ich nicht!«, weinte Drissa und warf sich an sie, um sie zu umarmen. »Asha, bitte verzeih mir, das wollte ich nicht!«

Im nächsten Moment löste man sie voneinander und Drissa wurde unter Protest weggezogen.

Nachdem Asha das tränenüberströmte Gesicht ihrer Mutter in der Menge entdeckte, wusste sie, was das alles bedeuten musste.

Man würde sie den Geistern opfern.

Ashas Herz begann zu rasen, aber die Angst hielt sie völlig gefangen und lähmte sie. Bevor sie etwas erwidern oder sich wehren konnte, verstreuten die Leute sich. Die Männer steckten kopfschüttelnd ihre Waffen weg und die Schamanen begannen, weite Kreise um den Pfahl zu ziehen und dabei die Geister um Beistand zu bitten.

Die Mischung aus Enttäuschung, Trauer und Hass in den Gesichtern ihrer Eltern hing ihr dabei die ganze Zeit nach. Sie konnte diesen Ausdruck nicht mehr vergessen und schloss die Augen, um zumindest nicht mehr ständig den Blick der Nadel auf sich zu sehen.

Nach einer Weile zogen die Vier sich zurück und auch alle anderen mieden den Platz.

Ihre Eltern ließen sich nicht mehr blicken und Asha flehte die Geister und sogar Jamils unbekannte Götter an, ihr zu helfen.

Als Jamil die Augen aufschlug, war er allein. Das Feuer in der Höhle war heruntergebrannt und nur noch das Glucksen und Plätschern der Quelle erfüllte den dämmrigen Raum. Vom Eingang drang sanftes Licht herein, es musste also schon Tag sein.

Die frischen Narben an seinem Körper schmerzten und das Fleisch darunter pochte im Takt seines Herzschlags. Er fühlte sich erschöpft und war insgeheim überrascht, zu welcher Leidenschaft er in der letzten Nacht mit Asha fähig gewesen war.

Bei der Erinnerung an ihre Verbindung und ihre wunderbar zarte Haut und ihre Küsse pochte sein Herz in der Brust.

Einen Moment fragte er sich bitter, ob Azrael seine Finger mit im Spiel gehabt hatte … ob er gefühlt hatte, was Jamil dabei fühlte. Die Vorstellung, eine Art stillen Beobachter in seinem Inneren lauern zu haben, erschreckte ihn. Er wollte das Erlebte nicht teilen, wollte Ashanee ganz für sich.

Seufzend musste er sich eingestehen, dass er darüber wohl derzeit keine Kontrolle hatte, und schob den unangenehmen Gedanken von sich. Er setzte sich auf und entdeckte die Kleidung aus Ashas Tasche, die sie neben ihn gelegt hatte. Im Eifer des Gefechts hatte er ganz vergessen, sie danach zu fragen.

Er spürte einen tiefen Respekt dafür, wie sie mit dieser Situation umging. Jamil hatte sie verletzt und den Frieden ihrer Heimat zunichtegemacht und dennoch schien sie an das Gute in ihm zu glauben.

Als er das Hemd und die weiche Lederhose übergestreift hatte, stand er einen Moment unschlüssig in der Höhle, dann wurde ihm klar, dass er nicht länger hierbleiben konnte, während Asha sich den Gefahren stellte.

Seine Brust schmerzte noch immer bei jedem Atemzug und seine Bauchmuskeln schienen verhärtet, dort wo der Pfeil ihn durchbohrt hatte. Er wünschte sich einmal mehr, er hätte ebenfalls eine Waffe, folgte dann aber dem Bachlauf hinaus in den Wald.

Tatsächlich führte das Wasser ihn in Richtung Küste, machte dann einen Knick und lief zwischen zwei andere Hügel. Er wusste, wohin er sich wenden musste. Er spürte den abgebrannten Stumpf des Hara–Baumes wie einen Kompass in seinem Hinterkopf.

Jamil erreichte den Waldrand und atmete einen Moment durch, bevor er einen Blick auf den gerodeten Hang und die Siedlung dahinter warf.

Ein milchiger Dunst lag über der Senke und es roch noch immer nach Rauch. Er entdeckte weder Wachen an der Palisade noch andere Bewohner.

In der Siedlung war es gespenstisch ruhig. Jamil konnte kaum jemanden sprechen oder atmen hören, aber er fühlte sich auch noch recht schwach und wunderte sich daher nicht, dass seine seltsamen Fähigkeiten heute nicht so ausgeprägt waren.

Nach einem Moment hörte er dann aber doch Geräusche. Jemand weinte …

Sie trauern, dachte Jamil und spürte einen Stich der Enttäuschung. *Um mich hat niemand getrauert …*

Dann stockte er, denn ihm fiel ein Mensch ein, der tatsächlich Tränen um ihn vergossen hatte.

Jamil durchquerte die Palisade und trat auf das einzeln stehende Haus zu, ohne jemandem zu begegnen. Vor der Haustür blieb er stehen und atmete tief durch.

»Das ist völlig verrückt«, murmelte er leise, dann klopfte er an und trat ein.

Im Inneren war es düster und still. Als Jamil sich konzentrierte, stellte er fest, dass sich nur ein schlagendes Herz im Haus aufhielt – und er hoffte zutiefst, dass er dieses Herz noch nicht ganz verloren hatte. Sonst würde dies alles in einem Desaster enden.

Navenne saß mit dem Gesicht in den Händen in der Stube. Das lange braune Haar hing in Strähnen. Ihre Augen waren rot und verquollen, als sie aufsah und ächzte. Im nächsten Moment sprang sie hoch und riss ein Messer vom Küchentisch.

»Weiche, Dämon! Du Teufel hast mir meine Söhne genommen!«, flüsterte sie mit zitternder Stimme. Sie schien kurz vor dem Zusammenbruch zu stehen, also hob er ganz langsam beschwichtigend die Arme.

»Nein, Mutter …«, wollte er anfangen, aber ihre Augen weiteten sich und ihr Zorn wuchs.

»Nenn mich nicht so, du Monstrum! Ich bin nicht deine Mutter!«, rief Navenne und packte das Messer fester.

»Ich bin kein Monstrum!«, rief er und sah sie eindringlich an. »Bitte, du bist die einzige, bei der ich noch Hoffnung habe!«

»Hoffnung? Auf was? Meine Vergebung, dafür, dass du meine Söhne ermordet hast?«

»Das habe ich nicht! Balor hat mich nach dem Sturm erschossen und in dieses Geisterdasein gezwungen!«

Jamil atmete heftig, als er es ausgesprochen hatte. Er sah das Entsetzen in ihren stumpfen, verweinten Augen.

»Du lügst! Du … lügst! Das kann nicht sein«, schrie sie halb flehend.

»Sei nicht so blind! Er hat schon an Bord unseres Schiffes kaum mehr ein Wort mit mir gesprochen! Er gab mir die Schuld an allem, was in Kas'Tiel passiert ist und hat sein Leid, seine Wut und seine eigenen Schuldgefühle alle auf mich übertragen, um sie nicht mehr selbst fühlen zu müssen«, erklärte er und wurde dabei überraschend ruhig. Es schien, als eröffneten sich ihm all diese Zusammenhänge in genau diesem Moment.

»Er hat seinen Tod selbst verschuldet, Mutter! Er hat mich erschossen, damit er selbst Aldo nachfolgen könnte, obwohl es hier keine Stadt mehr gibt, die eines Rätors bedarf! Siehst du diese Narben, Mutter? Er wollte mich hinrichten, gestern Nacht! Er hat mich an den Baum genagelt und wollte mir die Kehle aufschlitzen! Keiner von euch hat jemals darüber nachgedacht, dass ich noch lebendig sein könnte! Ich bin von einem Geist *gerettet* worden, weil ich unschuldig bin! Balor war es, der mich verfluchte!«

Seine Mutter wurde bei seiner Rede ganz bleich. »Mein Balor? Mein kleiner Balor soll das getan haben?« Ihre Stimme war nur noch ein zitternder Hauch.

»Ich war auch einmal dein Jamil, erinnerst du dich, Mutter? Du warst die einzige, die um mich trauerte, als ich zum Dämon wurde! Ich habe dich weinen sehen …«

»Aber warum … warum sollte Balor so etwas tun? Ihr wart doch Brüder!«

»Ja, und als *Bruder* hat er mich in den Tod schicken wollen. Er gab mir die Schuld an allem und wollte mich den Göttern opfern«, sagte Jamil verbittert.

Navennes Herz raste jetzt in ihrer Brust. »Du … du bist also du selbst? Du bist noch Jamil?«

Er nickte rasch und kam ihr etwas näher. »Sieh mir in die Augen, Mutter, ich bin es immer gewesen.«

Sie starrte ihn tatsächlich lange schweigend an, während Tränen ihre Augen umhüllten. »Aber warum hast du dann Balor und die beiden Brüder getötet? Warum?«

»Balor wollte mich erneut hinrichten … Aldo wollte ja auch, dass ich sterbe, oder nicht? Er wollte, dass dieser elendige Schrecken verschwindet.«

»Aldo? Er denkt, du seist nicht mehr …«, murmelte sie und Jamil bemerkte, dass sie in ihrem Schock in Verwirrung zu versinken drohte. Er trat zu ihr, hielt aber inne, bevor er sie berührte. Etwas hielt ihn davon ab.

»Bitte, du musst ihn davon abbringen, etwas Überstürztes zu tun! Ihr dürft die Sukrani nicht für etwas verantwortlich machen, was einzig zwischen mir und Balor geschah.«

»Die Seherin ist von ihnen ermordet worden!«, widersprach seine Mutter.

Er schnaubte laut. »Und du glaubst wirklich, dass es diese friedlichen Jäger waren? Sie leben verbunden mit der Natur und glauben an Waldgeister! Denkst du wirklich, dass sie sich in eure Siedlung schleichen würden, um ganz gezielt unsere alte Seherin zu ermorden? Balor und seine Freunde haben Fallgruben im Wald ausgehoben und damit Menschenleben in Gefahr gebracht. Was hat das mit der Seherin zu tun? Sie wissen vermutlich nicht einmal, was Yesimas Aufgabe war!«

Navenne öffnete den Mund, schien aber nicht zu wissen, was sie sagen sollte.

Einen Moment starrten sie sich nur still an. »Und … wer war es dann?«, flüsterte sie leise.

Jamil wusste, dass sie die Antwort bereits ahnte, doch er brachte es nicht übers Herz, es auszusprechen.

»Eigentlich ist das jetzt nicht mehr von Belang, nicht wahr? Es ist nur wichtig, dass du es irgendwie möglich machst, dass ich mit Aldo spreche. Dass er mir zuhört.«

Navenne starrte ihn weiterhin an … und wurde immer blasser.

»Jamil … ich weiß nicht, ob du wirklich du selbst bist oder das ein schrecklicher Trick ist … aber ich kann dir nicht helfen.«

»Was? Warum nicht?«

»Weil Aldo und die Männer nicht hier sind. Sie sind soeben losgezogen, zu dem Dorf der Wilden.«

Die Enttäuschung gegenüber seiner Mutter schwand und er fühlte, wie ihm selbst das Blut aus dem Gesicht wich.

»Sie sind weg?«

Er erwartete keine Antwort auf seine Feststellung.

Die Umgebung verschwamm, als er zur Tür und durch die Siedlung eilte. Seine Füße trugen ihn den Hügel hinauf, an der verbrannten Ruine seines einstigen Lagers am Baum vorbei und zur nächsten Senke. Der Wald schien sich ewig hinzustrecken, als er sich das erste Mal dem Dorf der Sukrani näherte. Er folgte einem Bachlauf, sprang über umgestürzte Bäume und drängte sich durch dichtes Blattwerk.

Als er den Wald beim Dorf der Sukrani erreichte, schlug ihm bereits der Klang entsetzter Schreie entgegen.

Wie hatte er nur glauben können, dass seine Sinne ihn trogen? Aldos Lager war nicht in Trauer gewesen, sondern bis auf einige Frauen und Kinder vollkommen verwaist.

Er rannte weiter und ignorierte das Stechen in seiner Brust.

Hoffentlich kam er nicht zu spät.

Der einstige Rätor von Kas'Tiel hielt seine Axt so fest umklammert, dass die Knöchel weiß hervortraten. Dieser hölzerne Griff war das einzige, was ihn noch daran glauben ließ, dass er weiter unter den Lebenden weilte.

Er fühlte sich leblos. Wie sein Sohn, dessen totes Gesicht er nicht mehr verdrängen konnte.

Als das Dorf in Sichtweite kam, hatten seine Männer bereits zwei der Wilden niedergestochen, die als Späher im Wald versteckt gewesen waren. Die anderen hatten keine Ahnung, was ihnen bevorstand.

»Wir zeigen keine Gnade!«, rief er seinen Leuten zu, in deren Augen Mordlust loderte. »Sie haben Jamil zu einem Dämon gemacht und unsere Seherin ermordet! Balors Tod, sie haben alles ausgelöst! Sucht ihre Geistlichen und ihre Anführer und bringt sie zu mir! Ich will sie richten!«

Heftiges Nicken war die Antwort – dann hetzten sie wie ein Mann los, verließen den Wald und stürmten in das Dorf.

Frauen rannten schreiend durcheinander, manche packten Waffen, andere ihre Säuglinge und Kinder, die laut weinten.

Aldo wusste, es hätte Mitleid in ihm auslösen müssen, doch da war nur eine schwarze Leere, die von plötzlichem Schmerz erfüllt wurde, als ein Pfeil seinen Arm streifte.

Dann kam die Wut.

»Tötet sie! Tötet sie alle!«, hörte er sich selbst rufen, während er die Axt schwang und auf einen jungen Wilden niederfahren ließ. Seine Leute stürmten brüllend vor, stießen mit Messern, Äxten und den wenigen Schwertern zu, die sie noch aus Kas'Tiel hatten. Andere drangen in Hütten ein und schon bald war das Dorf erfüllt von Chaos und Tod.

Lärm wurde laut und Asha schreckte hoch. Da schallten Rufe durchs Dorf – und dann Schreie. Zuerst klang darin Angst, Verzweiflung … dann Schmerz.

Im nächsten Moment flog ein Pfeil über die Hütten hinweg und landete klappernd auf dem festgestampften Lehm.

»Kalla!«, rief Asha. »Kalla! Vater! Was ist hier los?«

Gebrüll wurde laut. Die Sprache war unverständlich und abgehackt, wie die von Jamil!

Drissas kleine Schwestern rannten weinend über den Platz, ignorierten Ashas Fragen und ihren Hilferuf und verschwanden hinter dem Versammlungshaus.

Asha erstarrte.

Einige fremde Männer tauchten zwischen den Hütten auf, glänzende Waffen in den Händen, und stürmten dann lachend auf den Platz.

Sie entdeckten Asha an dem Pfahl und in ihren Augen blitzte etwas auf, das die Jägerin in jeder Sprache verstanden hätte. Zwei von ihnen schlichen nach einem kurzen, barschen Streitgespräch in eine der Hütten. Drissas Zuhause.

Von drinnen erklang ein Kreischen, etwas fiel klirrend zu Boden und zerbrach.

Schwer atmend stemmte Asha sich gegen den Pfahl, zerrte verzweifelt an den Fesseln, bis ihre Finger taub wurden. Die drei verbliebenen Männer lachten nur und näherten sich wie Wölfe ihrer Beute.

Ashas Arme kribbelten und ihr Herz pochte wild. Sie verfluchte die verdammten Schamanen und zog erneut an dem Seil, bis ihre Schultern knackten.

Vergebens.

»Jamil, wo bist du nur? Ich brauche dich!«, rief sie flehend in den Himmel, während die Männer auf sie zukamen.

Da stürmte ihr Vater mit erhobenem Speer vor sie. Er hielt die Männer auf Abstand, doch diese lachten beim Anblick des einzelnen Verteidigers.

»Mach mich los!«, flehte Asha, doch Akando blieb keine Zeit dafür. Die drei Angreifer stürmten auf ihn zu. Ihre Äxte und Messer glänzten in der Luft wie silbernes Eis – und ein Axthieb riss Akando den Speer mit solcher Wucht aus den Händen, dass seine Waffe über den Platz schlitterte.

Zwei Männer packten ihn und der dritte stach zu.

Das glänzende Messer drang in Akandos Seite und war blutrot, als es wieder herausgerissen wurde.

»Neeeein!«, schrie Asha und spürte, wie ihr unkontrolliert Tränen über die Wangen rollten, als ihr Vater ächzend in die Knie ging und zur Seite kippte. »Nein … nein!«

Sein Anblick lähmte sie und ließ alle Kraft aus ihr weichen. Die Angreifer richteten sich lachend wieder auf und kamen näher. Ihre Gesichter waren verzerrt von Hass und Rachsucht und ein eiskalter Schauer lief Ashas Rücken hinab, als der erste ihr Kinn packte und eine Hand zwischen ihren Beinen auftauchte.

Einen Moment später wurde der Kampfeslärm lauter – und ein weiterer Schrei drang aus Drissas Hütte. Die Männer vor ihr ignorierten ihn und zerrten stattdessen an Ashas Kleidung. Ihr wurde übel und sie versuchte, nach einer Hand zu beißen und zu treten, doch die Kerle hielten ihre Beine und ihr Kinn fest und machten sie völlig wehrlos.

Sie keuchte, bekam keine Luft.

Ashas Sicht verschwamm. Sie starrte zu ihrem Vater, der sich immer noch bewegte, versuchte sich irgendwie auf das vorzubereiten, was sie nicht verhindern konnte … Sich für etwas zu wappnen, das ihre Seele zerreißen würde.

Die Männer lachten wieder, während ihre Gesichter in Ashas Kopf zu grotesken Fratzen zerflossen.

Denk an etwas Schönes. Denk nur an Jamil, an gestern Nacht. Denk nur an ihn, dann überlebst du das …

Drissa stolperte im Hintergrund aus der Tür und fiel rückwärts zu Boden. Ihr Zopf war offen, das Hemd war angerissen, und sie kroch rasch vom dunklen Eingang weg.

Dahinter war es ungewöhnlich still …

Das erste, was in der dämmrigen Tür sichtbar wurde, war ein Augenpaar. Ein glühend rotes Augenpaar, das zu niemand anderem gehörte als Jamil. Seine Gestalt war in glühende Hitze gehüllt, als er aus der Dunkelheit trat, und das erste Mal hatte Asha keine Angst vor diesen Flammen.

Noch nie hatte sie solche Erleichterung verspürt.

Kaum hatte der Dämon sie erblickt, stürmte er über den Dorfplatz und packte den ersten der Männer an seinem Haarschopf. Jamil riss ihn mit solcher Wucht zurück, dass sein Nacken knackte und er ein Stück über den Platz flog, bevor er aufschlug und reglos liegen blieb.

Der zweite schrie gequält auf, als sich Jamils glühende Finger um sein Handgelenk legten und es krachend verdrehten. Der Mann wich zurück und rannte dann davon, dicht gefolgt vom dritten.

Asha liefen Tränen der Erleichterung über das Gesicht.

Jamils Hände zerrten den Knoten auf und sie konnte ihre Arme endlich wieder senken.

Ihre Schultern schmerzten, doch beim Anblick seiner glühenden Augen und rötlich schimmernden Finger vergaß sie all das.

Jamil spürte Azraels Feuer in seiner Brust wie ein zweites Herz pulsieren.

Seine Hände schmerzten von der Hitze der Glut, die sich in seiner Wut durch seine Finger brannte. Er hatte die beiden Männer in Drissas Hütte gekannt … aber nicht wiedererkannt. Selbst nachdem er hereingestürmt war, hatten sie nicht aufgehört, die junge Jägerin zu bedrängen. Deshalb war ihr Tod die notwendige Folge.

Auch bei diesen hier war es nicht anders gewesen – doch bei Ashas dankbarem Blick wurde sein Gemüt etwas sanfter.

»Haben sie dir etwas getan?«, fragte er und war zugleich erleichtert, dass seine Stimme noch nicht Azraels düsteren Klang angenommen hatte.

Jamil spürte, wie der Dämon sich in seinem Inneren anspannte und darauf vorbereitete, die Kontrolle zu übernehmen. All das Leid und all der Hass waren seine Nahrung – doch jetzt stärkten sie auch Jamil selbst.

Asha schüttelte den Kopf und wischte sich vehement über das Gesicht.

Pfeile sausten über das Dorf hinweg, von einer Richtung in die andere und zurück. Wieder schrien Frauen um Hilfe.

Asha rannte zu dem Verletzten am Boden und rollte ihn auf den Rücken. Sein Gesicht war schmerzverzerrt und er presste sich eine Hand auf eine blutende Wunde am Bauch.

»Vater«, murmelte sie, bevor sie seine Finger wegzog, um sich die Verletzung ansehen zu können. »Es … es ist nicht so schlimm, nur ein Schnitt«, rief sie erleichtert und presste dann den Hemdstoff darauf.

Jamil sah sich um und versuchte, das Chaos zu überblicken. Immer wieder tauchten Gestalten zwischen den Hütten auf oder erklangen die barschen Befehle seines Vaters. Waffen klirrten aufeinander, aber die Sukrani würden nicht lange Widerstand gegen die Angreifer leisten können.

»Asha, du musst deine Leute zusammentrommeln, sie müssen sich sammeln und gemeinsam kämpfen, so sind sie zu zerstreut!«, wandte Jamil ein.

Ein bitterer Ausdruck schlich sich auf ihr Gesicht. »Glaubst du denn ernsthaft, die würden noch auf mich hören? Sie hatten mich an den Pfahl gebunden, um mich zu opfern, weil du mich in ihren Augen mit den Narben gebrandmarkt hast.«

Jamil unterdrückte einen Fluch und half ihr dann, ihren Vater auf die Beine zu ziehen, wobei er darauf achtete, den Mann nur an der Kleidung zu berühren. Sie stützten ihn rechts und links und er war zum Glück zu benommen, um sich gegen den Dämon zu wehren. Sie schleiften ihn zu Drissa, die sich mittlerweile aufgerappelt hatte und zitternd an die Hüttenwand presste. Asha eilte zu ihr, fasste sie an den Armen und redete rasch und leise mit ihr, während Jamil ihren Vater absetzte und gegen die Wand lehnte.

»Haben sie dir etwas getan?«, fragte Asha.

»Ne–nein. Dein Dämon war rechtzeitig da … aber er hat mich berührt! Ich werde so enden wie du«, flüsterte sie angstvoll.

»Unsinn. Hier, hol deinen Bogen und dann musst du stark sein! Wir müssen die anderen Frauen und Kinder beschützen und die Verletzten verstecken.«

Drissa nickte kantig und huschte in die Hütte. Asha drückte dankbar Jamils Schulter und übernahm dann selbst die Versorgung ihres Vaters. Er war schon wieder etwas wacher und ertrug es schweigend, dass Asha seine Wunde verband, während er Jamil ununterbrochen anstarrte.

»Bringt ihn von hier weg. Ich werde versuchen, sie aufzuhalten«, meinte Jamil und sah in die Richtung, aus der weiteres Gebrüll laut wurde. »Geht jetzt! Schnell!«

Die beiden Frauen halfen dem Verletzten auf und eilten dann mit ihm zu den Hütten am Dorfrand, von wo noch kein Kampfeslärm zu hören war.

Elsed drohte, in all dem Durcheinander die Kontrolle zu verlieren. Er presste sich schwer atmend an eine Wand der großen Versammlungshütte und umklammerte seinen Speer, dessen Spitze heftig zitterte.

Bei jedem Schrei und Ruf zuckte er zusammen und kniff die Augen einen Moment lang zu – bis er eine Stimme erkannte, die um Hilfe rief.

Er riss die Augen auf. Das war Drissa! Und sie stützte Ashas Vater?

Elsed sah Akandos blutigen Bauch und musste erschüttert an vorgestern Nacht zurückdenken, als sie Drissa in der Falle gefunden hatten …

Er hörte Drissa etwas rufen, doch ihre Worte machten keinen Sinn, klangen wie durch Stoff und verzerrt. Ihm wurde schwindlig – da legte sich eine warme Hand auf seine Schulter.

Elsed zuckte zusammen und fuhr herum, doch es war sein großer Bruder, der da vor ihm stand, mit einer Steinaxt bewaffnet und schwer atmend. Eine Schramme lief über seine Wange, doch ansonsten schien er unverletzt. Elsed konnte gar nicht beschreiben, wie erleichtert er war, seinen großen

Bruder zu sehen, seinen besten Freund und Beschützer. Jetzt würde gewiss alles gut werden, auch wenn die Fremden im Dorf wüteten.

Chaled bemerkte währenddessen Drissas zerrissene Kleidung. »Was ist passiert?«

»Die … die Fremden, sie wollten …«

Als sie stockte, wurde er bleich vor Wut. »Nein! Diese Bastarde! Ich werde sie alle –«

Aber bevor er losstürmen konnte, hielt Drissa ihn zurück und drückte sich an seine Brust. »Es ist nichts geschehen. Der Dämon hat mich gerettet!«

Chaled erstarrte und sah mindestens so erschüttert aus, wie Elsed sich fühlte.

»Was hat das zu bedeuten?«

Drissa sah auf Akandos Wunde und dann zu ihrem Mann. »Ich glaube, der Dämon hilft uns. Er –«

Sie wollte noch mehr sagen, doch in diesem Moment stürmten die Fremden um das große Versammlungshaus und rannten brüllend auf sie zu.

Innerhalb eines Atemzugs fand Elsed sich auf einem Schlachtfeld wieder. Die Fremden waren viele und trieben die Jäger der Sukrani schnell auseinander.

»Das ist ihr Anführer!«, schrie Chaled und deutete auf einen großen Mann mit dunklen Haaren. Sein Gesicht war blutbeschmiert und er heizte die anderen mit lauten Befehlen an, bevor er Chaleds ausgestreckte Hand bemerkte und sich auf ihn stürzte.

Es ging alles so schnell, dass Elsed es kaum wahrnahm. Im Augenwinkel sah er, wie Akando zu Boden sank und Drissa ihren Bogen spannte, doch sie zielte auf einen Angreifer auf der anderen Seite des Platzes.

Chaled riss seine Steinaxt hoch und konterte den Schlag des Fremden, doch der packte ihn direkt darauf am Arm und schleuderte ihn zu Boden.

Sein großer Bruder wich dem nächsten Axthieb aus, indem er sich wegrollte. Die rot glänzende Axt krachte in den Lehm und ließ Staub aufwirbeln.

»Elsed! Verschwinde von hier!«, rief er hastig und wehrte dann wieder einen Hieb des rasenden Mannes ab, der wie blind auf ihn einhackte.

Instinktiv packte Elsed den Speer fester und hetzte vorwärts. Der fremde Mann bemerkte ihn in seiner Wut überhaupt nicht.

Die Spitze bohrte sich hinten in seinen Rücken, doch der Mann ging nicht wie erwartet in die Knie. Er drehte sich brüllend um und wollte seine rot glänzende Waffe heben – da sprang Chaled auf und hieb ihm seine Steinaxt mit voller Wucht in den Hals.

Dem Fremden entwich ein gurgelndes Geräusch, als Blut durch die Luft spritzte. Als er zu Boden sank, schrien die anderen Angreifer bestialisch auf und stürzten sich erneut auf die Sukrani.

»Gut gemacht«, meinte Chaled atemlos, während er Elseds Speer aufhob und zurück in dessen zitternde Hände drückte. Drissa stand nur ein Stück hinter ihnen, hatte ihnen den Rücken zugewandt und schoss gerade einen Pfeil auf einen der Fremden, der sich ihnen nähern wollte. Akando hielt sich neben ihr kaum noch auf den Beinen und schwankte heftig.

»Versteckt euch im Versammlungshaus! Die Schamanen sind dort und werden alle Verwundeten und Kinder mit der Hilfe der Geister schützen!«, befahl Chaled seiner Frau und ihm.

Elsed zögerte, doch die Gewissheit seines großen Bruders färbte auf ihn ab. Drissa packte Akando am Arm und gemeinsam zogen sie ihn weiter.

Im Versammlungshaus war es dunkel und stickig. Die Geräusche wurden durch den Lehm und die hängenden Leder gedämpft, dennoch hörte Elsed leises Weinen und Flüstern.

Im Schatten regten sich Gestalten, dann tauchte die rothaarige Schamanin plötzlich vor ihnen auf und durchbohrte sie mit ihrem Blick. Im Hintergrund sah Elsed jetzt die anderen drei, die mit einem leisen Singsang die Geister um Beistand baten.

»Legt ihn da hin und seid ganz still. Die Geister werden unseren Männern helfen, die Fremden zu vertreiben.«

Elsed dachte an das Chaos, das draußen herrschte und wollte Zweifel äußern, brachte aber keinen Ton heraus. Er konnte seinen Blick nicht mehr von all dem Blut abwenden und erstarrte.

Akando verzerrte das Gesicht, als die Schamanin ihm ein Tuch auf die Wunde presste. Er griff nach Drissas Hand und zog sie näher zu sich.

»Wo … wo ist Asha?«

An die zehn Männer hetzten auf den Dorfplatz, vor denen mehrere Frauen und Kinder flohen. Die Sukrani stockten kurz, rannten dann aber an Jamil vorbei, der sich direkt danach ihren Verfolgern in den Weg stellte.

Er erkannte Moleno, den Schmied und den Metzger … sein Vater war allerdings nicht bei der Gruppe. Hinter dem großen Haupthaus in der Dorfmitte wurde neuer Kampfeslärm laut.

Böse Blicke trafen ihn, all der Hass schien wie schwarzes Pech zwischen ihnen zu schweben. Er konnte sehen, dass sie panische Angst vor ihm hatten, aber ihre Verzweiflung und Wut trieb sie weiter an.

Hinter ihm näherten sich eilige Schritte – und er spürte Ashanees Anwesenheit. Sie kehrte zu ihm zurück, wollte ihm helfen und an seiner Seite kämpfen, doch für die Männer war sie ein gefundenes Opfer.

»Asha, verschwinde von hier!«, schrie er, aber die Männer strafften schon die Bogensehnen.

Jamil hörte das Rauschen von Pfeilen und handelte instinktiv. Er zog Asha an seine Brust und drehte den Angreifern den Rücken zu – und Schmerz schoss durch seine Schulter.

Mit knirschenden Zähnen unterdrückte er einen Schrei. Der Schmerz machte ihn wütend und steigerte sein Verlangen, dem Dämon in sich freien Lauf zu lassen.

Rechts und links neben ihnen schlitterten Pfeile über den festen Boden, während Asha erstarrt in seinem Arm zitterte.

»Halte dich fern von mir, bis das hier vorbei ist, Ashanee«, presste er hervor und schob sie von sich weg.

»Jamil!«, ächzte sie erschrocken. »Du bist verletzt!«

»Später.«

Er schluckte den Schmerz hinunter und bedeutete ihr, zu verschwinden. Seine Finger qualmten. Er drehte sich zu seinen Feinden um und hob die Arme.

»Es reicht jetzt«, brüllte er wütend – und gab sich damit dem Feuer hin. Seine Hände glommen wie Glut, während die Hitze durch seinen Körper züngelte. Flammen loderten über seinen Fingern in der Luft auf, als er sie streckte.

Funkenstiebendes Feuer schoss aus seinen Händen über den Platz und ließ die Angreifer schreiend zu den Hütten zurückweichen. Azrael räkelte sich in seiner Brust und lachte vor Freude an der Zerstörung …

Er konnte jedes ihrer Herzen spüren, wie sie rasten, von Aufregung und plötzlicher Angst ergriffen. Er wollte diese Ratten bestrafen!

Die Flammen wurden heißer, schossen weiter und leckten über Holz und trockenen Lehm.

Rufe und Schreie hallten über das Dorf, das jetzt von Rauchwolken durchdrungen wurde. Schnaubend eilte er zwischen die schwelenden Heimstätten der Sukrani und packte den erstbesten Angreifer, den er erreichte, am Arm. Es war Marifas Mann und er schrie unter Schmerzen, als Jamils glühend heiße Finger seine Haut berührten.

»Dieses Dorf steht unter meinem Schutz!«, schrie er laut über die Hütten hinweg. Ein Pfeil flog als Antwort dicht an ihm vorbei. Jamil packte ihn mitten aus der Luft und ließ den Schaft in Flammen aufgehen.

Ein wütendes Brüllen entrang sich seiner Kehle und die Feuer überall im Dorf loderten höher. Mit jedem seiner Atemzüge schwollen die Brände um ihn an.

»Der Dämon! Er ist hier! Lauft!«, schrie ein Junge und zerrte dann den alten Moleno mit sich fort, der zuvor den Flammen entkommen war. Jamil ließ Marifas Mann los, der seinen Arm an sich presste und den anderen folgte.

Jamil hielt sich zurück, auch wenn Azrael gerne seine Flammen auf die drei losgelassen hätte. Sie züngelten über seine Finger, leckten durch die Luft …

Die Angreifer rannten um ihr Leben, trafen auf ein paar weitere und zerrten sie mit sich. Innerhalb weniger Atemzüge schlug die Stimmung um und die Angriffslust wich aus den Siedlern.

Hinter den Hütten tauchten neue Gestalten im Rauch auf, hoben die Bögen und zielten. Zwei der Fliehenden gingen getroffen zu Boden, die anderen ergriffen die Flucht, als Jamil auf sie zukam. Sie rannten über das Feld und den eingerissenen Zaun zum Wald.

Er lief ihnen noch ein paar Schritte hinterher und brüllte laut und drohend.

Dann kehrte eine gespenstische Ruhe ein, in der nur noch leises Weinen und das Knistern der brennenden Hütten zu hören war.

Asha tauchte atemlos neben ihm auf und hielt ihren Bogen in die Höhe.

»Sie sind weg! Du hast sie verjagt, Jamil!«, rief sie ungläubig und strahlte ihn dann erleichtert an.

Seine Hände glühten noch immer, aber er bekam sich nach und nach wieder unter Kontrolle und kühlte ab. Er fühlte die Brände im Dorf der Sukrani, tastete mit seinem Willen nach ihnen und befahl den Flammen, zu ersticken. Zuerst wehrte sich Azrael in seiner Brust dagegen, doch Jamils eiserner Wille zwang ihn dazu, die Feuer zu stoppen.

Schwer atmend zog er anschließend Asha an seine Seite und hielt sie fest, während sich hinter ihnen im Dorf die Leute hastig daran machten, die Verletzten zu retten.

Erwachen

Navenne saß an Balors Totenbett und wusste nicht, was sie fühlen sollte. Ihr Herz war zerrissen, Trauer und Wut tobten in ihr in einem aussichtslosen Kampf.

Das Haus der Seherin lag still da, obwohl ihre beiden Töchter sich in Yesimas kleiner Kammer aufhielten. Die Mädchen hatten Balor aufgebahrt, wie es sich gehörte, doch jetzt waren sie wieder mit ihrem eigenen Leid beschäftigt. Seine beiden verbrannten Freunde lagen im Nachbarraum, doch Navenne konnte ihre Augen nicht von Balor abwenden. Ihr Blick wanderte immer wieder von seinem blassen Gesicht zu den roten Brandwunden an seinem Hals, wo Jamil ihn berührt hatte.

Navenne umkrallte ihre Oberarme so sehr, dass es weh tat. Wie hatte das alles nur passieren können?

Sie war so unendlich dankbar und froh gewesen, dass ihre Familie überlebt hatte. So viele ihrer Freunde waren gestorben oder verschleppt worden und sie hatten es überstanden! Natürlich vermisste sie ihr altes Leben, ihren Stand als wichtigste Schreiberin, als angesehene Frau des Rätors … aber sie hätte das alles zehn mal aufgegeben, um ihre Familie wieder zu einen.

Draußen wurden mit einem Mal Rufe der Frauen laut.

»Die Männer! Die Männer kommen zurück!«

Navenne sah zur Tür und unterdrückte mühsam ein Schluchzen. Langsam stand sie auf und trat vor das Haus der

Seherin, um der Gruppe entgegenzusehen, die durch den Eingang in der Palisade die Siedlung betrat. Doch es kehrten viel weniger zurück, als aufgebrochen waren!

»Wo sind die anderen?«, fragte Navenne erschüttert, als sie mit einem raschen Blick die Versammelten zählte. Fast alle hatten blutende Wunden oder waren rußbeschmiert, einige mussten gestützt werden oder pressten Arme an ihre Brust.

»Der Dämon hat uns aus dem Dorf vertrieben!«

»Wo ist Aldo?«

»Der Rätor … alle … alle, die nicht hier bei uns sind, wurden getötet«, gab der alte Moleno nach einem kurzen Schweigen zu.

Wehklagen wurde hinter ihr laut, als einigen Frauen schlagartig klar wurde, dass ihre Männer, Söhne und Freunde nicht mehr zurückkommen würden.

Navenne stand völlig still da und starrte die Zurückgekehrten an. Aldo hatte Rache für seinen toten Sohn und die Seherin geschworen und damit gar nichts erreicht, außer Balor ins Reich der Toten zu folgen.

Während die anderen Frauen weinten und jammerten und andere zu ihren verwundeten Männern eilten, fühlte sich Navenne einfach nur leer.

Auf einmal spürte sie, wie sich Ekel und Scham in ihr breitmachten. Das Verhalten ihres Sohnes, ihres Mannes, ihres Volkes – und ihr eigenes – das alles widerte sie an und trieb ihr die Hitze in die Wangen. Sie wankte und spürte, wie ihr Tränen in die Augen schossen.

Ihr geliebter Mann … Ihr gebrochener Mann, der nach der Flucht immer weniger dem stolzen Rätor von Kas'Tiel geähnelt hatte … Er würde nie wieder ihre Haut berühren. Nie wieder mit der Hand durch ihr Haar streichen und ihr trotz seiner Erschöpfung Trost spenden. Dieser Verlust war ein Schock, der alles veränderte. Balor und die Seherin hatten sie in dieses Übel getrieben, doch weder Navenne noch jemand anderes hatte etwas unternommen, um es aufzuhalten.

»Geht mir aus den Augen!«, murmelte sie in eisigem Ton und straffte die Schultern dabei.

»Aber–«

»Ich bin die Frau des Rätors! Er ist … er ist tot, also habe ich jetzt die Verantwortung! Und ich sage: geht runter zur Bucht und wascht dort im Flussbett eure Wunden! Ich will euch nicht mehr sehen! Ich will niemanden sehen!«, rief sie und spürte dabei, wie sich die angestaute Wut und Verzweiflung in ihr Raum machte. Sie hatte genug! Sie konnte all dieses Leid nicht mehr ertragen, diese unsinnigen Wünsche nach Rache und Genugtuung. Sie schrie ihre Wut hinaus.

Die Verwundeten starrten sie fassungslos an, dann knickten sie ein und ließen sich von ein paar Frauen zur Bucht begleiten.

Navennes Atem ging heftig, als sie auf dem Absatz kehrt machte und in das Haus der toten Seherin zurückkehrte.

Balor lag noch immer auf der Bahre. Es musste ihn nicht mehr kümmern, was er alles mit seinen Taten ausgelöst hatte. Schuldgefühle verklumpten sich in ihrem Bauch, denn auch sie hatte so wenig unternommen. Sie hatte zugelassen, dass Aldo sich nur noch auf die Worte der Seherin verließ und Balor sich in einen wütenden Schatten seiner Selbst verwandelte. Einzig Jamil hatte auch nach der Flucht einen Teil seiner gnädigen, nachdenklichen Art behalten … und der war zum Dämon geworden.

»Ich muss blind gewesen sein«, flüsterte sie und hielt die Tränen nicht auf, die jetzt über ihre Wangen flossen. »Du bist ein viel schlimmerer Dämon als dein Bruder! Wieso, Balor? Wie konntest du auf solche Abwege geraten?«, zischte sie und spürte, wie sie immer lauter wurde, ohne es kontrollieren zu können.

»Du bist der wahre Dämon! Brudermörder!«, schrie sie und presste sich die Hände aufs Gesicht. Die Tränen strömten unaufhörlich, während sie in ihrer Verzweiflung aufheulte.

Als sie verstummte, kehrte eisige Stille in den Raum zurück. Yesimas Töchter wagten es nicht, sich der Trauernden zu stellen oder sie zu stören und das war auch gut so. Sie spürte solch eine brodelnde Wut und Hilflosigkeit in ihrem Bauch, dass es sie zu zerreißen drohte!

Navenne zuckte zusammen, als ein lautes Knacken auf der Totenbahre erklang. Als sie von ihren Händen aufsah, waberte die Luft über dem Hals des Toten. Die Verbrennung schien zu schwelen und Ascheflocken bildeten sich auf der Haut.

Ein Schreckensschrei entwich der Mutter. Sie sprang auf und wich einen Schritt zurück. Hinter sich hörte sie die Töchter der Seherin hereineilen ... gerade als Balors Finger sich verkrümmten.

Der Tote riss den Mund auf und brüllte. Asche und Funken stoben aus seiner Kehle und eine feurige Glut glomm in seinem Rachen.

Seine Haut schien zu verbrennen, färbte sich schwarz und glühte von innen. Yassra stieß einen spitzen Schrei aus – und Balor öffnete die Augen und drehte den Kopf. Sein Blick war ein Meer aus Hass und Feuer.

Navenne wich weiter zurück, packte dann Yassra und ihre jüngere Schwester, um sie vor sich durch die Tür zu stoßen. Im Augenwinkel sah sie, wie Balor sich von seinem Totenbett aufrichtete.

Sie drängte hinaus, stolperte und fing sich gerade noch rechtzeitig, um mit den jungen Frauen weiterzuhasten.

Hinter ihnen ließ sein donnerndes Brüllen die Siedlung erzittern. Flammen züngelten in die Höhe und mit einem Krachen explodierte das Haus der Seherin.

Schwelende Bretter und zerfetzte Balken regneten auf die Umgebung und Yassra schrie erneut, während ihre Schwester starr vor Schreck war.

Die restlichen Frauen drangen aus dem Langhaus gegenüber und riefen wild durcheinander, als sie das Flammenmeer erblickten, aus dem jetzt Balor trat.

Navenne erkannte ihren Sohn nicht wieder. Zwischen Rauch und flimmernder Hitze sah sie nur eine schwarze, von Glut zerfressene Gestalt, die die Hand hob.

Flammen schossen durch die Luft, von seinen dämonischen Kräften gelenkt, und schlugen in das Dach des ersten Langhauses ein, sprangen über auf ihr neues Zuhause und fraßen sich in unglaublicher Geschwindigkeit durch Balken und Wände.

»Weg hier! Er wird alles zerstören und uns töten!«, schrie Navenne über den Platz zu den Langhäusern. Die Frauen kreischten, riefen um Hilfe. Zwei stürzten zurück ins Innere, um ihre Kinder zu holen, andere stolperten und fielen zu Boden.

Ein Mädchen rannte weinend durch den Qualm und rief nach seiner Mutter, die anderen Frauen flohen mit den Kindern die Senke hinunter.

Yassra hatte sich mittlerweile gefasst und zitierte laut eine Beschwörung an die Götter. Sie rief jeden einzelnen von ihnen an, wie sie es von ihrer Mutter gelernt hatte und auch ihre kleine Schwester fiel in das Gebet mit ein.

Der Dämon wandte seinen Kopf in ihre Richtung und bei seinem Lachen stoben helle Funken in die Höhe.

Die anderen Frauen waren die Senke hinabgeflohen, hasteten durch das kleine Bachbett und zur Bucht zu den Männern.

Yassra hatte die Finger ihrer Schwester umklammert und zitterte, während sie ein Gebet nach dem anderen zitierte. Ohne Erfolg.

Als der Dämon seine Hand hob und neue Flammen darauf entstehen ließ, packte Navenne die beiden Mädchen.

»Wir müssen ins Wasser!«

Jamil und Asha standen am Waldrand und wussten nicht, wie sie sich verhalten sollten. Zwei Jäger der Sukrani versperrten ihnen den Weg ins Dorf und hatten Pfeile auf den Sehnen stecken.

»Bitte, ihr müsst mich mit euren Schamanen sprechen lassen!«, wandte Jamil erneut ein.

»Weder du noch deine Gehilfin werden das Dorf betreten!«, erwiderte der ältere der beiden. Im Hintergrund konnte Jamil sehen, wie mehrere andere die Leichen der Eindringlinge aus dem Dorfkern schleppten und an den Rand des Feldes warfen.

»Wir müssen eine Lösung finden, bevor es zu einem erneuten Angr–«

Ein seltsames Grollen ließ Jamil innehalten.

Es war weniger ein Geräusch als ein vibrierendes Gefühl in seiner Brust.

Etwas geht da vor sich, flüsterte Azrael leise in sein Ohr, während Jamil in die Richtung spähte. Er hatte sich das Grollen wohl nicht eingebildet, denn über dem Wald stiegen Rauchsäulen auf, direkt bei der Siedlung.

»Was denn noch?«, stöhnte er und wandte sich dann an Asha. »Zieh mir den Pfeil raus, bitte.«

Sie starrte ihn entsetzt an, bevor ihr Blick nervös zu den beiden Jägern huschte. »Was? Einfach so?«

Sein ernstes Nicken zerstreute ihre Zweifel. Er wandte ihr den Rücken zu und kniete sich hin, damit sie den Pfeil besser erreichen konnte. Im Augenwinkel sah er, wie ihre Bewacher ihre Bögen hoben, danach aber wieder erstarrten.

Er hätte es ihr nicht erklären können … aber der Geist in seinem Inneren versicherte ihm mit seinem Flüstern, dass es möglich war. Jamil war ausgeglichen genug, um Ituhos Energie bündeln und nutzen zu können.

Als Ashas Finger sich um den Schaft schlossen und die Spitze bewegten, knirschte er mit den Zähnen. Einen Moment war er verleitet, sich auf die verbliebenen Flammen in ihrem Dorf zu konzentrieren und dadurch die Kraft zu schöpfen … dann aber wandte er seinen Fokus auf eine nahe Quelle im Wald. Das Wasser plätscherte so friedlich und ruhig.

Er atmete mehrmals tief durch und spürte, wie Ituhos Energie ihn erfüllte.

»Jetzt«, befahl er – und ächzte laut, als die Pfeilspitze aus seiner Schulter gerissen wurde. Der Schmerz stach durch seinen Körper, verebbte aber nach wenigen Augenblicken. Er fühlte, wie die kühlen Energieschwaden des Geistes über seine Haut tasteten, die Wunde fanden und verschlossen, so wie es damals bei Drissa geschehen war. Es war etwas völlig anderes, von Ituho geheilt zu werden als durch Azraels Flammen.

Asha legte ihre Hand auf seine Schulter und streichelte sanft über die Stelle an seinem Rücken. »Es … es ist nur ein kleines Mal zurückgeblieben.«

Jamil kreiste vorsichtig die Schulter und war erleichtert, als das Stechen erträglich blieb. Als er sich aufrichtete und zu Asha umdrehte, hatte sie noch den Pfeil in einer Hand.

Sie starrte Jamil fasziniert an und lächelte. »Wirklich erstaunlich.«

Jamil verschwieg ihr, dass seine Hände und Füße sich eiskalt und taub anfühlten. Im Augenwinkel sah er, dass die beiden Sukrani immer noch ihre Bögen bereithielten.

Als er sich ihnen zuwandte, strafften sie die Sehnen. »Bleib fern, Dämon! Wir sind dir dankbar, dass du die Fremden verjagt hast, aber wenn du nur einen Schritt näher kommst, werden wir dich töten!«, rief der ältere streng, obwohl seine Stimme leicht zitterte. Nach dem, was sie gerade gesehen hatten, schien er starke Zweifel an der Wirksamkeit von Pfeilen gegen Dämonen zu hegen.

»Ich werde jetzt gehen«, sagte Jamil laut. »Richtet euren Schamanen aus, dass ich keinen Groll gegen sie hege und keinem von euch schaden möchte.«

Er strich Asha sanft über die Wange und sah, dass seine Finger bläulich und fast eingefroren wirkten, dann zog er das Messer von ihrem Gürtel und lief los.

Schon nach drei Schritten hatte sie zu ihm aufgeholt und ergriff sanft seine freie Hand. Er warf ihr einen fragenden Blick zu, den sie mit einem Lächeln erwiderte.

»Dachtest du wirklich, ich bleibe hier zurück? Ich gehe mit dir, egal was kommt.«

Jamil spürte tiefe Dankbarkeit, aber auch Trauer. So viel Leid war über ihr Land gekommen und trotz allem fühlte sich Asha ihm mehr verpflichtet als ihren Leuten. Er hatte sie mit seinem Auftauchen entwurzelt.

Während sie zügig durch den Wald in Richtung der Siedlung wanderten, sprachen sie kein Wort. Asha führte ihn und elektrisierte seinen ganzen Körper durch die Berührung ihrer Hände.

Eine Weile ließ Jamil sich einfach von ihr leiten und vom Grün des Waldes beruhigen, um das Geschehene zu verarbeiten. Schließlich erreichten sie den Waldrand, der sich zu seinem Hügel öffnete.

Die Rauchschwaden waren noch weiter angeschwollen und stiegen in der windstillen Luft senkrecht in die Höhe. Das laute Tosen und Knacken verriet den Brand schon von weitem.

Jamil starrte den Hügel hinauf auf die verkohlten Reste des toten Hara–Baums, der sich gegen den dunklen Rauch kaum mehr abzeichnete.

Wie oft werde ich die Kräfte von den beiden wohl nutzen können, bevor ich entweder Azraels Feuer verfalle oder von Ituho in einen Geist verwandelt werde?, fragte er sich, da er nicht wusste, was sie dahinter erwartete.

Ein Blick in Ashas Gesicht genügte, um Jamil wissen zu lassen, dass sie auch diesmal nicht zurückbleiben würde. Unbewusst drückte sie seine Hand fester, bevor sie gemeinsam die Wiese betraten.

Kaum hatten sie die Kuppe erreicht, zeigte sich ihnen ein Bild der Zerstörung. Die Siedlung stand komplett in Flammen. Das Haus der Seherin war nur noch eine zusammengestürzte Ruine, die beiden Langhäuser und das Haus seiner Eltern brannten lichterloh.

Was ist passiert?, dachte Jamil erschüttert. *Alle Männer waren bis vor kurzem in Ashas Dorf … wer könnte …*

Das Weinen einiger Kinder drang einen Moment durch das laute Knacken und Tosen der Feuer an sein Ohr und er entdeckte eine Gruppe, die sich unten ins Meer geflüchtet hatte. Die Frauen klammerten sich an Felsen in der offenen

Bucht und hatten ihre Kinder auf die Steine gehoben, um sie vor den Wellen zu schützen. Auch die überlebenden Männer konnte er dort erspähen.

Sie haben sich ebenfalls ins Wasser gerettet? Vor was?

Jamil beschlich eine schreckliche Ahnung, als er die Schwärze spürte, die die ganze Senke einnahm. Das war nicht nur Rauch. Das war die hasserfüllte Energie seines Bruders, die er schon einige Male erlebt hatte.

Wind kam auf und lichtete den Qualm der Brände, in dem eine feurige Gestalt sichtbar wurde. Sie stand zur Bucht gewandt und drehte langsam den Kopf in Jamils Richtung. Viel weiter, als es möglich sein sollte. Im nächsten Moment lief die Gestalt auf ihn zu.

Was da den Hügel hinaufschritt, war kein Mensch mehr.

Asha wankte und flüsterte einen Fluch, als sie neben ihm zum Stehen kam. Der Dämon erreichte jetzt die Palisade der Siedlung, stieß ein tiefes, grollendes Lachen aus und die Äste und Dornenzweige in seiner Umgebung fingen von selbst Feuer.

»Asha, geh zu deinen Leuten und sag ihnen, sie sollen ihre Boote zu Wasser lassen und auf die Bucht hinausrudern.«

»Ich lasse dich nicht allein!«

Jamil schnaubte. »Und was willst du gegen ihn unternehmen? Mein Bruder scheint genauso wie ich nicht sonderlich viel vom Tod zu halten. Ich glaube nicht, dass du hier etwas ausrichten kannst.«

Asha schluckte sichtlich und starrte den Dämon an. Bei jedem Schritt über die Wiese entfachten seine blanken, glühenden Füße das Gras.

»Da–das ist dein Bruder?«

»Ich fühle seine Energie«, bestätigte er.

Sie wollte noch etwas sagen, doch er ergriff ihre Hand und sah sie an. »Asha, egal was jetzt passiert … ich bin dir unendlich dankbar, dass du mich vor solch einem Schicksal bewahrt hast. Ich wäre so geworden wie er. Du hast mich gerettet.«

Asha starrte ihn an und Tränen traten ihr in die Augen. »Du kannst nicht ernsthaft …«

»Doch, ich werde mich ihm stellen. Er wird sonst alles vernichten.« Er zog sie an sich und gab ihr einen kurzen Kuss, bevor er ihr ins Ohr hauchte: »Ich liebe dich.«

Asha schluchzte und zuckte zusammen, als das Grollen des Dämons erklang. »Jamil …«

Er löste sich von ihr und schob sie ein Stück weg. »Geh jetzt!«, brüllte er und da war wieder dieses dunkle Donnern in seiner Stimme. Er konnte fühlen, wie die Hitze sich in seinem Körper ausbreitete.

Genau in diesem Moment hob Balor seinen Arm. Ein Flammenball formte sich aus dem Nichts, fraß knisternd die Luft in der Umgebung und schoss dann auf Jamil und Asha zu.

Sie schrie auf – und Jamil riss die Hand nach vorn. Seine Finger pulsierten in allen Rottönen, als er die heranrasenden Flammen mit seinem Schlag stoppte. Das Feuer zerbarst in einer Explosion, die Asha hinter ihm von den Füßen riss und ihn ebenfalls torkeln ließ.

Die Flammen loderten durch die Luft und fraßen Linien und Spuren in die Wiese, ehe sie erloschen.

Asha rappelte sich auf, machte einige Schritte rückwärts, dann wandte sie sich endlich ab und rannte den Hügel hinab.

Balor kam währenddessen näher und mit jedem Schritt wurde das Ausmaß seiner Wandlung deutlicher.

Seine Hände waren zu schwarzen Krallen geformt, die an den Spitzen glühten. Die Arme und Beine wirkten grotesk verdreht und in die Länge gezogen. Bei jedem Atemzug leuchtete ein rötliches Glühen zwischen seinen Rippen hervor.

Seine Haut schien aus Kohle und Glut zu bestehen, durch die feurige Adern pulsierten. Die Hose hing in Fetzen an seiner Hüfte und verkohlte Stückchen fielen immer wieder davon ab.

In seinen roten Augen lag eine Gewissheit, die Jamil einen Schauer den Rücken hinabjagte.

Balor erkannte ihn auch als Dämon – und hasste ihn immer noch abgrundtief. Wieder hob er die Hände und ließ Flammen darauf entstehen.

»Was ist mit dir geschehen, Bruder, dass du dich so dem Feuer zugewandt hast?«, murmelte Jamil und machte unwillkürlich einen Schritt zurück, als Balor die Hügelkuppe erreichte.

Mit einem Schlag wehrte er den zweiten Feuerball ab, der noch größer war. Die Flammen leckten über seine Haut, doch er spürte keinen Schmerz, denn in seinem Inneren brannte selbst ein Feuer.

Sein Bruder riss die Arme in die Höhe und lachte schallend, obwohl Jamil seine Angriffe abgewehrt hatte. Der Körper des Dämons glühte auf bei diesem donnernden Lachen … und die Luft begann zu wabern. Ein heißer Wind kam auf, wirbelte in einem Strudel um die beiden Widersacher und fing schließlich selbst Feuer. Die Luft brannte knisternd. In einem großen Kreis um die beiden fegte ein Sturm aus Flammen, die Wiese ging in einem Meer aus Glut unter und es blieb nichts außer Asche und blanker Erde, die sich schwarz färbte und knackte.

Aschewolken stoben in die Höhe, tanzten in wilden Spiralen über den Flammen und den beiden brennenden Gestalten.

Jamil hielt sich schützend die Arme vors Gesicht, als die Wellen aus wabernder Luft ihn wieder und wieder trafen wie die Wogen einer aufgewühlten See.

Die Hitze war selbst für ihn beinahe unerträglich. Sie fraß sich durch seine Hände und Arme und drohte ihn zu zerstören. Der Atem brannte ihm in der Lunge und sogar Azrael wand sich schmerzerfüllt in seinem Inneren.

Durch die Flammen, die an seinen Fingern entlang züngelten, konnte er die verschwommene Gestalt seines dämonischen Bruders erkennen. Dieser lachte über den Sturm hinweg … doch Jamil meinte zu sehen, dass seine Arme jetzt stärker rauchten und auch er zitterte.

Was hat Asha über den Dämon in ihrem Dorf erzählt? Er ist an seinem eigenen Feuer verbrannt! Ich muss ihn nicht besiegen, ich muss einfach nur länger überleben!

Jamil knirschte mit den Zähnen, als eine neue Woge brennender Luft auf ihn einschlug und ihn fast zu Boden schleuderte.

Er öffnete sich den Flammen und der Energie des Feuers und ließ damit dem Dämon in seinem Inneren freien Lauf. Mit einem Schauer konnte er fühlen, wie Azraels Kraft durch seine Adern strömte und ihn vor dem Verbrennen bewahrte.

Im Gegensatz zu Balor war sein Körper immer noch ansatzweise menschlich. Er wäre diesem Inferno ohne Azrael nicht gewachsen gewesen. Obwohl der Dämon ihn stärkte und Kraft aus den Flammen zog, war er viel zu langsam. Balor näherte sich ihm mit unfassbarer Geschwindigkeit und holte aus.

Der Schlag traf Jamil von unten am Kinn und schleuderte ihn gegen das Gerippe des Hara–Baums. Während er noch betäubt am verkohlten Stamm herunterrutschte, setzte Balor schon nach und holte zum nächsten Schlag aus.

Jamil spürte die Hitze von Balors Klaue und den Schmerz, als die glühenden Krallen durch die Haut in seinen Bauch stießen.

Ihm entwich ein Ächzen, als er fassungslos seinen Bruder anstarrte. Brennende Pein strömte durch seinen Körper, wo die schwarzen Krallen sich durch seine Haut und die Muskeln gebohrt hatten. Er schnappte nach Luft, atmete aber nur Flammen und Rauch ein.

Alles wurde langsamer, während Balor seine Macht offenbar in vollen Zügen genoss. Während es erst langsam zu Jamil durchdrang, dass sein Bruder ihm seine ehemalige Hand in den Bauch gerammt hatte, fühlte er sich sonderbar mit ihm verbunden. Durch den Schmerz und die Fassungslosigkeit hindurch sah er in Balors Augen. Dahinter lag ein Flammenmeer aus unsäglichem Hass, das sein Inneres mit einem unmenschlichen Hunger nach Macht erfüllte.

Ich reiße dir dein Herz heraus …, grollte Balors tiefe Stimme in seinem Kopf. Ein wahnsinniges Grinsen breitete sich auf dem schwarz verkohlten Gesicht aus, das so völlig fremd wirkte. *Ich fresse deine Seele und nehme deine Kraft in mir auf … Azrael … du wirst ein Teil von mir.*

Jamil ächzte, als Balor die Krallen durch seinen Bauch höher schob. Das war nicht sein Bruder, der da sprach, sondern der neue Besitzer seines Körpers …

Schwärze hüllte ihn ein und zog ihn in ihre Tiefe. Balors Klaue grub sich durch seine Eingeweide – im nächsten Moment machte die Welt einen Ruck nach vorn und er war allein.

Die Umgebung bestand aus ruhigem, schwarzem Wasser, das ihn in einem Strudel umgab. Dahinter war nichts als Leere.

Eine Gestalt schälte sich aus der Dunkelheit, flackerte orange und rot, und ein glühendes Augenpaar fixierte ihn. Der Mann bestand aus nichts als Flammen und Jamil dachte schon, es wäre Balor. Dann bemerkte er das glühende Band, das zwischen ihnen brannte.

Azrael …, dachte er überrascht.

So sehen wir uns also wieder, Jamil.

Sind wir … wir sterben gerade, nicht wahr? Balor reißt uns in Stücke und wird dich und mein Herz verschlingen.

Wir sind in deiner Seele. Und vermutlich hast du Recht.

Jamil war überrascht, dass er keine Angst oder Wut spürte. Im Augenwinkel sah er eine Bewegung und drehte den Kopf. Eine zweite Gestalt umkreiste ihn genauso wie Azrael und leuchtete dabei in kühlen Blautönen. Sie war das genaue Gegenteil zu Azraels Flammen.

Ituhos Gesicht und sein Körper waren wie das Wasser, alles wandelte sich ständig. Der Geist nahm die Gestalt eines alten Mannes, die eines Kindes, dann die einer wunderschönen Frau an, deren langes Haar wie ein Wasserfall über ihre Schultern stürzte. Auch Ituho war mit einem leuchtenden Band an ihn gebunden, doch hatte er ihn nie zuvor als Wesen gesehen. Er war immer Teil des Hara–Baums gewesen.

Beide bestanden auf ihre unterschiedliche Weise aus purer Energie und waren jetzt voll und ganz in seinem Inneren.

Wenn du mir die Kontrolle überlässt, kann ich uns vielleicht noch retten, lockte Azrael.

Jamil neigte den Kopf zur Seite und bemerkte den Hunger in seinem brennenden Blick, während dieser fordernd die Hand ausstreckte.

Nein … du würdest mich genauso verderben, wie es mit Balor geschehen ist. Ich wäre für dich nur noch eine Mario-

nette und meine Seele ein lästiger Begleiter, der nie mehr Herr über seinen Körper sein würde.

Azrael verzog das Gesicht zu einer Fratze aus Kohle und Glut. *Lästig bist du schon jetzt!*, zischte er wütend, doch Jamil wandte sich schon wieder Ituho zu.

Der Heiler kann dich auch nicht aus dieser Situation retten. Seine heilende Energie ist nicht mächtig genug, um deinen dämonischen Bruder zu schlagen, fuhr Azrael hämisch fort.

Jamil nickte langsam und spürte, wie die Schwärze näher rückte. Er hatte keine Zeit mehr zu verlieren.

Er atmete einmal tief durch, dann streckte er die Hände rechts und links von sich aus und packte die leuchtenden Bänder, durch die sie verbunden waren. Er richtete all seine Willenskraft darauf, ihre Energie in sich zu ziehen und hörte schlagartig auf zu denken. Die Kraft des Dämons brannte durch seine Rechte, die Energie des Geistes floss durch seine Linke … und beides verband sich zu einem wogenden Strom in seiner Brust.

Ungeahnte Macht durchströmte seine Seele und gab ihm die Kraft, sich dem Tod zu entreißen.

Jamil öffnete seine Augen und kehrte aus der Schwärze zurück. Er lehnte völlig ruhig und still an dem verkohlten Baumstumpf und sah den rasenden Dämon vor sich an.

Seine geballte Energie traf Balor mit einem unsichtbaren Schlag ins Gesicht und schleuderte den Dämon von ihm fort. Er flog durch die Luft, krachte auf die Erde und überschlug sich mehrmals, bevor er liegen blieb.

Noch während er sich aus der aschebedeckten Wiese aufrappelte, stand Jamil auf. Die Löcher in seinem Bauch verschlossen sich zischend. Er fühlte keinen Schmerz. Keine Wut.

Einen Moment lang war da nichts außer dem verschmolzenen Glühen in seiner Brust. Die Energie der beiden Wesen umkreiste ihn wie ein Schutzschild aus blauen Flammen, die das Inferno auf dem Hügel zurückhielten.

Balor sprühte Funken bei jeder Bewegung, richtete sich auf, rannte erneut auf ihn zu. Der Dämon schlug gegen die Wand aus blauen Flammen, ohne sie jedoch verletzen zu können. Er schleuderte all seinen Hass, all sein Feuer gegen diesen Wall und begann dabei zu verbrennen.

Jamil fühlte sich zeitlos. Kraft durchströmte und schützte ihn, wogte durch jede Ader seines Körpers und machte den Rest der Welt unwirklich.

Er konnte diese vereinte Energie jedoch nicht lange ertragen. Seine Brust begann zu schmerzen und er hatte das Gefühl, dass ihn der Strom der Macht zerreißen würde. Blaue Flammen loderten in den Himmel, flossen wie Wasser durch Raum und Zeit. Jamil deutete mit seiner Hand auf Balor und der Strom aus Feuer schlug auf seinen Bruder ein, umhüllte ihn und fraß sich durch seine Haut.

Mit dem letzten Hauch Kontrolle, den er noch über sein Selbst hatte, trennte Jamil die Energie der beiden Wesen wieder. Seine Brust und seine Seele schienen zu zerreißen, als er die erzwungene, mächtige Umklammerung von Dämon und Geist löste. Sofort verging die starke Verbindung zu den beiden in seinem Inneren und der Wall aus Flammen verschwand.

Jamil war schutzlos, doch Balor stockte. Sein Brüllen und Grollen verflog und wurde durch ein gequältes Röcheln ersetzt. Er hob die Hände in die Höhe, doch seine Finger zerfielen bei der Bewegung zu Asche. Einen Moment noch waren die glühenden Knochen zu sehen, dann wurden sie schwarz und bröckelten ab. Nach den Fingern folgten die

Hände und der Prozess wanderte die Arme hinauf, die ausbrannten wie ein altes Feuer und erloschen.

Balor machte einen Schritt auf Jamil zu, doch seine Füße gaben unter ihm nach und er ging in die Knie, bevor auch diese Risse zeigten und knackten wie Kohle.

Das Feuer in seiner Brust flackerte, loderte dann umso greller auf. Die hellen Flammen, die aus seinem Mund züngelten, versengten seine Kehle und das schwarze, dämonische Gesicht. Einen Augenblick später zerbröselten seine Arme und die Schultern.

Als sein Körper zur Seite kippte, erlosch das Leuchten in seinen Augenhöhlen und wich einer grauen Leere.

Das Flammenmeer auf dem Hügel ging rasch zurück und wurde von einer dicken Wand aus Qualm ersetzt. Balors Körper zuckte noch einen Augenblick, dann lag er still und zerfiel weiter, bis nur noch ein paar aschgraue Knochen übrig waren.

Der Boden knackte und knisterte noch, während Jamil auf die Stelle starrte an der sein Bruder sein Ende gefunden hatte. Der dichte Qualm erfüllte seine Lungen und drohte ihn zu ersticken … doch dann kam ein frischer Wind vom Meer auf und trieb den Rauch davon.

Jamil ging in die Knie und blieb schwer atmend und zusammengesunken sitzen. Feuer und Wasser brodelten gemeinsam in seiner Brust und heilten langsam die Verbrennungen auf seiner Haut.

Seine Finger fühlten sich an wie ausgeglühte Kohlestücke und für einen schrecklichen langen Augenblick befürchtete er, sie würden genauso zu Asche zerfallen, wie es bei Balor geschehen war.

Erst nach und nach kehrte Leben in sie zurück, während er jegliches Zeitgefühl verlor. Es hätten Minuten oder auch

Stunden vergehen können, ehe er endlich wieder genug Kraft verspürte, um seine Arme zu heben und die sich klärende Luft in gierigen Atemzügen einzusaugen.

Ituhos ruhige, rettende Energie floss durch seinen Körper, doch er konnte fühlen, dass der Geist und auch der Dämon geschwächt waren. Es hätte nicht viel gefehlt, und seine Seele wäre ebenfalls zerstört worden.

Das hast du gut gemacht. Ziemlich schlau für einen Menschen, uns zur Zusammenarbeit zu zwingen, hallte Azraels dämonische, dunkle Stimme in seinem Kopf und ein seltsames, fremdes Gefühl von Anerkennung durchströmte seine Brust.

Es war sonderbar, zu wissen, dass der Dämon ihn gleichzeitig für seinen Widerstand verabscheute und bewunderte und ihn sogar brauchte, um existieren zu können. Ihm kam ein Gedanke, der ihn nicht mehr losließ.

Du … du warst der Dämon in Ashas Dorf, nicht wahr? Dir ist das gleiche wie Balor schon einmal passiert.

Auf den Punkt getroffen. Allerdings habe ich damals einen fremden Körper für eine kurze Zeit kontrolliert und ausgebrannt. Dein Bruder hier ist selbst zum Dämon geworden. Seine Seele ist als einer meiner Art aus den Tiefen der Anderwelt zurückgekehrt.

Wie konnte das geschehen? Ich dachte, Dämonen und Geister wären von den Sternen gekommen.

Azrael lachte schallend, was Jamil sofort Kopfschmerzen bereitete. *Es gibt viele Wege, wie man seine Seele verlieren kann. Dein Bruder hatte genug Wut für zehn in seinem Herzen … Es hat nicht viel gebraucht, um ihn auf den richtigen Weg zu bringen. Allerdings hatte ich nicht damit gerechnet, dass so etwas geschehen würde.*

Jamil stockte und wollte gerade fragen, was Azrael mit dieser Andeutung meinte, als sich Schritte näherten.

»Jamil! Jamiiil!«

Ashas Stimme drang an seine Ohren und er hob müde den Kopf. Der Dämon räkelte sich in seiner Brust, doch Jamil schloss die Hitze rasch in sich ein, drängte sie zurück und gebot Azraels Verlangen Einhalt.

So leicht lasse ich dich nicht nochmal an sie heran, um ihr weh zu tun …

Die Jägerin erreichte ihn atemlos und warf sich ihm ohne Zögern um den Hals. Bevor er überhaupt reagieren konnte, lagen sie gemeinsam in der Asche und sie küsste ihn.

Ihre Berührung jagte einen Schauer über seinen Rücken und ließ sein Herz wild schlagen.

Einen Moment genoss er einfach das Gefühl ihrer warmen Lippen auf seinen, doch dann zog sie ihn wieder auf die Knie.

Asha schmunzelte leicht bei seinem Anblick. »Du scheinst ein Talent dafür zu haben, ständig die Hemden zu verbrennen, die ich dir schenke.«

Überrascht bemerkte er, dass von dem Stoff tatsächlich nichts außer einer feinen Ascheschicht auf seiner Haut übriggeblieben war. Es musste verbrannt sein, als er die Energie in seiner Brust verband.

»Du solltest doch bei deinen Leuten in der Bucht sein«, erwiderte er stattdessen, ohne auf ihre Witzelei einzugehen. Ein weiteres verbranntes Hemd war gerade wirklich seine geringste Sorge.

»Du meinst bei denen, die mich opfern wollten? Ich habe sie gewarnt, aber sie wären vermutlich auch so auf ihre Boote geflohen bei dem Inferno, das ihr angerichtet habt … Die Flammen waren sogar über dem Wald sichtbar.«

Sie sah sich auf dem schwarz verkohlten Hügel um und entdeckte die rauchende Stelle, an der die Überreste seines Bruders lagen. »Ist er …«

»Ja, ich glaube, jetzt ist er wirklich tot. Er konnte der Hitze nicht lange standhalten und ist von innen heraus verbrannt.«

»Und du hast das überstanden?«, fragte sie stirnrunzelnd und unterzog ihn einer reiflichen Begutachtung, wobei ihr Blick fragend an den roten Flecken an seinem Bauch hängen blieb.

»Was ist das?«

Jamil betrachtete die hellroten Narben, wo Balor seine Krallen durch seine Haut gerammt hatte, und zuckte dann leicht mit den Schultern. »Eine kleine Auseinandersetzung mit meinem Bruder. Du weißt ja sicher, wie sich Geschwister manchmal streiten können. Der eine will dem anderen das Herz zwischen den Lungenflügeln herausreißen, der andere macht da nicht mit …«

Asha starrte ihn entgeistert an und schien nicht zu wissen, ob er einen Witz machte oder nicht. Er lächelte und gab ihr sanft einen Kuss auf die Wange. »Mach dir keine Gedanken darum, es ist jetzt vorbei.«

Jamil stand langsam auf, wagte es allerdings einen Moment nicht, sie mit seinen Händen zu berühren. Zuletzt hatten sie wie Lava geglüht und er wollte ihr nicht wehtun. Als er sie jetzt betrachtete, stutzte er.

Seine Rechte war überzogen von rot glühenden Adern, die Linke hingegen leuchtete bläulich und war leicht transparent.

»Es … es ist jetzt dauerhaft«, murmelte er und es war mehr eine Feststellung als Frage. »Ich habe gegen Balor beide Seiten gleichzeitig genutzt, doch ich musste meine Seele spalten, um nicht daran zu sterben …«

Asha schien nicht zu verstehen, was er meinte, doch bevor sie fragen konnte, fiel ihr Blick auf die Bucht unten und sie deutete an den Strand.

Dort wateten die Leute gerade vorsichtig aus dem Meer.

Jamil wollte nicht zu ihnen, wollte keinen von ihnen mehr sehen und nichts lieber, als mit Asha in den Wäldern zu verschwinden, um in Ruhe lange Gespräche zu führen und zu heilen. Doch er konnte nicht zulassen, dass es zu einem weiteren Massaker kam. Obwohl ihn alle verdammt hatten, musste er das verhindern.

»Ich … ich erkläre dir das alles, wenn Zeit dafür ist, Asha. Jetzt muss ich erst einmal diese selbsternannten Rächer zur Rechenschaft ziehen.«

Epilog

Die Leute wichen ins Wasser zurück, als Jamil sich der Bucht näherte. Die Kinder und Frauen zitterten vom kalten Wasser, die Männer waren noch immer rußverschmiert und starrten ihn an wie wilde Tiere, die in die Enge getrieben wurden.

Er bedeutete Asha, dass sie zurückbleiben sollte, und stieg dann die Böschung zum Strand hinab.

»Was willst du noch von uns?«, rief Yassra ihm bissig entgegen, machte ein Schutzzeichen und drückte ihre Schwester an sich. »Hast du nicht schon genug Unheil verbreitet, Dämon?«

Jamil blieb ruhig, während sie ihn alle anstarrten. »Ich habe weder eure Siedlung niedergebrannt, noch habe ich Unschuldige angegriffen. All dieses Unheil habt ihr ganz allein vollbracht.«

Die Leute schwiegen mit wütend zusammengepressten Lippen, während Jamil seinen Blick über sie gleiten ließ. »Wo ist Aldo?«, fragte er fordernd.

Die wenigen Männer versteiften sich kurz und er spürte ihre Antwort, bevor einer den Mund öffnen konnte. »Er ist tot. Von den Wilden abgeschlachtet!«

»Sie sollen dafür büßen!«, rief ein weiterer und auch die Frauen brüllten jetzt wütend. »Sie sollen bluten!«

Jamil wurde zornig angesichts dieser geballten Dummheit.

Dass sein Vater tot war, schien nur ausgleichende Gerechtigkeit zu sein, aber diese törichten Menschen hatten absolut nichts gelernt!

Er baute sich vor den Siedlern auf, die noch kurz zuvor Flüchtlinge und zivilisierte Bürger gewesen und nun einfach nur noch blutrünstige Wilde waren. Er konnte spüren, wie seine Augen von Azraels Glut erfasst wurden, als er mit erhobener Stimme weitersprach.

»Ihr und Balor habt Unfrieden, Vorurteile und Hass aus Kas'Tiel hergebracht«, sprach er kalt. »Schämt ihr euch nicht? Ihr seid zu genau dem geworden, was uns zur Flucht zwang! Herzlose, graue Krieger, die alles vernichten, was sie nicht kennen und ihnen fremd erscheint.«

»Du bist mit ihnen im Bunde! Zerfall doch endlich zu Asche!«, spuckte Yassra aus. »Du hast sie gegen unsere Mutter aufgehetzt!«

»Und du hast Balor zu einem Dämon gemacht! Dämonenbrüder seid ihr!«, wütete eine ältere Frau.

Da straffte seine Mutter sich. »Seid ruhig!«, befahl sie laut – und zu Jamils Erstaunen gehorchte die aufgebrachte Gruppe. Sie trat langsam ein Stück vor.

»Ich habe mit eigenen Augen gesehen, wie Balor vom Reich der Toten zurückkehrte. Er ist selbst zu einem Dämon geworden, während Jamil dabei war, euch aus einem Dorf voller Unschuldiger zu vertreiben!«

Seine Mutter verstummte schwer atmend und wandte sie wieder ihm zu. Er wollte ihr nur zustimmen, als er jedoch die versteckte Unsicherheit in ihrem Gesicht sah, seufzte er. »Ich schlage vor, dass ihr diesen Ort für immer verlasst. Offensichtlich können die Sukrani und ihr nicht nebeneinander existieren.«

»Warum sollten wir gehen? Die Schuld liegt bei dir und diesen Wilden! Es ist alles deine Schuld! Du bist ein Todesengel!«, rief Moleno aus der kleinen Gruppe der Krieger, während er sich noch immer den Arm an die Brust presste.

Navenne fuhr mit der Hand durch die Luft. »Ich entscheide hier! Wir haben allesamt Fehler gemacht und müssen jetzt mit den Konsequenzen leben!«

Nachdem wieder Ruhe einkehrte, sprach Jamil weiter.

»Als Zeichen eures guten Willens würde ich ihnen an eurer Stelle etwas schenken, um sie milde zu stimmen. Dies war ihr Land, bevor wir es einfach an uns rissen. Wir waren es, die ihr friedvolles Leben hier zerstört haben.«

Navenne nickte nachdenklich und wandte sich dann an die zusammengedrängte Gruppe. »Es gibt nur eine Lösung. Wir geben all die Waffen ab, die wir hier geschmiedet und ausgebessert haben.«

»Bist du verrückt?«, rief der frühere Uhrmacher. »Wie sollen wir uns dann verteidigen?«

»Wir haben das Metall aus ihrer Erde genommen, es gehört nicht uns. Wir können nur hoffen, dass eine solche Geste sie milde genug stimmen wird, uns unsere Toten zurückzugeben, damit wir sie bestatten können, bevor wir diese Wälder verlassen.«

»Aber wo sollen wir dann hin?«, rief Marifa spitz. »Der Winter kommt bald und wir haben nichts mehr!«

Sofort wurde die Gruppe wieder laut, erst als Jamil die Hand hob, rangen sie sich dazu durch, ihm erneut zuzuhören.

»Ich habe von den Sukrani gehört, dass es im Norden hinter dem Gebirge eine große Stadt gibt. So groß wie Kas'Tiel. Ihr müsstet sie noch im Herbst erreichen können, dort wird man einer Gruppe Flüchtlinge sicher helfen. Hier in der Wildnis schafft ihr es nicht durch den Winter.«

Zu Jamils Erstaunen gab es keine Einwände mehr. Die Menschen, die er zu kennen geglaubt hatte, starrten ihn teilweise ängstlich, teilweise abweisend an, doch sie zogen langsam ihre Waffen und sammelten sie am Strand, wo Navenne sie in ein Tuch einschlug.

Sie hatten nicht mehr die Kraft, um zu widersprechen. Den meisten saß sicherlich noch der Schrecken des Kampfes zwischen den Dämonen in den Knochen, andere hatten Freunde und Familienmitglieder im Dorf der Wilden fallen sehen.

»Durchsucht die Siedlung nach Dingen, die noch brauchbar sein könnten. Die kleine Werkstatt am Schmelzofen ist nicht abgebrannt. Sammelt alles zusammen und wartet auf Navenne. Ich werde sie schützen. Keine Sorge, ihr bekommt sie unversehrt wieder.«

Er deutete auf das Bündel, das seine Mutter jetzt aufhob, dann ging er ohne ein weiteres Wort zu verlieren davon.

Asha hatte sich bisher unsicher im Hintergrund gehalten, jetzt kam sie ihnen ein paar Schritte entgegen, als Jamil und seine Mutter den Hügel hinauf schritten.

»Bist du bereit?«, fragte er sie und strich ihr dabei liebevoll über die Wange und das Kinn.

Sie nickte langsam, warf einen Blick auf die geschlagene Gruppe der Siedler und musterte dann neugierig seine Mutter, bevor sie ihnen voranging. Sie erklommen den Hügel und folgten damit der Spur aus verbrannten Fußabdrücken im Gras.

»Geh nicht zu nah an den Überresten meines Bruders vorbei«, murmelte Jamil und war dabei froh, dass seine Mutter die Sprache der Sukrani nicht beherrschte. Asha deutete ein Nicken an und sie hielten sich an den Rand der Klippe, um einen Bogen um die riesige, verbrannte Fläche zu machen.

Sogar hier an der Abbruchkante war das meiste Gras durch die Hitze vergilbt. Dennoch sah er, wie seine Mutter einen Blick in Richtung des Baumstumpfes warf und strauchelte. Trauer, Wut und Entsetzen huschten über ihr Gesicht.

»Ich schäme mich so«, flüsterte sie leise. »Was habe ich für Kinder in diese Welt gesetzt?«

Jamil versteifte sich und tat, als hätte er sie nicht gehört. Es überraschte ihn wenig, dass seine Mutter ihn noch immer als ein Ungeheuer sah, doch ein kleiner, verletzlicher Teil von ihm hatte sich wohl noch immer gewünscht, es könnte zwischen ihnen wieder ein Band der Zuneigung entstehen.

Aber nein. Er hatte jetzt keine Familie mehr.

Mit starren Schritten folgte er Asha über die verbrannte Wiese und ließ seinen Blick auf ihren Hüften ruhen. Ashas Anblick gab ihm Hoffnung und weckte eine Sehnsucht in seinem Inneren, die nichts mit Azrael und dessen Besitzgier zu tun hatte.

Navenne ächzte nach einer Weile unter dem Gewicht der Waffen, doch er bot ihr keine Hilfe an.

Zu dritt verließen sie den Hügel und durchschritten den Wald, bis sie in Sichtweite des Dorfes kamen.

Als die Leute Jamil und seine Begleiterinnen erblickten, hoben sie die Waffen und riefen die Geister um Hilfe an. Schnell sammelten sie sich und zielten wieder mit Pfeilen auf ihn. Viele hatten Wunden, die meisten waren bleich.

Er hielt die flachen, offenen Hände ausgestreckt und sah im Augenwinkel, wie Asha sich versteifte, als die Pfeile auch auf ihre Brust gerichtet wurden.

»Ihr habt nichts vor uns zu befürchten«, rief er in der Sprache der Sukrani. »Dies ist die Frau ihres Anführers. Sie ist meine Mutter … oder war es, als ich noch ein Mensch war. Ihre Frauen fühlen tiefes Bedauern für das, was geschehen ist und sie will im Namen ihres toten Mannes und ihres Volkes um Vergebung bitten. Dieses Unglück kann nicht ungeschehen gemacht werden, aber dieser unnötige Konflikt muss ein für alle Mal ein Ende haben.«

Er bedeutete Navenne, das Bündel auf den Boden zu legen, da niemand Anstalten machte, sich ihnen zu nähern.

»Die Fremden werden von hier fortziehen und sich eine neue Bleibe suchen. Auch ich werde gehen und ihr könnt diese Waffen als Zeichen ansehen, dass sie nur noch Frieden wollen. Sie bitten euch darum, ihre Toten bestatten zu dürfen.«

Die hochgewachsene Schamanin mit roten Haaren trat einen Schritt vor und reckte das Kinn. »Weshalb sollten wir diesen Barbaren gestatten, ihre Toten zu ehren? Sie haben Leid und Mord in unser Land gebracht und verdienen kein Mitleid und keine Ehre!«

Jamil neigte leicht den Kopf, denn er hatte so etwas erwartet. »Als weise Schamanin werdet Ihr sicherlich einsehen, dass es unklug wäre, noch mehr wütende Geister in eurer Heimat zu halten. Diese Krieger kamen voller Hass in euer Dorf und sind im Hass gestorben. Mein Bruder kam nach seinem Tod als Dämon aus dem Reich der Toten zurück und hat die Siedlung zerstört, Ihr habt den Rauch sicher gesehen. Soll dasselbe mit den anderen Toten geschehen?«

Unruhe machte sich unter den Versammelten breit. Die drei anderen Ältesten traten zu der Rothaarigen und wechselten knappe Worte, bevor der alte Schamane mit den trüben Augen vortrat.

»Wir gestatten es, unter der Voraussetzung, dass wir nie wieder einen der Fremden zu Gesicht bekommen müssen, nachdem wir ihre Toten zum Hara–Baum gebracht haben.«

Er wandte sich an seine Mutter und nickte erleichtert.

»Sie sind einverstanden. Nähert euch den Toten auf dem Hügel erst, wenn die Sukrani fort sind.«

Navenne lächelte müde, berührte ihn am Arm und in ihren Augen las er einen Sturm von Emotionen … dann wandte sie sich ab und eilte zum Wald bei der zerstörten Siedlung zurück, um die anderen zu treffen.

Jamil starrte ihr überrascht hinterher und begriff erst nach einem Moment, dass dies ihr Abschied gewesen war. Er würde seine Mutter nie wieder sehen, denn er hatte nicht vor, bei den Bestattungen dabei zu sein.

Zu seiner Verwunderung spürte er keinen Schmerz, nur Erleichterung. Er hätte sich schon vor Wochen damit abfinden müssen, dass sie ihn nicht mehr als ihren Sohn betrachtete. Diese kleine Geste der Versöhnung war mehr, als er sich nach den Erlebnissen der letzten Stunden jemals erhofft hätte, und zauberte ihm ein kurzes Lächeln auf die Lippen.

Als er sich umdrehte, war Asha vorgetreten und starrte mit leerem Blick auf die Versammelten. Mit einem Mal sah er ihre Müdigkeit, ihre tiefe Erschöpfung und Trauer. Er wollte nichts mehr, als sie zu beschützen und wusste genau, dass er sich sofort wieder in den Weg der Pfeile werfen würde, falls es jemals nötig sein sollte.

»Ich werde mit ihm gehen«, sagte Asha dann. »Hier gibt es keine Zukunft mehr für mich, dafür ist zu viel passiert. Ich will nur, dass ihr wisst … dass ich euch alle nie vergessen werde.«

Sie hatte Tränen in den Augen und eine junge Frau löste sich aus der Gruppe und rannte zu ihr. Ashas Freundin Drissa weinte bitterlich und klammerte sich an sie, während die anderen weiter Abstand hielten. Außer ihr schien niemand seine Gefühle zeigen zu wollen.

Jamil entdeckte eine Frau in der Gruppe, deren Augen und Gesicht ihn stark an Asha erinnerten. Sie hatte dieselben schönen Wangenknochen und grazil geschwungenen Augenbrauen – doch ihr Gesicht war wie eine Totenmaske. Er sah das Entsetzen in ihrem Inneren, das sie erstarren ließ. Es schwebte um sie wie ein grauer Dunst.

Ashas Vater stand neben ihr, blass und geschwächt, doch er würde die Verletzung überleben. Beide litten … und verabschiedeten sich dennoch nicht von ihrer Tochter.

Er konnte sehen, dass es Asha schwerfiel, die Kontrolle über sich zu behalten, als sie sich von Drissa löste und sie anlächelte.

»Es ist besser so, glaub mir«, murmelte sie ihrer Freundin zu. Diese nickte und kehrte dann schniefend zu ihrem Mann zurück.

Nach einem Moment des Zögerns trat dann doch ihr Anführer vor. Jamil entgingen die missbilligenden Blicke der Schamanen nicht, doch das Oberhaupt der Sukrani sprach dennoch zu ihm.

»Dämon … bevor du gehst, sag uns noch, was mit dem Hara–Baum geschehen ist. Wir müssen es wissen, um die anderen Geister beruhigen zu können.«

Jamil nickte langsam und wählte seine Worte mit Bedacht.

»Ituho ist nicht gestorben, wie ihr glaubt. Er lebt noch immer, hat sich aber von eurem Hara–Baum gelöst.«

»Wo ist er jetzt?«

Jamil hob seine linke Hand und fühlte nach der Energie des Geistes in seinem Inneren. Seine Finger und die Handfläche wurden transparent wie Wasser, leuchteten dabei blau und türkis. Die Jäger, Frauen und Schamanen starrten ihn mit großen Augen an, während er lächelte und sich zum Gehen wandte.

»Ituho lebt in mir.«

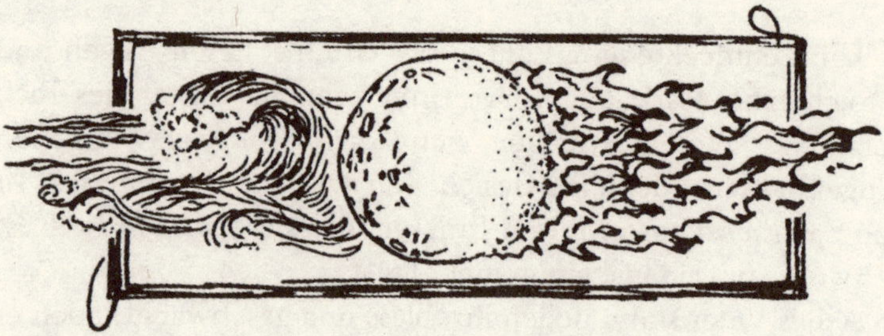

Asha führte Jamil schweigend durch den Wald. Sie folgten einem Bachlauf, erklommen einen steilen, felsigen Hang und erblickten schließlich die alte Straße, von der sie ihm berichtet hatte.

Von dem höchsten Felsen aus konnten sie über die schier endlosen Wälder hinweg sehen, hinter denen der Schatten eines großen Gebirges mit weißen Spitzen aufragte. In ihrem Rücken lag die Weite des Meeres, dessen Rauschen sich schon lange verloren hatte. Es war jetzt nur noch ein stahlgraues Band, das an zwei Stellen von Qualm durchbrochen wurde. Sowohl in der zerstörten Siedlung als auch im Dorf der Sukrani rauchten noch manche Ruinen.

Jamil starrte eine Weile auf die Küste und wandte sich dann von diesem Teil seines Lebens ab.

Vorurteile, Angst und Hass hatten nicht nur Balor zu einem Dämon werden lassen, sondern bei beiden Völkern eine dämonische Seite genährt.

Es wollte noch immer nicht ganz zu Jamil durchdringen, dass sein eigener Bruder mit seinen Pfeilen all diese Ereignisse in Gang gesetzt hatte.

Vielleicht hätten Azrael und Ituho nie so viel Einfluss auf mich haben können, wenn die Seherin mich nicht sofort als Dämon verdammt hätte, ging es ihm durch den Kopf, doch dann blickte er liebevoll auf Asha. Wenn sie ihn nicht verstoßen hätten, wäre er ihr niemals so nah gekommen.

Sie standen gemeinsam auf dem Hügel und hatten den Blick auf die Weite der grüngelben Wälder gerichtet, in deren Laub schon der Herbst zu erahnen war.

Er konnte sehen, dass die vergangenen Wochen nicht spurlos an seiner Asha vorbeigegangen waren, doch er würde alles tun, um diese Wunden mit der Zeit zu heilen.

Sie hatte ihn gerettet. Mehr als einmal.

Wer weiß, vielleicht würde er irgendwann einen Weg finden, diese strudelnden Mächte in seinem Inneren zu besiegen ... Doch so lange wollte er seine Freiheit genießen.

Ashas Finger schlossen sich sanft um seine Linke, die kühle blaue Hand, und ein Lächeln stahl sich auf ihre Lippen, als er ihre Finger sanft drückte.

»Ich liebe dich«, flüsterte er und hauchte ihr einen Kuss auf die Wange. Sie schmiegte sich in seine Arme und legte den Kopf an seine Brust. Er fühlte ihr Herz pulsieren und wusste, dass sie trotz der schlimmen Vergangenheit immer eine mutige Jägerin und seine Wächterin in der Nacht bleiben würde.

Jamil wusste nicht, wohin diese gewundene, alte Straße sie führen würde, doch vor ihnen lag eine ganze Welt, die nur darauf wartete, von Asha und ihm entdeckt zu werden.

Er konnte sein neues Leben kaum erwarten – mit Ituhos Heilkraft und Azraels Feuer vereint in seiner Seele.

Ende

Entdecke weitere magische Welten von Farina:

Das Vermächtnis der Wölfe

Als Taschenbuch im Fanowa Verlag, als ebook-Reihe bei Droemer Knaur: Die Fantasy-Reihe um die junge Heldin Zenay.

ISBN: 978-3-945073-00-1